STEFANIE LASTHAUS

**TOUCH OF INK**

DIE SAGE DER WANDLER

Stefanie Lasthaus

# Touch of Ink

## DIE SAGE DER WANDLER

Band 1

Ravensburger

MIX
Papier aus verantwortungsvollen Quellen
FSC® C111262
FSC
www.fsc.org

3 5 4 2

Originalausgabe



Dieses Werk wurde vermittelt durch die
Literaturagentur Langenbuch & Weiß, Hamburg.

Lektorat: Franziska Jaekel

Umschlaggestaltung: Zero Werbeagentur, München,
unter Verwendung eines Fotos von © Gribanessa/Shutterstock
Tattoo-Illustrationen im Umschlag: © Sarah Schwarz
Tattoo-Illustrationen im Innenteil: © Giuliana Villeggiante



Printed in Germany

ISBN 978-3-473-58590-8

www.ravensburger.de

FÜR ALLE, DIE TIEF IM HERZEN ETWAS ANDERS SIND.

# Kapitel 1

## QUINN

Kein Wind, keine Menschen, nicht die geringste Bewegung. Und trotzdem war da plötzlich dieses Schaben hinter mir, so als würde sich etwas sehr, sehr langsam bewegen.

Etwas oder … jemand.

Ich fuhr herum und spähte in die schmale Gasse, sofern das bei diesem Dämmerlicht möglich war. Nichts zu sehen, dennoch prickelte meine Haut im Nacken und auf den Unterarmen. Kein gutes Zeichen. Innerhalb weniger Sekunden hatte sich die Atmosphäre verändert. Zuvor hatte mir der Spaziergang durch diesen wie ausgestorben wirkenden Straßenzug von Nanaimo ein Stück der Ruhe geschenkt, nach der ich so verzweifelt gesucht hatte, bevor mein erstes Semester an der Vancouver Island University startete. Jetzt wirkte alles nur noch bedrohlich.

Ich lief weiter und versuchte, mich zu orientieren. Gar nicht mal so leicht, denn ich war erst zum zweiten Mal hier unterwegs. Aber wenn ich dort vorn abbog und dann noch einmal, ohne dabei eine Sackgasse zu erwischen, müsste ich auf eine der größeren Straßen stoßen, wo noch immer Verkehr herrschte und Menschen unterwegs waren.

Links von mir bewegte sich etwas in den Schatten. Ich wandte rasch den Kopf, war aber zu langsam, um zu erkennen, was es war. Auf jeden Fall war das Ding zu groß gewesen, um eine streunende Katze zu sein. Vielleicht ein Hund? Nein, es war … *anders*. Ich konnte es mir selbst nicht erklären, aber irgendetwas sagte mir, dass ich vorsichtig sein musste. Mit angehaltenem Atem bog ich nach rechts ab. Eine Sackgasse. Verdammter Mist.

Ich presste mich an die Mauer, zitterte, während die Kälte auf mich überging, und lauschte, sofern mein rasender Herzschlag es zuließ. Meine Sinne redeten mir ein, dass ich mich nur verrückt machte, weil da einfach *nichts war*. Meine Instinkte sagten jedoch das genaue Gegenteil.

*Hör auf zu grübeln und verschwinde.*

Ich holte tief Luft und rannte – vorbei an der Stelle, an der ich zuvor die Bewegung bemerkt hatte. Mein Magen ballte sich so sehr zusammen, dass mir übel wurde. Immer wieder warf ich einen Blick über die Schulter. Um nichts in der Welt wollte ich der Gegend hinter mir völlig den Rücken zuwenden.

Dieses Mal war der Schatten deutlich zu sehen. Er huschte vor mir von einer Wand zur anderen und verschwand hinter ein paar Mülltonnen. Größer als ein Hund, ungefähr halb so groß wie ich. Aber kein Mensch. Ein Schwarzbär konnte es auch nicht sein – wobei ich nicht glaubte, dass die sich ins Stadtzentrum verirrten. Aber das war mir nun egal. Ich blieb so abrupt stehen, dass ich ein Stück über den Boden schlitterte, warf mich herum und rannte zurück.

Hinter mir schepperte es, erst weiter entfernt, dann ein ganzes Stück näher. Was auch immer hier mit mir in der Gasse war, jagte mich. Ein Fiepen zog durch meine Ohren. Ich legte all meine Kraft in meine Beine. Das Kribbeln wurde zu einem Brennen, und ich konnte den Gedanken nicht mehr beiseiteschieben, jeden Moment von hinten angesprungen und zu Boden gerissen zu werden.

Ich keuchte, biss die Zähne zusammen und holte auch den letzten Rest aus meinem Körper heraus. Mit einer Schulter schrammte ich an der Mauer entlang – ich hatte die Enge der Gasse unterschätzt und war im mangelnden Licht zu weit nach rechts geraten. Es brannte, aber das spielte im Moment keine Rolle. Hier und jetzt war ich nicht mehr Quinn Shields, sondern nur ein namenloses Opfer, von jemandem oder etwas gehetzt. Ein schrecklicher Gedanke. Als hätte mein Verfolger ihn gelesen, erklang hinter mir ein Grollen. Tief und vor allem drohend, eindeutig von einem Tier. Und viel zu nah! Ich nutzte den letzten verbliebenen Atem und schrie um Hilfe. Doch es war, als hätten sich die Mauern gegen mich verschworen und hielten jedes Geräusch ab.

Zu meiner Rechten tauchte eine Abzweigung auf. Ohne groß zu überlegen, bog ich ab. Eine weitere Gasse, ebenfalls schlecht beleuchtet, aber der Mond schimmerte irgendwo über mir und sorgte zumindest im hinteren Teil für etwas mehr Licht. An einer Seite reihten sich riesige Müllcontainer. Es roch übel, nach Küchenabfällen, Moder, abgestandenem Rauch und Urin.

Ich stolperte, fing mich wieder und lief weiter. In meinem Kopf herrschte Chaos, aber ich musste irgendetwas tun. Vielleicht irgendwo hineinklettern oder …

Mein Blick fiel auf den Hals einer Glasflasche, die aus einem Container ragte. Ich griff im Vorbeirennen danach und hatte Glück, dass ich sie trotz meiner Hektik zu fassen bekam und herausziehen konnte. Am nächsten Container schlug ich sie kräftig gegen die Seitenwand. Wie erhofft zerbrach sie. Ich blieb stehen, drehte mich um und fragte mich, ob ich gerade vollkommen den Verstand verloren hatte. Aber eine andere Idee hatte ich einfach nicht. Ich war zwar recht fit, doch diesem Tier konnte ich nicht davonrennen.

Der Flaschenhals in meiner Hand zitterte in der trüben Beleuchtung, vor mir ballten sich die Schatten. Ich blinzelte, während ich versuchte, etwas darin zu erkennen.

Das Grollen ertönte ein zweites Mal. Ja, das Tier war da, und es hatte es offensichtlich nicht mehr eilig. Was irgendwie logisch war. Es hatte mich gestellt, und ich war ihm unterlegen. Mittlerweile nahm ich in all dem Gestank einen weiteren Geruch wahr. Ich konnte ihn nicht beschreiben, aber er passte ganz und gar nicht hierher.

Meine Kehle war trocken, und ich atmete so abgehackt, dass sich mein Körper ganz taub anfühlte, als würde mein Blut nicht mehr jede Zelle versorgen. Mein Arm zitterte immer stärker, aber ich hielt die halbe Flasche mit aller Kraft vor meine Brust.

Eine Bewegung ließ mich zusammenzucken. Nicht so nah, wie ich befürchtet hatte, aber das machte die Sache nicht besser. Viel konnte ich nicht erkennen. Was auch immer dort auf mich lauerte, bewegte sich absolut lautlos.

»Verschwinde«, krächzte ich. »Hörst du? Hau ab!«

Ohne hinzusehen, streckte ich die Hand aus und griff nach dem nächstbesten Gegenstand im Müllcontainer, um ihn auf meinen Verfolger zu schleudern. Meine provisorische Waffe wollte ich nicht hergeben. Ich fand eine Dose und warf sie nach vorn.

»Hau ab!«

Der Aufprall wurde von einem weiteren Grollen begleitet. Bewegung kam in die Schatten, etwas schälte sich heraus, sprang vor und zog sich augenblicklich wieder zurück. Krallen, ich hatte ganz eindeutig Krallen gesehen. Ich brüllte weiter, rief dem Vieh zu, dass es verschwinden sollte, nutzte sämtliche Flüche, die mir einfielen, schrie um Hilfe. Lärm, ich musste möglichst viel Lärm machen! Gleichzeitig griff ich wieder und wieder in den Container, zog mit einer Hand hervor, was auch immer ich in die Finger bekam, und schleuderte alles von mir: Dosen, halb aufgeweichte Pappstücke, einen abgebrochenen Kleiderbügel.

Es funktionierte. Etwas funkelte schwach, bewegte sich, dann schepperte es ein gutes Stück von mir entfernt. Das Biest zog sich zurück! Ich hielt die Luft an und lauschte. Mein Brustkorb drohte jeden Augenblick zu bersten, so sehr raste mein Herz. Mein Unterkiefer zitterte, ich schaffte es einfach nicht, ihn ruhig zu halten. Unter Tränen starrte ich in die Gasse.

Aber da war nichts mehr. Was auch immer mich gejagt hatte, es war verschwunden.

»Quinn, bist du das?« Annabelles Stimme passte perfekt zu der Wärme ihrer Wohnung und der leisen Musik, die aus dem Wohnzimmer bis in den Flur drang.

Es kam mir vor, als würde ich von einer Welt in eine andere treten – und nicht nur von der Straße in mein neues Zuhause in der Chestnut Street, das sich noch nicht vertraut anfühlte. Trotzdem, lauernde Schatten und unbekannte Bedrohungen hatten keine Chance gegen die hier herrschende Normalität.

»Ja, ich bin spät dran, sorry«, rief ich und war froh, dass ich wieder halbwegs normal klang. Seitdem ich die Tür hinter mir ins

Schloss gezogen und den Schlüssel zweimal rumgedreht hatte, atmete ich wieder ruhiger. Endlich schaffte ich es, die Bilder aus der Gasse in den Hintergrund zu drängen. Mit ungelenken Bewegungen zerrte ich mir Jacke und Sneaker vom Körper – meine Hände zitterten noch immer – und betrachtete den Dreck auf meiner Haut sowie die Schnittwunde zwischen Daumen und Zeigefinger. Ich musste mich an der Flasche verletzt haben, ohne es zu merken. Das Blut war verschmiert und bereits getrocknet. Ich wischte es an meiner Hose ab und biss die Zähne zusammen, als ein scharfer Schmerz durch meine Hand zog.

Rasch warf ich einen Blick in den Flurspiegel, brachte meine Haare in Ordnung und kniff mir in die Wangen, um nicht mehr einem Gespenst zu ähneln. Ich sah ziemlich bleich aus und noch immer verschreckt, die einzigen Farbflecken waren meine Haare, meine Augen und die rosa Stellen, die sich nun unter meinen Wangenknochen ausbreiteten. Ich atmete zweimal tief ein und aus. Das musste genügen.

Belle saß in dem massiven Ohrensessel im Wohnzimmer und hielt einen Bildband auf dem Schoß. Es brannten mindestens zehn Kerzen. Nicht zum ersten Mal wunderte ich mich, wie viel wir gemeinsam hatten, obwohl wir lediglich Adoptivschwestern waren. Dafür hätten wir optisch nicht unterschiedlicher sein können: Belle wirkte mütterlich und beeindruckend zugleich mit ihren nussbraunen Haaren, den warmen, braunen Augen und weichen Gesichtszügen bei einer Größe von über ein Meter achtzig. Ich dagegen war ein gutes Stück kleiner als sie und rotblond, mit mehr Kanten als Rundungen an Kinn und Wangenknochen. Meine Augenfarbe changierte zwischen Grau und Grün. Mum hatte stets gesagt, dass Belle ein Herbsttyp war, während ich zum frühen, kühlen Frühling gehörte.

Meine Schwester hob den Kopf und lächelte. Ich sah aber auch Wachsamkeit, wie so oft, seitdem ich nach Nanaimo gezogen war. Sie hatte lange mit ihrer Partnerin zusammengelebt, bis Ria sie vor knapp einem Jahr wegen einer anderen verlassen hatte. Sosehr mir die Trennung für sie auch leidgetan hatte – obwohl sie behauptete, mittlerweile alles verarbeitet zu haben –, so froh war ich über die Möglichkeit gewesen, Rias altes Arbeitszimmer übernehmen zu können. Bei meiner Studienplatzsuche hatte Nanaimo schließlich ganz oben auf der Liste gestanden. Die Uni hatte einen guten Ruf, achtete auf überschaubare Teilnehmerzahlen in den Kursen, und ich mochte die hier auf Vancouver Island allgegenwärtige Kultur der First Nations, vor allem den Kunststil mit den traditionellen Motiven. Ich hatte in den vergangenen Jahren viel darüber gelesen und noch mehr gezeichnet. Die Darstellungen erinnerten mich an mein Tattoo mit den ineinander verschlungenen Formen. Mit etwas Glück würde ich in meinen Grafikdesignkursen mehr über die mythologischen Symbole lernen, die sich in vielen Kunstwerken der First Nations wiederfanden.

Zudem war Nanaimo weit genug weg von meinen Eltern und unserem Zuhause in Smithers, um als Neuanfang durchzugehen, und den brauchte ich dringend. Die Lebensunterhaltskosten waren deutlich geringer als in Vancouver oder Victoria – auch nicht zu verachten. Dass ich bei Belle wohnen konnte, trug seinen Teil dazu bei.

Allerdings merkte ich deutlich, dass meine große Schwester sich zu sehr um mich sorgte. Nicht, dass sie mir hinterhertelefonierte oder abends wartete, bis ich nach Hause kam – zum Glück! Aber ich las oft die Frage in ihrem Blick, ob sie alles richtig machte oder noch einen Gang hochdrehen sollte. Da brachten auch sämtliche Beteuerungen nichts, dass ich mit achtzehn Jahren alt genug war, um auf mich selbst aufzupassen. Wahrscheinlich forderte Mum hinter meinem Rücken regelmäßige Berichte von ihr. Es würde mich nicht wundern, schließlich hatte sie es in der Vergangenheit nicht immer leicht mit mir gehabt.

Ich ebenso wenig.

»War der Spaziergang schön?« Belle legte das Buch beiseite und griff nach der Tasse neben sich. Wahrscheinlich irgendein Kräutertee – sie sammelte und hortete das Zeug. Beim ersten Blick in ihre Küche hatte ich befürchtet, das Teeregal würde jeden Augenblick zusammenbrechen. Ich hatte keinen Schimmer, was sie an aromatisiertem Wasser fand. Mir zuliebe hatte sie sich eine Espressomaschine mit Milchaufschäumer gekauft.

Ich zuckte die Schultern und verbarg meine Hände hinter dem Rücken. »Es war ganz okay«, sagte ich und versuchte, dieses unheimliche Grollen aus dem Kopf zu bekommen.

Nachdem *was auch immer* verschwunden war, hatte ich eine Weile gewartet, um dann, so schnell ich konnte, loszurennen. Wenig später war ich aus dem Gassengewirr auf eine belebtere Straße und beinahe in die Arme eines Pärchens gestürzt, das mit Fingern und Lippen aneinanderklebte. Der Typ hatte mir irgendetwas Ätzendes hinterhergerufen, aber ich hätte ihn dennoch umarmen können. Einfach, weil er Teil einer Welt war, die ich kannte, einschätzen konnte und die mich nicht bedrohte.

»Richtig abschalten konnte ich aber trotzdem nicht.«

Dafür hätte ich mehr gebraucht als einen kurzen Spaziergang in der Stadt: Bäume, Wind, die Geräusche der Natur. Nur wenn ich im Wald unterwegs war, weit weg von Städten und allem, was damit zu tun hatte, kamen meine Gedanken wirklich zur Ruhe, als würden sie sich auf die Essenz des Lebens besinnen und sich mit dem verbinden, was bereits vor vielen Hundert Jahren da gewesen war.

Belle trank einen Schluck und verzog leicht das Gesicht. »Du kannst ja morgen nach der Uni in den Arrowsmith Park fahren, wenn du möchtest, ich brauche den Wagen nicht. Nur heute war es mir etwas zu spät dafür, Süße.«

»Ich wäre in einer knappen Stunde dort gewesen.«

»Ja, im Dunkeln! Das vergiss ganz schnell mal, ich werde dich wohl kaum in der Nacht durch den Wald rennen lassen.« Belle lachte, stand auf und strich ihr Kleid glatt. Es schimmerte für mich irgendwo zwischen Türkis und Grau, genauer konnte ich es nicht sagen. Wahrscheinlich war es mitternachtsblau, eine der Lieblingsfarben meiner Schwester, aber das würde ich wohl nur herausfinden, wenn ich sie fragte.

Ich litt unter Tritanomalie, Blausehschwäche, wobei der Begriff *leiden* für mich nicht ganz passte. Immerhin bereitete es mir weder Schmerzen noch größere Probleme. Zumindest noch nicht. Manche Berufe waren für mich ein No-Go – ich würde nie in einem Chemielabor oder bei der Polizei arbeiten können –, und ich war gespannt, wie es sich im Studium niederschlagen würde. In den Kunstkursen an der Schule hatte ich bisher schlicht andere Schwerpunkte gewählt. Mich auf Formen statt Farben konzentriert. Wahrscheinlich war ich verrückt, ausgerechnet Grafikdesign studieren zu wollen. Oder auch ein klitzeklein wenig trotzig. Aber wer sagte, dass man gleich die Verbotskarte ziehen musste, nur weil die Photorezeptoren für das Blausehen auf der Netzhaut nicht richtig ausgebildet waren? Ich würde das Studium schon schaffen. Zudem hoffte ich insgeheim, dass mein neues Leben mich genug fordern würde, um die Probleme meines alten zu vergessen.

Ich riss meine Gedanken zurück in die Gegenwart. Was hatte Belle gesagt – sie würde mich nicht im Dunkeln durch den Wald rennen lassen? Ich entschied, das zu ignorieren. Schließlich hatte ich nicht vor, mich bei Einbruch der Dunkelheit stets im Haus aufzuhalten.

»Dann gehe ich mal hoch«, sagte ich und drehte mich um.

»Quinn.« Allein mein Name klang wie eine Entschuldigung, und als ich mich wieder umwandte, blickte ich in Belles zerknirschtes Gesicht. »Tut mir leid, wenn ich es übertreibe. Gib mir noch eine Chance, okay? Am besten gleich ein Dutzend. Ich bin es nicht gewohnt, meine kleine Schwester bei mir zu haben, wir haben uns in den letzten Jahren so selten gesehen.«

Wie konnte ich ihr da böse sein? »Schon okay. Mach dir einfach nur eine gedankliche Notiz, dass ich zwar hier wohne, du aber nicht auf mich aufpassen musst. Vielleicht kannst du mich als WG-Partnerin sehen? Ich bin in den vergangenen Jahren gewachsen und achtzehn geworden.« Meine Handbewegung umfasste meine stattlichen ein Meter fünfundsechzig.

Sie lachte und winkte mich zu sich. »Das habe ich gemerkt. Na komm schon her.«

Ich ließ mich in ihre Umarmung ziehen und erlaubte mir, für ein paar Sekunden die Augen zu schließen. Es fühlte sich ungewohnt an, aber gleichzeitig auch schön. Seit Monaten – oder waren es schon Jahre? – wagte ich es nicht, die Kontrolle komplett abzugeben und mich auch mal fallen zu lassen. Diese seltsame Sehnsucht, die tief in mir nagte und die ich mir nicht erklären konnte, war schon schlimm genug. Aber die Bilder, die immer wieder durch meinen Kopf schossen, machten mich unruhig, denn ich wusste nicht, woher sie stammten. Ich sah Orte, an denen ich noch nie gewesen war, und hatte schon überlegt, zu einem Arzt zu gehen, da ich Angst hatte, verrückt zu werden. Doch ich hatte es immer wieder aufgeschoben, und jetzt gab es mit meinem Umzug von Smithers nach Nanaimo und dem Start des Semesters am Montag genug zu tun.

Belle seufzte leise, drückte mich noch einen Hauch fester und ließ mich wieder los. »Also«, sagte sie und strich meine Haare glatt. »Bereit für deinen ersten Tag an der Uni?«

»Ich denke schon. Morgen steht ja noch nicht viel an. Ich sehe mich ein wenig auf dem Campus um und habe das Vorstellungsgespräch bei Ms Weller.«

»Ich bin sicher, du bekommst den Job. Zumindest drück ich dir beide Daumen! Warum sollte sie dich auch nicht nehmen? Du bist bestimmt die perfekte studentische Hilfskraft.«

Belle mit ihrem unerschütterlichen Optimismus.

»Wir werden sehen. Bis morgen, Sis.«

»Schlaf gut, Süße. Und falls wir uns in der Früh nicht mehr sehen sollten: Viel Glück!«

»Danke.« Ich zwinkerte ihr zu und machte mich auf den Weg nach oben.

Belle wohnte in einer Haushälfte, die zwar klein war, aber durch die Aufteilung in zwei Etagen genug Platz bot, um sich auch mal aus dem Weg zu gehen. Wenn ich in meinem Zimmer Musik hörte, verzog sie sich manchmal in die Küche, und wenn sie zu schräg unter der Dusche sang, schnappte ich mir meine Zeichenutensilien und machte es mir im Wohnzimmer bequem. Für ihren Job als selbstständige Gartenplanerin zog sie sich oft zurück, um sich in Ruhe ihren Entwürfen zu widmen und Pflanzenkataloge durchzublättern, oder sie war zu Kunden unterwegs. Die perfekte Mitbewohnerin.

Im Obergeschoss befand sich neben meinem nur Belles Zimmer und das kleine Bad. Ich öffnete die Tür am Ende des Flurs und betrat ein Reich, das ich noch nicht wirklich als meins bezeichnete. Bisher hatte ich weder Zeit noch Lust gehabt, mich mit der Einrichtung zu befassen, sodass sich die persönliche Note auf meine Koffer, einen Stapel Klamotten auf dem Sessel in der Ecke und meine Zeichenkiste beschränkte, die aufgeklappt neben dem Bett stand. Mein Block lag mit einer Handvoll Bleistiften auf dem Kopfkissen. Irgendwann würden die Geräusche im Haus und von der Straße Alltag werden. Wie in Smithers würde ich mit geschlossenen Augen durch diese vier Wände laufen können, ohne irgendwo anzustoßen.

Ich legte meine Tasche ab, ließ mich auf das Bett fallen und schnappte mir den Block. Eigentlich hatte ich geplant, alles für morgen noch einmal durchzugehen, aber da ich schon auf meinen Spaziergang im Wald hatte verzichten müssen, wollte ich lieber zeichnen. Mich durch den Anblick der Muster und Symbole mit meinem neuen Leben in Einklang bringen.

Ich betrachtete die Motive, an denen ich in der vergangenen Woche gearbeitet hatte: verschlungene Linien, halb ausschraffierte Flächen, Formen, die entfernt an Blumen oder Tierköpfe erinnerten. Im Laufe der Jahre hatte ich immer mehr Stile miteinander verbunden, bis sich mein eigener ergeben hatte.

Mit der freien Hand tastete ich über meinen Nacken. Die Haut war glatt, aber ich wusste genau, wo die Farbe verlief, wo sich dunkle Flächen oder Linien befanden. Mein Tattoo hätte ich jederzeit mit geschlossenen Augen zeichnen können – zwei mit Ornamenten und weichen, geometrischen Formen ausgeschmückte Hälften, die an einer Seite abgerundet waren, an der anderen spitz zuliefen und sich spiegelverkehrt gegenüberlagen. Ähnlich wie das Yin-und-Yang-Zeichen. Im oberen Teil waren tropfenartige Formen zu sehen, die ähnlich einer Blüte angeordnet waren, sowie drei gebogene, parallel verlaufende Linien, die mich an eine Kralle erinnerten. Im unteren Bereich fassten Ovale und weitere Tropfenformen dunkle Linien und Spitzen ein. An beiden Enden wurden je drei Punkte zwischen den Hälften eingeschlossen. Ich mochte das Motiv, obwohl ich es nicht selbst ausgesucht hatte. Es war bereits auf meiner Haut gewesen, als man mich als Fünfjährige vor dem SOS Kinderdorf in Vancouver ausgesetzt hatte. Bis heute fragte ich mich, wer auf die Idee kam, ein kleines Kind tätowieren zu lassen.

Energisch lenkte ich meine Gedanken in die Gegenwart zurück. Mir stand ein Neuanfang bevor, und ich hatte ihn selbst gewählt. Aber tief in meinem Inneren spürte ich, dass ich nur neu beginnen konnte, wenn ich wusste, woher ich kam. Vermutlich zweifelte ich deshalb so sehr daran, dass es mir gelang.

# Kapitel 2

## QUINN

Obwohl das Semester erst in drei Tagen begann, hallten die Gänge der Vancouver Island University wider vor Stimmen, Schritten und zuschlagenden Türen. Ich verlagerte mein Gewicht auf dem Plastikstuhl, versuchte, eine halbwegs bequeme Position zu finden, und starrte auf die Tür, hinter der ich vor wenigen Minuten gesessen und mich vorgestellt hatte. Als könnte ich sie beschwören, sich wieder zu öffnen. Irgendwo kreischte ein Mädchen und verstummte, als tiefes Gelächter einsetzte. Sicherlich ein Pärchen oder zumindest zwei Menschen, die sich voneinander angezogen fühlten und kräftig flirteten.

Mein Blick wanderte über das helle Holz der Wand bis zur Decke, wo ein dunkler Fleck schimmerte. Ich hatte geglaubt, mich in Ruhe umsehen zu können, wenn ich mich heute bei Ms Weller als studentische Hilfskraft an der Fakultät für Design und darstellende Kunst vorstellte. Doch ich hatte mich gründlich verschätzt. Schon bei meiner Ankunft war ich einigen Studenten begegnet, aber während ich im Büro ein lockeres Gespräch geführt und bereits nach kurzer Zeit nicht mehr nervös gewesen war, hatte sich die Anzahl mindestens verdreifacht. Kaum hatte ich den Raum verlassen, war die nächste Studentin eingetreten. Ich hoffte, dass die Konkurrenz nicht allzu groß war. Ich brauchte einen Job, und ich wollte diesen. Was konnte mir Besseres passieren, als Arbeit und Studium zu verbinden?

Die Anzeige hatte ich entdeckt und meine Bewerbung eingereicht, noch ehe ich in Nanaimo angekommen war. Die Sache wäre doppelt perfekt, da Ms Weller auch den Einsteigerkurs für die Berufspraxis hielt, in dem es um den Designprozess und kreatives Denken ging. Mein erster Eindruck von ihr war gut – sie war noch recht jung und offen für Ideen und Diskussionen. Wir hatten uns über meine Zeichnungen unterhalten, und ich hatte ihr sogar von meiner Tritanomalie erzählt. Sie war weder besonders erstaunt gewesen, noch hatte sie skeptisch reagiert, weil ich dennoch Grafikdesign studieren wollte. Vielmehr hatte sie interessiert gewirkt, sodass ich mich mit jeder Minute wohler fühlte in ihrem winzigen Büro, das überquoll von Skizzen und Schwarz-Weiß-Drucken.

Ich war eine der letzten Bewerberinnen, und sie hatte mir vorgeschlagen, einfach im Anschluss zu warten. »Es bringt mir nichts, wenn ich lange nachgrübele. Die besten Entscheidungen treffe ich immer spontan.«

Also hockte ich hier und dachte darüber nach, wie sehr ich mit Ms Weller übereinstimmte. Ich mochte es ebenso wenig, Entscheidungen zu lange mit mir herumzuschleppen. Das sorgte lediglich dafür, dass sich die Gedanken immer wieder darum drehten und man sich irgendwann selbst in den Wahnsinn trieb.

»Wartest du auf M. Weller?«

Ich hob den Kopf und betrachtete den Jungen, der sich so schwungvoll auf dem Stuhl neben mir niederließ, dass er gegen meinen stieß. Er lächelte mich an. Vielleicht als Entschuldigung für die Rempelei, vielleicht war er aber auch einfach nur gut gelaunt. Er schien vor Energie zu vibrieren und trug ein weißes Shirt mit dem Aufdruck *Music is liquid Architecture. Architecture is frozen Music.*

Ich sah zur Tür, dann wieder zu ihm. »*M.* Weller?«

»Ja, das hat sich so eingespielt. Sie hat sich im letzten Semester beschwert, dass sie sich alt fühlt, wenn man sie Miss nennt, also haben wir es abgekürzt. Ihr zuliebe.«

Etwas flackerte in seinen Augen auf und machte es fast unmöglich, sich von seiner guten Laune nicht anstecken zu lassen. Es waren interessante Augen, braun mit einem Goldschimmer, der sich aber stets nur für den Bruchteil einer Sekunde zeigte, als ob jemand ein winziges Feuer entzündet hätte. Die Brauen darüber waren ebenso dunkel und dicht wie sein Haar.

»Hast du dich für den Job bei ihr beworben?«

Ich nickte, während mein Hirn seine Frage analysierte und ich begriff, dass meine Chancen soeben schwanden. Natürlich saß er nicht hier, weil er einfach nur mit mir plaudern wollte. Das bedeutete, er war ebenso scharf auf den Job wie ich, und er kannte *M.* schon mindestens ein Semester lang. Wenn sie ihn mochte, lag es nahe, dass sie ihn vorzog. Schließlich war der Mensch ein Gewohnheitstier, das galt sicher auch bei der Auswahl einer studentischen Hilfskraft.

Ich räusperte mich. »Ja. Ich bin im Internet darüber gestolpert und der Job klingt … ideal.«

»Fängst du gerade an? Erstes Semester?«

Er schaffte es, mich von oben bis unten zu mustern, ohne mir das Gefühl zu geben, dass ich gerade bewertet oder in eine Schublade gesteckt wurde. Ich strich mir das Haar zurück. Wie so oft, wenn ich es mit einer neuen Situation oder Umgebung zu tun hatte, trug ich es offen. Zwar sah man das Tattoo auch dann nicht, wenn ich mir einen Zopf band, aber so fühlte ich mich sicherer und lief nicht in Gefahr, neugierige Fragen beantworten zu müssen.

Ich nickte. »Ab übermorgen, ja.«

»Welcher Studiengang?«

Die Frage überraschte mich. »Grafikdesign. Ich dachte, das wäre klar?« Ich deutete zur Tür. Schließlich bewarben wir uns auf dieselbe HiWi-Stelle, was demnach bedeuten musste, dass wir auch das Gleiche studierten.

»Fast. M. Weller hält Einführungskurse in Kunst- und Designgeschichte, da sitzen Leute aus mehreren Fachrichtungen. Ich komme beispielsweise aus der Architektur.«

»Oh, ja klar.« So weit hatte ich gar nicht gedacht.

»Na dann, herzlich willkommen. Ich bin Nathan.« Er streckte mir eine Hand entgegen und grinste. »Das kommt gerade förmlicher rüber, als es soll.«

»Ist schon okay«, sagte ich, erwiderte sein Grinsen und ergriff seine Hand. Seine Finger waren warm, aber der Herbst beschenkte einen großen Teil von British Columbia auch mit Sommertemperaturen. »Ich heiße Quinn.«

Sein Händedruck war fest, aber nicht von der Machosorte, bei der Jungs beweisen wollten, was in ihnen steckt. Ich betrachtete den Kontrast meiner Haut zu seiner deutlich dunkleren, dann ließ er mich auch schon wieder los.

»Nur neu an der Uni oder neu in Nanaimo?« Er lehnte sich zurück, blickte von mir zur Tür und wirkte interessiert, aber nicht übermäßig neugierig. Trotzdem fühlte ich mich ertappt. Was Unsinn war, schließlich konnte Nathan mir nicht an der Nasenspitze ansehen, dass ich erst seit einigen Tagen hier lebte.

»Wie kommst du darauf?«

Schulterzucken. »Viele ziehen wegen des Studiums her.«

»Erwischt. Ich habe bis vor Kurzem in Smithers gelebt.«

Jetzt runzelte er die Stirn. »Ich glaube, da war ich irgendwann mal für einen Zwischenstopp, aber ich erinnere mich nicht an die Stadt.«

Kein Wunder, über mein altes Zuhause im Tal des Bulkley River gab es auch nicht allzu viel zu erzählen. Eine typische kanadische Kleinstadt mit allen Läden, die man benötigte, aber keinen besonderen Attraktionen.

»Es ist hübsch dort«, sagte ich möglichst neutral.

Wenn ich ehrlich war, hatte ich Smithers als Kind geliebt, und von unserem Haus aus war man in Sekundenschnelle im Grünen. Es war erst vor einigen Jahren problematisch geworden, als zunächst meine Stimmungsschwankungen und dann die Visionen begonnen hatten. Die mieseste Zeit meines Lebens. Nach und nach verscherzte ich es mir mit fast all meinen Freunden, weil ich so oft wegen Banalitäten sauer oder aggressiv wurde. Es war, als würden plötzlich sämtliche Hormone in meinem Körper durchdrehen. Anfangs tolerierten die anderen meine Aussetzer noch, irgendwann wurden sie unsicher, und nach dem fünften oder sechsten Mal hatten sie keine Lust mehr, sich das länger anzutun. Ich konnte sie verstehen und zog mich immer mehr zurück. Sogar von Mum und Dad, als schließlich die Visionen einsetzten – Bilder von Wäldern oder in irrer Geschwindigkeit vorbeiziehenden Bäumen, die urplötzlich in meinem Kopf auftauchten und mich seltsam unruhig machten. Sie wirkten so … echt. Immerhin nahmen die Wutausbrüche ab, je häufiger die Visionen auftraten. Zum Glück hatte ich irgendwann so viel mit den Abschlussprüfungen und der Studienplatzsuche zu tun, dass mir keine Zeit blieb, weiter darüber nachzudenken. Zudem hatte mein Plan, durch ein Studium in einer anderen Stadt ein wenig mehr auf eigenen Füßen zu stehen, plötzlich einen weiteren Pluspunkt erhalten: Ich konnte einen Neuanfang wagen.

Ich schob die Erinnerungen beiseite und lächelte Nathan an. »In Smithers gibt es einen Skiberg und ein cooles Freeride-Gebiet.«

Er wollte etwas erwidern, doch in diesem Moment öffnete sich die Tür vor uns. Ms Weller trat heraus und schien überrascht, dass ich nicht mehr allein wartete. Das Mädchen, das zuletzt hineingegangen war, trat an ihr vorbei, nickte uns knapp zu und verschwand dann zwischen den anderen Studenten. Allzu glücklich hatte es nicht ausgesehen.

»Nathan«, sagte Ms Weller und sah von mir zu ihm. »Kann ich etwas für dich tun?«

Er warf mir einen Seitenblick zu, und auf einmal wirkte er nicht mehr ganz so fröhlich – als täte es ihm leid, dass er auch hier saß. »Ich weiß, ich habe gesagt, dass es in diesem Semester zeitlich für mich eng wird. Aber ich bin noch einmal durch meine Kursliste gegangen und …« Er hob die Arme und ließ sie wieder fallen. »Nun, wenn es nicht zu spät ist, wollte ich mich doch noch bewerben.«

Ms Weller zog die Brauen hoch. Ich sah förmlich, wie es hinter ihrer Stirn arbeitete.

»Das kommt nun etwas unerwartet.«

»Tut mir leid. Ich verstehe völlig, wenn ich einfach zu spät dran bin.«

Sie rieb sich die Nasenwurzel mit Daumen und Zeigefinger, dann nickte sie. »Spät schon, aber ich bin trotzdem froh, dass du es dir noch einmal überlegt hast. Es ist einfach die beste Lösung.« Sie sah mich an und lächelte. »Quinn, ich habe mich sehr gefreut, dich kennenzulernen. Aber unter diesen Umständen entscheide ich mich für Nathan. Er hat schon im vergangenen Semester für mich gearbeitet, und bei den Massen an Unterlagen«, sie deutete über ihre Schulter in Richtung ihres Büros, »spare ich mir viel Arbeit, wenn ich niemanden einlernen muss. Das hat also nichts mit dir zu tun, im Gegenteil, du hast mich im Gespräch sehr überzeugt. Danke für deine Zeit und dein Interesse. Wir sehen uns ja am Montag.«

Wow, sie hatte wirklich nicht übertrieben, als sie sagte, sie würde sich spontan entscheiden!

Ich versuchte, mir die Enttäuschung nicht anmerken zu lassen. »Danke für die Chance«, sagte ich und stand auf, um Ms Weller die Hand zu reichen. Ich brachte es sogar fertig, locker und völlig normal zu klingen.

Natürlich war es utopisch, sofort den ersten Job zu bekommen, für den ich mich bewarb, nur hatte am Telefon und vorhin im Gespräch alles so vielversprechend geklungen. Meine Mappe hatte Eindruck gemacht, die Fakultät war nur klein, und Ms Weller schien wirklich in Ordnung zu sein.

Sie wandte sich an Nathan. »Dich erwarte ich dann morgen um drei.«

»Geht klar«, sagte er und schüttelte ihr ebenfalls die Hand.

Nachdem sie wieder in ihrem Büro verschwunden war, sah er mich entschuldigend an.

Ich nickte ihm zu. Erst jetzt fiel mir auf, wie groß er war. Er überragte mich um mindestens einen Kopf.

»Glückwunsch! Wir laufen uns wahrscheinlich irgendwann wieder über den Weg.« Damit drehte ich mich um.

Welcher Gang führte noch mal nach draußen?

»Hey, warte kurz!« Nathan tauchte neben mir auf und passte sich meinem Tempo an. »Tut mir leid, dass ich dir den Job weggeschnappt habe.« Schuldbewusst fuhr er sich durch die Haare, die daraufhin wirr von seinem Kopf abstanden.

»Schon okay.«

»Kann ich dich dennoch als Entschädigung zu einem Kaffee einladen? Oder etwas anderem? Ich will nicht, dass du deinen ersten Besuch an der Vancouver Island als totalen Reinfall wertest.«

Was bei anderen vielleicht einen Hauch zu selbstbewusst rübergekommen wäre, klang bei ihm völlig locker. Ich hatte den Mund bereits geöffnet, um höflich abzulehnen, aber etwas hielt mich zurück. Vielleicht weil er so ehrlich wirkte oder weil ich nicht wusste, was ich sonst mit dem Tag anfangen wollte. Vielleicht ahnte ich aber auch, dass es nichts brachte, wenn ich mich hier ebenso zurückzog wie in Smithers.

»Okay, warum nicht. Es kann ja nicht schaden, zu wissen, wo es hier guten Kaffee gibt.«

»Super.« Er deutete nach links, und wir bogen in den entsprechenden Gang ab. »In der Nähe des Campus ist ein großartiges Café, wir laufen höchstens zehn Minuten. Oder kennst du das *Nez* vielleicht schon?«

»Nein.« Ich schüttelte den Kopf. »Ich kenne nur zwei Cafés in der Stadt, und die liegen in Brechin Hill.«

»Wohnst du da?«

Ich nickte. Es gab kaum Läden oder Orte in Nanaimo, die ich bereits kannte, ganz zu schweigen vom Rest von Vancouver Island – und es gab eine Menge zu entdecken bei vierhundertfünfzig Kilometern von der Nord- bis zur Südspitze. Mein Sightseeing mit Belle als Fremdenführerin hatte sich auf den Supermarkt und die nächstgelegene Tankstelle beschränkt. Alles Weitere musste warten, da sie bis vorgestern für einen wichtigen Auftrag gearbeitet und ich mich auf den Semesterstart vorbereitet hatte. Und auf den Job, den ich nun doch nicht bekommen hatte. Aber ich freute mich auf das Wochenende, an dem wir gemeinsam zum Hafen fahren wollten.

Nathan hob eine Augenbraue. »Nur zwei? Das müssen wir dringend ändern.«

»Copeland!«

Der Ruf, vielmehr das Gebrüll, kam vom anderen Ende des Gangs. Zuerst achtete ich nicht weiter darauf, merkte dann aber, dass sich mehrere Studenten zu uns umdrehten und Nathan musterten. Der runzelte die Stirn und murmelte etwas. Ich hätte schwören können, dass er vor sich hin fluchte.

Wie von Zauberhand lockerte sich das Menschengewirr in der Mitte des Flurs und gab den Blick auf einen großen, blonden Kerl frei. Er stand aufrecht und doch angespannt da wie ein Sportler, der auf das Signal wartete, das ihn in den Wettkampf schickte. Auf seinem Gesicht spiegelte sich etwas, das ich zunächst für Spott hielt, aber dann erkannte ich die Herausforderung dahinter. Wer auch immer der Typ war, er hatte nichts, aber auch gar nichts für meinen Begleiter übrig.

Nathan rührte sich nicht. Er wirkte längst nicht mehr so locker und gut gelaunt wie zuvor. Die Wärme in seinen Augen war einem harten Blick gewichen. Die Luft heizte sich in einer unangenehmen Weise auf, die früher oder später zu einer Explosion führen musste.

Der Blonde setzte sich in Bewegung, und er war nicht allein. Ich hatte zuerst gedacht, dass die drei Typen neben ihm zufällig stehen geblieben waren, möglicherweise ebenso erstaunt wie ich über den scharfen Tonfall. Jetzt folgten sie ihm. Es war ein Bild wie aus einem Film: der hochgewachsene Blonde, der seine Gefolgschaft von der Highschool mit an die Uni genommen hatte und hier noch immer den Ton angab. Oder es zumindest glaubte.

Sie blieben eine Armlänge vor uns stehen und musterten erst Nathan verächtlich, dann mich von oben bis unten. Es fühlte sich an, als wäre ich zwischen die Fronten eines Krieges geraten.

»Blaise«, sagte Nathan. *Was willst du* musste er nicht mehr nachschieben, sein Tonfall verriet genug. Er überragte sein Gegenüber um zwei, drei Zentimeter, aber seine Gelassenheit ließ den Unterschied noch größer wirken.

Der Blonde hob einen Mundwinkel. Jetzt sah er nicht nur drohend aus, sondern auch spöttisch. Er und Nathan starrten sich an, als gäbe es den Rest – die anderen Studenten, die Umgebung, mich – nicht mehr. Die Luft zwischen ihnen schien sich aufzuladen, und ich wusste nicht, ob ich loslachen sollte. Das hier war absurd, weil es so ein Klischee war, aber trotzdem war nicht zu übersehen, dass beide den anderen abgrundtief hassten und es vollkommen ernst meinten.

Nathan hob die Arme und ließ sie wieder fallen. Allein diese Bewegung sorgte dafür, dass einer von Blaises Buddys sich anspannte. Die Muskeln seiner nackten Oberarme bewegten sich deutlich.

»War es das?«, schob Nathan hinterher. »Wolltest du mich nur begrüßen, oder gibt's noch was anderes?«

Ich sah mich um. Einige Studenten beobachteten unsere kleine Gruppe, und ich trat einen Schritt zurück. Das hier musste ich mir nicht antun. Ich gehörte nicht dazu, war nicht Teil dieses Streits, also musste ich auch meine Zeit nicht damit verschwenden.

Der Typ namens Blaise wurde auf mich aufmerksam und sah mich so eindringlich an, dass ich widerwillig stehen blieb. Etwas huschte über sein Gesicht. Erstaunen? Er musterte mich eingehender, als hätte er mich hier nicht erwartet, dabei kannte er mich gar nicht.

»Schlaues Mädchen. Du solltest nicht mit Copeland oder seinen … *Leuten* abhängen.«

Mich ärgerte sein Kommentar. Dieser Kerl hatte mir garantiert nicht zu sagen, mit wem ich *abhängen* sollte.

Nathan schüttelte leicht den Kopf. »Sorry«, murmelte er mir zu. »So war das nicht geplant.«

»Ich denke, ich gehe besser«, antwortete ich, sah aber dabei den Blonden an, der ein unnatürlich breites Lächeln aufgesetzt hatte. Seine Zahnreihen waren so weiß und ebenmäßig, dass er gut in eine Vorabendserie gepasst hätte.

»Schade, aber ich verstehe dich. Ich weiß, es ist schwer, sich Freunde zu suchen, wenn man irgendwo neu ist, aber deine erste Wahl war einfach die falsche.« Er deutete auf Nathan.

»Das kann ich ganz gut selbst beurteilen.« Ich verzichtete darauf, ihm zu sagen, dass sein offenbarer Erzfeind und ich keineswegs Freunde waren, sondern uns gerade erst kennengelernt hatten, und ging an der kleinen Gruppe vorbei. »Bis dann mal, Nathan.«

»Tut mir leid. Wir holen das mit dem Kaffee nach, versprochen.«

Seine ruhige Stimme stand in starkem Gegensatz zu seiner angespannten Körperhaltung. Er hatte sogar die Hände zu Fäusten geballt, und eine Sekunde lang glaubte ich, dass die beiden aufeinander losgehen würden, kaum dass ich ihnen den Rücken zuwandte.

»Schon okay«, sagte ich und machte, dass ich wegkam. Ich wollte nichts mit irgendwelchen Territoriumskämpfen zu tun haben, die vor meiner Zeit hier begonnen hatten.

In der Eile stieß ich jemanden mit der Schulter an und murmelte eine Entschuldigung. Er beachtete mich jedoch nicht weiter und lief auf die Gruppe zu. Als ich mich umdrehte, sah ich, dass auch Nathan Verstärkung bekommen hatte: Rechts von ihm stand der Typ, mit dem ich zusammengestoßen war, links ein weiterer. Beide waren ebenso groß wie Nathan.

Ich schob mich zwischen einigen Studentinnen hindurch, die das Ganze aus sicherer Entfernung beobachteten und sich gegenseitig etwas ins Ohr flüsterten. Endlich sah ich den Ausgang und hielt darauf zu. Als ich draußen war und mir die Sonne ins Gesicht schien, blieb ich stehen. Was war das gerade gewesen? Der traditionelle Krieg zweier … ja was, rivalisierender Gangs? Ich beschloss, mir nicht weiter den Kopf darüber zu zerbrechen, immerhin hatte ich genügend andere Probleme – unter anderem die Suche nach einem Nebenjob. Aber jetzt wollte ich erst mal in den Arrowsmith Park, meine Sportklamotten lagen im Auto. Mit einem Seufzen machte ich mich auf den Weg zum Parkplatz, wo Belles Klapperkiste auf mich wartete.

Die Sonne tupfte Flecken auf die Blätter und Baumstämme und ließ das an mir vorbeiziehende Grün und Braun im Augenwinkel flirren. Ich lief ruhig und gleichmäßig, der Waldboden federte unter meinen Sportschuhen. Die Stimmen der anderen Besucher hatte ich bereits vor einigen Minuten hinter mir gelassen, als ich von dem gut ausgebauten auf einen schmalen Pfad gewechselt war, der irgendwo in der Wildnis vor mir verschwand. Hier war niemand außer mir, den Bäumen, hin und wieder einem Schmetterling und dem Geruch nach feuchter Erde.

Der Mount Arrowsmith National Park lag ungefähr eine Stunde vom Campus entfernt etwas weiter im Landesinneren. Ich mochte, dass es hier keine Cafés, plötzlichen Riesenspielplätze oder Museen gab – oder was man heutzutage noch so in Wandergebieten fand. Wer hierherkam, der wollte laufen, klettern oder im Winter Ski fahren. Mitten in dem ganzen Grün erhob sich der Mount Arrowsmith knapp zweitausend Meter in die Höhe. Belle hatte mir erzählt, dass die Ureinwohner der Gegend ihn Kuth-Kah-Chulth nannten, was angeblich so viel bedeutete wie »scharfes, spitzes Gesicht«. Ich hatte ihn von Weitem gesehen, aber nichts Scharfes entdeckt. Im Gegenteil, mit seinen schneebedeckten Höhenzügen wirkte er eher weich und kuschelig.

Ich sprang über eine Baumwurzel und blieb an einer Gabelung stehen. Der Weg sah in beide Richtungen gleich aus, also bog ich nach links ab, da ich glaubte, mich so weiter vom Parkplatz zu entfernen. Ich hatte wenig Lust, einen Bogen zu schlagen und meine Runde demnächst schon zu beenden. Mein Körper verlangte nach Bewegung, und wenn ich ehrlich war, tat die meinen Gedanken ganz gut.

Im Nachhinein war ich doch etwas sauer, dass Nathan mir den Job an der Uni im letzten Augenblick weggeschnappt hatte. Und dann war ich seinetwegen auch noch mitten in einen Streit geraten, der mich nichts anging und den ich so albern fand, dass ich ganz sicher nichts damit zu tun haben wollte. Alles in allem war der Tag also reichlich mies gelaufen. Die Haut auf meinem Rücken und im Nacken kribbelte, und ein Gefühl stieg in mir auf, das ich mittlerweile nur allzu gut kannte. Gewöhnen würde ich mich allerdings nie daran. Ich biss die Zähne zusammen, lief schneller und bog erneut ab. Dabei nahm ich die Kurve zu eng, und ein Ast schabte über meinen nackten Arm. Es tat weh.

»Verdammter Mist!« Meine Stimme schnitt durch die feuchtwarme Luft und scheuchte irgendeinen Vogel auf. Blödes Vieh! Ich riss im Lauf einen dünnen Ast ab und zerbrach ihn zwischen den Fingern. Die Stücke schleuderte ich in das Moos zu meiner Linken und erwartete beinahe, einen weiteren Vogel auffliegen zu sehen. Mein Blut pulsierte durch meine Adern, und ich hätte am liebsten geschrien, weil ich auf einmal so unglaublich wütend war.

*Okay Quinn, stopp!*

Ich blieb stehen, beugte mich vor und stützte beide Hände auf meine Knie. Mein Atem ging schnell, aber das kam nicht vom Laufen, sondern von der Wut, durch die ich gerade beinahe die Kontrolle über mich verloren hätte. Das war nicht normal. Diese Attacken überfielen mich nie, wenn ich im Wald war. Im Gegenteil, sobald ich unruhig wurde und diese Anspannung in mir wuchs, war ich rausgefahren. Allein und von der Natur umgeben hatte ich mich stets beruhigen können.

Wenn meine Gefühle so Amok liefen, kündigten sie in den meisten Fällen einen kurzen Schwindelanfall, ein Kribbeln auf der Haut und seit einigen Monaten diese … Bilder an. Fast so, als würde jemand sie in meinen Kopf projizieren, während mein Körper sich dagegen wehrte. Immer öfter blieben die Wutanfälle jedoch aus, und die Bilder kamen ohne große Vorwarnung, als hätte ich die nächste Stufe einer seltsamen Krankheit erreicht. Und jetzt half es mir nicht einmal mehr, mich im Wald zu verausgaben.

Was also hatte sich verändert?

Ich konzentrierte mich, zählte bis fünf – einatmen –, dann bis drei – Luft anhalten – und dann noch einmal bis fünf – ausatmen. Nach einer Weile wurde ich ruhiger. Schließlich lockerte ich meine Schultern und sah mich um, da setzte der Schwindel ein. Ich tastete nach einem Baumstamm, lehnte mich dagegen, schloss die Augen und versuchte, alles an mir vorüberziehen zu lassen. Die Bilder ließen nicht lange auf sich warten. Es waren nur wenige, und wie immer konnte ich nichts deutlich erkennen. Das lag nicht daran, dass sie verschwommen waren, sondern weil die Umgebung unglaublich schnell an mir vorbeizog. Mit einer solchen Geschwindigkeit würde ich niemals laufen können, und wenn ich noch so viel trainierte. Aber ich sah einen Wald, ähnlich wie diesen. Im Grunde hätte es sogar der Arrowsmith Park sein können, auch wenn ich in der Ferne einen hellen Schimmer zu sehen glaubte. Meine Schläfen schmerzten verhalten, dann war es auch schon vorbei. Ich wartete noch eine Weile, bevor ich die Augen öffnete, und starrte in das raschelnde, grüne Dach über mir.

Die letzte Attacke – ich weigerte mich, es *Anfall* zu nennen, da mich das an eine Krankheit erinnerte, während man sich gegen eine Attacke zumindest wehren konnte – hatte ich in Smithers erlebt.

Es hatte vor knapp vier Jahren angefangen. Damals waren die Attacken nur selten aufgetreten, höchstens alle paar Monate einmal, doch im vergangenen Jahr hatten sie sich gehäuft. Zuerst hatte ich damit nicht umgehen können und verbal um mich gebissen, wenn jemand in der Nähe gewesen war. Wenn ich jetzt daran zurückdachte, wie oft ich Mum Dinge an den Kopf geworfen hatte, für die ich mich noch immer schämte … nein, es war auch für sie gut, dass ich hier war, mit genügend Abstand zwischen uns. Ich hatte gehofft, dass sich die Attacken legen würden, wenn ich mich auf die Uni konzentrieren musste. Wenn alles anders war.

Falsch gedacht. Sogar ganz falsch, denn anstatt meine Batterien für die kommenden Tage aufzuladen, waren sie nun vollkommen leer. Bedeutete das, die Attacken wurden wieder schlimmer?

Ich strich ein paar Haarsträhnen zurück und spürte den Schweiß auf meiner Stirn. Besser, ich ging zurück zum Wagen, fuhr nach Hause und nahm ein langes, heißes Bad. Zwischen Schaum und mit einem Cappuccino und Schokokeksen konnte ich immer noch entscheiden, ob ich das alles einem Arzt erzählen sollte.

# Kapitel 3

## NATHAN

»Ich wusste nicht, dass die Uni heutzutage so gefährlich ist.«

Überrascht drehte ich mich um und starrte M. Weller an. Sie war vor wenigen Minuten angekommen und hatte seitdem in den Unterlagenstapeln gewühlt, die den hinteren Teil des Büros überfluteten. Jetzt trat sie neben mich und deutete auf meinen Unterarm.

»Ach das.« Ich musterte die Schramme, die sich von meiner Armbeuge bis fast zum Handgelenk zog. Rui und ich waren gestern spätabends im Wald unterwegs gewesen und hatten es bei einem Wettrennen ein wenig übertrieben. Der Riss hatte höllisch geblutet, heilte aber wie immer extrem schnell ab.

»Das ist nichts. Ich war nur mit Freunden unterwegs.«

M. seufzte. »Wenn das deine Freunde waren, möchte ich nicht wissen, wer deine Feinde sind, Nathan.«

Das war an der Vancouver Island vermutlich kein Geheimnis, aber ich entschied, besser das Thema zu wechseln, und deutete auf den Monitor. »Die Power Point ist fertig. Wollen Sie noch einen Blick darauf werfen, bevor ich gehe?«

Sie schüttelte den Kopf und war schon wieder halb in ein Schreiben vertieft. »Nicht mehr heute, ich muss mich erst um die Organisation der Fördergelder kümmern. Aber danke, Nathan, ich bin sicher, dass es gut geworden ist. Du hast ein Händchen dafür.«

M. hasste es, ihre Präsentationen selbst zu erstellen, weil sie mit dem Programm auf Kriegsfuß stand. Im vergangenen Semester hatte ich einige ihrer Selbstversuche gesehen, nachdem ich meinen Job angetreten hatte, und ihr geholfen, damit sie sich in ihren Vorlesungen nicht blamierte. Mir machte das nichts aus, im Gegenteil. Ich mochte übersichtliche Dinge. Vermutlich bevorzugte ich deshalb auch in meinen Studienprojekten klare Formen und Konzepte.

Ich sah auf mein Handy und stand auf. So pünktlich kam ich selten hier raus, die anderen würden nicht allzu lange auf mich warten müssen.

»Alles klar, ich habe die Datei unter dem heutigen Datum auf dem Desktop gespeichert. Dann bis bald und noch viel Spaß.«

Sie seufzte lediglich und schenkte mir einen Blick, der verriet, dass sie den ganz sicher nicht haben würde. »Sag deinen Freunden, sie sollen vorsichtiger mit dir sein. Tschüs, Nathan.«

»Mach ich.« Ich nickte ihr zu und trat auf den Gang.

Es war verhältnismäßig still, schließlich begann das Semester erst am Montag, und nur einzelne Studenten waren unterwegs – Streber, die nicht auf den offiziellen Startschuss warten konnten, Freunde, die sich auf dem Gelände trafen, weil sie in der Nähe wohnten, und Leute wie ich, die bereits ihre Termine hatten.

Ich machte mich auf den Weg zum Ausgang und dachte an Quinn. Ob sie sauer war, dass ich ihr den Job weggeschnappt hatte? Vermutlich, ich wäre es an ihrer Stelle jedenfalls. Es tat mir auch ehrlich leid, vor allem, da ich sie wirklich sympathisch fand. Normalerweise quatschte ich niemanden einfach so an, sondern war froh, wenn ich meine Ruhe hatte. Gerade wenn in meinem Leben einiges los war, so wie seit ein paar Wochen. Aber ihre Gegenwart und das Gespräch mit ihr hatten sich gut angefühlt. Beruhigend.

»Nathan!« Caleb wartete am Eingang, lehnte an einer Säule und trug so grellbunte Sportklamotten, dass ich kurz die Augen zusammenkniff. »Wir dachten schon, du lässt uns hängen und versackst lieber am Computer.«

»Wenn ich dich so sehe, wäre das wohl auch die bessere Entscheidung gewesen, Mann. Warum trägst du so was?« Ich deutete auf seine Shorts und schlug meine Faust kurz gegen seine.

Caleb zuckte die Schultern und fuhr sich über seinen fast kahl rasierten Schädel. »Von jemandem wie mir erwartet man Fröhlichkeit und vollendetes Modebewusstsein. Los, die anderen sind draußen.«

Ich folgte ihm in den Sonnenschein und streckte mich, als die Strahlen meine Haut wärmten. Zwar liebte ich die Nacht mehr als den Tag, aber wer hatte schon etwas gegen ein paar Stunden in der Sonne einzuwenden?

Debbie und Rui lungerten vor dem Eingang herum. Debbie hatte den Kopf in den Nacken gelegt und genoss das Wetter ebenso wie ich, während Rui einen Basketball auf seinem Zeigefinger kreisen ließ. Er begrüßte mich mit einem Nicken und warf mir den Ball zu.

»Hey«, rief ich und fing ihn auf.

»Hey, Nathan«, sagte Deb. »Ich hatte gehofft, du musst länger machen, damit ich das hier noch ein wenig genießen kann.« Sie streckte sich und sah höchst zufrieden aus.

Caleb verdrehte die Augen. »Apropos genießen – stammt der von Blaise?« Er deutete auf den Kratzer, und allmählich bedauerte ich, kein langärmliges Shirt angezogen zu haben.

»Nein, der stammt von Rui. Wir haben gestern im Wald ein kleines Rennen veranstaltet. Nichts Wildes«, sagte ich und warf Caleb den Ball mit voller Wucht zu.

Er fing ihn mühelos. »Schade. Ich hatte auf was Wildes gehofft. Irgendeine nette Story, in der du Gabriel windelweich geprügelt hast, nachdem der Vollidiot dir vorgestern blöd gekommen ist.« In seinen Augen blitzte es, er meinte es absolut ernst.

Caleb liebte Auseinandersetzungen mit Blaise und seinen Jungs. Wenn man ihn lassen würde, wäre er öfter der Mittelpunkt einer Schlägerei. Vorgestern war ich echt froh gewesen, dass er nicht auf dem Gang aufgetaucht war, weil es sonst vermutlich hässlich geworden wäre. Gabriel Blaise hatte mich lediglich reizen wollen, obwohl er eigentlich wissen müsste, dass ich nicht darauf ansprang. Es sah ganz so aus, als stünde er momentan unter Stress und wollte sich an mir abreagieren – so machte man das schließlich, wenn zwei Familien seit langer Zeit verfeindet waren.

»Da muss ich dich enttäuschen«, sagte ich knapp. So gern Caleb nach dem kurzen Vorfall auf Blaise und seine Gefolgschaft losgegangen wäre, so froh war ich, dass ich sie seitdem nicht mehr gesehen hatte. Es gab niemanden, den ich lieber aus meinem Leben gestrichen hätte als Gabriel, aber man konnte nun mal nicht alles haben, und leider besuchte er dieselbe Uni. Zum Glück studierte er Wirtschaftsmanagement – etwas anderes kam für das Söhnchen von Edmund Blaise natürlich nicht infrage –, also liefen wir uns nicht allzu oft über den Weg.

»Wie steht's mit den Vorbereitungen für die Jubiläumsfeier?«, mischte sich Debbie ein.

Ich war dankbar, dass sie unser Gespräch auf ein anderes Thema lenkte.

»Ist dein Dad sehr beschäftigt?«

Die Antwort lautete eindeutig ja. Dad war angespannt, weil er wollte, dass unsere große Jubiläumsfeier reibungslos über die Bühne ging, und das hing von verdammt vielen Faktoren ab. Momentan verbrachte er viel Zeit oben in Winter Harbour, um alles zu organisieren, aber mir war das ganz recht. Trotzdem würde er niemals zugeben, im Stress zu sein, und er würde mich lynchen, wenn ich das von ihm behauptete.

»Es läuft alles glatt, ist eben wie immer viel zu tun«, wich ich der Frage aus. Ich gab den anderen ein Zeichen, und wir liefen los in Richtung Basketballplatz.

Mein Handy klingelte, und als ich es aus der Tasche zog, unterdrückte ich ein Seufzen. Als hätte er geahnt, dass wir gerade über ihn geredet hatten. Ich wandte mich kurz ab und nahm den Anruf an.

»Hey, Dad.«

»Nathan.« Er klang ungeduldig, fast schon wütend. »Sag mir bitte, dass du weißt, wo dein Nichtsnutz von Cousin steckt.«

»Ich habe keine Ahnung«, sagte ich verwundert. Zachary war alt genug, ich musste nicht seinen Babysitter spielen. Allerdings fiel mir jetzt auf, dass ich ihn seit zwei Tagen nicht gesehen hatte. Auch auf meine letzte Nachricht hatte er nicht geantwortet.

»Ganz großartig«, knurrte Dad. »Aber ich hätte es mir denken können. Es war falsch, ihm Verantwortung zu übertragen. Man kann sich nicht auf ihn verlassen.«

»Mach mal halblang, Dad.« Ich hatte das Gefühl, Zach verteidigen zu müssen. Immerhin hatte er niemanden mehr außer uns.

»Ich habe dir gesagt, dass es ein Fehler war, Zachary bei uns aufzunehmen, Nathan. Der Junge bringt nichts als Ärger. Schon immer.«

In seine Stimme hatte sich dieser Unterton geschlichen, den ich nicht mochte, weil er Zach für mehr verantwortlich machte als für das aktuelle Problem. Ich schluckte die Bemerkung herunter, die mir auf der Zunge lag, denn Streit half jetzt niemandem, am allerwenigsten Zach. Ja, mein Cousin war in vielen Belangen einfach *mehr* als ich. Er feierte länger und öfter, er trank mehr, trainierte härter, er redete sogar lauter. Und zugegeben, er geriet auch häufiger in Schwierigkeiten. Das hatte sich schon an den Schlägereien damals an der Highschool gezeigt. Dabei war Zach nicht immer selbst schuld. Er prügelte sich nicht einmal gern, ließ sich dafür aber verdammt leicht provozieren. Trotzdem war er ein guter Freund. Zach würde alles für mich tun.

»Er kann nichts dafür, dass Mum tot ist, Dad«, sagte ich leise. »Zach hat nicht am Steuer gesessen, sondern Tante Laura.«

Gefährliches Terrain. Der Unfall, bei dem Mum sowie Zachs Mutter gestorben waren, lag fünf Jahre zurück. Manchmal glaubte ich, sie würden trotzdem jeden Moment durch die Tür treten, lachend und durcheinanderredend und schwer bepackt von ihrer Shoppingtour in Vancouver. Ich war sicher, dass Dad ähnlich fühlte, aber im Gegensatz zu mir hatte er in seiner Trauer beschlossen, nicht nur Tante Laura, sondern auch Zach als den Schuldigen abzustempeln. Es wunderte mich, dass er ihn damals bei uns aufgenommen und nicht einfach sich selbst überlassen hatte.

»Ich wüsste nicht, was diese Sache mit dem heutigen Fehlverhalten deines Cousins zu tun hat«, sagte Dad kühl und so sachlich, als redete er über eine Möbelanschaffung. Im Bruchteil einer Sekunde hatte er sich weit von mir entfernt.

»Hast du ihn mal angerufen?«

Blöde Frage, natürlich hatte er das.

»Mehrmals seit heute früh. Er hätte längst mit den neuen Schnitzereien für das Versammlungshaus hier sein müssen. Außerdem hat er zugesagt, beim Aufbau der Bühne zu helfen. Diese Feier ist wichtig, und zwar für alle Tribes. Wie stehe ich da, wenn ausgerechnet jemand aus meinem Tribe den Anschein erweckt, alles auf die leichte Schulter zu nehmen? Aber es ist ja nicht das erste Mal, dass er uns im Stich lässt.«

Das stimmte leider, daher fiel mir auch kein Gegenargument ein. Wenn Zach feierte, vergaß er schon mal, dass es noch andere Dinge im Leben gab als Party. Ich verstand ihn zum Teil. Jeder ging mit dem Tod eines Elternteils anders um. Zach betäubte sich und lenkte sich ab, ich stürzte mich in Termine und Pläne. Aber ich hatte immerhin noch Dad.

»Vielleicht ist er ja schon unterwegs zu euch.«

»Er reagiert seit heute Morgen nicht auf meine Anrufe, Nathan. Tu mir einen Gefallen. Wenn du ihn siehst, sag ihm, dass er seinen Hintern schleunigst herbewegen soll, ansonsten kann er sich eine neue Bleibe suchen.« Er legte auf.

Ich starrte auf das Telefon, während meine Gedanken heiß liefen. Ja, Zach war alles andere als zuverlässig. Aber die Jubiläumsfeier in Winter Harbour war für ihn ebenso wichtig wie für uns alle.

»Nate?«

Ich wandte mich um. »Geht schon mal vor, ich muss noch kurz etwas regeln.«

Caleb verdrehte die Augen. »Typisch Copeland.«

Er fing sich einen Fausthieb von Debbie ein, rieb sich grinsend die Schulter, zwinkerte mir zu und machte sich mit den anderen beiden auf den Weg.

Ich wählte Zachs Nummer und hielt das Handy ans Ohr.

*»Dieses Mal hast du kein Glück, aber nicht aufgeben! Du erwischst mich schon noch.«*

Der Piepton nach der Ansage auf der Mailbox klang beim dritten Versuch nervig höhnisch. Ich fluchte und hielt mich gerade noch zurück, das Handy auf den Boden zu feuern. Stattdessen öffnete ich WhatsApp, aber dort hatte er meine Nachricht noch nicht einmal gelesen. Ich schrieb ihm eine weitere, dass er sich dringend bei mir und bei Dad melden sollte. Dabei fiel mir ein, dass er gestern sogar das Mittagessen hatte sausen lassen, obwohl Mrs MacGowan ihre Spezialpizza gebacken hatte. Seitdem Zach bei mir und Dad wohnte, verschwanden Lebensmittel schneller, als wir einkaufen konnten. Ich kannte niemanden, der Riesenportionen so inhalierte wie mein Cousin, und er wusste genau, dass unsere Haushälterin mindestens einmal pro Woche etwas auf den Tisch brachte, das auf unserer Liste weit oben stand.

Ein Versuch blieb mir noch, also wählte ich Sams Nummer. Wenigstens hatte ich bei ihm Glück, es klingelte nur zweimal.

»Hey, Nate!« Sam klang wie immer gut gelaunt, dann hustete er.

»Störe ich?«

Mehr Husterei. »Einen Moment.«

Ich hörte, wie er das Telefon zur Seite legte, dann war Stille. Etwas polterte. »Sorry, ich bin gerade in der Werkstatt. Der Kulturrat von Duncan hat eine Adlerskulptur für das Rathaus bestellt, und ich sitze seit heute früh an den ersten Ausarbeitungen.«

»Das ist ziemlich cool, Sam!«

Das war es wirklich. Duncan nannte sich schließlich selbst die *Stadt der Totems* und legte großen Wert darauf, die Kultur der First Nations auf Plätzen oder in Parks in das Alltagsbild zu integrieren. In dem Ort standen unter anderem einige der größten Totempfähle Kanadas. Vor allem die Kunst der Cowichan war stark vertreten, und von ihnen stammte Sam schließlich ab.

»Ja, es war schon eine Ehre, als sie ausgerechnet mich gefragt haben.«

»Ich finde, das war einfach nur schlau von ihnen.«

Er lachte. »Rufst du aus einem bestimmten Grund an? Ich will dich nicht abwürgen, aber ich bin voller Holzstaub.«

Sam war einfach zu höflich, um mir zu sagen, dass er weiterarbeiten wollte und daher wenig Lust auf Small Talk hatte. Das war okay, ich wollte auch nicht plaudern.

»Ja, sag mal, war Zach bei dir und hat die Skulpturen für Winter Harbour abgeholt?«

»Nein, die stehen hier noch alle, aber gut, dass du nachfragst. Ich dachte, er müsste schon längst auf dem Weg sein. Wann will er denn vorbeikommen?«

*Wenn ich das mal wüsste.*

»Gute Frage«, sagte ich und verfluchte Zach innerlich. »Ich sprech ihn darauf an, wenn ich ihn sehe. Jetzt lass ich dich mal wieder in Ruhe. Und schluck nicht so viel Staub.«

Sam lachte. »Ich denk dran. Mach's gut, Nate.«

»Du auch.« Ich legte auf, steckte das Handy wieder in meine Hosentasche und starrte in die Ferne.

Allmählich übertrieb Zach es wirklich. Sollte er das hier vermasseln, wusste ich nicht, ob ich ihn noch in Schutz nehmen konnte. Wenn Dad seine Drohung wahrmachte und ihn rausschmiss, würde er ein Problem haben so ganz ohne Job, nachdem er im Elektrogeschäft wegen seines angeblich zu herrischen Chefs gekündigt hatte. Klar konnte er vorübergehend bei irgendeinem Kumpel unterkommen, aber auf lange Sicht?

»Verdammt, Zach«, murmelte ich und machte mich auf den Weg zum Basketballplatz. Warum musste ich mich eigentlich immer um meinen Cousin sorgen? Immerhin war er der Ältere von uns beiden.

Schon von Weitem sah ich, wie Debbie und Rui ein paar ruhige Körbe warfen, während Caleb neben ihnen Liegestütze mit einer Hand absolvierte – vermutlich wegen der Mädchen, die in einiger Entfernung auf einer Bank saßen, ihn beobachteten und kicherten. Caleb war manchmal echt ein Idiot.

Ich schlenderte auf die drei zu und blieb neben ihm stehen. »Was ist, spielen wir oder willst du weiterhin rumposen?«

Er sprang so schnell auf, dass er sogar mich überraschte. »Ich mach dich lieber beim Basketball fertig, Copeland.«

Ich hob die Brauen. »Das will ich sehen.«

Caleb grinste, rannte los und versuchte, Rui den Ball abzunehmen. Natürlich erfolglos. Rui machte nie viele Worte, aber er war der beste Spieler, den ich kannte.

Ich legte mein Handy zu den anderen Sachen am Rand des Spielfeldes und joggte zum Korb. Ich freute mich auf unser kleines

Match – und noch mehr darauf, dass mit dem offiziellen Semesterstart auch das Basketballtraining endlich beginnen würde. Ich konnte jede Ablenkung gut gebrauchen.

Probleme hatte ich schließlich genug.

# Kapitel 4

## QUINN

Es gab Orte, an denen man sich heimisch fühlte, wenn man dort auf unzählige andere Menschen traf – und solche, wo man in einer namenlosen Masse aus Stimmen, Hektik und drängelnden Körpern so schnell unterging, dass man sich vollkommen allein fühlte. Die Vancouver Island University zählte definitiv zur zweiten Kategorie. Vielleicht, weil es den Anschein hatte, als wüssten alle außer mir, wo sie hinwollten, und jeder eine Menge anderer Leute kannte. Die Gänge waren so voll, dass ich unweigerlich mitgeschoben wurde. Also ließ ich mich treiben, bis ich den Ausgang des Hauptgebäudes erreicht hatte, und versuchte dann, möglichst schnell an den Rand des Weges zu kommen.

Es funktionierte. Hier draußen war es zwar noch immer laut, aber längst nicht so voll wie in den Gebäuden. Weit über mir wehte die rot-weiße Nationalflagge mit dem Ahornblatt im Wind und erinnerte mich an den Wochenendausflug mit Belle, als wir am Hafen flatternde Fahnen an den Schiffen gesehen hatten.

Ich kramte die Kopie des Campusplans hervor, um mich zu orientieren. Haus 355 musste irgendwo links von mir liegen. Nachdem ich die Kopie um hundertachtzig Grad gedreht hatte, fand ich es recht schnell oberhalb der Grünfläche, die mit *Tamagawa Gardens* beschriftet war. So schwer konnte das also gar nicht sein. Ich sah mich noch einmal um und war mir ziemlich sicher, wo ich mich befand. Und tatsächlich erreichte ich kurz darauf das mehrgeschossige, weiße Gebäude, das durch die riesigen Fensterfronten mit den mintgrünen Sonnenblenden zumindest nicht den Eindruck vermittelte, als würde ich mich dort eingesperrt fühlen.

Die Geräuschkulisse änderte sich, kaum dass ich den Gebäudekomplex für Künste und Wissenschaften betreten hatte. Hier klang alles gedämpfter, einen Hauch tiefer, und niemand brüllte herum, weil er mehrere Hundert Meter entfernt ein bekanntes Gesicht entdeckt hatte. Ein Teil der Geräusche verlor sich zwischen dem Boden, den dicken, hellen Steinsäulen und hohen Decken. Es roch süßlich, ein wenig nach Popcorn, und das Gedränge hielt sich zum Glück in Grenzen.

An einer Infotafel neben dem Eingang hingen ein Institutsplan sowie mehrere Zettel. Ich überflog sie, fand nichts Interessantes und suchte den Raum meiner ersten Veranstaltung, eine Einführung in den Studiengang. Ein Blick auf mein Handy verriet mir, dass ich zu früh dran war, aber Belle hatte mich heute Morgen mit ihrer Nervosität regelrecht aus dem Haus getrieben.

»Es wird bestimmt alles super laufen«, hatte sie gesagt und mir ihren Tee sowie einen Apfel in die Hand gedrückt. Noch während ich darauf starrte und überlegte, was das Ganze sollte und wie ich meine Schwester beruhigen konnte, bemerkte sie ihren Irrtum, entschuldigte sich und riss mir beides wieder aus den Händen, nur um mir dann eine riesige Tasse mit Cappuccino hineinzudrücken. Ich hatte die Tasse weggestellt, Belle an den Schultern gefasst und so ernst wie möglich angesehen. Nach drei Sekunden waren wir beide in schallendes Gelächter ausgebrochen, und ich konnte sie endlich aus dem Haus und zu ihrer Klapperkiste schieben, wobei ich ihr versicherte, dass ich durchaus fähig war, in einen Bus zu steigen, und mein erster Tag an der Uni keine Katastrophe werden würde. Meine durchgeknallte Schwester! Aber ich war froh, dass sie war, wie sie war, denn letztlich tat es trotz allem gut, dass sie sich so sehr um mich sorgte.

Wenn sie mich nun ein wenig orientierungslos hier sehen würde, wäre sie mir sicherlich sofort zu Hilfe geeilt. Da mir aber noch Zeit blieb, konnte ich mich auch gleich etwas umsehen. Ich bog nach rechts ab und gelangte kurz darauf in eine Art Halle mit langen, gebogenen Tischen, die in einzelne Arbeitsstationen unterteilt waren. Daran saßen Leute in ihren Laptop oder ihr Handy vertieft, weiter hinten standen kleine Gruppen zusammen. In einer Ecke entdeckte ich ein paar Sessel. Die Lautstärke hatte abgenommen, weil die Hälfte der Studenten mit irgendetwas beschäftigt war. Meine Ohren bedankten sich. Ich lief langsamer und musterte ein Plakat an der Wand. Die Farbgebung und das Motiv – eine comichafte Echse – erinnerten mich an Horrorfilme aus den Siebzigerjahren. *Redball Swamp* stand darunter, ebenso ein Datum. Ich rechnete rasch nach. Übermorgen.

»Gehst du hin?«, fragte eine leise Stimme.

Ich wandte mich um. Vor mir stand eine Studentin, die in meinem Alter sein musste. Sie war hübsch mit schulterlangen, hellen Haaren, einer Stupsnase voller Sommersprossen und einem Lächeln, das vor allem entschuldigend wirkte, als hätte sie mich nicht stören wollen.

»Hingehen? Du meinst das da?« Ich deutete auf das Plakat. Vermutlich war *Redball Swamp* irgendeine Band. »Ich denke nicht. Ich meine, ich habe noch nie etwas von ihnen gehört. Eigentlich wollte ich mich hier nur mal umsehen.«

»Erstes Semester?« Wieder dieses Zögern in der Stimme, als wäre es nicht okay, mich einfach so anzusprechen. Unwillkürlich musste ich an Freitag denken, als Nathan und dieser Blaise samt Follower aneinandergerasselt waren. Auch so ein seltsames Verhalten. Hatte ich mich etwa so in meiner Uni-Wahl getäuscht und war an einem Ort gelandet, der alte Traditionen aufrechterhielt, die längst in den Müll gehörten?

»Ja«, sagte ich und beschloss, das alles erst einmal zu ignorieren. Vielleicht interpretierte ich auch nur zu viel hinein. »Ich habe heute meine Einführungsveranstaltung.«

Sie lächelte und schien ein wenig aufzutauen. »Wenn du möchtest, kann ich dich herumführen. Das ist zwar auch mein erstes Semester, aber ich komme aus Nanaimo und war schon zu einigen Infoveranstaltungen hier. Ich bin Maya.« Sie streckte mir förmlich die Hand entgegen.

Ich tat ihr den Gefallen und schüttelte sie. »Quinn. Danke, ich …«

»Ach, hier bist du!«

Die Stimme hinter uns ließ mich an zersplittertes Glas, Messer und Nadeln denken – an alles, was scharf und unangenehm war. Überrascht drehte ich mich um. Vor uns stand eine Dreiergruppe an weiblicher Überlegenheit, die mich vollkommen ignorierte, aber Maya hart ins Visier nahm.

Bäm! Ich hatte gleich an meinem ersten Tag die Königin der

Vancouver Island University gefunden, oder vielmehr sie mich, obwohl ich derzeit noch Luft für Ihre Majestät samt Gefolge war. Sie war blond und vielleicht schon ein oder zwei Semester weiter, aber das konnte ich schlecht schätzen, da ihr Make-up sie garantiert älter wirken ließ. Dazu kam sie in ihrer weißen Bluse und dem kurzen, cremefarbenen Rock äußerst selbstbewusst rüber, und auf den Lidern ihrer riesigen Augen schimmerte es silbrig, wenn sie blinzelte. Sie hatte ein Bein angewinkelt, eine Hand in die Hüfte gestemmt und hätte mit dieser Pose auch auf dem roten Teppich überlebt. Hinter ihr standen Begleiterin eins und zwei. Ich kam nicht dazu, sie näher zu betrachten, da Maya von einem Fuß auf den anderen trat.

»Hallo, Joanna.« Sie legte die Hände vor dem Körper zusammen und verschränkte ihre Finger. Zuvor hatte sie bereits zart gewirkt, nun sah sie aus, als wollte sie am liebsten verschwinden.

Joannas Blick streifte mich. »Ich dachte, wir wollten uns draußen treffen. Stattdessen treibst du dich hier herum.« Sie lächelte zuckersüß.

Etwas an ihr kam mir bekannt vor. Die Augen? Die Gesichtszüge? Die Art zu reden?

Maya räusperte sich. »Ich hatte noch ein wenig Zeit und da …«

»Sprichst du einfach so Fremde an, um eine Begleitung für ein Rockkonzert zu finden? Hi!«, wandte sich Königin Joanna mit einem so strahlenden Lächeln an mich, dass ich automatisch zurücklächelte, wenn auch deutlich verhaltener. »Maya?«

»O ja, natürlich«, beeilte sie sich mit ihrer Antwort. »Das ist Quinn, sie ist im ersten Semester. Quinn, das sind Joanna Blaise, Celia Terhyden und Linda Campbell.«

Blaise! Darum kam mir Joanna so bekannt vor. Blaise war also nicht der Vorname des Typen gewesen, der sich am Freitag mit Nathan angelegt hatte. Vor mir stand höchstwahrscheinlich seine Schwester, zumindest besaßen sie die gleichen Augen und, wenn ich mich recht erinnerte, auch das gleiche Kinn. Von der Arroganz mal abgesehen.

»Hi«, sagte Joanna noch einmal, und das Echo ihrer Begleiterinnen, deren Namen ich schon wieder vergessen hatte, folgte augenblicklich. »Was studierst du, Liebes?«

Mich ärgerte, dass sich dieses Gespräch wie ein Verhör anfühlte. »Grafikdesign.«

»Ah, dann haben wir keine Kurse zusammen. Lin, Celia und ich sind drüben bei Business und Management. Aber dafür wirst du *sie* öfter sehen.« Sie deutete auf Maya, kramte in ihrer Tasche, zog einen Schein heraus und hielt ihn ihr hin. »Tust du mir einen Gefallen und besorgst mir einen Kaffee? Ich bin heute nicht zum Frühstücken gekommen, weil ich Probleme mit dem Wagen hatte.«

»Klar«, sagte Maya, als wäre es das Natürlichste der Welt. Sie pflückte Joanna den Schein aus den Fingern und verschwand in der Menge.

Das wurde ja immer skurriler! Ich wusste einfach nicht, was ich sagen sollte. Was unter anderem daran lag, dass ich null Interesse hatte, weiterhin mit Joanna und ihren Abziehbildern zu plaudern. Leider sah sie das anders.

»Du stehst also auf solche Musik?« Sie deutete auf das Plakat.

Ich überlegte, wie ich sie am schnellsten wieder loswurde, zog mein Handy aus der Tasche und sah darauf. »Nein. Wobei, keine Ahnung. Ich kenne die Band nicht. Aber jetzt muss ich wirklich los, ich will zu meiner ersten Veranstaltung nicht zu spät kommen. Wir laufen uns sicher noch einmal über den Weg.«

Joannas Lächeln blitzte erneut auf. »Ganz bestimmt sogar. Einen schönen ersten Tag an der Vancouver Island, Quinn.«

»Danke.« Ich hob eine Hand und ging.

Joanna war niemand, mit dem ich freiwillig Zeit verbringen würde. Oder war ich da vielleicht zu voreingenommen? Nein, mir hatte ihr Verhalten Maya gegenüber nicht gefallen, ganz zu schweigen davon, dass sie wahrscheinlich mit dem Blonden von Freitag verwandt war.

Ich dachte an Nathan. Mittlerweile war ich nicht mehr enttäuscht, dass er mir den Job weggeschnappt hatte. Es war womöglich ganz gut, wenn ich mir eine Stelle suchte, die nicht auf dem Campus lag und mir Abwechslung zum Unialltag bot. Belle hatte mir versichert, dass es nicht supereilig war und ich bei ihr schon nicht verhungern würde.

Nachdem ich noch eine Weile umhergeirrt war und zweimal nach dem Weg gefragt hatte, fand ich endlich meinen Raum. Hier wurde das Stimmengewirr wieder lauter, und zusammen mit den in Halbkreisen angeordneten Sitzreihen, die in der Mitte von einer Treppe geteilt wurden, erinnerte mich das Ganze an eine Insektenkolonie. Ungefähr die Hälfte war belegt, aber in der Mitte war noch viel frei. Ich wählte einen Platz am Rand, damit ich am Ende der Veranstaltung schnell draußen war und nicht wieder in einer Menschentraube stecken blieb. Zwei Plätze weiter saßen ein paar Jungs, die sich scherzhafte Beleidigungen an den Kopf warfen und sich gegenseitig wegen ihrer Fahrkünste auslachten. Ich war froh, dass sie ganz normal klangen – keine Spur von Königinnengehabe oder

Gangattitüden –, und konzentrierte mich auf den vorderen Bereich des Saals.

Auf einem Podest standen ein Rednerpult sowie ein Tisch. Dahinter prangten auf einer Projektionsfläche *Herzlich willkommen* sowie das aus zwei Teilen bestehende Logo der Universität: Die obere Hälfte zeigte eine Bergkette, die untere etwas, das ich anfangs für ein halbes Ahornblatt gehalten hatte. Später hatte ich gelesen, dass sie den Ozean repräsentierte, der in ein solches Blatt überging – und dass beide Hälften in Blautönen gehalten waren. Ich erkannte allerdings nur, dass die obere dunkler war.

Bis zum Beginn der Einführungsveranstaltung blieben mir noch ein paar Minuten, also zog ich meine Jacke aus, nahm mein Tablet aus der Tasche und lehnte mich zurück.

Das war er nun also, der nächste Abschnitt in meinem Leben. Ich freute mich darauf und war gespannt, wann sich all die Fragen in meinem Kopf auflösen würden, die sich darum drehten, ob ich mit dem Stoff klarkommen oder bald Freundschaften schließen würde. Generell hatte ich keine Probleme damit, locker mit Leuten zu plaudern, die ich nicht kannte, aber wenn es darum ging, jemanden näher an mich heranzulassen, wurde ich wählerisch. Das hatte sich seit den Attacken noch verstärkt, denn ich wollte nicht riskieren, dass andere etwas von diesen Aussetzern mitbekamen.

Irgendwo schlug eine Tür, und in die Leute, die noch herumstanden, kam Bewegung. Ein Mann betrat das Podest und hantierte am Rednerpult mit seinen Unterlagen herum. Er trug einen Vollbart und hatte dichtes, wild abstehendes Haar, sah aber sympathisch aus. Der Raum verdunkelte sich, nur die Plattform wurde noch angestrahlt, und nach und nach verstummten die Umgebungsgeräusche.

»Guten Morgen und willkommen an der Universität von Vancouver Island«, sagte der Dozent. »Ich bin Steven Winger und freue mich, unsere Neuzugänge zu begrüßen. Zunächst gebe ich euch einen ersten, groben Überblick, was in den nächsten Monaten auf euch zukommt.« Auf der Projektionsfläche hinter ihm erschien sein Foto samt Namen und Titel.

Ich wurde abgelenkt, als jemand die Treppe nach unten schlich. Das Licht eines Handydisplays fiel auf helle Haare und eine geblümte Bluse, die mir bekannt vorkam.

»Maya?«, flüsterte ich.

Sie blieb stehen und hielt ihr Handy höher. Ich packte sie am Arm, rutschte einen Sitz zur Seite und zog sie auf meinen.

»Mach das Ding aus, ich bin's, Quinn.«

»Oh«, sagte sie leise und verstaute ihr Handy. »Tut mir leid, es hat etwas länger gedauert. Als ich den Kaffee hatte, waren Joanna und die anderen verschwunden, und ich musste sie draußen suchen.«

Ich hörte ein Lächeln in ihrer Stimme und fragte mich, ob sie noch ganz dicht war. Anders konnte ich mir nicht erklären, dass sie freiwillig für jemanden ein Getränk besorgte und damit über den halben Campus rannte, obwohl sie Wichtigeres zu tun hatte. Aber das ging mich nichts an.

»Ich wusste nicht, dass du auch Grafikdesign studierst«, schob ich deshalb nur hinterher.

Maya nickte, und wir konzentrierten uns auf Steven Winger und seine Informationen. Da im Anschluss ohnehin eine E-Mail an alle rausgehen würde, musste ich mir nicht einmal Notizen machen, und so lief die erste Stunde meines Studentenlebens entspannt ab.

Nach der Einführungsveranstaltung blieb mir etwas Zeit bis zu meinem ersten Kurs, und da es Maya ebenso ging, führte sie mich ein wenig herum. Dabei erfuhr ich, dass die Tamagawa Gardens nebenan durch eine Partnerschaft mit der gleichnamigen Universität in Tokyo entstanden waren und von japanischen Austauschstudenten gepflegt wurden. Wir schlenderten zwischen Bäumen hindurch zu einem Teich, über dem sich neben einem Rot-Ahorn eine Brücke wölbte. Außer uns war niemand hier, lediglich in der Ferne erkannte ich einige Grüppchen sowie ein knutschendes Pärchen auf einer Bank. Nach dem ersten Eindruck und den vollen Sälen war das genau das Richtige für mich. Mit Trubel kam ich gut klar, wenn ich zwischendurch an einem ruhigen Ort aufatmen konnte.

»Hier bin ich schon gern hergekommen, als ich noch an der Highschool war.« Maya strich sich eine Haarsträhne hinters Ohr. »Die Anlage hat etwas Beruhigendes. Es gibt Pflanzen und Bäume, die normalerweise nicht in British Columbia wachsen. Ich könnte hier stundenlang sitzen.«

Ich atmete tief ein. Ja, es war wirklich schön. »Ich war am Freitag zum ersten Mal im Arrowsmith Park, der hat mir gut gefallen. Kaum Menschen.« Ich lächelte sie an. »Manchmal brauche ich Zeit für mich, dann gehe ich gern laufen.«

Das band ich nicht jedem sofort auf die Nase, aber bei Maya hatte ich das Gefühl, dass sie mich verstehen würde.

Sie nestelte an ihrem Halstuch. »Hast du schon den Pacific Rim besucht? Da musst du unbedingt hin. Die Strände sind toll, vor allem der Wickaninnish Beach. Der Sand ist wunderbar weich, und du kannst weite Strecken laufen. Ich mag besonders das Treibholz dort, manchmal werden ganze Baumstämme angeschwemmt, das hat so etwas Urtümliches. Wenn du Glück hast, triffst du niemanden, die Surfer gehen alle woanders hin. Und wenn du noch mehr Glück hast, siehst du Grauwale, die ziehen bis Oktober vorbei.« Ihre Stimme wurde weicher, selbstsicherer, als wäre die Natur für sie ebenso ein Verbündeter wie für mich.

»Danke für den Tipp. Ich wollte mir eh in den kommenden Monaten möglichst viel ansehen.« Die riesigen Naturparks waren schließlich ein Grund, warum ich Vancouver Island überhaupt für meine Studienwahl in Betracht gezogen hatte.

Maya schüttelte ihr Tuch aus. »Woher kommst du? Du klingst, als wärst du aus der Gegend.«

»Fast. Ich bin aus Smithers.«

Zumindest war ich dort aufgewachsen. Meinen Geburtstort kannten nicht einmal Mum und Dad, aber trotzdem weigerte ich mich, sie als Adoptiveltern zu bezeichnen. Das hatte etwas ungewollt Dramatisches. Mein Blick fiel auf Mayas Tuch. Es war mit Motiven nativer Kunst verziert, die ich so oft zu Übungszwecken gezeichnet hatte.

»Wow, das ist schön.«

Maya schien sich darüber zu freuen. »Findest du?« Sie reichte mir das Tuch. »Eine Freundin hat es mir geschenkt. Sie fertigt solche Dinge selbst an und verkauft sie, meist an Touristenshops in Victoria. Ich habe sogar noch eins zu Hause, hellblau mit Silber- und Golddruck. Joanna wollte es haben, aber dann hat es ihr doch nicht gefallen.«

Ich betrachtete die Abbildungen von Lachsen, Bibern, Adlern, Kolibris und Bären mit den energischen klaren Linien und Rundungen. An manche Bedeutungen erinnerte ich mich sogar. Der Biber stand beispielsweise für Fleiß und einen unbeugsamen Willen, der Adler für erhabene Schönheit und Macht. Eigentlich hatte ich Joanna und ihre Gefolgschaft nicht mehr erwähnen wollen, aber wenn Maya nun selbst die Sprache darauf brachte …

»Hängt ihr öfter rum? Du, Joanna und die anderen?«

Maya versteifte sich leicht. »Nur hin und wieder«, sagte sie so locker, dass es nur gespielt sein konnte, und stopfte das Tuch in ihre Tasche. »Wir kennen uns schon eine ganze Weile.«

Es ging mich nichts an, aber trotzdem gefiel mir ihre Reaktion nicht. Wie konnte sie so unterwürfig sein und es als völlig normal darstellen?

»Ist sie immer so?«, hakte ich nach.

»Was meinst du?«

Die Antwort kam zu schnell.

»Ach nichts. Sie wirkte nur ein wenig herrisch auf mich.«

»Das kam falsch rüber. Ihre Familie ist recht bekannt in Nanaimo, sie hat viel um die Ohren. Da helfe ich gern mal aus, wenn ich kann.«

Ich fand, dass zwischen aushelfen und sich herumkommandieren lassen ein himmelweiter Unterschied lag.

»Sie hat nicht zufällig einen Bruder? Groß, blond und … na ja, quasi Joanna in männlich?«

*Also ein ziemlicher Aufschneider.*

»Du hast Gabriel bereits getroffen.« Sie lehnte sich an das Brückengeländer und starrte auf das Wasser. »Ja, die Blaise-Geschwister kann man nur schwer übersehen.« Mit einem Mal lachte sie, stieß sich vom Geländer ab und schien ihre Beklommenheit auf der

Brücke zurücklassen zu wollen. »Wir müssen langsam wieder los. Ich zeige dir noch die Bibliothek und bringe dich zu deinem Raum, okay?«

»Ja, gern. Danke.«

Ich respektierte es, wenn es Themen gab, über die jemand nicht reden wollte. Immerhin wusste ich selbst gut genug, wie es war, wenn man einen Teil seines Lebens vor anderen verbergen wollte.

Der Rest des Tages verlief interessant und ruhiger, als ich erwartet hatte. Ich hatte eine Fachbereichseinführung, die sich um Themenwahlen und Schwerpunkte drehte, und meinen ersten Kurs bei Ms Weller. Mit meiner Sitznachbarin plauderte ich über Zeichenstile, und wir lachten darüber, dass wir beide unsere Mappen dabeihatten für den Fall, zwischen den Kursen auf einer Wiese in der Sonne zu enden. Weder Maya noch die Geschwister Fürchterlich kreuzten noch einmal meinen Weg. Am Nachmittag war ich erstaunt, wie schnell die Zeit vergangen war, und besuchte die Studienberatung, um mir Tipps und Infos für mögliche Nebenjobs zu holen. Anschließend kramte ich nach meinem To-go-Becher aus Bambus, kaufte mir einen Cappuccino und schlenderte zur Bushaltestelle.

Ich überquerte einen der Parkplätze, als ich ein bekanntes Gesicht entdeckte: Joanna lief mit energischen Schritten auf die parkenden Autos zu, flankiert von zwei Mädchen, eindeutig ihre Entourage von heute Morgen. Sie hatte sich umgezogen, jetzt umspielte ein tief ausgeschnittenes Sommerkleid in hellen Tönen ihre Knie, dazu flatterte ein Tuch um ihren Hals, das mir bekannt vorkam. Ich wollte mich schon abwenden, als ich Maya entdeckte: Sie ging in einigem Abstand hinter den dreien her, den Blick nach unten gerichtet.

Etwas in meinem Bauch begann zu brodeln, und ich wandte mich ab. Hier herrschten offenbar viele Regeln, die ich noch nicht kannte, und ich sehnte mich nicht danach, Teil ihrer Welt zu werden.

# Kapitel 5

## QUINN

Mein Zeitgefühl war nicht immer das beste, aber heute ließ es mich böse im Stich. Die Dämmerung setzte ein, als ich noch nicht einmal außer Atem war. Mist! Ich musste die Strecke noch zurücklaufen, und bis ich dann bei Belle eintraf, würde sie sich zu Tode sorgen. Erst recht, wenn sie erfuhr, dass ich doch bei Einbruch der Dunkelheit im Wald joggte. Kurz spielte ich mit dem Gedanken, meine Schwester anzurufen, aber das hätte auch nichts geändert. Ich wollte jetzt noch nicht zurück, meine Muskeln waren gerade locker und aufgewärmt, und meine Gedanken kamen langsam zur Ruhe. Noch zehn Minuten, dann würde ich umdrehen und Belle erzählen, ich wäre in der Stadt gewesen. Zwar gefiel es mir nicht, sie anzulügen, aber noch weniger gefiel es mir, wenn sie sich um mich sorgte oder ich ihr wieder einmal klarmachen musste, dass ich zu alt war, um bemuttert zu werden. Zudem lag der Mount Benson Park quasi um die Ecke, was sollte da schon groß geschehen?

Wie auf ein Stichwort drang etwas an meine Ohren. Jemand hustete. Ich lief langsamer und blieb schließlich stehen. Kurz wanderten meine Gedanken zurück zu dem Abend in der Gasse, als mich *irgendetwas* verfolgt hatte, aber ich wischte die Erinnerung beiseite.

Es war paradox, im Wald hatte ich niemals Angst, obwohl ich hier viel eher mit wilden Tieren rechnen musste als in der Stadt. Aber vermutlich war nur ein Spaziergänger in der Nähe oder jemand führte seinen Hund aus – es gab hier einen Rundwanderweg. Und wer jemandem auflauerte, hustete schließlich nicht herum.

Trotzdem suchte ich den Boden ab, fand einen Stein und hob ihn auf. Sicher war sicher. Dann lief ich weiter. Der Weg führte in einer Kurve nach rechts; zwischen den Baumstämmen schimmerte es weiß. Kurz darauf erkannte ich ein Haus, das sich in einiger Entfernung in den Himmel erhob und an der Front von Bodenstrahlern erhellt wurde. Ich musste einen größeren Bogen gelaufen sein als gedacht und war an den Rand des Parks geraten. Ein schmalerer Pfad zweigte im Fünfundvierzig-Grad-Winkel ab. Das sah ganz nach einer Abkürzung aus, die mich schneller wieder zum Parkplatz zurückbringen würde – oder zumindest in dessen Nähe. Vielleicht musste ich also gar nicht umkehren und dieselbe Strecke zurücklaufen.

Ich lockerte kurz Arme und Beine und joggte erneut an. Es wurde einen Hauch kühler und die Geräusche änderten sich, je weiter ich mich vom Hauptweg entfernte. Wie immer faszinierte mich der Effekt. Für viele Menschen waren Bäume einfach Bäume, aber allein die Abstände zwischen ihnen und der Bewuchs des Bodens konnten so viel ausmachen. Hier gab es vor allem Farne von beeindruckender Größe, und ich spürte die Feuchtigkeit auf meiner Haut, als ich sie streifte. Sogar die Luft kam mir frischer vor, und es machte Spaß, tief und gleichmäßig ein- und wieder auszuatmen. Das hier hatte ich gebraucht, um weiterhin in Balance zu bleiben.

*Tut mir echt leid, Belle! Ich mache es wieder gut.*

Ich würde morgen einfach losfahren und für uns beide eine riesige Portion Poutine besorgen. Belle ernährte sich zwar sonst äußerst bewusst, aber bei dem liebsten Fast-Food-Gericht vieler Kanadier bröckelte ihre Haltung fast immer sofort. Ich konnte Pommes mit Käse und Bratensoße zwar nicht allzu viel abgewinnen, aber hin und wieder war es für mich okay.

Ich erkannte eine Baumwurzel auf dem Weg, sprang darüber – und blieb abrupt stehen, als etwas im Zwielicht zu meiner Rechten knackte. Im Wald war es zwar niemals ganz still, und gelegentlich ließen Tiere Äste brechen, aber das hatte anders geklungen. Zu … groß.

Mein Herz schlug sofort schneller. Mein Puls krachte gegen meine Handgelenke. Die friedliche Stimmung war dahin und hatte die Wirkung des Waldes mit sich genommen. Nun war ich nicht mehr entspannt, im Gegenteil. Ich hielt den Atem an, fasste meinen Stein fester und lauschte. Mittlerweile glaubte ich nicht mehr an einen harmlosen Spaziergänger mit Hund, denn der wäre auf dem Hauptweg geblieben. Oder etwa nicht? Ich kannte die Geschichten von Schwarzbären, die sich in die Nähe von Wohngebieten oder sogar in Gärten schlichen, um dort im Müll nach Nahrung zu suchen. Eine Freundin von Belle hatte einmal beobachtet, wie ein Bär mit einem beiläufigen Schlag seiner Tatze den Deckel einer Mülltonne bis auf ein Dach geschleudert hatte. Ich war nicht gerade scharf darauf, einem solchen Tier zu begegnen. Sollte ich vorsichtshalber doch zurücklaufen?

Den Schatten hinter mir bemerkte ich erst, als ich mich um meine eigene Achse drehte. Er war noch ein ganzes Stück entfernt und lauerte irgendwo zwischen den Bäumen, aber die Erinnerung an die Gasse in Nanaimo wurde dennoch schlagartig lebendig. Plötzlich roch ich wieder den Gestank der Abfälle, hörte das zwischen den Betonwänden gefangene Echo meiner Schritte und sah das entfernte Licht der Straßenlaternen. Ich blinzelte, um die Bilder zu vertreiben, und rannte los. Es war eine Schwachsinnsidee gewesen, den Hauptweg zu verlassen!

Endlich entdeckte ich die Stelle, an der ich zuvor abgebogen war. Ich konzentrierte mich so sehr darauf, dass ich den Umriss zu spät bemerkte. Er kam von der Seite aus dem Wald, wo kein Weg war, sondern nur Bäume und Gestrüpp. Ich schrie auf – und begriff im nächsten Augenblick, dass es sich um einen Menschen handelte.

Ich kannte ihn. Das war Nathan Copeland, der Typ, der mir den Job an der Uni weggeschnappt hatte. Ich war so erleichtert, dass ich gar nicht daran dachte auszuweichen. Nathan rief etwas und streckte die Arme vor, als ich auch schon gegen ihn prallte. Mein Stein fiel zu Boden. Nathan fing mich auf.

»Hey!« Ehe ich reagieren konnte, fasste er mich behutsam an den Armen und schob mich ein winziges Stück von sich.

Es war mir furchtbar peinlich, aber ich war auch froh, nicht mehr allein zu sein. Trotz allem warf ich einen Blick über meine Schulter. Nichts. Der Weg war leer.

»Quinn? Ist alles in Ordnung?« Nathan musterte mich und wirkte besorgt. Oder verwirrt. Vermutlich beides. Vielleicht hielt er mich auch einfach nur für durchgeknallt.

Er überragte mich ein gutes Stück und musste sich zu mir hinunterbeugen. Seine Haare waren leicht feucht, als wäre er schon eine ganze Weile hier draußen unterwegs – allerdings nicht, um ebenfalls zu joggen. Zumindest trug er keine Sportklamotten, sondern Jeans und Shirt.

»Alles okay«, sagte ich hastig und dachte daran, dass ich nun eigentlich einen Schritt zurücktreten oder ihm sagen musste, dass er mich loslassen sollte. Aber ich schwieg.

Eine Weile musterten wir uns stumm, bis Nathan zögernd seine Hände zurückzog. Er wandte den Kopf und betrachtete die Gegend, aus der ich gekommen war.

»Du solltest nicht ganz allein mitten im Wald unterwegs sein. Zumindest nicht im Dunkeln.«

Mein Grinsen fühlte sich misslungen an. »Der Weg ist nicht umsonst da, und es ist noch nicht ganz dunkel. Ich war nur eine Runde laufen.« Eine überflüssige Erklärung, schließlich trug ich Shorts und Sportschuhe. »Du bist ja auch allein unterwegs.«

»Touché«, sagte er leise. »Ist wirklich alles okay?«

»Ja, schon. Ich dachte nur, ich hätte etwas gehört, und wollte nicht das Risiko eingehen, von einem Bären überrascht zu werden. Aber vermutlich warst das nur du.«

»Vermutlich. Tut mir leid, wenn ich dich erschreckt habe.« Es klang nicht wie eine Floskel. »Soll ich dich zum Parkplatz begleiten? Du bist doch mit dem Wagen hier?«

Ich nickte, und wir setzten uns in Bewegung. Es fühlte sich gut an, nicht mehr allein zu sein, und fast war es, als würde ich Nathan schon ein wenig kennen. Dabei wusste ich so gut wie nichts über ihn.

»Also, was treibt dich hierher?«

Er schob die Hände in die Taschen seiner Jeans. »Manchmal brauche ich ein wenig Ruhe. Ich mag die Gegend, und wenn es dämmert, ist meist kaum jemand hier.«

Ich verstand ihn nur zu gut. An bestimmten Tagen war die Stadt mit all ihrem Verkehrslärm und den zahllosen Menschen einfach zu viel. Eine Weile schwiegen wir, ein erstaunlich angenehmes Gefühl.

Schließlich räusperte ich mich. »Wohnst du in der Nähe?«

»Ein Stück südlich von hier, außerhalb der Stadt. Aber erzähl mal, wie geht es dir sonst? Was macht die Uni?«

»Alles okay, danke. Meine Kurse sind ganz gut angelaufen, aber es wird wohl noch etwas dauern, bis ich mich zurechtfinde.«

»Dafür ist das erste Semester doch ausschließlich da, oder? Um sich zu orientieren.« Er lächelte.

»Das wird sich zeigen.« In einiger Entfernung schimmerte es hell – das Haus, das mir vorhin schon aufgefallen war. Ich deutete darauf. »Ziemlich teure Lage, oder? Aber es muss schön sein, hier zu wohnen.«

Nathan zog die markanten Augenbrauen zusammen, der Effekt war beachtlich. So düster hatte ich ihn bisher nicht erlebt. »Das ist das Haus der Familie Blaise.«

Interessant, hier residierten also die Herrschaften Joanna und Gabriel. Ich stellte mir vor, wie die beiden Mädchen aus dem Gefolge der Blaise-Prinzessin, deren Namen ich mir noch immer nicht gemerkt hatte, in winzigen Hütten hinter dem Haupthaus wohnten, um auf Abruf zur Verfügung zu stehen.

»Hat es etwas zu bedeuten, dass du ausgerechnet in der Nähe des Hauses spazieren gehst, in dem jemand wohnt, mit dem dich nicht gerade eine enge Freundschaft verbindet?«

Ich hätte einfach das Thema wechseln sollen. Normalerweise mischte ich mich nicht in die Belange anderer ein, und nichts in mir sehnte sich danach, Position zu beziehen – obwohl ich das schon längst getan hatte. Ich mochte Nathan. Er strahlte diese Ruhe aus, die verriet, dass er sich hier draußen ebenso wohlfühlte wie ich. Aber ich hatte die Nase voll von Geheimnissen und Dingen, für die ich keine Erklärung fand. Ich war schon immer das größte Geheimnis in meinem Leben gewesen, eines, das ich einfach nicht lösen konnte. Das fing bei den Attacken und dem Tattoo in meinem Nacken an und hörte bei meinen leiblichen Eltern auf, über die auch Mum und Dad nichts wussten. Nanaimo wollte ich dagegen im hellen Licht erleben und nicht in den Schatten einer Dämmerung, die aus Verschwiegenheit und Getuschel auf dem Campus bestand. Ich wünschte mir einen Neuanfang und wollte damit auch alles andere hinter mir lassen.

Sollte Nathan von meiner Direktheit überrascht sein, so ließ er sich nichts anmerken. »Nein, das ist reiner Zufall. Glaub mir, ich bin froh, wenn ich Gabriel nicht begegne. Außerdem käme ich nicht an seinem Bodyguard vorbei.«

»Bitte was?« War das Zynismus in seiner Stimme gewesen, oder hatte er das ernst gemeint?

Er seufzte und strich sich das Haar zurück, das ihm in die Augen gefallen war. »Das Haus wird von einer Sicherheitsfirma bewacht, ja. Die Familie ist nicht arm und ansatzweise paranoid. Warum sie dann so einsam wohnen, weiß der Teufel.«

»Sicherheitsfirma? Du meinst, das Haus ist alarmgesichert?«

»Nein, ich meine, dass ein bewaffneter Kerl davor Wache hält.«

Ich blinzelte. Wer stellte denn einen Wachmann ein, der in der Dämmerung vor seinem Haus patrouillierte? Was waren die Blaises?

Politiker? Millionäre? Das würde zumindest erklären, warum sich Joanna wie eine Prinzessin verhielt und die arme Maya herumkommandierte.

Mittlerweile hatte ich mich abgekühlt, daher löste ich den dünnen Hoodie von meiner Hüfte und zog ihn über. »Ich habe an der Uni übrigens Joanna Blaise kennengelernt.«

»Ich möchte dich bei der Wahl deiner Freunde nicht beeinflussen, aber es gibt auch nette Menschen in der Gegend.« Er schaffte es, in einer Bewegung ein Blatt von einem Strauch zu pflücken und gleichzeitig auf sich zu zeigen.

»Wie lange kennt ihr euch schon? Du und …?« Ich deutete über meine Schulter. Da ich nun schon einmal so direkt gewesen war, konnte ich es auch bleiben. Trotzdem wollte ich nicht so dreist fragen, seit wann die Dinge zwischen ihm und Gabriel Blaise standen, wie sie es nun einmal taten.

Nathan betrachtete mich eingehend von der Seite. »Unsere Familien stammen aus Nanaimo, schon unsere Großväter haben sich gekannt. Sie waren nicht gerade die besten Freunde. Manches übernimmt man wohl einfach, es bleibt quasi in der Sippe.«

Ich hielt ihn für zu schlau für solch eine *Tradition*, aber das behielt ich für mich.

Eine Weile liefen wir schweigend weiter. Mittlerweile war es dunkel geworden, aber das Licht der Sterne und der Mondsichel über uns genügte mir, um den Baum wiederzuerkennen, der mir bereits auf dem Hinweg aufgefallen war, weil er mich an einen Dinosaurier erinnerte. Kurz darauf kam der Parkplatz mit der schmutzig gelben Beleuchtung in Sichtweite. Belles Klapperkiste war das einzige Auto, Nathan musste hergelaufen sein.

Ich kramte den Schlüssel aus der Tasche meines Hoodies. »Danke fürs Herbringen. Soll ich dich irgendwo absetzen?«

Er schüttelte den Kopf. »Danke, aber ich gehe lieber zu Fuß. Das macht den Kopf frei.«

»Wie ist denn der Job bei M. Weller?« Irgendwie wollte ich ihn nicht einfach so ziehen lassen.

»Bisher noch harmlos, nur aufräumen, Präsentationen erstellen und Listen aktualisieren, aber das heißt nichts. Normalerweise gibt sie einem erst einmal Zeit, bis man sich sicher fühlt, und schlägt dann zu. Daran solltest du denken. Du hast doch einen Kurs bei ihr, oder?«

»Zwei. Designgeschichte und Farbtheorie.«

Vor Letzterem graute mir ein wenig. Manchmal glaubte ich, alles trotz meiner Einschränkung super hinbekommen zu können, an anderen Tagen bekam ich kalte Füße.

Nathan ließ ein Lächeln aufblitzen. »Da fällt mir ein, dass ich dir noch einen Kaffee schulde. Ich frage dich jetzt nicht nach deiner Nummer, weil das auf einem einsamen Parkplatz wie eine billige Anmache rüberkommen würde. Aber hast du zufällig deinen Stundenplan im Kopf? Wir könnten uns zwischen zwei Kursen treffen.«

»Leider nicht, nein.«

»Auch nicht schlimm. Ich gebe dir einfach meine Nummer. Dann kannst du dich melden, wenn du Lust hast, oder sie einfach löschen, wenn nicht.«

Die Masche war nicht besser, aber ich nickte trotzdem. Bisher kannte ich neben Maya niemanden richtig, und Nathan schien in Ordnung zu sein. Mehr noch, ich fühlte mich wohl in seiner Gegenwart.

»Warte einen Moment.« Ich öffnete die Fahrertür der Klapperkiste, wobei ich einmal fest dagegentreten musste, und schnappte mir mein Handy. »Leg los.«

Wenig später fuhr ich langsam vom Parkplatz und beobachtete Nathan im Rückspiegel. Er sah mir hinterher, dann drehte er sich um und lief in die Dunkelheit.

Wenn es etwas gab, das ich über Nathan Copeland sagen konnte, dann dass er möglicherweise ebenso viele Geheimnisse mit sich herumschleppte wie ich. Vermutlich machte ihn genau das so sympathisch.

Die Uni am nächsten Tag war Herausforderung und Zuflucht zugleich. Natürlich hatte Belle am Vorabend einen Aufstand gemacht, weil ich so spät nach Hause gekommen war, ohne sie anzurufen, und ich hatte ihr versprechen müssen, das zumindest während meiner Anfangszeit in Nanaimo nicht noch einmal zu tun. Mir war klar, dass sie sich ebenso an die Situation gewöhnen musste wie ich, also entschuldigte ich mich und nahm sie in den Arm. Dabei spürte ich ihr Herz flattern und begriff, was sie wegen mir durchgemacht hatte. Als Wiedergutmachung hatte ich sie ins Wohnzimmer verfrachtet und mich um das Essen gekümmert. Belle hatte sich gefreut und auf Netflix einen Actionfilm ausgesucht, von dem sie glaubte, dass er mir gefallen würde. Den Rest des Abends hatten wir auf dem Sofa verbracht, wobei ich als Buße sogar den Geruch ihres Kräutertees ertragen hatte.

Jetzt saßen Maya und ich in der Sonne, redeten über unsere Kurse, beobachteten die Leute und aßen die Schokoladencroissants, die sie mitgebracht hatte.

»Mr Cooper sagt, dass ich meine Schwerpunkte natürlich entsprechend wählen kann, aber auch, dass die Tritanomalie bei manchen Kursen womöglich zum Problem werden könnte. Bei Ms Weller hat das ganz anders geklungen.« Ich schob mir das letzte Stück Croissant in den Mund, kaute und leckte die butterblättrigen Krümel von den Fingern.

Maya pulte die Schokofüllung aus ihrem Gebäck. »Wenn das bisher kein Problem war, warum sollte es dann jetzt eines sein? Sobald du eine berühmte Künstlerin bist, nimmst du einfach nur bestimmte Aufträge an.« Sie zwinkerte mir zu. »Außerdem solltest du jetzt nicht aufgeben, Quinn. Ich finde es mutig von dir, dass du ausgerechnet Grafik studierst.«

»Meine Schwester nennt es trotzig.« Ich stimmte eher mit Belle überein, aber Maya fand auch viel zu viele Dinge mutig, weil sie sich selbst kaum etwas zutraute.

Sie aß die Schokolade und spülte mit ihrem Kaffee nach. »Das passt natürlich auch. Aber egal, ich würde …«

»Ach, hier steckst du!« Die Stimme über uns klang süß, trotzdem zuckte Maya zusammen.

Ich legte eine Hand an die Augen, da ich wegen der Sonne fast nur Schatten sah – wobei ich mir schon denken konnte, wem die weißen Absatzschuhe gehörten, die neben uns Löcher in den Rasen gruben.

»Hey, Joanna. Alles in Ordnung?« Maya rieb die Krümel von ihren Händen und stand auf.

Ich blieb, wo ich war, rutschte aber eine Winzigkeit zur Seite, um nicht mehr gegen die Sonne anblinzeln zu müssen.

Joanna lächelte mich an und wandte sich an Maya. »Nein, eigentlich nicht. Ich brauche deine Hilfe, Liebes.« Sie griff in ihre Handtasche und zog einen Schlüssel heraus. »Ich musste meinen Wagen heute in der Werkstatt lassen und mit Celia fahren. Ich habe jetzt noch einen Kurs, danach bräuchte ich ihn dringend zurück. Also in spätestens zwei Stunden. Er ist in der Northfield Garage auf der Juniper Street.« Sie ließ den Schlüssel in Mayas Hand fallen und erntete … ein Nicken, dem ein rasches Blinzeln in meine Richtung folgte, doch abgesehen davon stand Maya still wie eine Statue.

Ich wartete darauf, dass sie doch noch etwas sagte. In den vergangenen Tagen hatte ich Ähnliches erlebt, aber da hatte sie für Joanna Kaffee geholt, kurz ihre Tasche getragen oder war losgelaufen, um ihr irgendeine Kopie zu besorgen. Ich hatte dazu geschwiegen, vor allem, da Maya stets das Thema wechselte, wenn ich das Gespräch auch nur ansatzweise auf Joanna brachte. Aber das hier ging zu weit, vor allem, da wir gleich die Einführungsveranstaltung für unseren Fotografiekurs hatten.

»Super«, sagte Joanna, während die beiden Hofdamen aus der Hölle hinter ihr leise kicherten. »Du kennst ja meinen Stundenplan. Warte einfach vor dem Raum auf mich.«

»Das geht leider nicht.« Ich stand auf und hoffte, dass mein Lächeln ähnlich süß wirkte wie Joannas. »Maya und ich haben jetzt selbst noch einen Kurs.«

»Den sie sicher ausfallen lassen kann.« Joanna zuckte nicht einmal mit der Wimper.

»Es ist ein Einführungskurs. Dort werden Themen für das Semester verteilt. Es wäre ziemlich blöd, wenn Maya nicht dabei ist. Ich bin sicher, dein Wagen kann warten. Vielleicht nimmt Celia dich ja auch mit zurück, wenn sie dich schon hergebracht hat.«

Mir antworteten Schweigen sowie eine breite Palette an Blicken. Joannas war amüsiert, die ihres Gefolges erstaunt bis entsetzt, und Maya sah aus, als würde sie gleich umkippen.

»Nein, nein, das ist kein Problem«, stotterte sie. »Du kannst mich doch für irgendwas eintragen, Quinn. Mir sind alle Themen recht.«

»Nein, das kann ich nicht.«

Allmählich hatte ich die Nase gründlich voll. Natürlich würde ich Maya gern einen Gefallen tun, aber nicht, damit sie weiterhin Bedienstete spielen konnte. Der leider nur zu bekannte Zorn vibrierte tief in meinem Bauch, und ich schluckte. Besser, wir verschwanden so schnell wie möglich.

»Ich weiß nicht, was das hier soll. Und ich habe auch keine Ahnung, warum es an dieser Uni normal zu sein scheint, dass manche Leute für andere den Handlanger spielen, aber deinen Wagen kannst du doch wirklich allein holen.«

Ich nahm Maya den Wagenschlüssel ab und drückte ihn Joanna mit Nachdruck in die Hand. Die hörte nicht auf zu lächeln, was ich allmählich ein wenig unheimlich fand.

Ihre Finger schlossen sich um das Metall. »Quinn, nicht wahr?« Sie betrachtete mich, als wäre ich ein besonders interessantes Studienobjekt. Oder ihr neuestes Opfer.

Ich hielt ihrem Blick stand und bedauerte, dass mein guter Vorsatz, mich nicht in bestehende Feindschaften einzumischen, sich schon nach wenigen Tagen verflüchtigt hatte. Aber Maya war eine Freundin, wenn man nach der kurzen Zeit schon davon reden konnte, und damit hatte Joanna eine Grenze überschritten. Sie konnte nicht wissen, dass es Gründe gab, warum ich so sehr auf diese Grenzen achtete, daher musste ich eingreifen und sie zurückdrängen, bevor sie darauf herumtrampelte und mich wirklich, wirklich wütend machte. Eine meiner Attacken auf dem Campus konnte ich nun wirklich nicht gebrauchen.

Joanna sah noch einmal zu Maya, dann wurde ihr Lächeln breiter, und sie verstaute den Schlüssel in ihrer Tasche. »Ich muss sagen, du hast überzeugende Argumente. Wenn dieser Kurs so wichtig ist, dann solltest du ihn nicht verpassen, Maya, nicht wahr?« Ihr hübsches Gesicht veränderte sich nicht. Dafür aber ihr Tonfall.

Maya nahm fast panisch ihre Tasche an sich und hob eine Hand in meine Richtung. »Wir sehen uns im Kurs, okay? Bis nachher!« Keinen Atemzug später lief sie bereits den Steinweg inmitten der Grünflächen entlang.

*Vielen Dank auch, Maya.*

Ich sah Joanna an. Was bitte hatte sie gegen Maya in der Hand, um sie so herumkommandieren zu können? Fürs Erste war meine Freundin aber aus der Schusslinie, und ich war gespannt, was die *Grande Dame* der Uni mit mir vorhatte. Zu meinem Erstaunen fiel ein Teil der gespielten Fassade von ihr ab. Die betonte Freundlichkeit wich Interesse. Sie musterte mich langsam von oben bis unten, wirkte aber deutlich entspannter als zuvor. Sogar die Hand, die sie in die Hüfte gestemmt hatte, hing nun locker herab.

»Du bist neu in Nanaimo, habe ich gehört«, begann sie. »Ich gebe am Samstag eine Party bei mir zu Hause. Nichts Großes, nur ein paar Leute am Pool mit Musik, Drinks und Pizza. Hast du Lust vorbeizukommen?«

Ich hatte wenig Lust, aber noch war ich mir nicht sicher, ob sie soeben einen Waffenstillstand vorschlug, der auch Maya das Leben leichter machen könnte. Womöglich brauchte Joanna nur mal jemanden, der ihr sagte, wann sie zu weit ging.

Also zuckte ich die Schultern. »Warum nicht. Stimmt, ich bin neu hier und kenne noch nicht allzu viele Leute.«

Es konnte nicht schaden, ehrlich zu sein. Wenn sie etwas über mich herausfinden wollte, würde ihr das wahrscheinlich ohnehin nicht schwerfallen.

Joanna nickte mir zu, als wäre ich ihre Verbündete. »Super, ich freu mich. Die Adresse lasse ich dir über Maya zukommen.«

Der perfekte Schachzug, um Maya noch ein Messer in den Rücken zu rammen, indem sie ihr sagte, dass sie nicht eingeladen war. Aber ich schwieg dazu und verriet auch nicht, dass ich bereits wusste, wo sie wohnte.

»Okay, danke. Ich muss jetzt aber auch los.«

»Bis Samstag, Quinn.«

War das eine Warnung?

»Bis Samstag.«

Als ich loslief, tuschelte Joanna mit ihrem Gefolge, und ich war sicher, *neu* und *abchecken* herauszuhören. Also hatte sie mich nur eingeladen, um einen genaueren Blick auf mich werfen zu können. Aber was sollte mir schon groß passieren? Sie würde wohl kaum ihren Wachmann beauftragen, mich um die Ecke zu bringen, weil ich ihr auf die perfekt lackierten Zehen getreten war.

# Kapitel 6

## QUINN

Als ich am Samstag aufwachte, regnete es zum ersten Mal seit meinem Einzug in der Chestnut Street, und ein Teil von mir hoffte, Joanna Blaises Poolparty würde ins Wasser fallen. Dabei war ich auch neugierig. Partys im kleinen Kreis waren mir ohnehin lieber, und ich hatte keine große Lust, das ganze Wochenende allein zu verbringen. Ich hätte zwar auch Nathan anrufen können, aber ich ging nicht davon aus, dass er nur darauf wartete, dass ich mich bei ihm meldete. Wahrscheinlich hatte er das Wochenende eh bereits verplant. Außerdem scheute sich ein winziger, zögerlicher Teil von mir davor, Nathan zu zeigen, dass ich ihn interessant fand. Kurz dachte ich an den Abend, als ich ihn im Wald beinahe umgerannt hatte. Von dem Augenblick an war die Angst völlig von mir abgefallen. Ich hatte mich sicher gefühlt. Aber ich wollte auch nicht zu viel in die Begegnung mit Nathan hineininterpretieren – vermutlich hätte ich mich auch sicherer gefühlt, wenn ich auf eine alte Frau mit Gehstock getroffen wäre.

Der Rest der Woche war so schnell verflogen, dass ich mich fragte, wo die Tage geblieben waren. Maya schob es auf die vielen neuen Eindrücke und die Aufregung über die Kurse, in denen wir uns erst einmal zurechtfinden mussten. Vermutlich stimmte das sogar. Sie hatte sich ehrlich für mich über Joannas Einladung gefreut und erklärt, dass sie am Wochenende schon etwas anderes vorhatte.

»Aber du wirst bestimmt Spaß haben, das Haus ist super.«

»Du warst schon einmal dort?« Ich konnte mir höchstens vorstellen, dass sie Joanna etwas vorbeigebracht hatte, aber nicht, dass sie ein echter Gast gewesen war.

»Na klar.« Sie packte ihre Sachen zusammen, holte tief Luft, nachdem die anderen Studenten den Raum verlassen hatten, und sah mich an. »Hör zu, mir ist klar, wie das alles auf dich wirken muss. Aber ich schulde Joanna etwas, und eigentlich ist sie ganz in Ordnung. Sie kommt nur manchmal etwas heftig rüber. Wenn man weiß, wie man sie nehmen muss, ist es gar nicht so schlimm.«

Danach verabschiedete sie sich schnell, als wäre ich diejenige, die sie schlecht behandelte. Ich wusste nicht, was ich davon halten sollte.

Im Laufe des Tages tauschten wir ein paar WhatsApp-Nachrichten, und sie schickte mir einige Links zu Ausstellungen mit Kunstwerken der First Nations mit dem Hinweis:

Für das Wochenende, es soll regnen.

Ich hatte das als Anspielung aufgefasst, um eine mögliche Ausrede dafür zu haben, nicht zur Party zu gehen, aber jetzt begriff ich, dass Maya im Gegensatz zu mir einfach schlau genug gewesen war, sich den Wetterbericht anzusehen.

Belle war bereits früh am Morgen zu einem Kunden gefahren, um ihm zu erklären, was er mit seinem Garten anstellen konnte und was nicht, damit hatte ich das Haus für mich. Das nutzte ich aus, warf mich nach dem Duschen im Bademantel auf das Sofa, wählte First Aid Kit aus meiner Playlist, zog die Lautstärke nach oben und frühstückte im Wohnzimmer. Als die Musik verstummte, hing ich noch eine Weile herum, bis ich merkte, dass sich auch ein anderes Geräusch verändert hatte: Es regnete nicht mehr. Kurz darauf strahlte die Sonne ins Zimmer und brach sich in den vielen Tropfen, die an den alten Holzrahmen hingen. Sollte das Wetter halten, war Joannas Party gerettet.

Bis zum Nachmittag blieb mir noch viel Zeit. Also ließ ich es mir weiterhin gut gehen und arbeitete ein wenig an meinem aktuellen Werk, der Skizze eines typischen Küstenzugs von Vancouver Island mit steilen Felsen, auf denen Sitka-Fichten wuchsen. Im Hintergrund ragten bewaldete Berghänge in die Höhe, und auf einigen Felsen im Wasser hatte ich Seelöwen platziert, die ihre massigen Körper in der Sonne wärmten. Im Anschluss telefonierte ich mit Mum, holte mir eine Pizza beim Italiener um die Ecke und setzte mich damit in den winzigen Vorgarten. Die Holzbank war zwar noch feucht, aber trotzdem genoss ich die Sonne und spielte mit dem Gedanken, Nathan doch anzurufen. Was er wohl dazu sagen würde, dass ich zu einer Blaise-Party ging?

Letztlich meldete ich mich nicht bei ihm. Ich wollte die Sache nicht komplizierter machen, als sie vermutlich ohnehin schon war. Wenn ich ihm hinterher von meinem Wochenende erzählte, konnte er mir den Besuch bei Joanna nicht mehr ausreden. Und ich wollte ihr eine Chance geben. Vielleicht fand ich heraus, was wirklich hinter der Sache mit Maya steckte und ob die Blaises so versnobt waren, wie sie wirkten. Außerdem wollte ich unwahrscheinlich gern einen Blick in das Haus am Waldrand werfen. Es war sicher schön, mit nur wenigen Schritten in die Stille eintauchen zu können, für die ich mich immer erst ins Auto setzen musste.

Joanna hatte von einer Poolparty geredet. Eine Weile stand ich vor meinem Kleiderschrank und suchte nach passenden Klamotten. Belle hatte mir geholfen, alles nach Farbe zu sortieren. Da ich gern Bluejeans trug und auch sonst nicht einsah, auf Blautöne zu verzichten, waren sie Teil meiner Garderobe. Ich hatte jedoch keins der Stücke allein gekauft, stets waren Mum oder eine Freundin dabei gewesen und hatten mir die genaue Farbe beschrieben – in welche Richtung sie tendierte, mit welchem Ton aus meinem Kleiderrepertoire sie sich biss. Mittlerweile kannte ich alle Teile natürlich, hatte sie aber trotzdem auf der Stange nach ganz rechts sortiert.

Heute ließ ich Blau im Schrank und wählte eine schwarze Stretchjeans sowie ein weit ausgeschnittenes ärmelloses Shirt in Grüntönen über einem engen schwarzen Top. Dazu Stoffschuhe und zwei lange Ketten, an denen eine Feder und ein kleiner, silberner Elefant hingen. Meine Haare bürstete ich gründlich durch und ließ sie offen. Ich hatte nicht vor, schwimmen zu gehen, also packte ich erst gar keine Badesachen ein. Zwar musste ich mir keine Ausreden mehr für mein Tattoo ausdenken so wie früher – schließlich war ich alt genug, um mir offiziell eins stechen zu lassen –, aber die Gewohnheit ließ sich nicht so leicht abschütteln. Ich hatte einfach keine Lust, mich mit Fragen herumzuschlagen, auf die ich keine Antworten wusste.

Belle kehrte rechtzeitig zurück, um mir die Klapperkiste zu überlassen, und freute sich so sehr für mich, dass ihr Gesicht ganz rot wurde. »Deine erste Party! Mensch, Quinn! Du siehst toll aus.« Sie warf die Arme um mich und drückte, was das Zeug hielt.

Ich gönnte ihr ein paar Sekunden, dann röchelte ich extra laut. »Wenn du mir weiterhin so die Luft abschnürst, werde ich meine erste Party auf Vancouver Island nicht mehr erleben.«

Sie spielte noch eine Weile große Schwester, indem sie mir alle möglichen Ratschläge gab, bis wir beide in schallendes Gelächter ausbrachen. Ihre braunen Augen funkelten so warm wie die Sonne.

»Ich übertreibe schon wieder, oder?«

Ich hielt Daumen und Zeigefinger vor ihr Gesicht und ließ nur einen Millimeter Platz dazwischen. »Zum Glück hast du mich nicht gefragt, ob ich Kondome eingesteckt habe.«

Ein Hauch Bestürzung mischte sich in ihren Blick. »Quinn, das …«

»Stopp!« Ich hob beide Hände. »Ich gehe jetzt. Keine Ahnung, wie spät es wird, aber morgen ist Sonntag, du brauchst kein Auto, ich bin alt genug und passe auf mich auf. Diskussion beendet! Okay?«

Sie öffnete den Mund, schloss ihn aber wieder und seufzte. »Einverstanden. Aber fahr vorsichtig, und trink nicht so viel, weil du fährst, und … ach, du weißt schon.«

Ich nickte, drückte ihr noch einen Kuss auf die Wange und sah zu, dass ich Abstand gewann, ehe ihr noch etwas einfiel. Ich liebte sie wirklich, aber manchmal raubte sie mir den letzten Nerv. Als ich den Motor anließ und losfuhr, atmete ich auf. Vielleicht würde die Party gar nicht so übel werden.

Wenig später trat ich in die heiligen Hallen der Blaises. Das Haus war so imposant, wie der erste Eindruck es versprochen hatte. Zwar traf ich auf keine Security, aber mir öffnete eine Haushälterin, die sofort wieder verschwand. Joanna erschien wenige Sekunden später in einem durchsichtigen Kaftan über einem Bikini in Rottönen. Ihr Haar fiel ihr in perfekten Wellen über die Schultern, ihre Augen blitzten.

»Quinn! Ich hätte gewettet, du kneifst.« Sie strahlte mich an und passte perfekt in den mit Stuck, Marmor und Blattgold ausstaffierten Eingangsbereich.

Ich versuchte, mir nicht anmerken zu lassen, wie beeindruckt ich war. Anwesen wie dieses kannte ich nur aus dem Fernsehen. »Was soll ich sagen … *Überraschung*.«

»Komm, die anderen sind im Garten. Du bist die Letzte.«

Sie fasste mich an der Hand, als wären wir Grundschulfreundinnen, und schleppte mich durch mehrere Zimmer, die mit teuer aussehenden Möbeln und Dekorationsgegenständen vollgestellt waren, aber ungemütlich wirkten. Am liebsten hätte ich mich losgemacht, wollte aber meine Gastgeberin nicht schon in den ersten Minuten verärgern. Wenn so die Gepflogenheiten der Crème de la Crème Nanaimos aussahen, war das nicht wirklich mein Fall. Diese Welt war interessant, weil ich sie noch nicht kannte, aber sie war nicht die meine.

Joanna führte mich durch eine offen stehende Terrassentür in einen Garten, wo alle Bewohner der Chestnut Street Platz gefunden hätten, aber nur eine überschaubare Gruppe braun gebrannter Menschen in Badesachen herumhing. Ich versuchte, mich zu orientieren, und entdeckte in der Ferne hinter einem Zaun Baumwipfel. Dort lag also der Park, und vor jenem Zaun hatte neulich der Wachmann patrouilliert.

Joanna zog mich auf den Rasen neben dem Pool – riesig, gut gepflegt und mit einer Menge buntem Plastikzeug auf dem Wasser. »Alle, das ist Quinn! Sie ist auch ein Ersti, aber viel exotischer als ihr, weil neu in Nanaimo. Quinn: alle.«

Es folgte Gelächter, die anderen hoben die Hände, manche lächelten, andere riefen eine Begrüßung.

»Fühl dich ganz wie zu Hause«, sagte Joanna und ließ mich stehen.

Ich ging zu einem Tisch, der im Schatten unter dem Überdach der Veranda stand, schnappte mir ein Wasser und sah mich erst einmal um. Neben Joannas Dauerschatten Linda und Celia gab es drei Mädchen, allesamt hochgewachsen, schlank und langhaarig, sowie vier Jungs, die ihre Körper auch nicht verstecken mussten. Ich war umgeben von Waschbrettbäuchen, schlanken Hüften, perfekt gebräunter Haut sowie überwiegend sonnenblonden Haaren und kam mir vor wie bei einem Fotoshooting für ein Hochglanzmagazin. Auch wenn ich ganz und gar nichts gegen meine Körpergröße hatte, fiel mir nun deutlich auf, dass ich zu jedem anderen aufsehen musste. Daher nahm ich in einem der Korbsessel Platz, die rund um den Pool aufgestellt waren, und grübelte, was Joanna bewogen hatte, mich in ihre Vorzeigeclique einzuladen. Zum Glück schienen manche ihrer Freunde gar nicht mal so übel zu sein, und nach einer Weile plauderte ich angeregt mit Joni, die Tourismusmanagement studierte und es sich zum Ziel gesetzt hatte, in den kommenden zwei Jahren mindestens ein Land jedes Kontinents zu besuchen.

»Wie unerwartet«, hörte ich plötzlich eine Stimme hinter mir. Sie kam mir ansatzweise bekannt vor, aber vor allem besaß sie einen Unterton, den ich nicht mochte. Ich hob den Kopf – und starrte in die Augen von Gabriel Blaise.

»Hi.« Das musste reichen. Abgesehen davon wusste ich nicht, was ich sonst zu ihm sagen sollte.

»Hey, Gabe!« Joni setzte sich auf, fuhr sich durch das Haar und zog ihren Bauch ein, auch wenn sie das nicht nötig hatte.

Er lächelte sie breit an. »Joni.« Dann sah er wieder zu mir. Natürlich trug er auch nur Shorts und war ebenso braun gebrannt und durchtrainiert wie die anderen. »Was führt dich hierher, neues Mädchen? Ich dachte, du gehörst zu Copelands Lager.«

Er musterte mich eingehend und zog sich einen Stuhl so heran, dass er Joni den Rücken zuwandte. Seine Blicke klebten geradezu an mir, tasteten mich Stück für Stück ab. Ganz schön unhöflich. Da ich nicht das alleinige Zentrum seiner Aufmerksamkeit sein wollte, stand ich auf und rückte meinen Korbsessel zwischen ihn und Joni.

»Ich wusste nicht, dass man hier ein Lager beziehen muss«, sagte ich möglichst beiläufig. Unter Gabriels Blick fühlte ich mich unwohl. Es war, als brannte er sich durch meine Haut und deckte auf, was ich nicht preisgeben wollte.

»Copeland? Nathan Copeland?«, mischte sich Joni ein, und ich war dankbar, da sie einen Teil von Gabriels Aufmerksamkeit von mir weglenkte.

»Ja, wir haben uns für denselben HiWi-Job beworben. Er hat ihn mir weggeschnappt und wollte mich als Entschädigung zu einem Kaffee einladen.«

Sie schüttelte den Kopf, leicht nur, als verriete sie mir ein Geheimnis. »Lass dich nicht mit den Copelands ein. Die bringen nur Ärger.«

Ich sah von ihr zu Gabriel. Der zuckte die Schultern, als wollte er ihr sagen, dass ich diese Erfahrung allein machen musste.

»Warum Ärger? Was ist mit ihm?«

Joni nahm einen Schluck von ihrem Cocktail. »Er und sein Cousin Zachary …«

»Sagen wir, sie sind hervorragende Schauspieler«, unterbrach Gabriel sie. »Früher oder später hat man Ärger am Hals, wenn man sich mit ihnen abgibt. Ihr Umfeld ist nicht gerade das vertrauenswürdigste, wenn du verstehst, was ich meine.«

So richtig verstand ich es nicht. »Reden wir hier etwa von kriminellen Dingen?«

Die zwei wechselten einen Blick.

»Das hast du gesagt.« Gabriel grinste mich an.

Ich versuchte, das alles mit Nathan in Verbindung zu bringen – vergeblich. Er war mir noch fast genauso fremd wie die Blaises, aber trotzdem konnte ich nicht glauben, was die beiden gerade angedeutet hatten. Nathan wirkte ehrlich. Er hätte es sicher nicht nötig, sich an einem Vorzeigepool in die Brust zu werfen, um jemanden zu beeindrucken. Ich hasste es, wenn ich nicht wusste, wem ich glauben sollte, doch sosehr ich Gabriels Gesicht auch studierte, ich fand keinen Hinweis auf Lüge oder Wahrheit darin.

Er erwiderte meinen Blick, zwinkerte und sprang ohne Vorwarnung auf. »Warum ist eigentlich noch niemand im Pool?«, rief er und reckte die Hand mit seinem Drink in die Luft.

Die Antwort erfolgte umgehend: Mädchen kreischten, Jungs grölten, und zwei sprangen mit vollem Anlauf und angezogenen Beinen ins Wasser, dass es bis zu uns spritzte. Joni und ich standen auf, lachten und schüttelten uns. Dann fuhr sie mit beiden Händen über Gabriels Brust, wandte sich um und rannte los. Wildes Gekicher kam vom Pool. Irgendwer feuerte einen Wasserball gegen einen der Tische, sodass sämtliche Gläser darauf umkippten. Ein Satz von Gabriel, und die Party hatte sich in eine Wasserschlacht verwandelt, in der es nur zwei Ruhepunkte gab: ihn und mich. Da war er wieder, dieser Blick, und ich unterdrückte den Drang, die Arme vor der Brust zu verschränken.

Gabriel fuhr sich mit einer Hand durch seine dichten blonden Haare. »Was ist mit dir?«

Ich schüttelte den Kopf. »Ich habe nichts zum Schwimmen dabei.«

»Blöd für eine Poolparty. Aber kein Hindernis.«

Da war ich anderer Meinung. »Geh nur.« Ich deutete zum Wasser, von wo aus zwei Typen – Dale und Lepage? – uns wild zuwinkten und Gabriels Namen riefen.

Er rührte sich nicht. »Deine Klamotten trocknen schnell wieder, wenn du so reinspringst.«

»Nein, danke. Ich bleibe hier.« Ich schnappte mir mein Glas und ließ mich wieder in den Korbsessel fallen.

Im nächsten Moment schrie ich auf, da Gabriel mich packte und über seine Schulter warf. Das Glas fiel zu Boden und zerbrach, was ihn nicht zu stören schien.

»Spinnst du? Lass mich runter!« Ich zappelte und trat ihm dabei kräftig vor das Schienbein. Gleichzeitig stützte ich mich auf seiner Schulter ab und richtete mich auf. Gabriel lachte jedoch nur und lief los. Ich spannte mich an und hörte Gelächter vom Pool her.

»Gabriel, ich meine das ernst. Lass mich runter!«

Mittlerweile war ich wütend und krallte meine Fingernägel in seinen Oberarm, um zu verdeutlichen, wie ernst es mir war. Ich war kein großer Fan von Wasser außer unter der Dusche. Selbst Badewannen konnte ich nichts Romantisches abgewinnen. Ich holte gerade Luft, um ihm noch einmal zu sagen – zu befehlen –, mich herunterzulassen, als er auch schon sprang. Die Umgebung flog an mir vorbei, und im nächsten Augenblick schlug bereits das Wasser über mir zusammen.

Gabriel ließ mich los. Ich strampelte mit den Beinen, durchbrach keine Sekunde später die Oberfläche und spuckte aus. Mich empfingen Gelächter, Rufe sowie das breite Grinsen von Gabriel Blaise. Ich biss die Zähne zusammen, um ihm keine Ohrfeige zu verpassen.

»Mach das nie wieder«, zischte ich, schwamm zum Beckenrand, zog mich hoch und kletterte aus dem Pool.

»Ach komm schon, Quinn«, rief Gabriel, aber ich ignorierte ihn, schüttelte mich und drehte meine Haare zu einem dicken Strang, um das Wasser herauszudrücken. Meine Klamotten klebten mir am Körper, was in der Hose nicht gerade angenehm war. Ich zupfte daran herum, als ich jemanden hinter mir bemerkte. In der Erwartung, dass Gabriel seine dämliche Aktion wiederholen wollte, fuhr ich herum.

Es war Joanna, im Bikini und mit nassem Haar. Sie betrachtete mich mit einem seltsamen Gesichtsausdruck, der sich blitzschnell in ein Lächeln verwandelte.

»Mein Bruder ist manchmal ein ziemlicher Idiot. Komm, gehen wir rein, ich finde etwas, das dir passt. Du kannst auch gleich duschen, wenn du magst.« Sie warf Gabriel einen Blick zu, der jedoch nicht so wirkte, als hielte sie ihn für einen Idioten – sondern eher, als würden sie ein Geheimnis teilen.

Ich murmelte einen Dank und folgte ihr, vor allem, um den

blöden Sprüchen und Gabriels dummem Grinsen zu entkommen. Joanna führte mich zurück in den Eingangsbereich und die breite Treppe nach oben. Wir hinterließen winzige Pfützen auf dem Marmor.

In der ersten Etage war der Boden mit einem dicken Teppich ausgelegt, der Geräusche und Wasser verschluckte. Hier gab es nicht ganz so viele teure Möbel, dafür umso mehr Gemälde an den Wänden.

Joanna wählte den linken Gang und öffnete eine Tür auf der rechten Seite. »Warte hier, ich bin gleich wieder da!«

Während sie was auch immer trieb, betrachtete ich das Gemälde vor mir. Zwei Frauen in Weiß saßen an einem Waldsee in der Dämmerung. Ihre Konturen verschwammen in der Dunkelheit, und ich musste mehrmals hinsehen, um zu erkennen, dass es sich auch bei der dritten Gestalt um eine Frau und nicht um ein Tier handelte, da sie halb von Zweigen verborgen war.

»Hier, da ist ganz sicher etwas für dich dabei!« Joanna war zurückgekommen und drückte mir einen Kleiderstapel in die Hände, der einen kleinen Rucksack hätte füllen können.

»Äh, danke«, sagte ich.

Erwartete sie etwa, dass ich das alles anprobierte? Aber womöglich hatten Klamotten in ihrer Welt nur einen extremen Stellenwert, sodass sie nicht wie ich einfach in das erste Top schlüpfen würde, das ihr passte.

Sie gab mir ein Zeichen, ihr zu folgen, und lief den Gang bis zum Ende. »Et voilà, das Bad. Da drinnen gibt es alles, was du brauchst. Lass dir ruhig Zeit und leg die restlichen Sachen irgendwo hin. Maisie räumt sie hinterher weg. Findest du zurück?«

»Ja klar. Danke.«

»Keine Ursache.« Sie lächelte, pflückte mir eine nasse Strähne vom Dekolleté und schob sie über meine Schulter. Ihre Finger berührten meinen Nacken. Verwirrt trat ich zurück und runzelte die Stirn.

Joanna strich sich über die glänzenden Haare, lächelte, als wäre nichts geschehen, und machte sich wieder auf den Weg. Ich schloss die Tür hinter mir und lehnte mich dagegen. Was war das gerade gewesen? Ich legte eine Hand in den Nacken, wie um das Symbol darauf zu schützen. Hatte Joanna es gesehen und war neugierig geworden? Und überhaupt, hatten die Blaises einen Schaden? Gabriel, dieser dämliche … Nein! Ich ließ die Klamotten fallen und ballte die Hände zu Fäusten, als es tief in mir zu brodeln begann. Nicht jetzt! Es war doch schon alles vorbei.

Doch der Wut in mir war das gleichgültig. Sie sprang mich an wie ein Tier, grub ihre Zähne in meine Gedanken und riss mich mit sich. Ich schloss die Augen, als der Schwindel einsetzte und meine Haut kribbelte, als würden Millionen winziger Finger daran zupfen. Die Bilder strömten nur zwei, drei Atemzüge später auf mich ein. Wieder war ich in einem Wald, ließ Baumstämme und Blätter hinter mir und spürte kaum den Boden, auf dem ich lief. War er überhaupt da, oder schwebte ich? Es war schwer zu sagen, aber auf einmal fühlte ich mich … frei.

Dann war die Attacke vorüber. Mein Atem ging schnell, und ich wagte kaum, die Augen zu öffnen. Als ich es tat, war die Wut verschwunden, aber die Welt schwankte, und in meinem Kopf hämmerte es, als hätte ich den Kater meines Lebens. Das war neu. Ich griff mir an die Stirn und machte einen Schritt zur Seite, um mein

Gleichgewicht zu halten. Endlich wurde auch der Schmerz schwächer und verebbte nach einer Weile ganz. Ich ließ mich auf dem Badewannenrand nieder und atmete tief ein und aus. Es wurde wirklich schlimmer. Das war nicht gut. Dafür hatte ich ziemliches Glück gehabt, dass es erst hier oben passiert war!

»Ruhig, Quinn. Es ist vorbei. Alles ist normal«, murmelte ich und konzentrierte mich auf den Luxus um mich herum, um mich auf andere Gedanken zu bringen.

Es funktionierte. Ich betrachtete die begehbare Dusche und pfiff leise durch die Zähne. Dort oben war kein Duschkopf angebracht, sondern gleich ein ganzes Feld – es musste sich anfühlen, als würde man mitten im Regen stehen.

Ich nahm mir ein Badetuch aus einem Regal an der Wand, ging Joannas Klamotten durch – ausnahmslos Tops und Röcke – und wählte ein rotes Top zu einem hellen, schmalen Rock. Sekunden später stand ich unter einem tropischen Wasserfall. Nachdem ich mich abgetrocknet hatte, verzog ich das Gesicht, weil mein BH und mein Slip noch feucht waren, schlüpfte aber trotzdem hinein. Der Stoff würde draußen in der Wärme schon trocknen.

Ein Blick aus dem Fenster verriet mir allerdings, dass die Sonne bereits am Horizont schimmerte und ich mich beeilen musste, wenn ich noch ein paar Strahlen erwischen wollte. Ich musterte mich im Spiegel. Meine Wimperntusche hatte sich gründlich verabschiedet, aber es ging auch ohne. Die Haare waren noch nass, aber allzu lang wollte ich sowieso nicht mehr bleiben. Also schnappte ich mir meine Sachen und machte mich auf den Weg.

Als ich in den Garten trat, hatten sich auch die anderen umgezogen und standen in kleinen Gruppen beisammen. Natürlich bemerkte Gabriel mich als Erster. »Quinn! Tut mir noch mal echt leid!« Er zog die Mundwinkel nach unten und blinzelte mehrmals.

Ich nahm es ihm nicht ab, nickte aber, um kein Spielverderber zu sein. Dann blieb ich etwas irritiert stehen, da die anderen mich anstarrten, als hätten sie nur auf mich gewartet. Das gefiel mir nicht. Ein ungutes Gefühl machte sich in meiner Magengegend breit, bis Joni sich von der Gruppe löste und auf mich zukam.

»Wieder alles okay?« Immerhin wirkte ihr Lächeln ehrlich. »Das steht dir gut.«

»Danke.« Bei Joanna musste der Rock mehrere Handbreit über dem Knie aufhören, bei mir bedeckte er fast den gesamten Oberschenkel. »Ist die Party vorbei?«

»Nein, aber wir gehen zum nächsten Programmpunkt über.« Sie lächelte, nein, sie strahlte geradezu, und nestelte an ihrem weizenblonden Zopf. Es lag etwas in der Luft, das ich nur schwer greifen konnte. Eine Art Spannung, als würden elektrische Impulse zwischen den Anwesenden hin und her fliegen.

»Ist was passiert? Du wirkst so … aufgeregt.«

Joni warf beide Arme in die Luft und lachte. »Nein, ich bin nur gut drauf. Na komm schon!« Sie fasste mich an der Hand und zog mich mit. Heute war wohl der Tag, an dem die Leute glaubten, mich durch die Gegend tragen oder ziehen zu können, aber im Gegensatz zu Gabriel meinte sie es nur nett.

Wir erreichten die anderen, als zwei von Gabriels Freunden neben uns losgrölten. Es war der Funke, der die Ladungen entzündete, wie eine Welle, die über mich hinwegrollte und alle mit sich riss. Joni konnte plötzlich nicht mehr still stehen, Joanna winkte mir zu und leckte sich die Lippen, ein paar Leute riefen etwas, das ich nicht verstand. Ich sah von einem zum anderen, versuchte herauszufinden, was in meiner Abwesenheit passiert war, und kam mir noch mehr wie die absolute Außenseiterin vor. Vermutlich waren Drogen im Spiel, anders konnte ich mir das alles nicht erklären, da ich nur wenige leere Flaschen sah und keinen Alkohol roch. Überhaupt hatten die Geschwister und ihre Gäste kaum etwas getrunken.

Joanna umarmte ihren Bruder und flüsterte ihm etwas ins Ohr. Dann tanzte sie in unsere Richtung und legte je einen Arm um Joni und mich. »Wir gehen in den Wald und feiern dort weiter«, raunte sie uns zu und küsste Joni auf die Wange. Die wehrte sie lachend ab.

So hatte ich die Prinzessin und ihr Gefolge noch nie erlebt. Vielleicht doch Drogen? Ich war einmal mehr froh über meine Auszeit vorhin.

»Also Quinn, bist du dabei?« Joannas Stimme war viel zu laut.

Keine Ahnung, was sie so an einem Waldspaziergang begeisterte, aber da musste ich mich wohl überraschen lassen. »Klar. Aber …«

Weiter kam ich nicht. Das Johlen und Kreischen wurde lauter und erinnerte mich an einen Hornissenschwarm.

Gabriels Stimme erhob sich mühelos darüber hinweg. »Los!«

Alle verstummten und rannten auf sein Kommando los, quer durch den Garten zum hinteren Zaun, wo ein Tor offen stand. Schlagartig war ich allein am Pool und blickte ihnen fassungslos hinterher, bevor ich mich ebenfalls in Bewegung setzte. Was auch immer hier vor sich ging, ich sollte mich besser beeilen, um den Anschluss nicht zu verlieren. Im Laufschritt trabte ich über die Wiese, verließ das Grundstück und sah hier und dort jemanden zwischen den Bäumen verschwinden. Okay, da vorn war Joni, und links von mir duckte sich Gabriel unter einem Ast hindurch.

»Hey! Wartet mal!« Ich lief schneller, doch niemand reagierte auf mich. Im Gegenteil, der Abstand zu den beiden vergrößerte sich, obwohl ich mittlerweile rannte, und dann hörte ich nur noch Gelächter sowie hin und wieder einen knackenden Ast. Mein Ego ließ mich Gas geben, immerhin ging ich regelmäßig laufen und würde mich nicht einfach abhängen lassen. Wie die anderen tauchte ich in das Dickicht, wich Bäumen aus, duckte mich unter Ästen hinweg und sprang über Wurzeln oder andere Stolperfallen am Boden.

»Hey«, rief ich noch einmal. »Hallo?«

Dieses Mal antwortete mir niemand. Ich blieb stehen und lauschte, doch bis auf die Waldgeräusche war da nichts. Sollte das ein Scherz sein, eine Art seltsames Aufnahmeritual? Oder wollten sie mich mit dieser dämlichen Aktion auf den Arm nehmen? Vielleicht hatte Joanna ihre Einladung doch nicht ernst gemeint. Quatsch, dafür war die Party viel zu lange normal gewesen. Bis zu dem Moment, als Gabriel mit mir in den Pool gesprungen war.

»Hallo?«, versuchte ich es noch einmal und drehte mich um meine eigene Achse. Bäume, nichts als Bäume, brauner Waldboden und ein rötlich gefärbter Himmel. Die Dämmerung würde bald hereinbrechen. Das war mir einfach zu blöd. Gut und schön, wenn die Blaises auf Versteckspiele standen, aber für mich hatte sich die Party erledigt. Meine Tasche lag noch draußen am Pool, ich würde sie holen und nach Hause fahren.

Als ich mich umdrehte, bekam ich aus dem Augenwinkel eine Bewegung mit. Etwas Helles verschwand zwischen den Bäumen. Joni?

»Hallo«, rief ich deutlich genervter als zuvor. Sie sollten nicht glauben, dass ich ihnen blindlings in den Wald folgen würde. »Okay, das war's«, sagte ich laut. »Spielt noch schön. Ich haue ab.«

Ich lief los und trat dabei absichtlich auf kleinere Äste, die mit ihrem Knacken verkündeten, dass ich aus der Sache ausgestiegen war. Mir antwortete ein Geräusch, das nicht von brechendem Holz stammte. Es war auch kein Gekicher. Überhaupt klang es nicht nach einem Menschen.

Abrupt blieb ich stehen und hatte wieder das Bild der Gasse vor Augen, in der mich irgendetwas verfolgt hatte. Ich atmete flach und konzentrierte mich auf die Umgebung, auf die Stille, die viel zu tief war, um natürlich zu sein. Was war mit den Vögeln, die ich vorhin noch gehört hatte? Die Härchen in meinem Nacken stellten sich auf und meine Hände wurden kalt. Ich ballte sie zu Fäusten und lief weiter, kletterte über die Baumwurzel von vorhin und kam zu der Stelle, an der die Bäume etwas mehr Abstand zueinander hatten. Zwischen den Stämmen bewegte sich ganz eindeutig etwas. Mein Magen flatterte leicht.

Ich zögerte. Machte ich mich lächerlich, wenn ich einfach losrannte? Oder wäre das die schlaueste Entscheidung des Tages? Ehe ich eine Antwort fand, kam das Etwas näher und trat schließlich zwischen den Bäumen hervor.

Ich keuchte. Schlagartig wurden nicht nur meine Hände kalt, sondern mein gesamter Körper. Das Blut wich aus meinen Gliedmaßen, und mein Herz schlug wie irre, um es wieder durch meine Adern zu pumpen. Zu schnell, zu heftig. Ich vergaß, zu atmen, dann brach mir der Schweiß aus.

Vor mir stand ein Berglöwe, eine echte Raubkatze mit gelbbraunem Fell. Innerhalb eines Wimpernschlags bombardierte mein Hirn mich mit Eindrücken. Das Tier war massig, mehr als hüfthoch, hatte einen weißen Bauch und enorme Krallen. Eine Pfote war angehoben, das Maul leicht geöffnet. Es starrte mich an.

O mein Gott, wie verhielt man sich in einer solchen Situation? Konnte ich überhaupt etwas tun? Ich schaffte es ja nicht einmal, mich zu bewegen! Ein Wimmern zog durch die Luft. Es kam von meinen Lippen und ließ die Ohren des Tieres zucken. Mist, es war keine zehn Schritte von mir entfernt! Unendlich langsam hob ich den Fuß – ich war froh, dass mein Körper mir gehorchte – und setzte einen Schritt zurück. Abstand gewinnen. Ich musste mir nichts vormachen, einen Berglöwen könnte ich niemals abhängen, er würde mich einholen und … daran wollte ich gar nicht denken. Auf einen Baum zu klettern schied ebenfalls aus, das Tier war darin vermutlich geübter als ich.

Noch ein Schritt, dann noch einer. Ich versuchte, ruckartige Bewegungen zu vermeiden, obwohl ich am liebsten losgerannt wäre. Das Tier starrte mich einfach nur an, seine Ohren zuckten, genau wie ein Muskel an seiner Vorderpfote. Beim nächsten Schritt hatte ich Pech. Ich erwischte eine der Wurzeln, die sich etwa handbreit über dem Boden wölbten, rutschte ab und fiel. Wie auf ein Signal hin riss der Berglöwe das Maul weiter auf und fauchte. Mir wurde übel. Zitternd rappelte ich mich hoch, als ich einen weiteren Schatten bemerkte. Er kam von der Seite, war rasend schnell und krachte im nächsten Augenblick gegen den Berglöwen. Ein Grollen drang durch die Luft, gefolgt von etwas, das mich an einen Schrei erinnerte. Noch ein Tier? Es war pechschwarz und drängte den Berglöwen von mir weg. Ein Hund? Hatten die Blaises einen oder gehörte er der Sicherheitsfirma? Egal, er war meine Rettung.

Ich drehte mich um und rannte, so schnell ich konnte. Hinter mir knackte und raschelte es wild, vermutlich dort, wo die zwei Tiere miteinander kämpften. Keuchend versuchte ich, mein Tempo zu halten und trotzdem Hindernissen auszuweichen. Wo lag die Villa der Blaises? Die Angst, tiefer in den Wald zu rennen und mit dem Berglöwen und was auch immer allein zu sein, schnürte mir die Luft ab, bis ich glaubte, ersticken zu müssen. Endlich entdeckte ich den bekannten Weg, dann schimmerte die Fassade des Hauses zwischen den dunklen Bäumen hindurch. Ich stürzte darauf zu, erreichte das Tor und knallte es hinter mir zu.

Der Garten war verlassen, von den anderen war noch niemand zurückgekehrt. Mit fliegenden Fingern griff ich nach meiner Tasche, zerrte mein Handy hervor und wählte Joannas Nummer. Ich musste sie warnen! Ich zwang mich, ruhiger zu atmen, was mir mehr als schwerfiel, und lauschte. Vorn an der Bank ertönte ein Glockenspiel. Joanna hatte ihr Handy nicht mitgenommen.

»Nein, nein, nein!«

Was jetzt? Ich raste zum Haus, dessen Terrassentür noch immer offen stand.

»Hallo? Hallo!« Ich hatte den Namen der Haushälterin vergessen. »Hilfe! Ist irgendwer hier?«

Nichts als Stille.

Damit blieb mir nur eine Möglichkeit. Ich wählte die Nummer der Polizei.

# Kapitel 7

## NATHAN

Der Schrottplatz lag verlassen da, so spät am Abend verschlug es selten Menschen in das Industriegebiet am Rand der Stadt. Hin und wieder stromerten Kinder oder Jugendliche auf der Suche nach Abenteuern herum und erinnerten mich daran, wie aufregend ich das Areal als kleiner Junge empfunden hatte.

Wie so oft verzichtete ich auf die rostige Klingel am Rolltor, bei der man sich beinahe den Finger brach, wenn man sie betätigte und sie mal wieder klemmte, und schlüpfte rechts am Gitter vorbei, das sich niemals ganz schloss. Direkt dahinter rosteten zwei Lieferwagen vor sich hin, die restlichen Fahrzeuge standen auf der großen Fläche weiter hinten. Der Platz gehörte Sams Onkel Morley, der sich immer mal wieder für einige Monate aus dem Staub machte, um durch Kanada zu streifen. Soweit ich wusste, war er momentan in den Nordwest-Territorien unterwegs und fühlte sich wahrscheinlich zwischen Karibuherden und Moschusochsen pudelwohl. Morley hatte Tiere schon immer den Menschen vorgezogen. Wenn er in Nanaimo war, lebte er mit seinen Wolfshunden in einem Bungalow am Ende des Platzes, schlachtete Wagen aus, verkaufte die Einzelteile und verdiente gerade genug zum Leben. Aber das genügte ihm.

Hunde hatte er schon immer besessen. Als Kind hatte ich mich vor ihnen gefürchtet. Das hatte sich geändert, aber sie konnten mich bis heute nicht leiden.

Sams Holzwerkstatt lag links vom Tor, seine Wohnung schloss sich direkt dahinter an. Vor den Gebäuden lagerten Holzskulpturen in verschiedenen Bearbeitungsstadien unter Wellblechdächern oder schmutzig grauen Planen. Ich erkannte mehrere fertige Tierköpfe und einige, bei denen sich die Umrisse gerade erst aus dem Holz schälten, als hielte Sam sie dort gefangen.

In der Werkstatt brannte im Gegensatz zu dem eingeschossigen Gebäude daneben kein Licht, also hatte er schon Feierabend gemacht für heute. Ich sah zum Fenster. Vielleicht hatte Sam mich bereits entdeckt. Er wusste immer, wann ich in der Nähe war. Keine zwei Sekunden später öffnete er die Tür und sah mir entgegen. Ruhig, abwartend, neutral. Sam eben. In den letzten Jahren war er ein wenig massig um die Mitte geworden, was ihn älter wirken ließ als dreißig Jahre.

»Was bitte ist da vorhin passiert, Nathan?«

Ich schob mich an ihm vorbei. »Können wir drinnen reden?« Ohne eine Antwort abzuwarten, schlüpfte ich aus meinen Schuhen, ging an ihm vorbei und ließ mich auf das Fell vor dem Kamin fallen, das die meisten für echt hielten, was Sam wahnsinnig amüsierte. Wenn er gut drauf war, erzählte er Geschichten über seinen Großvater, der den Bären mit bloßen Händen getötet hatte. Völliger Schwachsinn, aber so war das heutzutage auch mit Fake-Fotos auf Social-Media-Seiten, mit Verschwörungstheorien und seltsamen Politikern. Die Leute glaubten mehr, als gut für sie war.

Etwas landete auf meinen Rücken. »Zieh dich erst mal um, deine

Klamotten sehen aus, als hättest du dich im Schlamm gewälzt. Dann reden wir.«

Sam hatte recht, wir mussten reden. Dringend sogar. Also stand ich auf, schlüpfte in die Cargohose, zog mir das frische Shirt über und strich meine Haare nach hinten. Meine Finger verhakten sich an Knoten und kleinen Zweigen und rissen ein paar Exemplare aus. Ich fluchte und rieb meine pochende Kopfhaut. Meine nackten Zehen gruben sich ins Möchtegern-Bärenfell, dann drehte ich mich um.

Sam hatte die Arme vor der Brust verschränkt und schenkte mir das, was er für einen vorwurfsvollen Blick hielt. Bis heute glaubte er mir nicht, dass kein echter Vorwurf darin lag, selbst wenn er noch so sehr die Stirn runzelte. Mit seinem runden Gesicht und dem Grübchen im Kinn sah er in den meisten Fällen einfach nur freundlich aus – nur jetzt nicht.

»Verdammt, Nate, du blutest.« Er trat näher und strich meine Haare so fest zur Seite, dass sich noch einige mehr verabschiedeten. Dann drückte er auf einer Stelle an meiner Stirn herum. Es brannte, und ich zuckte zurück.

»Das macht es nicht besser.«

Okay, nun war sein Blick wirklich finster. »Du erzählst mir, was passiert ist. Sofort.«

Ich atmete tief durch und ließ mich auf sein zerschlissenes Sofa fallen. Mit einem Mal stürzten Bilder und Gedanken auf mich ein, Eindrücke und Momentaufnahmen, gemischt mit Fragen, und das machte mich unwahrscheinlich müde. Jetzt spürte ich die Stellen, an denen ich morgen garantiert blaue Flecken haben würde, und bog meine Schultern nach hinten. Es knackte mehrmals.

»Hast du denn nichts gesehen?«, fragte ich ihn matt und verbarg das Gesicht in den Händen. Schlafen wäre jetzt großartig.

»Nur einen Teil«, sagte Sam. Der Sessel auf der anderen Seite des Tisches knarrte, als er ebenfalls Platz nahm. »Aber nicht, was dich so zugerichtet hat. Kumpel, wenn du nicht bald redest …«

Ich zog die Hände zurück und hob den Kopf. »Okay, schon gut. Die unwichtige Sache zuerst: Ich bin auf Blaise getroffen.«

»Kommt das etwa daher?« Er deutete auf meine Stirn. Ich nickte, und er stieß die Luft hart aus. »Nate! Das ist nicht unwichtig.«

»Doch. Können wir das abhaken? Bitte.«

Er kämpfte mit sich, nickte aber dann. Den Tonfall schlug ich nicht oft bei ihm an.

»Das mit Blaise war ein Unfall. Aber es hat auch irgendwie mit der Sache zu tun, die ich dir dringend erzählen muss.« Ich betrachtete meine Finger. »Da ist diese Neue an der Uni, Quinn Shields. Sie studiert im ersten Semester Grafikdesign und ist von Smithers hergezogen.«

Sam stand auf, holte zwei Flaschen Cola und reichte mir eine. Ich öffnete sie, setzte an und trank sie mit einem Zug halb leer. Den Zucker brauchte ich jetzt.

»Ich habe mich mit ihr unterhalten, sie ist echt nett«, fuhr ich fort, als er nichts sagte, und kam mir ziemlich dämlich vor. Quinn war eindeutig mehr als *echt nett*. In ihrer Gegenwart fühlte ich mich wohl, auch wenn ich sie kaum kannte. Das passierte mir selten. Oder vielmehr: fast nie. »Und ich bin ihr begegnet, als sie im Wald unterwegs war.« Okay, ich schmolz die Story gerade ein wenig ein.

Jetzt runzelte Sam die Stirn.

»Sie ist mir in die Arme gelaufen, und ich habe sie aufgefangen. Dabei habe ich etwas in ihrem Nacken bemerkt. Sie hat ein Tattoo, genau hier.« Ich berührte die Stelle an meinem Haaransatz und sah mich um. »Hast du mal einen Zettel und einen Stift?«

Er stand auf, kramte in einer Schublade und reichte mir beides. Zu meinem Erstaunen zitterten meine Hände leicht, als ich versuchte zu zeichnen, was ich gesehen hatte: zwei halbmondförmige Gebilde, die sich gegenüberlagen und an je einer Seite rund waren, während die andere schmal zulief. Leider fiel es mir schwer, genaue Einzelheiten wiederzugeben, denn allzu viel hatte ich nicht erkannt. Im Inneren der Hälften waren verschnörkelte Formen und parallele Linien abgebildet, aber ganz sicher war ich mir nicht. Dafür erinnerte ich mich deutlich an die drei Punkte, die sich jeweils am oberen und unteren Ende zwischen den beiden Teilen befanden. Ich gab mein Bestes, zumindest die Verteilung der Flächen einigermaßen hinzubekommen, war aber unzufrieden mit dem Ergebnis.

»Besser geht's nicht. Sie hat leider nicht so lange stillgehalten.«

»Und dann?«

»Und dann ist sie nach Hause gefahren.« Ich musste die Wahrheit ein wenig verbiegen, denn ich konnte ihm jetzt nicht alles erzählen. Es würde ihn nur von den wichtigen Dingen ablenken, die ich dringend klären wollte, und mir mit Sicherheit einen Vortrag einhandeln. Vielleicht würde er es sogar Bill als Ältestem der Sänger erzählen, oder Patricia, Bills rechter Hand. Sam hielt viel von beiden und betonte stets, wie gut sie seine Gemeinschaft zusammenhielten.

Er brummte, klang nicht überzeugt, sah sich meine Zeichnung aber trotzdem an. Die untere Hälfte wirkte chaotischer mit Ovalen, Zacken und Linien, aber trotzdem weich und ebenso elegant wie die obere. Es fehlten einige Elemente, aber besser ging es nun nicht. Sam atmete tief ein und aus, abgesehen davon blieb er ruhig. Manchmal hasste ich seine Gabe, in allen Situationen diesen krassen Ruhepuls zu bewahren. Damit würde er manchen Zen-Meister in die Tasche stecken.

»Das sieht vertraut aus, dann aber auch wieder nicht«, murmelte er schließlich.

»Besser könnte ich es nicht ausdrücken. Denkst du, sie gehört zu einem Tribe? Vielleicht einem, der nicht von hier stammt?« Mir fiel allerdings keiner ein, der ein Doppeltattoo besaß, und soweit ich wusste, war das auch unmöglich.

»Die Formen würden zu einigen Tribes passen, ja, allerdings habe ich den Stil noch nie gesehen. Es sei denn, du hast einfach schlecht gezeichnet. Ein Foto wäre besser.«

»Sorry, ich hatte gerade mein Handy nicht griffbereit.«

Okay, das *war* jetzt ein vorwurfsvoller Blick. »Vielleicht kannst du noch ein Bild besorgen. Wenn ihr zusammen studiert, müsste sich da doch was machen lassen.«

»Wir studieren nicht zusammen, wir gehen nur an dieselbe Uni. Sie ist im ersten Semester.«

»Mensch, Nate, mach einfach ein Foto. Meinetwegen geh mit ihr was trinken.«

Ich fühlte mich ertappt und griff nach der Cola. Ein wenig bedauerte ich schon, dass Quinn nicht angerufen hatte. Sie hatte mir erzählt, hier kaum Leute zu kennen, und sie hatte meine Nummer. Also warum meldete sie sich nicht? War ich etwa zu aufdringlich gewesen? Nein, das war Unsinn. Ich fand sie zwar echt interessant, war aber durchaus in der Lage, mich zurückzuhalten und nicht gleich mit der Tür ins Haus zu fallen. Vielleicht brauchte sie einfach Ruhe von all den neuen Eindrücken.

»Kann ich versuchen, ja. Aber vielleicht findest du in der Zwischenzeit mehr heraus? Ich meine … Sam, was, wenn sie eine von uns ist?«

Er vertiefte sich noch einmal in die Zeichnung. »Das kann ich mir nicht vorstellen. Dann würde sie jemand kennen. Und das hier«, er deutete auf die Punkte, die die beiden Hälften miteinander verbanden, »hab ich noch nie gesehen. Aber es könnte wirklich der alte Stil sein.«

»Könnte?«

»Ich bin nicht sicher. Und übrigens auch kein wandelndes Lexikon. Aber ich kann Bill fragen.« In seinem Blick lagen Zweifel, und ich ahnte, was er dachte.

Wenn wir Bill hinzuzogen, machten wir die Sache offiziell, denn er würde den Rat der Tribes informieren – und der hatte momentan Besseres zu tun. Dads Verhalten und seine Anspannung verrieten genug über die Stimmung in Winter Harbour, dort herrschte nicht gerade heile Welt. Es hatte in der Vergangenheit oft gekriselt. Umso mehr Hoffnungen setzten viele in das Jubiläum, das dazu beitragen sollte, die Tribes wieder voll und ganz zu vereinen und zu betonen, wie wichtig es war, dass wir alle friedlich zusammenlebten. Vermutungen über Quinn als Angehörige eines ortsfremden Tribes würden da nur Öl ins Feuer gießen. Außerdem brauchte ich erst Klarheit. Ich musste herausfinden, wer sie war und was sie wusste.

»Wir sollten das lieber nicht gleich an die große Glocke hängen. Im zweiten Schritt könnten wir uns vielleicht an Bill wenden, aber vorerst …« Ich brach ab und suchte nach einer Lösung, einer dritten Möglichkeit. »Gibt's denn sonst niemanden, der uns helfen könnte?«

Sam starrte ins Nichts. Ich hatte das so oft gesehen, wenn er grübelte – schon damals, als ich ein kleiner Junge gewesen und er mir so unwahrscheinlich groß erschienen war –, dass es sich vertraut anfühlte.

Schließlich nickte er. »Es gibt da vielleicht jemanden, ja.« Er musterte mich eingehend. »Aber das war noch nicht alles, oder?«

Verdammt, manchmal kannte er mich einfach zu gut – zumindest, wenn ich mich nicht gerade damit rettete, ihm Halbwahrheiten zu erzählen. Doch ich hatte ohnehin mit ihm reden wollen, auch wenn ich noch nicht ganz sicher war. Schließlich hatte es einen guten Grund gegeben, warum ich seit Tagen durch die Wälder der Umgebung streifte.

»Vor Kurzem habe ich im Wald Spuren gefunden. Bärenspuren.«

»So ungewöhnlich ist das nicht, Nate. Sei einfach ein wenig vorsichtig da draußen.«

»Direkt daneben war ein zweites Paar Spuren, dieses Mal von einem Menschen.«

»Und das kann kein Zufall gewesen sein? Es hat geregnet, da ist es schwer zu sagen, ob eine Spur älter ist als die andere.«

Ich zögerte. Das war genau der Punkt, an dem ich nicht sicher war. »Möglich. Aber ich bin ihnen nachgegangen, Sam. Eine ganze Weile sind sie parallel verlaufen, obwohl sie mindestens einmal die Richtung wechseln. An einer zweiten Stelle konnte ich es nicht mehr so genau erkennen.«

Sam rieb sich eine Schläfe, an der eine Strähne grau aus seinem dunklen Haar herausstach. Er hatte sie bereits seit Jahren, und es passte zu ihm.

»Schon irgendwie ungewöhnlich. Aber es wäre auch möglich, dass jemand vor dir die Bärenspuren entdeckt hat und ihnen nachgegangen ist.«

»Ja, kann sein.« Ich fuhr mir durch die Haare und atmete tief durch. Dads Anspannung schien allmählich auf mich abzufärben. »Du hast vermutlich recht. Ich bin gerade etwas durch den Wind, mir gehen so viele Dinge durch den Kopf. Vermutlich auch wegen der Feier in Winter Harbour.«

»Mach dir mal keine Sorgen.« Er klopfte mir auf die Schulter. »Dein Dad und die anderen Ratsmitglieder regeln das schon. Sie führen ihre Tribes bereits eine Weile, Nate. Sie wissen, was sie tun.«

»Du hast recht«, sagte ich und war selbst überrascht, wie düster ich klang. »Deshalb haben sie auch wenig Verständnis dafür, wenn jemand aus der Reihe tanzt.«

Sam nickte. »Du redest von Zachary.«

»Hat Dad dich angerufen?«

Ich hatte noch ein paarmal versucht, Zach zu erreichen, und mittlerweile wurde die Sache seltsam. Entweder wollte er nicht mit mir reden – wobei ich nicht wüsste, warum –, oder er hatte sich für eine Weile abgesetzt und sein Handy ausgestellt. Aber er konnte die Feier nicht vergessen haben! Kein Tag im Jahr war unter den Mitgliedern der Tribes so präsent wie dieser, nicht einmal Weihnachten oder der Nationalfeiertag am ersten Juli.

»Nein, aber allmählich müssten die Statuen nach Winter Harbour gebracht werden. Zach hat sich immer noch nicht bei mir blicken lassen. Weiß er denn auch ganz sicher, dass es sein Job ist, die Skulpturen hochzufahren?«

»Ja, das weiß er definitiv. Das ist ja das Merkwürdige. Er ist seit Tagen nicht zu Hause aufgetaucht, und er geht auch nicht ans Telefon.«

»Hast du es mal bei Isra probiert? Die zwei sind letztes Jahr für ein paar Tage abgetaucht, um wandern zu gehen, erinnerst du dich?«

Ich ohrfeigte mich in Gedanken, weil ich nicht selbst darauf gekommen war, mich bei Isra zu melden. Sie war Zachs Sängerin – so wie Sam mein Sänger war – und damit eine der wichtigsten Personen im Leben meines Cousins. Sie kannte ihn besser als jeder andere. Natürlich erinnerte ich mich auch an die Sache im vergangenen Jahr. Damals hatte Zach versucht, bei Isra zu landen. Nächtelang hatte er mir die Ohren abgekaut, weil er fest davon überzeugt gewesen war, dass auf dem Campingtrip mit ihr was laufen würde. Umso größer war das Gejammer gewesen, nachdem Isra ihm deutlich klargemacht hatte, dass sie ihn zu jung fand, um interessant zu sein. Zachs Ego hatte ungefähr einen halben Tag lang gelitten.

Ich zog mein Handy aus der Tasche, rief Isras Nummer auf und stellte auf Lautsprecher. Sam und ich starrten uns an, während ich die Freizeichen zählte. Nach dem fünfundzwanzigsten legte ich auf.

»Also sind die beiden echt irgendwo da draußen unterwegs? Und warum hat Zach dann sein Handy aus? Er weiß doch, dass er in Winter Harbour gebraucht wird.«

Sam verzog den Mund. »Ich glaube, du wünschst dir einfach, er wäre zuverlässiger.«

Das wollte ich eigentlich nicht hören. Zach gehörte zu meinen Leuten. Wir hielten zusammen.

»Mag sein. Trotzdem ist das alles seltsam.«

»Gibt es sonst niemanden, der in den nächsten Tagen hochfährt?«

Ich seufzte. »Keine Ahnung, aber ich kümmere mich darum, dass sie in Winter ankommen. Irgendwen finde ich schon. Zur Not fahr ich selbst hoch.« Dann grinste ich. »Aber glaub nicht, ich hätte vergessen, dass dir jemand eingefallen ist, der uns bei Quinns Tattoo weiterhelfen kann. Kenne ich ihn oder sie?«

»Keine Ahnung, vielleicht. Tohmah Arcand?«

Ich hatte von Tohmah gehört – er war ein Freund von Sam –, ihn aber noch nie getroffen.

»Er hat nichts mit alldem zu tun, oder?« Meine Geste fasste mich, Sam, seine Wohnung und die Zeichnung mit Quinns Tattoo ein.

»Er hält sich raus, obwohl er das Sängertalent von seinen Eltern geerbt hat. Seine Erinnerungen an sie sind nicht gut.«

»Was ist passiert?« Wir hatten noch nie über Tohmah geredet. Bisher hatte es keinen Grund gegeben, und Sam war alles andere als eine Tratschtante.

»Sie haben sich getrennt. Tohmahs Vater ist nach Toronto gezogen. Seine Mutter ist mit alldem nicht klargekommen, und sie konnte ihren Sohn nicht annehmen. Psychisch, meine ich. Sie war noch sehr jung und ist wenig später gestorben«, sagte er mit der Leichtigkeit, mit der er manchmal ernste Dinge beschrieb. Anfangs hatte mich das irritiert, aber irgendwann hatte er mir erklärt, dass einige Themen schon genug Schwere in sich trugen und er das Gewicht nicht noch durch eine trübe Stimmung erhöhen wolle. »Monique Arcand, seine Tante, hat ihn ein paar Jahre lang großgezogen.

Sie war eine gute Sängerin, aber keine besonders gute Ersatzmutter. Sie hat Tohmah zwischenzeitlich immer wieder zu Freunden gegeben, einmal sogar über ein Jahr lang.«

»Warum?«

Sam zuckte die Schultern. »Vielleicht lag es in der Familie, die Verantwortung für die Kinder einfach abzugeben. Jedenfalls hat sie Vancouver Island irgendwann verlassen. Keiner weiß, wo sie ist, und sie hat sich nie mehr gemeldet. Tohmah will seitdem nichts mehr mit den Sängern zu tun haben. Ich kann ihn verstehen. Er wohnt in Moniques altem Haus in der Nähe des Brannen Lake, und wenn sich in den vergangenen Jahren nichts geändert hat, lagert dort auch ihr Wissen. Sie hat alte Texte der Tribes und Sänger zusammengetragen und versucht, unleserliche Aufzeichnungen zu transkribieren, um unsere Vergangenheit, unsere Geschichte zu erforschen. Ich würde fast sagen, wenn etwas nicht im Archiv in Winter Harbour zu finden ist, dann eventuell in Moniques Büchern. Tohmah sind sie gleichgültig, er interessiert sich nicht dafür, aber sie stören ihn auch nicht. Ich glaub nicht, dass er sie entsorgt hat. Tief in seinem Inneren ist er doch etwas nostalgisch.«

Monique Arcand. Ich war sicher, den Namen schon einmal gehört zu haben, und dann fiel es mir ein. Nicht nur sie hatte Vancouver Island damals verlassen, mit ihr war auch das Tribe-Mitglied verschwunden, dessen Sängerin sie gewesen war. Ich hatte mich nie großartig dafür interessiert.

»Wenn du glaubst, dass uns das weiterbringt, dann los.« Ich schnappte mir meine Schuhe und zog sie an. »Tohmah hält doch dicht, oder?«

»Wie ich ihn kenne, wird er uns Moniques Unterlagen überlassen, ohne Fragen zu stellen. Aber das genügt, mehr sollten wir nicht von ihm verlangen.«

»Soll mir recht sein.«

Dieser Tohmah war entweder der höflichste Typ der Welt oder der gleichgültigste, aber damit konnte ich leben. Ich musste wissen, was es mit Quinns Tattoo auf sich hatte. Gut, es konnte ein Zufall sein, die Leute ließen sich alles Mögliche tätowieren, aber trotzdem ... Das Motiv hatte sich irgendwie vertraut angefühlt, obwohl ich es nur kurz gesehen hatte und es zu keinem unserer Tribes gehörte – oder zu anderen, deren Symbole ich kannte.

Tohmah wirkte nicht erstaunt, als er uns öffnete. »Sam, lange nicht gesehen. Und du musst Nathan sein.«

Natürlich wusste er, wer ich war; mein Vater war durch seine Position überall bekannt.

Tohmah war allerhöchstens zwei oder drei Jahre älter als ich, nur ein Stück kleiner, also mindestens eins achtzig, und trug seine dunklen Haare halblang. Sympathisch, aber distanziert.

Ich hielt ihm die Hand hin. »Hey, nenn mich einfach Nate.«

Er musterte mich mit ernstem Blick und schlug ein. »Wieso seid ihr hier?« Er sah Sam an. Immerhin redete er nicht lange um den heißen Brei herum.

»Es geht um Moniques Unterlagen«, erwiderte Sam. »Hast du sie noch?«

»Klar, sie sind ihr Andenken, und ich brauche den Raum, in dem sie lagern, eh kaum. Wenn ihr sie durchwühlen wollt, kommt rein.«

Sam zog die Schuhe aus, ehe er die Hütte betrat, und ich folgte seinem Beispiel. Hinter uns fiel die Tür mit einem Knarren ins

Schloss. Interessiert blickte ich mich um. O Mann, das Haus von Monique Arcand sah nicht nur von außen alt aus. Okay, es war sauber und aufgeräumt, aber auf den ersten Blick fand ich keine gerade Linie an Dachbalken oder Wänden. Das Ding war buchstäblich windschief und auf eine Weise verwinkelt, die Touristen liebten, wenn sie Urlaub an einem Ort wie diesem machten, um danach wieder an eine Poolbar oder in ihrem hochglanzpolierten Zuhause samt Riesenkühlschrank zu verschwinden. Tohmah hatte keinen Riesenkühlschrank in seiner Wohn-Küchen-Kombi, dafür gab es viele Ecken, die er nicht mal als Stellflächen nutzen konnte, da einfach zu wenig Platz war. Wer auch immer das Ding gebaut hatte, war möglicherweise nicht ganz nüchtern gewesen oder ein großer Anhänger besagter Wildnisromantik, die in Filmen immer ganz toll wirkte. Weniger toll war sie, wenn ein Sturm das halbe Dach abdeckte, und Tohmah konnte mir nicht erzählen, dass er damit noch nie ein Problem gehabt hatte. Nach über zwei Semestern, in denen ich mich mit theoretischen und praktischen Architekturaspekten befasst hatte, wusste ich, wie sehr Funktionalität und Ästhetik das Wohnen verbessern konnten, und wand mich innerlich ein wenig. Vor allem, da ich klare Formen und Übersichtlichkeit bevorzugte.

Tohmah deutete auf die Treppe, deren Stufen man in betrunkenem Zustand eher meiden sollte. »Da oben gibt es nur zwei Zimmer. Ihr findet schon das richtige.«

Sam hatte nicht übertrieben. Er interessierte sich wirklich nicht für unsere Beweggründe. Umso besser.

»Danke, Mann.«

Er wandte sich ab und ging auf einen Tisch in der Ecke zu, vor dem ein schlichter Holzstuhl stand. Erst jetzt bemerkte ich das Schimmern eines Laptops, ein seltsamer Anblick in dieser Umgebung.

»Sorry, haben wir dich gestört?« Mit einem Mal kam ich mir blöd vor, hier einfach so hereingeplatzt zu sein. Ich wollte keine Sonderbehandlung, nur weil mein Vater Ratsmitglied war. Die Blaises mochten so auftreten, aber die Copelands ganz sicher nicht.

Tohmah winkte ab. »Mach dir keinen Kopf. Ich bereite nur was für nächste Woche vor. Ein paar Kids aus der Stadt kommen vorbei und wollen durch den Wald geführt werden, natürlich mit all seinen Gefahren.« Zum ersten Mal lachte er.

Ich sah Sam an, der noch breiter grinste als sein Freund. »Tohmah arbeitet für einige Nationalparks. Er kümmert sich um ihre Instandhaltung, betreut Schulklassen, zählt Vögel und so.«

»Cool. Dann stören wir dich nicht länger.« Ich machte mich auf den Weg nach oben.

Natürlich knarrte jede einzelne Stufe, und manche hingen in der Mitte ziemlich durch. Im Obergeschoss setzte sich der Stil des Hauses fort – dunkles Holz, noch dunklere Nischen, viele Dachschrägen. Die Türen der beiden Zimmer standen offen, daher sah ich sofort, in welches wir mussten. Der Raum war winzig, und Tohmah schien ihn als Abstellkammer zu nutzen. Wie im Erdgeschoss war alles ordentlich, selbst die Kartonstapel in der Ecke, die alle mit »Monique« beschriftet waren.

Ich hob einen der Deckel an und stöhnte. Das Ding war bis zum Rand gefüllt mit Büchern und losen Notizen. Ich verzog das Gesicht und hob einen Daumen in Sams Richtung. »Das wird ein Megaabend.«

# Kapitel 8

## QUINN

Ich hielt vor dem Reihenhaus am Ende der Straße und hupte zweimal. Es tat sich nichts, aber vielleicht war Maya noch nicht fertig.

Wir hatten noch etwas Zeit, bis wir an der Uni sein mussten, also checkte ich die Nachrichten auf meinem Handy, antwortete Dad auf den Hinweis, dass ich Mum dringend schreiben sollte – was ich am Vorabend getan hatte –, und lehnte den Kopf zurück. Schade, dass Belles Klapperkiste kein Dachfenster besaß. Dafür hatte ich sämtliche Seitenfenster heruntergelassen. Der Tag versprach besonders schön zu werden, bereits jetzt war es angenehm warm.

Ich wollte gerade noch einmal auf die Hupe drücken, als Maya aus dem Haus trat. Sie versuchte, die Tür hinter sich zu schließen, doch eine Frau hielt sie davon ab. Das musste ihre Mutter ein. Maya hatte nie viel von ihr erzählt, aber das Verhältnis der beiden schien nicht gerade gut zu sein. Die Frau packte sie am Arm und riss sie schimpfend herum. Ich erkannte sogar von hier aus, wie Maya die Lippen aufeinanderpresste. Zum allerersten Mal erlebte ich sie wütend, und es passte nicht zu ihr. Selbst mit verzerrtem Gesicht wirkte sie auf eine Weise zart, als wäre sie nicht von dieser Welt. Sie befreite sich mit einem Ruck, schleuderte der Frau ein paar Worte an den Kopf und lief durch den verwilderten Vorgarten auf mich zu. Ich beugte mich rüber, öffnete ihr die Beifahrertür und fuhr los, nachdem sie sich in den Sitz hatte fallen lassen. Ihre Mutter schrie uns Dinge hinterher, die ziemlich ätzend klangen.

Ich bog ab, war froh, aus ihrem Sichtfeld zu kommen, und schwieg. Es war mir unangenehm, den Streit miterlebt zu haben, und ich versuchte, nicht hinzusehen, als sich Maya den Oberarm rieb.

»Tut mir leid, dass du das mitbekommen hast«, sagte sie. »Meine Mutter und ich ... wir verstehen uns zurzeit nicht besonders gut.«

»Was du nicht sagst«, erwiderte ich, bereute es aber sofort. »Sorry, das war blöd von mir. Was war denn los?«

»Das Übliche. Sie ist vor zwei Tagen wiedergekommen, nachdem sie fast sechs Wochen lang weg war, und nun will sie zu einem Kerl nach Alberta ziehen, den sie kennengelernt hat. Um zu sehen, ob es mit ihm funktioniert.«

»Was, sie will ohne dich wegziehen? Und wo war sie die ganze Zeit?«

Maya seufzte. »Bei einem anderen Kerl. Mit dem es nicht funktioniert hat. Sie nennt es *Vorfühlen* und meint, dass sie erst einmal sehen müsste, ob der jeweilige Kandidat familientauglich ist, ehe sie mich nachholt. Aber das ist Unsinn. Bisher ist sie immer allein zurückgekommen. Ich glaube, sie bleibt nur so lange, bis es den ersten Stress gibt, und dann verschwindet sie. Zu Hause mit mir gibt es auch nur Stress, also haut sie jedes Mal schnell wieder ab.« Ihre Stimme war stetig lauter geworden. Sie biss sich auf die Lippe, presste ihre Tasche an sich und starrte aus dem Fenster. »Und nun labere ich dich mit meinen Problemen voll. Vergiss es einfach wieder, das klang schlimmer, als es wirklich ist.«

Das fand ich nicht. »Was ist mit deinem Dad?«

»Keine Ahnung. Ich habe ihn nie kennengelernt. Vermutlich war er auch nur ein Vorfühlkandidat. Aber lass uns das Thema wechseln. Bitte. Wie war Joannas Party am Wochenende?«

Kein guter Wechsel! Ich versuchte mein Bestes, nicht an den Abend in den Wäldern zu denken, erst recht nicht an den Augenblick, als ich dem Berglöwen gegenübergestanden hatte. Und dem zweiten Tier, dem schwarzen Hund oder was auch immer das gewesen war. Allein die Erinnerung fachte meinen Herzschlag an. Es hatte sich schnell und elegant bewegt und, wenn ich genauer darüber nachdachte, sich dem Berglöwen in den Weg gestellt. Oder hatte es nur sein Revier beziehungsweise das Grundstück der Blaises verteidigt? Die Polizei hatte meine Schilderungen allerdings angezweifelt. »Es kann gut sein, dass sich ein Puma gelegentlich in die Nähe besiedelter Gebiete verirrt«, hatte der Beamte mir erklärt und sich Notizen gemacht, während ich mir ins Gedächtnis gerufen hatte, dass ein Puma nur eine andere Bezeichnung für Berglöwe war. »Schließlich gibt es auf Vancouver Island eine der größten Populationen weltweit. Aber die meisten leben in der Bergwelt im Inselinneren. Wenn Sie zwei Tiere gesehen haben, Miss, und eines war schwarz, dann haben Ihre Nerven Ihnen bestimmt einen Streich gespielt. Außerdem besitzt niemand in der näheren Umgebung einen Hund, der zu Ihrer Beschreibung passt, und es wurden keine entsprechenden Tiere als vermisst gemeldet. Eine Begegnung mit einem Puma kann sehr beeindruckend sein und auch sehr gefährlich. Wir werden den zuständigen Ranger informieren und die Umgebung absuchen lassen. Sie fahren jetzt am besten nach Hause und trinken etwas Heißes.«

Ich war mir vorgekommen wie ein kleines Mädchen, das von seinem Onkel ins Bett geschickt wurde, und hatte ihn ungläubig gefragt, ob das alles gewesen sei. Immerhin versprach er mir, sich um die Blaise-Geschwister und ihre Gäste zu kümmern, von denen zu diesem Zeitpunkt noch niemand aufgetaucht war. Trotz der missglückten Party und der dämlichen Weglaufaktion wollte ich nicht, dass ihnen etwas geschah.

»Quinn?« Maya schnippte mit den Fingern vor meinem Gesicht.

Ich zuckte zusammen und sah auf. Die Ampel war grün. Zum Glück befand sich kein Auto hinter uns.

»Mist, ich bin wohl noch nicht richtig fit. Oh, und die Party war nicht mein Fall. Die Blaises haben ein beeindruckendes Haus, aber Joannas Bruder ist ein ziemlicher Idiot. Ich bin … früh gegangen.«

Ich würde ihr später ausführlicher davon erzählen.

»Hm.« Es klang wie ein Vorwurf, als hätte ich auf einer Blaise-Party Spaß haben müssen. Vielleicht verarbeitete sie aber auch noch den Streit mit ihrer Mutter.

Den Rest der Fahrt schwiegen wir.

Der Parkplatz auf dem Campus war brechend voll. Ich fand erst eine Lücke, nachdem ich eine Weile herumgekurvt war. Zum Glück waren Maya und ich früh genug dran, weil wir noch einen Kaffee zusammen trinken wollten.

»Hey, Quinn!«

Ich erkannte Nathans Stimme, ehe ich ihn sah. Er winkte und kam mit verstrubbelten Locken und einem recht müden Gesichtsausdruck auf uns zu. Sein Wochenende war im Gegensatz zu meinem wohl ziemlich gut gewesen.

»Hi«, sagte ich und bedauerte auf einmal, ihn nicht angerufen zu haben – erst recht nach dem Desaster auf Joannas Party. Aber hinterher war man immer schlauer.

»Tut mir leid, dass ich mich noch nicht gemeldet habe.«

Nathan winkte ab. »Nicht so schlimm, ich hatte mir schon gedacht, dass du an deinen ersten Wochenenden hier einiges zu tun hast. Hey, Maya, wie geht's dir?«

Er berührte sie flüchtig an der Schulter, und ich war ein klitzeklein wenig neidisch auf die Geste. Auch darauf, wie leicht er sie zum Lachen brachte. Aber gut, ich wusste ja auch nicht, wie lange sich die beiden schon kannten.

»Alles in bester Ordnung«, log sie und strahlte ihn an – nicht verliebt, sondern als wäre sie stolz darauf, ihn zu kennen. Manchmal wurde ich einfach nicht schlau aus ihr, aber der Anblick brachte mich auf eine Idee.

»Nächstes Wochenende habe ich aber noch nichts vor. Wie sieht es bei euch beiden aus?« Ich sah von Nathan zu Maya und wieder zurück. »Vielleicht könnt ihr Locals mir zeigen, was man sich in der Gegend unbedingt ansehen muss. Vom Pacific Rim habe ich schon einiges gehört, aber auch sonst bin ich offen für alles.«

Maya machte große Augen. »Ich weiß noch nicht«, murmelte sie.

Nathan dagegen nickte. »Klar, sehr gern. Ein Auto hätte ich auch, falls deines schlappmacht.« Er warf einen bezeichnenden Blick in Richtung Klapperkiste.

»Autsch. Möglicher Treffer. Aber das passt auch ganz gut, das Auto gehört meiner Schwester, und sie leiht es mir nur, wenn sie es nicht für die Arbeit braucht. Dann halten wir das doch fest, oder,

Maya?« Ich stieß sie an, bis sie schließlich nickte. »Wir müssen los, aber ich melde mich. Dieses Mal wirklich, versprochen.«

»Cool. Bis dann.«

»Bye!«

Ich zerrte Maya hinter mir her, die aus unerfindlichen Gründen wie erstarrt war. Lag das an der Tatsache, dass sie generell eher schüchtern war, oder hatte das etwas mit Nathan zu tun? Stand sie etwa auf ihn? Ich musterte sie von der Seite und war erstaunt, da mir der Gedanke so gar nicht gefiel. Dabei wollte ich ganz sicher nichts von Nathan. Immerhin hatte ich mir vorgenommen, mich erst mal nur auf mich selbst zu konzentrieren und daran zu arbeiten, dass mein Leben wieder so wurde wie das eines durchschnittlichen achtzehnjährigen Mädchens. Völlig normal. Da blieb keine Zeit für Beziehungsgeschichten.

Als mir das Schweigen langsam zu blöd wurde, stieß ich Maya erneut an, die gedankenverloren an einer ihrer weißblonden Strähnen zwirbelte. »Was ist heute los mit dir? Ist es noch wegen deiner Mum?«

»Quatsch. Aber du kannst mich doch nicht einfach einladen, wenn du dich mit Nathan Copeland triffst.«

Da war er wieder, ihr zu respektvoller Tonfall, aber dieses Mal würde ich nicht zulassen, dass sie sich kleinmachte. Das hatte sie schließlich nicht nötig.

»Warum nicht? Und außerdem treffe nicht *ich* mich mit ihm, sondern wir. Was hat es eigentlich mit dieser Zwei-Klassen-Gesellschaft auf sich? Bei manchen Leuten verhältst du dich, als dürfte man sie bloß nicht ansprechen oder behandeln wie jeden anderen. Erst Joanna, nun Nathan. Gibt es da etwas, das ich wissen sollte?«

Sie sah mich mit ihren riesigen Augen an, dann tippte sie sich an die Stirn. »Du spinnst.«

»Na, darüber bin ich aber froh.«

In der nächsten Sekunde prusteten wir beide los. Endlich verschwand diese seltsame Stimmung. Jetzt freute ich mich wieder auf den Tag, auf meine Kurse und eine oder zwei Kaffeepausen mit Maya. Den Nachmittag würde ich damit verbringen, Belle bei der Gartenarbeit in der winzigen Parzelle hinter ihrem Haus zu helfen, wo sie bisher höchst erfolgreich eine breite Palette an Kräutern gezüchtet hatte, die für mich allesamt wie Unkraut aussahen. Im Anschluss warteten meine Zeichenutensilien auf mich.

Ganz in der Nähe lachte jemand. Zu laut und zu gekünstelt. Ich hob den Kopf, blinzelte gegen die Sonne und blieb stehen. Dieses Lachen kannte ich. Und tatsächlich, keine fünf Meter von uns entfernt stand Joanna mit ihrem Gefolge und bildete wie immer den Mittelpunkt ihrer kleinen Welt. Allein der Anblick machte mich wütend – auch wenn ein Teil von mir froh war, Joanna unversehrt zu sehen –, doch ihre Sorglosigkeit setzte dem Ganzen noch die Krone auf. Ehe Maya mich aufhalten konnte, ging ich zu ihr, blieb hinter ihr stehen und tippte ihr auf die Schulter.

Sie drehte sich um wie eine Filmdiva, mit fliegendem Rock, wehenden Haaren und leicht geöffneten Lippen. Ihre Augen wirkten durch das gekonnte Make-up fast so riesig wie Mayas.

»Quinn.« Sie verzog ihre Perlmuttlippen zu einem Lächeln. »Wie war dein restliches Wochenende? Du warst auf der Party plötzlich verschwunden.«

Zuerst war ich fassungslos, dann sauer. »Was sollte der Mist am Samstag?«

Sie blinzelte – eindeutig geschauspielert – und zupfte an ihrem Karorock. »Meine Güte, hast du einen schlechten Tag heute?«

»Du erinnerst dich also nicht daran, dass ihr plötzlich alle wie wild in den Wald gerannt seid? Und ich war noch so blöd, nach euch zu suchen, obwohl ich solche Kinderspielchen nicht nötig habe. Trotzdem durfte ich noch die Polizei rufen, weil nämlich ein Berglöwe um euer Haus gestrichen ist. Ein ausgewachsenes, wildes Tier! Es hätte jedem von euch begegnen können. Aber davon habt ihr wohl auch nichts mitbekommen, oder?«

Am liebsten wäre ich auf die Zehenspitzen gegangen, um ihr auf gleicher Höhe in die Augen zu sehen. Warum tat sie so, als wüsste sie von nichts? Die Polizei hatte die Blaises doch sicher informiert?

Joannas Lächeln schwand ein wenig, ihre Mundwinkel kräuselten sich. Ihre beiden Freundinnen tauschten einen Blick.

»Herrje, ich habe gar nicht mitbekommen, dass du so viele Cocktails getrunken hast«, sagte sie und widmete sich ihren Nägeln. »Ein Berglöwe? Das hätten unsere Sicherheitskameras bestimmt aufgezeichnet.«

Kameras? Davon hatte ich nichts gewusst. »Ah, weil sie auch im Wald hängen?«

Sie zuckte nur die Schultern.

»Und die Polizei?«, fragte ich weiter. »Haben die Beamten denn nicht mit euch geredet?«

Joanna gab sich alle Mühe, gelangweilt zu wirken. »Ich wusste nicht, dass du so ein Partykiller bist. Wir hatten ein wenig Spaß, okay. Du hättest ja nicht mitmachen müssen. Außerdem warst du schon weg, als wir zurückgekommen sind.«

Ich glaubte ihr kein Wort, und das machte mich erst recht wütend. Joanna spielte mit mir, führte mich vor, so wie sie mich auch auf der Party vorgeführt hatte. Linda – oder war es Celia? – kicherte hinter vorgehaltener Hand. Jetzt reichte es mir endgültig.

»Okay, mach was du willst, aber lass mich und Maya in Zukunft in Ruhe. Wir sind nicht deine Freundinnen und auch nicht dazu da, um dir deinen Kaffee zu holen oder deine Tasche zu tragen. Das kannst du in Zukunft schön allein tun. Solltest du hinbekommen.«

Ihre Mundwinkel sackten nach unten, aber ich wollte ihr keine Chance auf eine Antwort geben.

»Los, gehen wir«, sagte ich zu Maya, packte sie am Handgelenk und lief los. Sie ließ sich mitziehen. Meine Wangen brannten, und ich glaubte zu spüren, wie sich Joannas Blick in meinen Rücken bohrte. Nachdem wir um die nächste Ecke gebogen waren, blieb ich stehen und ließ Maya los.

Sie zog die Nase hoch. »Von der Begegnung mit einem wilden Tier hast du mir gar nichts erzählt, Quinn. Weißt du, ob Joanna mich nun bittet, ihr einen Kaffee zu holen, oder ob du mich einfach wegschleppst … da gibt es keinen großen Unterschied, was meine eigenen Wünsche betrifft«, sagte sie leise, drehte sich um und ging.

Ich starrte ihr hinterher, bis ihre Feengestalt in der Menge verschwand, und auf einmal schämte ich mich für meinen Auftritt. Ja, ich war echt sauer auf Joanna – und in diesem Fall auch zu Recht –, aber ich hätte mich nicht einmischen sollen, was die Sache mit Maya betraf. Das würde ich wiedergutmachen, später, wenn wir uns beide abreagiert hatten.

»Super Start in den Tag«, murmelte ich, atmete tief durch und machte mich ebenfalls auf den Weg.

Der Rest der Woche verlief relativ ruhig und zu meiner Erleichterung ohne Begegnungen mit Joanna oder Gabriel Blaise. Ich sah die Geschwister auf dem Campus mehrmals aus der Ferne, rannte ihnen aber zum Glück nicht in die Arme. Nachdem ich von der Flut der ersten neuen Eindrücke zunächst erschlagen worden war, liefen meine Kurse doch eher locker an – es sah aus, als würde Nathan mit seiner Orientierungsprognose für das erste Semester recht behalten. Die Vorlesungen zu Designprozessen und kreativem Denken bereiteten mir keine Probleme, lediglich die Grundlagen der Farbtheorie machten mir Sorgen. Ich bat um ein Gespräch mit der Dozentin, Ms Hope-Witt. Sie war froh, dass ich ihr von meiner Blausehschwäche erzählte, und bereit, zusammen mit mir nach Lösungen zu suchen. Wir einigten uns relativ schnell darauf, dass ich mich in meiner Kursarbeit mit der Geschichte der Farbsysteme befassen würde, mit Denkmodellen, die bereits in der Antike entwickelt worden waren. Als das geklärt war, fühlte ich mich viel leichter. »Es gibt für jedes Problem eine Lösung«, hatte Ms Hope-Witt gesagt. Ein schöner Gedanke.

Nachdem ich mich bei Maya entschuldigt hatte, war auch zwischen uns wieder alles okay, und sie lud mich ein, bei ihr zu übernachten, da ihre Mutter sich bereits aus dem Staub gemacht hatte, um sich in die Arme ihres aktuellen Lovers zu flüchten.

Dienstag nach der Uni packte ich meinen Rucksack und nahm den Bus zu ihr, da Belle die Klapperkiste selbst brauchte. Es wurde wirklich Zeit für einen Job, damit ich mir ein eigenes Auto zulegen konnte, aber bisher hatte ich kein Glück bei der Suche gehabt.

Der Abend war schön und vor allem gemütlich. Wir bestellten uns chinesisches Essen und sahen uns eine Dokumentation über

Wale an. Maya hatte vor der Küste schon einmal einen Grauwal gesehen, ich dagegen nur Orcas, aber ich hoffte, dass sich das bald ändern würde. Wir blieben in Mayas Zimmer, weil es der gemütlichste Raum im ganzen Haus war – ihre Mutter legte nicht allzu viel Wert auf die Einrichtung, egal ob bequem oder vollständig. Zudem hatte sie Maya einen gähnend leeren Kühlschrank hinterlassen, den wir erst einmal aufstockten.

Am Folgetag lud ich Maya nach der Uni zu mir ein. Belle freute sich beinahe mehr als ich über den Besuch und stellte sich stundenlang in die Küche, um Kuchen zu backen und ihre berühmte Süßkartoffel-mit-sechs-Dips-Platte zu machen. Im Anschluss fuhren Maya und ich nach Victoria. Obwohl ich es liebte, in der Natur zu sein, faszinierte mich diese Stadt. Sie lag am Südzipfel von Vancouver Island und war trotzdem die Hauptstadt von ganz British Columbia. Ich mochte besonders die Gegend rund um den Hafen und Downtown mit den teils unter Denkmalschutz stehenden Gebäuden. Victoria bebte vor Lebendigkeit, war voller Bars, Geschäfte und Kunstgalerien, erschlug mich aber nicht wie andere Großstädte, die ich kannte.

Es war ein fast perfekter Abend. Wir streiften durch die Stadt, genossen die Abendstimmung am Hafen und testeten einige Clubs, bis wir einen fanden, dessen Musik uns beiden gefiel. Gegen Mitternacht traten wir den Rückweg an, immerhin lagen anderthalb Stunden Fahrt vor uns. Während wir durch die dunklen Straßen liefen, dachte ich an das Erlebnis in der Gasse in Nanaimo und an den Berglöwen im Wald. Ich versuchte, mir nichts anmerken zu lassen, sah mich aber immer wieder um. Kein schönes Gefühl. Ich musste dringend aufhören, an diese Begegnungen zu denken – oder noch besser, ich musste das Ganze verarbeiten. Zumindest hatte ich seit Tagen keine Attacke gehabt, das war schon einmal gut.

Am nächsten Morgen hielt ich wie so oft vor Mayas Haus, um sie abzuholen, hupte und lehnte mich zurück. Nach nur viereinhalb Stunden Schlaf war ich kaum richtig wach. Als sich nach fünf Minuten nichts getan hatte, hupte ich noch einmal, weitere fünf Minuten später schnallte ich mich ab und ging zur Haustür. Ich klingelte, wartete und klingelte wieder. Im Haus rührte sich nichts. Ich legte den Kopf in den Nacken und sah zu Mayas Fenster. Es war geschlossen. Ob sie verschlafen hatte, weil der Abend in Victoria zu viel für sie gewesen war? Seufzend zog ich mein Handy aus der Hosentasche und rief sie an. Sechs Freizeichen, zwölf, fünfzehn. So tief konnte sie doch gar nicht schlafen! Ich legte auf und versuchte es erneut, dieses Mal ließ ich es so lange klingeln, bis meine Geduld in winzigen Fetzen davontrudelte.

Und nun? Mir blieb wohl keine andere Möglichkeit, als sie weiterschlafen zu lassen und allein zur Uni zu fahren.

»Mensch, Maya, du verträgst aber auch gar nichts«, rief ich und drehte mich um.

Mein Blick fiel auf einen Stein am Boden, höchstens so groß wie mein Daumennagel. Ich sah mich noch einmal um. Warum eigentlich nicht? Schnell hob ich ihn auf, trat zwei Schritte zurück, zielte und warf. Nichts geschah, weder öffnete sich das Fenster, noch tauchte ein Nachbar auf. Ich fluchte und ging zur Klapperkiste zurück, wo ich genervt auf die Hupe drückte. Diesmal rief ich wirklich einen Nachbarn auf den Plan. Im Haus nebenan öffnete sich ein Fenster im Erdgeschoss, und ein Mann mit nacktem Oberkörper brüllte mir etwas entgegen, das ich nicht verstand, aber auch nicht verstehen musste. Seine erhobene Faust und sein Tonfall sagten genug. Also startete ich den Motor und fuhr langsam die Straße hinunter, wobei ich immer wieder in den Rückspiegel blickte in der Hoffnung, Maya aus dem Haus stürzen zu sehen. Ohne Erfolg.

Maya und ich hatten zwei Kurse zusammen. Im ersten tauchte sie nicht auf, der zweite fand am frühen Nachmittag statt, visuelle Kommunikation. Unser Kommilitone Greg, ein schmaler Typ mit dem markantesten Kinn, das ich jemals gesehen hatte, rutschte auf den leeren Platz neben mir. Er drehte wild an seinen Ohrringen, dann zog er eine Grimasse. »Sag mal, Lina …«

»Quinn.«

»Quinn! Sorry!«

Ich schenkte ihm ein breites Lächeln und sah mich noch einmal um, als Mr Hobson vor die Sitzreihen trat und die Vorlesung begann. Maya war noch immer nicht aufgetaucht.

Ich nahm mein Handy, beugte mich ein wenig nach unten und rief sie an. Dreimal. Ohne Erfolg. Allmählich machte ich mir wirklich Sorgen. Sie war sonst ein superzuverlässiger Mensch. Was, wenn etwas passiert war? Vielleicht war sie ohnmächtig geworden? Oder man hatte sie überfallen? Schon huschten meine Gedanken wieder zu dem Abend in der Gasse zurück, und ich schüttelte so energisch den Kopf, dass Greg mich erstaunt anstarrte, bevor er wild auf seinem Tablet herumzutippen begann. Ich schickte Maya eine Nachricht und versuchte, mich auf Mr Hobsons Worte zu konzentrieren.

Nach dem Kurs verzichtete ich auf das Treffen einer Umweltgruppe, für die ich mich interessiert hatte, und fuhr noch einmal zum Haus der Westcotts. Noch immer rührte sich dort nichts, und ich grübelte, ob Maya ihrer Mutter hinterhergereist war. Aber dann hätte sie mich bestimmt informiert. Hätte sie? Auf einmal war ich mir nicht mehr so sicher. Nur, weil sie meine beste – einzige – Freundin in Nanaimo war, musste für sie nicht das Gleiche gelten. Auf der anderen Seite hing sie mit niemandem großartig herum, zumindest hatte ich nichts mitbekommen, von Joanna und ihren beiden Schatten einmal abgesehen. Und letztlich war sie einfach zu pflichtbewusst, um eine Vorlesung zu schwänzen. Nachdem ich noch einmal mindestens eine halbe Minute auf die Klingel gedrückt hatte, gab ich mich geschlagen und fuhr zurück nach Hause.

Freitag Mittag nahm ich den Bus zum Haus der Westcotts, da Maya sich noch immer nicht gemeldet und auch meine Nachrichten nicht gelesen hatte. Niemand öffnete die Tür. Allmählich schlug meine Sorge in etwas Düsteres um, das auf meine Schultern drückte und mir zuflüsterte, die Sache unbedingt aufklären zu müssen. Ich fluchte innerlich, weil ich nicht einmal wusste, wie Mayas Mutter hieß, ganz zu schweigen von ihrer Telefonnummer.

Unschlüssig lief ich vor der Tür hin und her. Langsam schlichen sich Vorwürfe an und klammerten sich an mir fest. Warum hatte ich nicht nachgehakt oder aufmerksamer zugehört? Auf Zwischentöne geachtet? Frustriert klingelte ich noch einmal und trat gegen die Tür.

Sie knarrte und schwang auf.

Ich hielt mitten in der Bewegung inne und starrte in den schmalen dunklen Spalt. Mein Herz trommelte schneller und schneller, ich verschluckte mich und hustete leise. Vorsichtig blickte ich mich um und lauschte, bis ich mir sicher war, nichts im Inneren zu hören. Die Tür sah unversehrt aus, das Schloss ebenfalls, als hätte Maya lediglich vergessen, hinter sich abzuschließen. Ich riss mich zusammen, nicht nach ihr zu rufen, so wie es in Filmen immer die Helden taten, die ich am liebsten geschüttelt hätte, da sie Einbrecher oder Mörder nicht besser auf sich aufmerksam machen konnten.

Aber was sollte ich stattdessen tun? Die Polizei benachrichtigen? Das wäre am logischsten, oder? In meinem Kopf tauchte das Gesicht des Polizisten auf, mit dem ich vor dem Haus der Blaises gesprochen hatte. Ich erinnerte mich gut an seinen Blick, als ich ihm von den zwei Raubtieren erzählte, die ich im Wald gesehen hatte.

Das gab den Ausschlag. Vorsichtig legte ich eine Hand an die Tür und drückte sie so weit auf, dass ich eintreten konnte.

Noch immer war nichts zu hören. Ich schluckte, meine Kehle war staubtrocken. Einerseits wollte ich so schnell wie möglich alles durchsuchen, falls Maya irgendwo bewusstlos lag. Andererseits hatte ich Angst weiterzugehen, und zwar aus demselben Grund.

*Stell dich nicht so an.*

Ich atmete durch und schlich ins Wohnzimmer. Hier sah alles ganz normal aus. Das Fenster war intakt, kein Hinweis auf einen Einbruch. Also weiter. Ich arbeitete mich bis zur Küche vor, warf einen Blick in die Gästetoilette sowie in die Abstellkammer und machte mich anschließend so leise wie möglich auf den Weg ins Obergeschoss. Sämtliche Türen standen offen, aber das war auch so gewesen, als ich hier übernachtet hatte. Badezimmer, Schlafzimmer, Mayas Zimmer. Allesamt normal, allesamt verlassen. Von Maya keine Spur. Einen Keller gab es nicht, also blieb mir als letzte Option der Garten, den man entweder über einen schmalen Weg neben dem Haus erreichte oder durch die Hintertür in der Küche.

Ich trat nach draußen, und ein warmer Wind strich über mein Gesicht, als wollte er mich beruhigen und mir sagen, dass alles gut werden würde. Aber das stimmte nicht, nichts war gut, und auch der Garten war leer. Ratlos drehte ich mich um und starrte das Haus an, dessen Fassade einmal weiß gewesen sein musste.

»Wo steckst du nur?«

Mir blieben kaum noch Möglichkeiten. Genauer gesagt blieb mir nur die Polizei, denn ich wusste nicht, mit wem ich sonst reden sollte. Joanna? Haha.

Dann kam mir ein Gedanke. Ich nahm mein Handy und suchte die Nummer heraus.

»Bitte sei da«, murmelte ich, während ich das Telefon so fest an mein Ohr drückte, dass es wehtat. Als endlich abgenommen wurde, atmete ich auf.

»Quinn?« Er klang verwundert.

»Nathan.« Auf einmal wusste ich nicht mehr, wie ich alles am besten erklären sollte, also verzichtete ich auf eine Einleitung. »Ich glaube, Maya ist etwas passiert.«

# Kapitel 9

## NATHAN

Quinn saß auf der Terrasse, als ich parkte, die Ellenbogen auf den Knien und den Kopf zwischen den Händen. Sie hob ihn, sprang auf und lief mir entgegen. Am Telefon hatte sie panisch geklungen, und allmählich kam mir die ganze Sache komisch vor. Erst erreichte ich weder Zach noch Isra, nun war auch noch Maya verschwunden? Das konnte kein Zufall sein. Aber bevor ich wild herumspekulierte, musste ich erst einmal herausfinden, was genau los war.

»Hey, wie geht's dir?« Ich musterte sie. Sie weinte nicht, und trotzdem wollte ich sie in den Arm nehmen. Sie trösten und erzählen lassen und ihr dann sagen, dass alles gut werden würde. So ein Schwachsinn! Ich hatte jetzt andere Dinge zu tun, als mich an Quinn heranzumachen.

»Mir geht's gut«, sagte sie und deutete in Richtung Haus. Sie sah mutlos aus, und so klang sie auch. »Ich wusste nicht, wen ich sonst anrufen sollte. Sorry. Ich kenne hier noch nicht so viele Leute, und die Polizei …«

»Schon okay«, sagte ich schnell. Das fehlte mir noch, dass sich die Polizei einmischte! Wir hatten zwar unsere Kontakte auf dem Revier, aber wenn sich Quinn dort meldete, würde sie an *irgendwen* geraten. Zum ersten Mal seit langer Zeit wünschte ich mir, Dad wäre hier und nicht in Winter Harbour. Dann dachte ich an Sam, an die zwei Abende, an denen wir uns durch einen Teil von Tohmahs Unterlagen gewühlt hatten – ohne Hinweise auf ein Doppelsymbol zu finden –, und an das Tattoo in Quinns Nacken. Ich hasste mich für den Gedanken, der plötzlich auftauchte und nicht mehr verschwinden wollte. Aber jetzt ging es um Maya. Quinn sorgte sich wirklich. Ein Blick in ihr Gesicht genügte, sie war total fertig. Trotzdem musste ich gerade mehrere Probleme gleichzeitig jonglieren.

»Mach dir keine Sorgen«, murmelte ich, trat näher und zog sie nun doch in meine Arme. Ihr Körper spannte sich, und wenn sie mich nun wegstoßen würde, wäre das zwar höllisch peinlich, aber ich könnte damit leben.

Aber sie tat es nicht. Stattdessen spürte ich nach einer Weile ganz sacht ihren Atem auf meiner Haut. Ihr Gesicht war warm, aber die Kälte ihrer Finger kroch durch mein Shirt. Quinn ging mir bis zur Schulter, und als sie jetzt die Stirn dagegen sinken ließ, teilten sich die Haare und fielen zu beiden Seiten ihres Nackens hinab. Ich warf einen Blick auf das Tattoo und zwang mich, ruhig weiterzuatmen. Ja, ich hatte mich richtig erinnert, was die Form und den Aufbau betraf, nur hätte ich das Innenleben der beiden Hälften niemals hinbekommen. Mit einer Hand strich ich leicht und hoffentlich beruhigend über Quinns Rücken, während ich mit der anderen so unauffällig wie möglich mein Handy aus der Tasche zog. Sämtliche Töne waren deaktiviert, weil mich das andauernde Klackern und Plingen nur nervte. Es dauerte ein wenig, bis ich die Kamera geöffnet und das Handy in die richtige Position gebracht hatte. Wenn

Quinn jetzt aufblickte, würde ich mich als idiotischer Stalker outen und auf ihrer Liste der Uni-Creeps bestimmt ganz nach oben rutschen. Aber sie hielt still, und ich hatte genug Zeit, ein Foto zu machen und mir wie der weltgrößte Verräter vorzukommen. Als sie leicht den Kopf hob, trat ich zurück und wusste plötzlich nicht mehr, wohin mit meinen Händen.

»Sorry«, murmelte ich. »Du hast nur so fertig ausgesehen, und da dachte ich ...«

»Schon gut.« Sie sah zu Boden und wirkte mindestens halb so verlegen, wie ich mich fühlte.

*Ganz klasse, Copeland!*

Wenn es darum ging, einen schwierigen Moment noch schwieriger zu machen, hatte ich echtes Talent. Trotzdem, dieses Tattoo ... Woher hatte sie es? Wusste sie etwas über uns? Über die Tribes und die Sänger? Ich musste es testen, auch auf die Gefahr hin, mich komplett zum Affen zu machen.

»Wir sollten schließlich zusammenhalten, nicht wahr?«

Sie blinzelte, aber es lag keine Erkenntnis in ihren Augen. Entweder wusste sie wirklich nichts, oder sie war eine perfekte Schauspielerin.

»Ja, klar.«

Ich hielt ihren Blick, doch diesmal lächelte ich nicht. »Und wir sollten möglichst nicht auffallen.«

Sie runzelte die Stirn. »Ich habe keine Ahnung, was du meinst.«

Eine eindeutige Antwort, nur brachte sie mich kein Stück weiter. Themenwechsel!

»Okay, also.« Ich zeigte zum Haus. »Du hast dich umgesehen? Überall?«

Es funktionierte.

»Ja. Es sieht alles ganz normal aus, aber ich erreiche Maya schon seit gestern nicht. Ich meine, okay, ich kenne sie noch nicht so lange, aber es sieht ihr nicht ähnlich, ohne ein Wort zu verschwinden und auch nicht an der Uni aufzutauchen. Sie ist sonst so zuverlässig. Das Studium bedeutet ihr viel.« Sie schob die Hände in die Hosentaschen.

»Was ist denn mit ihren Eltern? Ich meine, hast du die schon angerufen?« Dreck, solche Dinge sollte ich wissen. Dad hätte mehr gewusst, auch wenn die Westcotts zu einem anderen Tribe gehörten. War ich Mayas Eltern überhaupt schon einmal begegnet?

Quinns Augen weiteten sich ein wenig. Sie waren graugrün, und ihr Teint hatte seit unserer ersten Begegnung vor M. Wellers Büro einen interessanten Goldschimmer bekommen.

*Es reicht!*

»Ihr Vater ... wohnt nicht hier«, sagte sie. »Und ihre Mutter ist verreist. Maya hat kein besonders gutes Verhältnis zu ihr. Ich bin nicht mal sicher, ob sie zurückkommen würde, wenn sie wüsste, dass ihre Tochter verschwunden ist.«

Jetzt erinnerte ich mich, so was in der Richtung schon einmal gehört zu haben. Westcott ... stimmt, da klingelte etwas. Mayas Mutter Nora war gelinde gesagt eine für ihre Leute unglaublich nervige Zicke, ließ sich ständig mit anderen Männern ein und war nur auf Streit aus. Dad hatte nie viel darüber erzählt, aber ich wusste, dass der Rat Leute wie die Westcotts genauer im Auge behielt. Dysfunktionale Familien waren in erster Linie eine Gefahr für ihren Tribe, und ein unruhiger Tribe war eine Gefahr für uns alle.

»Okay«, sagte ich. »Ich kümmere mich darum.«

»Wie bitte? Was hast du denn vor?«

»Vertrau mir.« Es war heraus, ehe ich darüber nachdenken konnte, und sie bemerkte im selben Moment wie ich, wie wenig der Satz hierherpasste.

»Dir vertrauen?« Quinn sah mich an, als würde sie mir lieber einen Vogel zeigen. »Sei mir nicht böse, Nathan, aber ich mache mir zu viele Sorgen, um dir jetzt einfach so zu vertrauen und guten Gewissens nach Hause zu fahren. Ich dachte, du wüsstest eventuell einen Rat.«

Ich Idiot. Zum wohl ersten Mal in meinem Leben begriff ich, wie sehr solche Sätze Teil von mir waren. Als Sohn von James Copeland war ich es gewohnt zu überlegen, wie man Schwierigkeiten beseitigte. Vor allem, ohne dass die restliche Bevölkerung auf uns aufmerksam wurde. Anders als die Blaises regelte unser Tribe Probleme gern hinter den Kulissen, und wir verzichteten darauf, unser Ego zu präsentieren. Wir wollten Ergebnisse, kein Rampenlicht. Freunde und Kollegen waren schon immer mit Tribe-Belangen zu mir gekommen. Früher ging es um die Streitigkeiten dummer Kids, heutzutage waren auch durchaus andere Kaliber darunter. Und ich kümmerte mich darum. Immer. Was ich nicht lösen konnte, vertraute ich Dad an, und der nahm diese Probleme – und manchmal auch mich – mit nach Winter Harbour vor den Rat. Ich hatte mich immer nur mit Tribe-Mitgliedern umgeben, und das mit voller Absicht. Ich wollte keine normalen Menschen in meinem Freundeskreis, aus Sicherheitsgründen. Manchmal verplapperte man sich, so wie es mir jetzt beinahe passiert wäre. Was hatte Quinn nur an sich, das mich so verdammt unvorsichtig werden ließ?

Wie auch immer, jetzt war Angriff wohl die beste Verteidigung.

»Also gut, was willst du stattdessen tun? Zur Polizei gehen und sagen, dass du deine Freundin seit gestern nicht gesehen hast?«

»Genau, ich könnte sie als vermisst melden.«

»Okay, dann überlassen wir das Ganze der Polizei.« Sie war nicht auf den Kopf gefallen, sie würde das unterschwellige »Schließlich hast *du mich* angerufen« schon verstehen.

Sie zögerte, dann sackten ihre Schultern nach unten, und sie wirkte so verloren, dass ich mich ärgerte, nicht den Mund gehalten zu haben. »Und was ist, wenn die Polizei das nicht ernst nimmt? Du nimmst das doch ernst, oder?«

Ich wusste nicht, ob es an diesen faszinierenden Augen lag oder an ihrer Stimme – oder an der Tatsache, dass ich keine Ahnung hatte, wie ich Quinn und ihr Tattoo einordnen sollte –, aber ich nickte. Und ohne darauf Einfluss nehmen zu können, hörte ich mich sagen: »Ja. Weil außer Maya noch andere verschwunden sind.« Am liebsten hätte ich mir in den Magen geboxt.

Sie erstarrte. »Wie meinst du das? Welche anderen?«

Verdammt! Aber nun hatte es keinen Sinn mehr, zurückzurudern. »Ich erreiche meinen Cousin seit ein paar Tagen nicht. Zachary. Möglicherweise ist er mit einer Freundin unterwegs. Aber beide lesen nicht mal ihre WhatsApp.«

»Genau wie Maya.«

»Wie bist du eigentlich ins Haus gekommen?« Ich musste das Thema wechseln, da ich in Quinns Gegenwart offenbar Probleme hatte, Geheimnisse zu wahren.

Sie wurde ein wenig blasser. »Die Tür war nur angelehnt. Das ist ja das Seltsame.«

»Hast du was dagegen, wenn ich mich kurz drinnen umsehe?«

Sie zuckte die Schultern. »Ich wohne ja nicht hier und war auch schon drinnen«, sagte sie leise.

Ich zögerte, dann drückte ich ihr meinen Autoschlüssel in die Hand. »Warte so lange im Wagen, wenn du magst. Ich bin gleich wieder da.«

Es kam mir ein wenig vor, als würde ich flüchten, als ich das Haus betrat. Es war dunkel und still, ein schwacher Duft nach Blumen lag in der Luft. Ich lauschte eine Weile, dann schlich ich los und arbeitete ein Zimmer nach dem anderen ab. Auf den ersten Blick fand ich nichts Ungewöhnliches, aber ich wollte auch nicht anfangen, hier herumzuwühlen. Weder an der Haustür noch sonst irgendwo gab es Hinweise, dass jemand gewaltsam eingedrungen war. Nachdem ich auch im Obergeschoss nachgesehen hatte, trat ich in den Garten. Er war nicht sehr gut gepflegt, der Holzzaun als hintere Begrenzung halb verfallen. Dahinter breitete sich Wildnis aus. Die anderen Grundstücke verliefen parallel, aber die Bambuszäune zwischen ihnen waren hoch genug, um ausreichend Privatsphäre zu erzeugen. Natürlich. Jeder von uns legte Wert darauf.

Ich wollte mich gerade wieder umdrehen, als mir etwas neben der Terrasse auffiel. Da waren Fußspuren in der Erde, und zwar mehrere. Stammten sie von Maya oder Quinn? Leider waren sie nicht besonders deutlich, also ging ich in die Hocke und strich vorsichtig mit den Fingern an den Umrissen entlang. Das war mehr als ein Fußabdruck. Sie überlappten sich, aber ich war sicher, dass der eine deutlich größer war als die anderen. Außer Maya war also noch jemand hier gewesen. Jemand, der ihr etwas angetan hatte? Oder hatte sie Besuch gehabt?

»Immerhin keine wilden Tiere«, murmelte ich, stand auf und

starrte in die Ferne. Was hatte das zu bedeuten? Hing das Verschwinden von Maya und Zachary irgendwie zusammen? Wer war noch mal Mayas Sänger?

Ich nahm mein Handy und scrollte durch die Nummern. Gut, dass ich sämtliche Sänger mit einem Kürzel hinter den Namen für die Zugehörigkeiten zu den Tribes gespeichert hatte. Sonst hätte ich sie mir nicht alle merken können. Nach einigem Suchen hatte ich einen Treffer: Elenia Lefner. Eine ruhige Frau um die fünfzig. Ich dachte nicht nach, was ich sie fragen wollte, sondern wählte einfach ihre Nummer. Je länger es klingelte, desto kälter wurde mir, obwohl ich damit gerechnet hatte.

Erst Zach und Isra. Jetzt Maya und Elenia.

Bisher hatte alles nach einem Zufall ausgesehen. Das könnte es immer noch sein, aber allmählich schrillte eine Alarmglocke in meinem Kopf. Ich legte auf, schoss ein Foto von den Fußabdrücken und machte mich auf den Weg zurück zu Quinn. Ich würde sie beruhigen, zur Uni fahren und möglichst aus dieser Sache heraushalten – wobei mir klar war, dass das nicht leicht werden würde. Außerdem bereitete mir ihr Tattoo weiterhin Kopfzerbrechen. Aber eines nach dem anderen. Besser, die ungeklärten Fragen vermischten sich nicht, sonst würde es noch komplizierter werden. Zunächst musste ich herausfinden, wo Zach, Maya und die anderen steckten.

Quinn hatte mein Angebot angenommen und wartete im Wagen. Sie stieg aus, als ich vor die Tür trat.

»Hast du etwas gefunden?« Ihre Finger bewegten sich unablässig, und sie klang so besorgt, dass es mir leidtat, sie anlügen zu müssen.

»Nein, nichts. Vielleicht ist Maya schon losgefahren und hat einfach nur die Tür nicht richtig zugezogen? Die ist intakt, und auch sonst sieht es nicht danach aus, als hätte jemand das Haus durchwühlt oder so.«

Sie schüttelte den Kopf. »Warum sollte sie dann nicht ans Telefon gehen? Einfach so? Ich meine, wir haben uns nicht gestritten. Und es passt auch nicht zu ihr, dass sie gleich zu Semesterbeginn ihre Kurse schwänzt.«

Ich nickte. »Verstehe. Was hältst du davon, wenn ich dich zur Uni fahre? Ich habe erst nach dem Mittag Kurse, ich könnte mich bis dahin umhören. Maya und ich haben einige gemeinsame Bekannte, vielleicht weiß jemand etwas.«

Quinn verzog das Gesicht. »Nachher hat Joanna Blaise sie gekidnappt, damit Maya ihre Röckchen bügelt oder ihr die Haare hochsteckt«, murmelte sie düster.

Ich grinste. »In dem Fall schwöre ich dir, dass wir sie gemeinsam befreien und Joanna in die schlimmsten Secondhandklamotten zwingen, die wir finden können.«

Endlich kehrte zumindest der Hauch eines Lächelns auf ihr Gesicht zurück. »Deal. Und wenn du nichts herausfindest?«

»Dann melden wir es der Polizei.« Natürlich hatte ich nicht vor, das zu tun. Zumindest nicht auf dem regulären Weg.

Quinn schien zu überlegen, dann nickte sie. »Okay. Danke, Nathan.«

»Mach dir keine Sorgen. Ihr geht es bestimmt gut.« Ich berührte sie flüchtig an der Schulter, um ihr zu versichern, dass alles in Ordnung kommen würde. Sie lehnte sich an mich, kurz nur, und ging zum Wagen zurück. Ich musterte ihre zierliche Figur und das in der

Sonne rötlich schimmernde Haar, unter dem sich ihr Tattoo verbarg. Dann gab ich mir einen Ruck und folgte ihr.

Die Fahrt verlief schweigend, jeder hing seinen Gedanken nach. Meine kreisten vor allem um die Frage, ob ich Dad anrufen sollte. Einerseits war er Ratsmitglied und sollte erfahren, wenn etwas verdächtig war, andererseits hatte er gerade genug um die Ohren. War die Sache wirklich schon brisant genug, um ihn zu informieren?

Ich hielt auf dem Campusparkplatz und musterte Quinn. Seit ein paar Minuten starrte sie wie gebannt auf ihr Handy.

»Sie hat meine Nachrichten auf WhatsApp noch immer nicht gelesen«, sagte sie leise.

»Ich verspreche, dass ich mich melde, sobald ich etwas herausgefunden habe. Soll ich dich noch begleiten?«

»Nein danke, es ist schon lieb von dir, dass du mich hergebracht hast.« Sie zögerte und stieg aus.

Ich folgte ihrem Beispiel, und einen Augenblick lang standen wir uns schweigend gegenüber. Nicht zum ersten Mal fiel mir auf, dass sie deutlich kleiner war als ich. Aber bei unseren ersten Begegnungen war sie so voller Energie gewesen, dass der Größenunterschied keine Rolle gespielt hatte. Nun wirkte sie in ihrer Sorge fast schon zerbrechlich.

»Du hast meine Nummer, falls etwas ist.«

Sie nickte ernst. »Ja. Aber warte.« Sie tippte auf ihrem Handy herum, bis meins eine Nachricht meldete. »Ich hab dir nie meine Nummer gegeben. Jetzt hast du sie. Bitte melde dich, wenn du etwas hörst, ja?«

»Versprochen.«

Quinn zögerte, dann trat sie vor und umarmte mich. Überrascht hielt ich still, dann legte ich ebenfalls beide Arme um sie. Es fühlte sich gut an, wenn auch etwas seltsam hier auf dem Parkplatz mit all den Leuten um uns herum. Gleichzeitig ließen wir uns los, ein wenig, als hätten wir uns verbrannt.

Quinn trat zurück. »Bis später.«

»Bis später, Quinn.«

Ich blickte ihr nach, wie sie in der Menge der Studenten verschwand, und grübelte. Vermutlich war es das Beste, wenn ich erst mit Sam redete …

»Das war gerade ganz schön rührend, Copeland.«

Ich musste mich nicht umdrehen, um zu wissen, dass Gabriel Blaise hinter mir stand. Manchmal dachte ich, es gab mehrere Versionen von ihm, strategisch in ganz Nanaimo verteilt, um immer dann aufzutauchen, wenn man ihn am wenigsten gebrauchen konnte.

»Was willst du?«, fragte ich und starrte auf mein Handy. Aus dem Augenwinkel sah ich, dass er ausnahmsweise allein war.

»Die Neue ist nicht so übel, oder? Wobei sie auf unserer Party eher die Spielverderberin gegeben hat.«

Ich ließ das Handy sinken, atmete laut und vernehmlich durch und sah ihn an. »Zum zweiten Mal: Was willst du?«

Blaise war wie immer perfekt gekleidet: hellblaues Hemd zu beigefarbener Hose, natürlich alles tadellos sauber und gebügelt.

Jetzt hob er einen Mundwinkel. »Ich weiß nicht. Vielleicht sollte ich fragen, ob dein Cousin in der Zwischenzeit aus seinem Rausch aufgewacht und auf dem Weg nach Winter Harbour ist? Mein Dad hat mir erzählt, dass er die Vorbereitungen zur Feier sabotiert.«

Natürlich, bei den Blaises musste alles aufgebauscht werden. Hauptsache, groß, pompös oder dramatisch.

Ich verschränkte die Arme vor der Brust. »Warum, bist du scharf auf seinen Job?«

Er schnaubte. Natürlich. Als ob der Sohn von Edmund Blaise, Ratsmitglied und Anführer seines Tribes, sich zu einem Botendienst herablassen würde.

»Immerhin würde sich dann nichts verzögern. Es war eine dumme Idee, Leute wie Zachary oder Nolan Morrison für die Aufbauarbeiten einzuplanen.«

Wovon redete er?

»Was hat denn Nolan damit zu tun?«

Gabriel fuhr sich durch sein perfekt gewelltes Haar. »Ach, hast du es noch nicht gehört? Er sollte die Anlieferungen koordinieren, hat sich aber lieber aus dem Staub gemacht.«

»Inwiefern?«

Er sah mich an, als wäre ich begriffsstutzig. »Er ist nicht aufgetaucht und auch nicht zu erreichen.«

Es war, als hätte Gabriel mir eine Klinge aus Eis in den Bauch gebohrt. Ich schauderte, obwohl sich die Sonne allmählich durch die Wolken schob. »Weißt du, ob Nolans Sänger auch verschwunden ist?«

Seine Überheblichkeit verwandelte sich in Verblüffung. »Was soll das denn jetzt?«

»Wer ist er? Oder sie?«

»Wer ist wer? Drehst du nun völlig durch, Copeland?«

»Nolans Sänger! Weißt du, wie er oder sie heißt?« Allmählich hatte ich das Gefühl, unter Strom zu stehen, und wenig Lust, wieder ewig in meinem Handy zu suchen.

Er musterte mich von oben bis unten, dann zuckte er die Schultern. »Glen Whitesands, glaube ich. Wie auch immer, bei euch herrscht Unzuverlässigkeit an allen Ecken. Meine Leute sind anscheinend die einzigen, auf die man sich noch verlassen kann.«

Ich lachte kurz und abgehackt und mit so viel Spott, wie ich aufbringen konnte. »Vielleicht habt ihr ja eure Finger im Spiel, um gut dazustehen«, sagte ich überfreundlich. »Ist doch schon ein komischer Zufall, dass Zach und Nolan nicht auftauchen, fast als hätten sie sich abgesprochen.«

Blaise starrte mich noch eine Weile an, dann machte er auf dem Absatz kehrt und hielt auf die Gebäude zu.

Ich fuhr mir über das Gesicht, versuchte, meine Gedanken zu ordnen, und überprüfte meinen Verdacht. Leider bestätigte er sich: Auch Glen Whitesands nahm meinen Anruf nicht entgegen. Ich probierte es bei Zach, Maya, Isra und Elenia, dann erneut bei Glen und sogar bei Nolan. Nichts, nichts und wieder nichts.

Hatte ein Teil von mir bis gerade eben noch auf einen Zufall gehofft, gab er sich nun geschlagen. Hier stimmte etwas nicht, und allmählich erschien mir die Sache zu groß, um sie noch länger für mich zu behalten.

Ich fluchte, als ich die Wagentür öffnete und mich in den Sitz fallen ließ. Als ich sie wieder zuschlug, fluchte ich noch einmal, und dann ein drittes Mal aus ganzem Herzen, ehe ich das Handy auf Lautsprecher stellte.

Fast glaubte ich, auch jetzt würde niemand abnehmen, da hörte ich ein Knacken in der Leitung und atmete auf.

»Nathan? Hast du Zachary gefunden?«

Dad kam wie immer sofort zur Sache, aber das war okay. »Nein, und genau deshalb rufe ich an. Ich weiß, dass du nicht viel von ihm hältst, aber ich vertraue ihm. Es muss etwas passiert sein. Er würde nicht tagelang verschwinden, ohne auf meine Nachrichten zu antworten. Da wir Isra Thrush auch nicht erreichen …«

»Wir?«

»Sam und ich.«

Er schwieg, und ich sah regelrecht vor mir, wie er seine Nasenwurzel massierte. »Nathan. Ich verstehe, dass du deinen Cousin verteidigen möchtest. Aber dieses Argument reicht mir nicht.«

»Das ist mir klar. Ich rufe dich auch an, weil die zwei nicht die Einzigen sind. Heute Morgen war ich im Haus von Maya Westcott. Die Haustür stand offen, Nora Westcott ist außerhalb der Stadt unterwegs, und weder Maya noch ihre Sängerin geht ans Telefon. Genauso wenig wie Nolan Morrison und sein Sänger Glen. Sie lesen ihre Nachrichten nicht, sie tauchen nicht an der Uni oder zu Verabredungen auf. Das ist kein Zufall mehr, Dad.«

»Ja, das mit Nolan habe ich mitbekommen, er hätte auch schon längst hier sein sollen«, sagte er langsam. Ich hörte förmlich, wie es in seinem Kopf ratterte. »Bist du sicher, was die Sänger angeht?«

»Ja. Ich werde weiterhin versuchen, sie zu erreichen, aber … das ist nicht alles.«

»Was denn noch?« Seine Stimme klang nun dunkler, weniger vertraut. Jetzt war er nicht mehr nur mein Vater, sondern auch der Anführer meines Tribes, der große Entscheidungsgewalt besaß, dafür aber auch einen verdammt schweren Job machte. Er hatte die Verantwortung für fünfundzwanzig Leute, war der erste Ansprechpartner in allen Belangen – machte sich Sorgen und fühlte sich schuldig, wenn jemandem etwas passierte. Manchmal vergaß selbst ich das, wenn er Befehle erteilte und keinen Widerspruch duldete.

Ich berichtete ihm von den Bärenspuren im Wald und den Fußspuren am Haus der Westcotts. Alles, was mit Quinn zu tun hatte, verschwieg ich. Eines nach dem anderen.

Als ich fertig war, herrschte nachdenkliche Stille.

Dann räusperte sich Dad. »Das kommt zum denkbar ungünstigsten Zeitpunkt.«

»Du meinst, wegen der Feier?«

»Natürlich. Du hast in den vergangenen Monaten nicht alles mitbekommen, Nathan. Aber die Spannungen zwischen den Tribes sind kein gutes Zeichen für die Zukunft. Die Feier soll uns helfen, wieder zueinanderzufinden. Zu begreifen, dass wir uns nicht untereinander bekämpfen dürfen. Das Gerüst unserer Gemeinschaft ist fragil. Ich fürchte, es könnte einstürzen, wenn noch ein Problem hinzukommt.«

*Dass beispielsweise sechs Leute spurlos verschwunden sind.*

»Willst du, dass ich mit Belinda rede?« Belinda war unsere Kontaktperson bei der Polizei, seit ich denken konnte.

»Nein, ich übernehme das. Halte du nur die Augen offen, bis ich dich zu den Feierlichkeiten abholen lasse.«

Ich verdrehte die Augen. Es war Tradition, dass die Familien der Ratsmitglieder per Fahrer nach Winter Harbour gebracht wurden. Eine dumme Statusdemonstration, aber gegen alte Sitten kamen manchmal die besten Argumente nicht an.

»Dad! Verlangst du ernsthaft von mir, dass ich nichts tue?«

Würde er mir gegenüberstehen, hätte er mir nun beide Hände auf die Schultern gelegt – eine dieser Vatergesten, die sagten, dass man ohnehin keine Chance hatte und lieber gehorchen sollte.

»Genau das verlange ich von dir. Manchmal besteht Stärke darin, sich ruhig zu verhalten, Informationen zu sammeln und den richtigen Zeitpunkt abzuwarten. Es hilft niemandem, sich Hals über Kopf in irgendetwas hineinzusteigern.«

»Aber wann ist der richtige Zeitpunkt? Wenn noch mehr Leute verschwinden?«

»Nathan. Vertraust du mir?«

Aha, die nächste Stufe: Fangfragen.

»Ja«, knurrte ich und wusste, dass ich ihm damit versprach, erst einmal die Füße still zu halten.

»Gut. Melde dich sofort, wenn du Neuigkeiten hast.«

Ich versprach es ihm, und wir verabschiedeten uns.

Anschließend starrte ich auf den Parkplatz, ließ die Normalität des Campus auf mich wirken und wünschte mir, einfach einer der Studenten zu sein, die sich nur Gedanken um die nächste Party machten. Die nicht wussten, dass es inmitten ihrer Welt aus Studium und Freizeit, Großstädten und Naturparks, Dates und Cliquen noch eine andere gab, verborgen und doch direkt vor ihren Augen.

Ich rief meine *Extrem-alt*-Playlist auf, und kurz darauf füllten die grandiosen Gitarrenriffs von Led Zeppelins *Black Dog* den Wagen. Ich mochte die Rockklassiker der Siebzigerjahre. Mum hatte sie geliebt, und nach ihrem Tod hatte ich mir auf dem Flohmarkt einen Plattenspieler besorgt, um mir ihre alten Scheiben anzuhören.

Ich zog die Lautstärke bis zum Anschlag hoch, wendete und machte mich auf den Rückweg. Die Drums wummerten, und jeder Takt schrie mir zu, was mir insgeheim längst klar gewesen war: Dad hatte genau dieselben Worte zu mir gesagt wie ich zu Quinn, als ich ihr Dinge verschwiegen hatte, von denen sie nichts wissen durfte.

*Quinn*. Die dumpfe Ahnung, dass sie womöglich doch mehr war, als sie zu sein schien, ließ sich einfach nicht vertreiben. Wenn Dad sich um das Problem der verschwundenen Tribe-Mitglieder und ihrer Sänger kümmerte, konnten Sam und ich weiter nach anderen Antworten suchen.

# Kapitel 10

## QUINN

Das *Dickinson* brummte vor Betriebsamkeit, als ich langsam von der Bushaltestelle zum Schaufenster schlenderte und einen Blick hineinwarf. An den schmalen Tischen war kein einziger Platz mehr frei. Auch wenn ich diese Phasen hatte, in denen ich Ruhe brauchte und am liebsten nur wenige bis keine Menschen um mich hatte, mochte ich die Atmosphäre in dem Café: die Möbel in Zuckergussfarben, die kunterbunten Gebäckstücke hinter der Theke, der Geruch nach Kaffee mit tausend verschiedenen Aromen und die Uniform der Bedienung, die mich an die Fünfzigerjahre erinnerten.

In einer Ecke schien ein Kindergeburtstag stattzufinden, bei dem man sich gegenseitig mit Mini-Muffins bewarf, und ein paar Mädchen, nur ein paar Jahre jünger als ich, zeigten sich über mehrere Tische hinweg kreischend ihre Handys, vermutlich mit Fotos ihrer liebsten YouTube- und TikTok-Stars. Ich sah auf die Uhr und überlegte, ob ich mir einen Kaffee holen sollte. Zwar hatte ich heute bereits drei gehabt, aber der im Dickinson war wirklich gut.

»Quinn?«

Ich drehte mich um und verwarf die Idee. Obwohl ich eigentlich todmüde war, da ich aus Sorge um Maya in der vergangenen Nacht kaum geschlafen hatte, fühlte ich mich plötzlich hellwach und aufgeregt.

»Ja?« Ich hatte den Typen vor mir noch nie gesehen. Konnte das Nathans Freund sein? Von Nathan selbst fehlte zumindest jede Spur.

Er schien meine Unsicherheit zu bemerken, denn er hielt deutlich Abstand zu mir. »Hey, ich bin Sam.«

»Hallo«, sagte ich zögernd und sah mich um. »Wo steckt Nathan?«

»Gute Frage. Eigentlich ist er recht zuverlässig.«

Nathan hatte sich heute Morgen bei mir gemeldet und gefragt, ob ich mich am Nachmittag mit ihm und seinem Freund Sam treffen wolle. Es gebe einiges zu besprechen. Ich hoffte von ganzem Herzen, dass er Maya gefunden hatte, aber er wollte mit der Sprache nicht am Telefon rausrücken.

Das klang nicht gut.

Da ich an diesem Nachmittag noch nichts vorhatte, sagte ich zu. Vielleicht auch ein wenig, weil ich mich darauf freute, ihn zu sehen. Ich hatte zu Hause zeichnen wollen, aber es fiel mir schwer, mich zu konzentrieren. Meine Gedanken kreisten permanent um Maya und Nathan. Vermutlich wollte er mir berichten, dass niemand etwas von ihr gehört hatte, und anschließend mit mir zur Polizei gehen.

Jetzt stand ich hier, musterte diesen Sam und hatte jemand ganz anderen erwartet. Zum einen jemanden in Nathans Alter – Sam war sicher schon um die dreißig –, zum anderen strahlte er eine unwahrscheinliche Ruhe aus, die im Vergleich zu den kreischenden Kids im Café hinter mir fehl am Platz wirkte. Mit seiner Trainingsjacke und der grauen Stelle an der linken Schläfe erinnerte er mich ein wenig an einen Jugendarbeiter, der in Smithers mal an unsere Highschool gekommen war, um seinen Beruf vorzustellen.

Mein Handy klingelte. Mit einer entschuldigenden Miene zog ich es aus der Tasche und warf einen Blick auf das Display. »Es ist Nathan.« Ich nahm ab. »Hey. Sam und ich sind schon am *Dickinson*.«

»Quinn, tut mir leid, aber mir ist etwas dazwischengekommen.« Er klang ein wenig angespannt. »Ich muss dringend etwas für meinen Vater erledigen und kann nicht sagen, wie lange es dauert. Wenn es für dich okay ist, komme ich einfach später dazu. Wenn nicht, gib mir kurz Sam, und ich sage ihm, dass du keine Lust hast, allein mit einem alten Mann durch die Stadt zu laufen.«

Ich unterdrückte ein Lachen. »Das ist kein Problem. Aber warte, ich reiche dich trotzdem weiter.« Ich hielt Sam das Handy hin und wandte mich ab, um ihn in Ruhe telefonieren zu lassen. Ich hätte Nathan so gern mehr gefragt, aber das wollte ich nicht am Telefon tun. Als Sam das Gespräch beendet hatte und mir mein Handy zurückgab, konnte ich mich allerdings nicht mehr zurückhalten.

»Gibt es Neuigkeiten zu Maya?« Vielleicht war es unhöflich, gleich so mit der Tür ins Haus zu fallen, aber das war mir nun gleichgültig.

»Leider nicht. Nathan und ich haben uns umgehört, aber bisher hat niemand sie gesehen. Auch die anderen sind noch nicht wieder aufgetaucht.«

»Du meinst Nathans Cousin?« *Wie hieß er noch gleich?* »Und dessen Freundin?«

Sam zögerte, dann nickte er. »Zachary und Isra. Aber wir wissen von einer weiteren Person, die nicht mehr zu erreichen ist.«

»Noch jemand?« *Meine Güte!* »War Nathan schon bei der Polizei? Oder jemand aus der Familie der Verschwundenen?«

»Ja, Nathan hat vorhin mit der Polizei gesprochen. Da es noch keine Hinweise gibt, wurden erst einmal die Daten aufgenommen. Und jetzt müssen wir wohl oder übel abwarten.«

Das war mir bewusst, trotzdem fiel es mir plötzlich schwer, mich so zu verhalten, als würde das Leben ganz normal weiterlaufen. Studium, Jobsuche, ein Cafébesuch, Treffen mit Leuten, die möglicherweise zu Freunden werden konnten. Fast fühlte ich mich schuldig.

»Aber warum wolltet ihr euch dann mit mir treffen? Ich dachte eigentlich, wir würden zusammen zur Polizei gehen.«

Die Tür des *Dickinson* öffnete sich und spuckte eine Traube kichernder Mädchen aus. Süßliches Deo wehte mir entgegen, einer dieser künstlichen Obstdüfte, die man mit elf oder zwölf Jahren toll fand, weil auf den Spraydosen hübsche Blumen oder Schmetterlinge glitzerten.

Ich trat schnell zur Seite, um nicht umgerannt zu werden, da sie nur Augen für ihre Handys hatten. Manchmal fragte ich mich, wie hart manche Schutzengel arbeiten mussten, damit ihre Schützlinge nicht völlig gedankenverloren auf die Straße oder gegen Hindernisse wie parkende Autos oder Laternenpfähle liefen.

Sam sah sich um. »Sollen wir irgendwo hingehen, wo es ruhiger ist?«

»Gute Idee. Vielleicht in den Park?« Ich deutete nach vorn, wo einen Block weiter die Wipfel einiger Bäume aufragten. Sam war einverstanden, also warteten wir an der Ampel, bis der Signalton uns erlaubte, die Straße zu überqueren. Kurz darauf erreichten wir einen der Eingänge des Bowen Parks.

Ich mochte dieses riesige Stück Grün inmitten der Stadt. Der Millstone River floss hindurch, es gab eine Fischtreppe, einen Ententeich und sogar einen kleinen Wasserfall. Zudem faszinierten mich die zahlreichen Rhododendren, die hier wuchsen. In einem eigenen Bereich ballten sich über hundert verschiedene Sorten. Die Farben und vor allem der Duft versetzten mich jedes Mal in eine andere Welt.

Die Bänke am Eingang waren allesamt belegt – ein knutschendes Pärchen, zwei Freundinnen, ein Mann mit Hund, ein älteres Paar –, und die Hälfte der Besucher hatte Papiertüten mit dem roten Tim-Hortons-Logo neben sich. Belle bezichtigte mich regelmäßig, keine echte Kanadierin zu sein, da ich weder den Kaffee noch die zuckrigsüßen Donuts der Kette mochte.

»Also«, begann ich, als wir auf einem der Nebenwege in Richtung Fluss schlenderten. »Was hat Nathan noch gesagt?«

»Er hilft seinem Vater, ein paar Dinge zu organisieren. Der ist in Winter Harbour und bereitet eine Großfeier vor.«

»Winter Harbour? Nie gehört.« Ich schob die Hände in die Taschen und beobachtete eine Meise, die im Busch neben uns herumhüpfte. Der Wind trieb uns das Geschnatter von Gänsen zu.

Sam sah in den Himmel und betrachtete die Vogelsilhouetten, die in einer Dreiecksformation über uns hinwegzogen. »Es liegt ganz im Norden der Insel, an der Mündung des Quatsino Sound. Ziemlich abgelegen. Man braucht schon ein geländetaugliches Fahrzeug, um dorthin zu kommen.«

»Was macht denn Nathans Vater?«

»Das ist schwer zu erklären. Besser, du fragst Nate selbst.«

Ich verzog das Gesicht. »Warum habe ich das Gefühl, dass ihr mir so einiges verheimlicht? Erst schlägt Nathan ein Treffen vor, obwohl er schon bei der Polizei war, und jetzt kannst du mir nicht sagen, was sein Vater beruflich macht? Gibt es da irgendetwas, das ich eurer Meinung nach nicht wissen darf?«

Es hatte wie ein Scherz klingen sollen, kam aber ziemlich ernst heraus.

Ich dachte an Nathan, an unser Gespräch vor Mayas Haus. Er hatte mir zwar auf meine Fragen geantwortet und mir sogar erzählt, dass noch mehr Leute verschwunden seien, aber ich hatte trotzdem das Gefühl, ihn würde eine Mauer aus Geheimnissen umgeben, die man nur durchbrechen konnte, wenn man eine bestimmte Seite an ihm kannte.

»Ich verspreche dir, dass Nathan dir Antworten liefern wird«, sagte Sam und schwieg, um ein Pärchen passieren zu lassen, das uns einen jener Blicke zuwarf, mit denen man Fremde bemüht unauffällig, aber dennoch neugierig betrachtete. Seine kryptischen Aussagen gefielen mir nicht. Meine Haut kribbelte. Was sollte das, mich so im Dunkeln zu lassen? Ich hatte keine Lust, mich länger mit diesem Typen abzugeben. Die Zeit für höfliches Blabla war vorbei! Meine Gedanken waren ungewohnt heftig. Wütend. Ich blieb stehen … und taumelte. Ich hatte mich so sehr auf Sam und Nathan konzentriert, dass ich die Anzeichen zu spät erkannte.

*O nein, nicht jetzt!*

Ein Bild blitzte vor meinen Augen auf. Es verwirrte mich, da ich hier, umgeben von Bäumen, weitere Bäume sah. Erst nach mehrmaligem Schlucken begriff ich, dass sie eindeutig nicht hierhergehörten. Sie waren höher, mächtiger, beeindruckender, und vor allem zogen sie innerhalb von Sekundenbruchteilen an mir vorbei. Auch in dieser Vision rannte ich so schnell, wie ich nie in meinem Leben rennen könnte.

»Quinn?«

Sams Stimme kam von weit her, und ich spürte eine Berührung an der Schulter. Ich wollte blinzeln, die Bilder aus meinem Kopf vertreiben, aber es gelang mir nicht. Ich presste meine Hände gegen die Schläfen, aber sie blieben hartnäckig. Mehr Bäume, eine Lichtung, die Sonne mit ihren viel zu hellen Strahlen … und dann war es vorbei. Ich spürte meinen Körper wieder und stöhnte auf, als ich die Augen öffnen wollte. Es ging nicht. Heiße Blitze schossen durch meinen Schädel, als hätte mir jemand glühende Nadeln hineingebohrt. Ich presste die Hände flach gegen meine Schläfen und blinzelte, aber es war einfach zu hell.

»Mir ist übel«, murmelte ich. Dann beugte ich mich vor und würgte.

Jemand berührte mich an der Schulter, am Rücken. »Atme tief durch«, hörte ich Sams leise Stimme. Seine Hände führten mich, dann drückten sie mich behutsam nach unten.

Ich blinzelte erneut. Dieses Mal musste ich mich immerhin nicht übergeben. Ich sah eine riesige Baumwurzel und ließ mich darauf sinken. Endlich klärte sich meine Sicht vollständig. Ein braunes Augenpaar befand sich auf meiner Höhe. Sam betrachtete mich mit einer Mischung aus Sorge, Interesse und etwas anderem, das ich nicht einordnen konnte. Er reichte mir ein Papiertaschentuch.

»Danke«, sagte ich und tupfte mir den Mund ab. Meine Kehle war trocken, der Geschmack im Mund erinnerte mich an verdorbenes Essen, und ich wünschte, etwas zu trinken bei mir zu haben.

Sam sah sich um. »Was war das gerade?«

»Mir war nur kurz schwindelig.«

»Nein.«

Einfach nur ein Wort, so simpel und direkt. Aber mehr musste er auch nicht sagen. Er wusste, dass ich log, und ich wusste, dass er mich durchschaute.

Müde schüttelte ich den Kopf. »Wie *nein*?«

Sam ließ sich vor mir in den Schneidersitz sinken. »Weil ich dachte, du kippst mir weg. Und weil du etwas gesehen hast. Offenbar nicht zum ersten Mal.«

Unsicher rieb ich mir über das Gesicht. Ich war es so leid, niemandem davon zu erzählen, alles stumm herumzuschleppen und mit mir selbst auszumachen. Geschahen deshalb diese unerklärlichen Dinge in meinem Umfeld? Weil Fragen andere Fragen anzogen und ich nun einmal die größte von allen war? Aber wenn ich Sam von den Attacken erzählte, würde er mich für verrückt halten. Okay, das sollte mich nicht weiter stören, wir kannten uns ja kaum. Aber der Gedanke, dass Nathan davon erfahren könnte, tanzte durch meinen Hinterkopf. Ich wollte nicht, dass er glaubte, ich wäre durchgeknallt.

»Es ist nur der Stress«, redete ich mich heraus. Sollte ich irgendwann einen Arzt aufsuchen, würde er das bestimmt bestätigen.

»Erzähl mir davon. Ich meine, was du siehst, wenn du Stress hast.« Sam klang weder ironisch noch machte er den Eindruck, heute noch lockerzulassen.

Ich seufzte. Am schnellsten kam ich aus dieser Sache raus, wenn ich ehrlich zu ihm war. Ich wusste nicht, ob ich mich darüber ärgern oder erleichtert sein sollte. Das Versteckspiel war anstrengend, wahrscheinlich würde es guttun, einmal alles rauszulassen.

Ich zögerte, aber dann sagte ich einfach das Erste, was mir in den Kopf kam. »Manchmal wird mir schwindelig, und im nächsten Moment sind da diese Bilder. Sie tauchen einfach auf und zeigen oft denselben Ort, zumindest glaube ich das. Fast wie … eine Vision?« Die letzten Worte murmelte ich, weil es sich einfach total wirr anhörte.

Sam nickte. »Welche Art von Bildern? Was siehst du?«

Er klang ruhig. Sachlich. Als wüsste er genau, wovon ich redete. Damit machte er es mir leicht, Dinge zu erzählen, für die andere wahrscheinlich nur dumme Sprüche übrig gehabt hätten. Vielleicht hatte ich auch einfach keine Energie mehr, um Fragen abzuwehren, und Sam war nun einmal zufällig bei mir. Oder lag es an seiner Sozialarbeiterausstrahlung? Fast musste ich über diesen Gedanken lächeln.

»Einen Wald. Ähnlich wie hier, nur mit größeren Bäumen. Und eine Lichtung. Alles bewegt sich sehr schnell. Also ich meine, ich bewege mich schnell, als würde ich rennen. In einer irren Geschwindigkeit. Manchmal fängt das alles auch damit an, dass ich wütend werde. Einfach so. Früher war das noch heftiger, zumindest diese Wutattacken lassen nach. Alles andere …« Ich zuckte die Schultern. »Alles andere wird schlimmer. Die Schmerzen. Und heute die Übelkeit«, sagte ich leise.

Gleich würde er mich fragen, ob ich schon mit einem Arzt darüber gesprochen hätte. Ich konnte es ihm nicht einmal verübeln. Wäre ich an seiner Stelle gewesen, hätte ich ihm auch diesen Tipp gegeben. Doch er sagte nichts. Stattdessen stand er auf, klopfte sich den Dreck von der Hose und streckte mir eine Hand entgegen. Ich ließ mich hochziehen, und wir liefen weiter den Weg entlang, als wäre nichts geschehen. Ich musterte Sam von der Seite. Aus ihm wurde ich einfach nicht schlau.

Er wandte den Kopf, erwiderte meinen Blick und verzog plötzlich das Gesicht, als müsste er sich für etwas entschuldigen. »Quinn, woher hast du das Tattoo in deinem Nacken?«

Ich blieb wie angewurzelt stehen. Mit einer Hand fuhr ich unter mein Haar, das ich offen trug, und tastete über die Stelle. Keine Chance, dass er es gesehen hatte, oder? Vielleicht vorhin während der Attacke?

»Woher wohl«, sagte ich dann rasch. »Aus einem Tattoostudio.«

Mist! Ohne mein Zögern hätte meine Antwort vollkommen natürlich geklungen. Viele Leute in meinem Alter hatten ein Tattoo, das war keine große Sache. Es gab keinen Grund, sich dermaßen ertappt zu fühlen. Keinen außer der Tatsache, dass sich die Tätowierung bereits auf meiner Haut befunden hatte, als wer auch immer – vielleicht meine leiblichen Eltern – mich als Kind mitten in der Nacht allein in Vancouver zurückgelassen hatte. Ich erinnerte mich nicht mehr daran, obwohl ich zumindest Bruchstücke von damals wissen sollte. Ein Arzt hatte mir einmal erklärt, dass der Schock darüber womöglich jede Erinnerung an mein vorheriges Leben ausgelöscht hatte. Manchmal fragte ich mich, ob es besser war, dass ich alles vergessen hatte. Hatten meine Eltern ihre Pflichten ernst genommen und mich gut behandelt? Ich glaubte nicht wirklich daran, denn wer bitte ließ ein fünfjähriges Kind tätowieren? Und warum? Und schlimmer noch, wer ließ es allein?

Es hatte eine Zeit gegeben, in der ich mehr herausfinden wollte – über das Motiv, über mein Leben vor Smithers, über mich. Ohne Erfolg. Im Laufe der Jahre war das Tattoo verblasst. Kurz vor meinem siebzehnten Geburtstag, als ich verwirrt und trotzig und wütend war, weil ich nicht erklären konnte, was mit mir geschah, hatte ich es mir in einem Studio nachstechen lassen. Ich hatte zehn Prozent mehr gezahlt als üblich, dafür hatte niemand nach einem Ausweis gefragt. Damals hatte ich so verzweifelt Halt gesucht, einen roten Faden durch meine Welt, die so unsicher war und wankte. Heute wusste ich, dass der Faden nur eine trügerische Flamme gewesen war, die kurz darauf in Rauch erstarb. Das Tattoo brachte mich weder meiner Vergangenheit näher noch beantwortete es Fragen. Es war nur ein Symbol, das meine Gedanken seit so langer Zeit in ein Gefängnis sperrte, dessen Tür ich noch nicht gefunden hatte.

Sam umfasste mein Handgelenk. Erschrocken stellte ich fest, dass ich so fest und lange über die Stelle in meinem Nacken gerieben hatte, dass die Haut kribbelte.

»Was?«, fragte ich schroff.

Er schüttelte den Kopf, ganz leicht, als würde er gemeinsam mit mir um etwas trauern. »Tut mir leid, ich wollte nicht …« Ein heller Gong ertönte. Sam seufzte und zog sein Handy aus der Hosentasche. »Diese Dinger melden sich grundsätzlich im falschen Moment.« Er rief die eingegangene Nachricht auf und sah mich an. »Nathan ist fertig und schlägt vor, dass wir uns bei mir treffen. Er schätzt, in einer Stunde dort zu sein.«

Ich schöpfte Hoffnung. »Hat er etwas wegen Maya herausgefunden?«

»Das schreibt er nicht. Aber er wird es uns schon erzählen.«

»Uns?«

»Ja. Ich denke, es ist das Beste, wenn wir alle offen zueinander sind.«

Zuerst wollte ich ihm sagen, dass das ja wohl der Grundsatz von Höflichkeit wäre, aber dann bemerkte ich den Unterton in seinen Worten und schwieg. Dieses Treffen war mehr als seltsam verlaufen, trotzdem vermutete ich, dass ich bald zumindest die eine oder andere Antwort erhalten würde.

Wäre Sam nicht Nathans Freund, würde ich spätestens jetzt umdrehen und abhauen. Das gesamte Gelände und der Schrottplatz dahinter sahen nicht gerade vertrauenerweckend aus – vor allem, wenn man mit einem Mann unterwegs war, den man gerade erst getroffen hatte.

»Hier wohnst du?«

»Ich weiß, es ist nicht hübsch, aber der ideale Platz für meine Werkstatt. Ich arbeite mit Holz. Die alten Autos gehören meinem Onkel, er wohnt hinten auf dem Areal und kümmert sich um den Schrottplatz.«

»Was genau machst du?« Es fühlte sich an wie Small Talk, und ansatzweise war es das auch. Ich misstraute Sam zwar nicht, aber die Situation mit ihren vielen Fragezeichen verwirrte mich, sodass ich nun lieber redete als schwieg.

Er musterte mich wieder mit diesem Blick, als würde er ahnen, was in mir vorging. Als hätte er in den wenigen Jahren, die er länger als ich auf dieser Welt war, so viel Wissen angesammelt, dass es für mehrere Leben reichte.

»Meist Skulpturen, traditionelle Schnitzereien, alles in der Richtung. Ich arbeite im Stil der West Coast Native Art. Mittlerweile sind die Stücke nicht nur in den Städten oder Kultureinrichtungen beliebt, sondern auch bei privaten Sammlern.« Er lächelte und deutete zur Seite, wobei sein Stolz ungewohnt bescheiden wirkte.

Jetzt erst bemerkte ich die Skulpturen unter dem Wellblechüberhang neben uns. Zuerst entdeckte ich nur halb fertige Arbeiten, aber dann fiel mein Blick auf einen Fisch, der aussah, als wäre er mitten im Sprung aus dem Wasser. Ein Lachs, fast so groß wie ich. Sein Körper war in verschiedene Felder unterteilt, die mit unterschiedlichen geometrischen Mustern gefüllt waren – parallele Linien, Punkte, Ovale und vieles mehr. Das Auge am Kopf sah fast menschlich aus. Der Stil erzählte von alten Traditionen und Zeiten, die längst vergangen waren. Ich trat näher und ließ meine Finger über die gleichmäßigen Schnitzereien wandern. Das Holz war so glatt, als hätte jemand es zu Seide poliert.

»Wow«, sagte ich leise. »Ich habe mich ein wenig mit diesem Stil befasst – ich studiere Grafikdesign und zeichne schon seit vielen Jahren. Bei den First Nations fasziniert mich vor allem der Einfluss ihrer Mythologie und Spiritualität. Bist du … ich meine …«

Er nickte langsam. »Mein Großvater gehörte zu den Cowichan. Er lebte an der Ostküste von Vancouver Island und heiratete eine Engländerin, die es damals hierherverschlagen hatte. Damit stamme ich aus beiden Welten.«

»Was bedeutet er? Der Lachs?«

Jetzt grinste Sam. »Wohlstand und Erneuerung, aber auch Fruchtbarkeit. Die Skulptur war eine Auftragsarbeit für ein wohlhabendes Ehepaar aus Calgary. Sie möchten sie persönlich in der kommenden Woche abholen.«

»Das ist wunderschön, Sam.«

Ich betrachtete die anderen Skulpturen. Derselbe Stil, unterschiedliche Motive in sämtlichen Größen. Kurz dachte ich an mein Tattoo, vermutlich, weil er vorhin danach gefragt hatte. Der Stil erinnerte mich entfernt an die Symbole auf meiner Haut.

Sam war vor einem Flachbau stehen geblieben und öffnete die Tür. »Nach dir. Wenn du dich für die Skulpturen interessierst, kann ich dir später die Werkstatt zeigen.«

»Gern«, sagte ich, trat ein und sah mich um. Das Wohnzimmer war nicht sehr groß, aber gemütlich eingerichtet. Viel Holz – natürlich –, ein Kamin mit einem Fell davor, schlichte Möbel, die sich teilweise stark voneinander unterschieden und doch zusammenpassten, kleinere Skulpturen, gerahmte Landkarten an den Wänden. Ich trat an eine heran und erkannte, dass es sich um eine alte Seekarte handelte.

»Gemütlich hast du es hier.« Das meinte ich ernst. Sicherlich hatte Sam kein einziges Stück seiner Einrichtung bei Ikea gekauft, aber ich mochte die gewebten Vorhänge, die Buchstapel in einer Ecke und das Windspiel im Durchgang zur Küche.

»Danke. Möchtest du etwas trinken?«

»Ein Glas Wasser wäre super. Oder hast du Kaffee?« Es kam so enthusiastisch heraus, dass wir beide lachen mussten.

Sam deutete auf das Sofa. »Mach es dir gemütlich, ich bin gleich wieder da.«

Im selben Augenblick hämmerte jemand an die Tür und trat, ohne abzuwarten, ein. Ich fuhr herum und sah Nathan. Er wirkte müde, ein wenig unwillig und … unsicher?

»Ich wollte dich nicht erschrecken.« Seine Stimme klang sanft und leise. »Aber ich habe den Wagen gesehen und wusste, dass ihr schon da seid. Hey, Sam!« Er hob eine Hand in Richtung Küche.

Sam winkte zurück und verschwand. Kurz darauf hörte ich das Rattern einer dem Geräusch zufolge älteren Kaffeemaschine.

Ich lächelte Nathan an und überlegte kurz, wohin mit meinen Händen – oder mit mir. Schließlich entschied ich mich für das Sofa und ließ mich in die Polster sinken.

»Schon okay. Hast du alles für deinen Vater erledigen können?«

Er zog eine Grimasse, warf seine Jacke über einen Sessel und setzte sich ebenfalls. »Sofern das möglich ist, ja. Mein Dad ist Perfektionist, es ist schwer, ihn zufriedenzustellen.«

Ich biss mir auf die Lippe. »Hast du etwas wegen Maya gehört?« Mein Herz sank ein ganzes Stück, als Nathan den Kopf schüttelte.

»Nichts. Aber … wir sind dran. Leider habe ich nicht herausgefunden, worauf ich gehofft hatte.«

»Und das wäre?« Er sprach schon wieder in Rätseln. »Sam meinte übrigens, dass es das Beste wäre, wenn wir alle offen zueinander sind.« Ich hob die Augenbrauen.

In diesem Moment kam Sam mit drei Bechern und einer Wasserflasche aus der Küche, hustete und stellte sie auf dem Tisch ab. Nathan bewegte sich keinen Millimeter und starrte mir in die Augen, als hätte der Satz den Rest seiner Entschlossenheit verschwinden lassen. Wann war er so unsicher geworden? Ich suchte in seinem Gesicht nach Antworten, betrachtete das dunkle Braun seiner Augen, in denen Bernstein zu glimmen schien, die langen Wimpern, die ebenmäßige Haut, die im gedämpften Licht schimmerte wie dunkles Gold. Es war ein blöder Wunsch, aber auf einmal wollte ich ihn berühren. Nathan hatte das seltsame Talent, mich zu beruhigen und gleichzeitig das Blut in meinen Adern anzutreiben, sodass es schneller floss, mich mit sich nahm. Als würde er mich auf einen Weg aufmerksam machen, den ich ohne ihn nicht hatte finden können. Dabei vergaß ich sogar Sam für die Dauer eines oder auch mehrerer Atemzüge. In diesem Augenblick an diesem so verworrenen Tag waren da nur noch Nathan und ich inmitten einer Welt, die sich irgendwo um uns drehte.

Ich beugte mich vor, schnappte mir die Tasse mit dem »Go Buccaneers«-Schriftzug über einem Eishockeyspieler, trank einen Schluck und stellte sie wieder ab.

Endlich wandte sich Nathan an Sam. »Du hältst das wirklich für das Richtige?« Er klang, als hoffte er, dass sein Freund ihm verbieten würde weiterzureden.

Sam war im Gegensatz zu Nathan die Fröhlichkeit in Person und schaffte es sogar, in dieser drückenden Atmosphäre zu lächeln. »Ich halte das alles für keinen Zufall, Nate.« Mit diesen Worten zwinkerte er mir zu, ging zur Tür und verließ das Haus.

Nun war ich völlig perplex. »Was bitte meinte er mit *kein Zufall*?«

Nathan fuhr sich durch die Haare, zupfte am Saum seines Shirts und ließ die Hände schließlich fallen. »Er meint dein Tattoo, Quinn.«

»Ich verstehe noch immer nicht.« Es gefiel mir nicht, dass mein bisher so gut gehütetes Geheimnis zum allgemeinen Gesprächsthema geworden war. »Warum ist es kein Zufall? Und was hat das bitte mit dem Verschwinden von Maya und den anderen zu tun – ist das jetzt nicht wichtiger?«

Er presste die Lippen aufeinander. Dann stand er auf, drehte mir die Seite zu und schob den Saum seines Shirts ein Stück nach oben. Ich blinzelte, streckte die Hand aus und berührte seine Haut, ohne auch nur einmal darüber nachzudenken. Knapp über dem Hüftknochen prangte eine Art Halbkreis, der sich an einer Seite verjüngte. Das Innenleben war kunstvoll mit Vierecken, Punkten und eckigen Linien verziert. Erst auf den zweiten Blick erahnte ich die stilisierte Abbildung eines Tieres. Die Formen im oberen Bereich stellten den Kopf mit zwei Ohren dar, die Linienführung mit den Punkten im unteren Teil den Schwanz, und bei den nach oben spitz zulaufenden Tropfen könnte es sich um Krallen handeln. Ein solches Tattoo hatte ich noch nie gesehen. Durch die zahlreichen Einzelelemente besaß es etwas Verspieltes, aber es wirkte auch mystisch. Als stammte es aus einer vergangenen Zeit.

So wie das Motiv in meinem Nacken.

Ich berührte es noch einmal und registrierte Nathans Gänsehaut nur am Rand. Die Elemente bildeten zusammen die Hälfte eines Yin-und-Yang-Motivs, das gespiegelt haargenau die Form meines Tattoos besäße, auch wenn der Stil ein anderer war. Meine Finger zitterten, meine Gedanken rasten so sehr durch meinen Kopf, dass ich am liebsten die Augen geschlossen hätte, um mich zu konzentrieren. Meinte Sam das mit *kein Zufall*? Normalerweise war so etwas doch keine große Sache. Motive verbreiteten sich im Internet oder auf Tattoo-Messen, sie folgten der Mode oder orientierten sich an gängigen Standards. Vor einer halben Ewigkeit waren Anker und Kreuze keine Seltenheit gewesen, auch Rosen oder Herzchen fand man heute sicher leicht. Aber bei all meinen Recherchen hatte ich nie etwas Vergleichbares zu dem geheimnisvollen Bild auf meiner Haut gefunden. Zudem zeigte mir Nathan seine Tätowierung sicher nicht ohne Grund, vor allem, da Sam das Thema bereits vorhin im Park angesprochen hatte.

»Woher hast du das?« Ich hätte besser *Was bedeutet es* fragen sollen.

Nathan ließ sein Shirt langsam los. Dabei berührten seine Finger meine. Dann nahm er neben mir Platz. »Ich habe es vor ein paar Jahren erhalten, während einer speziellen Zeremonie. Es ist die Hälfte eines besonderen Motivs. Die andere trägt … eine für mich wichtige Person.«

»Etwa so wie bei diesen Ketten, bei denen jeder eine Herzhälfte bekommt?« Die Vorstellung, dass jemand, den Nathan liebte, mit dem Gegenstück herumrannte, verursachte mir einen leichten Stich.

Nathan schüttelte den Kopf. »Mit einer Liebesbeziehung hat das nichts zu tun, es geht eher um eine Art Seelenverwandtschaft. Nein, das klingt auch nicht richtig.« Er starrte auf seine Hände. »Ich hab keine Ahnung, wie ich es dir erklären soll.«

Seine Unsicherheit beruhigte mich. Ich war erleichtert, nicht als Einzige verwirrt zu sein, und paradoxerweise brachte dieses Gefühl einen Teil meiner Zuversicht zurück.

»Also dann eins nach dem anderen. Wer hat dich tätowiert?«

»Ein Typ aus Gold River, ein Stück weiter nördlich.«

»Und wer trägt das Gegenstück?«

Nathan zögerte. »Sam.«

»Sam ist also dein Seelenverwandter?«

Kopfschütteln. Nicken. Schulterzucken.

Nathan rieb über seine Oberschenkel, dann über einen nicht existenten Fleck auf dem Sofa. Seine Bewegungen erinnerten mich an etwas Rastloses, Gefangenes, und aus unerfindlichen Gründen tat er mir leid. Ich beugte mich vor und legte eine Hand auf seine, einmal mehr erstaunt über die unglaubliche Wärme seiner Haut. Er holte tief Luft, dann schloss er seine Finger um meine. So locker, dass ich sie jederzeit hätte zurückziehen können.

»Du hast es nicht wirklich in einem Studio stechen lassen, oder?«

Seine Nähe verwirrte und faszinierte mich, aber da war mehr. Das Gefühl, als könnte ich ihm alles anvertrauen, was ich all die Jahre für mich behalten hatte. Es kam mir vor, als hätte mich lange Zeit etwas daran gehindert, richtig durchzuatmen, und nun war es weg. Vor Erleichterung musste ich mehrmals blinzeln. Wie hätte ich Nathan in diesem Augenblick anlügen können?

»Nein«, flüsterte ich. »Ich war fünf, als mich jemand in einem Kinderdorf in Vancouver abgegeben hat. Damals trug ich das Tattoo bereits. Laut den Betreuern war es noch frisch.« Jedes Wort tat weh, als würde ich Splitter aus einer Wunde ziehen, die jetzt endlich heilen konnte. Ich blinzelte erneut, Tränen liefen über meine Wangen. »Ich meine, wer lässt denn ein Kind tätowieren und gibt es hinterher an einem fremden Ort ab? Das ist doch absurd.«

Für die letzten Worte fand ich kaum noch Luft. Wütend wischte ich mir über die Wangen. Warum hatten meine Eltern mich weggegeben, ohne auch nur eine kurze Nachricht? Hatte ich ihnen denn nichts bedeutet? Und warum dachte ich ausgerechnet jetzt darüber nach, wo ich es all die Jahre geschafft hatte, diese Fragen beiseitezuschieben?

Nathan machte nicht den Fehler, mich in seine Arme zu ziehen, da ich sonst höchstwahrscheinlich aufgesprungen und geflüchtet wäre. Es war schlimm genug, vor ihm zu weinen, aber ich konnte mich einfach nicht zusammenreißen. All das verwirrte mich viel zu sehr.

Nathan stand mit einer dieser fließenden Bewegungen auf, kniete sich vor mir auf den Boden und schwieg. Dabei strichen seine Daumen über meinen Handrücken, gleichmäßig und fest. Ich konzentrierte mich auf die Bewegung und passte meinen Atem unwillkürlich diesem Rhythmus an. Es funktionierte, und das auflodernde Chaos in meinem Inneren beruhigte sich langsam. Nur meine Haut glühte, als würde sie Nathans Wärme aufnehmen. Ein Teil sickerte durch meinen Körper und sammelte sich in meinem Bauch.

»Schon wieder okay«, sagte ich, als die Stille zu lang wurde, um noch von meinem Herzklopfen abzulenken.

Nathan schien zu überlegen, dann zog er mich vorsichtig zu sich herunter, bis wir beide vor dem Sofa auf dem Boden saßen. Unsere Knie berührten sich, und er ließ meine Hände nicht los.

»Nein, es ist nicht okay. Ich weiß nicht, wie ich mich fühlen würde, wäre mir so etwas passiert. Wenn ich nicht wüsste, woher ich komme. Ich stamme aus einer … eher traditionellen Familie.«

»Erzähl mir mehr«, krächzte ich und räusperte mich. »Ist mir lieber, als weiter über mich zu reden, weil ich dann nur wieder weinen muss.«

Er musterte mich. »Ich habe mich entschieden, ehrlich zu dir zu sein, Quinn, und es hat auch damit zu tun.« Seine Hand wanderte unter meine Haare, dann berührte er die Stelle in meinem Nacken.

Mir blieb die Luft weg. Es fühlte sich an, als hätte er meine Haut aus einer Art Winterschlaf geweckt. Bisher hatte nur mein selbstverliebter Ex Stan mich dort berührt, damals während unserer kurzen, missglückten Beziehung, in der ich mich ihm nicht hatte öffnen können. Er hatte meiner Lüge geglaubt, das Tattoo wäre eine freiwillige Aktion gewesen. Aber Stan hätte alles geglaubt, damit sich die Welt wieder möglichst schnell um ihn drehen konnte. Niemals hatte meine Haut bei seinen Berührungen so gekribbelt wie jetzt. Ich fühlte mich verletzlich, doch das war in Nathans Nähe nicht unangenehm.

»Gut«, flüsterte ich.

»Das, was du jetzt hörst, musst du unter allen Umständen für dich behalten. Kein Wort zu Freunden oder deiner Familie.« Er zog die Hand zurück und wartete, bis ich nickte. »Ich gehöre zu einem Tribe, der sich sehr bedeckt hält, und das darf sich auf keinen Fall ändern.«

»Ein Tribe?« Damit hatte ich nicht gerechnet. Ja, er besaß etwas Exotisches mit seiner Hautfarbe und den dunklen, vollen Haaren, aber anders als bei Sam hätte ich niemals gedacht, dass er etwas mit den First Nations zu tun hatte. Ich beobachtete die Bewegung an seinem Hals, als er schluckte.

»Es gibt vier hier auf der Insel. Und nein, nicht so, wie du sie dir vermutlich vorstellst.« Er überlegte, sah sich um und deutete in Richtung Tür, durch die Sam vorhin verschwunden war. »Jedes Tribe-Mitglied ist mit einem Sänger verbunden. Sam ist meiner.«

Nun begriff ich gar nichts mehr. »Gut, du hast es geschafft, ich blicke nicht mehr durch.«

»Ich weiß«, sagte er traurig. »Ich habe während der ganzen Fahrt darüber nachgedacht, ob wir dich einweihen sollen oder ob es dein Leben unnötig schwerer machen würde. Denn das will ich nicht, Quinn. Ich will, dass es dir gut geht. Aber gerade passieren so viele Dinge, dass ich nicht mehr an einen Zufall glaube. Ich sehe verdammt noch mal nur nicht, wie alles zusammenhängt. Die Sache mit Maya und den anderen, die Ereignisse in Winter Harbour, du …« Er brach ab. »Es bringt nichts, einfach loszustürmen, ohne einen Plan zu haben, und für den muss ich erst mehr begreifen. Ich will mir nicht auch noch um dich Sorgen machen müssen. Deshalb würde ich dich da lieber nicht mit hineinziehen, aber ich weiß nicht, inwiefern du schon drinsteckst. Oder wie gefährlich Halbwissen für dich wäre.«

»Ich pass schon auf mich auf«, flüsterte ich. »Aber ich hätte auch gern Antworten. Vielleicht kann ich dir helfen, ein paar Puzzlestücke zusammenzusetzen.«

Ich wollte ihm helfen, und ich wollte wissen, was es mit diesen Tribes auf sich hatte. Vor allem aber wollte ich jetzt nicht gehen. Dieser Moment mit Nathan war so besonders, dass es mir schwerfallen würde, ihn zu beenden – weil ich nicht wusste, ob ich den Mut finden würde, ihm erneut so nahezukommen.

Er überlegte, dann stand er auf und hielt mir eine Hand hin. »Es dämmert bald. Lass uns rausgehen. Und bitte …«, er sah mir in die Augen, »denk daran, dass ich immer noch der Nathan bin, dem du alles erzählen kannst. Egal, was du gleich sehen wirst.«

# Kapitel 11

## QUINN

Der Wald war voller Geräusche. Vogelgezwitscher, leises Knacken im Gehölz und hin und wieder das Rascheln von Laub. Alles hüllte mich auf eine unaufdringliche Weise ein, als würden sich die Laute in den Hintergrund schieben, um neben sich eine tiefe, vertrauensvolle Ruhe zuzulassen. Ich verstand, warum Sam hier draußen am Rand der Stadt lebte. Der Wald war nur ein paar Minuten entfernt. Wenn ich die Wahl hätte, würde ich auf der Stelle mit ihm tauschen. Aber jetzt war nicht die Zeit für Wünsche.

Bei dem Gedanken kehrte die Sorge um Maya zurück, und ich hasste es, dass ich gerade nichts tat, um sie zu finden. Aber Nathan hatte recht. Es brachte nichts, loszustürmen und wertvolle Zeit zu verschwenden. Wir brauchten einen Plan.

Nathan und Sam schienen einen zu haben. Zumindest tauschten sie vielsagende Blicke. Nathan hatte mir Antworten versprochen, und ich hoffte von ganzem Herzen, dass sie uns in Sachen Maya helfen würden.

»Also«, sagte ich. »Worum geht es hier?«

Die zwei blieben stehen. Sam sah sich um, zog sein Handy aus der Hosentasche und warf einen Blick darauf. »Alles gut, wir sind allein.«

»Bist du sicher?« Nathan wirkte nicht überzeugt.

»Die Technik ist es zumindest«, sagte Sam.

»Technik?« Überrascht wandte ich mich zum Schrottplatz um und versuchte, etwas zu erkennen.

»Mein Onkel Morley ist übervorsichtig, wenn es um sein Eigentum geht.« Sam zwinkerte mir zu, als ich mich wieder umdrehte, verschränkte die Arme vor der Brust und war wie immer die Ruhe selbst. Es hätte keinen besseren Kontrast zu Nathans Nervosität geben können. Und genau das machte mich selbst unruhig. Ich trat von einem Fuß auf den anderen.

»Warum habt ihr mich nach draußen geschleppt?«

Nathan hatte bis jetzt nur Andeutungen gemacht, ohne wirklich etwas zu sagen. *Ich würde dich da lieber nicht mit hineinziehen, aber ich weiß nicht, inwiefern du schon drinsteckst. Oder wie gefährlich Halbwissen für dich wäre.*

Es klang ziemlich dramatisch, und das würde sich nicht ändern, solange ich nicht wusste, worum es ging. Das Unbekannte schüchterte immer mehr ein als Dinge, die klar vor einem lagen, selbst wenn sie noch so viel Angst hervorriefen. Schatten konnten tief sein, und mir war es lieber, wenn ich sah, womit ich es zu tun hatte.

Nachdem Nathan und ich das Haus verlassen hatten, war Sam aus seiner Werkstatt gekommen, das Oberteil voller Holzspäne, weil er an irgendeiner Skulptur gearbeitet hatte. Er hatte mir sein Tattoo gezeigt, das er auf der Schulter trug – eindeutig das Gegenstück zu Nathans Symbol, wobei das Innenleben anders gestaltet war als bei Nathan oder gar mir. Wo ich bei Nathan den Tierkopf erkannt hatte, befand sich bei Sam eine Folge ineinanderliegender

Kreise, die dann – umrahmt von Punkten, schwarzen Vierecken und Linien – in das schmale Ende ausliefen.

Nathan wich meinem Blick aus und sah zu Sam. »Vielleicht ist es doch eine ziemlich blöde …?«

Sam schüttelte den Kopf. »Vergiss es. Deine Idee, deine Entscheidung.«

Nathan nickte und starrte auf den Boden. Am liebsten hätte ich ihn berührt, um ihm zu zeigen, dass zumindest zwischen uns dreien alles in Ordnung war und weiterhin sein würde, egal, worum es ging. Je länger er schwieg, desto mehr wollte ich ihn schütteln, damit er endlich den Mund aufmachte.

In diesem Moment hob er den Kopf. »Also gut.« Hier im Wald waren seine Augen lediglich dunkle Seen, in denen Unsicherheit schimmerte. »Ich kann es dir nicht mit Worten erklären …«

Ich runzelte die Stirn. Er machte doch jetzt keinen Rückzieher?

»Ich muss es dir zeigen. Bleib bitte hier, bei Sam. Egal, was passiert, bleib an seiner Seite und tu, was er dir sagt, okay? Quinn?«

»Ja, okay«, murmelte ich. Wenn er es darauf anlegte, mich noch mehr zu verwirren, machte er einen recht guten Job.

Nathan musterte Sam, und als der nickte, setzte er sich in Bewegung. Ungefähr fünfzehn Schritte von uns entfernt blieb er stehen und blickte sich noch einmal um.

Sam kontrollierte sein Handy. »Alles klar, Kumpel.«

Nathan sah mich an. Nicht mehr unsicher, sondern als wollte er mich fragen, ob ich einverstanden war. Es war ein seltsamer Moment, den ich nicht einordnen konnte. Ein Puzzlestück, das ich plötzlich in der Hand hielt, ohne auch nur ansatzweise zu wissen, wohin es gehörte.

Dann zog sich Nathan das Shirt über den Kopf, kickte die Sneaker von den Füßen und stieg aus seiner Jeans, die er achtlos neben sich fallen ließ.

Ich riss die Augen auf und konnte nicht anders, als ihn anzustarren: die Muskeln an Brust und Armen, die schlanken, aber durchtrainierten Beine. Energisch löste ich mich von diesem Anblick. Was bitte sollte das werden?

Nathan schloss die Augen. Im selben Moment schob sich Sam ein Stück vor mich. Ich grübelte nicht weiter darüber nach, es gab ohnehin zu viel, das ich nicht verstand.

Nathan legte den Kopf in den Nacken. Ein Zittern lief durch seinen Körper. Ich wunderte mich, da ich es selbst aus dieser Entfernung sehen konnte, doch dann begriff ich, dass etwas nicht stimmte.

»Sam?«

Er antwortete nicht, sondern hob einen Arm, wie um mich zurückzuhalten.

Nathan sank langsam in sich zusammen. Zunächst dachte ich, er wollte sich hinknien, doch irgendwie schien ihn seine Kraft zu verlassen. Er krallte seine Finger in die Blätterschicht auf dem Boden, die Muskeln an seinen Oberarmen spannten sich. Ein paar Blätter stoben auf und segelten sanft um seinen Körper.

Ich blickte mich um. Es herrschte nicht der geringste Windhauch. Als ich wieder zu Nathan sah, hatte ich Mühe, ihn klar zu erkennen. Es war, als ob neben den Blättern feiner Sand aufgewirbelt wurde, hinter dem Nathans Körper zu einer diffusen Silhouette verschwamm. Ich erkannte ihn nicht mehr richtig, und auf einmal war ich mir nicht mehr sicher, ob das dort vor mir überhaupt noch die Konturen seines Körpers waren.

Ich rieb mir die Augen, spürte Sandkörnchen, wo keine waren, und griff nach Sams Arm. Er fasste meine Hand und drückte sie. Ein Teil von mir wollte auf Nathan zulaufen, aber die Fassungslosigkeit hielt mich an Ort und Stelle. Sein Umriss veränderte sich, wurde länglicher, kleiner, nur um dann wieder in die Höhe zu wachsen. Hinter dem Flimmern der Luft schimmerte es dunkel, dann klärte sich das Bild wieder. Die wenigen Blätter, die zuvor durch die Luft geflogen waren, sackten herab, und eines davon landete auf pechschwarzem Fell.

Ich keuchte und krallte meine Fingernägel in Sams Haut. Er sog scharf die Luft ein, rührte sich aber nicht. In meinem Kopf herrschte Leere, ich war völlig unfähig, mir eine Begründung zurechtzulegen. Vor uns, dort wo Nathan kurz zuvor gekniet hatte, stand eine Raubkatze. Ein Panther, das Fell so schwarz und glänzend, dass es an feinsten Samt erinnerte. Ich betrachtete den muskulösen Körper und den Kopf mit den rundlichen Ohren, sah das Zucken auf seinem Rücken, als er sich eine Winzigkeit bewegte. Das Maul war leicht geöffnet, und selbst im Profil flößten mir die Reißzähne einen Heidenrespekt ein.

Ich schaffte es, mich vorsichtig nach links und rechts umzublicken, aber Nathan blieb verschwunden.

»O mein Gott«, murmelte ich, meine Zunge fühlte sich betäubt an. »Ich werde wahnsinnig.«

Die Ohren des Panthers zuckten, dann wandte er den Kopf. Es war eine unglaublich elegante, fließende Bewegung. Die bernsteinfarbenen Augen fixierten mich und leuchteten dabei so hell, als würde jemand sie anstrahlen. Vor mir stand ein Raubtier, das in Kanada in freier Wildbahn nichts zu suchen hatte, und starrte mich an. Sein Schwanz peitschte von einer Seite auf die andere, und als es eine Pfote hob, wich ich unwillkürlich zurück und fasste nach Sams Schulter.

Er wandte sich halb zu mir um, ließ den Panther jedoch nicht aus den Augen. »Er wird uns nicht angreifen, Quinn«, sagte er leise. »Aber versuch trotzdem, keine allzu plötzlichen Bewegungen zu machen.«

»Ich … ich kann nicht … ist das …?« Ich brachte keinen einzigen Satz zustande, während meine Kehle brannte, als hätte ich stundenlang geschrien.

»Ja, es ist Nathan. Das hat er dir zeigen wollen. Du musst keine Angst haben.«

Ich kämpfte nicht mit der Angst, sondern mit purer Fassungslosigkeit. Noch immer versuchte ich, eine Erklärung zu finden, fragte mich aber auch, was ich soeben gesehen hatte. Oder vielmehr, ob ich es wirklich gesehen hatte.

»Nathan«, flüsterte ich, und die Ohren des Panthers zuckten einmal mehr. Er öffnete das Maul ein Stück weiter, und ein leises, tiefes Grollen drang aus seiner Kehle. Es rüttelte etwas tief in mir wach, aber darüber konnte ich jetzt nicht nachdenken. Stattdessen trat ich einen Schritt an Sam vorbei – und fuhr zusammen, als er mich energisch an der Schulter packte und zurück an meinen Platz beförderte.

Im selben Moment grollte der Panther und setzte sich in Bewegung. Langsam, fast gemächlich trottete er auf uns zu, und allein diese verhaltenen Bewegungen wirkten mehr als bedrohlich. Mit nur einem Sprung wäre er bei uns, und ich war sicher, dass er uns mühelos in Stücke reißen konnte.

»Beweg dich nicht«, flüsterte Sam. »Die Instinkte können überhandnehmen, sobald er sich in dieser Gestalt befindet. Er ist immer noch Nathan, aber eben auch eine Raubkatze.«

Ich erstarrte mitten in der Bewegung. »Was bedeutet das? Weiß er, wer wir sind?«

»Er weiß, wer ich bin«, sagte Sam, ohne den Panther aus den Augen zu lassen. »Und das genügt.«

Das Tier blieb abrupt stehen. Erneut zuckten die Ohren, als es den Kopf bewegte und Sam fixierte. Der lächelte. Mir konnte er trotzdem nichts vormachen. Sam war längst nicht so locker, wie er sich gab.

»Alles gut, mein Freund«, sagte er eindringlich. »Quinn gehört zu uns.«

Mir war schon vorher aufgefallen, wie angenehm seine Stimme klingen konnte, nun kam sie mir beinahe hypnotisch vor.

Es funktionierte, der Panther schien sich zu beruhigen. Seine Ohren richteten sich wieder auf, dann ließ er sich langsam auf dem Boden nieder und betrachtete uns weiterhin aus diesen wunderschönen Augen. Es war das Faszinierendste, was ich in meinem ganzen Leben gesehen hatte.

Sam redete weiter, doch seine Worte verschwammen im Hintergrund. Ich konnte meinen Blick nicht von dem Panther – von Nathan! – abwenden und fragte mich, ob dieses Fell so weich war, wie es aussah. Auf einmal wünschte ich mir nichts sehnlicher, als es zu berühren.

Das Tier wirkte mittlerweile absolut entspannt, es blinzelte mehrmals und streckte sich. Es maß in der Länge bestimmt knapp zwei Meter, den Schwanz nicht mitgerechnet.

»Ich glaube das immer noch nicht«, flüsterte ich, nur um etwas zu sagen. Vor allem wollte ich wissen, ob der Panther auf meine Stimme ebenso reagierte wie auf Sams.

Er wandte den Kopf und sah mich an, dann stand er mit trägen Bewegungen auf. Ja, er reagierte eindeutig auf mich. Er setzte erst einen Schritt vor, dann noch einen. Die riesigen Pfoten verursachten kaum einen Laut, und ich bemerkte zu meinem Erstaunen, dass ich nicht einen Hauch Angst verspürte. Im Gegenteil, etwas zog mich zu diesem Tier hin, ein Gefühl, das tiefer ging als das bloße Erstaunen, soeben beobachtet zu haben, wie sich ein Mensch in eine Raubkatze verwandelte.

Dieses Mal war Sam zu langsam, ich trat an ihm vorbei und streckte eine Hand aus.

»Quinn, nein!«

In der nächsten Sekunde war Sam bei mir, doch der Panther ebenfalls. Ich hatte recht gehabt mit meiner Vermutung, dass er uns mit nur einem Sprung erreichen konnte – ein sanfter, fast zögerlicher Sprung, als wäre er unsicher, ob er das Richtige tat. Einen Atemzug lang befand er sich in der Luft, den Rücken gewölbt, die Vorderpfoten angezogen und den Hals gestreckt. Er erreichte mich in dem Moment, als Sam mich zurückzerrte, und richtete sich zu seiner vollen Größe auf. Sein Kopf schoss vor, und dann streifte er die Innenfläche meiner Hand.

Das Fell war wirklich so weich, wie es aussah. Ich hielt den Atem an und konzentrierte mich auf das Kribbeln in meinen Fingerspitzen. Der Blick des Panthers traf meinen und hielt ihn fest. Für eine winzige Ewigkeit stand die Welt still, bestand lediglich aus dieser Berührung und meinem überlauten Herzschlag. Dann war es vorbei. Der Panther fuhr herum und rannte los. Innerhalb weniger Sekunden war er zwischen den Bäumen verschwunden, als hätte es ihn niemals gegeben.

Ich starrte ihm hinterher, bis meine Augen brannten. Fast glaubte ich, noch immer die Wärme des Fells spüren zu können.

»Ich fasse das einfach nicht«, flüsterte ich.

»Ich auch nicht.« Sam klang nicht so ruhig wie vorher. »Quinn, du hättest dich nicht bewegen dürfen. Ich dachte, damit wäre klar, dass das Streicheln einer Raubkatze außer Frage steht.«

»Entschuldige. Ich weiß nicht … ich konnte nicht anders.«

»Du konntest nicht anders, als einem wilden Tier entgegenzulaufen?«

»Es war immer noch Nathan, oder nicht?« Ich räusperte mich, um dieses hartnäckige Kratzen im Hals loszuwerden. »Er hat mich erkannt.«

»Ja«, sagte Sam für seine Verhältnisse recht energisch. »Ja, und genau das erstaunt mich«, fügte er dann wieder so nüchtern hinzu, als würden wir über das Wetter reden. »In Tiergestalt hätte er dich nicht gleich erkennen dürfen. Daher hat er dir auch gesagt, dass du bei mir bleiben sollst. Bei mir ist es anders.«

»Warum gerade bei dir? Und warum hätte er mich nicht erkennen dürfen?« Endlich fand ich die Kraft, beide Hände zu heben, doch ich ließ sie augenblicklich wieder sinken. »Da ist so vieles, das ich nicht verstehe.«

Sam lächelte und legte einen Arm um meine Schulter. »Ich weiß. Und ich kann dir zwar nicht alles erklären, aber einen Teil davon.« Sanft zog er mich zurück zum Schrottplatz.

Wir blieben nur kurz stehen, damit Sam Nathans Klamotten einsammeln konnte. Wie auf Kommando ratterten meine Gedanken wieder los, stolperten wild durcheinander, um die verlorene Zeit aufzuholen, in der ich keine einzige Frage gestellt hatte.

»Sam, bist du wie er?«

»Nein, ich bin ein Mensch, keine Sorge. Nathan ist ein Wandler und mit mir verbunden.«

»Inwiefern? Durch eure Tattoos?«

Er nickte. »Ich bin sein Sänger.«

Den Begriff hatte Nathan zuvor auch schon verwendet, aber ich hatte nichts damit anfangen können. »Und das heißt, dass er dir nichts tut?«, kombinierte ich. Dann blieb ich stehen. »Was genau bedeutet es, ein Sänger zu sein?« Obwohl ich es nicht wollte, starrte ich auf seine Kehle.

Sam lachte leise. »Das hat nichts mit meiner Stimme zu tun. Wobei ... nein, das stimmt nicht ganz. *Sänger* ist eine sehr alte Bezeichnung und zu einer Zeit entstanden, als diese Gegend noch urwüchsiger war. Damals haben die Leute anders gelebt, sich anderen Riten hingegeben. Beispielsweise am Feuer gesungen. Und auch schon damals haben sich manche mit Angehörigen eines Tribes verbinden lassen.«

»Mit Tierwandlern.« Das Wort kam mir nur schwer über die Lippen, und ich wäre nicht verwundert gewesen, wenn Sam mich ausgelacht hätte.

Aber er nickte nur. »Sie sind eine alte Spezies und waren vor uns Menschen hier, so sagen es ihre Aufzeichnungen. Im Laufe der Zeit gab es immer weniger von ihnen, und sie passten sich an.«

»Sind es Menschen?«

»Ja, sie werden als Menschen geboren, die über spezielle Fähigkeiten verfügen. Niemand weiß genau, wie viele es früher von ihnen gab und wie viele die Kraft der Gestaltwandlung verloren haben.« Er starrte in die Ferne, und ich begriff, dass er sich diese Fragen nicht zum ersten Mal stellte. »Irgendwann im Laufe der Jahrhunderte konnten immer mehr Wandler nicht mehr aus eigener Kraft in ihre Menschengestalt zurückkehren. Daher haben sie sich in heiligen Zeremonien mit einem Sänger verbunden, der ihnen half, den Weg zurück zu finden.«

Ich merkte erst, dass ich den Atem angehalten hatte, als Sam eine Pause machte.

»In welchem Alter finden die ersten Wandlungen statt?« Tief in meinem Bauch vibrierte es, als ich mir den kleinen Nathan als flauschiges Kätzchen vorstellte.

»Im Teenageralter. In vergangenen Zeiten wurden die Wandler im wahrsten Sinn des Wortes zurückgesungen. Es war Teil unserer Tradition. Heute singen wir nicht mehr, es genügt, wenn wir uns konzentrieren, aber die Magie zwischen Sänger und Wandler besteht weiterhin. Wie eine Verbindung, die niemals abreißt. Durch sie konnte ich Nathan bei seinen ersten Verwandlungen beeinflussen und zurückholen. Mittlerweile braucht er mich nicht mehr, aber der Pakt zwischen uns ist heilig.«

Ich glaubte zu wissen, was er meinte. Heilig im Sinne von wichtig. Im Sinne von *Ich würde alles tun, um dieses Bündnis zwischen uns zu schützen*. Es musste schön sein, so etwas zu kennen, aber es brachte auch eine Menge Verantwortung mit sich.

»Warum tun die Sänger das? Ich meine … was habt ihr davon?«

Sein Lächeln wurde breiter, aber auch ein wenig traurig. »Wir sind Teil einer machtvollen Magie und die Vertrauten einer sehr alten Rasse. Durch sie verbinden wir uns auf eine Weise mit der

Natur, die vielen Menschen verborgen bleibt. Mehr Grund braucht es nicht.«

Er hatte recht. Mit einem Mal kam mir meine Frage äußerst blöd vor. Natürlich tat man nicht nur Dinge, wenn man etwas dafür bekam. Manchmal genügte es auch einfach zu wissen, dass man etwas Gutes bewirkte. Oder Teil einer wichtigen Sache war. Das Richtige tat.

Wir hatten den Metallgitterzaun an der Rückseite des Schrottplatzes erreicht. Sam zog ihn ein Stück zur Seite und ließ mich vorgehen.

Ich drehte mich um und sah zum Wald. »Moment, lassen wir ihn allein hier draußen? Was ist, wenn ihn jemand entdeckt? Oder sogar auf ihn schießt? Es ist ja nicht so, als gäbe es auf Vancouver Island Panther an jeder Ecke.«

Plötzlich dachte ich an das Tier mit dem schwarzen Fell, das ich an jenem schicksalshaften Samstag nach der Blaise-Party im Wald gesehen hatte. In meinem Kopf drehten sich die Gedanken schneller und schneller.

»Mach dir keine Sorgen um Nathan«, sagte Sam. »In seiner Tiergestalt verfügt er über die nötigen Instinkte, sich von Menschen oder anderen Raubtieren fernzuhalten. Er wird ein wenig durch den Wald streifen und dann zurückkommen. Lass uns bei mir auf ihn warten, ich mach dir einen Kaffee.«

»Alkohol wär mir jetzt ausnahmsweise lieber«, murmelte ich und erntete ein Lachen.

»Da muss ich dich enttäuschen. Ich kann deinen Kaffee extra stark machen. Mit viel Zucker.«

»Ja, das klingt auch gut.« Ich suchte die Umgebung ab in der

Hoffnung, irgendwo schwarzen Samt zwischen den Bäumen schimmern zu sehen, jedoch vergeblich.

Wenig später saß ich mit dem stärksten Kaffee meines Lebens an Sams Wohnzimmerfenster und sah hinaus. Neben mir flimmerte der Laptop mit der Übertragung der Überwachungskameras, die rund um das Grundstück aktiv waren. Er zeigte ausschließlich Wald, nicht einen Vogel oder Hasen. Die heimische Tierwelt musste wohl die Anwesenheit einer Raubkatze erst einmal verdauen.

Sam und ich hatten eine Weile geschwiegen, als wüsste er, dass ich alles erst einmal sacken lassen musste, ehe ich für weitere Enthüllungen bereit war. Das hatte er ganz richtig erkannt. Wobei ich damit wahrscheinlich keine Ausnahme war. Niemand – es sei denn, er arbeitete als Spezialist für Effekte an einem Filmset – konnte mir erzählen, es locker wegzustecken, wenn sich vor den eigenen Augen plötzlich jemand in ein Tier verwandelte. Ich konnte es noch immer nicht ganz glauben, aber da Sam und ich schlecht zur selben Zeit völlig verrückt geworden sein konnten, musste es einfach stimmen.

Nathan war ein Gestaltwandler, so irrsinnig es auch klang.

Ich wandte mich um und sah Sam an. »Also gut. Erzähl mir mehr über die Tribes.«

Er blickte zur Tür, wohl in der Hoffnung, Nathan würde auftauchen und ihm den Erklärungsjob abnehmen. »Fangen wir damit an, dass du jetzt bestimmt verstehst, warum Nathan es dir zeigen wollte, anstatt es dir zu erzählen.«

»Weil ich ihn sonst als Spinner abgestempelt hätte.«

»So ist es. Und Nathan ist nicht der Einzige mit dieser Fähigkeit. Die Angehörigen einer Wandlerart nennt man Tribe. Das bedeutet nicht, dass sie zwangsläufig zusammenleben oder verwandt sind. Sie haben sich an die moderne Welt angepasst, denn es ist am allerwichtigsten, dass die Menschen dort draußen nichts von ihnen erfahren.« Er deutete zur Tür. »Deshalb haben wir auch gezögert, dich einzuweihen.«

»Aber ihr habt es getan, weil ihr glaubt, dass ich etwas mit den Tribes zu tun habe.« Ich deutete auf meinen Nacken.

»Das wissen wir noch nicht. Es könnte einen Zusammenhang geben, ja. Vielleicht hat auch jemand das Tattoo eines Tribe-Mitglieds gesehen und es aufgezeichnet, das Motiv ist auf Umwege in die Welt gelangt und bei dir angekommen. Allerdings sind die Verzierungen und Feinheiten auf deiner Haut anders als alle Symbole, die ich kenne. Und nicht zuletzt …« Er zögerte. »Du hast erwähnt, dass du es bereits als Kind getragen hast. Das ist ungewöhnlich.«

Ich trank einen weiteren Schluck Kaffee. Er schmeckte noch immer grausam, aber das war mir egal. »Werden denn die Wandler tätowiert, wenn sie noch klein sind? Und warum überhaupt? Wäre es nicht sinnvoller, erst gar keine Aufmerksamkeit auf sie zu lenken, wenn sie unerkannt bleiben wollen? Oder … warte, die Tattoos sind wichtig für die Verbindung mit den Sängern?«

Ich erkannte in Sams Augen, dass ich ins Schwarze getroffen hatte. Und es lag auf der Hand, warum sie die Aufmerksamkeit scheuten. Ich mochte mir nicht ausmalen, was geschehen würde, wenn die Welt dort draußen von Wesen wie Nathan erfuhr. Angst würde geschürt werden, ebenso wie Neugier, und beide Komponenten führten zu Aktionen, die nicht nur gefährlich, sondern auch brutal sein konnten. Von der Zurschaustellung in den Medien bis hin zu

Versuchslaboren konnte alles darunter sein, vielleicht würde man Nathan und seine Leute auch jagen und wegsperren, damit sie unter Kontrolle waren. Oder man würde sie töten, und bald würden die Wandler nichts weiter sein als eine Erinnerung in den Köpfen einiger Menschen.

»Und Wandler entwickeln ihre besonderen Kräfte erst als Teenager?«

»Natürlich wissen sie schon vorher, was sie sind. Aber sie können ihre Fähigkeiten nicht von Geburt an nutzen, sondern erst Jahre später. Bei den meisten ungefähr in der Zeit der Pubertät oder kurz danach. Dann werden sie mit einem von uns verbunden.«

Ich nickte langsam. »Und wie finden sie ihren passenden Sänger?«

»Das ist nicht so schwierig. Wir sehen einfach, wer sich mit wem versteht. Wer wem vertraut. Es bringt ja nichts, sich mit jemandem zu verbinden, mit dem man nichts anfangen kann. Ich kenne Nathan schon, seitdem er ein kleiner Junge war. Mein Onkel und sein Vater hatten früher viel miteinander zu tun, bevor James Copeland zum Anführer seines Tribes geworden ist.«

Ich mochte Sam wirklich sehr. Trotz allem schaffte er es, die ganze Sache nicht düster und verstörend wirken zu lassen. »Du hast gesagt, es gibt diese Verbindung zwischen euch. Wie genau … wie fühlt sich das an?«

Er ließ sich auf das Sofa fallen. »Wir können zu ihnen durchdringen, wenn sie sich in ihrer Tiergestalt befinden. Das ist nicht selbstverständlich, vor allem nicht bei den ersten Verwandlungen, wenn die Instinkte überhandnehmen und den Menschen zurückdrängen, weil das Tier bleiben will. Wir achten darauf, dass die Wandler sich nicht völlig verlieren. Du kannst quasi sagen, dass wir sie zu uns zurücklocken.«

»Okay«, sagte ich langsam. »Es ist also diese Bindung, auf die ein Wandler reagiert?«

»Ja, so kann man es sagen. In gewisser Weise beeinflussen wir sie in der ersten Zeit, damit sie wieder ihre Menschengestalt annehmen. Das wäre auch später noch möglich, aber in den meisten Fällen nicht mehr nötig. Dafür können wir das Tier beispielsweise überreden, von einem Streifzug zurückzukehren.«

»Du meinst mental? Egal, wie weit ein Wandler entfernt ist?«

Sam trank seinen Tote-wecken-Kaffee, ohne mit der Wimper zu zucken. »Der Einfluss ist nicht sehr intensiv und hält auch nicht sehr lange an, aber ja.«

Ich verschluckte mich beinahe. »Echt? Nathan und du, ihr seid ... was, telepathisch miteinander verbunden?«

Er betrachtete mich wie jemanden, der zu enthusiastisch an eine Sache heranging und dabei über das Ziel hinausschoss. »Das soll jeder nennen, wie er möchte. Ich kann nicht seine Gedanken lesen, falls du das meinst, und er meine auch nicht. Wenn ich mich konzentriere und er es zulässt, sehe ich einzelne Bildfetzen von dem, was er gerade erlebt. Aber meistens streift er einfach nur durch den Wald.« Er zögerte. »Daran musste ich übrigens denken, als du mir von deinen Visionen erzählt hast.«

Ich ließ mir seine Worte noch einmal durch den Kopf gehen. Was wollte er mir sagen? Dass ich ebenfalls mit einem Wandler verbunden war und alles, was ich während meiner Attacken sah, eigentlich die Erlebnisse einer Raubkatze waren?

»Ich ahne, was du denkst, Quinn«, sagte er. »Aber das kann ich mir nicht vorstellen. Zum einen bist du keine Sängerin, und zum anderen würdest du mehr mitbekommen als nur kurze Szenen. Du weißt, wenn du mit einem Wandler verbunden wurdest.«

»Und was macht dich so sicher? Dass ich keine Sängerin bin?«

»Nun, alle Sänger stehen in Kontakt miteinander. Unser Ältester, Bill, und seine rechte Hand Patricia führen Buch über unsere kleine Gemeinschaft und achten genau darauf, bei welchen Nachkommen sich das Sängertalent zeigt. Glaub mir, sie würden deinen Namen kennen, wenn du eine von uns wärst, und sie kennen ihn nicht. Außerdem«, er deutete auf sein Gesicht, dann auf mich, »wäre es sehr ungewöhnlich, wenn eine von uns so helle Haut und *Frühlingsfeuerhaar* besäße.« Er betonte das Wort auf eine Weise, die mir verriet, was er meinte.

»Stammen alle Sänger von den kanadischen Ureinwohnern ab?«

Sam hob das Kinn. »Gegenfrage: Bist du bereit für eine Geschichte?«

»Beweise ich das nicht schon die ganze Zeit?«

Wir sahen uns an und schmunzelten.

Sam nahm eine Decke, warf sie mir zu und deutete auf den Sessel. »Also dann.«

Er hörte sich an wie ein Onkel, der seiner Nichte eines ihrer Lieblingsmärchen erzählen wollte, und wartete, bis ich mich gehorsam in die alten Polster gekuschelt hatte.

»Als meine Vorfahren diese Gegend besiedelten, waren sie nicht die ersten Zweibeiner. Die Insel gehörte den Wandlern. Unsere Legenden sagen, dass sie von Ur-Menschen abstammen, die in der Lage waren, eine geistige Verbindung mit Tieren aufzubauen.

Sie stellten das Bindeglied zwischen den Menschen und den Vierbeinern dar.« Er machte eine Pause, um den Laptop und damit die Kameras zu checken, aber dort war noch immer alles ruhig. »Früher wurden die Wandler daher als Götter oder *Spirit Guides* verehrt. Sie lebten sehr zurückgezogen, die einzelnen Tribes blieben unter sich. Im Laufe der Jahrhunderte veränderte sich jedoch ihr Verhalten. Das Raubtier in ihnen wollte die Kontrolle an sich reißen, und viele schafften es nach ihren ersten Verwandlungen nicht mehr zurück in die menschliche Gestalt. Die Zeit der Wandler schien sich dem Ende zuzuneigen, und die der absoluten Trennung zwischen Mensch und Tier brach an. Für reine Menschen konnte das durchaus gefährlich sein. Da unsere Urväter Vancouver Island nicht so einfach verlassen wollten, schließlich ist es ein zu schönes Fleckchen Erde, haben sich die Schamanen und Naturkundigen bemüht, das Vertrauen der Wandler zu erlangen. Sie boten ihre Hilfe an, um die jungen, noch unerfahrenen Wandler in ihre Menschengestalt zurückzusingen, bis diese die Verwandlung aus eigener Kraft beherrschten. Im Gegenzug forderten sie ihren Platz und Sicherheit auf der Insel. Die Wandler stimmten zu, und mithilfe alter Magie wurde die Verbindung geschaffen. So entstanden die Tätowierungen.« Er machte eine Pause und musterte mich amüsiert.

Ich merkte, dass mein Mund offen stand. Rasch schloss ich ihn wieder. »Das war's also?« Ich zog die Decke bis zur Nasenspitze. Mir war zwar nicht kalt, aber ich mochte das Gefühl des Materials um mich herum.

»Nicht ganz. Am Anfang war die Magie zu stark, sodass die Sänger mehr Einfluss auf die Wandler hatten als gewünscht. Sie konnten sie kontrollieren, weit mehr als heute. Also wurden die Symbole abgeändert. Seitdem werden die Nachfahren der Sänger in einer speziellen Zeremonie auf ihr Talent geprüft und zu gegebener Zeit mit einem Wandler zusammengeführt. So ist es noch heute.«

»Glaubst du das?« Meine Stimme klang dumpf unter der Decke. »Die alten Legenden, meine ich. Dass es so gewesen ist zwischen Menschen und Tierwandlern.«

Sams Lächeln war so warm, dass ich es unwillkürlich erwiderte. »Ja. Schließlich bin ich selbst Teil der Geschichte. Genau wie Nathan. Oder all die anderen.«

Die Bedeutung seiner Worte sickerte nur langsam ein. »Wie viele seiner Art gibt es denn?«

Er hob den Kopf, als plötzlich die Tür aufging. Ich schrak hoch, Sam dagegen blieb seelenruhig sitzen. Vor uns stand Nathan und trug nichts weiter als seine Shorts. Ein paar Blätter hatten sich in seinen Haaren verfangen.

»Sam, wo sind meine Klamotten?«

Sam deutete auf einen Stuhl in der Ecke des Wohnzimmers. Mit einem entschuldigenden Blick in meine Richtung schloss Nathan die Haustür, schnappte sich den Stapel und verschwand im Bad. Ich knibbelte an der Decke herum und versuchte, mir nicht anmerken zu lassen, wie sehr sein Anblick mich noch immer verwirrte.

Schweigen breitete sich aus. Nathans Gegenwart hatte etwas verändert. Bis jetzt hatte ich alles, was Sam mir erklärte, mit einem gewissen Abstand betrachten können. Jetzt aber nahmen seine Worte Gestalt an, und ich musste sie als Teil meiner Realität akzeptieren. Als Teil meines neuen Lebens hier in Nanaimo.

Nathan kehrte kurz darauf zurück. Seine Haare waren feucht. Er zog einen Stuhl zu uns an den Tisch, setzte sich und fiel in unser

Schweigen ein. Es fühlte sich falsch an, da er noch immer vor Energie vibrierte.

Endlich hob er den Kopf. »Sam hat dir alles erzählt?«

Ich befreite mich aus der Decke, die auf einmal viel zu warm war. »Er hat mir erzählt, dass es Wandler gibt und was du mit Tribe gemeint hast. Und mit Sängern. Ich hatte da eine etwas andere Vorstellung.«

»Ja, das kann ich mir denken. Aber ... es geht dir gut?«

Es klang, als wollte er mich fragen, ob ich etwas dagegen hatte, plötzlich mit einem Bein in einer Welt zu stehen, die ich noch nicht richtig greifen konnte. Aber das konnte ich nicht beantworten. War sie gefährlich? Ging ich mit meinem Wissen irgendwelche Verpflichtungen ein? Sam hatte mir zwar Informationen geliefert, aber ich ahnte, dass sie nur der Anfang waren.

»Schwer zu sagen. Bisher schon, aber da sind noch immer so viele Fragen. Zum Beispiel, wie ich in diese ganze Sache hineinpasse. Oder Maya. Oder die anderen, die verschwunden sind.«

Er wechselte einen Blick mit Sam. »Bisher wissen wir von sechs Vermissten. Drei Wandler, drei Sänger.«

Das erwischte mich eiskalt. »Maya? Ist sie auch ...?«

Ich versuchte, mich an Situationen zu erinnern, in denen ich etwas hätte merken müssen.

»Maya ist wie du?«, sagte ich schließlich. Meine Stimme kiekste, als gehörte sie meinem um Jahre jüngeren Ich.

Er neigte den Kopf. Eine Strähne fiel ihm in die Augen, und er schob sie weg. All seine Gesten wirkten so menschlich, es lag nichts darin, das an die Raubkatze erinnerte. »Ich gehöre zu den Jaguaren und schwarzen Panthern. Wir bilden einen Tribe, weil ein Panther nichts anderes ist als ein Jaguar mit schwarzer Fellfärbung. Maya gehört zu den Polarfüchsen.«

Ich riss die Augen so weit auf, dass es schmerzte. Ein Polarfuchs? Ich stellte mir die Tiere vor. Hübsch und scheu. Ja, das passte zu Maya.

»Ihr war immer recht warm«, murmelte ich. Es klang, als hätte ich einen Scherz machen wollen.

Nathan hob einen Mundwinkel. »Ihr Tribe ist zugewandert. Meiner auch. Es gibt nicht mehr allzu viele Lebensräume, die uns ausreichende Rückzugsmöglichkeiten bieten, und daher haben sich die Tribes zusammengeschlossen – mehr oder weniger. Von Vancouver Island stammen nur die Berglöwen und die Rotluchse. Und das sind dann auch schon alle vier Tribes, die hier zusammenleben.«

Mittlerweile schwirrte mir der Kopf. »Rückzugsmöglichkeiten, weil ihr euch verwandeln müsst? In bestimmten Abständen?«

»Bitte frag jetzt nicht, ob der Vollmond eine Rolle spielt.«

»Ich weiß nicht, spielt er?«

Aus Sams Ecke kam etwas, das wie unterdrücktes Gelächter klang, und auch Nathan wurde deutlich lockerer. »Nein, ich komme unbeschadet durch die Mondphasen, und mich muss auch niemand in einen Käfig sperren.«

Ich dachte an die Verwandlung, die ich vorhin im Wald beobachtet hatte, an das Laub und das Flirren rund um Nathans Körper. Es hatte wunderschön ausgesehen.

»Also fällst du auch keine Menschen an.«

Nathans Lächeln flackerte, sein Kiefer spannte sich.

Ich hatte mich geirrt – ich konnte durchaus etwas Falsches sagen. Offenbar hatte ich ein Thema angeschnitten, über das er nicht reden wollte.

»Das wäre ja noch schöner«, sagte Sam und stand auf. »Ich hätte keine Lust, ihn andauernd aus irgendwelchen Schwierigkeiten zu holen.« Er schlug Nathan auf die Schulter. »Wandler wissen, dass sie sich von Menschen fernhalten müssen. Sie gehören einem alten Volk an, das sich seit vielen Jahrhunderten zu schützen weiß. Und das geht nun einmal am besten, indem man unsichtbar bleibt.«

»Am Anfang, wenn die ersten Verwandlungen sich ankündigen, müssen wir da durch«, sagte Nathan und starrte auf seine Hände. Die Energie war aus seiner Stimme verschwunden, ausgelöscht von etwas, das er nicht mit mir teilen wollte. »Die Sänger helfen uns dabei. Später, wenn es Routine geworden ist …« Endlich blickte er wieder auf. »Später entscheiden wir, ob und wann wir die Form wechseln. Es gibt Wandler, die verzichten monatelang oder sogar länger darauf. Irgendwann wird der Drang aber zu stark, wie ein … wie etwas, das du gern machst und lange nicht mehr getan hast.«

Das ergab auf eine schräge Weise Sinn. »Wie viele gibt es von euch?«

Euch. Uns. *Wir. Ihr.* Auf einmal war da dieser Unterschied, der mir falsch vorkam. Nathan und Maya waren noch immer Menschen, nur eben nicht ihr ganzes Leben über. Ich hatte so viele Fragen! Ob Wandler in ihrer Tiergestalt jagten oder wie lange sie überhaupt ein Tier bleiben konnten. Aber ich musste sie zu einem anderen Zeitpunkt stellen. Außerdem machte Sam den Eindruck, aufbrechen zu wollen, auch wenn ich keinen Schimmer hatte wohin.

Nathan verzog das Gesicht. »Nicht mehr allzu viele. Zählt man alle Tribes zusammen, leben knapp einhundert Wandler hier auf der

Insel. Die meisten in Winter Harbour. Wir bewachen den Ort gut und lassen die Menschen glauben, dass es dort nur ein paar durchgeknallte Aussteiger gibt, die keinen Bock auf das Leben in der Stadt haben. Einige Wandler haben sich aber auch bewusst dagegen entschieden, nach Winter Harbour zu ziehen, meistens wegen der Arbeit oder weil sie studieren.«

Nur knapp einhundert. Das machte mich traurig. Würden die Tribes irgendwann verschwinden, lautlos und unbemerkt vom Rest der Welt? Konnte es wirklich sein, dass ein so bemerkenswerter Zweig der Evolution einfach so ausstarb und sich bis dahin in den Wäldern verbarg?

*Wälder.*

»Berglöwen«, flüsterte ich. Ich hob den Kopf und starrte Nathan an. »Ich habe neulich in der Nähe des Blaise-Anwesens einen gesehen. Er hat einfach nur dagestanden und mich beobachtet. Und dann ist ein zweites Tier aufgetaucht. Mit schwarzem Fell. Die Polizei hat mir das nicht geglaubt.«

»Ich wollte dir keine Angst einjagen.«

»Das warst *du*?«

In seinen Augen flackerte etwas auf. Es lag Schmerz darin, aber auch Reue, Kampfgeist, Stolz. Und über alldem eine Entschuldigung, mich so lange im Dunkeln gelassen zu haben.

Das Chaos in meinem Kopf drehte sich wieder schneller, wie ein Karussell, das an Fahrt aufnahm.

*Es war Nathan gewesen. Er hatte sich dem Berglöwen in den Weg gestellt. Für mich.*

»Quinn?« Nathan beugte sich vor und streckte eine Hand nach mir aus.

Ohne zu zögern, legte ich meine hinein. Vorsichtig schloss Nathan seine Finger darum. Während wir uns anblickten, traten meine Fragen in den Hintergrund und ließen Platz für etwas anderes, eine Art Vertrauen, von dem ich ahnte, dass es wachsen und eines Tages tief genug gehen konnte, um mir gefährlich zu werden. Nathan Copeland konnte mir gefährlich werden, und das hatte nichts damit zu tun, dass er an manchen Tagen im Jahr als schwarzer Panther durch die Gegend streifte.

Sam räusperte sich. »Sorry Leute, aber wenn wir noch zu Tohmah wollen, um nach weiteren Hinweisen zu suchen, sollten wir uns jetzt langsam auf den Weg machen.«

Nathan ließ meine Hand widerstrebend los. »Du hast recht.«

Ich spürte, dass ich unter Sams aufmerksamen Blicken rot wurde, und hoffte, er würde es bei dem spärlichen Licht nicht bemerken. »Wer ist Tohmah?

# Die Wandler

Die Fähigkeit der Verwandlung setzt mit der Pubertät oder etwas später ein. Da zu Beginn die Instinkte oft überhandnehmen, wird jeder Wandler mit einem Sänger verbunden, der ihm zurück in die Menschengestalt hilft. In der Tierform spürt ein Wandler diese Verbindung und stellt keine Gefahr für seinen Sänger dar. Beide werden in einer besonderen Zeremonie durch jeweils eine Tattoohälfte miteinander verbunden. Wandler sind sportlich, verfügen über gute Sinne und eine beschleunigte Wundheilung. Die Wandler einer Tierart haben sich zu Tribes zusammengeschlossen; vier solcher Tribes leben auf Vancouver Island. Da die Zahl der Wandler stetig abnimmt, ist es besonders wichtig, das Geheimnis ihrer Existenz zu wahren.

# Kapitel 12

## NATHAN

Ich war froh, dass wir mit Sams altem Pick-up fuhren – das Biest klapperte lauter als jeder andere Wagen, den ich kannte. Eine Unterhaltung zwischen Vorder- und Rückbank war unmöglich, und das gab mir Zeit, im Beifahrersitz zu versinken und zu grübeln.

Ich konnte Quinn nicht einordnen. Sie hatte etwas an sich, das mich verwirrte, aber auch zu ihr hinzog. Als ich vorhin die Hand nach ihr ausgestreckt hatte, wusste ich nicht, was ich erwartete. Vielleicht eine Art Schlag oder eine Erkenntnis oder was zur Hölle auch immer. Aber nichts war passiert. Okay, nichts bis auf den blöden Wunsch, sie nicht mehr loslassen zu wollen. Und das in Sams Beisein. Er hatte es mit Sicherheit gemerkt, und ich würde es mir demnächst bei mindestens einer Gelegenheit anhören müssen.

Trotzdem hätte ich jetzt am liebsten noch einmal ihre Hand genommen. Zum Teil, weil es auf diese besondere Weise aufregend war. Aber auch, weil ich wissen wollte, ob mehr dahintersteckte. Ich musste Sam später erzählen, wie der Panther auf Quinn reagiert hatte. Dass sie mich mit einem Wort davon hätte abhalten können, auch nur einen Schritt näher zu kommen. Meine Instinkte hatten mir nicht zugerufen zu verschwinden, ganz im Gegenteil. Aber das alles durfte nicht sein, ich sollte auf diese Weise nur auf Sam reagieren. So lief die Sache nun einmal – ohne Ausnahme.

Bis heute.

Ich verstand es nicht, es faszinierte mich, und es machte mir eine Scheißangst. Wusste Quinn wirklich nichts? Wer war diese Frau, die einfach so in Nanaimo auftauchte und mein Leben auf den Kopf stellte?

Ich beobachtete Sam. Er war selbst in Gedanken versunken, und ich kannte ihn gut genug, um zu wissen, dass sie sich um dieselbe Sache drehten. Er hatte es auch bemerkt, es aber nicht in Quinns Gegenwart ansprechen wollen. Sie hatte erst einmal genug erfahren, das sie verarbeiten musste, da würde ich den Teufel tun und Dinge ansprechen, die mich selbst unruhig machten. Hoffentlich fanden wir endlich bei Tohmah eine Spur. Jetzt, da wir Quinn eingeweiht hatten, konnten wir immerhin zu dritt suchen. So oder so … es fühlte sich richtig an, fast keine Geheimnisse mehr vor ihr zu haben. Sie sollte Teil dieser Recherche sein, schließlich war sie der Grund dafür.

Sam sah in den Rückspiegel und bog ab. Wir wurden so durchgerüttelt, dass ich mich mit einer Hand an der Decke abstützte und fluchte. Sam lachte, als ich mit dem Schädel dagegendonnerte. Ich fand eine Quittung im Fußraum, knüllte sie zusammen und warf sie ihm an den Kopf. Er warf sie beiläufig zurück. So weit alles wie immer.

Ich war heilfroh, als Tohmahs Hütte vor uns auftauchte. Sam hielt an, und meine inneren Organe bekamen endlich die Chance, wieder an ihre Ursprungspositionen zu rutschen.

»Super Wagen«, kam es etwas atemlos von Quinn.

Wir stiegen aus, und sie betrachtete eingehend die Hütte. Konnte gut sein, dass sie glaubte, wir wollten sie um die Ecke bringen, nachdem wir sie eingeweiht hatten. So jedenfalls musste das Haus auf jemanden wirken, der es zum ersten Mal sah. Abgesehen von dem Schlagloch- und Wurzelweg fand man hier draußen keine Zeichen von Zivilisation, und ich wunderte mich noch immer, dass die Hütte an das Stromnetz von Nanaimo angeschlossen war. Eine Außenbeleuchtung gab es trotzdem nicht, nur ein schwacher Lichtschimmer sickerte zwischen den Vorhängen hindurch.

»Keine Sorge, hier wohnt ein Freund von mir«, sagte Sam zu Quinn. »Er ist völlig harmlos. Das Haus gehörte früher seiner Tante.«

Sie nickte. »Und warum besuchen wir ihn?«

Ich trat neben sie. »Weil Tohmah mit der Hütte auch sämtliche Unterlagen seiner Tante übernommen hat. Sie war eine Sängerin und hat viel dokumentiert. Ihr Dachboden ist voll mit Büchern und Aufzeichnungen. Sam und ich hoffen, dass wir etwas über dein Tattoo herausfinden. Wir haben schon nach Hinweisen gesucht, aber noch nichts gefunden. Es sind verdammt viele Unterlagen.«

Das Dämmerlicht verstärkte den Grünschimmer ihrer Augen. »Ihr glaubt wirklich, dass ich etwas mit alldem zu tun habe, nicht wahr? Mit den Sängern und Wandlern?«

*Ja, das glaube ich. Weil ich vorhin als Panther tausendmal lieber in deiner Nähe geblieben wäre, als im Wald zu verschwinden.*

»Möglich.«

Merkwürdig, dass sie sich nicht mehr daran erinnerte, wie sie ihr Tattoo bekommen hatte. Ich stellte mir die kleine Quinn vor, die geweint und vielleicht auch geschrien hatte, und in diesem Moment hasste ich die Person, die ihr das angetan hatte. Ihr junges Alter sprach eigentlich dagegen, dass etwas sie mit den Tribes und den Sängern verband. Es könnte durchaus sein, dass sie einfach nur das Pech gehabt hatte, von zwei oder auch nur einem verantwortungslosen Idioten mit durchgeknallten Ideen einige Jahre lang aufgezogen worden zu sein. Das war zumindest die einfachste Erklärung. Aber wann wählte das Leben schon die einfachsten Optionen?

Sam stand mittlerweile vor der Tür. »Kommt ihr?«

Ich warf einen Blick in den Wald, schloss die Augen und lauschte. Hier gab es keine Kameras, und es konnte nicht schaden, auf Nummer sicher zu gehen. Doch da war nichts bis auf die üblichen Geräusche, also ließ ich Quinn den Vortritt, zog den Kopf ein und trat dicht hinter ihr durch die Tür.

Tohmah und Sam standen neben dem Kamin, in dem ein Feuer flackerte, da es nachts deutlich abkühlte. Ich mochte sein Shirt, auf dem ein Weißkopfseeadler sowie der Schriftzug *They are the Champions* prangten. Im Hintergrund lief leise Musik, irgendein sphärisches, ruhiges Stück.

»Das«, sagte Sam, »ist Quinn, die Frau mit dem Tattoo, nach dem wir in den Unterlagen suchen.«

Tohmah hielt ihr eine Hand entgegen. »Dann herzlich willkommen in den weniger bekannten Gefilden von Nanaimo.«

Er fragte nicht einmal nach, warum wir sie plötzlich anschleppten. Aber das war laut Sam seine typische Art. Er führte sein Leben, erwartete, dass sich niemand einmischte, und handhabte das auch bei anderen so.

Quinn ergriff seine Hand. »Toller Musikgeschmack. Ich liebe Hayden Calnin.«

Beide hielten kurz inne und lächelten sich an.

»Du bist also auch … ein Sänger?«

Es war süß, wie sie zögerte, ehe sie das Wort aussprach.

»Ja und nein. Bei mir wurde zwar damals die Fähigkeit festgestellt, aber ich wollte damit nichts zu tun haben. Ich bin auf eigenen Wunsch mit keinem Wandler verbunden«, erklärte er ruhig. Für seine bisherigen Verhältnisse war er fast schon gesprächig.

Quinn sah erstaunt aus. »Aber warst … bist du nicht neugierig?«

»Ich habe genug mit anderen Dingen zu tun, da wollte ich mich nicht auch noch damit befassen, Raubkatzen bei ihren ersten Schritten die Pfote zu halten.« Er hob eine Hand in meine Richtung. »Nichts für ungut, Mann.«

»Kein Thema.« Trotz allem mochte ich den Kerl, und nach dem, was Sam mir über ihn erzählt hatte, verstand ich seine Entscheidung. Obwohl Tohmah Arcand ein Verlust für die Tribes war. Er schien sich nicht leicht einschüchtern oder gar umhauen zu lassen. Genau solche Leute brauchten die Tribes. Wir alle wussten, dass wir auf die Hilfe der Sänger angewiesen waren. Nicht umgekehrt. Für sie bedeutete die Verbindung nur, Teil einer Welt zu sein, die schon längst in Vergessenheit hätte geraten können, und sie manchmal in Bruchstücken durch unsere Augen zu erleben, wenn wir uns verwandelten.

Tohmah deutete auf die Sitzecke, anstatt uns – wie ich erwartet hatte – sofort die Treppe hinaufzuscheuchen, damit er sich wieder seiner Arbeit widmen konnte. Erst jetzt sah ich, dass sich dort einige der Bücher aus dem Obergeschoss stapelten.

»Ich habe weitergesucht, seitdem ihr das letzte Mal hier wart.«

Er fing meinen Blick auf. »Komm schon, Nate, guck nicht so erstaunt. Ich habe nie gesagt, dass ich euch nicht helfen will.«

»Punkt für dich. Und so wie du dich anhörst, hast du etwas gefunden.«

»Möglich.« Er sah Quinn an. »Es könnte sein, dass dein Tattoo etwas mit den magischen Bindesymbolen zu tun hat, aber in einer Darstellungsform, die nicht mehr benutzt wird. In die heutigen Symbole der Wandler sind beispielsweise Hinweise auf den Tribe eingearbeitet. Genauer gesagt auf das Tier, in das sie sich verwandeln. Bei manchen ist es deutlich zu erkennen, so wie bei den Rotluchsen, andere sind abstrakter, wie die der Jaguare und Panther. Das Sängermotiv bildet immer einen Gegenpol ohne den Tierbezug. Der fehlt auch bei dir, aber dafür sind diese parallelen Linien in der oberen Hälfte recht auffällig.« Er zuckte die Schultern. »Ein Hinweis. Möglicherweise. Aber worauf … keine Ahnung. Schließlich trägst du ein Doppelsymbol auf der Haut.«

Quinn war vollkommen perplex. »Woher weißt du, wie mein Tattoo aussieht?«

Ich biss die Zähne zusammen. Mist, verdammter! Daran hätte ich denken müssen. Aber nun war es zu spät, und da es sich gut anfühlte, Quinn gegenüber endlich ehrlich zu sein, würde ich das jetzt auch durchziehen.

»Ich habe es fotografiert«, sagte ich, ehe Tohmah reagieren konnte. »Damals vor Mayas Haus. Es tut mir leid.«

Sie öffnete den Mund, und ich wäre nicht erstaunt, wenn sie mich nun anbrüllen würde.

»Okay«, sagte sie nur.

»Okay?«

»Ich schätze, du musstest es tun. Um mehr darüber zu erfahren und herauszufinden, ob es in Zusammenhang mit den Tribes steht, nicht wahr?«

»Ja.« Am liebsten hätte ich sie umarmt, weil sie es mir so leicht machte. »Danke«, sagte ich so leise, dass nur Quinn es hören konnte, da sie direkt neben mir saß.

Sie blinzelte, vielleicht zwinkerte sie mir auch zu, und auf einmal glaubte ich fest daran, dass wir das Rätsel lösen würden. Was auch immer passierte, wo auch immer Zach, Maya und die anderen sich aufhielten, wie auch immer Quinn in die ganze Sache hineinspielte – wir würden damit klarkommen. Und ich würde an ihrer Seite bleiben.

Eine halbe Stunde später saßen wir mit einem Stapel Notizbücher am Tisch und blätterten durch Monique Arcands Aufzeichnungen. Manchmal hatten wir Probleme, die winzige Handschrift zu lesen, doch die Zeichnungen waren eindeutig. Monique hatte sich viel mit den Wurzeln des Sängertums und der alten Zeremonien befasst. Keine Ahnung, woher sie die Informationen hatte, aber es sah ganz danach aus, als hätte sie sich vor allem für die Ursprünge der Verbindungen interessiert. Für die Zeit, in der Wandler und Menschen sich einander angenähert hatten und die Sänger entstanden waren.

Quinn klebte mit der Nase fast an einem Notizbuch und versuchte seit Minuten, die Einträge zu entziffern. »Was war deine Tante, Tohmah, so etwas wie die Chronistin eurer Leute?«, fragte sie, ohne hochzusehen.

Sie hatte ihre Haare im Nacken zusammengeknotet. Immer, wenn sie sich bewegte, warf das Feuer im Kamin rötliche Reflexe darauf. Das flackernde Licht verwandelte ihr Gesicht, machte es schmaler, und wenn sie den Kopf wie jetzt neigte, sah sie beinahe aus, als wäre sie nicht von dieser Welt.

»Nein, alles andere als das. Sie hat bestimmte Regeln der Sänger und Wandler gehasst«, sagte Tohmah. »Ich vermute, dass sie deshalb angefangen hat, sich mit den alten Schriften zu befassen. Um herauszufinden, ob es einmal anders war.«

»Welche Regeln?«

»Davon gibt es einige«, sagte er an mich gewandt.

Ich verzog das Gesicht und gab ihm zu verstehen, dass ich auch nicht mit allen zufrieden war. »Manchmal muss man Dinge tun, mit denen man nicht einverstanden ist, um Ereignisse zu vermeiden, die noch schlimmer wären.« Zum ersten Mal in meinem Leben zitierte ich Dad und meinte es auch so.

Quinn ließ ihr Buch sinken. »Das klingt … gefährlich.«

»Es ist Politik«, warf Tohmah ein. »Und die Strategien dahinter sind immer gefährlich. Viele Leute sind bereit, mit harten Maßnahmen für den eigenen Vorteil zu kämpfen.«

Ich legte den Stapel Papiere beiseite, den ich gerade durchgeblättert hatte. Ich wollte keinen Streit, obwohl Tohmah eindeutig auf den Rat anspielte, und zu dem gehörte nun mal auch mein Dad. Eines Tages würde ich höchstwahrscheinlich seinen Platz einnehmen. Bis dahin würden sich hoffentlich einige Dinge ändern, beispielsweise die Gewichtung der Stimmen. Noch besaßen die Berglöwen den größten Einfluss. Ihr Tribe hatte die meisten Mitglieder, sie hatten schon immer hier gelebt und protzten auch regelmäßig damit herum. Wenn es etwas wie Lokalstolz gab, fand man ihn bei Edmund Blaise und seinen Leuten. Sie waren scharf auf Macht, und sie hatten gern das Sagen – am besten noch, wenn jeder es mitbekam und man ihnen im Anschluss applaudierte, und daher drängten sie anderen oft ihre Entscheidungen auf.

Die Rotluchse stammten zwar ebenfalls von hier, aber sie beugten sich dem Ego der Berglöwen. Auf eine lockere Keine-Lust-auf-Stress-Weise. Ich vermutete, dass sie einfach wenig Interesse an einem Tauziehen um die größte Trophäe hatten, da es wichtigere Dinge gab. Zumindest lag ihnen nichts daran, den Ton anzugeben. Sie beobachteten lieber und würden erst dann eingreifen, wenn die Berglöwen zu weit gingen und sie die Nase voll hatten. Noch war das nicht der Fall.

Die Polarfüchse waren zu zart und mieden Konflikte. Aus dem Norden zugewandert, fühlten sie sich auf Vancouver Island vermutlich oft nur wie Gäste – genau wie wir. Nur dass die Jaguare und schwarzen Panther kein Problem damit hatten, den Berglöwen entgegenzutreten, wenn es sein musste. Zwar war Rampenlicht uns ziemlich gleichgültig, aber wir ließen uns auch nicht gern von anderen herumdirigieren. Und das zeigten wir ihnen auch. Blaise und Co. machte das wahnsinnig, so wie schon all die Generationen vor ihnen. Der Konflikt zwischen unseren Tribes war nicht gerade gestern entstanden. Manchmal vermutete ich, die Berglöwen ertrugen es nicht, dass Jaguare und Panther zu den Großkatzen zählten – und sie nicht. Lächerlich, aber so war das nun mal mit arroganten Idioten.

Trotzdem hatten wir alle ein gemeinsames Ziel.

»Der eigene Vorteil ist in unserem Fall das Überleben«, sagte ich ruhig.

Tohmah starrte mich an, als überlegte er, ob er mir diese Aussage durchgehen lassen wollte, und gab mir mit einer Geste zu verstehen, dass ich es nicht persönlich nehmen sollte.

»Die Welt der Wandler ist kompliziert, Quinn«, sagte er leise. »Voller Regeln und Verbote. Aber wie Nate schon sagt, sind sie nicht zum Spaß entstanden. Meine Tante Monique war damals die Sängerin eines Wandlers, aber die beiden verliebten sich ineinander.«

»Ist das verboten?« Quinn blinzelte.

»Nicht direkt«, antwortete ich, griff nach meinem Glas und kippte den Inhalt hinunter. »Der Rat der Wandler setzt sich aus Vertretern aller Tribes zusammen, und sie achten sehr genau auf alles, was in unserer Gesellschaft geschieht. Manche Dinge sind nicht gern gesehen, weil etwas aus ihnen resultieren könnte, das nicht sein darf.«

»Weshalb vermutlich Menschen wie Monique verschwinden«, sagte Tohmah und starrte mich an.

Ich schwieg. Diesen Punkt musste ich ihm wohl oder übel lassen.

Quinn sah von ihm zu mir, vermutlich spürte sie die Spannung. »Wovon redet ihr?«

»Von Beziehungen zwischen Sängern und Wandlern«, sagte Sam und spülte mit seiner ruhigen Sachlichkeit die Spannung im Raum weg. »Sie werden toleriert, nicht aber gemeinsame Kinder.«

Ich nickte. »Der Rat achtet beispielsweise darauf, dass keine Verbotenen zur Welt kommen.«

»Verbotene, so nennt ihr diese Kinder?« In Quinns Augen flackerte Mitleid auf. »Das klingt grausam. Warum sind sie verboten?«

»Tradition«, sagte Tohmah, noch ehe ich nach Worten suchen konnte. »Angeblich haben sie besondere Kräfte und können Wandler gegen ihren Willen beeinflussen.«

Sam nickte nachdenklich. »Auch die alten Sänger warnen davor. Die Magie der beiden Seiten sollte sich nicht vermischen. Es heißt aber auch, dass nicht alle Verbotenen diese Fähigkeiten besitzen und dass ihr Einfluss begrenzt ist. Wie genau, ist umstritten. Vielleicht können sie sich nur auf einen Wandler konzentrieren. Vielleicht ist ihre Fähigkeit zu schwach oder hält nur kurz an. Es gab schon lange keine Verbotenen mehr.« Er blätterte in einem Papierstapel, zog ein einzelnes Blatt hervor und reichte es Quinn. Es war vergilbt, rollte sich an einer Seite und war an der anderen eingerissen. »Früher nannte man sie *Sdáng*, das ist das Wort der Haida für *Zwei*.«

Sie nahm die Seite und warf einen Blick darauf. »Haida? Wie in Haida Gwaii, der Inselgruppe weiter nördlich?«

Sam grinste. »Wie in Haida, eine der über sechshundert First Nations, die es hier in Kanada noch gibt.«

Ich konnte kaum wegsehen, als Quinns Wangen sich röteten. »Sorry, das war eine blöde Frage. Ich habe mich echt mehr mit der Landesgeschichte befasst, als ihr jetzt bestimmt glaubt. Aber momentan habe ich das Gefühl, dass alles irgendwo in meinem Kopf stecken geblieben ist.«

»Wandler-Overkill«, meinte Tohmah.

Eine Sekunde lang herrschte Schweigen, dann brachen wir in Gelächter aus. Ich war froh darüber, die Atmosphäre war zu ernst geworden.

Quinn lehnte sich zurück, noch immer halb in Gedanken. »Deine

Tante hat Vancouver Island also verlassen, weil sie sich in ihren Wandler verliebt hat, Tohmah?«

Er schenkte sich Wasser nach. »Gut möglich, ja. Eines Tages ist ihr Wandler verschwunden, und sie glaubte, dass der Rat dahintersteckte. Kurz darauf hat sie sich selbst abgesetzt und mir ihr Haus mit allem Drum und Dran hinterlassen. Seitdem hat niemand mehr von ihr gehört.«

»Das tut mir leid«, sagte Quinn. »Hast du denn sonst Familie?«

»Niemand, zu dem ich noch Kontakt habe und der hier lebt.«

Sie musterte ihn eine Weile. »Wir haben einiges gemeinsam.« Dann vertiefte sie sich in das Dokument in ihren Händen.

Ich beobachtete, wie sie beim Lesen mit einer Haarsträhne spielte, machte mich selbst wieder an die Arbeit und fluchte stumm vor mich hin. Wenn Monique Arcand sich mehr Mühe mit ihrer Handschrift gegeben hätte, würde uns das eine Menge Zeit sparen. Die Buchstaben waren teilweise so klein, dass Tohmah und Sam lange brauchten, um sie zu entziffern. Meine Augen waren besser als ihre, und auch Quinn schlug sich bemerkenswert gut.

»Ich hab etwas.« Tohmah legte das Buch, in dem er soeben gelesen hatte, in die Mitte des Tisches. Die Doppelseite war voller Zeichnungen, deren Form ich nur zu gut kannte. Unter jeder standen einige Zeilen Text. »Das sind alte Wandlermotive. Aber der Stil und die Schraffierungen hier«, er deutete auf das schmale obere Ende, »erinnern mich stark an dein Tattoo, Quinn.«

Ich beugte mich vor. »Welcher Tribe?«

Tohmah verengte die Augen. »Kann ich nicht sagen. Die Dinger sehen so anders aus als heute.«

Quinn legte eine Hand in ihren Nacken. »Ihr glaubt wirklich,

ich habe ein altes Wandlermotiv auf der Haut?« Ihre Stimme klang heiser.

Ich warf noch einen Blick auf Moniques Zeichnungen. »Gut möglich. Allerdings habe ich so eins noch nie gesehen. Aber ich habe auch noch nie zwei unserer Symbole zusammen in einem Tattoo gesehen.« Ich ging noch einmal die Reihen der Zeichnungen durch.

Quinn beugte sich ebenfalls vor, bis unsere Köpfe sich beinahe berührten. Sie roch nach Zitrusfrüchten, wahrscheinlich von der Limonade, die sie getrunken hatte. Ich sah einen Muskel an ihrer Wange zucken, dann gähnte sie.

»Sorry.« Sie hielt sich eine Hand vor den Mund. »Ich will eigentlich nicht los, aber wenn ich noch länger bleibe, bekommt meine Schwester einen Herzinfarkt und wird versuchen, mich in den kommenden Tagen zu Hause zu behalten. Wenn sie nicht ohnehin schon die gesamte Polizei von Nanaimo in ihrem Wohnzimmer versammelt hat.«

Ich sah ihr an, wie sehr sie mit sich kämpfte, hin- und hergerissen zwischen Müdigkeit und dem Wunsch, mehr zu erfahren. Ich entschuldigte mich stumm bei ihr, diese Entscheidung für sie zu treffen, beugte mich vor und schlug das Buch zu. »Also gut, Schluss für heute. Machen wir morgen weiter. Ich fahr dich nach Hause.«

»Gute Idee«, meinte Sam und lehnte sich zurück. »Ich denke, ich bleibe heute Nacht hier.«

Tohmah stand auf und streckte sich. »Dann bringe ich euch mal zur Tür.«

Ich erhob mich ebenfalls und grinste, als auch Sam sich streckte und seine Knochen knackten. Es hatte seine Vorteile, mit einem robusteren Körper ausgestattet zu sein. Bis auf die Nachwirkungen einer Schlägerei mit dem Aufschneider Blaise konnte ich mich nicht daran erinnern, jemals über eine längere Zeit körperliche Schmerzen gehabt zu haben. Ich hielt Quinn eine Hand hin, und sie ließ sich hochziehen.

»Ist das okay für dich?«

Sie massierte mit der freien Hand ihre Schulter. »Ich glaube, mit jemandem an der Seite, der sich in einen Panther verwandeln kann, wird mir wohl nichts passieren.«

Ich war ganz ihrer Meinung. Vor allem, weil sie mich noch immer nicht losgelassen hatte.

# Die Sänger

Sänger sind ruhige, besonnene Menschen und haben es sich zur Aufgabe gemacht, die Wandler zu schützen und so die Natur zu ehren. Sie unterstützen junge Wandler, die ihre Fähigkeit zur Verwandlung gerade erst kennenlernen. Die besondere Verbindung zwischen Sänger und Wandler wird mit einem zweigeteilten Tattoo besiegelt, von dem jeder eine Hälfte trägt. Die Bezeichnung *Sänger* stammt aus vergangenen Zeiten, in denen die Verwandlungen von zeremoniellen Gesängen begleitet wurden. Ein Sänger kann einzelne Eindrücke durch die Augen seines Wandlers wahrnehmen, wenn sich dieser in seiner Tiergestalt befindet, und ihn ansatzweise beeinflussen.

Ältester: Bill Edenshaw

# Kapitel 13

## QUINN

Ich war sicher, dass sich die Blicke der drei in meinen Rücken bohrten, als ich meine Jacke anzog, und ich fragte mich, was sie wohl dachten. Und ob ich Nathans Hand ein wenig zu lange festgehalten hatte.

Er, Sam und Tohmah stammten aus einer Welt, die ich bis vor Kurzem noch für unmöglich gehalten hätte. Und selbst wenn ich nicht dazugehörte und das Tattoo in meinem Nacken nur ein Zufall oder eine Dummheit verantwortungsloser Erwachsener gewesen sein könnte, so wusste ich nun Bescheid. Sie vertrauten mir genug, um ihr Wissen mit mir zu teilen. Allerdings konnte ich den Gedankenfetzen, der immer wieder durch meinen Kopf schoss, nicht ignorieren. Was, wenn ich wirklich Teil dieser Welt war? Die Vorstellung war so elektrisierend, dass mir fast schwindelig wurde, und daher schaffte ich es nicht, diesen Gedanken zu Ende zu führen. Er begann immer wieder von vorn und hüpfte herum wie ein aufgeregter, junger Hund.

Diese Sache war groß und das Volk der Wandler angreifbar und verletzlich, auch wenn jeder einzelne von ihnen stärker als ein Mensch sein mochte. Damit hatte mir Nathan eine Verantwortung in die Hände gelegt, die dafür sorgte, dass dieses nervöse Pochen in meiner Brust sich einfach nicht beruhigen wollte. Nur wenige Worte hatten genügt, damit Dinge sich umkehrten. Macht und Stärke waren nicht mehr das, wofür ich sie gehalten hatte. Auf einmal war aus Weiß Schwarz geworden und aus Schwarz Weiß. Ich war dankbar für sein Vertrauen, aber es machte mir auch Angst. Noch wussten die anderen Wandler nichts von mir. Was würden sie tun, wenn sie von mir erfuhren? Mich einem Verhör unterziehen? In meinem Leben herumstochern, um das Rätsel zu lösen?

Ich war derart in Gedanken, dass ich über eine Kante stolperte. Nathan fing mich auf, so unglaublich schnell, dass ich es erst begriff, nachdem ich einige Sekunden lang auf seine Hände gestarrt hatte.

»Danke«, murmelte ich. Er hatte schöne Hände mit langen, geraden Fingern.

»Wir haben bessere Reflexe.« Es klang wie eine Entschuldigung.

»Ganz schön unfair, wenn es um Sport geht.« Ich registrierte nur am Rand, dass seine Hände noch immer auf meinem Rücken lagen und von dort eine Wärme verbreiteten, die mich unruhig machte. »Gibt es etwa berühmte Wandler, von denen ich nichts weiß? Usain Bolt vielleicht?«

Nathans Gesicht war dicht vor meinem, ich spürte die Vibration an seiner Kehle mehr, als dass ich ihn lachen hörte.

»Nein. Wir halten uns bedeckt, schon vergessen? Keine besondere Öffentlichkeit, möglichst keine Medien und ganz sicher keine Sportkontrollen. Du wirst dich also niemals im Profisport blamieren müssen, weil du gegen einen Wandler antrittst.« Er sah mir in die Augen, ehe er mich losließ.

Die Hitze war von meinen Wangen über meinen gesamten Oberkörper gewandert und sammelte sich dort, wo Nathans Hände gelegen hatten. Ich wollte, dass er mich noch einmal berührte, weil es sich so gut anfühlte. Ich wollte, dass er mich nicht noch einmal berührte, weil ich sonst vermutlich im Boden versunken wäre. Ich war seltsam durcheinander.

»Gut zu wissen. Und danke.« Ich räusperte mich so leise wie möglich und wandte mich zu den anderen um.

Sam und Tohmah standen in der Tür und beobachteten uns.

»Also dann … ich denke, wir sehen uns bald wieder? Wenn ihr nichts dagegen habt, würde ich gern weitersuchen.«

Tohmah nickte. »Klar, komm wieder, wann immer du möchtest.« Seine braunen Augen funkelten, und er strich sich die halblangen Haare nach hinten, wie so oft in den vergangenen Stunden. Eigentlich hatte er das immer getan, wenn er nach unten geblickt hatte, so wie jetzt. Er war zwar nicht ganz so groß wie Nathan, aber noch immer deutlich größer als ich.

»Mach ich.«

Ich mochte ihn. Wir hatten einiges gemeinsam – unschöne Erfahrungen wie die Tatsache, dass wir unsere Eltern nicht kannten, aber auch Dinge, über die man gern redete. Zumindest teilten wir unsere Vorliebe für ruhige Indie-Musik oder Naturdokumentationen. Es war aufregend und schön zugleich, mit jemandem über all diese Dinge zu reden, aber auch das anzusprechen, was ich in den vergangenen Jahren vor meinen Freunden und Bekannten verborgen hatte. Wie ein Bindeglied zwischen dem normalen Leben und der Welt von Wandlern und Sängern.

»Also dann, bis bald, Quinn.« Er hielt mir eine Hand hin.

Ich schlug ein, und die Haut auf meinen Unterarmen kribbelte. Tohmahs Gesicht schwankte, wurde undeutlich, dann verschwamm die gesamte Umgebung und machte Platz für … ein Zimmer. Das alles ging derart schnell, dass ich die Hände ausstreckte, weil ich nicht wusste, ob ich mich drehte oder die Welt. Ein Fiepen in meinen Ohren setzte ein und blendete die Realität aus. Ich stöhnte, vielleicht presste ich mir auch die Hände gegen den Kopf. Zum ersten Mal raste ich nicht an Bäumen vorbei, sondern sah einen Stuhl, einen Tisch und mehrere Menschen, die mir den Rücken zugekehrt hatten. Das Bild wurde einfach nicht klar, so als würde eine ohnehin schlechte Übertragung mehrmals abbrechen und wiedereinsetzen. Ein Arm tauchte vor mir auf, eine Hand mit langen, schlanken Fingern, eine dunkle Haarsträhne, die sich stark kringelte. Eine Frau sagte etwas, das ich nicht verstand, doch obwohl es beruhigend klang, sträubte sich alles in mir. Ich wollte weg, nur noch weg von hier, aber man hielt mich fest, und dann hörte ich ein Sirren. Ich schrie aus Panik und Hilflosigkeit. Wieder verschwamm das Bild, und als es sich klärte, erkannte ich ein aufgeschlagenes Notizbuch. Die Skizzen darin sahen aus wie Moniques, und als ich sie näher betrachten wollte, explodierte der Schmerz in meinem Nacken.

»Quinn!«

Ich riss die Augen auf. Nathan war neben mir und schüttelte mich.

»Nicht«, murmelte ich und begriff, dass wir uns in Tohmahs Hütte befanden. Die Umgebung drehte sich nur noch ein wenig, um dann ganz zum Stillstand zu kommen. Nur mein Herz raste weiter, und in meinem Kopf blitzten erneut die letzten Bilder aus der Attacke auf, zusammen mit so stechenden Schmerzen, dass ich die Hände vor den Bauch presste und mich krümmte.

»Quinn.« Nathans Stimme klang alarmierter, drängender. »Bitte sag etwas.«

Ich wollte ihm den Gefallen tun, aber es ging nicht. Mein Mund war wie ausgedörrt, und ich musste warten, bis dieses Dröhnen nachließ, das von meinen Augen über den gesamten Kopf zu wandern schien. Dort, wo Nathan mich berührte.

Verwundert blinzelte ich, vorsichtig, und als nichts geschah, öffnete ich die Augen. Ich lag auf dem Boden. Nathan kniete neben mir und hatte eine Hand unter meinen Kopf geschoben.

Ich atmete tief durch und bemerkte den fauligen Geschmack auf meiner Zunge. »Was ist passiert?«

»Das wüsste ich auch gern.« In seinen Augen schimmerte Sorge. Hinter ihm stand Sam und sah nicht minder beunruhigt aus. »Du hast plötzlich die Augen verdreht, dann bist du weggekippt. Wenn ich dich nicht aufgefangen hätte …«

Ich stöhnte und gab ihm mit einer Geste zu verstehen, dass er den Satz nicht beenden musste. Wenn Nathan nicht gewesen wäre, müsste mein Kopf sich bestimmt mit anderen Dingen herumschlagen als ein paar Schmerzen.

Er half mir auf die Beine, ließ mich aber nicht los. Ich wartete, wartete auf Reaktionen meines Körpers, aber alles schien normal.

»Ich hatte eine Attacke. Glaube ich zumindest. Es war anders als sonst.«

Das war harmlos ausgedrückt. Ich war bisher noch nie ohnmächtig geworden! Himmel, was, wenn das geschah, während ich unterwegs war? Oder Auto fuhr?

»Willst du dich setzen?«

»Nein, es geht schon.«

Mit mir stimmte etwas nicht, und das konnte ich nicht ändern, indem ich versuchte, stark zu sein. Aber ich musste mich zusammenreißen, sonst würde ich irgendwann durchdrehen. Oder aufgeben, was noch schlimmer wäre.

»Gut«, sagte er. »Du bist verdammt blass. Bist du sicher, dass wir nicht besser einen Arzt rufen sollten?«

»Bloß nicht«, sagte ich so heftig, dass er nur einen Blick mit Sam wechselte und dann nickte.

»Also, was war los? Was genau meinst du mit Attacke?«

Seine Stimme war so nah an meinem Ohr, dass ich den Atem auf meiner Haut spürte. Wie konnte etwas sich so aufregend anfühlen und mich gleichzeitig beruhigen? Nathan war hier, ebenso Sam und Tohmah. Ich war in Sicherheit. Wem sollte ich sonst erzählen, was mit mir los war? Jetzt war es zu spät, um darüber nachzudenken, ob Nathan oder Tohmah mich für verrückt hielten – Sam wusste bereits Bescheid. Und im Vergleich zu dem, was ich erfahren hatte, wirkten die seltsamen Bilder in meinem Kopf geradezu harmlos.

»Es fing vor ein paar Jahren an«, begann ich und erzählte ihnen von den Attacken. Dann beschrieb ich so genau wie möglich, was ich soeben gesehen hatte.

»Die letzten Bilder klingen wie eine Erinnerung«, sagte Nathan. »Der Schmerz in deinem Nacken … kann es der Tag gewesen sein, an dem du tätowiert wurdest?«

Der Gedanke war mir auch schon gekommen. »Möglich. Ich konnte nur leider kein einziges Gesicht erkennen. Nur lockige

Haare. Eine Frauenstimme. Und ich habe diese Notizen gesehen. Bewusst kann ich mich an den Tag jedenfalls nicht erinnern.«

Mein Blick streifte Tohmah. Die Attacke hatte eingesetzt, als sich unsere Hände berührten. Mit angehaltenem Atem streckte ich meine noch einmal aus. Zunächst zögerte er, aber dann nahm er sie. Nichts passierte. Wir drückten zu, als wären wir Kinder, die testen wollten, wer als Erster losließ. Ich lachte, aber es klang mehr wie ein Schluchzen.

»Okay, unser Handschlag war schon einmal nicht der Auslöser.«

»Aber du hast Moniques Bücher in deiner Erinnerung gesehen.«

»Das weiß ich nicht genau. Da waren Zeichnungen, die aussahen wie ihre. Aber die Umgebung konnte ich nicht erkennen.«

»Möglicherweise haben sich Dinge, die du hier gesehen hast, mit anderen vermischt. Wie es in Träumen passiert.« Sam drückte mir ein Glas Wasser in die Hand.

Ich hatte gar nicht gemerkt, wie ausgetrocknet meine Kehle war. Ich trank es in wenigen Zügen aus, und auf einmal fühlte ich mich nur noch erschöpft.

»Danke. Ich denke, ich gehe jetzt wirklich besser.«

»Pass auf dich auf«, sagte Tohmah. »Wir reden demnächst.«

»Mach ich. Bis dann.«

Nathan verabschiedete sich ebenfalls, öffnete die Tür und führte mich zum Wagen. Draußen war es fast vollkommen dunkel. Ich legte den Kopf in den Nacken und betrachtete den Sternenhimmel, der hier noch besser zu sehen war als in Smithers. Zwischen den Bäumen raschelte es, Insekten zirpten, aber ich fühlte mich trotzdem sicher.

Nathan fuhr sofort los, nachdem wir eingestiegen waren. Ich

lehnte den Kopf zurück, schloss die Augen und fragte mich, ob ich das, was ich heute erfahren hatte, jemals würde einordnen können. Nach einer Weile mischten sich die ersten Straßenlichter in die Dunkelheit, und ich begriff, dass Nathan nur schwieg, weil er ebenfalls grübelte.

»Bereust du es, dass ihr mich eingeweiht habt?«

Er sah mich erstaunt an, und auf einmal merkte ich, dass auch er müde war.

»Nein, ganz sicher nicht. Es gibt nur so vieles, das ich gerade nicht verstehe. Tohmah glaubt, du könntest seine Tante in deiner Vision gesehen haben.«

Ich dachte an die Bilder. Wie immer konnte ich mich auch jetzt, Minuten später, noch deutlich daran erinnern – anders als bei Träumen, die sich schnell verflüchtigten. »Ich habe die Frau nur von hinten gesehen. Da waren die Zeichnungen, ja, aber ich weiß nicht einmal, ob es Erinnerungen waren oder nur Bilder, die mein Hirn gespeichert und wild durcheinandergewürfelt hat. Das meinte doch auch Sam vorhin.«

»Wenn es aber eine Erinnerung war, ist das der Beweis, dass dein Tattoo eine Bedeutung hat. Dass es kein Zufall ist.« Der Unterton in seinen Worten verriet mir, dass ihm dabei etwas durch den Kopf ging, was er selbst noch nicht ganz entschlüsselt hatte.

»Möglich.« Ich starrte ihn an, aber er ignorierte es. »Warum ist dir das so wichtig?«

Nathan fuhr noch ein Stück weiter, dann ging er vom Gas und hielt am Straßenrand. In der Ferne hörte ich Motorenlärm, aber die Straße lag wie ausgestorben da, lediglich erhellt vom flackernden Licht der Laternen.

Nathan streckte seine Finger und schloss sie dann wieder um das Lenkrad. »Als ich mich vor dir verwandelt habe«, begann er, sah mich aber noch immer nicht an, »war zunächst alles wie immer. Ich wollte in den Wald. Laufen, spüren, wie meine Muskeln arbeiten. Das alles zieht mich jedes Mal von der Zivilisation weg. Die Welt der Menschen verschwimmt zu einem Ort, der nicht der meine ist. Als Tier ist es einfach, es gibt nur deinen Platz und den der anderen, von dem du dich fernhalten solltest. Selbst bei Sam will ich als Panther nicht unbedingt bleiben. Aber ich erkenne ihn und weiß, dass er auf meiner Seite ist.« Er lehnte sich zurück und starrte nach oben. »Ich würde ihm in meiner Tiergestalt nie etwas tun, was ich leider bei keinem anderen Menschen mit Sicherheit sagen kann. Außer bei dir.«

»Bei mir?« Ich hasste es, wenn jemand einfach nur die letzten Worte seines Gesprächspartners wiederholte, aber Nathan hatte so ernst, so angespannt geklungen, dass mir seine Worte erst jetzt bewusst wurden. »Ergibt das denn einen Sinn?«

»Nein.« Er ließ das Lenkrad los, und ich betrachtete die kleinen Kerben, die seine Fingernägel hinterlassen hatten. »Das ist es ja. Deshalb hat Sam sich vor dich gestellt. Er hatte Angst, ich könnte dich anfallen.«

Ich dachte an die Raubkatze, erinnerte mich an ihr nachtschwarzes Fell und diese faszinierenden Bernsteinaugen, aber vor allem an die Anziehung, diese Verbindung zwischen uns. »Im Nachhinein denke ich, dass ich ... geschockter hätte sein müssen«, versuchte ich, es in Worte zu fassen. »Aber ich war einfach nur völlig fasziniert. Ich hatte keine Angst, obwohl ich auf einmal einem Raubtier gegenüberstand, das ich sonst nur aus dem Zoo kenne. Es war …« Ich schüttelte den Kopf. »Es kam mir völlig normal vor, auf dich zuzugehen, Nathan. Weil …« Ich biss mir beinahe die Zunge ab.

*Weil ich in dem Moment das Gefühl hatte, wir gehören zusammen.* Wie kitschig klang das denn? Nein, das konnte ich ihm nicht sagen.

Er murmelte etwas. Es klang wie eine Zustimmung. »Ich glaube, ich weiß genau, was du meinst. Oder wie du dich gefühlt hast. Aber das kann nicht sein, Quinn. Es ist nicht logisch. Jeder Wandler wird mit nur einem Sänger verbunden, und die Magie der Symbole ist stark.«

Ich betrachtete meine Hände, die neben Nathans so weiß aussahen, als befände sich kein Tropfen Blut darin. Die Welt der Wandler war mir noch zu fremd, um gezielt nach einer Lösung zu suchen, aber meine Gedanken wanderten ohnehin in eine andere Richtung, die einzig und allein mit Nathan und mir zu tun hatte. Energisch versuchte ich, an etwas anderes zu denken. Augenblicklich fiel mir Maya ein, und mein schlechtes Gewissen kehrte mit voller Wucht zurück.

»Wir finden es heraus.«

Er lächelte gequält. »Womöglich ist es kein Zufall, dass wir uns begegnet sind.«

Ich hob die Brauen. »Den Studienplatz habe ich mir selbst und bei vollem Bewusstsein ausgesucht.«

»So meinte ich das nicht.«

»Ich weiß. Aber wenn es wirklich etwas mit meinem Tattoo zu tun hat, was bedeutet das dann? Dass mich jemand tätowiert hat, der von den Tribes und den Sängern wusste?«

»Oder der nicht nur davon wusste, sondern einer von uns war.«

Ich bekam eine Gänsehaut. War ich wirklich ein Teil von allem? In ein Tier verwandeln konnte ich mich schon mal nicht, und ich war auch in keiner Zeremonie mit einer Raubkatze verbunden worden.

»Kannst du das nicht herausfinden? Also ich meine … Du hast gesagt, es gibt nicht so viele von euch. Vielleicht erinnert sich jemand daran, dass ein kleines Mädchen tätowiert wurde? Oder an irgendetwas anderes, das mit mir zu tun haben könnte? Tohmah sagte, mein Tattoo ist vielleicht ein altes Symbol. Womöglich bin ich …« Ich brach ab und schluckte hart. Da waren sie wieder, die wild durcheinanderspringenden Gedanken, die mich davon abhielten, Dinge auszusprechen, die einfach nicht sein konnten.

»Das ist nicht so leicht, Quinn.« Er rieb sich die Stirn. »Wir müssen vorsichtig sein, wem wir davon erzählen.«

Das verstand ich. »Lässt sich diese Magie auf normale Menschen übertragen?«

»Nein«, sagte Nathan energisch. »Das ist auf keinen Fall möglich.« Er seufzte. »Aber das Rätsel werden wir heute nicht mehr lösen. Ich fahre dich jetzt nach Hause, bevor du doch noch Ärger mit deiner Schwester bekommst.«

Ich warf einen Blick auf die Uhr – kurz vor zwölf. Auweia.

»Das lässt sich wohl nicht mehr vermeiden. Am besten, du steigst nicht mit aus, sonst dauert das Verhör die ganze Nacht.«

»Gut. Aber ich fahre erst wieder los, wenn ich weiß, dass du sicher im Haus bist.«

Ein Gefühl von Wärme überflutete meinen Nacken und rieselte den Rücken hinab. Die Worte fühlten sich gut an. Ich hatte stets eine Familie gehabt, die auf mich aufpasste, und ich wusste, dass Belle immer für mich da sein würde. Aber es von jemandem wie Nathan zu hören, war etwas anderes. Er gab mir zu verstehen, dass ich ihm wichtig war, ein verdammt schönes Gefühl.

»Okay«, sagte ich sanft.

Er wandte den Kopf zu mir, unsere Blicke verfingen sich ineinander, und diese Mischung aus Aufregung und absoluter Sicherheit kehrte zurück.

Nathan hob eine Hand und berührte meine Wange. Vielleicht strich er auch eine Wimper oder ein Haar weg, denn ich wusste mittlerweile, dass er selbst bei dieser Beleuchtung gut sehen konnte. Die Berührung versprach so viel – eine Verbindung, eine Person, auf die ich mich voll und ganz verlassen konnte, und der Wunsch, an meiner Seite zu sein, während ich nach dem fehlenden Puzzlestück in meinem Leben suchte.

»Wir kommen noch dahinter, Quinn. Und wir finden Maya und die anderen. Versprochen.«

»Gut«, flüsterte ich und berührte seine Hand.

Wir tauschten einen letzten, langen Blick, dann startete er den Wagen.

Wie erwartet war Belle wenig begeistert, dass ich erst kurz nach Mitternacht die Tür aufsperrte. Sie hatte, ganz dem Klischee entsprechend, mit einem Buch auf dem Sofa gewartet. Da halfen auch meine Erklärungen nichts, dass ich alt genug war, um auch mal nachts unterwegs zu sein.

»Ich bin Studentin, da wird das von mir erwartet«, versuchte ich, der ganzen Sache den Ernst zu nehmen.

»Das mag sein, aber ich würde mir auch Sorgen machen, wenn du einen Professorinnentitel hättest. Erst recht, wenn du nicht ans Telefon gehst. Ich war kurz davor, Mum anzurufen.«

»Oh.« Natürlich hätte unsere Mutter die Polizei informiert. »Es tut mir wirklich leid, wir haben uns verquatscht. Mein Handy war in meiner Jacke, ich habe es einfach nicht gehört. Und als ich dann gemerkt habe, wie spät es war, sind wir sofort losgefahren. Ich wusste nicht, ob du schon schläfst, daher wollte ich nicht anrufen.« Das alles stimmte zumindest ansatzweise. »Sorry«, murmelte ich und warf meine Arme um ihren Hals.

Sie brummte unwillig, drückte mich kurz und schob mich dann von sich. »Dir ist klar, dass du mit einer Umarmung nicht immer durchkommen wirst, oder? Und im Übrigen, wer ist *wir*?«

*Ein Kerl, der verdammt gut aussieht und sich in einen schwarzen Panther verwandeln kann, und seine Freunde, die auch seltsame Fähigkeiten haben.*

»Leute von der Uni.«

»War Maya auch dabei? Wie geht es ihr?«

Nur eine harmlose Frage, und ich hatte sofort ein doppelt schlechtes Gewissen. Belle hatte Maya ins Herz geschlossen, und am liebsten hätte ich meine Sorgen mit ihr geteilt. Ihr erzählt, dass Maya verschwunden war, ich nicht wusste, wie es ihr ging, aber mit niemandem außer Nathan und den anderen darüber reden durfte, weil Maya eine Gestaltwandlerin war und ein ganzes Volk in Gefahr schwebte, wenn das herauskommen sollte.

»Nein, sie hatte keine Zeit.« Dieses Mal kreuzte ich die Finger hinter meinem Rücken, weil sich die Notlügen allmählich häuften. Zu meinem Glück gähnte Belle und rieb sich die Augen. Das musste ich einfach ausnutzen, also nahm ich meine Tasche und deutete nach oben. »Du hast das Bad zuerst.«

Belle seufzte, ging in Richtung Treppe, überlegte es sich dann aber anders und drehte sich um. »Mach das nicht noch einmal.«

Sie stapfte so energisch nach oben, dass die Treppenstufen lauter als sonst protestierten. Ich sah ihr nach, hörte, wie im Bad das Wasser angelassen wurde, und fragte mich, wie groß und schwer ein schlechtes Gewissen werden konnte, bevor es einen in die Knie zwang.

Schlaf war in dieser Nacht ein Luxus, aber nach allem, was ich erfahren hatte – und was ich noch erfahren wollte –, war es nicht verwunderlich, dass ich mich im Bett von einer Seite auf die andere wälzte. Immer wieder sah ich, wie sich Nathan verwandelte, erinnerte mich an den Blätterwirbel und das Gefühl von Unwirklichkeit. Dazu kamen all die Fragen. Die Haut in meinem Nacken war heiß, und ich stellte mir vor, wie sich die geschwungenen Linien meines Tattoos tiefer hineinbrannten. Ich drehte mich auf den Rücken und rief mir die Bilder zurück ins Gedächtnis, die ich bei der Attacke in Tohmahs Haus gehabt hatte. War die Frau mit den Locken wirklich Monique gewesen? Und wenn ja, warum hatte ich sie gesehen? War sie ein Teil meiner Kindheitserinnerungen, auf die ich keinen Zugriff mehr hatte? Wenn das so weiterging, würde ich morgen nicht aus dem Bett kommen.

Ich drehte mich auf den Bauch und zog die Decke bis zum Ohr. Keine Chance, ich war hellwach. Seufzend setzte ich mich auf, strich die Haare zurück und knipste die Nachttischlampe an. Ich angelte nach einem Bleistift und meinem Zeichenblock, schlug ihn auf und blätterte an Landschaften und Tribals vorbei bis zur ersten weißen Seite. Es genügte, kurz die Augen zu schließen, das Bild des Panthers war sofort da.

Ich begann mit einer Pfote, die dicht über dem Boden schwebte, kurz davor, geräuschlos aufgesetzt zu werden, und arbeitete mich zum Körper vor. Den Kopf mit den kräftigen Kiefern und runden Ohren sparte ich mir für den Schluss auf. Ich betonte besonders die Augen, und nachdem ich das Fell sanft ausschraffiert hatte, sah es aus, als würden sie leuchten, als wäre der Panther keine Raubkatze, sondern ein übernatürliches Wesen. Nachdenklich betrachtete ich die Zeichnung und dachte an Nathan. An seine Verwandlung. Meine Gedanken wanderten weiter zu all den Theorien und Ideen, die gestern aufgekommen waren, und zum ersten Mal seit langer Zeit fragte ich mich wieder, wer meine Eltern waren. Ich hatte diese Überlegungen vor vielen Jahren verdrängt, da ich eh keine Antworten darauf bekommen würde – und wenn, bestünden sie nur aus Namen, die mir nichts sagten. Die Menschen, von denen ich abstammte, hatten sich entschieden, keine Eltern zu sein, also hatte ich beschlossen, sie nicht als solche zu betrachten.

Aber was, wenn sie keine normalen Menschen gewesen waren?

»Hör auf damit«, murmelte ich, schlug eine neue Seite auf und zeichnete Symbole ohne Bedeutung, bis ich die Grübeleien endlich ausblenden konnte. Ich wollte nicht über meine leiblichen Eltern nachdenken. Ich wollte mir nicht schon wieder die stetig gleiche Frage stellen, auf die ich keine Antwort erhielt. Damit hatte ich vor langer Zeit aufgehört.

Ich warf einen Blick auf mein Handy: kurz nach drei. Was nun? Ich stieg aus dem Bett und lief zum Fenster, wobei ich die Stellen mied, an denen der Boden knarrte, schließlich wollte ich Belle nicht wecken. Nachdenklich starrte ich über die Dächer der Straßenreihe. Ich könnte spazieren gehen oder eine Runde joggen, bis ich müde wurde. Gar keine schlechte Idee.

Ich wollte mich gerade umdrehen und nach meinen Klamotten angeln, die ich wie so oft auf den Sessel in der Ecke geworfen hatte, als ich etwas bemerkte. Es war nichts zu sehen oder zu hören, aber plötzlich hatte ich das Gefühl, beobachtet zu werden. Mein Blick glitt die Straße entlang, doch das Licht der Laternen enthüllte nichts, selbst in den Häusern schien alles still, da wahrscheinlich außer mir ganz Nanaimo schlief. Trotzdem, dieses Ziehen im Nacken und auf den Oberarmen verriet mir, dass etwas nicht stimmte. Ich trat einen Schritt zurück, um weiterhin die Umgebung beobachten zu können, ohne selbst gesehen zu werden, und richtete meine Aufmerksamkeit auf die Schattenflächen zwischen den Häusern, auf die Vorgärten, die sich nachts in eine andere Welt jenseits unserer Spielregeln verwandelten. Das Ziehen wurde unangenehm, und fast hätte ich mich abgewandt, da sah ich die Bewegung. Es war nur ein Schatten im Schatten, den ich mir aber ganz sicher nicht eingebildet hatte. Dort unten war jemand.

»Komm schon«, murmelte ich. Nur noch ein paar Schritte, dann würde das Laternenlicht die Person enthüllen. Aber den Gefallen tat sie mir nicht. Zumindest nicht ganz. Erneut eine Bewegung, dieses Mal fast an der Grenze des Lichtkegels, so als wollte sie mich herausfordern, das Haus zu verlassen und nachzusehen. Aber das konnte sie vergessen. Langsam trat ich wieder an das Fenster, hob eine Hand, ballte sie zur Faust und streckte den Mittelfinger.

Zunächst passierte nichts, dann sah ich eine Silhouette auf dem gegenüberliegenden Grundstück. Sie bewegte sich auf mich zu. Ich atmete erschrocken ein und ließ hastig den Arm sinken. Das war kein Mensch. Dieser Schatten war nicht groß genug, dafür länglich. Ein Tier – das nachts vor unserem Haus lauerte und mich beobachtete?

Kein Tier, sondern ein Wandler? Nathan? Nein, er würde mir keine Angst machen wollen. Außerdem war das hier … anders. Ich konnte es schwer in Worte fassen, aber bei Nathan hatte ich mich nicht so beklommen gefühlt. Dem Panther gegenüber war ich neugierig gewesen und fasziniert, jetzt fühlte ich mich wie die hilflose Beute eines Jägers, der die Instinkte eines Tieres und den Verstand eines Menschen besaß.

Mit einer fahrigen Bewegung zog ich den Vorhang zu, obwohl ich es hasste, den Himmel nicht sehen zu können. Ich ging zurück zum Bett, und als mir die Decke aus den Fingern rutschte, begriff ich, dass meine Hände zitterten. Nicht nur das, ich bebte am ganzen Körper. Auf einmal wusste ich, woran mich die Schattengestalt erinnert hatte: an den Abend, als ich in der Gasse in Nanaimo verfolgt worden war. Von einem Tier, das nicht wirklich angegriffen hatte. Hatte es mich etwa auch nur einschüchtern wollen? War es ein Wandler gewesen? Aber was hätte er oder sie von mir wollen können? Laut Nathan war eine der obersten Regeln der Wandler, unentdeckt zu bleiben und den Menschen keinen Hinweis auf ihre Existenz zu liefern. Es ergab also absolut keinen Sinn, dass ein Wandler mich jagte. Oder gar nachts vor meinem Fenster auftauchte.

Unschlüssig griff ich nach meinem Handy, ließ die Hand dann aber wieder sinken. Nathan hatte andere Sorgen, als sich mitten in der Nacht darum zu kümmern, wer oder was in der Chestnut Street herumlungerte. Nach einigem Überlegen wählte ich Mayas Nummer, obwohl ich wusste, dass nur die Mailbox anspringen würde.

»Ich hoffe, es geht dir gut«, murmelte ich, nachdem ich aufgelegt hatte, und ließ mich in die Kissen sinken. Manchmal fühlte sich mein kleines Zimmer an, als würde es mir die Luft abschnüren, aber jetzt war ich einfach nur dankbar für jede Mauer, die mich umgab.

Nur die Albträume ließen sich davon nicht abhalten.

# Kapitel 14

## QUINN

Am nächsten Morgen zeigte sich die Welt von einer so harmlosen Seite, dass ich mir fast lächerlich vorkam. Belle werkelte in der Küche und sang dabei, was bedeutete, dass sie ein – wie sie es nannte – Familienfrühstück zauberte: Pancakes mit literweise Ahornsirup, Müsli, frisches Obst und dazu diese Maiskuchen, für die sie eine unverständliche Vorliebe hegte, während ich sie nur mit viel Butter halbwegs genießbar fand. Draußen zwitscherte sich ein Vogel in Rage und verstummte, als ein Rasenmäher in der Nähe loslegte. Einen durchschnittlicheren kanadischen Vorstadtsonntagmorgen gab es wohl kaum.

Ich sprang auf, lief zum Fenster, zog den Vorhang beiseite und betrachtete die Häuser und Vorgärten, die im strahlenden Sonnenschein lagen. Es war schwer, das Erlebnis von vergangener Nacht bei diesem Anblick als real einzustufen. Ich musste unbedingt mit Nathan reden. Schon allein, weil ich ein Update zu Maya brauchte. Zu gern hätte ich gewusst, ob ihre Mutter die Polizei informiert hatte. Vielleicht hielt sie von wo auch immer Kontakt mit Maya und hatte Alarm geschlagen, da ihre Tochter seit Tagen nicht erreichbar war? Aber ich wusste es besser. Mrs Westcott kümmerte sich einen

Dreck darum, was mit Maya war und wie es ihr ging. Sie verdiente ihre Tochter nicht.

Ich schnappte mir frische Klamotten, ging ins Bad und duschte. Leider ließen sich weder die Erinnerungen an die Nacht noch das flaue Gefühl im Magen durch den Abfluss spülen, deshalb probte ich ein ungezwungenes Lächeln, nachdem ich mich angezogen und meine Haare mit einem groben Kamm entwirrt hatte. Trotz aller Bemühungen wirkte mein Gesichtsausdruck aufgesetzt, und das Glitzern in meinen Augen hatte etwas zu Wachsames.

Belle schien jedoch nichts aufzufallen. »Hey, guten Morgen!« Sie saß am Tisch und prostete mir mit ihrer Teetasse zu.

Ich roch Kamille, Lavendel und etwas Heuartiges.

»Ich hätte nicht so früh mit dir gerechnet, aber ich habe mir gedacht, dass du nach dem langen Tag gestern bestimmt einen Bärenhunger hast.«

Es war ihre Form der Entschuldigung, manchmal zur Überschwester zu mutieren.

»Wow, Belle, warum bist du so backwütig?«

»Weil wir Sonntag haben und ich mich darüber freue, heute nur Dinge zu tun, die mir Spaß machen.« Sie grinste mich an und trank einen Schluck Tee.

Ich wedelte den Kräutergeruch weg – warum liebte sie etwas, das nach muffigem Tierfell roch? – und holte eine Tasse aus dem Schrank. »Danke. Auch dafür, dass du schon die Kaffeemaschine angeworfen hast.«

»Ich habe dich oben gehört.« Belle musterte mich aufmerksam, bereit, Fragen zu stellen, worauf ich absolut keine Lust hatte. Ich ignorierte sie, indem ich mich voll und ganz darauf konzentrierte,

Milch aus dem Kühlschrank zu holen. Irgendwann war meine Tasse allerdings randvoll, und wenn ich nicht auffallen wollte, musste ich mich damit an den Tisch setzen.

Belle rückte ein Stück beiseite, obwohl ich genug Platz hatte. »Warum bist du eigentlich schon wach? Du hättest doch ausschlafen können.«

Ich zuckte die Schultern und trank einen Schluck Kaffee. Heiß, stark, gut. »Ich bin noch jung, ich brauche nicht so viel Schlaf wie du«, versuchte ich einen Scherz.

Belle zog eine Grimasse und schlug mit ihrem Löffel nach mir. »Na dann, du *Jungspund*, lass uns mal frühstücken.«

Es sah ganz so aus, als käme ich hinsichtlich der Fragestunde noch einmal davon. Wir hatten gerade die Pancakes vernichtet, und ich bestrich meinen noch dampfenden Maiskuchen mit Butter, als mein Handy eine Nachricht ankündigte. Ich warf einen Blick auf das Display. Sie war von Nathan.

Noch keine Neuigkeiten wegen Maya,
sonst alles ruhig. Geht's dir gut?

Er musste keine Gedanken lesen können, um zu wissen, dass sich meine bereits den ganzen Morgen um gestern drehten. Es kam mir vor, als wollte er herausfinden, ob ich nach seiner Enthüllung überhaupt noch etwas mit ihm zu tun haben wollte. Das war auf eine süß-amüsante Weise beruhigend. Ich las die Zeilen noch einmal, dabei tauchte Nathans Gesicht vor mir auf. Ja, ich wollte mehr, als nur *mit ihm zu tun haben*.

Belle raschelte mit der Zeitung, in die sie sich vertieft hatte. »Du siehst aus, als wäre die Nachricht von einer extrem wichtigen Person.«

Ich legte das Handy beiseite und bemühte mich um größtmögliche Lässigkeit. »Du spinnst«, sagte ich und nahm noch einen Schluck Kaffee, obwohl ich Nathan am liebsten sofort geantwortet hätte. »Das war nur jemand von der Uni.«

»Das eine schließt das andere nicht aus.«

Heute legte sie es wirklich darauf an, mich aufzuziehen.

Ich widmete mich wieder meinem Frühstück. »Es ging nur um ein Treffen später«, sagte ich beiläufig. Eine bessere Ausrede fiel mir nicht ein.

Belle sah mich ehrlich enttäuscht an. »Wie, du willst schon wieder losziehen? Ich dachte, wir machen heute etwas Schönes zusammen, zum Strand fahren oder so.«

»Tut mir wirklich leid, aber …« Ich zuckte die Schultern. »Ich bin echt froh, dass ich gerade ein paar Leute kennenlerne, die wirklich okay sind.«

Belle sah nachdenklich aus, dann nickte sie. »Schon gut«, sagte sie zögerlich und stellte ihre Tasse ab. »Weißt du, Quinn, ich war nicht so sicher, ob du dich hier einleben würdest.« Sie knibbelte an ihrer Zeitung herum. »Mum hat mir erzählt, wie schwer du es in den letzten Monaten in Smithers hattest, und es war ja nicht selbstverständlich, dass sich das hier ändert«, sagte sie vorsichtig. »Deshalb freut mich das umso mehr. Wirklich.«

Ich wusste, was sie meinte, und wünschte mir, sie hätte es nicht angesprochen. Als meine Stimmungsschwankungen begannen, die später von den Attacken abgelöst wurden, hatte ich damit nicht umgehen können. Ich wäre nie auf die Idee gekommen, dass eine tiefere Bedeutung dahinterstecken könnte. Als die Bilder überhandnahmen und die Aggressionen schwächer wurden, war es allerdings zu spät, um meine Freundschaften zu kitten. Ich hatte nicht mehr den Mut gefunden, mich zu entschuldigen und zu versuchen, die eingestürzten Brücken wiederaufzubauen. Ich hatte mir einfach selbst nicht mehr getraut.

Jetzt erst verstand ich, wie es für Belle gewesen sein musste, als ich mich für die Uni von Vancouver Island entschieden hatte und Mum auf die glorreiche Idee gekommen war, dass wir zusammen wohnen könnten. Ich war zwar ihre Schwester, aber auch ein unberechenbares Wesen, das es sich ohne erkennbaren Grund mit fast allen Leuten verscherzt hatte. Meine Eltern waren nun einmal meine Eltern und hatten mir auch in dieser schwierigen Zeit beigestanden.

In Belles Fall sah das schon ganz anders aus. Sie hätte mir kein Zimmer überlassen müssen, und wir alle hätten sie verstanden. Trotzdem hatte sie sich entschieden, ihre kleine Schwester bei sich aufzunehmen. Dass ich hier in Nanaimo Freunde gefunden hatte, musste ihr fast ebenso viel bedeuten wie mir. Umso mehr schämte ich mich, ihr all diese Lügen aufzutischen.

»Danke.« Ich rang mir ein Lächeln ab. »Und tut mir leid, wir holen das nach. Vielleicht nächstes Wochenende?« Ich schlang meinen Maiskuchen hinunter.

Belle beobachtete mich mit amüsiertem Blick und wedelte schließlich mit der Hand. »Ich checke meinen vollgepackten Terminkalender … unter einer Bedingung.«

»Oha?«

»Könntest du eben zum Gartencenter fahren? Die haben heute geöffnet und mir zwei Bäumchen reserviert. Ich kümmere mich um das Geschirr.«

»Na klar. Und nächstes Wochenende mache ich das Frühstück. Und koche. Und massiere dir die Beine.«

»Abgemacht.«

Ich stand auf und wollte gerade gehen, als sie leise seufzte. Verwundert wandte ich mich noch einmal um. Belle stand am Küchenfenster und blickte hinaus.

»Ist alles okay?«, fragte ich.

»Ach, ja. Nein. Ich habe mich heute Morgen kurz mit Jules unterhalten. Benji ist in der Nacht gestorben. Du weißt schon, der kleine weiße Mischling? Carina weint sich die Augen aus, sie tut mir so leid.«

»O nein.« Ich hatte Carina und Jules von schräg gegenüber erst zwei oder drei Mal kurz getroffen, aber sie wirkten nett. »War er so alt?« Ich erinnerte mich gut an Benji. Das wuschelige Etwas hatte es bei meinem Einzug auf meine Waden abgesehen und dabei recht fit gewirkt.

»Nein, erst drei. Es hat wohl einen Unfall mit einem anderen Tier gegeben. Benji lag heute früh im Garten, das Fell blutverkrustet.«

Ich verschluckte mich beinahe und räusperte mich, um das Kribbeln im Hals loszuwerden. »Du meine Güte. Vielleicht hat er sich mit einem anderen Hund angelegt? Oder mit irgendeinem wilden Tier, einem Bären vielleicht?«

Sie zupfte die Gardine zurecht. »Das kann gut sein, ja. Also dass es ein anderer Hund gewesen ist. An einen Bären glaube ich nicht, der hätte den armen Kerl sicher halb zerfetzt. Aber jetzt fahr los, Quinn.«

»Okay.« Ich gab ihr einen Kuss auf die Wange und lief in die

Diele, um Schuhe und Jacke anzuziehen. Erst als ich in der Klapperkiste saß, atmete ich tief durch und starrte zu meinem Fenster hoch. Dort hatte ich vergangene Nacht gestanden und die Bewegungen im Schatten gesehen. Konnte es ein Zufall sein, dass Benji ungefähr zur selben Zeit getötet worden war?

Hastig griff ich nach meinem Handy und wählte Nathans Nummer.

Er nahm beinahe sofort ab. »Quinn, hey.«

Hätte ich mal vorher darüber nachgedacht, was ich sagen sollte! Ich konnte ihn ja schlecht direkt fragen, ob Wandler in Tiergestalt gern andere Tiere rissen oder doch Jagd auf Menschen machten. Er hatte mir schließlich schon erklärt, wie wichtig es den Tribes war, unentdeckt zu bleiben.

»Hallo. Ich dachte, ich rufe kurz an, weil … Hast du geplant, heute noch einmal zu Tohmah zu fahren? Du weißt schon, wegen Moniques Aufzeichnungen.« Ich hörte ihn atmen und war irritiert, dass er nicht sofort antwortete.

»Was ist passiert?«

Erwischt. Entweder waren Wandler empathischer und hörten mehr aus Worten heraus als normale Menschen, oder es lag an Nathan selbst. »Nichts. Nun, fast nichts. Ich …« Ich war hin- und hergerissen, beschloss dann aber, offen zu ihm zu sein. Wenn ich nach Antworten suchte, durfte ich keine Geheimnisse vor ihm haben. Zumindest nicht in dieser Sache.

»Ich glaube, dass jemand oder etwas heute Nacht vor meinem Fenster stand und mich beobachtet hat. Ich konnte es nicht genau erkennen, aber es war definitiv kein Mensch. Du hast nicht zufällig … Wache geschoben oder so?«

Meine Versuche, witzig zu sein, waren auch schon besser gewesen.

»Nein.« Der angespannte Ton in seiner Stimme verriet, dass er das nicht auf die leichte Schulter nahm.

»Da ist noch etwas anderes.« Ich erzählte ihm von Benji und dem Vorfall in der Gasse vor ein paar Tagen. »Kann das ein Wandler gewesen sein? Wenn ja, verstehe ich es nicht. Du hast doch gesagt, dass ihr euch verborgen haltet.«

»Ich habe dir auch gesagt, dass du etwas an dir hast, das ich mir nicht erklären kann. Etwas, das den Panther angezogen hat. Das könnte ebenso gut auch bei anderen Wandlern der Fall sein«, antwortete er. »Aber mach dir keine Sorgen, vielleicht bist du auch auf ein ganz normales Wildtier getroffen. Manchmal verirren sie sich in die Städte.«

Ein dumpfes Geräusch drang durch den Hörer, als hätte er gegen eine Wand geschlagen. Er hätte mir ebenso gut in den Magen boxen können.

»Willst du damit sagen, es liegt an mir? Dass Wandler sich nicht von mir fernhalten, so wie von allen anderen Menschen?« Ich ignorierte die Bemerkung, dass es sich auch um ein normales Tier gehandelt haben könnte, denn damit wollte er mich eindeutig nur beruhigen.

Die Pause war lang. »Ich bin immer mehr davon überzeugt, dass das alles einen Grund hat, Quinn. Dein Tattoo, diese Vision gestern, meine Reaktion auf dich, was du gerade erzählt hast. Glaub mir, ich wünschte, es wäre anders.«

Wundervoll! Das half mir nicht gerade weiter. Ich betrachtete den Straßenzug und fühlte mich, als hätte mich jemand festgebunden, obwohl ich dringend losrennen sollte. »Dann wissen also auch andere Wandler möglicherweise von mir? Und was mache ich jetzt?«

»Erst einmal heißt es nicht, dass alle Wandler dasselbe bemerken wie ich. Aber wir sollten auf jeden Fall zu Tohmah fahren und weitersuchen, sobald er Zeit hat. Wenn du willst, hole ich dich ab, allerdings muss ich hier noch etwas klären. Ich schätze, ich könnte in anderthalb Stunden bei dir sein.«

Das *wir* war wie ein Magnet. Es zog meine Gedanken an und flüsterte mir zu, dass ich das alles nicht allein durchstehen musste.

»Gute Idee.«

»Dann bis später.«

Den Weg zum Gartencenter legte ich wie in Trance zurück, lud kurz darauf Belles Zierbäumchen in den Kofferraum und fuhr sofort wieder los. So oft wie heute hatte ich selten auf mein Handy gesehen, aber obwohl es sich anfühlte, als wäre ich bereits ewig unterwegs, war bei meiner Rückkehr nicht einmal eine Stunde vergangen. Ich trug die Bäumchen bis zur Haustür, lehnte sie gegen die Wand und schloss auf.

Belle kam mir in der Diele entgegen. Sie hatte sich umgezogen und das Haar hochgesteckt. »Mensch, hättest du mir gesagt, dass du jetzt schon Besuch erwartest, wäre ich doch selbst gefahren.«

»Besuch?«

War Nathan etwa doch schon hier? Mein Herz hüpfte allein bei dem Gedanken, aber ich stöhnte auch insgeheim auf, weil das garantiert eine Fragestunde mit Belle nach sich ziehen würde.

Sie sah kurz zur Zimmerdecke. »Wegen eures Grafikprojekts für die Uni. Ich habe deine Kommilitonin nach oben gelassen. Sie meinte, dass sie gern allein anfangen würde, wenn du noch eine Weile brauchst. Sie hat sich bei mir in der Küche nicht wirklich wohlgefühlt, glaube ich.« Belle senkte die Stimme. »Oder sie ist einfach nur schüchtern.«

Mein Herz hüpfte schon wieder, aber dieses Mal fühlte es sich anders an. Unsicher. Und das konnte seit ein paar Tagen auch *gefährlich* bedeuten. Ich hatte mich bestimmt mit niemandem für die Uni verabredet.

»Ich ... danke«, brachte ich hervor. Jetzt nur nichts anmerken lassen! Belle durfte nicht stärker in mein Leben hineingezogen werden, seitdem ich von den Wandlern wusste, und dafür sorgte ich am besten, wenn sie erst gar nicht misstrauisch wurde. »Hab ich total vergessen.«

»War wohl doch zu spät gestern.« Sie zog eine Hab-ich-dir-doch-gesagt-Grimasse.

Ich verdrehte die Augen und ging nach oben. Auf der Treppe musste ich mich zurückhalten, um nicht loszurennen. Als ich endlich die Tür zu meinem Zimmer aufstieß, hätte ich am liebsten geschrien. Oder etwas geworfen. Oder meine Besucherin gepackt und nach draußen gezerrt.

Joanna saß seelenruhig auf meinem Bett, blätterte in einem meiner Zeichenbücher und machte sich nicht einmal die Mühe aufzusehen. »Hallo, Quinn.«

Mit zwei schnellen Schritten war ich bei ihr und riss ihr das Buch aus den Händen. Dabei ließ ich meinen Blick durch das Zimmer wandern und fand Spuren ihrer Anwesenheit – hier war eine Schublade nicht ganz geschlossen, dort neigte sich der Stapel Unterlagen auf meinem Schreibtisch ein wenig mehr zur Seite als zuvor. Keine Ahnung, wie lange sie bereits hier oben war, aber sie war eindeutig fleißig gewesen.

»Was zum Teufel hast du hier verloren?«, zischte ich und drückte die Tür ins Schloss.

Endlich hob sie den Kopf und lächelte. Es sah so unsagbar falsch aus, wie alles, was mit ihr zu tun hatte. Selbst ihr schmal geschnittenes und bis zu den Knöcheln reichendes Seidenkleid wirkte vollkommen fehl am Platz. Sie strich sich eine nicht vorhandene Haarsträhne aus der Stirn und tastete über ihre komplizierte Flechtfrisur, in der Seidenblumen steckten. Was dachte sie, war das hier, ein Ballempfang?

»Du hast letztens an der Uni so aufgebracht gewirkt und die arme Maya in der Gegend herumgezerrt wie eine Puppe. Ich wollte einfach nur wissen, ob es dir gut geht.«

Ich verschränkte die Arme vor der Brust, lehnte mich gegen die Tür und musterte sie eingehend. Joanna musste nur den Mund aufmachen, und es kam Schwachsinn heraus. Ich fragte mich, wann sie endlich ihr wahres Gesicht zeigte, die Höllenforke herausholte und kleine Schwefelwolken und Flammen aufsteigen ließ.

»Ah, daher hast du auch meiner Schwester etwas von einem Uniprojekt erzählt. Verstehe. Was Interessantes gefunden?« Ich nickte in Richtung Schreibtisch. »Wenn du etwas Bestimmtes suchst, kann ich dir gern helfen.«

Joanna stand auf und zog das Kleid glatt. »Es gibt hier nichts, was mich groß interessiert. Und deine Schwester ist eine zu neugierige Person, Quinn, das habe ich keine fünf Minuten ausgehalten.

Ich musste also mit einer Lüge flüchten, aber sie hat mir geglaubt und mich persönlich zu deinem Zimmer eskortiert.«

Zum ersten Mal hatte ich den Wunsch, einfach auszuholen und ihr das falsche Lächeln aus dem Gesicht zu wischen. »So, meine Schwester ist also zu neugierig?« Ich starrte sie an, aber leider tat sie nichts anderes, als mit diesem schwachsinnigen Püppchenlächeln zurückzustarren. »Gut, kürzen wir das ab. Was willst du?«

Sie hob die Brauen. Von einer Sekunde auf die andere verschwand das Lächeln. Sie trat näher an mich heran, bis ihr Parfüm mir in die Nase kroch. Ich hasste es, dass sie größer war als ich, und ich hasste noch mehr, dass ich mit dem Hindernis im Rücken nicht ausweichen konnte. Joanna Blaise mochten die Türen in ganz Nanaimo offen stehen, weil sie sich für die Königin der Stadt hielt, aber hier, in meinen vier Wänden, hatte sie nichts zu suchen.

»Ich weiß es noch nicht«, sagte sie nachdenklich. »Irgendetwas ist mit dir. Ich kann es nur nicht richtig greifen. Aber das finde ich noch heraus. Es wäre ein guter Anfang, wenn du mir nicht noch einmal in die Quere kommst, Quinn. Denk erst gar nicht daran, dich mit mir anzulegen. Wenn ich einmal anfange, Fäden zu ziehen, fliegst du schneller von der Uni, als du *Bitte, bitte* sagen kannst.«

Fast hätte ich losgelacht. Sie kam in Belles Haus, in mein Zimmer, und warf mit Drohungen um sich? Das war also der Grund für ihren Besuch – sie wollte mir zeigen, wo ihrer Meinung nach mein Platz war?

»Woher hast du das, aus einem Achtzigerjahre-Film?«

Ihr Lächeln kehrte verzerrt zurück. Sie hob eine Hand, doch bevor ihre Finger meinen Hals berührten, schlug ich sie weg.

»Du solltest jetzt verschwinden, Joanna, sonst muss ich leider die Polizei rufen, und du fliegst schneller aus diesem Haus, als du *Wo ist meine Handtasche* sagen kannst.«

Ihr Lächeln blieb. Ich fragte mich gerade, ob sie möglicherweise wahnsinnig war, als sie sich abwandte, nach besagter Tasche griff und mich auffordernd ansah. »Dann ist wohl alles geklärt. Was ist? Lässt du mich raus?«

Ich zählte innerlich bis zehn, dann öffnete ich die Tür. »Sei brav und verabschiede dich von meiner Schwester. Sag ihr, du hättest dich vertan und die Unterlagen, mit denen wir für unser angebliches Projekt arbeiten müssen, sind noch an der Uni.«

Sie schwebte fast lautlos an mir vorüber und sah sich nicht einmal um. Tatsächlich zwitscherte sie Belle einen Gruß sowie besagte Erklärung zu, kurz darauf fiel die Tür ins Schloss. Ich blieb im Zimmer, weil ich keine Lust auf Rückfragen hatte, schlenderte zum Fenster und sah, wie Joanna die Straße überquerte und zu ihrem Wagen ging. Er stand ein Stück die Straße hoch, daher hatte ich ihn nicht bemerkt.

Nachdenklich drehte ich mich um und musterte mein Zimmer. Was hatte sie hier gewollt? Hatte sie etwas gesucht oder mich wirklich nur wegen der Begegnung an der Uni einschüchtern wollen? War sie etwa auf Rache aus, weil ich ihr in der Öffentlichkeit widersprochen hatte? Liefen die Dinge so in Nanaimo – ich hatte vor Zeugen auf dem Campus rebelliert, und nun wollte Joanna mir zeigen, wo in ihren Augen mein Platz war?

»Vergiss es«, murmelte ich, wusste aber, dass ich im Moment andere Dinge im Kopf hatte, als diesen Kampf auszufechten.

Fünfzehn Minuten später hielt Nathan vor unserem Haus und drehte die Musik herunter – eines der Stücke irgendeiner Rockband, die man immer mal wieder im Radio hörte und die vor meiner Zeit erfolgreich gewesen war. Rasch schob ich die Begegnung mit Joanna beiseite und verabschiedete mich von meiner neugierigen Schwester. Ich huschte nach draußen, sprang auf den Beifahrersitz und war augenblicklich neidisch, weil Nathan so fit aussah. Keine Spur von Schlafmangel, sonstiger Erschöpfung oder gar Sorgen. Neben ihm fühlte ich mich, als wäre ich seit einer Woche ununterbrochen wach.

Seine Miene verriet, dass er wohl Ähnliches dachte, also beugte ich mich vor, um ihn zur Begrüßung zu umarmen.

»Hey.«

Er schwieg, hielt mich aber fest, als ich mich zurückziehen wollte. Vorsichtig, sodass ich mich ohne Schwierigkeiten hätte befreien können, aber ich tat es nicht. Obwohl Belle uns höchstwahrscheinlich beobachtete, erlaubte ich mir, kurz die Augen zu schließen in der Hoffnung, dass ein Teil von Nathans Ruhe und Kraft auf mich überging. Und weil es ein wunderschönes Gefühl war – ruhig und sicher und kribbelnd und aufregend und einfach nur richtig. Als hätte uns jemand in einen Kokon gehüllt, um uns vor dem Rest der Welt mit ihren Geräuschen, Sorgen und Gefahren abzuschirmen.

Der Moment war vorbei, als ich mich bewegte. Nathan nahm seine Hände nur zögerlich von meinem Rücken, und ich setzte mich auf. Das Kribbeln blieb.

»Ich habe Tohmah auf dem Weg hierher angerufen. Er ist noch nicht zu Hause. Was hältst du davon, wenn wir zuerst zu Sam fahren?«, sagte er, als wäre nichts gewesen, und startete den Wagen.

»Wir sollten ihn sowieso abholen, wenn wir weiter in Moniques Unterlagen suchen wollen.«

»Okay, kein Problem.«

Wir ließen die Chestnut Street hinter uns, wo vergangene Nacht ein Hund vermutlich von einem Wandler getötet worden war, den es wegen mir in diese Gegend verschlagen hatte, durchquerten den Stadtteil Brechin Hill mit den freundlichen, hell getünchten Häusern und hielten uns Richtung Süden. Als Nathan auf den Island Highway bog, lehnte ich den Kopf zurück und konzentrierte mich auf meinen Atem.

»Neues von Maya oder den anderen?«, fragte ich, während wir vom Highway auf die Townsite Road abbogen, die uns nach Osten führte.

»Nein. Aber mein Vater ist hellhörig geworden, und ich bin ziemlich sicher, dass die Sache Thema im Rat ist. Auch wenn er befürchtet, dass es die Unruhen weiter anfeuern wird.«

»Welche Unruhen?«

Nathan zuckte nicht einmal mit der Wimper. »Zwischen den vier Tribes auf Vancouver Island herrscht nicht immer Frieden. Du erinnerst dich, dass ich dir von den Spannungen zwischen uns und den Berglöwen erzählt habe? Das ist leider kein Einzelfall.«

Ich sah ihn ungläubig an. »Du meinst, ihr bekämpft *euch gegenseitig*?«

Er verzog den Mund, als wüsste er die Antwort selbst nicht. »Manche von uns sind nicht gut auf andere Tribes zu sprechen, ja. Es gibt einige blutige Kapitel, die zum Glück mittlerweile geschlossen sind.«

»Das klingt beängstigend. Wie blutig sind denn diese Kapitel?«

Nathan betrachtete mich, als wäre er nicht sicher, ob er mir mehr verraten sollte. Sein Zögern machte mich unruhig. Schließlich sah er wieder nach vorn. Auf seiner Wange zuckte es. »Mein Tribe lebt seit einigen Generationen hier und ist vor über zweihundert Jahren aus Lateinamerika zugewandert. Damals gab es schon nicht mehr viele Wandler, und alle hofften, durch den Zusammenschluss mit anderen Tribes sicherer zu sein. Als Vancouver Island im achtzehnten Jahrhundert von den Europäern entdeckt wurde, wuchs die Gefahr. Weil wir uns verwandeln müssen, wenn wir erwachsen werden. Und schon damals haben die Menschen gern auf alles geballert, was größer war als ein Hase. Zumindest sagen das die Aufzeichnungen.« Er grinste bemüht, und ich hätte ihn am liebsten berührt, um ihm das zu nehmen, was ihn gerade so quälte.

»Ihr habt eigene Aufzeichnungen?«, fragte ich sanft. Zwar wollte ich das Thema nicht wechseln, aber ihm eine Verschnaufpause gönnen. Tatsächlich entspannte sich sein Gesicht etwas.

Er nickte und ging vom Gas. Erst jetzt bemerkte ich, dass wir die Geschwindigkeitsbegrenzung übertreten hatten.

»Offenbar waren wir den Berglöwen von Anfang an ein Dorn im Auge. Damals müssen sie hier so was wie die alleinigen Herrscher über die anderen Tribes gewesen sein. Meine Vorfahren wollten sich jedoch nicht unterordnen, und es kam zu Spannungen, die sich immer mehr zuspitzten.« Er zuckte die Schultern. »Es gab Krieg zwischen ihnen und uns, den beiden größten und stärksten Tribes. Wandler starben. Friedensverhandlungen folgten, und der Rat wurde gegründet, um uns zu vereinen und so besser zu schützen. Daher ist die Jubiläumsfeier so wichtig, die Dad und die anderen momentan in Winter vorbereiten. Zweihundert Jahre Frieden. Ein

Symbol für unser Zusammenleben. Und ausgerechnet jetzt verschwinden Wandler und Sänger.«

»Moment mal.« Auf einmal tat sich eine ganz neue Richtung auf. »Glaubst du etwa, dass eventuell Wandler hinter alldem stecken?«

»Keine Ahnung. Ich hoffe, dass es nicht so ist. Aber bei den Vermissten handelt es sich um einen Jaguar, einen Rotluchs und einen Polarfuchs sowie ihre Sänger. Nur bei den Berglöwen fehlt niemand.«

Ich ließ die Worte auf mich wirken. »Denen du nicht traust.«

»Zu Recht«, sagte er heftig. »Und das hat nichts mit der Vergangenheit zu tun. Die meisten von ihnen sind Snobs und Idioten, die meinen, ein Anrecht auf Führung zu haben und dass andere Wandler unter ihnen stehen, nur weil sie schon immer hier gelebt haben.« An seiner Wange zuckte es, als er die Zähne zusammenbiss.

Seine Mimik und die Härte in seinen Worten erinnerten mich an etwas. An eine Begegnung, einen Schlagabtausch an der Uni. Ruckartig drehte ich mich Nathan zu. »Moment mal. Kenne ich zufällig einen Berglöwenwandler?«

»Du kennst leider bereits mehrere. Und um keinen von ihnen wäre es schade, sollte er oder sie sich entschließen, in die USA auszuwandern. Oder an einen anderen verrückten Ort.«

Fast hätte ich mir vor die Stirn geschlagen. Nun ergaben so viele Kleinigkeiten einen Sinn, und sie alle strömten in meinen Kopf, als hätten sie nur darauf gewartet, dass ich endlich genauer hinsah: Nathan und Gabriel Blaise, die sich auf dem Gang gegenüberstanden, bis die Luft zwischen ihnen vibrierte. Joanna Blaise, die Maya wie eine Leibeigene herumkommandierte, ohne auch nur mit einer perfekt getuschten Wimper zu zucken. Joannas Party, bei der alle wie auf ein geheimes Kommando hin im Wald verschwunden waren. Die Bewegungen, die ich um mich herum gesehen hatte, und ... ich schloss die Augen und versuchte, mich zu erinnern. Hatte Joanna oder Gabriel ein Tattoo getragen? Oder einer ihrer Gäste? Möglich, so etwas übersah man schließlich häufig, weil es in meiner bisherigen Welt völlig normal war, tätowiert zu sein. Und vielleicht befanden sich die besonderen Motive ja auch an weniger offensichtlichen Stellen.

»Die Blaises«, murmelte ich, rieb mir über das Gesicht und öffnete die Augen wieder. Trotzdem sah ich noch immer Joanna vor mir. Joanna, die in meinem Zimmer durch meine Zeichenunterlagen geblättert hatte. »Sie sind Berglöwen?«

»Bingo.«

»Und ihre Freunde?«

»Der Großteil ihres Gefolges auch, ja.«

»Und du bist nicht auf die Idee gekommen, mir davon zu erzählen?«, fragte ich aufgebracht. »Spätestens nach deiner Verwandlung, als wir über die Begegnung im Wald vor ihrem Haus geredet haben?«

Ich schob den Gedanken beiseite, dass ich auch darauf hätte kommen können, nach dem Berglöwen zu fragen, der mir im Wald begegnet war. Aber die anderen Infos hatten mich einfach überrollt.

»Ich wollte dir nach und nach alles erzählen. Und die Blaises sind nicht gerade mein Lieblingsthema.«

Immerhin sah er aus, als hätte er ein schlechtes Gewissen.

Ich schnaubte. »Joanna hat mich vorhin besucht.«

Nathan runzelte die Stirn. »Warum?«

»Angeblich, um mich zurechtzustauchen wegen eines Vorfalls an der Uni. Leider war ich kurz unterwegs, als sie aufgetaucht ist, und meine Schwester hat sie in mein Zimmer gelassen. Ich vermute, dass sie sich dort umgesehen hat.«

Nathan nickte mehrmals, so als dachte er nach. »Gibt es irgendwas, das sie hätte finden können?«

»Sie hat durch einen Zeichenblock geblättert. Möglich, dass sie vorher auch Skizzen meines Tattoos gesehen hat. Oder …« Das war nun irgendwie peinlich. »Ich habe vergangene Nacht einen Panther gezeichnet.«

Nathan warf mir einen Blick zu, der überrascht wirkte, aber auch irgendwie geschmeichelt. »Okay«, sagte er nur und berührte flüchtig meine Hand. »Mach dir keinen Kopf um Joanna. Geh ihr einfach nur aus dem Weg.«

Genau das hatte ich vor. Trotzdem konnte ich meine Gedanken nicht von dem Besuch losreißen. Die Blaises waren ebenfalls Gestaltwandler. Und Joni, mit der ich mich auf der Party so gut unterhalten hatte. Warum hatte ich das alles nicht vorher bemerkt?

»O mein Gott. Wie konnte ich nur so blind sein?«

»Mach dir keine Vorwürfe«, sagte Nathan. »Es ist ja nicht so, als reden wir hier über Unikurse oder Sportergebnisse. Ich kann mir vorstellen, dass du bei all den Infos einfach überfordert bist. Hier geht es schließlich um … neue Dinge.«

»Das ist nett formuliert«, sagte ich seufzend und lehnte mich zurück. Ich dachte an den Tag von Joannas Party, an die Berglöwen, die ganz in meiner Nähe gewesen waren, und an Nathan. Er hatte auf mich achtgegeben.

Dann wanderten meine Gedanken weiter. Zu dem Tier, das mich

damals in der Gasse gejagt hatte. Zu dem Tod des kleinen Nachbarshundes. Zu Joanna, die ein seltsames Interesse an mir zu hegen schien. Wie hatte Nathan es formuliert? Ich hatte etwas an mir.

*Etwas, das den Panther angezogen hat.* So wie möglicherweise auch die Berglöwen?

»Du hast recht«, flüsterte ich. »Das ist alles so ungewohnt.«

»Noch ist es das. Aber eines Tages wird es anders sein, glaub mir.«

Wir wechselten einen Blick, in dem Hoffnung lag, aber ich wusste genau, dass sie auf verdammt wackeligen Beinen stand.

Ich kuschelte mich in Sams Sessel, der so alt und durchgesessen war, dass er zwischen gemütlich und schrottreif pendelte, und beobachtete Nathan durch das Fenster. Vor zehn Minuten hatte sein Vater ihn angerufen, und seitdem lief er auf dem Hof des Schrottplatzes hin und her. Die Bewegungen wirkten gleichmäßig und kraftvoll, und ich musste wieder an den Panther denken.

Sam drückte mir eine Tasse Kaffee in die Hand, und ich nickte ihm dankbar zu.

»Er wirkt oft so aufgebracht, aber manchmal auch so gefasst. Wie jetzt«, sagte ich und sah noch einmal zu Nathan, der sich keine Sorgen um die verschwundenen Leute zu machen schien. Die machte ich mir dafür umso mehr. Es kam mir vor wie eine Ewigkeit, seitdem ich die Tür an Mayas Haus nur angelehnt vorgefunden hatte. In der Zwischenzeit konnte so viel passiert sein, und ich scheute mich davor, mir auszumalen, wie sie sich fühlen musste. Wo sie war. Ich hoffte so sehr, dass es ihr gut ging.

»Er sorgt sich um jeden Einzelnen. Vor allem um Zachary. Aber

Nathan ist es gewohnt, seine Gefühle nicht zu zeigen oder sie beiseitezuschieben. Das hat er von seinem Dad. James Copeland ist zu einhundert Prozent der Anführer seines Tribes, und das jede Stunde an jedem Tag. Er wünscht sich, dass Nathan ihm eines Tages folgt.«

Ich versuchte, mir vorzustellen, wie es sein musste, mit so einer Verantwortung zu leben. »Will er das denn?«

»Er kennt es nicht anders.«

Machte es das besser? Es musste anstrengend sein, das ganze Leben zwischen diesen beiden Welten zu verbringen. Menschen und Wandler. Aber darüber hinaus noch einen Tribe zu führen und sich mit Gefahren zu beschäftigen, die ich mir momentan nicht einmal ausmalen konnte, hob das Ganze auf eine neue Stufe.

»Erzähl mir von Zachary.«

Sam trank einen Schluck Wasser. »Nate und Zach stehen sich sehr nah. Zach ist zwei Jahre älter. Sie sind zusammen aufgewachsen, nachdem ihre Mütter verunglückt waren. Autounfall. Zachs Mutter – Nates Tante – saß am Steuer.«

»Das tut mir leid. Er hat bisher immer nur seinen Vater erwähnt.«

Ich dachte an Nathan und stellte mir vor, wie es gewesen sein musste, als er von dem Unfall gehört hatte. Ließ er seine Beherrschung fallen, wenn der Druck dieser Welt zu stark war? Wenn er allein war oder sich unbeobachtet glaubte? Dachte er dann an seine Mutter?

»Kein Thema. Er redet ungern darüber.«

»Ich könnte das nicht«, sagte ich mehr zu mir selbst. »Mich so sehr zusammenreißen, meine ich.«

»Manchmal lernt man so etwas auf schmerzhafte Weise.«

Ich wollte fragen, was genau er damit meinte, doch in diesem Moment öffnete sich die Tür, und Nathan trat ein.

»Entschuldigt«, sagte er und setzte sich wieder. »Leider keine Neuigkeiten und noch nichts von der Polizei. Dad hat vorhin noch einmal mit unserem Kontakt dort telefoniert.«

Statt einer Antwort berührte ich flüchtig seine Hand. Sein Blick wurde weicher.

Sams Handy beendete diesen friedlichen Moment. »Das ist Tohmah.« Er begrüßte seinen Freund und lauschte. »Perfektes Timing, Quinn und Nate sind schon da.« Er lauschte noch einmal, dann nickte er uns zu. »Er sagt, er möchte gleich mit euch reden. Warte.«

Er stellte die Lautsprecherfunktion ein und legte das Telefon in die Mitte des Tisches. Verwundert wechselte ich einen Blick mit Nathan, als auch schon Tohmahs Stimme ertönte.

»Hey, Quinn, hey, Nathan. Ich habe fast die ganze Nacht Moniques Unterlagen weiter durchsucht, weil mir der Effekt gestern keine Ruhe gelassen hat. Du weißt schon, Quinn, als du mir die Hand gegeben hast.« Tohmah hielt sich nicht lange mit Geplänkel auf. »Wir hatten recht damit, dass dein Tattoo im alten Stil erstellt wurde. Symbole, die später verboten wurden, weil sie zu mächtig waren und der Einfluss auf die Wandler zu stark gewesen ist. Danach habe ich gezielt nach diesen Symbolen gesucht und etwas gefunden. Ich glaube, dass die untere Hälfte deines Tattoos einem alten Sängermotiv entspricht.«

Ich starrte auf das Handy und versuchte, Tohmahs Worte zu ordnen. Gar nicht so leicht, wenn das Hirn sich plötzlich anfühlte, als hätte jemand einen Berg Ziegelsteine darin gestapelt.

Nathan stand auf. »Wir wollten eh zu dir, Tohmah.«

»Dachte ich mir. Bis gleich.«

In der folgenden Stille glaubte ich, vor Anspannung schreien zu müssen, während die Information bei Nathan genau das Gegenteil bewirkt hatte. Seine Miene war ernst und kühl, seine Bewegungen waren zielgerichtet, und er schwieg. Einzig in seinen Augen spiegelte sich eine Unruhe, die er uns nicht zeigen wollte.

»Nathan.« Ich stellte mich vor ihn, wollte ihn zwingen, sich nicht schon wieder hinter dieser Maske zu verstecken. Aber ich war zu spät. Was auch immer ihn dazu gebracht hatte, sich derart zu verschließen, es besaß bereits wieder die Kontrolle über ihn.

»Später.«

Mehr bekam ich nicht aus ihm heraus. Auch nicht, als wir in sein Auto stiegen. Nach einer Weile gab ich auf. Spätestens bei Tohmah würde sein Schweigen ihm keinen Schutz mehr bieten.

Tohmah und ich zögerten, aber schließlich wagten wir es und reichten uns die Hand. Nichts geschah, und wir grinsten, weil die Geste so unglaublich förmlich wirkte.

»Zugegeben«, sagte er, »ich wollte mit der ganzen Sache nichts zu tun haben. Ich bin froh, mit keinem Wandler verbunden zu sein, weil ich noch immer glaube, dass die ach so altehrwürdigen Regeln an Moniques Verschwinden schuld sind. Vielleicht ist sie sogar tot, wer weiß. Aber gegen ein wenig Recherche hatte ich noch nie etwas.« Er nickte mir zu. »Und bei dir bin ich mir noch nicht sicher, ob du mich nur neugierig machst oder mir leidtust, weil du mit diesem Rätsel auf der Haut durch die Gegend rennen musst.«

»Danke, das ist sehr freundlich von dir«, sagte ich und musste trotz allem lächeln.

Tohmah machte es richtig. Er könnte Teil dieser unglaublichen Gemeinschaft sein, hatte aber entschieden, nur zu beobachten. Es tat gut, dass es jemanden wie ihn gab. Er brachte eine gewisse Lockerheit in dieses Thema, das mich noch überforderte.

Nathan machte die Situation nicht besser. Sein Gesichtsausdruck war so finster, dass er mir allmählich Angst machte. Und auch ich glaubte nicht mehr daran, dass meine leiblichen Eltern – oder wer auch immer – so verrückt und sorglos gewesen waren, mir ohne Grund so ein Symbol zu verpassen. Dafür häuften sich die Zufälle zu sehr. Vielleicht sollte ich meine Entscheidung, nichts über sie wissen zu wollen, noch einmal überdenken. Schließlich spielten möglicherweise Faktoren eine Rolle, die ich zuvor nicht gekannt hatte. Sobald Zeit dafür war, würde ich Nathan noch einmal in die Mangel nehmen.

Sam deutete zur Treppe. »Die Unterlagen sind oben?«

Tohmah nickte. »Ja, ich hatte sie nach unserem Treffen wieder hochgebracht und bin heute Nacht oben versackt. Legen wir los.«

Wir folgten ihm die Treppe hinauf, und mit jeder Stufe ging mein Atem schneller. Was, wenn dort oben die Wahrheit über meine Geburt und mein Leben wartete? Obwohl ich sie unbedingt erfahren wollte, musste ich mich zu jedem einzelnen Schritt zwingen.

Im oberen Stockwerk herrschte geordnetes Chaos. Tohmah hatte Unterlagen sowie Notizbücher auf dem Boden verteilt. Er nahm das oberste Buch von einem der Stapel sowie zwei einzelne Papiere, schlug das Buch auf und reichte es mir. Die Seite war mit der mir bereits bekannten Schrift versehen.

»Da geht es um die Entstehung der heutigen Symbole und warum sie abgewandelt wurden. Früher hatten die Sänger zu viel

Macht, weil sie die Wandler zu stark kontrollieren konnten.« Er bedeutete mir umzublättern.

Ich tat es und sah säuberliche Zeichnungen. Fassungslos blinzelte ich. Das war es! Zumindest sah es einer Hälfte meines Tattoos verdammt ähnlich: ein Symbol, das im unteren Bereich von einer breiten Linie dominiert wurde und nach oben hin in Kreisen und Ovalen auslief. Es wirkte viel geschwungener und weicher als Sams Sängermotiv und besaß kein zentrales Element. Alles wie bei mir. Jetzt fielen mir auch geringfügige Änderungen im Stil auf. Als hätte jemand eine zusätzliche Farbe in einem Bild benutzt, ein weiteres Instrument in einem Orchester erklingen lassen, ein Rezept um eine Zutat erweitert.

»Das ist es«, flüsterte ich. »Das ist derselbe Stil wie bei meinem.«

»Und damit würdest du, wärst du eine Sängerin, ein mächtiges Symbol tragen, das dir zu viel Kontrolle über deinen Wandler geben würde. Deshalb wurde es im Laufe der Jahre abgeändert«, sagte Tohmah, als würde er etwas zitieren, das er auswendig gelernt hatte. Dann griff er nach einem losen Papier, sah von mir zu Sam und Nathan und zögerte. Diese Unsicherheit passte nicht zu ihm.

»Was?«

»Sieh dir mal das hier an.« Er reichte mir ein weiteres Blatt.

Nathan trat näher. Er war blass geworden, im künstlichen Licht hatte seine Haut einen grauen Schimmer angenommen. Tohmah tippte auf eine Stelle auf dem Papier.

»Sdáng«, entzifferte ich. »Das habe ich irgendwo schon einmal gehört.«

Tohmah hob die Brauen. »Ja, hier bei mir. Das sind die Verbotenen, du erinnerst dich?«

»Kinder, die aus der Verbindung von Wandler und Sänger entstanden sind«, murmelte ich. Auf einmal war mir kalt, und ich trat näher an Nathan heran.

»Genau die. In diesem Absatz schreibt Monique über die Sdáng. Darüber, dass man ihre Kräfte unterdrückte, indem man ihnen Doppelsymbole verpasste, die durch Ergänzungen versiegelt wurden.« Seine Worte fielen in den totenstillen Raum wie feinstes Porzellan, das beim nächsten Atemzug zu zerbrechen drohte.

Ich lauschte auf mein Herz und das Sirren in meinen Ohren. Es war leise und weigerte sich anzuschwellen. Die Realität war soeben zu übermächtig, sie akzeptierte keine lauten Geräusche, keine Sprache, nicht einmal Platz für einen Schock. Eine Realität, die Tohmah nur mit seinen Worten geschaffen hatte.

Nathan knirschte mit den Zähnen. »Quinn«, sagte er so leise, dass es wie eine Warnung klang.

Ich suchte nach Worten. Gar nicht mal so leicht, wenn der Magen sich hob und senkte und ich nicht wusste, ob der Boden es ihm eventuell gleichtat.

Nathan nahm mir vorsichtig die Seite aus der Hand, und vielleicht war es die kurze Berührung, die mich aus meiner Starre erlöste.

»Ihr glaubt, meine Eltern waren … beides? Ihr glaubt, ich bin vielleicht eine Sdáng?«

Das konnte nicht sein. Demnach würde ich von Wandlern und Sängern abstammen. Aber ich konnte mich ganz sicher nicht in eine Raubkatze verwandeln! Mr Jigsaw, der Kater unserer Nachbarn in Smithers, hatte mich sogar gehasst, und das hätte er niemals getan, wenn ich …

*Doppelsymbole, die durch Ergänzungen versiegelt wurden.*

Ich stöhnte leise auf, als sich meine Gedanken verhedderten.

»Das ist nicht sicher«, sagte Nathan schnell.

»Woher bitte sollte das Tattoo sonst stammen?«, warf Tohmah ein. »Ich bezweifle, dass irgendjemand außer Monique und den Ratsmitgliedern Aufzeichnungen darüber besitzt. Und Sdáng mit alten Symbolen auf der Haut laufen nicht gerade in Massen durch Kanada.«

»Das hat nichts zu sagen«, beharrte Nathan. »Und überhaupt ist es schon ein seltsamer Zufall, dass du plötzlich über Nacht die Lösung gefunden hast.«

Tohmah runzelte die Stirn. »Kein Zufall, sondern extrem wenig Schlaf. Was ist dein Problem? Willst du keine Antworten?«

»Doch, aber ich will keine Märchen.«

»Hey! Beruhigt euch.« Sam hob die Hände. »Es bringt niemandem etwas, wenn wir uns jetzt an die Kehle gehen. Am allerwenigsten Quinn.«

Innerlich applaudierte ich ihm, bis mich alle drei anblickten. Wunderbar, denn ich wusste nicht, was ich sagen sollte. Nicht einmal, was ich denken sollte. Vermutlich war Logik eine gute Idee.

»Der Reihe nach«, begann ich. Diese Tattoos, die Sänger und Wandler verbinden, sind doch … magisch?«

Nathans Arme lockerten sich wieder. »Worauf willst du hinaus?«

»Nun, wenn die Sdáng so gefährlich sind, weil sie diese Kräfte haben, warum werden sie dann überhaupt tätowiert und mit dieser Magie in Verbindung gebracht? Wäre es nicht besser, das gar nicht erst zu tun?«

»Du erinnerst dich an ihre Fähigkeiten?«, fragte Sam. »Sie können Wandler gegen ihren Willen beeinflussen, auch ohne mit ihnen in einer Zeremonie verbunden worden zu sein. Verpasst man ihnen ein Doppelsymbol und versiegelt es, werden ihre Kräfte unterbunden.«

Ich nickte. »Verstehe.« Das war mir zuvor nicht bewusst gewesen, aber ich musste auch eine Menge neuer Informationen verdauen. »Also sind sie so etwas wie universelle Sänger für jeden Wandler?«

Die drei wechselten Blicke, auf Tohmahs und Nathans Gesichtern lag Ratlosigkeit.

Sam zuckte die Schultern. »Alles, was wir wissen, stammt aus Überlieferungen. Nicht alle Sdáng besitzen diese Fähigkeiten, und nicht bei allen sind sie gleich stark ausgeprägt. Zudem kann ihre Macht durch ein Bündnis mit einem Wandler verstärkt werden.« Er klang, als redeten wir über ganz alltägliche Dinge, und lächelte mich an.

Ich wusste, dass er mich nur beruhigen wollte, schaffte es aber nicht, sein Lächeln zu erwidern.

»Darüber schreibt Monique auch«, sagte Tohmah. »Angeblich verfügen einige Sdáng nur über schwache Kräfte und können höchstens Bildfetzen von dem wahrnehmen, was ein Wandler in seiner Raubtiergestalt sieht. Andere können ihn jedoch beeinflussen.« Er blätterte in einem Buch und schlug eine markierte Seite auf. »Laut ihren Aufzeichnungen hat diese Macht ihren Preis. Offenbar werden viele Sdáng nicht besonders alt, wenn sie ihre Kräfte oft einsetzen. Oder, ich zitiere, *sie bezahlen ihr ungewolltes Geschenk mit dem Verlust ihres Geistes*.«

»Sie werden also wahnsinnig?« Das schien auch Nathan zu erstaunen.

Tohmah legte das Buch beiseite. »Auch deshalb hat man ihnen früher versiegelte Doppelsymbole verpasst. Wurden ihre Kräfte unterdrückt, schützte das nicht nur die Wandler, sondern auch sie selbst.«

»Warum macht man das heute nicht mehr?«, fragte ich. »Statt ihre Existenz zu verbieten?« Es fühlte sich an, als müsste ich meine letzte Energie für die Frage aktivieren.

Er zögerte. »Was das betrifft, bin ich nicht ganz sicher, ob Monique in ihren Unterlagen nur Vermutungen anstellt oder Beobachtungen beschreibt. Entweder können die heutigen Symbole durch die Abschwächung der Magie nicht mehr dazu genutzt werden. Oder die Unterdrückung ihrer Kräfte – auch in Bezug auf den Wandleranteil – hat den Sdáng nach einer Weile Probleme bereitet. Wie genau sich das geäußert hat, erwähnt sie nicht.«

»O mein Gott«, murmelte ich und trat zur Seite, um mich an die Wand zu lehnen, weil der Boden nicht mehr ausreichte, wenn sich die gesamte Welt auf den Kopf stellte. Meine Augen brannten, als hätte ich tagelang nicht geschlafen, also schloss ich sie.

»Ich denke, wir gehen besser nach unten«, hörte ich Tohmah sagen. »Wir können alle etwas Nervennahrung gebrauchen.«

# Die Verbindung

Die Verbindung zwischen Sänger und Wandler wird durch magische Tattoos erzeugt, deren Tinte mit Pflanzenextrakten versetzt wird. Jeder Tribe besitzt sein eigenes, zweigeteiltes Motiv. Miteinander verbundene Sänger und Wandler tragen jeweils eine Hälfte des Symbols. Die Verbindung zwischen beiden besteht ein Leben lang und erlischt erst mit dem Tod des Wandlers oder Sängers.

# Kapitel 15

## NATHAN

Ich hatte zwar keinen Hunger, aber das Zeug, das Tohmah aus einem Schrank kramte – irgendwelche scharf gewürzten Gemüsechips und noch schärfere Nüsse, an denen man sich die Lippen verbrannte –, schmeckte gar nicht mal so übel.

Quinn hatte keinen Ton gesagt, seitdem sie sich auf das Sofa gekuschelt hatte. Tohmah hockte neben ihr und starrte auf Moniques Zeichnungen. Einerseits hasste ich ihn dafür, dass er darauf gestoßen war, andererseits war ich froh, dass wir ihn eingeweiht hatten und jetzt mehr wussten. Nicht auszudenken, wenn Quinn weiterhin mit den Blaises herumgehangen hätte und die zwei irgendwann ihren Vater auf das Tattoo ihrer neuen Freundin aufmerksam gemacht hätten. Edmund Blaise hätte Quinn vermutlich bei dem geringsten Verdacht sofort verschwinden lassen. *Vorsichtshalber*.

Ich dachte daran, dass Joanna bei Quinn aufgetaucht war. Hatte sie herumgeschnüffelt, weil sie etwas ahnte? Es würde zu der dummen Aktion nach der Poolparty passen, als ich im Wald auf Quinn und Blaise in seiner Berglöwengestalt getroffen war. Andererseits waren die Geschwister dafür bekannt, Neuen das Leben gern schwer zu machen. Entweder waren sie also Quinn auf der Spur, oder sie ätzten einfach nur wie üblich herum und posierten in ihrer kleinen Welt. Es konnte beides sein, und ich hoffte von ganzem Herzen auf die zweite Möglichkeit. Vor allem, da ich in Sachen Blaises nichts tun konnte – außer Quinn einzuschärfen, ihnen gegenüber vorsichtig zu sein.

Sie hob den Kopf. »Okay. Und was jetzt?«

Sam und Tohmah sahen zu mir. Am liebsten hätte ich sie angefaucht, dass ich auch keine Antworten hatte. Die Regeln verlangten, dass ich Quinn dem Rat meldete. Aber die Regeln verlangten auch, dass der Rat sich darum kümmerte, jede mögliche Gefahr durch die Verbotenen zu beseitigen. Und niemand redete darüber, was genau das bedeutete. Ich hatte auch niemals danach gefragt. Es war nicht nötig gewesen, denn ich war nie jemandem begegnet, dessen Eltern Sänger und Wandler gewesen waren. Aber wer konnte schon ahnen, dass ich eines Tages ein Mädchen traf, das mich total faszinierte, nur um sich dann als mögliche Verbotene zu entpuppen?

*Verdammter Mist.*

»Wir wissen nichts mit Sicherheit«, sagte ich. Womöglich bog ich mir die Realität gerade ein wenig zurecht.

Tohmah blätterte in einem Notizbuch und betrachtete dann die Fotografie von Quinns Tattoo. »Diese sechs Punkte zwischen den beiden Symbolen dienen dazu, deine Kräfte zu versiegeln. Die Magie der Sänger und die der Wandler stehen sich gegenüber und löschen sich gegenseitig aus. Die Macht des Sdáng wird quasi eingeschlossen.«

Quinn sah noch hilfloser aus als zuvor. »Bedeutet versiegeln, dass man es auch wieder öffnen kann?«

»Vermutlich ja. Es muss etwas mit den Punkten zu tun haben.

Eine Ergänzung versiegelt die Kräfte, dann müsste eine weitere sie auch wieder …«

»Das ist Unsinn«, sagte ich und stellte mein Glas so hart auf dem Tisch ab, dass es zerbrach. Hastig ließ ich los, musterte die Schnitte an Daumen und Zeigefinger und wischte die Hand an der Hose ab. Ich musste mich mehr zusammenreißen. »Sorry.«

»Es klingt zumindest logisch.« Sam schob in aller Seelenruhe die Scherben zusammen.

»Ich rede nicht von den Symbolen, sondern von den Umständen. Warum denken wir überhaupt darüber nach, ein versiegeltes Tattoo zu öffnen? Wir wissen nicht einmal, ob es echt ist. Vielleicht ist Quinn ja auch ein ganz normaler Mensch, dann bringen ihr auch hundert Symbole auf der Haut nichts.«

»Nun«, sagte sie, und ihre Stimme zitterte. »Das werden wir nicht herausfinden, wenn wir nur darüber diskutieren.«

Ich schüttelte den Kopf. Wie sollte ich ihr nur begreiflich machen, wie dünn dieses Eis war, auf dem sie sich bewegte? Ich war ein Idiot! Es wäre verdammt noch mal besser gewesen, für immer im Dunkeln zu tappen oder Quinn zu verschweigen, was wir herausgefunden hatten.

Sam musterte mich nachdenklich – natürlich wusste er, was mir Bauchschmerzen bereitete.

»Wir werden es auch so nicht herausfinden«, sagte ich in meiner besten Ende-der-Diskussion-Stimme.

Quinn zeigte sich wenig beeindruckt. »Es sei denn, wir wüssten, wie wir es öffnen«, sagte sie.

Dieses Mal lag außer Unsicherheit auch Herausforderung in ihrem Blick. Hölle, warum machte sie es mir so schwer? Ich hatte ihr noch nicht alles erzählt, aber wie auch? Die gesamte Geschichte der Wandler ließ sich nicht mal eben herunterrattern. Es gab so viele Probleme, Komplikationen und Verwicklungen, deren vollen Umfang wohl nur der Rat überblickte. Trotzdem musste Quinn begreifen, dass sie nicht mit diesen Dingen spielen konnte. Aber auch ich begriff etwas. Ich musste ehrlich zu ihr sein. Vielleicht überlegte sie es sich anders, wenn sie wusste, in welcher Gefahr sie schwebte, sollte sie wirklich eine Verbotene sein.

»Glaub mir, das willst du nicht. Die Verbotenen werden nicht umsonst so genannt. Solltest du wirklich eine von ihnen sein …« Ich forschte in ihrem Gesicht, betrachtete die klaren Züge, die geschwungenen Brauen, die ihr so viel Ausdruck verliehen, den rötlichen Schimmer in ihrem Haar, der sich als Goldhauch auf ihrer hellen Haut widerspiegelte. Steckte wirklich auch eine Wandlerseite in ihr? Was, wenn sie zu den Schwachköpfen von Berglöwen gehörte? Nein, sie war ein Mensch. Und trotzdem war sie für mich so unendlich viel mehr.

»Dann was?« Ihre Stimme war sanft. »Was, wenn ich eine von ihnen wäre?«

Ich ballte eine Hand hinter dem Rücken zur Faust. Wenn ich Quinn schützen wollte, musste sie diese dunkle Facette meines Lebens und unserer Kultur kennen. »Ich bin nicht sicher, ob man dich leben lassen würde.«

In ihrem Gesicht zuckte es, aber die Entschlossenheit verschwand nicht daraus.

»Es tut mir leid, Quinn. Manche Dinge auf dieser Welt sind grausam, selbst wenn es einen guten Grund dafür gibt.« Ich starrte ins Nichts und suchte nach den passenden Worten, aber ich musste mir nichts vormachen, die gab es einfach nicht. Also sagte ich, was mir als Erstes in den Sinn kam. »Wir leben nicht mit den Verbotenen zusammen. Sie werden weggebracht.«

Ihre Augen waren so riesig, dass ich einen grausamen Atemzug lang nicht wusste, ob ich ihr gegenübersaß oder dem Mädchen von damals.

»Und was bedeutet das?« Ihre Stimme zitterte nur leicht.

»Wir reden nicht darüber, und der Rat beantwortet keine Fragen dazu. Aber eines seiner obersten Ziele ist es nun mal, mögliche Gefahren von uns fernzuhalten.«

Lange Zeit starrte sie mich einfach nur an. Ich hielt den Blick, obwohl ich mich davor fürchtete, etwas darin zu entdecken, das ich nicht sehen wollte. Furcht. Abscheu. Hass. Quinn hätte mit jedem einzelnen Gefühl recht.

»Was willst du mir sagen, Nathan? Sie werden getötet?«

»Das ist … möglich.«

Zuerst wurde sie bleich, dann verschwand das Funkeln aus ihren Augen, um durch etwas anderes ersetzt zu werden. Eine Fassungslosigkeit, die Distanz zwischen uns schuf.

»Wie könnt ihr … wie kann …« Sie griff nach ihrem Glas, stellte es wieder ab und rutschte zur Seite, als würde mehr Abstand zu mir etwas ändern. »Wir leben im einundzwanzigsten Jahrhundert! Wie könnt ihr so etwas zulassen?«

»Wir müssen uns den Beschlüssen des Rates beugen. Das mag dir brutal erscheinen, aber wenn dir ein besserer Weg einfällt, das Überleben eines Volkes zu sichern, das nur noch aus knapp einhundert Leuten besteht, bin ich ganz Ohr.«

»Warum hat das ein Rat zu entscheiden? Warum entscheidet

ihr das nicht alle gemeinsam? Was ist dieser Rat, so eine Art Mafia?«

Ausgerechnet Tohmah legte ihr eine Hand auf den Arm. »Auf dieser Insel leben vier Tribes zusammen, und das nicht immer friedlich. Nimm ihnen den Rat, und sie zerfleischen sich gegenseitig. Na ja, zumindest einige von ihnen.«

»Aber warum müssen Einzelne dafür büßen?« Ihre Augen glänzten, und am liebsten hätte ich sie in meine Arme gezogen. Aber ich war wohl der Letzte, von dem sie sich jetzt trösten lassen würde. Verdammt, das hier lief gerade mächtig schief.

»Mir gefällt das alles auch nicht«, sagte ich. »Aber ist es irgendwo auf der Welt anders? Je größer die Gefahr, desto härter die Gegenmaßnahmen. Ich glaube, irgendwann kommt man an eine Grenze, wo Gut und Böse verschwimmen. Ich hoffe, dass ich sie niemals erreiche, und ich habe eine Scheißangst, dass ich eines Tages dazu gezwungen bin, sollte ich meinem Vater in den Rat folgen.« Ich machte eine Pause und lauschte auf ihre Reaktion, aber Quinn saß still wie eine Statue da. »Versteh mich nicht falsch, Dad hasst es, was mit den Verbotenen geschieht, so wie viele andere auch. Und …« Ich fuhr mir mit den Händen durch die Haare. Aber jetzt konnte ich keinen Rückzieher mehr machen, und ich wollte es auch nicht. »Ich habe dir von dem Krieg zwischen meinem Tribe und den Berglöwen erzählt.«

Sie nickte.

Fast hätte ich Sam einen Blick zugeworfen, aber da musste ich nun allein durch. »Aber das war nicht alles. Die Verbotenen spielten darin eine zentrale Rolle. Damals lebten sie noch mit den Wandlern zusammen.«

In Quinns Augen blitzte es auf. »Was ist passiert? Warum ist dieser Krieg überhaupt ausgebrochen? Und wieso tut dein Dad als Ratsmitglied nichts dagegen, wenn er es angeblich hasst, was mit den Sdáng geschieht? Wer hat so viel Macht, ihn da zu überstimmen?« Quinn ballte die Hände zu Fäusten und sah aus, als würde sie auf der Stelle gegen diese Leute antreten wollen.

»Die Berglöwen«, sagte Sam. »Sie geben in Winter Harbour den Ton an und tun alles, um sich zu schützen. Aber daran ist Nathans Tribe nicht ganz unschuldig.«

Quinns Brust hob und senkte sich, aber sie lockerte zumindest ihre Hände. »So?«

Sam beugte sich vor, griff wie beiläufig in die Schale mit den Nüssen und schaufelte sich eine Handvoll in den Mund. »Es heißt, dass es schon lange unter der Oberfläche schwelt. Die Berglöwen haben die anderen Tribes trotz des Rates, in dem alle zu gleichen Teilen durch eine Person vertreten sind, immer noch nicht wirklich anerkannt. In ihren Augen haben sie ein Recht auf die Entscheidungshoheit.«

Ich warf ihm einen dankbaren Blick zu. Sam würde mich immer unterstützen, egal, wie schwierig die Situation war. »Früher unterdrückten die Berglöwen die anderen Tribes, wo es nur ging. Und damit meine ich kein Sticheln an der Uni. Nach einer Auseinandersetzung gab es auch mal Tote.« Ich lehnte mich zurück und schloss die Augen, um die Wut zurückzuhalten. Heute Nacht würde ich mich wandeln, ich musste dringend Energie loswerden.

»Irgendwann haben die Berglöwen es zu weit getrieben, und die Jaguare und Panther haben sich ihnen gestellt«, sagte Sam. »Das nötige Selbstbewusstsein hatten sie als Großkatzen schließlich. Ist heute noch so.«

Ich streckte ihm einen Mittelfinger entgegen, ohne die Augen zu öffnen.

Sam lachte leise. »Aber sie haben einen Fehler begangen: Sie haben einige Sdáng auf ihre Seite gezogen und besagten Krieg angezettelt. Durch den fremden Einfluss waren die Berglöwen unterlegen. Viele starben.«

»Aber waren die Sdáng nicht damals schon ... nun, verboten?«

»Bis zu diesem Zeitpunkt betrachtete man sie mit Misstrauen, aber danach wurden die Gesetze verschärft.«

»Wir waren die Bösen, die Berglöwen sind seitdem paranoid«, flüsterte ich und öffnete die Augen wieder. »Wenn Edmund Blaise einen Verbotenen auch nur in der Nähe der Insel glaubt, würde er alles am liebsten in die Luft sprengen.«

Quinn starrte auf ihre Hände. Wie so oft hätte ich gern gewusst, was in ihrem Kopf vorging.

»Edmund Blaise? Der Vater von Joanna und Gabriel?«, fragte sie.

»Niemand hat so eine radikale Meinung über die Verbotenen wie er.«

»Was ist, wenn wir versuchen, mein Tattoo zu öffnen, und niemandem etwas davon sagen?«

Sie kapierte es einfach nicht. Ich hatte versucht, es ihr zu erklären, aber sie sah noch immer nicht, wer ich war und wo ich stand. Erstaunlich, dass mich das verletzte, aber jetzt war nicht die Zeit, um persönlich zu werden. Wie sagte Dad immer? *Das Individuum spielt keine Rolle, wenn viel mehr auf dem Spiel steht als der Einzelne.*

»So einfach ist das nicht, Quinn. Zum einen haben wir keine Ahnung, wie man es öffnet, und zum anderen sagen Moniques Unterlagen, dass es für einen Verbotenen gefährlich sein kann, wenn er seine Macht nutzt. Vielleicht … ich weiß nicht, vielleicht wären die Kräfte so stark, dass dir etwas passiert. Außerdem wissen wir nicht, wie sich die Verbindung mit einem Sänger auswirken würde. Und so eine Bindung bräuchtest du.«

Quinn zuckte nicht einmal. »Für den Fall, dass ich mich verwandle und es nicht allein zurückschaffe, ich weiß. Aber in Moniques Unterlagen steht auch etwas von Problemen, die durch eine dauerhafte Versiegelung auftreten können.«

»Besser Probleme als eine echte Gefahr, Quinn. Wir sollten wirklich die Finger davon lassen. Was Monique schreibt, kann alles bedeuten.«

»Wenn wir den Rest durchgehen, finden wir vielleicht die fehlenden Hinweise. Und letztendlich muss ich diese Macht doch nicht nutzen, falls ich sie überhaupt besitze. Dann wird sie mir auch nicht gefährlich, oder?«

Mir reichte es. Ich stand auf. »Begreifst du es immer noch nicht? Solltest du wirklich eine Verbotene sein, hat das Auswirkungen auf viele Dinge, von denen du keine Ahnung hast. Ich verstehe, dass du hoffst, auf diesem Weg mehr über dich und deine Abstammung herauszufinden, aber du musst auch verstehen, wie gefährlich das für dich ist. Du kannst als Verbotene nicht einfach nach Winter Harbour spazieren und fragen, wer deine Eltern sind. Was ist, wenn andere Wandler von dir erfahren? Die werden nicht hier sitzen und mit dir plaudern!« Ich wandte mich an Tohmah. »Wir öffnen gar nichts, und ich wäre froh, wenn du diese Unterlagen wieder dorthin packst, wo du sie gefunden hast!« Dann wandte ich mich um und ging zur Tür.

Es tat gut, sie aufzureißen, und noch mehr, sie mit aller Kraft zuzuschlagen. Der Wind begrüßte mich und flüsterte mir zu, dass ich Ruhe brauchte, um mich abzuregen – und wie immer ließ ich mich von ihm an einen Ort führen, der dafür genau richtig war.

Als ich zwanzig Minuten später aus dem Wagen stieg, brodelte es noch immer in mir. So schwer wie heute war es mir noch nie gefallen, halbwegs ruhig zu bleiben. Ich hatte Sam von unterwegs eine Nachricht geschrieben, dass ich ungefähr eine Stunde weg sein würde – das genügte hoffentlich, um runterzukommen. Da ich ohnehin unterwegs war, konnte ich auch gleich einen Punkt angehen, den ich im Chaos der vergangenen Tage auf meiner Liste noch nicht abgehakt hatte: den vermissten Rotluchswandler.

Der Gebäudekomplex, in dem Nolan Morrison wohnte, war potthässlich und grau, die Wohnungen terrassenförmig versetzt und der Platz davor gepflastert, wobei fast jeder zweite Stein dicke Risse aufwies. In Blumenkübeln aus Beton wucherte Wildgras neben vertrockneten Stauden, an einer Seite standen, von einem Metallgitterzaun halb abgetrennt, die Mülltonnen. Ich konnte nicht sagen, ob sie voll waren oder warum sich der Müll auf dem Boden verteilte, hatte aber auch wenig Lust, das herauszufinden.

Hinter manchen Fenstern erkannte ich Bewegungen, ein Stück entfernt rauschte der Verkehr, aber auf dem Hof war niemand.

Ich wusste nicht genau, was ich eigentlich finden wollte. Vielleicht einen Hinweis darauf, dass etwas nicht stimmte, Fußspuren wie in Mayas Garten oder etwas in der Art.

Zwischen den Mülltonnen und einem Unterstand für Fahrräder führte ein Weg zur rückwärtigen Seite des Gebäudes. Ich sah mich noch einmal um, folgte ihm und gelangte in den Hinterhof, auf dem sich Autos quetschten. Dahinter dorrte eine Wiese vor sich hin, aber immerhin war der Wald zu sehen – vermutlich der Grund, warum Nolan Morrison hier eingezogen war.

Ich lief langsamer und musterte den Boden. Keine Chance auf Spuren. Beton, Beton und noch einmal verdammter Beton, als hätten die Architekten Panik vor Pflanzen gehabt. Der Wohnkomplex musste aus den Siebzigern stammen und sollte vor allem Platz sparen. Leider auf eine dumme, ignorante Weise. In meiner letzten Kursarbeit hatte ich über grüne Architektur geschrieben und es »Rückkehr zur Normalität« genannt. Es war heutzutage weder schwer noch einzigartig, nachhaltig und ökologisch zu bauen. Das fing mit Bepflanzungen von Fassaden und Dächern an und hörte bei Gärten auf, die sich anstelle einer Balkonreihe an Hochhäusern entlangschlängelten.

Ich kickte einen Stein zur Seite. Wenn ich hier wohnen müsste, würde ich durchdrehen, weil es mir wie ein Gefängnis vorkam. Ein Gefängnis aus Stein. Klar hatte ich verdammtes Glück mit unserem Grundstück, aber ich wäre auch mit Sams Schrottplatz zufrieden und würde mich sogar in Arcands Waldkauzhöhle, die er Haus nannte, wohler fühlen. Okay, ich hätte die Hütte grundsaniert, aber immerhin waren die Bäume dort in unmittelbarer Nähe.

Ich schlenderte weiter, vorbei an Autos und zwei E-Rollern, die halb aus Rost bestanden. Die Holzbank im Hof war völlig morsch. Wer zur Hölle war auf die Idee gekommen, die hier aufzustellen?

Was sollte man betrachten, die Hausfassade mit ein paar Wäscheleinen aus Plastik? Ich schnaubte und ging weiter.

Das Grundstück war hinter dem Parkplatz durch einen Maschendrahtzaun begrenzt, der aber an zwei Seiten weitgehend niedergetrampelt war. Ich nahm Anlauf und sprang. Die Wiese dahinter wuchs wild vor sich hin – auch hier lag Müll herum – und führte bis zu einer Straße – noch mehr Müll. Auf der anderen Seite begann der Wald. Ich überlegte kurz, wartete auf eine Lücke im Verkehr und joggte hinüber. Kaum tauchte ich zwischen den Bäumen ein und spürte die Kühle der Schatten auf meiner Haut, atmete ich durch. Ein schmaler Trampelpfad führte tiefer in den Wald, der vermutlich von Anwohnern stammte, die hier spazieren gingen oder ihre Hunde ausführten. Ich behielt den Boden im Auge, sah aber keine verdächtigen Spuren. Okay, ich würde dem Pfad noch folgen, bis er sich entweder verlief oder ich mich zu weit von der Straße entfernte, dann würde ich umkehren und zu den anderen zurückfahren.

Meine Anspannung hatte bereits nachgelassen, und ich konnte Quinn auch verstehen. So viele Rätsel, und sie stand mitten im Zentrum. Natürlich hätte ich mich an ihrer Stelle auch gefragt, wer meine Eltern waren. Leider war ich mittlerweile sicher, dass sie aus einer Wandler-Sänger-Verbindung stammte – und die Fähigkeiten beider Seiten in sich trug. Eine Verbotene, deren Kräfte versiegelt worden waren, vermutlich um sie zu schützen. Es würde so vieles erklären. Die Anziehungskraft, die sie auf mich als Panther und offenbar auf andere Wandler ausgeübt hatte. Ich war mir sicher, dass ihre Erlebnisse keine Einbildung gewesen waren. Sogar die Einladung zu den Blaises passte ins Bild. Sie mussten etwas gespürt haben, auch wenn sie es sich vermutlich nicht erklären konnten. Aber wie ich die Berglöwen kannte, waren sie längst dabei, nach Antworten zu suchen.

Ob Quinn mich so faszinierte, weil sie eine Verbotene war? Der Panther reagierte auf sie, ja, und ich fühlte mich in ihrer Nähe wohl. Aber wenn sie mich umarmte oder einfach nur berührte … nein, da war etwas Besonderes zwischen uns. Es fühlte sich echter an, bewusster, greifbarer. Menschlicher. Wie eine Welle, die mich noch nicht erreicht hatte, von der ich aber wusste, dass sie mich von den Füßen fegen würde.

Ich atmete tief durch und schob den Gedanken an Quinn beiseite, auch wenn er noch so verlockend war. Jetzt war ich wegen Nolan Morrison unterwegs. Aber es sah ganz so aus, als würde ich in diesem Wald nichts finden. Zwar gab es Fußspuren neben dem Weg, aber es waren so viele, dass ich wohl mit meiner Hunderunde-Theorie richtiglag.

Gerade als ich mich umdrehen wollte, ließ mich etwas innehalten. Eine Unregelmäßigkeit im Wald. Ich blieb stehen und schloss die Augen, um es ausfindig zu machen. Es war nichts Ungewöhnliches zu hören, aber ich hätte trotzdem schwören können, nicht allein zu sein.

Ich öffnete die Augen und drehte mich wie beiläufig um, während ich jeden Fingerbreit zwischen den Bäumen scannte. Doch, da war etwas. Die Vögel in meiner Nähe zwitscherten wieder, nachdem sie kurz ausgesetzt hatten. Ein Stück weiter entfernt war allerdings alles still. Ich hatte es nicht sofort wahrgenommen, aber jetzt fiel mir diese entfernte Stille auf. Als hätte jemand ein Loch in die Gegenwart gerissen und einen Teil der Welt verschwinden lassen.

So leise wie möglich schlich ich vorwärts. Nach nur wenigen Schritten war ich sicher, dass noch jemand hier war. Jemand, der mich beobachtete, der genau wusste, dass ich ihn bemerkt hatte.

Ich hielt den Atem an und wandte den Kopf eine Winzigkeit – und da sah ich es. Eine Bewegung. Die Entfernung war zu groß, um etwas Genaues zu erkennen, aber trotzdem war da der Eindruck von etwas Massigem. Etwas Gefährlichem.

Ein Bär?

Ich wartete noch eine Weile, aber da war nichts, und schließlich sangen auch die Vögel wieder dort, wo sie vorher geschwiegen hatten. Alles war wieder normal.

Ich drehte mich um und lief langsam zurück. Gut möglich, dass sich ein Bär in der Nähe des Häuserblocks aufhielt – bei dem Müll, der hier herumflog. Was ziemlich dumm war, denn die Anwohner mussten doch wissen, dass sie damit wilde Tiere anlockten. Aber ich war nicht hier, um sie zu erziehen, sondern um Hinweise zu finden, die mir etwas über das Verschwinden von Nolan verrieten. Leider Fehlanzeige.

Das Dröhnen von Motoren wurde lauter, dann überquerte ich die Straße und ging über die Wiese zurück zum Wohnkomplex. Ich trat gerade zwischen dem Haus und den Mülltonnen zurück auf den Hof, als jemand um die Ecke bog und so abrupt stehen blieb, als hätte ich ihn angeschrien. Was ich wahnsinnig gern auch getan hätte.

»Was tust du denn hier?« Gabriel Blaise wirkte in seinem rosafarbenen Hemd zur Designerjeans wie ein Politiker, der sich zum Wahlkampf in die falsche Gegend verirrt hatte. Wie ein irritierter Politiker.

Ich schob die Hände in die Hosentaschen. »Ich habe mir eine Wohnung angesehen. Und du?« Das interessierte mich nun wirklich. Was trieb Blaise ausgerechnet an der Adresse eines verschwundenen Mitgliedes des Rotluchstribes?

Er schnaubte, vermutlich, weil er gerade nicht weiterwusste. »Eine Wohnung«, sagte er dann in einem abfälligen Tonfall, in dem er vermutlich auch mit Leuten sprach, die für seinen Vater arbeiteten. »Zufällig hier.«

»Gutes Stichwort, Blaise. Ich kann mir nämlich nicht vorstellen, dass du Nolan besuchen wolltest. Zum einen wüsste ich nicht, dass ihr Buddys seid, zum anderen ist er verschwunden.«

»Weshalb ich nachsehen wollte.«

»Nachsehen.« Ich nickte, aber meine Gedanken rasten. Blaise hätte niemals freiwillig einen Fuß hierhergesetzt. »Und, was gefunden?«

»Nein, du etwa?«

»Höchstens einen Verdächtigen.«

Er begriff sofort, zog die Sonnenbrille aus den Haaren und schob sie sich auf die Nase. Dann erst trat er auf mich zu, als könnte er sich hinter den zwei verspiegelten Gläsern verstecken. »Wenn du etwas zu sagen hast, Copeland, dann sprich es aus.«

Es genügte, die Schultern durchzustrecken und mich ganz gerade hinzustellen. Ich wusste, wie sehr er es hasste, dass ich größer war als er. Caleb hatte früher regelmäßig Witze darüber gerissen, dass wir als Großkatzen die Berglöwen überragen mussten, da sie zu den Kleinkatzen zählten und daher besser die Klappe halten sollten. Die älteste und simpelste Stichelei unter den Tribes, aber bei Blaise und seiner Gefolgschaft zog sie jedes Mal.

»Gern. Ich finde es sehr verdächtig, ausgerechnet dich hier zu treffen, nachdem Nolan Morrison verschwunden ist. Ich finde es auch verdächtig, dass zwei weitere Wandler verschwunden sind sowie ihre Sänger. Und zuletzt frage ich mich, warum keiner der Vermissten ein Berglöwe ist.«

Seine Stirn kräuselte sich. »Und ich habe dir schon einmal gesagt, dass du völligen Schwachsinn redest.«

Ich trat ein Stück an Blaise heran, bis ich mich in seiner Brille erkannte, und zählte bis drei. Erst, als er hörbar Luft holte, wandte ich mich ab und ging zurück zum Wagen. Ich spürte seine Blicke in meinem Rücken und überlegte, ob ich noch versuchen sollte, mir Nolans Wohnung anzusehen, aber es war unwahrscheinlich, dass ich dort etwas fand. Außerdem müsste ich jemanden dazu bringen, mich in das Gebäude zu lassen, und ich wollte keine Fragen aufwerfen.

Ich stieg ein, schloss die Wagentür und startete den Motor. Während ich wendete, schweiften meine Gedanken zurück zu dem Moment im Wald, und ich fragte mich, ob ich von Berglöwen beobachtet worden war.

# Kapitel 16

## QUINN

Ich warf einen Blick auf die Uhr. Nathan war bereits seit über einer halben Stunde weg, und wenn er nur mal Dampf ablassen wollte, schien das eine Menge Dampf zu sein. Nachdem Sam mir versichert hatte, dass er demnächst zurückkommen würde und es das Beste war, ihm erst einmal Zeit zu geben, hatte ich mich in die Polster sinken lassen.

Ich ahnte, dass ich vorhin im Gespräch mit Nathan uneinsichtig und trotzig gewirkt hatte, und ich verstand, dass er seine Leute beschützen wollte. Aber er musste auch verstehen, dass ich nicht nur wissen wollte, wer ich war, sondern auch … was.

Je öfter meine Gedanken zu ihm zurückkehrten, desto unruhiger wurde ich. Anfangs lauschte ich der Stille, dann wünschte ich, sie würde enden, und schließlich legte ich Moniques Notizen zur Seite. »Vielleicht sollten wir ihn anrufen.«

»Lass ihm die Zeit, die er braucht«, sagte Sam, wie immer der Vernünftigste von uns allen. »Für Nathan ist das alles mindestens ebenso kompliziert wie für dich.«

»Ja«, seufzte ich und rutschte auf meinem Platz hin und her, da mir allmählich der Hintern wehtat. Dabei berührte ich Tohmah mit einer Schulter und hatte schlagartig das Gefühl, nicht mehr durchatmen zu können.

Die Umgebung flirrte, verschwamm und wurde dunkel, ehe sich neue Umrisse herausschälten. Ich sah einen Mann mit braunen Haaren und einem schmalen Gesicht. Seine Augen erinnerten mich an meine eigenen. Er wirkte besorgt, aber dann lächelte er und streckte eine Hand aus, um mir über die Wange zu streichen. Als er sie zurückzog, glänzten seine Fingerkuppen feucht. »Es ist vorbei«, flüsterte er, hob den Kopf und nickte jemandem hinter mir zu. Ich drehte mich um. Da waren eine Tür sowie eine Treppe mit einem alten Handlauf, und dann … vermischte sich diese Welt mit der, die ich soeben verlassen hatte.

»Quinn?«

Ich blinzelte mich durch wabernde Formen, Schatten, die heller wurden und in der Umgebung verliefen, verblassende Bilder und dem Echo der Stimme.

»Nein«, flüsterte ich und hob eine Hand, als könnte ich den Mann festhalten, dessen Augen vielleicht grau waren, so wie die meisten es von meinen behaupteten. Etwas berührte mich. Eine Bewegung an meiner Wange, hart und schmerzhaft. Ich blinzelte, ignorierte die Schmerzen. Tohmahs Gesicht tauchte vor mir auf. Ich fluchte erbärmlich leise vor mich hin, schirmte meine Augen mit beiden Händen ab und wartete, bis die Lichtempfindlichkeit nachließ. In der nächsten Sekunde waren die fremden Eindrücke vollständig verschwunden.

»Quinn.«

Sams Stimme. Endlich wagte ich es, die Augen zu öffnen, und blinzelte mich durch die letzten Blitze aus Helligkeit und Schmerzen. Mein Magen war der Meinung, sich auf hoher See zu befinden, und ich schluckte gegen die Übelkeit an. Etwas war anders. Meine Wange brannte, und Tohmah betrachtete mich irgendwie schuldbewusst.

Sam half mir, mich wieder aufzusetzen.

»Hast du mich etwa geschlagen?«, fragte ich Tohmah.

Er nickte. »Du hast nicht reagiert. Und dich ziemlich verkrampft.«

»Und da hast du mich *geschlagen*?«

»Nicht fest. Es tut mir leid.«

»Schon okay.«

Verkrampft? Jetzt, wo er es sagte, spürte ich die Nachwehen in meinen Fingern wie einen beginnenden Muskelkater.

»Noch eine Vision?«, fragte Tohmah leise.

Es dauerte, bis ich endlich antwortete. »Ich denke, es war mehr eine Erinnerung.« Dieses Mal war mir zuvor nicht schwindelig geworden, die Bilder waren einfach so da gewesen, als hätte man einen Fernseher eingeschaltet. Sie hatten sich verändert, waren stärker geworden. Umgekehrt fühlte ich mich im Nachhinein schwächer als sonst, als müsste ich einen Preis dafür bezahlen, alles so genau sehen zu dürfen. Und offenbar war ich schon wieder ohnmächtig geworden – wenn man es denn so nennen konnte.

Stöhnend rieb ich mir die Schläfen. »Und eine ziemlich deutliche dazu. Warum passiert mir das immer bei dir?«

Tohmah zog die Brauen zusammen. »Das würde ich auch gern wissen. So etwas gibt es selbst bei Sängern und Wandlern nicht, die miteinander verbunden sind. Aber vor allem machen mir die Auswirkungen allmählich Sorgen.« Er ließ mich wieder los, vorsichtig, als könnte ich doch noch umkippen.

Mir machten sie nicht nur Sorgen, sondern mittlerweile echte Angst. Vor allem, seit ich wusste, was Tohmah in Moniques Unterlagen gefunden hatte: dass eine Versiegelung der Kräfte den Sdáng Probleme bereiten konnte. Probleme wie diese Attacken, die immer stärker wurden?

Sam reichte mir ein Glas Wasser. »Warum denkst du, dass es eine Erinnerung war?«

»Weil ich sicher bin, diesen Raum erkannt zu haben.« Ich deutete zur Tür. »Die Einrichtung war anders, aber die Anordnung von Eingang und Treppe stimmte überein.«

»Erst hast du eine Frau gesehen, jetzt das Haus meiner Tante«, sagte Tohmah nachdenklich. »Ich bin mittlerweile sicher, dass diese Frau Monique war. Warum sonst solltest du sie in diesem Haus sehen, wenn es Erinnerungen sind?«

»Vermutlich passiert mir das deshalb, wenn ich dich berühre. Du bist mit ihr verwandt«, versuchte ich einen Scherz. Es klang allerdings eher verzweifelt. »Du hast nicht zufällig ein Foto von ihr?«

»Leider nicht. Ich habe bereits gesucht.«

Ich dachte an den Mann mit den dunklen Haaren. Konnte das vielleicht … nein, jetzt war nicht die Zeit, um sich Hoffnungen zu machen. Und selbst wenn es mein Vater gewesen wäre, was hätte ich davon? Er war ein Fremder, der mich verlassen hatte, als ich fünf Jahre alt gewesen war. Vielleicht auch schon vorher. Vielleicht hatte nur meine Mutter oder jemand anderes mich in den ersten Jahren großgezogen. Bisher hatte ich stets geglaubt, dass der Schock über das alles dafür gesorgt hatte, dass ich mich an nichts erinnern konnte. Viele Menschen wussten schließlich noch das eine oder andere aus dieser Zeit ihrer Kindheit. Mittlerweile war ich mir nicht einmal in diesem Punkt noch sicher, denn anscheinend spielte nicht dieser Schock eine Rolle, sondern das Symbol auf meiner Haut. Aber dann … war dieser Mann ein Wandler gewesen? Oder ein Sänger? Die Fragen nach meinen Eltern hatten sich in einer Weise erweitert, die ich nie für möglich gehalten hätte.

»Diese Bilder verändern sich«, murmelte ich. »Ich muss wissen, was das alles zu bedeuten hat.«

Tohmah berührte mich flüchtig an der Schulter. Eine tröstliche Geste. »Ich verstehe dich. Nicht nur, weil diese Attacken offenbar stärker werden, sondern auch, weil du nicht weißt, wohin das alles führt. Oder vielmehr, wo es endet. Als ob ein Teil von dir plötzlich fremd geworden ist.«

Besser hätte ich es nicht ausdrücken können. Als hätte Tohmah direkt in meinen Kopf geblickt und jene Gedanken gefunden, die mir in dem ganzen Wirrwarr noch verborgen geblieben waren. Es tat so gut, plötzlich jemanden wie ihn an meiner Seite zu haben. Andererseits hatte er auch genau das ausgesprochen, was ich die ganze Zeit von mir geschoben hatte. Die Effekte mehrten sich, wurden schlimmer. Wie weit würde das alles gehen? Heute hatte Tohmah mir eine Ohrfeige verpassen müssen, weil ich nicht mehr reagiert hatte. Wie lange konnte mein Körper das alles noch ertragen?

»Was, wenn es doch mit dem Tattoo zu tun hat?« Ich berührte meinen Nacken. »Vielleicht ist es gefährlich, es zu öffnen. Aber vielleicht ist es ebenso gefährlich, es nicht zu tun. Ich habe keine Ahnung, was mit mir geschieht. Was, wenn die Attacken sich häufen? Wenn ich verrückt werde? Oder nicht mehr aus einer Ohnmacht aufwache?«

Sam nickte nachdenklich. »Es ist nur … mit dieser Magie spielt man nicht so einfach herum, Quinn. Selbst wenn wir die Komponenten deines Motivs bestimmen können, wissen wir noch immer nicht, wie wir es ergänzen müssten, um es zu öffnen.«

»Dann suchen wir eben weiter.« Ich beugte mich vor, schnappte mir drei Notizbücher und sah Tohmah an. »Wenn du nichts dagegen hast, nehme ich die mit nach Hause. Vielleicht werde ich aus den Einträgen schlau und kann selbst etwas entwerfen. Ich schwöre, dass ich gut auf sie aufpasse.«

Sam schüttelte den Kopf. »Du kannst die Motive nicht verändern, ohne ihre Magie zu kennen. Die Alten, die bei uns die Symbole auf die Haut bringen, lernen von ihren Vorgängern, um überhaupt eine Zeremonie durchführen zu dürfen.«

Das klang zwar einleuchtend, überzeugte mich aber nicht. Vielleicht fehlte mir auch Sams Erfahrung, um die Gefahr einschätzen zu können. Es mochte naiv sein, aber manchmal war es nicht verkehrt, mit einem Blick von außen an eine Sache heranzugehen. Oder sich nicht von einer Masse an Regeln, die vor vielen Jahren aufgestellt worden waren, abschrecken zu lassen.

»Keine Sorge, ich werde nicht auf eigene Faust losziehen und mir ein Tattoostudio suchen. Aber wurden die Symbole damals nicht auch verändert, weil sie zu mächtig waren?«

»Das stimmt.« Auf einmal klang Sam traurig. »Aber dafür haben viele einen hohen Preis gezahlt.«

Ohne darüber nachzudenken, griff ich nach seiner Hand und drückte sie. Auf einmal war ich unglaublich müde. Die Erschöpfung rührte von der Ungewissheit und den zahlreichen Fragen her. Bis jetzt hatte ich sie gut im Zaum halten können, aber nun hatten sie eine Lücke in meiner Beherrschung gefunden und brachen mit voller Wucht durch. Ich gähnte und versuchte, sie dadurch zu vertreiben, dass ich Arme und Beine lockerte. Wann waren meine Gliedmaßen so schwer geworden?

Möglicherweise war das ein Zeichen, jetzt nach Hause zu fahren und nicht auf Nathans Rückkehr zu warten. Ich konnte auch später mit ihm reden, wenn wir beide mit ein wenig Abstand von unserer Sicht der Dinge fähig waren, die Sorgen und Bedenken des anderen nicht sofort abzuschmettern. Ich wollte nicht mit ihm streiten, nicht einmal ansatzweise. Es fühlte sich einfach falsch an.

»Ich sollte gehen«, murmelte ich und stand auf, dann aber fiel mir ein, dass Nathan mich mitgenommen hatte – und er war nun mal mit dem Wagen unterwegs. »Gibt es hier irgendwo eine Bushaltestelle?«

Tohmah erhob sich ebenfalls. »Ja, und sie ist auch hübsch gelegen, aber ich fahre dich trotzdem. Sam?«

»Ich bleibe hier und warte auf Nathan. Geht ihr nur.«

Ich war froh, dass Sam hier sein würde, wenn Nathan zurückkehrte. Auf einmal ahnte ich, dass es in unserer kleinen Gruppe ohne Sam viel chaotischer zugehen würde. Nathan und Tohmah wären sicher längst aneinandergeraten und unsere Meinungsverschiedenheiten viel größer ausgefallen. Sam war wie ein stiller Mittelpunkt, der jeden von uns erdete. Aber okay, er war auch ein paar Jahre älter als wir alle. Manchmal kam er mir fast schon weise vor. Ob das einfach passierte, wenn man über zehn Jahre lang mit einem Wandler verbunden war?

»Sag Nathan bitte, dass er sich bei mir melden soll, wenn er … na ja, wenn er so weit ist.«

Sam nickte. »Mach dir keine Sorgen um ihn, Quinn. Du hast genug, worüber du nachdenken musst. Wenn etwas ist und du Nathan nicht erreichst, kannst du jederzeit mich anrufen.«

»Danke.«

Ich suchte mein Zeug sowie einige von Moniques Büchern zusammen. Kurz darauf folgte ich Tohmah zu einem alten Geländewagen, dessen Karosserie mit Aufklebern diverser Nationalparks und Naturvereinigungen gepflastert war, und meine Finger strichen kontinuierlich über die Einbände der Notizbücher.

Während der Fahrt unterhielten wir uns eine Weile über normale Alltagsthemen – mein Zusammenleben mit Belle, seine Vorliebe, bei Sonnenaufgang mit einem Kanu rauszufahren, meine Blausehschwäche –, als versuchten wir mit aller Kraft, unsere beginnende Freundschaft nicht nur auf völlig abgedrehten Verwicklungen aufzubauen. Und Tohmah war jemand, den ich gern zum Freund hätte. Nicht nur, weil wir einiges gemeinsam hatten, sondern auch, da wir oft ähnlich dachten und ich mich in seiner Gegenwart nicht fühlte, als müsste ich jemanden darstellen. Ich konnte einfach nur *sein,* weil er mich manchmal noch besser verstand als ich mich selbst.

Er versprach mir, sich sofort zu melden, wenn er noch etwas fand, das wichtig für mich sein könnte, während ich darauf achtete, ihn beim Abschied nicht zu berühren. Und so machte ich mich auf den Weg ins Haus, während er darauf wartete, dass ich die Tür sicher erreichte – dabei war es noch nicht einmal dunkel. Ich winkte und schlüpfte hinein.

»Belle?«

Es blieb still, und obwohl ich froh darüber war – meine Schwester hätte mir an der Nasenspitze angesehen, dass etwas nicht stimmte –, fühlte ich mich einsam. Eine ganze Weile stand ich einfach nur da, während ich versuchte, meine Gedanken unter Kontrolle zu bekommen. Vergeblich. Die Geschichte der Sdáng ging mir ebenso wenig aus dem Kopf wie das Bild des dunkelhaarigen Mannes. Ich konnte mich jetzt nicht auf andere Dinge konzentrieren, also würde ich mir rasch etwas zu essen aufwärmen und mir Moniques Bücher vornehmen.

Wie auf Befehl knurrte mein Magen. Klar, ich hatte seit dem Frühstück kaum etwas gegessen und bis gerade eben nicht einmal mehr daran gedacht. Ich warf erst einen Blick in das Vorratsregal, dann öffnete ich den Kühlschrank und musste unwillkürlich lächeln. »Annabelle Shields, du bist die beste Schwester überhaupt.« Ich nahm die Auflaufform heraus und begutachtete den Inhalt. Es sah nach überbackenen Süßkartoffeln mit Auberginen und Zucchini aus. Belle hatte zwar keinen Zettel geschrieben, aber ein Herz in die Käseschicht gekratzt. Ich warf den Backofen an und schob den Auflauf hinein.

Obwohl Tohmah nicht einmal in der Nähe war, kam die nächste Attacke, als ich mich setzte. Wieder ohne Kribbeln auf der Haut oder Stimmungsschwankungen, sondern nur von einem Schwindelgefühl begleitet. Hastig presste ich beide Hände auf den Tisch. Nur war es kein Tisch mehr, sondern eine Art Kommode, und ich versuchte offenbar, mich dahinter zu verstecken. Ich war zurück in Tohmahs Haus. Auch wenn ich die Treppe nicht sah, so erkannte ich die Bauweise.

»Na komm schon«, sagte ein Mann, und ich wusste, dass es der Braunhaarige war. Er stand neben einer Frau mit langen dunklen Locken. Sie hatte eine breite Stirn mit einer rundlichen Narbe. Mum hatte solche Narben an den Armen und mir erzählt, dass sie von Windpocken stammten, die sie sich damals wund gekratzt hatte. Die Frau ging in die Hocke und befand sich nun mit mir auf Augenhöhe. »Ihr habt nicht viel Zeit«, sagte sie und lächelte, als wollte sie mir Mut machen. Ich streckte eine Hand aus, doch sie verschwamm, wurde heller, bis der gesamte Raum in gleißendes Licht getaucht war.

Ich riss die Augen auf, ignorierte alles – Schmerz, Schwindel, Magensäure, die mir die Kehle emporstieg. Mein Atem ging schnell; bis auf den Straßenverkehr draußen vor dem Fenster war er das einzige Geräusch. Ich saß noch immer in Belles Küche, vielmehr lag ich halb auf dem Tisch. Mein Shirt klebte mir am Rücken und meine Haare an den Schläfen und im Nacken.

»Verdammt«, flüsterte ich und rappelte mich auf. »Verdammt, verdammt.« Diese Bilder kamen immer häufiger, als wäre eine Art Damm in mir gebrochen. Wieder der Mann, aber auch die Frau, die mir hatte Mut machen wollen.

Mut wofür?

Mein Blick fiel auf den Herd.

»Mist!« Ich sprang auf und öffnete die Ofenklappe. Der Geruch nach verbranntem Essen schlug mir entgegen. Keine Chance, der Auflauf war nicht mehr zu retten, der Käse komplett schwarz.

»Mist, Mist, Mist!« Ich angelte nach den Topflappen, nahm die Form vorsichtig heraus, stellte sie auf eine Herdplatte und schloss die Klappe wieder. Dann riss ich das Fenster weit auf und wedelte die sanften Schwaden nach draußen. Hunger hatte ich nun nicht mehr, und ich würde den Auflauf entsorgen, wenn er abgekühlt war. Eine ganze Weile starrte ich vor mich hin, dann holte ich die Notizbücher. Das konnte so nicht weitergehen, vor allem, da mir die Attacken immer mehr Angst machten. Ich brauchte Antworten und war mir sicher, sie in Moniques Aufzeichnungen zu finden. Also schlug ich das erste Buch auf und begann zu lesen.

Nach einer Weile hatte ich alle Symbole der Tribes auf Vancouver Island aufs Papier gebracht. Sie waren zwar ähnlich aufgebaut, unterschieden sich aber im Stil. Ich konnte beim besten Willen nicht sagen, welches meinem am stärksten ähnelte. Vorläufig war das also eine Sackgasse. Meine Gedanken wanderten, und ich stellte mir die anderen Tierwandler vor. Nathans schwarzen Panther hatte ich bereits gesehen und wusste, dass die Panther und Jaguare einen Tribe bildeten. Auch einem Polarfuchs und Berglöwen war ich bereits begegnet. Fehlten die Rotluchse. Ob jemand, den ich von der Uni kannte …?

*Mach dich jetzt nicht verrückt, Quinn.*

Ich wollte nicht länger im Dunkeln herumstochern. Es war an der Zeit, Hinweise zu finden und aus ihnen einen neuen Weg zu bauen.

Nach einer gefühlten Ewigkeit war ich meinem Ziel ein ganzes Stück näher. Die Türklingel riss mich aus meiner Konzentration, und als ich den Kopf hob, fiel mir auf, dass es bereits dämmerte. Kein Wunder, dass meine Augen brannten, denn ich hatte bis jetzt gelesen und gezeichnet und darüber vergessen, das Licht einzuschalten. Ich rieb mir die Augen, hatte aber herzlich wenig Lust, aufzustehen und wem auch immer die Tür zu öffnen. Das sah der Besucher wohl anders, denn er klingelte noch einmal.

Beim dritten Mal unterdrückte ich einen Wutschrei, stürmte zur Tür und öffnete. »Ja bitte?!«

In der Außenbeleuchtung sah Nathan aus, als hätte jemand ein Foto zu stark mit Weichzeichner bearbeitet, lediglich seine Augen leuchteten. Er wich wegen meiner schroffen Begrüßung einen Schritt zurück. »Störe ich?«

Zuerst wusste ich nicht, was ich sagen sollte, da ich gleichzeitig verwirrt und erleichtert war, ihn zu sehen.

»Quinn?«

Als ich seinen besorgten Blick bemerkte, kam ich darauf, dass Kopfschütteln eine gute Idee wäre. »Nein, gar nicht. Möchtest du reinkommen?«

Er nickte, trat vor, blieb dann aber im Türrahmen stehen. Wir sahen uns an und suchten im Gesicht des anderen nach Hinweisen, ob wieder alles in Ordnung war. Ohne groß nachzudenken, legte ich die Arme um ihn. Nathan erwiderte die Umarmung und drückte mich vorsichtig an sich, als wäre er nicht sicher, wie viel ich vertrug. Er roch nach Wald, und sein Kinn war ein wenig rau, als es meine Haut streifte. Es störte mich nicht, im Gegenteil. Ein zaghaftes Geräusch entpuppte sich als sein Herzschlag, der ebenso schnell war wie meiner, sich aber mehr und mehr beruhigte, bis sich ein Frieden über uns legte, der eine willkommene Flucht bot. Aber allzu lange durfte sie nicht dauern, dafür gab es zu viel zu besprechen.

»Wohin bist du verschwunden?« Ich drückte ihn ein Stück von mir weg.

»Es tut mir leid, ich hätte mit euch reden sollen, aber …« Er hob die Arme. »Ich hatte das Gefühl, dass wir so nicht weiterkommen, und ich wollte nicht, dass wir uns deshalb streiten.«

»Ich auch nicht«, sagte ich.

Im Grunde hatte ich das bereits gewusst, da ich ähnlich gedacht hatte. Umso erleichterter war ich, dass er hergekommen war, um nach mir zu sehen. Und obwohl ich ahnte, dass wir beide unsere Meinungen nicht ändern und demnach nicht auf einen Nenner kommen würden, drängte alles in mir danach, ihm zu zeigen, was ich herausgefunden hatte. Zumindest glaubte ich, auf einer ziemlich heißen Spur zu sein. Ich fasste ihn an der Hand, zog ihn in die Diele und warf einen Blick nach draußen. Bei allem, was in letzter Zeit passiert war, war ich derzeit übervorsichtig.

Nathan sah mich erstaunt an, als ich ihm bedeutete, mir zu folgen. Ich führte ihn in die Küche und betätigte den Lichtschalter. Jetzt erst bemerkte ich, wie viel ich in den vergangenen Stunden gearbeitet hatte. Der Tisch war übersät mit Seiten, die ich aus meinem Notizbuch herausgerissen hatte, sowie mit Moniques Büchern, aus denen einzelne Papierstreifen als Lesezeichen ragten.

Nathan blieb wie angewurzelt stehen. »Quinn …«

Ich drückte seine Hand, dann ließ ich ihn los. »Hör mir erst einmal zu. Bitte.« Vorsichtig nahm ich die Zeichnung, die ich zuletzt angefertigt hatte, und legte sie so hin, dass er sie von der Tür aus sehen konnte. Anschließend angelte ich nach dem Notizbuch, dessen Einband sich bereits am Rücken löste, und schlug es an der Stelle auf, wo ich ein dickes X auf den Papierstreifen gekritzelt hatte. »Hier, in diesem Abschnitt geht es um die alten Symbole, die heute nicht mehr benutzt werden, weil sie zu mächtig waren. Wenn ich es richtig deute, war diese Macht der Grund, warum überhaupt zwei Symbole bei einer Person kombiniert werden konnten. Zumindest habe ich in den Passagen über die Symbole, die heute benutzt werden, keinen Hinweis darauf gefunden, dass es ein Tattoo für die Sdáng gibt, ob versiegelt oder nicht.« Ich weigerte mich, den

Begriff *die Verbotenen* zu nutzen. Es klang so abwertend, so ausgegrenzt. »Vielleicht steht das auch irgendwo, ich habe noch nicht alles gelesen.«

»Quinn«, sagte Nathan leise. Dieses Mal klang es wie eine Bitte. Fast hätte ich nachgegeben, aber wenn ich nun schwieg, würde ich das Thema ihm gegenüber nie mehr ansprechen.

»Ich bin gleich fertig.«

Er sah nicht mich an, sondern das Buch in meinen Händen. Die hängenden Schultern und das kurze Schließen der Augen erweckten den Eindruck, als hätte er einen inneren Kampf verloren. Endlich nickte er.

Ich blätterte zu einer anderen Stelle. »Hier geht es darum, zwei Symbole zu verbinden. Monique schreibt dazu: *Der geschlossene Kreis bringt etwas zu einem Abschluss. Er beendet und versiegelt, was in einer Welt gehalten werden soll und die andere nicht berühren darf.*« Ich war zu ungeduldig, um zu warten, dass er selbst darauf kam. »Der geschlossene Kreis, Nathan. Wie die Punkte in meinem Tattoo, die aus beiden Hälften einen Kreis machen. Außerdem ist die Rede von *versiegeln*. Das kann sich doch auf diese Art von Magie beziehen! Tohmah hat ja schon vermutet, dass mein Tattoo durch die Punkte versiegelt wurde.«

»Vielleicht«, sagte er zögernd. »Aber hier ist kein Platz für Fragen, Quinn. Ein *kann* reicht nicht.«

»Ich weiß, ich weiß. Aber das ist noch nicht alles. Aussagen wie diese stehen an mehreren Stellen in den Büchern. Sie stechen heraus, weil sie fast schon poetisch klingen. Monique schließt manche Kapitel so ab, und …« Ich legte das Buch zurück und schlug das nächste auf. »Das ist auch interessant. Wenn ich es richtig deute, hat sie das hier später geschrieben. Die Handschrift ist längst nicht so ordentlich wie sonst, und die ganze Passage ist aus dem Zusammenhang gerissen. Vorher geht es um die Regeln innerhalb eurer Gesellschaft, und auf einmal ist da diese Passage über die Sdáng. Als wäre sie ihr nachträglich noch eingefallen. Und sie endet mit: *Die Welle symbolisiert die Veränderung, den Fluss, die Öffnung. Den Start in eine neue Zukunft.*« Ich machte eine Pause, damit die Worte wirken konnten. Doch in Nathans Gesicht veränderte sich nichts. Begriff er denn nicht?

Ich nahm meine letzte Zeichnung vom Tisch. Sie zeigte mein Tattoo. Ich hatte die jeweils drei Punkte an beiden Enden so energisch auf das Papier gebracht, dass es fast zerrissen wäre. Die Linie, mit der ich sie verbunden hatte, wirkte dagegen elegant wie eine Welle.

»Der Fluss, die Öffnung«, zitierte ich.

Nathan starrte die Zeichnung an, dann kam er so schnell auf mich zu, dass ich beinahe zurückgewichen wäre. Mit einer Bewegung pflückte er das Papier aus meiner Hand. Ich versuchte, danach zu greifen, da ich glaubte, er würde es zerreißen, aber er knallte es nur mit Nachdruck auf den Tisch.

»Du musst damit aufhören.« Er fasste mich an den Schultern und drückte mich auf einen Stuhl.

Ich verzichtete darauf, mich zu wehren, auch wenn mir nicht gefiel, wie er sich aufführte. Aber wir konnten jetzt streiten, oder ich hörte mir an, was er zu sagen hatte, um ihn dann zu überzeugen.

Nathan ließ mich los, zog einen zweiten Stuhl vor meinen, setzte sich und starrte zu Boden. Er schwieg so lange, dass ich etwas sagen wollte, aber er bedeutete mir mit einer Geste, ihm Zeit zu geben.

Mein ganzer Körper kribbelte vor Ungeduld, und am liebsten wäre ich aufgestanden und hätte Nathan geschüttelt.

Endlich hob er den Kopf und griff nach meinen Händen. Seine waren warm, als hätte er den ganzen Tag in der Sonne gelegen, und ich glaubte zu spüren, wie das Blut in seinen Adern pulsierte. Es ging auf mich über, fand seinen Weg durch meine Haut in meinen Brustkorb, wo es mein Herz schneller schlagen ließ. Der Anblick meiner Hände in seinen machte mich ein wenig unsicher, aber es fühlte sich trotzdem gut an. Wenn es diese Verbindung zwischen uns gab, konnte er nicht ignorieren, was für mich so wichtig war.

»Ich bin vor ein paar Stunden Gabriel Blaise begegnet«, sagte er.

Damit hatte ich nicht gerechnet. »Was ist passiert?«

Er zog einen Mundwinkel in die Höhe und schenkte mir damit die gequälte Version eines Grinsens. »Wir haben uns beide vor der Wohnung von Nolan Morrison umgesehen, dem verschwundenen Rotluchs. Es ist alles okay. Aber es war anders als sonst. Blaise ist angespannt. Wir alle sind es. Es hat wahrscheinlich mit der Jahresfeier zu tun. Es liegt so viel Hoffnung darin, und nun gibt es diese Probleme. Weißt du, als ich klein war, habe ich nicht weiter darüber nachgedacht, warum wir dieses Fest veranstalten. Es war einfach nur ein Tag, an dem sich die Mitglieder aller Tribes getroffen und gut zusammen gegessen haben.« Er lächelte wehmütig.

Ich betrachtete sein Gesicht, die dunklen Augen, den Schimmer der Lampe auf seinen Wangenknochen.

»Leider steckt so viel mehr dahinter. Als würden wir diese Ermahnung brauchen, weil die Erinnerungen an die alten Auseinandersetzungen und an das Misstrauen untereinander viel stärker sind als der Wunsch, friedlich zusammenzuleben.«

»Und ihr könnt nicht in dem Ausmaß nach euren Leuten suchen, wie ihr wollt, da die Feier wie geplant stattfinden muss und keine Panik unter all denen ausbrechen darf, die von nichts wissen«, sagte ich so leise, dass es fast im Ticken der Wanduhr unterging. Nathan hörte mich trotzdem, aber ich hatte bereits festgestellt, dass er über extrem gute Sinne verfügte.

»Ja. Nachts kann ich nicht schlafen, weil ich an Zach denken muss. Daran, wie es ihm geht und ob er noch lange durchhält, falls die Antwort *schlecht* lautet. Ich muss mich zusammenreißen, um die Sache nicht selbst in die Hand zu nehmen. Du weißt schon, loszustürmen und die Leute aufzusuchen, die ich im Verdacht habe, und so lange auf sie einzuprügeln, bis sie mit der Sprache herausrücken.«

Wieder dieses gequälte Lächeln. Ich berührte kurz seine Wange. Er atmete tief durch, dann fing er meine Hand behutsam ein und hielt sie fest. »Wären die Spannungen nicht, würde ich nach Winter Harbour fahren, mich auf den Versammlungsplatz stellen und brüllen, dass vermutlich die Berglöwen dahinterstecken, weil sie sich an den anderen Tribes rächen wollen. Dafür, dass sie nicht mehr die unangefochtene Nummer eins sind. Aber das kann ich nicht. Es könnte Dinge in Gang setzen, die dazu führen, dass sich die Vergangenheit wiederholt, bis ein ganzes Volk ausgelöscht ist. Und in dieser Vergangenheit spielen leider auch die Verbotenen eine Rolle. Weil sie damals den Ausschlag gegeben haben.« Er hatte seinen Griff mit jedem Wort verstärkt und lockerte ihn nun wieder. »Verstehst du jetzt, warum es gefährlich ist, mit Moniques Aufzeichnungen zu experimentieren? Verdammt, Quinn, denke nicht, dass es mich kaltlässt, nicht zu wissen, was vor sich geht, mit Zach, mit Maya, mit dir …« Er schluckte hart.

Die Worte hallten in meinem Kopf nach. Ja, ich verstand ihn, und zum ersten Mal zeigte er mir auch ungeschönt all den Schmerz und die Zerrissenheit, mit der er sich herumschlug.

Aber ich begriff noch etwas anders. Es war die ganze Zeit da gewesen, und wir hatten bereits oft darüber geredet. Ich war nur zu sehr damit beschäftigt gewesen, zwei Dinge zu finden – die Lösung für all die Rätsel, die mein Tattoo betrafen, und eine Schublade, in die ich mich einordnen konnte, um endlich keine Außenseiterin mehr zu sein, die ihren Platz im Leben nicht fand.

»Nathan«, stieß ich hervor. Er hatte mir erzählt, dass die ersten Verwandlungen mit der Pubertät einsetzten. »Wenn ich eine Sdáng bin, dann gehörte meine Mutter oder mein Vater zu einem Tribe. Aber bisher habe ich mich noch nie verwandelt.« Stattdessen plagten mich diese Attacken, über die ich bei all meinen Internetrecherchen nichts gefunden hatte und die immer stärker wurden, als hätte jemand etwas in mir in Gang gesetzt. »Was ist, wenn diese Bilder – die Wälder und Bäume, die so wahnsinnig schnell an mir vorbeiziehen – Eindrücke sind, die ich als Wandler hätte erleben sollen? Was ist, wenn sich dieser unterdrückte Teil von mir danach sehnt, wie alle Wandler durch die Natur zu streifen? Wenn diese Bilder so etwas wie eine kollektive Erinnerung sind?«

Dieses Mal umfasste ich seine Hände und versuchte, in den Bernsteinfunken seiner Augen die Wahrheit zu finden. In diesem Moment schwebte ich zwischen dieser und der Welt der Mythen. Ich brauchte Nathan, der mich erdete und zurückbrachte.

Unendlich behutsam löste er seine Hand aus meinen Fingern, legte sie an meinen Hals und schob sie unter meine Haare. Und auf einmal hatte ich Angst vor seiner Antwort.

»Quinn«, sagte er traurig. »Ich glaube, dein Tattoo wurde genau aus diesem Grund versiegelt. Damit deine Wandlerseite nicht zum Vorschein kommt. Damit du dich nicht erinnerst. Weil Erinnerungen nicht immer eine Warnung sind. Manchmal sind sie auch eine Gefahr.«

# Die Berglöwen

Der größte Tribe auf Vancouver Island besteht aus zweiunddreißig Mitgliedern und lebt schon immer in der Region. Daher besitzen diese Wandler Ansehen und Einfluss – aber auch Stolz und Arroganz. Sie sehen sich selbst als die geborenen Anführer, streben nach Macht, lieben es, im Mittelpunkt zu stehen, und reagieren allergisch, wenn jemand sie infrage stellt.

Ratsmitglied: Edmund Blaise

# Kapitel 17

## QUINN

»Hey!«

Ich zuckte zusammen. Fast wäre ich frontal gegen einen Typen gerannt, der zum Glück schmächtig war, sonst hätte er mich wohl zu Boden geschickt. So stolperte ich lediglich zur Seite und konnte mich gerade noch fangen. »Entschuldige«, rief ich ihm hinterher, da er bereits weitergegangen war. Netterweise nahm er sich die Zeit, sich umzudrehen und mir einen Vogel zu zeigen. Ich antwortete mit einem Mittelfinger, die Entschuldigung hätte ich mir sparen können.

Allerdings musste ich dringend aufhören, wie ein Zombie über den Campus zu schleichen. Es war paradox, dass sich die Uni plötzlich surreal anfühlte – ganz im Gegensatz zur Welt der Wandler. Noch vor Kurzem war es andersherum gewesen. Ich würde mich heute in meinen Kursen nur schlecht konzentrieren können, aber ich durfte mir nicht schon im ersten Semester Patzer leisten. Wenn Maya hier wäre …

*Sie ist aber nicht hier! Hör auf, an sie zu denken!*

Nathan hatte sich gestern verabschiedet, nachdem wir eine Weile schweigend in der Küche gesessen hatten. Ich verstand ihn, seine Sorge, sogar seine Zerrissenheit. Aber ich konnte nicht zwischen diesen beiden Welten feststecken, ohne jemals zu erfahren, in welche ich gehörte. Vor allem nicht, seitdem ich glaubte, dass – sollte ich wirklich eine Sdáng sein – meine Attacken etwas mit den unterdrückten Wandlungen zu tun hatten. Ich hatte Nathan gefragt, was geschah, wenn jemand sich weigerte, die Tiergestalt anzunehmen. Laut ihm war so ein Fall noch nie aufgetreten. Der Drang war zu stark, um ihm standzuhalten. Ihm überhaupt standhalten zu wollen. Aber was, wenn das Symbol auf meiner Haut genau das tat – es hielt mich davon ab, das zu tun, was ich meiner Natur nach schon längst hätte tun sollen? Dann wäre es kein Wunder, dass ich so oft wütend gewesen war. Und je länger ich wartete, desto schlimmer wurde es, als würde ein tief in mir verborgener Teil versuchen auszubrechen – oder eine Mauer einzureißen, die gegen meinen Willen errichtet worden war. Entweder war ich also eine Sdáng, deren Unterbewusstsein verrücktspielte, weil ein Teil von mir unterdrückt wurde … oder ich war einfach eine gestresste Studentin, deren biologische Eltern verantwortungslose Idioten gewesen waren und einen schrägen Sinn für Humor gehabt hatten.

Meine Gedanken wanderten zurück zum Vorabend. Nathan hatte mich umarmt, bevor er gegangen war, und einen schrecklichen Moment lang hatte ich geglaubt, dass er sich von mir verabschiedete, dass er den Kontakt mit mir abbrach, um mir keine Berührungspunkte mehr mit den Wandlern zu liefern. Aber dann hatte er mich so lange angesehen, dass ich zunächst glaubte, er wollte mich küssen. Mein Herz schlug selbst jetzt noch schneller, wenn ich daran dachte. Nach einer Weile hatte er mir eine Haarsträhne vom Hals gepflückt und mir zugeflüstert, dass er alles tun würde, damit ich sicher war.

In der Nacht hatte ich kaum geschlafen – ein weiterer Grund, warum ich heute so unbeholfen durch die Gegend stolperte. Ich bog nach links ab und hielt auf das Gebäude zu, in dem ich heute meine Kurse in Farbtheorie, Design-Technologie sowie Illustration haben würde. Vor dem ersten hatte ich ein wenig Angst, da ich mich möglicherweise als Freak outen würde, weil ich den Blaubereich im Farbspektrum nicht ausmachen konnte. Dafür freute ich mich besonders auf den Illustrationskurs, und in gewisser Weise war ich auch froh, dass mein Montagsstundenplan vergleichsweise voll war. So hatte ich weniger Zeit zum Grübeln und somit auch weniger Zeit, um völlig durchzudrehen. Ich sah Stacey aus meinem ersten Kurs und winkte ihr zu. Sie wedelte mit einer Schachtel Zigaretten und deutete zur Seite. Ich grinste und zeigte ihr einen Vogel. Stacey würde vermutlich wie bisher zu allen gemeinsamen Kursen zu spät kommen.

»Na, noch immer allein unterwegs?«

Joanna! Ich fluchte innerlich, aber wenn ich sie nun ignorierte, würde ich sie auf dem Weg zum Gebäude nicht mehr loswerden. Wahrscheinlich war das hier ein Test, inwiefern ich mir ihre kleine Warnung zu Herzen genommen hatte. Mit einem möglichst neutralen Gesichtsausdruck wandte ich mich um und stand der Königin und ihrem Hofstaat gegenüber.

Celia und Linda hielten deutlichen Abstand zu uns beiden, tuschelten miteinander und machten in ihren hellen Röcken und mit den engen Tops in Pink und Rosa auf Zwillinge. Joanna hob sich – natürlich! – von ihnen ab und trug ein schwarzes Kleid mit glitzernden Applikationen, das besser auf eine Party gepasst hätte. Ihre Haare fielen offen über die Schultern. Automatisch suchte ich ihre

Haut nach einem Tribe-Tattoo ab, fand aber nichts. Sie trug es sicher nicht dort, wo jeder es sehen konnte. Es war seltsam zu wissen, dass sie eine Gestaltwandlerin war und manchmal als Raubkatze durch die Wälder strich, aber ihre herablassende Art wischte diese Gedanken innerhalb eines Wimpernschlags weg. Zurück blieb das leider mittlerweile so normale Bild der Campus-Prinzessin. Ob Celia und Linda auch zu den Berglöwen gehörten? Vermutlich. Sie waren ja ebenfalls auf der Poolparty gewesen.

Joanna hob die perfekt geschwungenen Brauen. »Hat es dir die Sprache verschlagen? Oder gibt es einen anderen Grund, weshalb du mich so anstarrst?«

Ich schindete Zeit, indem ich mich zur Seite lehnte und ihren beiden Begleiterinnen zuwinkte. Die hörten auf zu tuscheln, nur um die Köpfe dann umso enger zusammenzustecken.

Erst dann wandte ich mich an Joanna. »Ich habe nur gerade überlegt, warum du mich noch immer anquatschst, obwohl ich deutlich gemacht habe, dass du es lassen sollst. Habe ich irgendetwas an mir, das dich so unglaublich interessiert?«

Joanna zupfte an einer Haarsträhne und schenkte mir ihr perfektes Performancelächeln. »Ich weiß es nicht. Sag du es mir.«

Innerlich erstarrte ich. Ein Eisschauer rann trotz der Sonne über meine Haut. Ahnte sie etwas? Hatte sie mein Tattoo in meinen Zeichenheften gefunden und wusste, was ich war – oder glaubte sie, es zu wissen? Was hatte sie gesagt, als sie bei mir zu Hause aufgetaucht war?

*Irgendetwas ist mit dir. Ich kann es nur nicht richtig greifen. Aber das finde ich noch heraus.*

Nathan hatte erzählt, dass ich eine Art Anziehungskraft auf den

Panther ausgeübt hatte. Auch auf die Berglöwen? Hatten die Blaises nach der Poolparty etwas gemerkt? Hatte Joanna mich etwa neulich nachts vor Belles Haus beobachtet?

Mit Mühe brachte ich ein Lächeln zustande, das ihrem an Künstlichkeit in nichts nachstand. »Ich glaube nicht, dass unsere Geschmäcker und Vorlieben sich auch nur ansatzweise ähneln, also nein.«

Sie nickte, als hätte sie mit dieser Antwort gerechnet. »Wo steckt denn Maya? Hat sie sich vor ihrer eigenen Courage bei unserem letzten Gespräch erschreckt und meidet den Campus?«

»Ich weiß es nicht«, imitierte ich sie und kreuzte die Arme vor der Brust. »Sag du es mir.«

Ihr Lächeln schwankte nur ganz leicht, dann kehrte es in voller Strahlkraft zurück. »Ich habe keine Ahnung, wovon du redest, Liebes.«

Ich kannte sie zu wenig, um zu wissen, ob sie log. Vielleicht hatten die Berglöwen wirklich etwas mit den verschwundenen Wandlern und Sängern zu tun. Das musste aber nicht zwangsläufig bedeuten, dass Joanna involviert war, oder? Verdammt, ich hasste das Gefühl, nie genug zu wissen, auch wenn ich noch so viel in Moniques Notizbüchern las!

»Schade«, sagte ich. »Aber ich muss jetzt weiter, sonst komme ich zu spät zu meinem Kurs.«

Joanna öffnete den Mund, doch es kam kein Ton heraus. Ich fand keine Zeit, mich darüber zu wundern, denn meine Haut kribbelte so schlagartig, dass ich mich fast schon panisch abwenden wollte. Aber dann wurde mir bereits schwindelig, und die Umgebung verschwamm.

Joannas Gesicht verschwand hinter einem dunklen Schleier, und als es wieder auftauchte, war es das der Frau aus meinen Visionen. Sie hatte ihr langes Haar hochgesteckt, einzelne Strähnen standen rebellisch ab. Sie trug dünne Handschuhe und strich mir über die Wange. Es fühlte sich stumpf an. Ich hasste den Geruch nach Gummi, er war so künstlich und flüsterte mir zu, dass dieser Tag kein schöner sein würde. Ich wirbelte herum und rannte einfach weg. »Quinn!«, hörte ich die Frau, aber ich dachte nicht daran, stehen zu bleiben. Kurz bevor ich die Tür erreichte, stellte sich der Mann mit den dunklen Haaren in meinen Weg. Sein schmales Gesicht war fahl vor Sorge, und er kniete sich hin. »Es tut mir leid, Süße«, sagte er. In seinen Augen schimmerten Tränen. »Es tut mir so leid.« Bei seinem Anblick wurde meine Brust eng, und fast hätte ich selbst geweint. Aber sein Gesicht verschwamm trotzdem, und die Umgebung drehte sich, erst langsam, dann schneller und schneller. Plötzlich befand ich mich nicht mehr in dem kleinen Haus, sondern im Wald. Bäume zogen in hohem Tempo an mir vorbei. Ich starrte in die Wipfel, wo die Sonne flirrte und den Boden mit Schatten sprenkelte. Das Licht war rötlich, es dämmerte also bereits, und die Geräusche erzählten von der ankommenden Nacht.

»Hey!« Jemand schlug mir ins Gesicht. Das wurde allmählich zu einer Gewohnheit.

Ich hob einen Arm, um mich zu schützen, berührte etwas und stieß es von mir. Damit erntete ich ein zweites: »Hey!« Dieses Mal klang es jedoch empört statt energisch. Mit ihm kehrte die Gegenwart zurück, hart und unangenehm, aber damit hatte ich bereits gerechnet. Ich blinzelte die letzten Schatten des Waldes weg und fand mich auf dem Campus wieder. Säure sammelte sich in meinem

Mund, rasch beugte ich mich zur Seite und spuckte aus. Meine Handflächen brannten, und als ich nachsah, fand ich Schürfwunden.

Celia und Linda halfen soeben Joanna auf die Beine, die mich wütend anfunkelte und Gras sowie Erde von ihrem Kleid klopfte. »Was stimmt nicht mit dir, Quinn?«

Darauf gab es so viele Antworten und doch keine einzige. Ich rappelte mich auf und bemerkte, dass sich ein Grüppchen um uns gebildet hatte. Die meisten starrten uns nur an, aber ein älterer Student oder sehr junger Dozent trat auf mich zu und hielt mir eine Hand hin. »Ist alles okay? Hast du dich verletzt?«

»Nein«, murmelte ich, wurde rot und ließ mich rasch von ihm auf die Beine ziehen.

Er blickte zu Joanna. »Was ist denn passiert?« Es war ihm deutlich anzusehen, was er glaubte: Zickenkrieg inklusive Handgreiflichkeiten. Wundervoll.

Joanna hatte mittlerweile sowohl ihr Kleid gesäubert als auch ihre Würde zurückgewonnen und hob ihr Kinn. Celia hängte sich soeben Joannas Tasche um. Natürlich, nach dem schlimmen Sturz konnte man von der Königin nicht verlangen, dass sie ihre eigenen Sachen schleppte!

»Fragt bitte nicht mich«, erwiderte sie spitz. »Ich wollte dieser Verrückten nur helfen, nachdem ihre Lider plötzlich geflattert sind, als wäre sie auf Drogen. Dann ist sie getaumelt und gestürzt. Keine Ahnung, wie lange sie da lag.«

»Bestimmt eine Minute«, sagte Linda. »Wenn nicht länger.«

Joanna hob beide Hände. »Nicht mein Problem. Aber beim nächsten Mal solltest du dir vorher überlegen, was du verträgst und was nicht, Quinn.« Mit diesen Worten drehte sie sich filmreif um und stolzierte davon. Linda und Celia tuschelten noch einmal, kicherten und folgten ihr dann auf dem Fuße.

Der Typ sah mich an. »Vielleicht solltest du bis nach der Uni warten, bis du dir was einwirfst.«

Ich spürte die Hitze auf meinen Wangen. »Unsinn, ich hab doch nichts genommen. Mir ist schwindelig geworden, das ist alles. Ich schlafe momentan schlecht.«

Er musterte mich mit einem Blick, der verriet, dass er mir nicht glaubte, zuckte die Schultern und ging. Ich checkte meine Klamotten, klopfte etwas Gras von der Jeans und nahm meine Tasche. Als ich losgehen wollte, starrte ich in ungefähr ein Dutzend neugierige Gesichter, die mich verlegen und wütend zugleich machten.

»Wenn es sonst keine Fragen mehr gibt, würde ich jetzt gern zu meinem Kurs gehen«, murmelte ich und drängelte mich an ihnen vorbei. Hatten die denn nichts Besseres zu tun, als hier herumzustehen? Es war ja nicht so, als hätte mir irgendjemand von ihnen helfen wollen.

Im Gebäude atmete ich auf. Jetzt richtete sich mein Ärger nicht mehr auf neugierige Zuschauer, sondern auf die allgemeine Situation. Wie peinlich, dass ich ausgerechnet in Joannas Gegenwart eine Attacke bekommen hatte. Mitten in der Öffentlichkeit. Angeblich war ich knapp eine Minute ohnmächtig gewesen. Bisher hatte ich meine Sorgen darüber immer wieder erfolgreich verdrängt. Wenn ich in die Klapperkiste gestiegen war, hatte ich mir gesagt, dass ich beim geringsten Schwindelgefühl einfach nur rechts ranfahren musste. Aber allmählich konnte ich mich nicht mehr davon überzeugen. Was, wenn diese Ohnmachtsphasen immer länger dauerten? Wie lange konnte man ohnmächtig sein, ohne bleibende Schäden davonzutragen?

Erneut dachte ich an das Gespräch mit Nathan, und auf einmal wusste ich, was ich tun musste. Ja, es gab auf beiden Seiten Fragezeichen, und manche waren vielleicht gefährlich. Mir blieb nur die Wahl, ob ich aktiv oder passiv herausfinden wollte, wo diese Gefahren lagen. Ehe ich weiterhin Stück für Stück die Kontrolle über mein Leben verlor und zusah, wie mein Körper litt, während ich womöglich in den Wahnsinn schlitterte, ging ich lieber ein Risiko ein. Ich hatte keine Angst, und ich war sicher, begriffen zu haben, wie man die alten Tattoosymbole anwendete.

Aber ich konnte auch Nathan verstehen. Bei ihm hatte *Kontrolle* eine ganz andere Bedeutung. Die Schlussfolgerung war einfach, auch wenn sie mir nicht gefiel. Ich durfte nur nicht warten, bis mich der Mut verließ.

Entschlossen machte ich mich auf den Weg zu den Toiletten. Da die Kurse in wenigen Minuten beginnen würden, hatte ich Glück und war allein. Trotzdem kontrollierte ich jede Kabine, bevor ich mein Handy hervorzog und eine der gespeicherten Nummern wählte. Während es klingelte, trommelte ich auf meinem Oberschenkel herum.

»Guten Morgen, Quinn.« Tohmah klang, als gäbe es nichts zu besprechen außer dem Wetter oder wann man sich mal wieder auf eine Pizza treffen könnte.

»Hey, ich glaube, ich habe herausgefunden, wie man mein Tattoo öffnet«, begann ich ohne Umschweife. »Und ich will es tun. Kennst du jemanden, der … na ja, der die Sache durchziehen kann?«

Er schwieg, aber damit hatte ich gerechnet.

»Diese Visionen werden schlimmer. Und sie häufen sich. Was, wenn das so weitergeht? Wenn ich irgendwann den halben Tag mit diesen Bildern im Kopf verbringe, die mich jedes Mal ausknocken? Was, wenn ich dann gerade am Steuer sitze? Heute wurde ich an der Uni gefragt, was ich mir eingeworfen hätte. Ich war bewusstlos, mitten auf dem Campus. Bitte, Tohmah, ich halte das so nicht mehr aus. Ich habe verdammt noch mal Angst.«

»Ich verstehe«, sagte er langsam.

»Und ja, ich weiß, wie Nathan das sieht, und vielleicht auch Sam. Daher will ich sie raushalten. Wenn sie nichts davon wissen, kann es deswegen auch keinen Ärger innerhalb der Tribes geben. Ich werde diese Fähigkeiten, sollte ich sie besitzen, einfach ignorieren. Niemand sonst würde davon erfahren.«

»Das ist nicht so einfach«, erwiderte er langsam. »Du weißt zu viele Dinge nicht.«

»Was das Motiv angeht, bin ich mir sicher. Monique beschreibt es in ihren Unterlagen, zwar ein wenig blumig, aber trotzdem ... doch, ich weiß, was zu tun ist. Und ich halte es für gut möglich, dass ich diese Bilder nur sehe, weil ich mich schon längst hätte verwandeln sollen. Abgesehen von den Erinnerungen an den Tag, an dem ich tätowiert wurde. Es passt alles zusammen.«

»Wenn du fest entschlossen bist, kann ich dich wohl nicht aufhalten.«

Er verschwieg mir etwas.

»Tohmah, spuck's aus.«

Er seufzte. »Hast du mal weitergedacht? Solltest du von einem Sänger oder einer Sängerin abstammen – geschenkt. Dann hast du einfach das Talent geerbt. Aber überleg mal, was deine mögliche

Tiernatur betrifft. Du hast es gerade selbst angesprochen. Du bist über das Alter der ersten Verwandlungen hinaus. Wenn sie durch die Magie der Symbole unterdrückt wurden, sind diese Visionen vielleicht das Ergebnis.«

»Genau das meine ich doch!«

»Quinn«, sagte er nachdrücklich, als hätte ich etwas Wichtiges nicht verstanden. »Wenn es wirklich eine Sperre gibt und du es schaffst, sie aufzuheben, dann …«

»Ich weiß«, zischte ich. »Dann werde ich mich verwandeln.«

Bisher hatte ich es vermieden, genauer darüber nachzudenken, weil es mir wahnsinnige Angst machte. Ich wusste nichts darüber, und ich konnte nicht einmal Nathan fragen. Tat es weh? Was musste ich beachten? Ich stürzte mich in ein Abenteuer, für das ich vollkommen blind war. Aber wenn ich zwischen Blindheit und Realitätsverlust wählen musste, stand die Entscheidung fest.

»Genau«, sagte Tohmah. »Und Wandler lassen sich mit einem Sänger verbinden, weil sie sonst nach ihren ersten Verwandlungen nicht in ihre menschliche Gestalt zurückfinden.«

»Oh.« Das hatte ich nicht bedacht. Mein Leben mochte nicht leicht sein, aber das bedeutete noch lange nicht, dass ich bereit war, es für immer gegen ein anderes auf vier Pfoten zu tauschen. Auf einmal fror ich, als wäre ich vom Sommer schlagartig in den Winter gerutscht. Ich hatte gesehen, wie nah sich Sam und Nathan standen. Sie verständigten sich teilweise ohne Worte, und Sam konnte die Umgebung durch Nathans Augen miterleben, wenn er verwandelt war. Diese Art von Nähe faszinierte mich – bei anderen. Bei dem Gedanken, sie selbst zuzulassen, sträubte sich ein Teil von mir.

Ich hatte nie jemandem Zugang zu meinem Inneren gewährt, zu

meinen verworrenen Gefühlen. Nicht einmal Stan damals – und mir war klar, dass unsere Beziehung unter anderem daran zerbrochen war. Ich hatte es nicht zulassen können. Wie denn auch, wenn ich mich selbst nicht kannte?

Ich starrte auf die Fliesen vor mir. »Tohmah?«

»Ja.«

»Ehrlich gesagt weiß ich nicht weiter.« Ich konnte schließlich nicht zu einem Arzt gehen und ihm sagen, dass eine unterdrückte Magie mich mit Erinnerungsfetzen quälte.

Tohmah brummte, und ich vermutete, dass es beruhigend klingen sollte. »Ich hör mich um und melde mich, wenn ich etwas habe. In der Zwischenzeit überlegst du dir, ob du das wirklich tun willst. Können wir uns darauf einigen?«

Ich nickte. »Ja, okay. Danke.«

»Gut. Pass auf dich auf.«

»Mache ich, du auch.«

Er legte auf.

Ich steckte das Handy in meine Tasche, lehnte den Kopf an die Wand und starrte an die Decke. Nun hieß es warten. Es war an der Zeit, in die normale Welt zurückzukehren, und ich hoffte, dort möglichst lange zu bleiben.

# Kapitel 18

## NATHAN

Als der Duft von Kaffee durch M. Wellers Büro zog und sie gefühlte zehn Minuten mit ihrer Brötchentüte knisterte, merkte ich, wie hungrig ich war. Logisch, ich hatte seit heute Mittag nichts gegessen. Mein Magen wusste das ebenso gut wie ich, das Knurren musste man bis draußen auf den Campus hören. Zumindest M. hob den Kopf.

»Meine Güte Nathan, warst du das?«

Ich blickte von den Unterlagen auf, die ich soeben in eine Excel-Tabelle übertrug, und zuckte die Schultern. »Mein Stundenplan heute ist recht voll, und ich musste zwischen den Kursen noch Dinge erledigen.«

Das stimmte. Bisher war mir der Tag erschienen wie ein Zug, der mit halsbrecherischer Geschwindigkeit durch die Gegend donnerte. Ich war rechtzeitig aufgestanden, um wie so oft in der Morgendämmerung laufen zu gehen. Als Zach noch nicht verschwunden war, hatte er mich oft begleitet und dabei regelmäßig herausgefordert, indem er kurze Zwischensprints einlegte. Heute hatte ich jedoch an Quinn gedacht und an all das Chaos, das sie ungewollt in mein Leben brachte. Ich hatte es ihr nicht gesagt, aber ich war sicher, dass sie eine Verbotene war. Ich hatte es in der Panthergestalt gefühlt. Ich war noch nie zuvor jemandem mit den verbotenen Kräften begegnet, aber die Beschreibungen passten leider zu gut. Okay, sie waren vage, niemand wusste genau, wie stark die Verbotenen damals im Krieg die Berglöwen beherrscht hatten. Jeder, der diesen Einfluss gespürt hatte, war schon längst tot, und innerhalb der Tribes mieden wir das Thema.

All diese Gedanken hatten mich so sehr aus der Gegenwart gerissen, dass ich viel weiter gelaufen war als ursprünglich geplant. Danach hatte ich mich abhetzen müssen, um noch rechtzeitig zu meinem Kurs Dreidimensionales Design zu kommen. Unter anderen Umständen hätte ich ihn ausfallen lassen, aber die visuellen Darstellungsprogramme und -techniken waren einer meiner Schwerpunkte.

»Hier.«

Ich fing die Tüte gerade noch rechtzeitig auf, bevor sie mir an den Kopf knallen konnte. »Was ist das?«

»Mein Nachtisch«, sagte M. und schenkte mir den strengen Blick einer Mutter, die ein Machtwort sprach. »Und ich diskutiere nicht mit dir darüber. Sieh es einfach so: Du rettest mich und meine Hüften, wenn du die beiden Donuts für mich vernichtest. Eigentlich wollte ich sie auch gar nicht kaufen, aber ich komme immer so schwer an den Auslagen vorbei.« Damit war das Thema für sie erledigt, und sie wandte sich wieder ihrem Laptop zu.

Ich wusste, wann eine Diskussion sinnlos war. Zudem hatte ich wirklich Hunger. Also öffnete ich die Tüte, zog den ersten Donut heraus – pinkfarbener Guss, Silberstreusel – und schlang ihn mit zwei Bissen hinunter. Der zweite folgte in demselben Tempo, dann wischte ich mir die Finger an der Serviette ab und wollte gerade weitertippen, als sich mein Handy meldete. Ich warf einen Blick darauf. Eine Nachricht von Dad.

Planänderung. Der Rat will mit dir reden. Daher bringst du jetzt die Schnitzereien her, nicht wie von dir vorgeschlagen Caleb. Sei morgen da.

Das war alles. Keine weiteren Erklärungen, nicht einmal die Frage, ob ich wichtige Termine hatte, die ich nicht canceln konnte. Aber so war es immer, die Tribes gingen vor. Ich überschlug meinen Stundenplan im Kopf und fluchte lautlos. Das erste Basketballtraining der Saison würde ich verpassen, und Coach Wittman mochte es nicht, wenn man gleich zu Anfang fehlte. Caleb hätte das nichts ausgemacht, er machte sowieso nur mit, weil er sonst nichts zu tun hatte. Er spielte ziemlich mäßig, dabei könnte er besser sein, wenn er wollte. Aber sein Motto lautete nun einmal: *Bloß kein Stress*.

Warum wollte der Rat mit mir reden? Auf einmal schlug mein Herz schneller – hoffentlich gab es Neuigkeiten! –, dann setzte es einen Schlag aus. Nein, besser nicht. Wenn es welche gab, waren sie sicher mies. Schließlich hatte ich Zach noch immer nicht erreicht, und ich versuchte es weiterhin mehrmals am Tag, ebenso bei Isra, Maya und Nolan.

Wenn ich morgen in Winter sein musste, fiel die Uni für den Rest der Woche flach. Ich räusperte mich energisch.

M. blickte von ihrem Laptop auf. »Ja?«

»Danke für die Donuts«, sagte ich und schwenkte die leere Tüte. »Ich habe übrigens gerade eine Nachricht von meinem Dad bekommen. Kann ich mir eventuell morgen freinehmen? Ich muss dringend etwas erledigen. Familienangelegenheiten. Leider außerhalb der Stadt. Ich könnte dafür nächste Woche einen zusätzlichen Nachmittag kommen.« Ich hatte zwar keine Ahnung, wie ich das schaffen sollte, aber darüber würde ich mir Gedanken machen, wenn es so weit war.

M. wiegte den Kopf hin und her. »Du kannst heute gern länger machen. Ich brauche die Tabellen leider.«

Damit konnte ich auch meinen Trip zum Blueback Drive Beach vergessen, um ein paar Runden zu schwimmen. Aber es war wirklich die beste Option.

»Klar«, sagte ich und schrieb schnell Rui und Deb eine Nachricht, dass sie nicht auf mich warten sollten. »Das ist kein Problem.« Caleb würde ich später anrufen und ihm sagen, dass seine Tour nach Winter gecancelt war. Er würde sich nicht mit einer WhatsApp zufriedengeben, sondern zurückrufen und mich zulabern. Ich würde ihn wegdrücken, er würde es erneut versuchen, und letztlich würde er hier aufkreuzen. Cal hielt Neugierde nicht länger aus als zehn Sekunden.

Ein leises Pingen verkündete Debs Antwort:

Schade. Dann nächste Woche, Großer.

Sie fragte nie nach, da sie begriffen hatte, dass das Leben als James Copelands Sohn nicht immer Vorteile mit sich brachte. Ich zog eine Grimasse und nahm mir einen weiteren Stapel Unterlagen vor.

Am nächsten Morgen stand ich gegen fünf vor Sams Hütte und verstaute die Skulpturen und anderen Schnitzarbeiten sicher auf der Ladefläche seines Pick-ups. Wir würden die Autos bis morgen tauschen, da mein Wagen einfach zu wenig Platz bot. Ich hatte Sam von Dads Nachricht erzählt, und er hatte mit aller Seelenruhe erwidert, dass ich wohl erst in Winter Harbour mehr erfahren würde. Natürlich hatte er recht, und wie so oft steckte seine Ruhe mich an. Zudem versprach er mir, später zu checken, ob bei Quinn alles okay war.

Eine halbe Stunde später befand ich mich auf dem Weg Richtung Norden und überlegte, was ich dem Rat erzählen sollte. Dass ich die Blaises verdächtigte, nicht mit offenen Karten zu spielen? Auf jeden Fall. Ich musste nur die dämliche Aktion nach der Poolparty im Wald verschweigen, um Quinn herauszuhalten. Besser, der Rat hörte ihren Namen gar nicht erst.

Ich warf einen Blick auf das Navi. Allein bis Holberg waren es mindestens fünf Stunden – wenn ich gut durchkam –, und das letzte Stück bis Winter Harbour war auch nicht gerade eine Traumstrecke. Aber ich hatte Musik dabei, und abgesehen davon gab es genug, worüber ich nachdenken musste. Ich startete meine aktuelle Playlist, und *Heroes* von David Bowie brachte mich dazu, etwas mehr aufs Gas zu treten.

Ich fuhr wie in Trance, ignorierte weiterhin ab und zu das Tempolimit und erreichte Port Hardy nach stolzen vier Stunden. Hier machte ich eine Pause, füllte den Tank noch einmal bis zum Anschlag, holte mir einen Burger mit Pommes und checkte meine Nachrichten. Sam teilte mir mit, dass Bill Edenshaw und Patricia Naganash ebenfalls in Winter Harbour waren. Also hatte der Rat den Obersten der Sänger und seine Stellvertreterin hochbeordert.

Die nächste Nachricht kam von Quinn und bestand nur aus wenigen Worten:

Ist alles okay?

Trotz allem musste ich grinsen. Ein dummer Teil von mir – jener Teil, der es genoss, über den Hafen in die Ferne zu blicken, die Silhouette eines Vogels zu beobachten und alle Sorgen vorübergehend von sich zu schieben – hoffte, dass sie sich um mich sorgte. Mein Daumen schwebte über dem Handy, dann tippte ich eine Antwort.

Bin unterwegs nach Winter Harbour,

melde mich, wenn es Neuigkeiten gibt.

Nach kurzem Zögern fügte ich hinzu:

Pass auf dich auf.

Ich schickte die Nachricht ab und ging zurück zum Wagen. Länger trödeln sollte ich nicht, das streckenmäßig schwerste Stück lag noch vor mir.

Die Sonne verließ mich wenig später. Schlagartig verdüsterte sich die Landschaft, und Bodennebel zwang mich, langsamer zu fahren. Ich hielt mich Richtung Westen. Die Straße hätte eine Sanierung vertragen, an manchen Stellen waren die Löcher so tief, dass es mir die Luft aus den Lungen drückte, wenn ich eines übersah. Bei dem Tempo würde ich weit länger als eine Stunde brauchen, um Holberg als nächstes Etappenziel zu erreichen. Aber das war immer noch besser, als hier oben leichtsinnig zu sein und eine Panne zu riskieren. Immer wieder checkte ich das Netz auf meinem Handy, das sich zwischendurch stets für kurze Zeit verabschiedete. Keine neuen Nachrichten. Wälder flogen an mir vorbei, hin und wieder unterbrochen von Schneisen, wo geschlagene Bäume abtransportiert worden waren. Das Klima war weit feuchter als in Nanaimo, ich musste aufpassen, nicht in den Fahrrinnen wegzurutschen oder stecken zu bleiben, die riesige Trucks in den aufgeweichten Boden gegraben hatten.

Nach einer ganzen Weile schimmerte Wasser zu meiner Linken. Ich hatte Holberg erreicht. Hier begann das letzte Stück der Fahrt – noch mehr Wald, noch mehr Unebenheiten, noch mehr Einsamkeit. Wunderschön. Ein Teil von mir wollte anhalten und in diesen Wäldern laufen gehen, meine Muskeln so weit verausgaben, bis sie schmerzten und ich so fertig war, dass ich vollkommen abschalten konnte. Aber … beim nächsten Mal. Jetzt war ich nicht zum Vergnügen hier.

Mittlerweile waren die Wege mit Kies ausgelegt. Ich drosselte die Geschwindigkeit, während die Red Hot Chili Peppers davon sangen, bloß nicht geizig zu sein.

Eine Bewegung schräg vor mir schreckte mich auf. Ich war beinahe am Ziel und hatte es nicht einmal gemerkt! Ich fuhr langsamer, hielt an und ließ die Scheibe herunter. Jemand trat aus dem Gebüsch und kam näher. Ein junger Typ, allerhöchstens ein paar Jahre älter als ich, in Jeans, alten Schuhen, die aussahen, als würden sie demnächst auseinanderfallen, sowie Shirt und Weste, in der ein Walkie-Talkie steckte. Ich kannte ihn nicht, aber das musste nichts heißen. Möglicherweise war er einer von denen, die das ganze Jahr über in Winter Harbour blieben und sich alles anliefern ließen, was sie zum Leben brauchten. Direkt an der Mündung des Quatsino Sound gelegen, war der Ort über Land nur schwer zu erreichen, und die wenigen vom Wasser aus sichtbaren Häuser hatten wir verfallen lassen, um Besucher abzuschrecken, die sich einen Hauch wilder Naturromantik erhofften. Das hielt natürlich nicht alle ab. Vor allem Outdoor-Fans verirrten sich hin und wieder nach Winter Harbour, daher patrouillierten Wachen rund um die Uhr. Meine Leute hatten es gelernt, möglichst langweilig oder unangenehm aufzutreten, sodass die meisten ungebetenen Besucher sich schnell abwimmeln ließen. Wäre die Filmbranche auf der Suche nach einer neuen Schauspielriege, hier würde sie fündig werden.

Ich versuchte noch zu erkennen, zu welchem Tribe der Kerl gehörte, scheiterte aber an seiner herrischen Aura in Verbindung mit der wenig eindrucksvollen Körpergröße, als er zur Begrüßung die Hand hob. Die andere hielt er hinter dem Rücken verborgen.

Ich beugte mich aus dem Fenster. »Hey«, rief ich. »Ich bin Nathan Copeland und will zu meinem Vater.«

Er nickte, als er den Familiennamen hörte. »Deinen Ausweis muss ich trotzdem checken, Kumpel.«

»Kein Thema.« Ich kramte ihn heraus.

Er nahm ihn und warf einen Blick darauf. »Dein Vater erwartet dich?«

Ich nickte. »Was ist, lässt du mich rein?«

Es gab nirgendwo ein Tor, aber ich wusste, dass hier nur die äußere Wachlinie verlief. Sobald er dem zweiten Wachposten Bescheid gab, dass ich passieren durfte, war alles im grünen Bereich. Wenn nicht, konnte es gut sein, dass mir der Wagen um die Ohren flog – und ich gleich mit.

Er gab mir den Ausweis zurück. »Der Rat hat sich vorhin versammelt. Ich sage Bescheid, dass du da bist.«

»Gut, danke.«

Er nickte und gab den Weg frei. Ich fuhr an und beobachtete im Rückspiegel, wie er das Walkie-Talkie aus der Weste zog.

Es dauerte noch drei Kurven, dann sah ich den ersten Ausläufer von Winter Harbour: das Wachhaus. Äußerlich war es ein kleines Wohnhaus, im Inneren jedoch vollgestopft mit technischem Zeug.

Monitore zeigten an, was die Kameras im Umfeld aufzeichneten, es gab sogar eine Infrarotmessung. Bei einem meiner ersten Besuche hatte Dad mir das Wachhaus gezeigt. Ich war schwer beeindruckt gewesen, aber mit sieben oder acht Jahren hätte mich alles beeindruckt, was nach einem Haufen komplizierter Technik aussah. Hinter dem verdunkelten Fenster sah ich keine Bewegung, wusste aber, dass soeben mein Kennzeichen notiert wurde.

Hinter dem Wachhaus kam zunächst Wald, dann sah ich die ersten Wohnhäuser. Unsere Leute hatten weitflächig gebaut und den ehemals kleinen Ort gestreckt, mit viel Platz zwischen den Gebäuden. Niemand starrte hier auf das Haus seines Nachbarn, und jeder musste nur vor die Tür treten, um im Grünen zu sein. Ein Fernsehbericht hatte Winter Harbour in seiner heutigen Form vor ein paar Jahren als »Moderne Kommune, in der sich Globetrotter zur Ruhe setzen« bezeichnet, ein anderer als »Heimat einer Outdoor-Sekte«. Für mich war es meine andere Welt. Ich gehörte auch hierher, besuchte den Ort aber so selten, dass er mir im ersten Moment stets fremd vorkam – wie Großeltern, die man nur an Weihnachten sah.

Ich erreichte den Parkplatz, schaltete den Motor aus und lauschte. Die besondere Energie der Gegend vibrierte auf meiner Haut. Sie lag in der Luft, in der Erde. Auf einmal verschwand ein Teil des Gewichts von meinen Schultern. Und einen dummen Moment lang wünschte ich mir, Quinn mitgebracht zu haben.

In den vergangenen Jahren hatte sich im Kerngebiet von Winter nichts verändert, sodass ich mich auch jetzt mit geschlossenen Augen zurechtfinden würde. Noch konnte ich mir nicht vorstellen, für immer hier zu leben, auch wenn ich es liebte, so weit draußen zu sein. Vielleicht eines Tages.

Ich stieg aus und machte mich auf den Weg zum Versammlungshaus. Hin und wieder sah ich jemanden, aber das war okay. Ich befand mich innerhalb der kontrollierten Zone, daher beachtete man mich kaum. Ich war keine Gefahr.

Der Weg schwenkte nach links und wurde breiter. Am Ende sah ich die Ausläufer der Gebäude rund um die Versammlungshalle. Ich bog ab und betrat kurz darauf den Hauptplatz. Hier war schon mehr los. Einige Leute standen in einer Gruppe beisammen, zwei Männer unterhielten sich vor einem Haus miteinander, ein weiterer saß in einer Ecke und flickte ein Fischernetz, während zwei Frauen ihm immer wieder etwas zuriefen, das er jedoch ignorierte.

»Nathan Copeland!«

Ich drehte mich um und blickte in ein Gesicht, dem das Leben unter freiem Himmel eine Menge Falten verpasst hatte. »Hugh.«

Zwei weitere Schritte, dann zog Hugh Temple mich in eine Umarmung, die mich hart nach Luft schnappen ließ. Ich hielt still, um nicht noch mehr Schaden anzurichten.

»Wie geht es dir?«, keuchte ich, als er mich endlich losließ und mit einer Art Großvaterstolz betrachtete. Hugh war ein Jaguar, der Älteste unseres Tribes.

»Normalerweise müsst ich sagen, dass du ganz nach deinem Vater kommst, aber das wär gelogen. Das hier«, sein Finger schwebte vor meinem Gesicht, »ist eindeutig das Erbe deiner Mutter.«

»Dagegen habe ich nichts.«

Mum war eine schöne, aber auch energische und stolze Frau gewesen. Jeder redete mit einer verhaltenen Ehrfurcht von ihr. Anfangs hatte mich das verunsichert, da ich glaubte, es distanziere sie von mir. Plötzlich war sie nicht mehr Mum, sondern eine Art Übermensch. Aber dann hatte ich begriffen, dass die anderen sagen und denken konnten, was sie wollten. Es kam nur auf meine Erinnerung an.

Hugh kratzte sich am Kinn und grinste. Er sah immer noch so aus wie bei unserer letzten Begegnung: riesige weiße Zähne, breite Schultern, ein Brustkorb wie ein Fass und dazu Beine, die viel zu schlank für den restlichen Körper schienen. Eines davon war seltsam verdreht. Nach einem Unfall als Teenager hatte sich Hugh operieren lassen, aber etwas war schiefgegangen. Er lief entweder langsam oder mit einem Stock, den er sich zurechtgeschnitzt hatte. Andere Hilfen ließ er nicht zu und konnte auch recht knurrig werden, wenn man ihn darauf ansprach.

»Was treibst du hier, Junge? Weißt doch, dass der Senior beschäftigt ist.« Er wies auf die Halle und sah auf einmal gar nicht mehr so fröhlich aus. Fast schon besorgt. Ich glaubte nicht, dass er eingeweiht war, was die verschwundenen Wandler und Sänger betraf, aber auch er spürte die Anspannung im Ort.

»Richtig. Er hat mich herbeordert.«

Er nickte. »Bist schnell groß geworden, Nathan. Wirst deinem Vater bald in den Rat folgen.«

»Ich hoffe, da bleibt mir noch ein wenig Zeit!«

Wir lachten, Hugh krächzend, laut und echt, ich verhalten. Ich war nicht sehr scharf darauf, Dads Posten eines Tages zu übernehmen. Aber ich würde es tun, wenn ich musste.

»Also dann«, sagte ich und schlug ihm auf die Schulter. Hugh erwiderte die Geste um ein Vielfaches verstärkt, brachte mich zum Taumeln und grinste schadenfroh. Als er sich abwandte, machte ich mich auf den Weg zur Halle.

Ein Mann stand davor. Starre Miene, die Hände vor dem Körper verschränkt – die typische Haltung eines Bodyguards. Auf den ersten Blick schien er mir für diesen Job zu jung zu sein, er war höchstens Mitte zwanzig, aber dann korrigierte ich mich. Sicher würde er sich, ohne zu zögern, vor seinen Boss werfen, sollte dieser angegriffen werden. Jetzt fiel mir auch sein Name wieder ein: Grant Comwey, ein Rotluchs.

Ich nickte ihm zu, als ich ein wenig zu nah an ihm vorbeilief, sodass er einen Schritt zur Seite treten musste. Er zuckte nicht mal mit der Wimper oder versuchte, mich von den heiligen Hallen abzuhalten, was wohl bedeutete, dass man ihn über meine Ankunft informiert hatte.

Ich legte eine Hand an den reich verzierten Holzgriff der großen Tür, zögerte und öffnete sie. Im Inneren redeten Stimmen durcheinander, ich entdeckte Blaise, dann Dad. Er sah mich im selben Moment und kam mit großen Schritten auf mich zu.

»Nathan.« Eine kurze Berührung am Rücken, ein Nicken, dann deutete er nach vorn. Eine durchweg offizielle Begrüßung. Jetzt war ich nicht Nathan, sein Sohn, sondern ein Angehöriger seines Tribes, der hier war, um Fragen zu beantworten. »Es wird nicht lange dauern.«

Ich vermied es, Edmund Blaise anzusehen, während Dad mich zu den anderen Ratsmitgliedern führte: Dorothy Brossard, Tribeführerin der Polarfüchse, und Francis Marlatt von den Rotluchsen. Während Dorothy wie immer eine Mischung aus Zartheit und Energie ausstrahlte und in ihrem Hosenanzug sowie mit den hochgesteckten, weißgrauen Haaren einen Hauch Eleganz in die Runde brachte – auf eine angenehme Weise, nicht so protzig wie Edmund

Blaise –, wirkte Francis vor allem entspannt. Aber so waren die meisten Rotluchse, die ich kannte. Sie behielten stets die Ruhe und verschafften sich erst einmal einen Überblick. Im Grunde gute Führungspersönlichkeiten, nur hatten sie wenig Ambitionen, den Ton anzugeben, es sei denn, es blieb ihnen keine andere Option.

Ich hob eine Hand und grüßte in die Runde. Zum Glück verzichteten Dorothy und Francis auf Kommentare, wie groß ich geworden war, und behandelten mich wie einen der Ihren. Ich hatte eher das Gefühl, Geschäftspartnern gegenüberzustehen als dem Rat der Tribes, der für unser aller Überleben verantwortlich war.

»Gute Fahrt gehabt, Nathan?«

Ich wandte mich um und sah Bill Edenshaw. Er hielt sich leicht gebeugt, das lange Haar fiel ihm über eine Schulter, und als er mir seine Hand entgegenstreckte, war die Bewegung ebenso schleppend wie seine Stimme. Bill hatte einen hellwachen Geist, es war ein Jammer, dass sein Körper ihn immer mehr im Stich ließ. In seinem Lederhemd wirkte er wie der exzentrische Star einer Pressekonferenz.

Ich ergriff seine Hand und schüttelte sie energisch – er mochte es nicht, wenn man ihn wegen seines Alters schonte, daran erinnerte ich mich.

»Bill. Danke, ich bin super durchgekommen.«

»Bist wohl gerast?«

»Vielleicht.« Ich verbarg mein Grinsen nur halbherzig, und er lachte sein heiseres Lachen, das zu einem Kettenraucher gepasst hätte.

»Dann lass uns mal beginnen, Junge.« Er deutete auf den Tisch an der länglichen Seite der Halle, und wie auf ein Kommando setzten sich die Anwesenden in Bewegung. Zwar waren sie alle Anführer, aber wenn Bill etwas sagte, hielt der Respekt jeden davon ab, ihm zu widersprechen. Also folgte ich ihm.

Patricia, Bills rechte Hand, saß bereits und lächelte mir zu. Ich wartete, bis alle Platz genommen hatten, und folgte dann ihrem Beispiel.

Dad stand wieder auf, sah sich um und wartete, bis auch das letzte Gemurmel verstummt war. »Wir alle wissen, worum es geht. Noch haben wir keine Neuigkeiten über das Verschwinden von sechs unserer Leute, und auch Belinda von der Polizei hat bislang keine Ergebnisse für uns. Wir sind uns einig, dass dieses Problem keinen Aufschub duldet, und haben uns daher entschieden, ab sofort noch enger mit den Sängern zusammenzuarbeiten.« Er nickte den beiden zu. »Bill und Patricia werden mindestens bis zur Feier in Winter Harbour bleiben. Die offizielle Version lautet, dass es keinen besonderen Grund gibt. Wir haben die beiden einfach dieses Jahr eingeladen, den Vorbereitungen beizuwohnen.«

»Meinetwegen sagt euren Leuten, dass es an meinem Alter liegt und ich diese Feier hautnah erleben will, ehe ich euch alle nie mehr sehe«, warf Bill ein und lachte.

Die anderen wechselten betretene Blicke, nur Patricia legte Bill deutlich amüsiert eine Hand auf den Unterarm.

Dad nickte in die Runde. »Wie ihr auch alle wisst, hat uns mein Sohn Nathan darauf aufmerksam gemacht, dass in kurzen Abständen drei Wandler und ihre Sänger verschwunden sind. Heute wird er uns im Detail erzählen, was er weiß und welche Zusammenhänge er dahinter vermutet. Nathan?«

Dad setzte sich wieder, und ich begriff, dass ich mich nun erheben musste. Verdammt, jetzt fühlte es sich an, als stünde ich vor einem Tribunal. Als trüge ich die Schuld daran, dass unsere Leute wie vom Erdboden verschluckt waren. Dass Edmund Blaise die Augen zusammenkniff, als würde er mich mit seinen Blicken röntgen wollen, machte die Sache nicht besser.

Aber wir alle wollten nichts anderes als eine Lösung, also räusperte ich mich. »Zunächst ist mir aufgefallen, dass mein Cousin nicht mehr erreichbar war. Zachary Carson.«

»Was dich nicht hätte verwundern dürfen.«

Ich hielt inne und starrte Blaise an. Obwohl ich es nicht zugeben wollte, hatte er mich soeben aus dem Konzept gebracht. »Wie bitte?«

»Sofern ich weiß, ist dein Cousin nicht der zuverlässigste junge Mann.« Das Licht der Deckenlampe spiegelte sich in seinen blonden Haaren, während er mir ganz eindeutig den Krieg erklärte. Nicht mit Worten, die waren durchaus berechtigt, sondern mit seiner Miene. Blaise hatte dieser Versammlung offenbar nur zugestimmt, um mich bloßzustellen.

»Das stimmt leider«, sagte ich. Und dann erzählte ich ihnen alles. Dass Zach gern feierte, aber nach ein paar Tagen immer wieder auftauchte, weil ihn spätestens der Hunger jedes Mal zurück nach Hause trieb. Dass es gut möglich war, ihn mit Isra irgendwo beim Campen zu finden, aber Isra absolut verlässlich war und ihr Handy niemals so lange ignorieren würde. Von den Bärenabdrücken im Wald, der angelehnten Tür am Haus der Westcotts und den Fußspuren im Garten. An der Stelle klopfte mir das Herz bis zum Hals, da ich Quinn lediglich als *eine Kommilitonin* erwähnte und hoffte, niemand würde nach ihrem Namen fragen.

Bis auf Blaise unterbrach mich kaum jemand. Und der tat es auch nur, um meine Beobachtungen ins Lächerliche zu ziehen oder mich mit Fragen durcheinanderzubringen, was ihm nicht gelang. Allerdings machte es mich zunehmend wütend, und die Möglichkeit, die mir in den vergangenen Tagen immer wieder durch den Kopf gegeistert war, schälte sich wieder in den Vordergrund. Also entschied ich, ihnen wirklich alles zu erzählen.

»Zuletzt habe ich den Gebäudekomplex besucht, in dem Nolan Morrison eine Wohnung gemietet hat. Dort traf ich Gabriel Blaise.«

Blaise wollte etwas sagen, schwieg dann aber. Es sah ganz so aus, als hätte sein Sohn ihm nichts von unserer Begegnung erzählt.

»Wir unterhielten uns kurz über Nolans Verschwinden, und ich erwähnte meine Beobachtungen, dass es sich bei den verschwundenen Wandlern um je einen Angehörigen der Jaguare und Panther, der Rotluchse sowie der Polarfüchse handelt. Zachary hatte ohnehin keine gute Beziehung zu den Berglöwen, Maya Westcott hat sich an der Universität gegen die schlechte Behandlung durch Joanna Blaise aufgelehnt, und Nolan …«

»Stopp!« Edmund Blaise war nicht aufgestanden, aber auf einmal wirkte er größer als zuvor. »Was willst du damit andeuten?«

Natürlich. Der Politiker und seine Wortwahl. Ich besann mich darauf, wer ich war und dass ich mich davon nicht einschüchtern lassen durfte.

»Ich beschreibe lediglich Tatsachen.«

»Und formulierst dabei Anschuldigungen.«

Ich zwang mich, seinen Blick zu halten. »Nein, dann hätte ich gesagt: Meiner Meinung nach könnten die Berglöwen etwas damit zu tun haben.«

»Nathan!« Dad gab mir einen Wink, aber er wirkte nicht sauer, sondern nachdenklich.

Die Ratsmitglieder und die beiden Sänger diskutierten miteinander, anschließend stellten sie mir Fragen. Ob jemand aus dem Umfeld der Verschwundenen sich auffällig verhalten hätte. Oder ob ich den Eindruck hätte, Maya Westcott könnte Drogen nehmen. Auch wenn ich mit einigen Fragen nicht gerechnet hatte, antwortete ich, so gut ich konnte. Edmund Blaise feuerte ein paar verdeckte Anschuldigungen ab und fragte zwei Mal, wie schlecht Zachs Einfluss auf mich wäre. Hier ging Dad dazwischen, und ich begnügte mich mit einem starren Gesichtsausdruck. Als ich endlich gehen durfte, damit der Rat und die Sängerobersten sich besprechen konnten, fühlte ich mich wie nach einem zu langen Sporttraining. Ich trat nach draußen und atmete erst einmal tief durch. Grant Comwey stand noch immer still wie eine verdammte Statue vor dem Eingang und starrte ins Nichts.

Ich folgte seinem Blick. »Sag mir nicht, du hast die ganze Zeit hier gewartet, Mann.«

Er sah mich nicht an, runzelte aber die Stirn, als hätte ich etwas Megadummes gesagt. »Das ist mein Job.«

Ich zuckte die Schultern und machte mich auf den Weg, um mir die Beine zu vertreten. Vielleicht sollte ich Hugh besuchen, schließlich würde Comwey mich schon aufstöbern, wenn der Rat noch etwas von mir wollte. So wie ich es verstanden hatte, war meine Anwesenheitspflicht vorüber, aber ich wollte noch auf Dad warten und hören, was sie entschieden hatten.

Ich hatte Glück, Hugh hatte soeben einen Eintopf fertig, und da er gern und oft kochte, schmeckte es hervorragend. Wir setzten uns mit Schüsseln und Brot auf die kleine Bank vor seinem Haus, von wo aus ich zumindest einen Teil der Versammlungshalle im Blick hatte. Hugh und ich aßen schweigend, und ich war ihm dankbar, dass er mich nicht über das ausquetschte, was am Ratstisch besprochen worden war.

Nach einer Weile hörte ich Dad rufen, verabschiedete mich von Hugh und lief meinem Vater entgegen. Er sah nachdenklich aus. Die Kerbe zwischen den Brauen, die ich von ihm geerbt hatte, die aber bei ihm deutlich tiefer war, erinnerte an einen Schnitt. Ich blieb vor ihm stehen und wartete. Endlich nickte er mir zu.

»Der Rat und die Sänger haben keine weiteren Fragen an dich. Du kannst wieder zurück nach Nanaimo.« Er deutete auf den Rand der Siedlung, und wir schlenderten langsam nebeneinander her, aus der Reichweite möglicher Zuhörer. Erst nach einer Weile redete er weiter. »Wir nehmen die Sache ernst und werden Kontrollen einführen. Jedes Ratsmitglied wird die Angehörigen seines Tribes einzeln kontaktieren und ihnen erklären, was passiert ist. Falls es noch nicht die Runde gemacht hat, könnten wir es ohnehin nicht mehr länger geheim halten.«

»Eine gute Entscheidung«, sagte ich. »Vielleicht sind die Leute dann auch vorsichtiger.«

*Damit ihnen nicht dasselbe passiert und sie von einem Tag auf den anderen verschwinden.*

»Zusätzlich werden sich Sänger und Wandler gegenseitig kontaktieren, und zwar regelmäßig. Egal ob sie sich in den vergangenen Jahren gesehen haben oder wie alt sie sind. Und ausgewählte Wandler werden regelmäßig Besuche bei jedem Tribe-Mitglied durchführen. Was die Vermissten betrifft, wird es eine zweite Sitzung geben, aber dafür benötigen wir deine Anwesenheit nicht.«

Ich wusste, dass ich ihm vertrauen konnte, aber es fühlte sich an, als wären Zach und die anderen bereits seit Wochen verschwunden. »Was werdet ihr tun?«

Dad schenkte mir seinen Stahlblick, der verriet, dass er alles regeln würde. »Nachforschungen anstellen. Und ja, ich werde die Sache mit Blaise im Hinterkopf behalten.«

Mehr war unter diesen Umständen wohl kaum möglich. Ich musterte das Profil meines Vaters. Energisch, leicht düster, aber vertrauenerweckend. »Ich nehme an, es ändert sich nichts am Ablauf der Feier?«

Er blieb stehen und starrte mich an. »Daran darf sich nichts ändern, Nathan. Das ist die oberste Priorität. Es würde ein falsches Zeichen setzen.«

»Verstehe.« Ich zögerte. »Blaise, hat er …« Meine Geste sagte den Rest, Dad wusste auch so, worauf ich anspielte.

Ein Funkeln trat in seine Augen. »Edmund wird offene Fragen und Befürchtungen mit dem Rat teilen. Es ist nicht deine Aufgabe, weiter mit ihm über diese Dinge zu reden. Erst recht nicht unter vier Augen.«

Es hatte ihm gefallen, dass ich meinen Verdacht vor den anderen zur Sprache gebracht hatte, das merkte ich ihm deutlich an. Zudem versicherte er mir soeben, dass es kein Nachspiel für mich haben würde, die Berglöwen offen verdächtigt zu haben. Manchmal war auf Dad eben doch Verlass – vor allem, wenn er ebenso dachte wie ich.

»Okay.« Ich nickte und zögerte, als mir noch ein letzter Punkt einfiel. Mittlerweile hatten wir den Parkplatz beinahe erreicht. »Wo lagern eigentlich die Aufzeichnungen der Tribes?«

Dad blieb stehen. Das nur spärliche Sonnenlicht fiel auf seine Augen und ließ die Ringe um die Iris glühen. »Was meinst du?«

»Haben wir keine Listen über die Angehörigen?«, fragte ich möglichst unschuldig.

Ich wusste, dass es solche Listen gab, aber bisher hatte es mich einfach null interessiert, wer genau darauf aufpasste. Unter keinen Umständen durfte ich Quinn ins Spiel bringen. Aber wenn ich schon einmal hier war, konnte ich auch gleich nachhaken, wie schwer es sein würde, nach ihren möglichen Eltern zu suchen.

»Ich meine, wenn ihr nun alle abklappern müsst …« Puh, da hatte ich gerade noch einmal die Kurve bekommen!

Dad hob eine Braue. »Diese Unterlagen sind bei Edmund Blaise. Und wir brauchen sie nicht, sie gehen weit in die Vergangenheit zurück. Die aktuellen Mitglieder unserer Tribes kennen wir alle.«

»Warum gerade bei ihm?«

Er atmete tief durch. »Das stammt noch aus einer Zeit, als die Berglöwen die unangefochtenen Anführer waren. Und wenn er diese Listen unbedingt weiterhin verwahren will, habe ich nichts dagegen. Jemand muss es schließlich tun.«

»Klar.« Ich nickte und gab mich locker, während ich innerlich fluchte.

Die Unterlagen, die uns vielleicht Antworten bezüglich Quinns Herkunft liefern könnten, befanden sich ausgerechnet im Haus der Blaises, dem Vorhof der Hölle.

# Die Jaguare und schwarzen Panther

Der Tribe ist vor über zweihundert Jahren aus Lateinamerika zugewandert und besteht heute aus fünfundzwanzig Mitgliedern, die Freiheit und Selbstbestimmung über Macht und Geld stellen. Sie führen lieber an, als sich etwas vorschreiben zu lassen, ziehen die Fäden jedoch bevorzugt aus dem Hintergrund und ohne zu großes Scheinwerferlicht.

Ratsmitglied: James Copeland

# Kapitel 19

## QUINN

Meine Hände zitterten, als ich die Klapperkiste quer durch die Stadt steuerte. Belle hatte sie mir kurz zuvor mit einem strahlenden Lächeln, einer Umarmung und einem frischen Croissant überlassen, das sie aus ihrer neuen Lieblingsbäckerei mitgebracht hatte.

»Ich arbeite heute den ganzen Tag zu Hause«, hatte sie gesagt. »Vielleicht auch nur den halben und lege mich dann mit einem Buch aufs Sofa. Oder in die Badewanne. Oder in die Sonne.«

Wir fanden die Idee beide großartig, immerhin hatte sie eine Pause verdient. Ein Teil von mir war froh, dass ich den Wagen haben konnte. Der andere wünschte sich, sie hätte Nein gesagt und mir die doppelt so lange Fahrt mit dem Bus aufgezwungen. Es war seltsam, dass man manche Dinge kaum erwarten konnte, und wenn es so weit war, würde man sich am liebsten umdrehen und davonrennen. Oder die Augen schließen in der Hoffnung, dass sie verschwinden würden, Nur funktionierte das schon seit vielen Jahren nicht mehr.

An der Abzweigung zögerte ich – ich konnte noch immer zur Uni fahren – und ärgerte mich, da es mich nicht weiterbrachte. Wann war ich so ängstlich geworden?

Als es hinter mir hupte, drehte ich das Radio auf, trat auf das Gaspedal und bog ab. Dabei konzentriere ich mich auf Adeles *Send my Love* und sang leise mit. Es beruhigte mich, auch wenn ich bei den Zeilen *We've gotta let go of all of our ghosts, we both know we ain't kids no more* das Gesicht verzog. Ja, ich musste die Vergangenheit endlich loslassen. Wenn ich nur wüsste, mit wie vielen neuen Geistern ich es in Zukunft zu tun haben würde!

Tohmah wartete vor dem Haus auf mich, als ich den Weg in Schrittgeschwindigkeit entlangholperte. Ich parkte, stellte den Motor ab und lauschte der Stille einen Atemzug lang, dann sprang ich aus dem Wagen. Augenblicklich wurde ich unruhig, und mein Puls stieg.

*Himmel, es ist Tohmah, und ihr werdet nur reden, also beruhige dich.*

Er kam mir langsam entgegen, als wäre er nicht sicher, ob ich weglaufen würde. Sein Haar war zu einem Zopf gebunden, aber noch nicht lang genug, um alle Strähnen im Zaum zu halten. »Du siehst aus, als wärst du auf dem Weg zur Schlachtbank. Ich dachte, du hast auf diese Infos gewartet.«

Seine lockere Art wischte einen Teil meiner Aufregung weg, und ich schaffte zumindest ein halbes Lächeln. »Hab ich auch. Aber ich neige wohl dazu, aufgeregt zu sein, wenn es um Nachrichten geht, die mein Leben völlig ändern werden.«

Er verzog die Lippen nur leicht, aber das Funkeln in seinen Augen verriet, wie sehr er sich amüsierte. »Du hast es so gewollt.«

»Auch wieder wahr. Außerdem habe ich ja noch Zeit, um über alles nachzudenken.«

»Wenn du willst. Oder wir bringen es gleich heute hinter uns.«

Er sagte es so beiläufig, dass ich erst nicht verstand. Dann fühlte ich regelrecht, wie meine Kinnlade nach unten klappte.

»Du meinst …« So viele Worte, aber nur eine Frage, und trotzdem bekam ich sie nicht heraus.

»Genau. Es gibt jemanden, der sich schon vor langer Zeit von der Gemeinschaft der Sänger zurückgezogen hat. So wie ich. Wir haben in den letzten Jahren lockeren Kontakt gehalten. Er kennt Moniques Geschichte und weiß, wie ich über manche Dinge denke. Er ist bereit, mir einen Gefallen zu tun, den er für sich behält. Und ja, wenn du wirklich sicher bist, dann tätowiert er dich. Wann auch immer du willst. Beispielsweise heute.«

Ich schluckte und starrte zu Boden, der sich plötzlich so anfühlte, als hätte er sich in Wackelpudding verwandelt. »Aber du hast selbst gesagt, dass ich mich mit einem Sänger verbinden muss, wenn das geschieht.« Den ich erst einmal kennenlernen wollte. Ausgiebig. Ich würde keine wildfremde Person einfach so in mein Leben lassen. Was, wenn ich sie nicht leiden konnte? Über diesen Punkt hatte ich am längsten nachgegrübelt, und der Gedanke an erzwungene Intimität stieß mich nach wie vor ab. Und damit war ich nicht allein. Der Sänger musste bereit sein, ein noch größeres Opfer zu bringen – nämlich Verantwortung für die mögliche Wandlerseite einer ihm unbekannten Person zu übernehmen, die trotz ihrer achtzehn Jahre erst vor Kurzem erfahren hatte, dass es diese Gemeinschaft überhaupt gab.

Tohmah lächelte. Es wirkte traurig, und ich streckte spontan beide Hände nach ihm aus. Er ergriff sie, aber es war anders als bei Nathan. Seine Berührung setzte mich nicht unter Spannung oder schickte mir diesen Schauer über die Haut. Nein, sie war beruhigend, freundschaftlich und vertraut. Ich spannte mich an, da ich erwartete, dass mich eine Attacke aus der Gegenwart reißen würde, aber nichts geschah.

»Puh«, murmelte ich.

In Tohmahs Blick mischte sich der Hauch eines Lächelns. »Ich ahne, wie du dich fühlst«, sagte er so leise, dass ich mich anstrengen musste, um seine Stimme über den leichten Wind hinweg zu hören. »Und ich will dich weder überreden noch überfahren. Aber ich glaube, dass deine Entscheidung ohnehin schon gefallen ist und du dich mit jedem Tag nur quälst.«

Damit hatte er sprichwörtlich den Nagel auf den Kopf getroffen. Vielleicht gab es eine Verbindung zwischen Tohmah und mir. Das bewiesen allein schon die Visionen, die er ausgelöst hatte, oder die Tatsache, dass die Frau darin höchstwahrscheinlich Monique war, seine Tante. Außerdem war er jemand, zu dem ich vom ersten Moment an Vertrauen gefasst hatte. Als lägen wir beide so sehr auf einer Wellenlänge, dass wir gar nicht anders konnten, als uns zu mögen und uns gegenseitig Dinge zu erzählen, die wir sonst lieber für uns behielten. Zumindest ahnte ich, was er mir sagen wollte.

»Daher habe ich mich entschieden, dein Sänger zu sein, wenn du willst.«

Obwohl ich damit gerechnet hatte, war ich sprachlos. Tohmah hatte mich durchschaut, er wusste, was in mir vorging. Ein Gefühl der Wärme überrollte mich. Da waren Dankbarkeit, Aufregung, Trauer und Freude, und ich hätte nie im Leben Worte dafür gefunden. Also trat ich einfach nur näher und schlang beide Arme um seinen Hals. Er erwiderte die Umarmung, als wäre es die natürlichste Sache der Welt.

Ich schloss die Augen, während die Worte wieder und wieder durch meinen Kopf schossen. *Mein Sänger.* Ich glaubte nicht, dass ich jemals einen besseren finden würde. Bei ihm hatte ich auch nichts dagegen, meine mögliche zweite Natur zu offenbaren. Oder mich von ihm lenken zu lassen. Auf einmal waren Tränen auf meinen Wangen. Ich hob eine Hand und wischte sie weg.

Tohmah lockerte die Umarmung und sah mich an. »Du musst dich nicht sofort entscheiden.«

Ich schüttelte den Kopf, rieb noch einmal über meine Augen und Wangen, nickte und kam mir sehr konfus vor. »Doch. Du hast recht, ich werde es tun. Aber bist *du* dir sicher?«

»Da bin ich wie du. Ich mag es nicht, tagelang zu grübeln, um dann doch so zu entscheiden, wie ich es in der ersten Minute getan hätte.«

»Was ist daraus geworden, mit der ganzen Sache nichts zu tun haben zu wollen? Wandler, Sänger, all die Regeln, die ich noch nicht kenne?«

Tohmah starrte in die Baumwipfel. »Vielleicht habe ich mich deshalb aus allem rausgehalten. Weil irgendwann dieser Augenblick kommen musste.«

»Tohmah …«

Er schüttelte den Kopf. »Ich hab mich entschieden. Und ich würde das nicht für jeden machen, Quinn. Aber du siehst diese Bilder, und das muss etwas zu bedeuten haben.«

»Außerdem finden wir vielleicht heraus, was wirklich mit Monique passiert ist, wenn meine Erinnerungen aus der Kindheit uneingeschränkt zurückkommen.«

Endlich verschwand die Unsicherheit, die in den vergangenen

Tagen zu einem Teil meines Lebens geworden war. Natürlich würde ich mich nicht sofort verwandeln, sobald Tohmahs Bekannter die Tinte unter meine Haut gejagt hatte. Vielleicht würde das auch niemals passieren, und dann hatten wir einfach zwei formschöne Motive auf dem Körper. Was auch immer geschah, ich war dabei nicht allein.

Ich dachte an Nathan, aber ihn durfte ich jetzt nicht einweihen. So wie ich wusste, dass meine Entscheidung feststand, so wusste ich auch, dass er alles daransetzen würde, diese Sache zu verhindern.

»Also gut«, sagte ich und lauschte dem rauen Unterton in meiner Stimme. »Welchen Wagen nehmen wir?«

Schulterzucken. »Sie sind beide Schrott. Aber lass mich fahren. Für dich steht mehr auf dem Spiel, und ich werde mich hinterher besser konzentrieren können.«

»Soll das eine Herausforderung sein?« Mein Scherz klang kläglich, und ich trottete zur Beifahrerseite der Klapperkiste.

Die folgenden Stunden waren nur schwer zu beschreiben. Teilweise kam es mir vor, als beobachtete ich die Welt durch eine Blase, die alles dämpfte und zusammenschmolz. Vor allem meine Gefühle. Gleichzeitig raste das Erlebte pfeilschnell an mir vorbei und lieferte eine Masse an Eindrücken, die mir zu viel waren. So stellte ich mir einen Rausch vor. Einerseits wollte man immer mehr erfahren, andererseits wünschte man sich, dass es endlich vorbei war und man keinen Schaden davontragen würde.

Tohmahs Bekannter wohnte etwa zwei Stunden entfernt in Nahmint, einem Ort im Landesinneren an einem gleichnamigen See.

Die Strecke führte uns durch Port Alberni – als Stadt mit knapp zwanzigtausend Einwohnern für Vancouver Island gar nicht mal so klein – und danach überwiegend durch Waldgebiete. Nachdem ich eine Weile die vorbeiziehenden Wipfel und all die Schattierungen von Grün betrachtet hatte, wurde ich ruhiger.

Ven Heighingtons Parterrewohnung lag in einer adrett angelegten Straße. Die Steinstufen, die zu seiner Haustür führten, waren mit Moos bewachsen, an manchen Stellen fehlten faustgroße Stücke, und aus dem Inneren drang so laute Musik, dass ich mich fragte, ob er die Türklingel überhaupt hören würde. Nun wurde mir doch ein wenig mulmig. Wahrscheinlich war dieser Kerl ein schwergewichtiger Biker, über und über mit Tattoos bedeckt, von denen die Hälfte auf die eigene Kappe ging und aus schiefen Kreuzen und Knastsprüchen bestand.

»Hallo, Klischee«, flüsterte ich.

Tohmah drehte sich um, da ich auf der zweiten Stufe stehen geblieben war. »Glaub mir, er ist harmlos.«

Er hielt sich gar nicht erst mit der Klingel auf, sondern hämmerte so energisch gegen die Tür, dass ich befürchtete, er würde sie einschlagen. Die Musik wurde leiser und kurz darauf besagte Tür aufgerissen.

»Tohmah Arcand! Das ging ja schneller als gedacht!« Die Stimme war nicht besonders tief und klang zu fröhlich für den Bartträger, der noch immer durch meinen Kopf geisterte. »Aber bist du allein und hast die Dame vergessen?«

Jetzt war ich doch neugierig und trat neben Tohmah. Vor uns stand ein zwar tätowierter, aber doch eher schmächtig gebauter Mann. Er trug einen enormen Backenbart, der an den Enden nach oben gezwirbelt war und im Licht glänzte, als hätte er ihn geölt. Das gute Stück war zu groß für seinen Träger, aber immerhin glich es die spiegelnde Glatze aus. Die war auf einer Seite mit Würfelmotiven verziert, die sich am Hals fortsetzten, um dann unter seinem kurzärmeligen Hemd zu verschwinden. Ven trug dazu eine schwarze Fliege sowie abgeschnittene Jeans. Er sah aus, als hätte er sein Outfit auf dem Flohmarkt zusammengestellt.

»Hallo«, sagte ich, als mir bewusst wurde, dass ich ihn schon zu lange anstarrte. »Keine Sorge, die Dame ist mit dabei.«

Er lachte so dröhnend, als gehörten die Laute zu einem anderen Körper. Dann musterte er mich wie ein Rätsel, das gelöst werden musste. »Dir schwebte ein anderes Bild vor, nicht wahr? Von jemandem, der sich in der Kunst des Tätowierens übt und Bilder für die Ewigkeit erschafft?«

Zumindest hatte ich niemanden erwartet, der jede Silbe betonte und beim Reden mit einer Hand in der Luft herumwedelte, als würde er die Wörter zeitgleich schreiben müssen. Mit seiner Art zu Sprechen passte er hervorragend in eine gehobene Position im Kulturbereich … oder mindestens einhundert Jahre in die Vergangenheit.

»Mir schwebte ein anderes Bild vor, ja.«

Er wölbte eine Hand vor dem Bauch. »Ein extrem gut genährter Körper und Bikergarderobe? Nun, für den Körper bist du ein paar Jahre zu spät, Liebchen, und besagte Garderobe kann ich gern aus dem Schrankgefängnis entführen. Sie schlabbert nur ein wenig.«

Ich lachte. »Schon okay.« Er klang zwar schräg, aber das sorgte immerhin dafür, dass ich weniger nervös war.

Ven deutete eine Verbeugung an und bat uns herein. Tohmah

ließ mir den Vortritt, ich trat durch die Tür, stieg zwei Stufen nach unten und sah mich um. Fast die gesamte Wohnung bestand aus einem riesigen Raum. An einem Ende befand sich eine Kochnische, zudem entdeckte ich ein Bett hinter einem halb geöffneten Vorhang, einen Schreibtisch sowie einen steril wirkenden Bereich mit einem Tisch sowie einer schwarzen Liege. Eine Tür führte vermutlich ins Bad. Ein riesiger Spiegel mit vergoldetem Rahmen prangte neben signierten Postern irgendwelcher Bands mit den Bäuchen und Lederwesten, die ich erwartet hatte. Daneben gab es eine moderne Sitzecke, aus der eine alte Chaiselongue in Mattgrün hervorstach. Die Umgebung passte zu Ven, sie war wie er ein Sammelsurium aus Stilen und Eindrücken.

Er trat zu mir. »Willkommen in meinem Reich. Was möchtet ihr trinken? Oder wollt ihr gleich loslegen?«

»Wasser wäre super«, sagte ich. Obwohl Ven ein netter Kerl zu sein schien, wünschte ich mir plötzlich, Nathan und Sam wären hier. »Bist du denn überhaupt bereit für … na ja, dafür?« Ich deutete auf die Liege.

Er reichte mir ein Glas. »Ich bin so bereit, wie es sein muss, Schätzchen. Ich brauche nur die Motive.«

Ich stellte das Glas ab, zog mein Handy aus der Tasche, rief die Fotos meiner Zeichnung auf und hielt sie ihm hin. »Das ist eine Abwandlung meines Tattoos. Es muss nur erweitert werden.«

»Darf ich den Körperschmuck mal sehen?«

Ich zögerte, weil ich so sehr gewohnt war, das Tattoo möglichst niemandem zu zeigen, drehte mich dann aber um und hob meine Haare an.

»Hm«, sagte Ven. »Nicht erschrecken, ich ziehe nur mal die Haut ein wenig … okay. Es ist schon einmal nachgestochen worden. Wann war das?« Seine Berührung war kaum zu spüren.

»Das kannst du sehen?«

»Teuerste, es ist mein Job, das zu sehen.«

»Vor zwei Jahren. Und das allererste Motiv …«

»Ist viele Jahre alt. Ja, ich erkenne hier einen Rand.« Er verstärkte den Druck an einer Seite. »Hmhm … das wird schnell gehen.« Seine Finger verschwanden, und ich ließ die Haare wieder los.

Ven sah auf mein Handy und wischte zum nächsten Bild, eine Vergrößerung der unteren Hälfte meines Tattoo, bei der es sich mit ziemlicher Sicherheit um die Sängerkomponente handelte. Zumindest wiesen Moniques Beschreibungen darauf hin, dass selbst in den alten Wandlermotiven ein Tieraspekt vorkam, wenn auch nicht so gut erkennbar wie in den heutigen Motiven. Bei mir mussten es die Linien in der anderen Hälfte des Tattoos sein, die mich entfernt an Krallen erinnerten. Der Sängerteil hatte eine dickere Außenlinie sowie Zacken und Ovale.

»Das ist Tohmahs Tattoo, der untere Teil von meinem«, sagte ich. Ich hatte eine halbe Nacht in Moniques Büchern gelesen, um mir wirklich sicher zu sein. Sie hatte lange Passagen darüber verfasst, wie die Wandlerkomponente verändert worden war, um deren Gewichtung in der Verbindung zu stärken. Mit anderen Worten: Je größer die Magie der Wandler, desto weniger Einfluss hatten die Sänger. Und es stimmte, in den heutigen Tattoos der Wandler waren die Tierkomponenten viel eindeutiger zu erkennen. Auch die Motive der Sänger waren im Laufe der Jahrhunderte verändert worden, sodass sie stilistisch stets zu denen der Wandler passten. Monique bezeichnete das als *Harmonie erschaffen* – zwei Teile eines Ganzen, die so perfekt aufeinander zugeschnitten waren, dass in den Zeremonien das Band zwischen Sänger und Wandler entstehen konnte, wobei bestimmte Zusätze in der Tinte zu Hilfe genommen wurden.

Wenn ich Ven beobachtete, der einfach nur Pflanzenpuder in die Tinte mischte, lag die Magie jedoch hauptsächlich in den Symbolen, die über viele Generationen hinweg überliefert worden waren. Auch wenn sie sich zusammen mit der Welt verändert hatten, waren ihr Aufbau und ihr Stil im Kern noch derselbe.

Ven betrachtete das Bild mit verengten Augen, drehte und vergrößerte es, um die Inlays zu erkennen. »Ich bin sicher, dass du zumindest keinen Schaden davontragen wirst, mein Freund.«

Tohmah lehnte sich an die Wand und nickte lediglich. Er hatte schon vorher kurz angebunden reagiert. Vermutlich war er ebenso aufgeregt wie ich. Auf einmal hatte ich das Gefühl, mit jeder verstreichenden Sekunde unruhiger zu werden. Mein Blick wanderte immer wieder zu der Liege und den Geräten auf dem Sideboard.

»Ich gehe als Erste. Bei mir ist ja nicht viel zu tun.«

Die zwei warfen sich einen Blick zu.

»Also gut«, sagte Tohmah schließlich.

Zum Glück fragte er mich nicht, ob ich sicher war. Denn ich hatte bereits all meine mühsam angesammelte Courage hinausgeschleudert und fühlte mich, als würde ich über Wolken balancieren. Nur ein Stoß, eine winzige Schwankung, und ich könnte stürzen, ohne zu wissen, ob ich mich jemals wieder fangen würde.

Ven zückte sein Handy und tippte darauf herum. Die Musik, die im Hintergrund gelaufen war, verstummte und wurde einen Atemzug später durch ein klassisches Stück ersetzt. Ich kannte es von Belle: Tschaikowskis Schwanensee.

»Bei der Arbeit lasse ich mich gern von den großen Meistern begleiten«, sagte er. »Also Madame, schreiten wir zur Tat.«

Ich wusste nicht, was ich erwartet hatte. Dass ich spüren würde, wie sich etwas in mir veränderte? Dass ich merkte, wie mein zweites Ich endlich durch den Schleier trat und die letzten Fesseln von sich warf? Oder dass mir übel und ich schlicht ohnmächtig wurde?

Nichts davon geschah. Im Gegenteil, es tat sogar kaum weh. Die Tattoo-Session vor zwei Jahren hatte ich schlimmer in Erinnerung. Aber es gab ja auch nicht viel zu tun, einige Ansätze mit der Nadel, und ich war erlöst. Ven schleppte mich ins Bad, stellte mich vor den Spiegel und hielt mir einen kleinen zweiten in den Nacken. Das Motiv sah jetzt genauso aus wie auf meiner Zeichnung. Statt der jeweils drei Punkte war nun eine Linie zu sehen, die sich zwischen den beiden Hälften hindurchschlängelte. Wir nickten uns zu wie zwei Komplizen und gingen zurück.

Ich beobachtete, wie er die Tinte für Tohmah vorbereitete, der mit freiem Oberkörper auf der Liege saß. Er holte eine kleine Dose aus einer Schublade, tunkte einen Finger hinein und ließ einen Hauch Puder auf das Schwarz sinken. Winzige Körnchen, die im Licht schillerten und so filigran waren, dass sie nicht einmal eine Schicht bildeten.

»Ist das …?«

»Das ist leider alles an Zeremonienmagie, was ich dir bieten kann, Sweetie. Früher gab es Gesänge und einen fest vorgeschriebenen Ablauf. Was davon geblieben ist, hast du gerade gesehen. Ein Hauch Kräuterstaub. Ich glaube ja sowieso, dass die eigentliche Magie in den Symbolen liegt. Und im Vertrauen der beiden Partner, die sich miteinander verbinden lassen und sich damit bereit erklären, dieses unglaubliche Stück Weg gemeinsam zu gehen. Die größte Magie ist immer die zwischen zwei Seelen.« Sein Finger deutete erst auf mich, dann auf Tohmah. »Damit meine ich nicht die heiße, glühende, verzehrende Liebe, mitnichten. Aber hier ist viel Platz«, er legte eine Hand auf seine Brust, »für alle Formen der Zuneigung.«

Ich hätte es nicht treffender beschreiben können. Tohmah und mich verband wirklich etwas, das nicht in die romantische Richtung ging. Ich kannte ihn noch nicht lange, aber es fühlte sich an, als wären wir schon seit Ewigkeiten gute Freunde. Dieselbe Wellenlänge wurde oftmals mit erotischem Interesse oder Verliebtsein verwechselt, und wenn das nicht passte, wandte man sich voneinander ab. Wie viele wundervolle Freundschaften waren auf diese Weise auseinandergedriftet, ehe sie sich richtig hatten bilden können? Von einer plötzlichen Flut der Zuneigung erfasst ging ich zu Tohmah und setzte mich neben ihn auf die Liege. Die Deckenlichter spiegelten sich auf seiner Haut, die ähnlich dunkel wirkte wie Nathans, aber doch einen ganz anderen Ton besaß.

»Und, letzte Bedenken?«

»Du hast den ersten Schritt gemacht, da werde ich jetzt ganz sicher nicht abspringen.«

»Ich werde mir wohl lange überlegen müssen, wie ich das wiedergutmachen kann«, sagte ich leise.

»Ich mag keine Süßigkeiten. Und ich lese gern Klassiker.«

»Das merke ich mir.« Ich grinste, boxte ihm sanft gegen die Schulter und stand auf, als Ven zu uns trat.

»Master Arcand, wo hättest du dein Tattoo denn gern?«

Tohmah deutete auf eine Stelle mehrere Handbreit unter seinem Arm, genau auf dem Rippenbogen.

Ven nickte und griff nach dem Stift, mit dem er auch meine Erweiterungen vorgezeichnet hatte. »Gut, dann stürzen wir uns mal in das Vergnügen. Quinn, wenn du willst, dort hinten liegen ein paar Bücher. Das hier wird eine Weile dauern.«

»Kein Problem. Ich habe Zeit.«

Wenn es sein musste, würde ich auch die ganze Nacht warten. Da sich nichts verändert hatte, nachdem Ven bei mir fertig gewesen war, konnte eventuell Tohmahs Tattoo genau das bewirken. Vielleicht spürte ich erst etwas, wenn die Verbindung zu meinem Sänger hergestellt war. Oder kurz danach. Vielleicht passierte aber auch erst etwas, wenn die Tattoos abgeheilt waren. Behutsam tastete ich über meinen Nacken, wo Ven das Motiv mit Folie bedeckt hatte, und drückte stärker, bis es leicht schmerzte. Es war wirklich real, und bald würde sich zeigen, ob es eine Bedeutung hatte oder meine Eltern einfach nur nicht ganz richtig im Kopf gewesen waren.

Ich ließ mich auf die Chaiselongue fallen und dachte an Nathan. Es machte mich auf eine stille Art traurig, dass er nicht bei uns war. Ich hoffte, dass er meine Entscheidung verstand. Mein Blick wanderte zu Tohmah. Wie hatte ich nur jahrelang mehr oder weniger allein in Smithers vor mich hin leben können, um dann in dieser neuen Stadt außer Belle gleich zwei Menschen zu finden, die mir so viel bedeuteten, dass ich bereit war, für sie zu kämpfen?

# Kapitel 20

## QUINN

Jeder Beobachter hätte uns höchstwahrscheinlich für ein schüchternes Paar gehalten, das kurz vor dem ersten Kuss stand. Zwischen Tohmah und mir wechselten besorgte Blicke, und als sie sich trafen, heiterte mich das zumindest ein wenig auf. Zum Lachen war mir nicht zumute, dafür war ich zu angespannt.

»Noch immer nichts«, wiederholte ich den Satz, den ich in der vergangenen Stunde bereits so oft gesagt hatte.

Wir befanden uns auf dem Rückweg. Tohmahs Tattoo war wirklich schön geworden, die geschwungenen Linien und Formen sahen haargenau so aus wie bei mir, vertraut und mystisch zugleich. Ven hatte es ebenfalls mit Folie abgedeckt und uns Wundsalbe mitgegeben. Er wollte weder Geld annehmen noch wissen, wie es mit uns – beziehungsweise mir – weiterging. »Je weniger ich erfahre, desto weniger kann ich ausplaudern, und desto mehr Abstand habe ich zu Sängern, Tribes und all dem Unsinn zwischen ihnen, der nicht gut ist für mein zartes Gemüt.«

Ich hatte ihn zum Abschied umarmt, und er hatte mir zugeflüstert, dass ich all meine Freunde so gut wählen sollte wie Tohmah. Es würde schwer werden, diesen Ratschlag zu befolgen.

Ich seufzte, starrte auf meine Finger und zupfte daran herum, als würde mir jeden Moment ein Fell wachsen.

»Quinn.«

Ich zuckte zusammen.

»Entspann dich. Es bringt nichts, wenn du versuchst, dich zu Dingen zu zwingen, von denen du nicht weißt, ob sie wirklich passieren werden.«

»Das ist ja das Blöde. Ich habe keine Ahnung, was auf mich zukommt. Oder wie ich merke, dass es beginnt, sollte überhaupt etwas beginnen. Ich hätte nachfragen sollen. Hat Sam mal was erzählt? Oder Nathan?«

Er schüttelte den Kopf. »Ich hab es ja bisher wie Ven gehalten, ich kann dir nur Theoriewissen anbieten.«

In der folgenden Stille griff ich nach seiner Hand. »Es tut mir leid. Ich wollte dich nicht in Dinge hineinziehen, die du absichtlich gemieden hast.«

»Irgendwann musste ich dieses Eremitendasein ja beenden.«

»Warum lebst du so, wenn es dir nicht gefällt?«

Er setzte den Blinker, hielt an der nächsten T-Kreuzung und bog ab. Dabei sah er nachdenklich aus. »Es ist nicht so, dass ich es nicht mag. Ich fühle mich wohl. Aber ich glaube«, sagte er schließlich langsam, »dass meine Ablehnung vor allem an Monique lag. Sie war eine sehr angesehene Sängerin. Die Welt der Wandler war ihr Leben. Vielleicht auch nur ihr Wandler. Auf jeden Fall wusste sie alles, kannte jeden, und wenn jemand Rat brauchte oder unsicher war, kam er zu ihr. Ich vermute, dass die Tribes und Sänger einfach davon ausgegangen sind, dass ich so bin wie sie.«

»Weil es in eurer Familie liegt?«

»Genau. Ich bin mit alldem aufgewachsen. Ich erinnere mich an Abende, an denen meine Tante stundenlang geschrieben oder gelesen hat, ohne mich zu beachten. Sie schien alles um sich herum auszublenden. Mit dieser Welt wollte ich nie etwas zu tun haben. Vielleicht auch, weil ich fest davon überzeugt war, dass sie mich damals für mehrere Monate zu anderen Leuten gegeben hat, weil die Wandler ihr wichtiger waren. Sie kümmerte sich fast nur um ihre Aufzeichnungen oder die Belange der Tribes. Manchmal hat sie darüber die Realität vergessen. Oder mich.« Seine Stimme wurde leise.

»Das stelle ich mir besonders hart vor, weil deine Eltern auch nicht für dich da waren.« Mit einem Mal war ich wütend auf Tohmahs Eltern, die nicht einmal versucht hatten, ihrem Sohn ein Zuhause zu geben. Und auf Monique, die ihn erst zu sich genommen und dann auch im Stich gelassen hatte. Ich dachte an Mum und Dad. Es war nie ein Geheimnis gewesen, dass ich adoptiert war, und vielleicht hatte mich gerade das davon abgehalten, durch Kanada zu tingeln und nach den Menschen zu suchen, die mich am Eingang eines Kinderdorfes zurückgelassen hatten.

Tohmahs Augen glitzerten, und in ihnen schwebten all die Fragen, auf die er wohl noch immer Antworten suchte. »Nicht so sehr, weil sie nicht da waren. Sondern weil sie mich nicht wollten. Anders kann ich mir nicht erklären, dass mein Vater abgehauen ist und meine Mutter ihr Kind einfach nicht annehmen konnte. Ich habe das schon immer gewusst. Oder gehört, wenn Monique mit anderen darüber geredet hat, wenn sie dachte, dass ich schlief.«

Ich versuchte mir vorzustellen, wie das gewesen sein musste. »Das tut mir leid. Ich hatte meine Adoptiveltern, die sich um mich gekümmert haben, und vor meinen Attacken gab es niemals ernsthafte Probleme zwischen uns.« Ich zögerte. »War es schlimm? Dass du kein richtiges Zuhause hattest?«

»Aber das hatte ich, auch wenn ich eine Weile gebraucht habe, um das zu begreifen. Dieser Ort ist mein Zuhause. Moniques Hütte, die Natur, die Parks. Die Menschen. Ich habe mich nie verloren gefühlt und wusste immer, wo ich hingehörte.«

Ich dachte über seine Worte nach. War es nicht bemerkenswert, dass zwei Menschen, die unter ähnlichen Umständen in dieser Welt gestartet waren, so unterschiedliche Sichtweisen entwickeln konnten?

»Dann tut es mir noch immer leid, aber um das Zuhause beneide ich dich.«

Er nahm meine Hand und drückte sie. »Gib Nanaimo eine Chance. Wer weiß, vielleicht hast du ja schon gefunden, wonach du so lange gesucht hast.«

Es klang so passend, so richtig, vielleicht aber nur, weil ich es mir so sehr wünschte. Also dachte ich an Belle, an unser Haus in der Chestnut Street, an ruhige, gemütliche Sonntage, an die Uni. Zuletzt dachte ich an Nathan, und dieses Bild brachte mich zum Lächeln.

Ich erwiderte Tohmahs Händedruck – und blinzelte, als meine Haut so schlagartig kribbelte, als wäre ich in einen Pool mit Eiswasser gesprungen. »Ich …«, brachte ich noch hervor, dann verschwand das Innere des Wagens und wurde zu einem Wald. Ich drehte mich um und sah ein Haus, groß und solide gebaut, aber nicht so klar, als würde ich wirklich davorstehen. Es war mehr wie in einem Traum, wo die Konturen manchmal waberten oder flackerten und man hinterher nicht mehr genau wusste, was man alles gesehen hatte.

Ich blinzelte. Neben mir bewegte sich etwas. Nein, unter mir. Nein, *ich* bewegte mich! Wie bei meinen früheren Attacken flog der Wald an mir vorbei, doch dieses Mal war meine Wahrnehmung um so vieles reicher. Ich erlebte die Welt auf eine andere Weise, als hätte jemand einzelne Farben herausgezogen und andere verstärkt. Trotz der Dunkelheit hielt ich mein Ziel im Auge, konzentrierte mich darauf, wenn ich den Boden berührte, kurz nur und sehr weich, als wollte ich mich lediglich vergewissern, dass er noch da war.

Da war sie, die Kraft. Sie sorgte für Adrenalinschübe, die mich noch schneller laufen ließen. Ich streckte meinen Körper und änderte abrupt die Richtung. Dabei schrammte ich eng an einem Baumstamm vorbei und umrundete den nächsten zur Hälfte, um den Weg wieder zurückzulaufen. Ich hörte, wie sich einzelne Holzsplitter von der Rinde lösten, dann sang ein Vogel so laut und klar, als würde er auf meiner Schulter sitzen. Es war, als hätte sich die Kulisse des Waldes geändert und sämtliche Laute und Töne hätten sich verdoppelt, damit ich all das wahrnehmen konnte, was mir zuvor entgangen war. Mit den Tönen kamen die Gerüche, und ich lief langsamer. Erst war ich überwältigt von den Aromen nach Erde und Grün, nach Dämmerung und Beeren und einem Hauch Künstlichkeit, der fehl am Platz wirkte, als hätte jemand in Parfüm gebadet. Ich blieb stehen, hob meinen Kopf, streckte mich und genoss es, dass alles einfach so war, wie es sein sollte. Als ich mich wieder in Bewegung setzte, blickte ich auf meine … Pfoten.

Mit einem Schrei setzte ich mich auf und starrte in Tohmahs erschrockenes Gesicht.

»Quinn? Antworte mir!«

Das war leichter gesagt als getan. Ich schluckte, und erst dann konnte ich mich wieder bewegen. Vorsichtig beugte ich meine Finger, einen nach dem anderen, und fuhr dann über meine Oberschenkel. Jeans, Turnschuhe, Füße. Was bitte war das gerade gewesen?

»Quinn?«

»Es ist okay, ich … ich hatte …«

»Wieder eine dieser Visionen?« Seine Stimme klang mitfühlend.

»Nein.« Ich räusperte die Heiserkeit weg und dachte an die Pfoten. Lange Krallen, schwarzes Fell. »Nein, es war anders. Ich glaube, ich …« Himmel, wie sollte ich das sagen, ohne dass es absolut lächerlich klang? »Ich war Nathan. Oder zumindest habe ich die Welt durch seine Augen gesehen. Als Panther. Vielleicht war es auch irgendein schwarzer Panther und nicht Nathan. Aber wäre das nicht ein zu großer Zufall?«

Tohmah runzelte die Stirn. »Das würde bedeuten …«

Auf einmal fror ich. »Es hat funktioniert«, flüsterte ich. »Ich habe mich mit Nathan verbunden, so wie Sam. Ich habe gesehen, was er sieht.«

Zum ersten Mal, seitdem ich ihn kannte, schien Tohmah von der Situation völlig überrollt zu werden. Er sah mich an, als wäre ich ihm völlig fremd. »Du bist wirklich eine Sdáng. Das gerade war die Sängerkomponente in deinem Tattoo. Du und Nathan … ihr habt eine Verbindung, obwohl ihr euch kein Tattoo teilt.«

»Wir haben es wirklich aktiviert. O mein Gott!« Ich starrte auf meine Hände und rieb sie aneinander, bis die Hitze auf meinen Handflächen schmerzte und über meinen gesamten Körper lief. Hatte ich nicht gerade noch gefroren? Ich spürte dem Feuer nach, merkte, wie es abebbte, und öffnete das Fenster. Es herrschte kein Wind, aber trotzdem legte sich die Luft weich auf meine Haut, als hätte sie nur darauf gewartet, hereingelassen zu werden. Aber es war nicht nur der Wind. Die gesamte Welt hatte sich verändert.

»Tohmah«, flüsterte ich. »Es ist alles so anders, wenn ich mich darauf konzentriere. Hörst du das? Den Straßenverkehr? Den Wald? Ich habe nie bemerkt, wie laut es sein kann, wenn kaum Menschen in der Nähe sind.« Ich atmete ein und aus, dann noch einmal. Meine Lunge schien zu pulsieren. Lange würde ich nicht mehr in diesem Wagen sitzen können, ohne durchzudrehen.

Tohmah ließ den Motor wieder an. »Wir fahren zu mir, und am besten bleibst du über Nacht. Du kannst mein Bett haben. Geht das? Wegen deiner Schwester, meine ich?«

»Ja.« Ich hatte Mühe, seinen Worten zu folgen. »Ich muss ihr nur Bescheid geben, sonst macht sie sich Sorgen. Ich sag einfach, dass ich bei einer Kommilitonin übernachte.«

Tohmah nickte, also zog ich mein Handy hervor und wählte Belles Nummer. Sie wünschte mir viel Spaß. Meine süße Schwester! Aber es war einfach sicherer für sie, wenn sie nichts wusste.

An Tohmahs Hütte sprang ich aus dem Wagen, als würde ich mir den Hintern verbrennen, wenn ich nur eine Sekunde länger sitzen blieb. Es war enttäuschend, dass sich mein Körper noch immer normal anfühlte, und auch der Wald war nur eine Ansammlung von Bäumen, Moos, Farnen und Tieren, die sich vor uns versteckten. Keine geheime Anziehungskraft, keine magische Verbindung, einfach nur Bäume, Bäume, Bäume. Ich fluchte leise und folgte Tohmah zum Haus. Jetzt fror ich wieder.

Er versorgte mich daher zuerst mit Kaffee und einer Decke. Ich schlang mir die Decke um die Schultern und lief von einem Fenster zum anderen. Ich wusste nicht, worauf ich wartete. Vielleicht, dass der schwarze Panther erschien und Antworten mit sich brachte? Natürlich geschah das nicht. Ob Nathan wusste, was vorhin passiert war? Hatte er es gespürt?

Ich drehte mich um und sah zu, wie Tohmah Bettzeug auf sein Sofa packte. »Brauchst du Hilfe?«

»Nein, ich beziehe dir nur schnell das Bett neu. Im Schrank sind Shirts, falls du eines zum Schlafen brauchst.«

»Danke. Ich bin absolut nicht müde. Und ich weiß nicht, ob ich heute Nacht überhaupt schlafen kann«, sagte ich abwesend und trank den Kaffee aus, der mittlerweile kalt geworden war. Ich sollte vermutlich auch etwas essen, aber ich stand zu sehr unter Strom. So sehr, dass ich zur Tür ging und sie öffnete, da mir der Raum auf einmal zu klein und zu stickig erschien. Überhaupt erdrückten mich die Wände, und wenn ich an die Dachschrägen in der oberen Etage dachte, fühlte ich mich wie in einem Gefängnis. Hinter mir raschelte es, vermutlich bezog Tohmah soeben sein Bett.

Ich trat nach draußen, atmete tief die klare Luft ein und betrachtete die Sterne am Himmel. Hier waren deutlich mehr zu sehen als in Belles Straße. Ich hob eine Hand und verband die hellsten Punkte mit einer imaginären Linie. Meine Hand kribbelte, also ließ ich sie wieder sinken. Das Kribbeln verschwand nicht. Dafür kratzte mein Oberteil und auch meine Schuhe ... vorhin hatte ich noch gefroren, jetzt wollte ich sie unbedingt loswerden.

»Tohmah?« Er hörte mich nicht, aber das war bei dem Krächzen, das aus meiner Kehle gekommen war, auch kein Wunder. Ich schlüpfte aus den Sneakern und stellte sie ordentlich neben die Tür. Meine Socken folgten.

»Tohmah.«

»Bin gleich fertig.«

»Nein, das meine ich nicht.«

Und plötzlich war sie da, die Verbindung, einfach so, als hätte jemand einen Schalter umgelegt. Ich spürte, dass Tohmah in der Nähe war, sogar ungefähr, wo er sich befand. Es war wie eine Spannung oder ein leises Summen. Es vibrierte auf meiner Haut, lockte und rief, und vor allem fachte es meine Unruhe an. Ich konnte nicht viel länger warten.

Im nächsten Moment tauchte Tohmah neben mir auf. Er musste nichts sagen, ich las in seinem Gesicht, dass er es ebenfalls spürte.

»Es ist so weit, oder?«

Die Aufregung ebbte ab und schwoll wieder an wie Wellen, die auf meinen Geist brandeten. Zwischen ihnen schimmerten Nervosität und Hilflosigkeit.

»Ich habe keine Ahnung, was ich tun muss.« Ich zitterte und griff nach seinen Händen, als könnte er mich in der Welt halten, die ich kannte, obwohl ich nichts lieber wollte, als die andere zu erkunden.

Er zog mich an sich, und ich lehnte den Kopf an seine Schulter. »Du musst gar nichts machen, Quinn. Du musst es einfach nur zulassen.« Er schob mich ein Stück zurück und legte seine Stirn an meine. »Und mir vertrauen. Niemand von uns hat diese Dinge gelernt, weil es nun einmal keine Schule dafür gibt. Keine Tests, die wir durchlaufen können, bevor es ernst wird. Aber wenn es so weit ist, dann wissen wir, was wir tun müssen. Weil es die natürlichste Sache der Welt ist.«

»Ich dachte, es wäre eine Art Magie«, sagte ich im verzweifelten Bemühen, einen Scherz zu machen.

»Ist das nicht ein und dasselbe?«

Ich konzentrierte mich auf den Klang der Worte, auf die sanften Vibrationen seiner Stimme. Ganz langsam beruhigte sich das Tosen in meinem Herzen und machte Platz für eine tiefe Ruhe. Zwar zerrte noch immer die Aufregung an mir, doch nur, weil ich endlich nach draußen wollte, endlich loslaufen, um das zu tun, was ich schon viel zu lange zurückgehalten hatte. Tohmah hatte recht, es war neu für uns beide, aber unsere Verbindung war alles, was ich brauchte.

»Ich vertraue dir«, sagte ich fest, richtete mich auf und ließ seine Hände los. Ein letztes, tiefes Durchatmen, bis sich meine Bauchdecke spannte, dann machte ich mich auf den Weg. Ich hoffte, niemand würde mich sehen und ich würde meine Klamotten hinterher wiederfinden, aber das war wohl mein geringstes Problem. Zur Not würde ich mir etwas leihen. Sogar der Gedanke, nackt zurückzukehren, machte mir nichts mehr aus.

Als ich die Bäume erreichte, drehte ich mich noch einmal um. Tohmah stand in der Tür, aufrecht und entspannt, als hätten wir das hier schon viele Male getan. Ich hob eine Hand und legte sie in meinen Nacken. Die Haut dort pulsierte im Takt meines Herzschlags. Er hob ebenfalls die Hand und berührte die Stelle an seinen Rippen, dann ging er ins Haus und schloss die Tür. Trotzdem war ich nicht allein, das wusste ich jetzt. Er würde im Geiste an meiner Seite sein.

Ich löste das Heftpflaster von meiner Haut und entfernte die Folie. Der Gedanke, das knisternde Zeug weiterhin mit mir herumzuschleppen, machte mich wahnsinnig. Als ich über das Tattoo strich, lösten sich winzige Hautfetzen, aber es schmerzte nicht mehr. Dann sah ich mich noch einmal um und lief los. Mein Körper reagierte, als ich den Lichtschimmer des Hauses endgültig verließ und in die

Dunkelheit eintauchte. Ich konnte dennoch sehen, nicht gerade jedes Detail am Boden, aber so deutlich, als hätte ich das Licht mit mir genommen. Auch die Geräusche und Gerüche waren noch immer da. Ein Schleier zwischen mir und der Welt war zerrissen, und ich musste nur noch über die Grenze treten.

Ich fand einen halb ausgehöhlten Stamm, der vom Haus aus nicht mehr zu sehen war. Hier schlüpfte ich aus meinen Klamotten, versteckte sie, löste das Gummi aus meinen Haaren und erschauerte, als sie meine Schultern kitzelten. Etwas reizte meine Haut, kein Druck und nicht wirklich ein Kribbeln, sondern eher eine Spannung. Ich schloss die Augen. Sobald ich mich nicht mehr auf all die Gedanken konzentrierte, die durch meinen Kopf tobten, wuchs diese Spannung, hüllte meinen Körper ein und riss mich mit.

Die Welt wirbelte, verschwamm, ähnlich wie in meinen Visionen und doch um so vieles stärker. Meine Glieder fühlten sich leicht an, als würde ich schweben, und doch so kraftvoll, als hätte diese Energie jeden Knochen und jeden Muskel ausgefüllt, um mich an einen Ort zu tragen, den ich aus eigener Kraft niemals erreichen würde. Ich fiel und schwebte zur selben Zeit, und dann rannte ich. Unwahrscheinlich schnell und so wendig, wie ich es mir niemals hätte vorstellen können. Es war fast, als würde nicht nur die Kraft meiner Muskeln mich vorantreiben, sondern auch zusätzlich mein Körperbau, weil meine Hinterbeine länger waren als die vorderen. Konnte das sein? Vielleicht, vielleicht auch nicht. Es war egal. Jetzt spielte nur diese unwahrscheinliche Freiheit eine Rolle, die ich mir niemals erträumt hätte. Ich gehörte hierher, in den Wald, zwischen Baumstämme, Hecken und Farne. Dies war mein zweites Zuhause, das ich so unglaublich lange vermisst hatte, ohne mir dessen bewusst zu sein. Wo gerade Veränderung getobt hatte, waren nur noch die Freude an der Bewegung, eine unvorstellbare Kraft und die Lust, diese Welt mit Sinnen zu erfahren, die bisher geschlafen hatten. Bäume zogen an mir vorbei, und der Winkel, aus dem ich sie betrachtete, erinnerte mich an Bilder, die ich zuvor schon gesehen hatte.

Ich hatte es geschafft! Ich hatte mich verwandelt, aber ich war nicht erstaunt und ganz sicher nicht verängstigt. Jetzt war nur wichtig, dass ich auf meine Umgebung achtete, mit allen Sinnen, die endlich erwacht waren. Lediglich ein leises Flüstern hielt mich in der Welt der Menschen, ein Sog, von dem ich wusste, dass er mich würde lenken können, wenn es darauf ankam.

Tohmah.

Ich lief langsamer, blieb stehen, grub meine Krallen tief in die Erde und senkte den Kopf. Der Boden war nicht weit entfernt, besonders groß konnte ich also nicht sein. Etwas hob sich rötlich schimmernd vom Untergrund ab. Mein Fell. Ich hob eine Pfote an. Sie war breit und rundlich, rötlich braun mit dunkler Fleckung. Langsam setzte ich sie wieder ab, ohne auch nur das geringste Geräusch zu verursachen.

Das Dach der Baumkronen raschelte über mir, Schutz und Verbündeter zugleich. Jetzt und hier gab es keine Gefahren für mich, also spannte ich meine Muskeln, duckte mich und sprang. In der Luft streckte ich meinen Körper und kam beinahe lautlos wieder auf, ehe ich weiterrannte. Diese Augenblicke gehörten nur mir, und ich würde keinen einzigen missen.

Das entfernte Licht der Hütte tauchte die Rinden der Bäume in fahle Farben. Ich wollte nicht hier sein. Aber irgendwann war das Flüstern in meinem Kopf so laut geworden und hatte so viel Raum eingenommen, dass ich es nicht hatte ignorieren können. Also war ich umgekehrt und ihm gefolgt, und natürlich hatte es mich zu diesem Ort zurückgebracht.

Die Tür öffnete sich, und Tohmah trat heraus, eine Decke in den Händen. Mit einer Mischung aus Scheu und Zuneigung kam ich zwischen den Bäumen hervor und gab mich zu erkennen. In seinen Augen blitzte es, als er mich sah. Er hatte Tee getrunken, diese Komposition aus Rinde und Kräutern, die gar nicht mehr so abstoßend roch wie zuvor. Langsam streckte er eine Hand aus und ging in die Hocke, also verringerte ich den Abstand zwischen uns weiter, bis er nur noch einen Sprung von mir entfernt war. Er gehörte zu meiner Welt, aber auch zu der anderen, und ich war ratlos, was ich tun sollte. Tohmah schloss die Augen, und das Flüstern ebbte ab. Dafür entstand ein Sog auf meinem Fell, als würde ein sanfter Sommerwind darüberstreichen. Er formte sich zu einem Wirbel, der die gesamte Welt in Bewegung setzte. Ich stemmte mich dagegen, da mir schlagartig klar wurde, was geschah. Aber ich wollte diesen Körper noch nicht hergeben, die Welt noch nicht verlassen, in der ich womöglich mehr zu Hause war als in der, in die Tohmah mich zurückzwingen wollte.

Schritt für Schritt entfernte ich mich, ohne ihn aus den Augen zu lassen, aber vergeblich. Es war zu stark, und als die Umgebung verschwamm und der Schleier sich einmal mehr lüftete, schrie ich vor Frust auf.

»Quinn, hey. Hey! Ich bin es.«

Ich hockte auf dem Boden. Blätter und kleine Zweige piksten mir in Schienbeine und Füße, und ich fror. Tohmah kniete vor mir, hüllte mich in eine Decke und rüttelte mich sanft, bis ich seine Hände festhielt.

»Es …« Meine Stimme fühlte sich ungewohnt an. Ich räusperte mich und versuchte es noch einmal. »Es ist okay.« Schon besser.

Er betrachtete mich eingehend. »Wie geht es dir?«

»Mir ist kalt.« Ansonsten war ich genervt, aber das Gefühl nahm mit jeder Sekunde ab. Vorhin, in meiner anderen Gestalt, war ich richtig wütend gewesen, als der Sog mich zurückgezwungen hatte. Aber da hatte ich es nicht erkannt. Vielleicht spielten Gefühle eine andere Rolle, wenn man als Tier unterwegs war, da die Instinkte die Kontrolle übernahmen?

Etwas tauchte vor meinem Gesicht auf. Tohmah hielt mir meine Schuhe hin.

»Wenn du mir sagst, wo du deine Klamotten versteckt hast, hole ich sie.«

Okay, Lektion Nummer eins: Meine Sachen am besten bei Tohmah lassen, bevor ich mich verwandle.

Ich deutete hinter mich. »Wenn man ein paar Schritte in den Wald hineingeht, ist da irgendwo ein ausgehöhlter Baum.«

»Ich finde sie schon. Komm, gehen wir erst mal rein, danach suche ich sie.« Er stand auf und streckte mir eine Hand hin.

Ich war davon ausgegangen, unsicher auf den Beinen zu sein oder schwach, aber ich fühlte mich so fit, als hätte ich wochenlang trainiert. Mir war einfach nur kalt. Mühelos stand ich auf. »Schon okay, das schaffe ich. Mir geht's gut, wirklich.«

»Okay. Ab mit dir.«

Ich taumelte los, während er im Wald verschwand. So mussten sich Astronauten bewegen, die nach langer Zeit in der Schwerelosigkeit wieder auf eigenen Füßen standen.

»Willkommen zurück auf der Erde«, murmelte ich und verzog das Gesicht, als ich mit meinem linken Fuß auf einen kleinen Ast trat.

Das Knacken setzte sich ganz in der Nähe fort.

Ich blieb stehen und redete mir ein, das Geräusch wäre von Tohmah gekommen. Gleichzeitig wusste ich, dass es nicht stimmte, da er in die andere Richtung verschwunden war. Auf einmal fühlte ich mich unwohl, fast so, als würde ich beobachtet werden. Die Härchen auf meinen Unterarmen stellten sich auf, und mir war nur zu deutlich bewusst, wie sehr sich auch meine Sinne bei der Rückverwandlung wieder verändert hatten. Wäre ich noch immer ein Tier, würde ich womöglich wissen, wer sich in meiner Nähe befand.

Oder bildete ich mir das nur ein, weil ich und damit meine Nerven noch immer etwas durch den Wind waren?

Ich zog die Decke enger um mich, hielt den Atem an und lauschte. Zur Linken, ein ganzes Stück entfernt, raschelte Laub in gleichmäßigen Abständen. Tohmah. Aber hatte sich auch etwas auf der anderen Seite bewegt?

Die Hütte war nicht allzu weit entfernt, ich würde sie in kürzester Zeit erreichen, wenn ich rannte und dabei ignorierte, dass ich barfuß war. Das wäre die vernünftigste Option. Selbst, wenn sich nur ein harmloser Spaziergänger in der Nähe aufhielt, könnte es ein wenig peinlich werden, ihm nur mit einer Decke bekleidet zu begegnen.

Aber leider war die Neugier oft stärker als die Vernunft. Ich sah mich ein weiteres Mal nach Tohmah um und schlich dann in die Richtung, aus der das Knacken gekommen war.

»Autsch.« Hastig zog ich den Fuß an, in den sich ein Stück Holz gebohrt hatte. Warum tat es den Tieren nicht weh, wenn sie hier draußen herumliefen? So hart waren die Fußballen auch nicht. Vorsichtig schlich ich weiter, und dann knackte es erneut. Ich entschied, dass ich Schmerzen vertragen konnte, und lief schneller, auf das Geräusch zu. Irgendwo vor mir bewegte sich etwas. Es musste ungefähr meine Größe haben, aber ich war zu weit entfernt, um mehr zu erkennen – und vor allem deutlich langsamer. Etwas schimmerte hell, vielleicht eine Jacke oder Haare oder ein Gegenstand. Eine Plastiktüte vielleicht? Ich trat in eine Senke im Boden und stürzte. Ein scharfer Schmerz schoss durch meinen Knöchel.

»Mist!« Mit zusammengebissenen Zähnen beugte ich mich vor und massierte wild an der Stelle herum, auch wenn das sicher nicht viel brachte. »Mist!« Ich rieb noch eine Weile, dann rappelte ich mich auf und verlagerte mehr Gewicht auf den Fuß. Es stach nur noch wenige Male, dann verschwand der Schmerz. Behutsam lief ich los, und zu meiner Erleichterung schien nichts gedehnt oder gar gerissen zu sein. Noch einmal Glück gehabt. Demnächst würde ich besser aufpassen, wenn ich jemanden im Wald verfolgte. Jetzt kam mir meine Aktion einfach nur noch blöd vor, vermutlich eine Art Restparanoia nach der ersten Wandlung.

»Quinn?«

»Hier!« Mittlerweile war die Hütte wieder in Sichtweite. Tohmah stand mit meinen Klamotten in den Händen davor und starrte mir verwundert entgegen.

»Wo bitte warst du? Sag mir nicht, du hast dich in der Richtung geirrt.«

»Ich dachte, ich hätte etwas gehört. Aber ich muss mich wohl getäuscht haben.« Ich wartete, und als er sich nicht rührte, nickte ich in Richtung Tür. »Bleiben wir hier? Oder darf ich mich drinnen umziehen?«

»Ausnahmsweise.« Er grinste, schüttelte den Kopf, und kurz darauf traten wir in die Wärme seines Wohnzimmers.

Tohmah überließ mir kommentarlos das Bad. Der Spiegel zeigte ein völlig normales Bild und keine wirre Waldfrau, ich hatte nicht einmal Blätter in den Haaren. Lediglich meine Wangen waren noch immer gerötet, und in meinen Augen lag neben Unsicherheit ein Ausdruck, den ich bisher nicht an mir kannte. Wissend, aber auch unschuldig. Eine merkwürdige Kombination, aber mittlerweile hatte ich gelernt, dass manche Dinge, die ich für Gegensätze gehalten hatte, gut harmonierten. Jetzt erst kamen die Fragen, und nach nur wenigen Sekunden prasselten sie derart auf mich ein, dass ich mich auf den Toilettendeckel fallen ließ und den Kopf in beide Hände stützte.

Ich wusste noch genau, was geschehen war, aber trotzdem erschien es mir so weit weg. All dieses Grübeln, Analysieren und Bewerten war kein Teil meiner anderen Welt. Ich hatte nicht einmal darauf geachtet, in welches Tier ich mich verwandelt hatte, sondern war einfach nur da gewesen.

Hastig band ich meine Haare zusammen, drehte den Hahn auf und klatschte mir kaltes Wasser ins Gesicht. Ich wusch und inspizierte noch meine Füße – ein paar kleinere Schnittwunden, damit konnte ich leben –, zog mich an und kehrte kurz darauf ins Wohnzimmer zurück. Tohmah saß auf dem Sofa und starrte vor sich hin.

Ich ließ mich neben ihn fallen und sah ebenfalls nach vorn. Zu meiner Überraschung erkannte ich Farbschlieren draußen am Himmel. Zuvor hatte ich überhaupt nicht darauf geachtet, wie spät es wohl sein mochte.

»Wie lange war ich unterwegs?«

»Stunden. Es dämmert bereits.«

»Oh.« Mein Zeitgefühl hatte sich also auch verabschiedet. »Jetzt weiß ich auch, wie das mit unserer Verbindung funktioniert. Es war wie ein Flüstern in meinem Kopf, das irgendwann so stark wurde, dass ich einfach gehorchen musste, obwohl ich es nicht wollte. Nachdem ich mich zurückverwandelt hatte, war ich sogar einen Moment lang wütend auf dich. Weil du mich dazu gezwungen hast.«

Er schwieg lange. »Ich habe gedacht, ich schaffe es nicht. Immer wieder habe ich Bilder gesehen, aber sie waren wieder weg, ehe ich herausfinden konnte, wo du warst. Nach drei Stunden bin ich unruhig geworden. Eine weitere Stunde später habe ich mich auf unsere Verbindung konzentriert. Es war schwer, aber irgendwann kam es mir vor, als könntest du mich hören.«

»Du hast mit mir gesprochen?«

Er verzog das Gesicht. »Ja, ich habe hier am Fenster gestanden und mit dir geredet. Klingt schon abgedreht, oder?«

»Ich hab in den vergangenen Tagen schon Seltsameres gehört. Aber Tohmah, es hat funktioniert. Ich bin eine von ihnen! Das Tattoo ist echt, nicht nur eine Modeerscheinung oder eine dumme Idee.« Ich war froh, bereits zu sitzen, da spätestens jetzt meine Beine nachgegeben hätten. Bei all den Fragen schob sich nun eine wieder in den Vordergrund: Wer waren meine Eltern und warum hatten sie mich weggegeben? Weil ich eine Sdáng war? Um mich zu beschützen? Zum ersten Mal machte der Gedanke, dass sie vielleicht noch lebten, mich so unruhig, dass ich fast aufgesprungen wäre. Die Zahl der Wandler war überschaubar, es konnte also nicht allzu schwer sein, mehr herauszufinden.

Später. Wenn ich das alles halbwegs verarbeitet hatte.

»Übrigens, falls es dich interessiert …«

Ich wusste, worauf er anspielte. »Natürlich tut es das!«

Er zupfte eine Strähne aus meinem Haarknoten. »Du bist ein Rotluchs. Mit einem Fell in genau dieser Farbe.«

Das passte zu der Pfote, die ich betrachtet hatte. Und es fühlte sich gut an. Es passte zu *mir*. Ich mochte den Rotluchs sehr, diese kleine Raubkatze mit dem runden Kopf, dem Backenbart, den hübschen Flecken und Pinselohren. Im Internet stand, dass die Tiere anpassungsfähig sowie dämmerungsaktiv waren und Waldgebiete bevorzugten. Ich dachte an die vielen Tage, an denen es mich zum Laufen in den Wald gezogen hatte, kaum dass die Sonne untergegangen war. Weniger schön war allerdings, dass der Rotluchs als wichtiges Jagdwild in der Wintersaison beschrieben wurde. Ich sehnte mich nicht danach, einem überambitionierten Jäger vor die Flinte zu laufen.

»Hoffentlich komme ich in meiner Tiergestalt nie auf die Idee, zu jagen«, sagte ich und erntete einen erstaunten Blick von Tohmah. »Was? Wenn ich mich richtig erinnere, jagen Rotluchse unter anderem Skunks und Ratten. Sogar Insekten.« Allein bei dem Gedanken wurde mir übel.

Zuerst wackelte das Sofa, dann lachte Tohmah los. Ich verschränkte die Arme vor der Brust und schenkte ihm meinen empörtesten Blick. Schließlich war ich in den vergangenen Stunden als Tier durch die Gegend gestreift, da erwartete ich ernsthafte Lagegespräche von meinem Sänger und keinen Lachanfall.

»Hey!«

»Keine Sorge, ich habe noch nie gehört, dass Sam Beutetiere entsorgen musste, die Nathan angeschleppt hat. Vermutlich verspeist er die in Ruhe im Wald.«

»Tohmah!« Allein bei der Vorstellung schüttelte es mich.

»Okay, okay. Schätze, ich muss mich erst daran gewöhnen, dass ich nun ein Sänger bin. So wie Monique es war.«

Er klang nachdenklich, und auf einmal verstand ich, was diese ganze Sache für ihn bedeuten musste. Ich stand auf, schnappte mir die Wolldecke, die gefaltet auf einer Lehne lag, breitete sie aus und machte es mir an Tohmah gelehnt gemütlich.

»Keine Sorge. Wandler haben ebenso eine Verantwortung ihrem Sänger gegenüber wie umgekehrt. Und ich gehe nirgendwo hin.«

# Die Rotluchse

Dieser äußerst anpassungsfähige Tribe stammt aus Nordamerika und ist sechzehn Mitglieder stark. Rotluchse sind gute Beobachter und behalten auch in brenzligen Situationen einen kühlen Kopf. Sie sind nicht leicht aus der Ruhe zu bringen, werden sie jedoch provoziert, stellen sie sich selbstbewusst auch überlegenen Gegnern.

Ratsmitglied: Francis Marlatt

# Kapitel 21

## NATHAN

Ich verließ Winter Harbour ohne große Abschiedsszenen und konzentrierte mich bewusst auf das Fahren, sodass es bestimmt zwei Stunden dauerte, bis sich meine Gedanken wieder in den Vordergrund drängten. Ich dachte an das Treffen mit dem Rat, an das Gewicht unserer Probleme und an Edmund Blaise, den ich mir heute ein wenig mehr zum Feind gemacht hatte. Aber ich dachte auch an Zach und die anderen und fragte mich, wo sie waren. Und ob sie noch lebten.

Es war, als würde mir jemand eine Faust langsam, aber unnachgiebig in den Magen drücken, von Sekunde zu Sekunde stärker. Bisher hatte ich diese Option von mir geschoben, aber je mehr Zeit verstrich, desto schwieriger war es, noch auf ein Wunder zu hoffen.

Eine ganze Weile starrte ich einfach nur nach vorn, auf die Straße, auf der mir bisher kaum ein Wagen entgegengekommen war, und meine Gedanken wanderten zu Quinn. Ich war erleichtert, dass ich es geschafft hatte, sie dem Rat gegenüber nicht zu erwähnen. Aber ich vernachlässigte sie im Moment, und das war nicht nur ihr gegenüber beschissen, sondern auch gefährlich. Sie konnte verschlossen sein, aber leider auch halsstarrig, so viel hatte ich bereits mitbekommen. Aber immerhin konnte ich ihr sagen, dass wir keine Chance hatten, in den Unterlagen des Rates nach ihren Eltern zu suchen. Dazu hätten wir in das Haus der Blaises einbrechen müssen, und das schaffte vermutlich nicht einmal ein Profi. Vielleicht war es ja auch gut, dass ausgerechnet Blaise die Listen aufbewahrte. Mit etwas Glück würde Quinn nach einer Weile akzeptieren, dass sie niemals erfahren würde, wer ihre richtigen Eltern waren. Schließlich hatten sie in ihrem Leben keine Rolle gespielt. Sie waren nicht wichtig für sie. Ein Teil von mir hoffte das jedenfalls. Ein anderer, größerer Teil flüsterte mir allerdings zu, dass ich schön blöd war, auch nur eine Sekunde lang daran zu glauben.

Ich drehte die Musik lauter und konzentrierte mich auf die Songs und das Fahren. Es funktionierte, und ich fiel in diesen Rausch, der das Zeitgefühl mit sich nahm. Als ich irgendwann wieder daraus auftauchte, hatte ich einen Großteil des Rückwegs hinter mich gebracht.

Auf der Höhe des MacMillan Provincial Parks kehrten meine Sorgen jedoch zurück. Sorgen um Quinn, um die Tribes, um Zach, um die Jahresfeier und auch darum, dass die Berglöwen es nun womöglich auf mich abgesehen hatten, nachdem ich sie öffentlich verdächtigt hatte. Ich warf einen kurzen Blick zum dunklen Himmel. Bis nach Hause war es noch knapp eine Stunde, aber ich brauchte eine Pause. Nicht nur von der Zeit hinter dem Steuer, sondern von einfach allem. Ich brauchte die Stille im Kopf, einen Aufschub, ehe ich morgen versuchen würde, die Sache mit Quinn zu regeln. Also fuhr ich von der Straße ab und so weit in einen Nebenweg, dass die Chancen gut standen, niemandem zu begegnen.

Meine Klamotten versteckte ich in der Nähe des Wagens unter Farn, atmete tief durch, streckte meine Schultern, bis es knackte, und verwandelte mich. Es ging schnell, und als ich meine Krallen in den Untergrund bohrte und die Kühle der Erde genoss, traten meine Probleme in den Hintergrund. Sie waren noch da, aber als Panther war es kein Problem, sie für eine Weile zu vergessen. Jetzt konnte ich ohnehin nichts ändern. Alles hatte seine Zeit.

Ich lief los und genoss die frische Luft, die mir immer kühler entgegenschlug, je tiefer ich in den Wald kam. Es war hier nie still, aber die Geräuschkulisse war verlockend. Nur zu gern wurde ich ein Teil der Natur und ließ die andere Welt zurück. Ich lief schneller und atmete die Gerüche ein, die ich als Mensch nicht wahrnehmen konnte. Sie beruhigten mich, zogen mich an, ließen nur noch Spielraum für die Gegenwart: Gras, Wasser, Tiere in Bodenlöchern ganz in der Nähe, frisch abgeschabte Rinde, wo sich vermutlich Wild gerieben hatte, Rauch in weiter Entfernung. All das gehörte mir. Der Wald gehörte mir. Ich tauchte in die Schatten ab, wurde eins mit ihnen. Über mir raschelte es, und andere Tiere verzogen sich, als ich fauchte. Die Natur war mein Reich, in dem ich aufatmen konnte. Hier musste ich mich nicht verstellen oder zusammenreißen oder Dinge tun, die mir nicht gefielen, nur weil sie für mich und die Tribes richtig waren. Es gab keine schweren Entscheidungen, kein Abwägen und erst recht keine Unsicherheiten, und es spielte weder eine Rolle, was in der Vergangenheit geschehen war noch was in der Zukunft auf mich wartete. Ich musste nichts darstellen. Ich konnte einfach nur leben.

Wassertropfen fielen von hohen Farnen auf mein Fell und ich rannte los. Kaum etwas war berauschender, als meine Muskeln und die Geschwindigkeit zu spüren. Ich nahm Anlauf, sprang über einen umgestürzten Baumstamm, der bereits halb verrottet war, und rannte schneller, immer schneller, auf der Suche nach den Grenzen meines Körpers. Die Umgebung und ich verschmolzen zu einer Einheit – bis dieser Sog einsetzte, zunächst so sanft, dass ich kaum darüber nachdachte. Aber er wurde stärker, brachte mich dazu, die Richtung zu ändern, und führte mich tiefer ins Dickicht. Ich grollte, lief schneller und gewann die Kontrolle zurück, aber dieser Druck ließ sich nicht abschütteln. Er hängte sich an mich und wollte auf mich Einfluss nehmen, auf meine Schritte, meine Entscheidungen. Dann war er von einem Moment auf den anderen verschwunden.

Ich blieb stehen. Mein Fell war gesträubt, als würde ich einem Berglöwen gegenüberstehen, und ich hatte die Krallen erneut ausgefahren. Fast fühlte es sich an, als wollte ich mich gegen jemanden oder etwas verteidigen, aber ich war allein. Ich musste zurück zum Wagen und wieder ein Mensch werden, ehe diese Kontrolle, die ich zuvor gespürt hatte, mich Dinge anstellen ließ, die gefährlich werden konnten. Zwei Beine waren jetzt sicherer.

Kurz darauf zog ich meine Sachen unter dem Farn hervor und schlüpfte hinein. Das Shirt riss am Saum, als ich es über meinen Kopf zerrte.

Der Sog, den ich gerade erlebt hatte, war von einem fremden Bewusstsein ausgegangen. Aber nicht von Sam. Seitdem ich das Tier im Griff hatte und keine Gefahr mehr für andere war, kontrollierte er mich nicht mehr auf diese Art. Abgesehen davon war der Einfluss zu unstet gewesen, nicht gleichmäßig stark, sondern eher schwankend. In die Wut mischte sich Sorge. Was, wenn Quinn …?

Konnte sie es gewesen sein? Schließlich war sie die Einzige, die ich kannte, die auch ohne eine offizielle Verbindung in der Lage war, einen Wandler zu beeinflussen – falls sie wirklich eine Verbotene war und damit über jene Kräfte verfügte, die bei ihr durch das versiegelte Tattoo unterdrückt wurden.

Aber Moment! Das würde bedeuten, dass sie ihr Motiv hatte öffnen lassen, um die Magie zu aktivieren. Nein, sie würde nicht einfach eine solche Dummheit begehen, ohne vorher mit mir zu reden. Soweit ich wusste, war ich der einzige Wandler, dem sie sich anvertraute. Was im Grunde nichts bedeutete. Womöglich hatte sie mir nicht alles erzählt. Wozu auch?

»Verdammter Mist!« Rinde splitterte, als ich auf einen Baum eindrosch. Quinn und mich verband nicht nur Freundschaft. Da war mehr, und es machte mich wahnsinnig, dass ich es mir nicht erklären konnte.

*Sei nicht so dämlich. Du willst es nur nicht wahrhaben.*

Ich zerrte mein Handy aus der Tasche und wählte ihre Nummer. Sie nahm nicht ab. Schlief sie etwa schon? Wohl kaum, wenn ihr Bewusstsein vorhin noch hellwach gewesen war. Falls sie wirklich hinter der Kontrolle gesteckt hatte. *Falls!* Das brachte mich hier kein Stück weiter. Und überhaupt, wie hätte sie ihr Tattoo so schnell öffnen lassen können? Oder einen Sänger gefunden?

Ich hielt inne und fluchte.

*Natürlich!*

Ich hielt mich erst gar nicht damit auf, sie anzurufen, sondern rannte zum Wagen.

Den restlichen Weg schaffte ich in Rekordzeit. Ich parkte direkt vor Tohmahs Haus, sodass die Scheinwerfer ins Fenster leuchteten, und gab mir herzlich wenig Mühe, leise zu sein. Mittlerweile war ich sauer. Auf mich, auf Quinn, auf Arcand, auf die momentane Situation und auf die Tatsache, dass es überhaupt Verbotene gab. Warum konnte nicht nur eine der Fähigkeiten vererbt werden? Wenn ein Wandler und ein Mensch zusammen ein Kind bekamen, bestand schließlich auch nur eine fünfzigprozentige Chance, dass das Wandler-Gen weitervererbt wurde. Angehörige zweier Tribes konnten nicht einmal Kinder miteinander haben. Warum zur Hölle hatte die Natur es eingerichtet, dass Wandler und Sänger Hybriden zeugen konnten, die so mächtig waren, dass sie isoliert – oder getötet – wurden, um niemanden zu gefährden?

Ich starrte zur Tür und stellte mich auf alles ein. Erst als mein Atem wieder ruhig ging und ich meine Muskeln lockern konnte, stieg ich aus.

Die Tür öffnete sich, kaum dass ich sie erreicht hatte. Tohmah sah wach aus, ich hatte ihn also nicht aus dem Schlaf gerissen.

»Ich habe mich schon gefragt, wann du auftauchst.«

»So, hast du das?« Ich biss die Zähne zusammen.

»Hör zu, wir wissen beide, dass es ihre Entscheidung war. Nur weil es Probleme zwischen den Tribes gibt, kann sie nicht ihr Leben lang im Unklaren bleiben. Du hast gesehen, wohin so eine Versiegelung führt. Oder glaubst du, dass diese Visionen und ihre Nebenwirkungen irgendwann abgeklungen wären? Sie sind jeden Tag schlimmer geworden, Nathan.«

Natürlich, er spielte den Türsteher. Schlimmer aber war, dass er meine Ahnung bestätigte. Quinn hatte ihr Tattoo wirklich öffnen lassen. Aber wie? Wahrscheinlich hatte sie in Moniques Aufzeichnungen die Lösung gefunden. Kurz wünschte ich mir, wir hätten ihre Notizbücher einfach verbrannt.

»Hab ich jetzt Besuchsverbot?«

Tohmah rührte sich nicht. »Keine Ahnung. Sag du mir, was am besten ist, wenn ich meine Einrichtung schützen will und keine Lust auf Streit habe.«

»Ich bin nicht hier, um mich zu prügeln, Tohmah.«

»Gut. Du hast gerade einen anderen Eindruck gemacht, als du aus dem Wagen gestiegen bist.«

»Vielleicht, weil ich in meiner Tierform plötzlich mit einem fremden Bewusstsein konfrontiert worden bin. Übrigens einer der Gründe, warum Quinn die Versiegelung nicht hätte aufheben sollen.« Ich deutete in Richtung Tür. »Vor allem nicht, ohne es mir zu sagen.«

»Vermutlich hat sie so gehandelt, weil du es ihr ausgeredet hättest, ohne daran zu denken, wie sie sich bei alldem fühlt. Niemand von uns wusste, wohin diese Attacken führen würden, Nate. Und Moniques Aufzeichnungen haben Quinn in der Hinsicht nicht gerade beruhigt. Die Verbindung mit dir war nicht beabsichtigt. Im Gegenteil, Quinn war ebenso erstaunt wie du. Deshalb ist es wichtig, dass sie jetzt lernt, mit ihren Kräften umzugehen. Laut Sam gab es dieses – was auch immer es ist – zwischen euch ja bereits vorher.«

Alles, was er sagte, stimmte, und genau das störte mich. Es hatte bereits zuvor eine Art unsichtbares Band zwischen uns gegeben. »Ja, das ist richtig. Vielleicht waren ihre Kräfte schon vorher so stark, dass selbst das versiegelte Symbol sie nicht mehr zurückhalten konnte.«

»Oder es hatte ganz andere Gründe.« Tohmah grinste. In meiner Gegenwart tat er das nicht oft, und ich fühlte mich seltsam ertappt.

»Dann bist du also doch ihr Leibwächter, oder warum diskutieren wir hier draußen?«

Tohmah überlegte noch einen Moment, dann trat er zur Seite. Ich nickte ihm zu und ging hinein. Es war warm, zu warm. Mitten in der Nacht brannte ein Feuer im Kamin. Quinn saß auf dem Sofa, eine Decke bis zum Kinn gezogen, und starrte mir entgegen. Ein Teil von mir wollte sie in den Arm nehmen, ihr über das Haar streichen und ihr zuflüstern, dass wir das schon hinbekommen würden. Der andere Teil tobte.

»Es war keine Absicht«, sagte sie langsam.

»Was? Dass du mir deine Kontrolle aufdrängst oder dein Tattoo aktivierst?«

Ihre Augen waren groß und glänzend, dann ließ sie die Decke sinken. »Du weißt, was ich meine.«

Es klang verzweifelt, und ich begriff, dass ich die Wut draußen nicht losgeworden war. Sie hatte sich nur geballt und tief in meinen Bauch zurückgezogen.

»Sorry. Ich bin wütend, Quinn. Ich versuche, es nicht zu sein, aber das ist verdammt schwer.«

Sie schien zu überlegen, dann deutete sie auf den Platz neben sich. Ich wandte mich um. Tohmah war nicht mit mir hereingekommen, aber ich zweifelte nicht daran, dass er sich in der Nähe herumtrieb.

Ich ließ mich auf das Sofa fallen. Quinn nahm meine Hand und führte sie unter ihr Haar, zu dem Symbol in ihrem Nacken. Ich spürte nur wenige Unebenheiten, das Tattoo heilte schnell, wie bei jedem Wandler.

»Ich bin ein Rotluchs«, sagte sie, als würde sie über das Wetter reden, und erwischte mich damit kalt.

»Du hast dich bereits verwandelt?«

»Es war wie ein Zwang«, sagte sie entschuldigend. »Ich weiß nicht, was ich erwartet hatte. Erst ist gar nichts passiert, auch nicht, nachdem Tohmah sein Tattoo bekommen hat. Dann sind wir hierhergefahren, und ich dachte, ich hätte eine Attacke, dabei war ich plötzlich bei dir. Du bist durch den Wald gelaufen, als Panther.«

»Ja, ich habe es gemerkt. Nicht wirklich, dass du es warst, aber einen fremden Einfluss.«

»Es tut mir wirklich leid!« Nun klang sie panisch, und ich bemerkte, wie durcheinander sie war.

Ich zog meine Hand zurück, die noch immer in Quinns Haar vergraben war, ließ ihre aber nicht los. »Am Anfang ist es immer verwirrend. Ich musste immerhin nur mit der Verwandlung klarkommen, nicht mit zusätzlichen Sängerfähigkeiten. Ich hätte mir nur gewünscht, dass du mir glaubst.«

»Was meinst du?«

»Dass es gerade kein guter Zeitpunkt ist, deine Kräfte als Sdáng zu entdecken.«

»Du meinst, weil Sdáng zu einem anderen Zeitpunkt eher akzeptiert werden?«

Okay, der Punkt ging an sie. »Ich meine, weil es gerade für Wandler und Sänger nicht sicher ist. Es verschwinden Leute aus unserer Gemeinschaft.«

Es wurde still in der Hütte. Quinn starrte mich an, als versuchte sie, in meinem Gesicht zu lesen. »Was hat der Besuch in Winter Harbour ergeben?« Ihre Worte waren kaum zu hören.

Ich schüttelte den Kopf. »Nichts, was dir Sorgen machen muss. Ich habe dem Rat alles erzählt, was ich weiß, und meine Bedenken geäußert, was die Berglöwen betrifft. Aber dein Name ist nicht gefallen. Und auch sonst ging es ausschließlich um Sicherheitsmaßnahmen. Zu deinem Glück, Quinn.«

»Verstehe.« Sie zog die Beine an und drehte sich, bis sie mich direkt ansah. »Irgendein Hinweis auf meine Eltern? Ich weiß, dass wir schon darüber gesprochen haben. Und ich verstehe selbst nicht, warum ich auf einmal wieder etwas über sie herausfinden will, nachdem sie so viele Jahre keine Rolle in meinem Leben gespielt haben. Schließlich wollten sie mich nicht.« Sie hob die Arme und ließ sie wieder fallen, eine so ratlose Geste, dass sie mir leidtat.

Ich überlegte, und Quinn ließ mir die Zeit.

»Aber *ich* verstehe es«, sagte ich dann. »Auf einmal weißt du, dass sie höchstwahrscheinlich einen Grund hatten, dich wegzugeben. Möglicherweise wollten sie dich nur beschützen.«

Sie nickte, ansonsten regte sich nichts in ihrem Gesicht.

»Aber zurück zu deiner Frage. Nein, ich habe keine Hinweise gefunden, aber ich weiß jetzt, wo es vielleicht eine Antwort gibt. Auch wenn das ganz und gar nicht sicher ist.«

»Wo?«

»In den Aufzeichnungen über die Tribes, die Edmund Blaise in seinem Besitz hat.«

Quinn riss die Augen auf. »Das ist jetzt nicht wahr.«

»Leider doch. Aber bitte, frag mich nicht, wie wir an diese Unterlagen herankommen sollen. Und um Himmels willen denk nicht mal daran, es selbst zu versuchen. Deiner Sicherheit zuliebe, Quinn. Ich werde alles daransetzen, dir in diesem Punkt zu helfen, ohne dass jemand erfährt, wer du bist. Doch das schaffe ich nur, wenn du dich bedeckt hältst. Du darfst deine Fähigkeiten nicht auf andere Wandler anwenden. Es wird wahrscheinlich schon schwer genug, wenn du als Rotluchs unterwegs bist.«

Quinn knibbelte am Saum ihres Shirts. »Ich weiß, dass du zwischen den Fronten stehst. Vielleicht habe ich egoistisch gehandelt. Aber ich konnte einfach nicht mehr, Nathan. Diese Attacken oder Visionen haben sich verändert. Sie sind stärker geworden, intensiver, und ich habe mich danach immer schwächer gefühlt. Ich bin in Belles Küche umgekippt und hätte fast das Haus abgefackelt, wenn ich länger weggetreten gewesen wäre. Ich bin sogar an der Uni ohnmächtig geworden, in der Gegenwart von Joanna Blaise.«

Verdammt! Ausgerechnet Joanna, die bereits in Quinns Zimmer herumgeschnüffelt hatte und Quinn zu sich nach Hause eingeladen hatte, um sich dann mit ihren Freunden zu verwandeln. Wenn sie etwas ahnte, wusste auch Gabriel davon – und damit sein Vater. Energisch drängte ich mein schlechtes Gewissen zurück. Ich konnte mir vorstellen, wie sehr Quinn unter diesen Attacken gelitten hatte, und auch, wie gefährlich sie waren. Aber von den Tribes als Verbotene enttarnt zu werden, war noch gefährlicher.

»Ich hätte das ernster nehmen müssen«, gab ich zu und starrte auf meine Finger. Wie sollten wir eine Verbotene hier in Nanaimo verstecken? Besonders nach Quinns Alleingang? Auf einmal wünschte ich mir, alles vergessen zu können, zumindest für einen Abend. »Du musst einfach begreifen, wie gefährlich es sein kann, wenn Joanna oder Gabriel dem Rat …«

Sie berührte meinen Arm. So leicht, dass ich hinsehen musste, um sicherzugehen, dass ich es mir nicht nur eingebildet hatte.

»Ich weiß. Bitte glaub mir das. Vielleicht hat Joanna schon länger einen Verdacht. Es ist gut möglich, dass sie mein Tattoo gesehen hat, als ich auf ihrer Poolparty war. Trotzdem wissen wir nicht, ob sie es auch erkannt hat. Woher sollte sie etwas über die alten Motive wissen? Aber ich konnte so nicht weitermachen. Es war, als hätte jemand die Kontrolle über mich, ohne dass ich wusste, wann er als Nächstes zuschlägt oder wie er mich und meinen Körper zurücklässt. Abgesehen davon musste ich es einfach wissen – nicht nur wer, sondern was ich bin. Verstehst du?«

Wenn sie nur wüsste, wie sehr ich das tat! Aber das durfte ich ihr nicht sagen. »Und du musst verstehen, dass ich mir Sorgen um dich mache. Selbst wenn ich es auf mich nehme, eine Verbotene zu schützen, und das werde ich, wird dein Geheimnis früher oder später herauskommen.«

Sie biss sich auf die Lippe, und es fiel mir schwer, den Blick von dieser Stelle loszureißen. »Dann gehe ich eben. Ich meine, ich verlasse Vancouver Island. Es gibt auch andere Universitäten.«

Fast hätte ich ihr gesagt, dass sie das nicht tun durfte, weil hier ihr Zuhause war. Aber das wäre purer Egoismus gewesen. Obwohl … nein, es stimmte. Quinn gehörte an diesen Ort, wie jeder andere auch, der sich in eine Raubkatze verwandeln konnte, auch wenn es ihren Tod bedeuten könnte, wenn der Rat sie in die Finger bekam. Allein deshalb sollte ich ihr eigentlich sagen, dass es eine gute Idee wäre zu verschwinden.

»Wir hätten eine andere Lösung gefunden«, sagte ich stattdessen leise. »Du hättest nur ein wenig Geduld haben müssen.«

Sie schüttelte den Kopf. »Es ging nicht nur um Geduld, Nathan. Ich hatte Angst, echte Angst.« Ich streichelte über ihre Finger, und sie versuchte ein Lächeln. »Außerdem hatte ich jahrelang Geduld, Nathan. In Smithers habe ich mich immer mehr zurückgezogen, von meinen Freunden und meinen Eltern. Ich habe mir selbst nicht mehr vertraut. So konnte ich nicht weiterleben. Sollte der Rat von mir erfahren, werde ich beweisen, dass ich keine Bedrohung bin. Wie sollte ich auch? Für mich ist alles noch neu. Und ich werde lernen, meine Kräfte zu beherrschen und nicht auf Wandler anzuwenden.«

Sie war zu euphorisch, was ihr neues Leben betraf, und würde nicht verstehen, dass genau das unser Problem war.

»Quinn.« Ich suchte nach Worten. »Ganz abgesehen von den Blaises … Du hast einfach alles überstürzt. Tohmah ist dein Sänger? Der Typ, der sich bisher aus allem herausgehalten hat, was die Wandler betrifft? Verdammt noch mal, er wusste doch gar nicht, was er zu tun hat! Was wäre gewesen, wenn du nicht mehr zurückgekonnt oder jemandem geschadet hättest? Einem Kind, das dir über den Weg läuft und das plötzlich vor einer Raubkatze steht? Du hast bestimmt gemerkt, dass dein Verstand in der Tiergestalt anders arbeitet, weil dein Instinkt überhandnimmt. Darauf warst du überhaupt nicht vorbereitet!« Ich war laut geworden, obwohl das gar nicht meine Absicht gewesen war.

Quinns Augen waren riesig. Die Tür ging auf, und Tohmah trat ein. »Besser, du regst dich ab, Nathan.«

»Halt dich da raus!« Ich stand auf und ging auf ihn zu. Wenn er eine Auseinandersetzung wollte, konnte er sie haben. Hinter mir rief Quinn etwas, aber es war die Ruhe in Tohmahs Gesicht, die mich zurückhielt. Sie erinnerte mich an Sam, und auf einmal wusste ich, dass ich gerade nicht von Quinn geredet hatte.

Ich hatte mich beschrieben. Mich bei meinen ersten Verwandlungen, bei denen ich so schwer zu kontrollieren gewesen war, weil ich endlich, endlich die Kontrolle hatte abgeben können, die ich an jedem beschissenen Tag mit mir herumschleppte. Ich war der Sohn des Ratsmitglieds der Jaguare und Panther, an mir hingen Tonnen von Hoffnung. Die Mitglieder meines Tribes gingen einfach davon aus, dass ich Dad eines Tages in den Rat folgen würde, und sie hatten keine Ahnung, wie ich mich dabei fühlte. Niemand interessierte sich dafür, was ich wollte. Und ich bot ihnen das, was sie erwarteten. Ich wusste nicht, wie es war, sich nicht zurückzuhalten – und hatte das bei meiner ersten Verwandlung nachgeholt. Keine Selbstkontrolle mehr. Aber damit hatte ich nicht umgehen können. Ich hatte meine Grenzen nicht mehr erkannt und … Ich schloss die Augen, als Bilder auftauchten, die ich so lange weggesperrt hatte. Ich wollte sie nicht sehen, die roten Spuren von Krallen auf zarter Haut.

»Nathan?« Eine Berührung an meiner Schulter.

Ich fuhr herum, und dieses Mal war ich derjenige, der zurückwich. Quinn stand vor mir, eine Hand erhoben, die andere hielt sie wie zum Schutz vor ihren Körper. Als ob ich ihr jemals etwas antun könnte! Begriff sie denn nicht?

Ich sah zu Boden und atmete durch. So lange, bis sich das Chaos in mir beruhigte. Fast wagte ich nicht, den Kopf zu heben. »Es tut mir leid. Ich wollte dich nicht anschreien. Ich wollte all das hier nicht.« Auf einmal fiel es mir so schwer, die passenden Worte zu finden. »Es hätte verdammt viel schiefgehen können. Ihr wusstet beide nicht, was auf euch zukommt, und damit seid ihr ein hohes Risiko eingegangen.«

»Aber es ist nichts passiert«, sagte Quinn sanft. »Im Gegenteil. Es war alles ganz natürlich. Hier.« Sie hielt mir eine Hand entgegen.

Ich hatte keinen Schimmer, was sie vorhatte, aber ich tat ihr den Gefallen und ergriff sie. Ihre Haut war wärmer als in den vergangenen Tagen, die Natur der Wandler hatte bereits von ihrem Körper Besitz ergriffen. Bald würde sie merken, dass sie ihre Sinne auch in ihrer menschlichen Gestalt besser nutzen konnte.

Quinn zog mich nach draußen, wo bereits der Morgen dämmerte, und hob ihr Gesicht zum Himmel. »Noch ist es dunkel genug.«

Endlich verstand ich, was sie vorhatte, und schüttelte den Kopf. »Nein, du solltest dich ausruhen.«

»Bitte.« Sie verstärkte den Druck ihrer Hand und sah mich mit ihren unglaublichen Augen an. Sogar ihr Blick hatte sich verändert. »Nur ganz kurz. Du bist doch bei mir. Und Tohmah auch.«

Ich hätte dagegenhalten sollen, aber ich rührte mich nicht. Was auch immer sie mit mir machte, es funktionierte. Ich *wollte* mit ihr laufen, wollte sehen, wie sie aussah, und den Rausch an ihrer Seite erleben.

»Okay«, sagte ich mehr zu mir selbst. »Aber nicht lange. Denk daran, ich habe auch meine Mittel, um dich zum Umkehren zu zwingen.«

»Ich weiß, dass ein Rotluchs nichts gegen einen Panther ausrichten kann.« Sie lächelte ohne eine Spur von Angst.

Dieses Mal hielt ich ihr die Hand hin, und wir gingen gemeinsam auf den Waldrand zu. Ich drehte mich um, damit sie sich unbeobachtet ausziehen konnte, und versuchte, mir nicht vorzustellen, was hinter meinem Rücken passierte.

»Ich bin so weit«, flüsterte sie kurz darauf.

»Ich warte, bis du dich verwandelt hast. Lass dir Zeit.«

»Danke.« Rascheln, tiefes Ausatmen. Sie entfernte sich mit gleichmäßigen Schritten und blieb dann stehen. Ich wusste, was vor sich ging, hörte die Blätter, die rund um sie aufstoben, und spürte das Kribbeln auf meiner Haut. Es war an der Zeit. Ich zog mich aus, schloss die Augen und überließ mich der Transformation. Wie immer war es eine Erleichterung, meine menschliche Gestalt und damit einen Teil meiner Sorgen zurückzulassen. Im Laufe der Jahre hatte ich zwar gelernt, mich als Tier nicht ausschließlich von meinen Instinkten leiten zu lassen, aber der Panther grübelte und zweifelte nicht.

Als ich mich umdrehte, wusste ich noch immer, dass Quinn vor mir stand. Sie war ein gutes Stück kleiner als ich, und ja, ich hätte sie mit einem Tatzenhieb zu Boden werfen können, aber ich dachte nicht daran. Stattdessen wollte ich laufen, Seite an Seite mit ihr, bis niemand außer uns in der Nähe war. Ich wollte ihr diesen Wald zeigen, der jetzt uns gehörte, wollte sehen, wie schnell sie war. Wie sie sich bewegte.

Als hätte sie meinen Wunsch geahnt, reckte sie sich, spannte ihren Rücken und raste los. Der Rotluchs verschwand in der Dunkelheit.

Ich ließ ihr Zeit und trottete locker hinter ihr her, bis ich die Verfolgung aufnahm. Kurz darauf hatte ich sie erreicht. Wir blickten uns kurz an, dann rannten wir weiter. Zum ersten Mal lief ich mit jemandem, der nicht zu meinem Tribe gehörte, und es fühlte sich erstaunlich gut an. Ich war bereit, mein Reich mit Quinn zu teilen, es ihr zu zeigen und die Ruhe und Weite zusammen mit ihr zu erleben. Ich hätte den Rotluchs abhängen können, vor allem, da ich spürte, wie sehr sie sich zurückhielt. Noch hatte sie nicht herausgefunden, was alles in ihrem neuen Körper steckte. Aber das war in Ordnung. Sie würde lernen. Ich lief ein Stück weiter nach links, sodass mein Fell ihres streifte. Sie wandte den Kopf, und ihre Augen flackerten als goldbraune Funken in der Dunkelheit. Ich riss das Maul auf und lief schneller, um zu sehen, ob sie mithalten konnte. Sie konnte, und auf einmal fühlte ich mich, als hätte ich etwas Wichtiges gefunden. Hier und jetzt gab es nur uns zwei.

# Kapitel 22

QUINN

Obwohl ich still stand, auf einem Bein balancierte und mit dem zweiten in meine Jeans schlüpfte, kam es mir vor, als würde ich noch immer rennen. Diese zweite Verwandlung hatte eine regelrechte Euphorie in mir ausgelöst, und selbst jetzt schienen meine Fußsohlen bei jeder Berührung mit dem Boden unter Strom zu stehen. Am liebsten wäre ich wieder losgestürmt.

Ich hatte mich an Nathan orientiert, war an seiner Seite geblieben und hatte mich ansonsten dem Rausch hingegeben, freier zu sein als jemals zuvor. Da er mich führte, achtete ich weder auf den Weg noch wie lange wir liefen. Ich war nicht allein, sondern konnte diesen Rausch mit jemandem teilen, die Erkenntnis, zu einer Welt zu gehören, die ich zuvor nur als Besucher wahrgenommen hatte. Ich war tiefer vorgedrungen, als es einem Menschen möglich war.

Auch jetzt füllte dieses Glücksgefühl mich noch aus und wärmte mein Inneres. Ich lächelte, als ich mein Shirt von ein paar Holzstückchen befreite und es überzog. Einmal mehr hatte ich erlebt, warum die Sänger so wichtig für die Wandler waren. Während sich Nathan mühelos wieder in einen Menschen verwandelt sowie die Gegend nach unliebsamen Besuchern abgesucht hatte und seitdem

Wache schob, hatte sich etwas in mir dagegen gesträubt. Ich wollte diese Sorglosigkeit nicht aufgeben. Die Zeit an der Seite des Panthers war so leicht gewesen, und jetzt musste ich mich wieder mit Dingen befassen, die sich nicht beiseiteschieben ließen.

Trotzdem hatte mir der Ausflug neue Hoffnung geschenkt. Für diese wundervollen Minuten hatten meine Probleme nicht existiert, und ich hoffte, dass auch Nathans Ärger verschwunden war. Dass er verstand, warum ich nicht anders gekonnt hatte, als ins Ungewisse zu springen und diesen neuen Abschnitt meines Lebens anzugehen. Wenn meine Annahmen stimmten und meine wahre Natur nicht mehr unterdrückt wurde, dann lagen damit die Attacken hinter mir. Sicher war es noch zu früh, das zu sagen, aber ich fühlte mich bereits jetzt anders. Freier. Erfüllter. Und auf eine verquere Weise auch geerdeter.

Ich drehte mich um und betrachtete Nathan. Auch er wirkte ruhiger, fast schon glücklich. Wenn ich es recht bedachte, hatte ich ihn noch nie glücklich gesehen. Oder ausgelassen. Oder fröhlich. Nathan machte stets den Eindruck, als gäbe es zu viele Dinge, die er jonglieren müsste, und als würde alles zusammenbrechen, wenn er einmal nicht hinsah. »Danke«, sagte ich. »Das war …« Ich zuckte die Schultern, weil mir schlicht die Worte fehlten. Vielleicht lenkte mich auch der schmale Streifen Haut zwischen seinem Shirt und seiner Jeans ab. Als hätte ich noch nie den freien Oberkörper eines Mannes gesehen! Aber niemand hatte Augen wie Nathan, deren Bernsteinsplitter mich immer wieder aufs Neue fesselten.

Er richtete sich auf. »Ich habe das noch nie zuvor gemacht.«

»Mit einem anderen Wandler durch den Wald zu rennen?«

»Nur mit Wandlern meines Tribes. Aber das war … nicht so.«

»Inwiefern?«

Es war fast still um uns herum. Hier und dort zirpte es, aber das war auch schon alles. Friedliche Augenblicke wie dieser waren selten, aber wertvoll machte ihn erst Nathan, der noch nach Worten suchte, aber mein Herz trotzdem bereits zum Stolpern brachte.

»Meine Leute sind kein so großes Rätsel für mich wie du«, sagte er und trat näher. Die Ader an seinem Hals pochte. Er pflückte etwas von meinem Shirt, dann strich er mir eine Haarsträhne über die Schulter zurück.

Jede Berührung schickte etwas voraus, auf das ich sofort reagierte. Wie das Kribbeln vor der Verwandlung und doch ganz anders. Zarter, intensiver, aufregender.

»Und ich frage mich schon die ganze Zeit, ob du mich deshalb so faszinierst, Quinn.«

Seine Worte mogelten sich unter meine Haut und wärmten mich mehr als jeder Sonnenstrahl. Ich fühlte mich in diesem Augenblick so unwahrscheinlich lebendig, und trotzdem konnte ich mich nicht bewegen. Wozu auch, ich hatte Nathan direkt vor mir, der meinen Puls mit nur einem Blinzeln hochjagte. Ich wollte ihn auskosten, diesen Augenblick, und hoffte, er würde niemals enden. Gleichzeitig wollte ich den nächsten Schritt machen, weil mein Herz und mein Kopf sich endlich dasselbe wünschten.

Ich hob eine Hand und legte sie an Nathans Wange. Wärme, eine leichte Unebenheit, ein Pulsieren an meiner Haut. Er atmete schneller, blinzelte und senkte den Kopf. Ein irrsinniger Teil von mir zählte die Sekunden – es waren genau drei –, bis seine Lippen meine berührten und ich die Augen schloss, um alles auszublenden, was jetzt nicht hierhergehörte. Endlich verstummten auch meine Gedanken, schlagartig, als hätte Nathan sie ebenfalls aus meinem Leben verbannt, damit ich mehr empfinden konnte. Ich musste die letzte Distanz zwischen uns überwunden haben, denn auf einmal berührten sich unsere Körper. Seine Arme umfingen mich und bildeten eine eigene, kleine Welt, die nur uns gehörte, und der Druck seiner Lippen verstärkte sich.

Es war nur natürlich, ihn zu erwidern. Ich legte eine Hand auf Nathans Brust, direkt über sein Herz, und ließ die andere an seiner Wange, zog ihn näher und bedeutete ihm, dass er weitermachen sollte. Alles in mir sehnte sich nach ihm und dieser Nähe, die ich so niemals erlebt hatte. Nicht bei Stan oder den wenigen anderen, die mich geküsst hatten. Das waren Spielereien gewesen, aber das begriff ich erst jetzt. Mit Nathan verband mich viel mehr – oder unsere Verbindung ging tiefer. Ich hatte noch nie alles um mich herum vergessen, nur weil mich jemand küsste. Bei Nathan hatte bereits die Umarmung genügt, um eine eigene kleine Welt zu erschaffen, in der nur wir zwei existierten.

Seine Zunge berührte meine Unterlippe, sanft nur, und fuhr ihre Kontur entlang. Ich öffnete den Mund, kam Nathan entgegen und fiel in diese samtig schöne Dunkelheit seiner Gegenwart. Auf eine weiche, kribbelnde, unglaubliche Weise. Irgendwann holte ich kurz Atem, nur um ihn erneut zu küssen, dann wieder, und jedes Mal ließen wir uns weniger Zeit, als würden wir diese Pausen aus Sekundenbruchteilen nicht ertragen können.

Eine Berührung kitzelte meine Wange, und ich schlug die Augen auf, als seine Finger über mein Gesicht strichen, zu meinem Kinn, dann meinen Hals entlang. Sie legten sich auf die Ader dort, die so unglaublich schnell pochte. Ich nahm seine Hand in meine, und während sich unsere Finger verschränkten, beugte ich mich vor und berührte erst seine Wange, um dann über seinen Mundwinkel zu fahren.

Nathan zog sich zurück, nur wenig, sodass seine Lippen noch immer auf meinen lagen. Sanft strich er darüber und spielte ein Spiel mit mir, auf das ich nur zu gern einging. Ich ließ eine Hand in seinen Nacken wandern, fuhr dort über die Gänsehaut und grub meine Finger in sein Haar. Nathan hob den Kopf, sein Atem strich über meine Haut, und ich beobachtete dieses Funkeln in seinen Augen, ehe ich ihn erneut küsste. Dieses Mal kam ich ihm weiter entgegen und stellte mich auf die Zehenspitzen. Ein Zittern lief durch seinen Körper, er keuchte leise. Trotzdem hielt er sich zurück.

»Was ist los?«, murmelte ich und lehnte meine Stirn gegen sein Kinn. »Ist es, weil ich zu einem anderen Tribe gehöre?«

Er zögerte, dann bewegte er den Kopf. »Nein«, sagte er heiser. Ich merkte, dass es da noch immer etwas gab, das ihn zurückhielt. Es sorgte dafür, dass sich seine Schultern spannten und er mit sich selbst kämpfte, während er mich umarmte und alles jetzt und hier doch so einfach war. Aber ich wollte ihn nicht drängen oder überreden, also zog ich meine Hand zurück und legte sie locker an seine Hüfte. Er musste sich nicht erklären, und ich würde auf Abstand gehen, wenn es nötig war. Es fiel mir schwer, aber ich schaffte es, mich weiter von ihm zu lösen.

»Nicht schlimm«, flüsterte ich. »Ich verstehe.«

»Nein.« Die Antwort kam augenblicklich.

»Aber …«

»Verdammt, Quinn.« Er klang gequält, dann zog er mich an sich und küsste mich erneut, diesmal heftiger. Endlich lockerten sich seine Schultern wieder, und er löste sich wenig später nur von mir, damit wir nach Atem ringen konnten. Mir war warm, und als Nathan eine Spur aus Küssen über meinen Hals zog und seine Hände unter den Saum meines Shirts wanderten, merkte ich, wie sehr mich der Stoff störte. Ich wollte seine Haut auf meiner spüren. Blind tastete ich nach seinem Shirt und zerrte es nach oben.

Er hielt meine Hände auf halber Höhe fest. Ein winziger Teil der Wirklichkeit kehrte zurück, und ich begriff, wie schnell mein Puls ging. Nathan küsste mich noch einmal, lange und vorsichtig, dann zog er mich noch enger an sich. Ich lauschte seinem Atem, der sich irgendwann beruhigte, und versuchte, meinen daran anzupassen. Als ich blinzelte, tasteten sich Sonnenstrahlen durch die Baumkronen.

»Wir gehen besser zurück«, sagte Nathan, und es hörte sich an, als wäre es das Letzte, was er tun wollte.

Ich brachte ein Nicken zustande. Mein Körper weigerte sich noch, mir zu gehorchen. Ich dachte an die vergangenen Sekunden – oder waren es Minuten gewesen? – und versuchte, mich zusammenzureißen. Keine leichte Sache, da Nathan mich noch immer festhielt. Trotzdem fanden die Fragen ihren Weg zurück in meinen Kopf.

»Was tun wir jetzt?«

Er hob einen Mundwinkel. »Ich weiß es nicht. Aber du kannst auch nicht von mir erwarten, in diesem Moment klar zu denken.«

Da waren wir schon zwei. »Ja. Es ist so viel … neu.«

Er fasste nach meinen Händen und sah mir tief in die Augen. Plötzlich wirkte er ernst. »Bitte sprich mit niemandem außer Tohmah und Sam über das, was du bist, bis ich eine Lösung gefunden habe.« Er hauchte einen Kuss auf meine Fingerknöchel. »Ich kann nur ahnen, wie das alles für dich sein muss. Aber bitte hör dieses Mal auf mich. Es ist wichtig, dass wir abwarten. Wir wissen immer noch nichts über Zach und die anderen.« Er schüttelte den Kopf. »Ich habe Angst um dich. Du musst dich bedeckt halten.«

Ich hörte die Angst in seinen Worten, und es war ein seltsames Gefühl. Nathan hatte bisher besorgt gewirkt, vielleicht zerrissen, aber niemals ängstlich.

»Okay«, sagte ich langsam. »Aber es fällt mir immer schwerer. Ich möchte dich nicht nur andauernd fragen, ob du etwas über Maya, Zach und die anderen erfahren hast. Ich möchte endlich etwas tun. Sie sind schon so lange verschwunden, Nathan.«

Der Druck seiner Hand verstärkte sich. »Ich weiß.«

Ich schluckte hart. »Und ich frage mich, ob sie womöglich …« Ich konnte die Worte nicht aussprechen, aber Nathan wusste, was ich meinte.

»Sie sind nicht tot, Quinn.« Seine Stimme war energischer als zuvor, doch ich ahnte, dass er sich nur selbst überzeugen wollte. »Wenn ihnen etwas passiert wäre, hätten wir davon gehört.«

»Okay«, sagte ich leise. Ich wollte es glauben. »Okay. Ich warte ab. Ich hoffe nur, dass Belle nichts merkt. Sie kann mich recht gut durchschauen.«

»Wenn du willst, kannst du ein paar Tage zu mir kommen. Ich wohne allein, seitdem Zach weg ist.« Es schwebte eine Menge zwischen diesen Worten, und das Kribbeln kehrte zurück. »Nun, es gibt noch Mrs MacGowan.«

»Wer ist das?«

»Unsere Haushälterin.«

»Eine Haushälterin? Wow.« Ich nickte. »Danke. Ich denke darüber nach.«

Jetzt war sein Lächeln echt. »Ich ahne, wie egoistisch das klingen muss, und zu einem Teil ist es das auch. Aber ich wäre beruhigter, wenn ich wüsste, dass es dir gut geht, weil ich ein Auge auf dich habe.«

Ich schnippte ihm leicht gegen die Brust. »Ich bin zwar nur ein Rotluchs, aber ich kann trotzdem ganz gut allein auf mich aufpassen.«

»Ja und nein. Ja, das glaube ich dir, und nein, du kennst dich einfach noch zu wenig aus. Strategischer Nachteil. Das ist alles. Ich will auch nicht auf dich achten, weil ich glaube, dass du schwach und verängstigt bist, sondern weil ich die Gefahren in der Welt der Wandler besser einschätzen kann.«

»Gut herausgeredet. Aber du hast recht, ich kenne mich zu wenig aus. Auch hier in der Gegend.«

»Das lässt sich ändern.« Er küsste mich auf die Stirn. »Na los, gehen wir. Bevor Tohmah noch auf die Idee kommt, eine Vermisstenanzeige aufzugeben.«

Ich war sicher, Tohmahs Zwinkern bedeutete, dass er ganz genau wusste, was zwischen Nathan und mir vorgefallen war. Die zwei verhielten sich vollkommen normal, als hätte es Nathans kleinen Wutausbruch vorhin nicht gegeben. Ich hatte ihn jedoch nicht vergessen. Irgendwann würde ich Nathan fragen, was es damit auf sich hatte, und etwas sagte mir, dass es mit seiner dauernden Selbstkontrolle zusammenging.

Wir tranken noch einen Kaffee zusammen, dann brachen

Nathan und ich auf. Mittlerweile war es helllichter Tag, und mein Magen knurrte, zudem musste Tohmah arbeiten – Beobachtungshütten und Hinweisschilder im Mount Arrowsmith Park kontrollieren.

Wir fuhren zunächst nach Nanaimo, und ich schickte Belle eine Nachricht, dass ich mit Freunden unterwegs war und in der Stadt essen würde. In der Nähe des Zentrums hielten wir an einer Tankstelle. Während Nathan sich um Benzin kümmerte, betrachtete ich die Umgebung. Alles sah aus wie immer. Erstaunlich, wie viel sich in mir ändern konnte, ohne dass es der Rest der Welt bemerkte. Es fühlte sich an, als würde ich mich in einem Zug befinden, der mit irrsinniger Geschwindigkeit durch die Gegend bretterte, nur um genau dort anzukommen, wo er gestartet war.

Nathan stieg wieder ein, zog die Tür zu und lehnte sich zurück. »Zu viele Leute da draußen.«

Ich wusste, was er meinte. »Ich dachte immer, es läge an mir. An manchen Tagen habe ich nichts gegen Trubel, an anderen stresst er mich. Geht es allen Wandlern so?«

»Den meisten, ja. Ganz können wir unsere beiden Naturen eben doch nicht voneinander trennen.«

Ich dachte daran, dass sich meine Sinne verstärkt hatten, seitdem mein Tattoo geöffnet worden war. Schade, dass es meinen Sehsinn nicht komplett reparierte, die Blaublindheit war nicht verschwunden.

Das brachte mich auf einen Gedanken.

»Nathan, kann ich dich etwas fragen?«

»Wenn du es so ankündigst, ahne ich, dass es mir nicht gefallen wird.«

»Nein, das ist es nicht. Nur … warum glaubst du, habe ich diese Verbindung zu dir, wenn du dich verwandelst? Ist das bei allen Sdáng so?«

»Möglich. Wenn die Ver…« Er räusperte sich. »Wenn die Sdáng es darauf anlegen, können sie jeden Wandler in Tiergestalt beeinflussen. Zumindest einige von ihnen. Manche mehr, manche weniger. Ich habe es vor dir noch nie selbst erlebt. Die wenigsten von uns haben das.«

»Aber?«

»Aber vielleicht gibt es noch einen anderen Grund.« Seine Stimme klang rauer, und ich wusste sofort, was er meinte.

»Du meinst wegen der Anziehungskraft, die Sdáng auf Wandler ausüben? Magst du mich deshalb, Nathan? Weil ich diese seltsame Macht über dich habe?« Kaum war die Frage heraus, schon schlug mein Herz schneller, weil ich Angst vor der Antwort hatte. Ich wollte nicht, dass er sich zu mir hingezogen fühlte, nur weil ich Kräfte besaß, die es so nicht geben sollte.

Er nahm meine Hände, und ich drehte die Flächen nach oben. Auch während der Fahrt hierher hatten wir uns immer wieder berührt. »Nein. Ich kann es nicht erklären, aber manchmal kommt es mir so vor, als würde ich diese Sdáng-Macht spüren. Es ist ein seltsamer Sog, der nur einen Teil von mir anspricht. Den Panther. Alles andere hat nichts mit dieser Magie zu tun, sondern nur mit dir als Person.« Mit einer Hand fuhr er unter meine Haare und berührte mein Tattoo.

Ich lächelte und versuchte, meine Erleichterung zu verbergen. Damit konnte ich leben.

Nathan erwiderte mein Lächeln. Funken tanzten in seinen Augen. »Was hältst du davon, wenn wir uns etwas zu essen holen und dann weiterfahren?«

»Wohin?«

»Du hast vorhin gesagt, du kennst die Umgebung noch zu wenig. Das könnten wir ändern.«

Mir gefiel der Gedanke. »Woran hast du gedacht?«

»An einen meiner Lieblingsplätze hier in Nanaimo. Ich fahre manchmal dorthin, wenn ich die Nase voll habe von der Stadt und das Meer sehen will. Es gibt dort einen Wanderweg, aber wenn du willst, können wir auch einfach nur am Wasser sitzen.«

»Das klingt gut.« Damit meinte ich beides. Im Moment war ich mit allem einverstanden, was mich aus der Stadt herausbrachte. Nathan hatte recht, es waren zu viele Leute unterwegs. Ein Teil von mir war erwacht, der sich nach einer Welt mit möglichst wenigen Menschen sehnte.

Er nickte, ließ mich aber nicht los, und sein Blick verursachte mir einmal mehr diese spezielle Gänsehaut. Wie konnte ich mich bei ihm nur so aufgeregt und ruhig zugleich fühlen? Als wäre dies der Platz, nach dem ich so viele Jahre gesucht hatte.

Dann presste er die Lippen aufeinander, ließ mich los und berührte meine Wange. »Wenn du mich weiter so ansiehst, kommen wir nie hier weg.« Seine Mundwinkel zuckten.

Ich fühlte mich ziemlich unschuldig, schwieg aber. Nathan ließ den Motor an, und nach einer kurzen Diskussion fuhren wir zuerst zu *Smokin' George's*, wo es laut Nathan die besten Pulled Pork Sandwiches der ganzen Stadt gab. Mit zwei Prachtexemplaren, einer Portion Mozzarella-Sticks und einer Literflasche Wasser brachen wir in Richtung Süden auf. Kurz vor South Wellington bogen wir auf den Duke Point Highway und erreichten wenig später unser Ziel, den Jack Point and Biggs Park. Nathan hielt auf dem Parkplatz, auf dem nur eine Handvoll Autos standen, und ich stieg aus. Augenblicklich wehte mir der Wind entgegen und brachte das Aroma von Salz mit sich. Über mir kreischten Möwen. Ich hob den Kopf und beobachtete die Vögel, die ganz sicher bereits wussten, dass wir Essen dabeihatten, was bedeutete, dass sie uns in den kommenden Minuten nicht aus den schwarzen Knopfaugen lassen würden.

»Und, was denkst du?« Nathan war ebenfalls ausgestiegen und lockerte seine Beine. Vor uns ragten Bäume auf, und zu beiden Seiten glitzerte der Pazifische Ozean. Die schmale Landzunge ragte fast schüchtern hinein und wirkte jetzt, da die Sonne sich hinter Wolken zurückzog, ziemlich rau.

»Es sieht gut aus«, rief ich und schnappte mir die Papiertüte mit unserem Essen. »Los, gehen wir.«

Er nahm die Wasserflasche und streckte eine Hand nach mir aus. Ich betrachtete seine Finger, und auf einmal zögerte ich. Es kam mir wie eine offizielle Geste vor, wenn ich nun meine Hand in seine legte. Allein der Gedanke trieb meinen Herzschlag in die Höhe. War es das? Etwas Offizielles? Die Frage kreiste in meinem Kopf, während ich mir gleichzeitig einredete, dass es nicht wichtig war, wie man unsere Beziehung nannte. Bislang war das stets die große Frage in meinem Freundeskreis gewesen: War man ein Paar? War man *zusammen*? War es mehr als nur eine Knutscherei zum Abschluss eines gemeinsamen Abends, die am Folgemorgen keine Rolle mehr spielte? All diese Fragen kamen mir in Bezug auf Nathan so unglaublich banal vor.

Ich lächelte und nahm seine Hand. Keine Kategorie, kein Beziehungsstatus, sondern einfach nur wir beide. Wenig später betraten wir den Wanderweg. Eine Silhouette kreiste über uns, ehe wir in den Schutz der Bäume eintauchten, majestätischer als die Möwen zuvor, und wir blieben stehen.

»Ein Adler«, sagte Nathan, der meinen Blick bemerkt hatte. Dann hauchte er mir einen blitzschnellen Kuss auf die Lippen und lief weiter.

Ich schüttelte den Kopf und folgte ihm. Zunächst drangen noch die Geräusche des nahen Fährhafens zu uns herüber, dann wurden auch diese durch die Bäume gedämpft. Uns kamen nur wenige Spaziergänger entgegen, und nach einer Weile zog Nathan mich, ohne zu zögern, vom Wanderpfad und in das Dickicht hinein.

»Wohin gehen wir?«

»Lass dich überraschen. Vertrau mir.«

Das musste er mir nicht sagen. Ich würde ihm mit geschlossenen Augen vertrauen, selbst wenn er mich durch ein Rudel Berglöwen führen würde. Das Gelände fiel teilweise recht steil ab, und wir gingen schweigend nebeneinander. Das Gefälle zerrte an meinen Waden. Unwillkürlich dachte ich an die Augenblicke zurück, in denen Nathan und ich in Raubkatzengestalt durch den Wald gerannt waren. Egal, wie oft ich mich in meinem Leben noch verwandelte, daran würde ich mich immer erinnern.

Zwischen den Baumstämmen vor uns schimmerte es. Der Untergrund wurde felsiger, immer häufiger sah ich Wurzeln, die sich scheinbar nur mit Mühe am Untergrund festklammerten. Und dann traten wir aus dem Waldgürtel auf zerklüftete Sandsteinfelsen, die von wenigen, durch die Wolken brechenden Sonnenstrahlen in warmes Orange getaucht wurden. Wasser hatte sich in Löchern im Gestein gesammelt und Muscheln oder kleines Getier mit sich gebracht. Vor uns glitzerte es, als hätte jemand eine Ladung Diamanten in den Pazifik gekippt. Nathan balancierte über diese wundervoll-bizarre und teilweise von Algenfeldern benetzte Landschaft auf einen Felsen zu. Er war groß und oben flach, und an der Seite befanden sich teils kopfgroße Löcher, mit deren Hilfe man leicht hinaufklettern konnte.

Nathan nahm mir die Tüte ab und stieg so elegant auf den Felsen, als hätte er noch nie etwas von Schwerkraft gehört. Anschließend sah er zu mir herunter. »Bekommst du das hin?«

»Beleidigst du mich etwa gerade?«

»Das würde ich nie wagen«, antwortete er so sanft, dass seine Worte tief unter meine Haut drangen. Ich genoss diesen Effekt einen Augenblick lang, dann folgte ich Nathan und setzte mich neben ihn. Der Fels schien wie für uns geschaffen. Für mehr als zwei Leute war hier oben kein Platz.

Der Wind zerzauste Nathans dichte, dunkle Haare. »Das«, sagte er und blickte nach vorn, wo sich die Landlinie über das Wasser erhob, »ist einer meiner absoluten Lieblingsplätze. Ich war schon oft hier und habe noch nie jemanden getroffen. Die meisten bleiben auf dem offiziellen Weg. Außerdem kann man nur bei Ebbe hierher.«

»Es ist wunderschön«, sagte ich und redete nicht nur vom Ozean oder der bizarren Felslandschaft. »Was ist das da rechts?«

Er beugte sich vor, als wüsste er nicht, wovon ich redete. »Gabriola Island. Mit der Fähre ist man von Nanaimo aus in zwanzig Minuten dort. Eines Tages zeige ich sie dir.«

Ich dachte nur kurz daran, dass wir eigentlich etwas essen wollten. Nathan blieb, wo er war, wandte mir sein Gesicht zu und beugte sich etwas zur Seite, sodass er sich mit einem Arm hinter mir abstützen konnte. Zwischen uns waren höchstens noch zwei Handbreit Platz, aber trotzdem schien er mir zu weit weg zu sein.

»Wir haben da noch Sandwiches«, sagte ich leise.

Er schüttelte knapp den Kopf. »Die sind mir gerade ziemlich egal.«

Wieder wehte ihm der Wind eine Strähne in die Augen, und ich strich sie zurück. Ich registrierte die Böen kaum noch, ebenso wenig den Felsen unter uns. Mir war warm, obwohl die Sonne sich immer wieder verabschiedete und Gischttropfen zu uns herüberspritzten. Ich rührte nicht mal einen Finger, aber mein Puls beschleunigte sich. Und meine Haut kribbelte, obwohl ich seit der Erweiterung meines Tattoos keine Attacke mehr bekommen hatte. Abgesehen davon war dieses Gefühl anders. Es hüllte mich vollkommen ein. Als ich es nicht mehr aushielt, dass er mich einfach nur betrachtete, als hätte er etwas an mir entdeckt, das sonst niemand sehen konnte, fasste ich den Kragen seines Shirts und zog ihn zu mir.

Nathan lachte leise, ein Laut, den der Wind viel zu schnell von seinen Lippen riss. Ich berührte sie, fuhr mit einem Finger darüber, als würde ich die Wörter suchen, die auf diese Weise verloren gegangen waren. Er atmete scharf ein, dann nahm er meine Hand und küsste meine Fingerspitzen. Jede einzelne. Mit einem Grinsen im Gesicht, das zu dem Platz hier oben passte. Es lockerte die Atmosphäre und tanzte mit dem Wind.

»Gib's zu«, sagte ich, als er an meinem Daumen angekommen war. »Du bringst all deine Mädchen hierher, damit sie dir Hals über Kopf verfallen.«

»Klappt es?« Er blinzelte. »Falls nein – ich kenne noch einige Felsen, die größer sind als dieser, sollte dich das mehr beeindrucken. Wir müssten aber noch ein Stück laufen.« Er beugte sich vor und hauchte mir einen Kuss auf die Lippen.

Ich versuchte, ernst zu bleiben. »Du machst es dir zu einfach, Nathan Copeland.«

»Hm.« Er runzelte die Stirn, aber es war weit von dem entfernt, was ich sonst von ihm kannte, wenn er nachdachte. Dies war ein anderer Nathan, der seine Sorgen im Wagen zurückgelassen zu haben schien. Hier draußen wirkte er anders, freier, aber vielleicht reagierte auch nur der Wandlerteil in ihm auf die Weite von Wind und Ozean. Vielleicht war er einfach nicht dafür geschaffen, für immer in einer Stadt zu leben.

Ich berührte die dunkle Kerbe zwischen seinen Augenbrauen, und sie glättete sich augenblicklich. Dabei mochte ich sie. Ich mochte es, wie offensichtlich Nathan hier draußen ein anderer war, aber mir gefiel auch seine nachdenkliche und besorgte Seite.

»Sie verschwindet niemals richtig«, sagte ich und strich noch einmal über die Stelle, bis ich die Gänsehaut an seinem Hals bemerkte.

Er verzog kurz das Gesicht, und weil ich nicht wollte, dass die Leichtigkeit des Augenblicks verschwand, richtete ich mich weiter auf und küsste die Stelle, auf der soeben noch meine Finger gelegen hatten. Die nächsten zwei Küsse landeten auf seinen geschlossenen Lidern, und Nathans Wimpern kitzelten meine Lippen. Ich überlegte und entschied mich als Nächstes für die Stelle dicht unter seinem Ohr, danach für seinen Hals, und dann setzte ich meine Zähne ein. Vorsichtig nur, aber er fuhr zusammen, als hätte ich ihm einen

Stromschlag verpasst. Er öffnete die Augen und sah mich an, als wäre das, was ich soeben tat, eine unerhörte Frechheit. Jetzt grinste ich. Mit einer Hand stützte ich mich auf dem Felsen ab, mit der anderen streichelte ich über seinen Nacken. Nathan senkte den Kopf, legte einen Arm um mich und zog mich enger an sich, sodass ich mich nicht mehr abstützen musste. Also tastete ich mit der anderen Hand über seinen Rücken und ließ die Fingerspitzen unter den Saum seines Shirts wandern, während ich mit den Lippen über die weiche, warme Haut an seinem Haaransatz strich.

Nathans Atem streifte mein Ohr, und ich lächelte, als ich merkte, wie er die Armmuskeln immer wieder anspannte. Am liebsten hätte ich seinen gesamten Körper erkundet, hier draußen, unter dem freien Himmel. Aber auch wenn sich nur wenige Spaziergänger an diesen Ort verirrten, hatte ich keine Lust, mich später in einem Video auf YouTube wiederzufinden.

Nathan musste mein Zögern bemerkt haben, denn er hob den Kopf und sah mich einfach nur an. Die Ruhe in seinen Augen fesselte mich, und wenn es nach mir gegangen wäre, hätten wir stundenlang so sitzen bleiben können.

»Ich bin nicht sicher, ob überhaupt jemand außer uns beiden diese Stelle kennt«, sagte er rau, als hätte er meine Gedanken gelesen. »Ich wünsche mir, dass es nicht so ist. Weil er dann nur uns gehört.«

Er strich mir über die Wange und schenkte mir eines dieser seltenen Lächeln, das ihn so viel verletzlicher machte, als er sich sonst gab. Ich wollte mehr davon sehen, wollte aber auch die Augen schließen, um ihn noch einmal zu küssen. Ich wandte meinen Kopf eine Winzigkeit – und hielt inne.

Jemand beobachtete uns. Eine Frau. Nein, zwei. Die eine hatte helles Haar, die andere deutlich dunkleres. Sie standen zwischen den Bäumen, halb von Ästen und Blättern verborgen.

Nathan reagierte augenblicklich und wandte sich ebenfalls dem Wald zu. »Was ist los?«

Ich blinzelte, aber die beiden waren verschwunden, als hätte ich sie mir nur eingebildet. »Ich dachte, ich hätte jemanden gesehen.«

»Spaziergänger?« Ich sah, wie er die Augen verengte, wusste aber auch, dass er niemanden finden würde. Wenn dort wirklich jemand gestanden hatte, dann war er längst verschwunden. Und das gefiel mir nicht. Es gefiel mir ebenso wenig wie der Blick, der auf mir – auf uns – gelegen hatte.

»Vermutlich«, sagte ich ausweichend.

»Quinn.« Er berührte mich flüchtig an der Wange, und ich sah ihn an. »Was ist los?«

Ich zuckte die Schultern. »Wahrscheinlich bin ich einfach nur paranoid. Aber ich habe zwei Frauen gesehen, und eine hat mich an die Frau aus meinen Visionen erinnert. Die Frau mit den Locken. Monique.«

»Und die andere?«

Ich war froh, dass er es nicht sofort als Hirngespinst abtat. »Keine Ahnung. Sie hatte blondes Haar.«

Nathan wandte sich noch einmal dem Wald zu. Er wirkte nachdenklich. Erst nach einer ganzen Weile schüttelte er den Kopf. »Da sind zu viele Geräusche, um Schritte zu hören. Es war ganz sicher keine neue Attacke?«

»Ganz sicher. Ich hatte keine mehr, seitdem Ven mein Tattoo geöffnet hat.«

Nathan schenkte mir erneut ein Lächeln, aber die alte Sorge war darin zurückgekehrt. »Du musst im Moment mit vielen Dingen klarkommen. Und leider wird sich das auch in nächster Zeit nicht ändern.«

Er hatte recht, aber trotzdem hasste ich es, dass wir es nicht geschafft hatten, die Probleme zurückzulassen. Nur für eine kleine Weile. Stattdessen hatten wir sie an diesen wundervollen Ort geschleppt, wie als Beweis, dass wir ihnen nicht entkommen konnten.

»Ja«, murmelte ich. »Vielleicht.« Hatte ich mir die beiden Frauen doch nur eingebildet? Wieso sollte die Dunkelhaarige aus meinen Erinnerungen plötzlich in Nanaimo auftauchen?

Auf einmal fühlte ich mich nicht mehr wohl hier oben auf dem Felsen, für jeden in unmittelbarer Nähe sichtbar, und sehnte mich nach etwas Vertrautem. Nach Normalität wie meinem Bett, meinen Zeichnungen und sogar der übermäßigen Sorge meiner Schwester.

»Lass uns zurückgehen. Und … ich würde gern nach Hause. Das hat absolut nichts mit dir zu tun, aber ich brauche eine Atempause. Etwas völlig Durchschnittliches. Du weißt schon. Einen Netflix-Abend mit Belle verbringen und so.«

Nathan nickte und versuchte, seine Enttäuschung zu verbergen. »Kein Thema. Ich verstehe dich.« Dann sprang er mit einem Satz zu Boden und streckte die Arme nach mir aus. »Na los. Wir können auf dem Rückweg essen, und dann fahre ich dich nach Hause.«

# Kapitel 23

## QUINN

Am nächsten Morgen stand ich frisch geduscht im Bad und suchte nach dem Taschenspiegel. Dann wandte ich dem großen Spiegel über dem Waschbecken den Rücken zu und hielt den kleinen so, dass ich meinen Nacken sehen konnte.

Das Tattoo war nahezu verheilt. Verwundert fuhr ich mit dem Finger die wellenartige Linie entlang, unter der die Punkte verschwunden waren. Schwarze Fetzen lösten sich, die Haut darunter war glatt und unversehrt. Abgesehen davon wirkte alles um mich herum wie immer: das schmale Regal, das irgendwann unter der Flut an Pflegeprodukten zusammenbrechen würde, das Knacken der Rohre, das auch noch eine Stunde nach dem Duschen zu hören war und mich manchmal abends in meinem Zimmer in den Wahnsinn trieb. Sogar ich war scheinbar noch die Alte – zumindest für jemanden, der nicht wusste, was mit mir passiert war.

Abgesehen von den winzigen Änderungen an meinem Tattoo hatte ich mich äußerlich nicht verändert. Ich beugte mich vor und betrachtete meine Augen, die Iris um die Pupillen. Doch, etwas war anders, zumindest in der ersten Sekunde. In der nächsten war es schon wieder verschwunden. Ich hatte es nur gesehen, weil ich wusste, was alles geschehen war.

Den gestrigen Abend mit Belle hatte ich überstanden, ohne mir etwas anmerken zu lassen. Okay, sie hatte mitbekommen, dass ich nachdenklich war, aber das konnte ich auf die Uni schieben. Sie zauberte uns eine Antipasti-Platte und schnitt dazu frisch gebackenes Brot auf. Zu meiner Überraschung konnte ich wirklich etwas essen. Wobei, allzu überraschend war es auch wieder nicht, schließlich hatten Nathan und ich die Tüte von *Smokin' George's* nicht angerührt, und letztlich siegte trotz allem der Hunger.

Belle und ich entschieden uns für einen Filmabend, und nach kurzer Diskussion fiel die Wahl auf *Deadpool*, den sie unglaublicherweise bisher gemieden hatte, da sie Ryan Reynolds nur in der Anschmachtversion mochte und mit dem coolen Sprücheklopfer nicht viel anfangen konnte. Vom Film bekam ich nicht viel mit, denn meine Gedanken kreisten immer wieder um die Tatsache, dass ich vor nicht allzu langer Zeit auf vier Pfoten durch den Wald gerannt war. Ich musste mich zusammenreißen, um nicht permanent meine Hände oder Füße zu betrachten oder zu prüfen, ob sich meine Zähne spitzer anfühlten als sonst.

Nach dem Film war ich ins Bett gegangen und trotz allem irgendwann eingeschlafen. Ich konnte mich nicht erinnern, ob ich etwas geträumt hatte, beinahe so, als wäre alles normal.

Ich zog den Zeichenstift aus meinem feuchten Haarknoten und ließ die Strähnen locker über die Schultern fallen, damit sie schneller trockneten. Nachdem ich das Badetuch aufgehängt hatte, ging ich zurück in mein Zimmer. Auf dem Boden lagen noch die Zeichnungen von heute früh. Da waren die Gedanken zurückgekehrt, und ich hatte sie irgendwie aus meinem Kopf drängen müssen. Ich beugte mich vor und hob eine auf. Die Felsen mit all den Algen und Löchern hatte ich gut hinbekommen, lediglich der Wald im Hintergrund sah zu düster aus. Ich wusste, dass die Bäume nicht so eng gestanden hatten und die Schatten nicht so tief gewesen waren, aber die Erinnerung daran, beobachtet zu werden, hatte harmlose Bäume in ein Albtraummärchen verwandelt.

Das zweite Bild zeigte Nathans Profil. Ich hatte die hohe Stirn gut getroffen, ebenso die stolze, energische Nase und die Rundungen an Wangenknochen und Kinn. Nur die Augen gefielen mir nicht richtig. Ich schaffte es einfach nicht, den Ausdruck einzufangen, der so oft in ihnen lag. Ich hatte die Konturen zu einer Seite ausfließen lassen, sodass Nathan fast wie ein Geist wirkte, der sich aus einer anderen Dimension in unsere verirrt hatte.

Mit einem Seufzer legte ich beide Zeichnungen in die Mappe auf meinem Schreibtisch, in der ich alles sammelte, was nicht für andere bestimmt war. Bilder, die mir halfen, mich an etwas zu erinnern – oder etwas zu vergessen. Manchmal klappte es wirklich, dass ich mir Gedanken aus dem Kopf zeichnete.

Ein Blick auf mein Handy verriet mir, dass ich noch eine knappe Stunde hatte, bis ich an der Uni sein musste, und dass eine WhatsApp eingegangen war.

Guten Morgen. Ich hoffe, ich wecke dich nicht. Ich weiß,
wie fertig man nach seinen ersten Verwandlungen sein kann,
aber ich wollte wissen, wie es dir geht.
Nathan.

Ich lächelte und tippte eine Antwort:

Bin wach.

Das Handy klingelte keine Minute später. Ich nahm sofort ab. »Hey.«

»Hey«, wiederholte er und räusperte sich. »Ich habe heute Morgen wirklich kurz überlegt, was ich dich alles fragen würde, wenn ich dich anrufe.«

»Zum Beispiel?«

»Zum Beispiel wie du dich fühlst. Es klingt nur so banal. Aber ... ich habe gestern noch lange an dich denken müssen, Quinn. Weißt du, wir alle werden darauf vorbereitet, dass wir uns eines Tages verwandeln. Wir wachsen damit auf, es ist normal. Ich kann mir nicht vorstellen, wie es für dich sein muss.«

»Verwirrend«, gab ich zu. »Und surreal. Als wäre es nicht passiert und ich hätte alles nur geträumt. Aber ich weiß, dass es echt ist.«

»Es wird besser. Das surreale Gefühl kenne ich auch, und es nimmt mit jeder Verwandlung ab.«

Ich starrte aus dem Fenster. Draußen sah auch alles völlig normal aus. »Das wäre wirklich hilfreich. Ich muss die ganze Zeit auf meine Hände und Füße starren und überlege, wie sie als Pfoten ausgesehen haben.«

Jetzt lachte er, doch das Geräusch brach schnell ab. Nathan war schlagartig wieder ernst geworden, und das gefiel mir nicht.

»Wolltest du dich nur erkundigen, wie es mir geht?«

Stille folgte, und damit hatte ich meine Antwort. Plötzlich fror ich. War etwas passiert? Hatte er schlechte Neuigkeiten bezüglich Maya und den anderen? Oder hatte es etwas mit mir zu tun? War mein Geheimnis etwa irgendwie in Winter Harbour aufgeschlagen? Ich schlang den freien Arm um meinen Oberkörper und drängte die Angst zurück.

»Nathan? Geht es um die Verschwundenen?«

»Nein, da gibt es leider noch immer nichts Neues.« Es klang entmutigt, dann räusperte er sich. »Ich wollte dich eigentlich heute sehen. Mit dir über alles reden. Du weißt schon.«

Ich ging zurück zum Bett und ließ mich darauf sinken. »Du meinst, damit ich das Chaos in meinem Kopf nicht allein ertragen muss?«

»So in etwa. Aber ich kann leider nicht. Der Rat hat beschlossen, dass sämtliche Wandler persönlich aufgesucht werden. Als Vorsichtsmaßnahme. Mein Vater hat mich heute früh angerufen und mir die Sache für unseren Tribe aufs Auge gedrückt. Politische Entscheidung, schätze ich. Er möchte sicherstellen, dass sich die Leute an mich gewöhnen, weil er unbedingt will, dass ich mal seinen Posten übernehme.«

Es klang nicht so, als hätte er große Lust darauf.

»Okay.« Ich versuchte, mir meine Enttäuschung nicht anmerken zu lassen. Wie viele Mitglieder hatte der Tribe der Jaguare und Panther? Fünfundzwanzig? Dreißig? Wenn er sie alle besuchen musste, war das neben der Uni mehr als ein Vollzeitjob. »Das bedeutet wohl, dass du in den kommenden Tagen ziemlich beschäftigt sein wirst.«

Er seufzte so tief, dass ich es fast in meinen Eingeweiden spürte. »Neben dem Job bei M. Weller – ja, leider.«

»Hättest du mir den mal nicht weggeschnappt.«

»Quinn.«

»Das war nur ein Scherz. Tut mir leid, dass du gerade so viel um die Ohren hast.« Das tat es wirklich. Vor allem, da ich gehofft hatte, ihn zu sehen. Wenn nicht heute, dann morgen. Weil ich so viele Fragen hatte, weil ich noch einmal Seite an Seite mit ihm durch den Wald laufen wollte. Und ja, auch weil ich ihn vermisste. »Aber das ist schon in Ordnung. Ich kann dich ja anrufen, wenn etwas ist.«

*Oder einfach nur, um deine Stimme zu hören.*

»Was hast du heute vor?« Er klang noch immer nicht gerade entspannt.

Ich verzog die Lippen zu einer breiten Grimasse und hoffte, dass ich dadurch fröhlicher klang. Irgendwo hatte ich gelesen, man könnte sein Hirn überlisten, indem man sich eine Minute lang zu einem Lächeln zwang. Das Hirn glaubte dann, man wäre wirklich gut drauf. Vielleicht klappte das ja auch in der Speedversion mit dem Tonfall.

»Ich muss gleich zur Uni und werde mich so sehr in meine Kurse hängen, dass ich nur noch ans Lernen denke, nachdem ich gestern schon nicht aufgetaucht bin.«

»Gut«, sagte er zögernd. »Aber wenn etwas ist, meldest du dich. Und wenn du mit jemandem reden musst, fahr zu Sam oder Tohmah.«

»Ich komme schon klar, Nathan. Ehrlich.« Zu wissen, dass er sich um mich sorgte, tat gut, aber er hatte wirklich genug zu tun.

Er seufzte, als müsste er eine schwere Entscheidung treffen. »Das gestern … vielleicht hast du Lust, das noch einmal zu wiederholen?«

Seine Worte ließen einen Teil der Kälte verschwinden. Ich wusste nicht genau, was er meinte. Das gemeinsame Laufen? Die Küsse? Den Besuch am Pazifik? Egal, was es war, ich stimmte zu, und auf einmal war mein Lächeln doch nicht mehr gespielt.

»Ich fand es auch schön«, sagte ich leise. »Und ja, gern.«

»Ich rufe dich heute Abend an. Wäre das in Ordnung?« Behutsame Worte, als wollte er sich nicht aufdrängen.

»Ziemlich sogar.«

»Gut. Hab einen schönen Tag. Und Quinn?«

»Ja?«

»Tu mir einen Gefallen und mach nichts Unüberlegtes.«

Ich atmete durch. »Ich halte mich zurück.«

»Okay, bis heute Abend.«

»Bis dann.« Das Handy polterte zu Boden, als ich mich auf das Bett sinken ließ und an die Decke starrte. Wieder rumorten die Gedanken und Bilder in meinem Kopf, aber dieses Mal nahm Nathan einen großen Teil davon in Beschlag. Ich dachte daran, wie er mich geküsst hatte. Wie sich unsere Körper auf dem Felsen berührt hatten. Wie weich seine Haare gewesen waren und dass sie nach dem Salz in der Luft gerochen hatten.

Nathan wollte mich heute Abend wieder anrufen. Ein Teil von mir argumentierte höchst sachlich, dass er mir helfen wollte, da ich die Welt der Wandler und Sänger kaum kannte. Der andere zeigte mir einen Vogel und beteuerte, dass es einen anderen Grund gab. Nathan mochte mich.

So wie ich ihn.

An diesem Tag, wie auch am folgenden, fand ich unerwartete Verbündete in meinen Dozenten, zumindest schienen alle mehr oder weniger zeitgleich beschlossen zu haben, das Tempo anzuziehen. Im Einführungskurs Gestaltung präsentierte Mr Moorlither uns eine Liste mit Literaturhinweisen und Artikeln über Bildgestaltung und Typografie, auf deren Grundlage wir in zwei Wochen eine

Kurzarbeit abliefern sollten. Allein beim Überfliegen der Liste wurde mir klar, dass ich wohl zum ersten Mal in diesem Semester bis abends an meinem Schreibtisch sitzen würde, um das alles durchzulesen. Ms Hope-Witt gab mir ein erstes Feedback zu meinem Aufbau für die Kursarbeit zur Geschichte der Farbsysteme. Sie mochte meinen Vorschlag sehr, riet mir aber, das Thema zu erweitern und nicht nur die einzelnen Modelle vorzustellen, sondern sie auch in Bezug zu den kulturellen Strömungen und vorherrschenden Kunststilen der jeweiligen Epochen zu setzen. Auch für den Fotografiekurs standen Arbeitsaufträge an, und ich bekam zum ersten Mal Probleme wegen meiner Blausehschwäche, da ich bei der Zusammensetzung von Panoramabildern und den Farbverläufen des Himmels an meine Grenzen stieß und meine Kommilitonen um Hilfe bitten musste. Mein Geständnis war für wenige Minuten das Top-Gesprächsthema meiner Arbeitsgruppe, aber das war es dann auch schon.

Für eine Weile schaffte ich es, mich wie eine ganz normale Studentin zu fühlen. Ich trank mehr Kaffee auf dem Campus, als gut für mich war, fachsimpelte zwischen den Kursen mit Kommilitonen in der Sonne und ließ mich endlich überzeugen, dass jeder Snack, den ein Süßigkeitenautomat ausspuckte, besser schmeckte als das Essen in der Mensa. Ich verbrachte die Zeit zwischen den Seminaren oft mit Stacey aus meinem Einführungskurs. Trotzdem wanderte mein Blick immer wieder nach hinten, wenn ich bereits im Vorlesungssaal oder einem der Kursräume saß. Dabei war der letzte Rest meiner Hoffnung, Maya würde wiederauftauchen, verschwunden. Es gab nicht einmal neue Informationen. Ich wusste mittlerweile, dass eine Wandlerin bei der Polizei arbeitete und dort als Kontaktstelle für den Rat fungierte. Sicher setzte diese Frau alles daran, die Wandler und Sänger zu finden. Bisher jedoch ohne Erfolg.

Nathan war tatsächlich völlig damit eingespannt, jedem einzelnen Wandler seines Tribes einen Besuch abzustatten – gar nicht so einfach, da nicht alle in Nanaimo lebten. Er rief mich mehrmals an, trotzdem fühlte ich mich von ihm im Stich gelassen, was mir wiederum ein schlechtes Gewissen bereitete. Ich wusste, wie schwer das gerade für ihn war, nicht nur die Aufgabe selbst, sondern auch die Verantwortung dahinter. Er würde alles daransetzen, das Vertrauen seiner Leute nicht zu enttäuschen. Es lag nahe, dass er nicht nur kurz kontrollierte, ob es ihnen gut ging, sondern dass er auch Fragen beantworten und Ängste beschwichtigen musste. Trotzdem hatte ich gehofft, ein paar Stunden mit ihm verbringen zu können, nach allem, was geschehen war. Mit mir. Mit uns.

Als ich am Freitagnachmittag an der Uni in den Bus stieg, wurde mir bewusst, dass ich zwischenzeitlich nicht einmal mehr an Wandler, Sänger oder Sdáng gedacht hatte. Mein Hirn war mit so vielen Informationen überflutet gewesen, dass es alles beiseitegeschoben hatte, was mich derzeit hätte ablenken können. Jetzt, da das Wochenende vor der Tür stand, prasselten alle verdrängten Gedanken wieder auf mich ein. Ich lehnte den Kopf an das Fenster, als der Bus auf die Bowen Road Richtung Norden bog, und betrachtete den Straßenzug und die vorbeiflirrenden Häuser. Eine Gruppe Kinder stand an einer Ampel und schwenkte mit sämtlichem Enthusiasmus, den man nur in dem Alter aufweisen konnte, unsere Flagge mit dem Ahornblatt. Riesige Werbeplakate kündigten das nächste Spiel der Vancouver Canucks an. Jemand hatte ein riesiges YES! in Pink auf eines der Plakate gemalt. Es stach mir ins Auge, und ich lächelte, auch wenn ich nie Interesse an Eishockey entwickelt hatte. Obwohl auch Lacrosse ein Nationalsport Kanadas war, schlugen die meisten Herzen, die ich kannte, eher für die Jungs auf den Kufen. Sogar Belle sah sich ab und zu Übertragungen der Spiele an, obwohl sie sonst wenig für Sport übrighatte.

Auf einmal merkte ich, dass dieses Gefühl der Normalität, das mir der Unistress geschenkt hatte, fast verschwunden war. Ich beneidete die Menschen auf der anderen Seite der Glasscheibe, die in ihren Vorgärten oder Häusern, in Cafés oder Restaurants das Wochenende einläuteten und sich auf zwei freie Tage freuten. Ich dagegen hatte Panik, dass mich meine Gedanken wahnsinnig machen würden. Außerdem dachte ich immer öfter an meine Verwandlung zurück. An das Gefühl der Kraft und die Faszination über den Körper des Rotluchses, der sich ganz anders und doch so vertraut angefühlt hatte. Ich hatte Nathan nicht direkt versprochen, mit der nächsten Verwandlung auf ihn zu warten, aber ich wusste, dass ihm ein weiterer Alleingang nicht gefallen würde.

Aber ich wollte es. Immer öfter sehnte ich mich danach, wieder eins mit dem Wald zu werden. Etwas, das mir als Mensch niemals so gut gelingen würde.

Das einzig Positive war, dass ich keine weitere Attacke mehr bekommen hatte. Dadurch war mir erst richtig bewusst geworden, wie sehr diese Anfälle mich in den vergangenen Jahren beschäftigt hatten, wie angespannt ich deshalb immer gewesen war. Vor allem, nachdem sie hier in Nanaimo ein ganz neues Level erreicht hatten. Zumindest dieses Kapitel lag nun hinter mir.

Mein Handy meldete sich mit einer neuen Nachricht: Nathan

schrieb, dass nur noch Besuche auf Quadra Island und zwei angrenzenden Inseln anstanden und er seine Pflichten damit erledigt hätte. Ich konnte mir gut vorstellen, dass sich Wandler gern auf die Discovery Islands zurückzogen, die zwischen Vancouver Island und dem Festland von British Columbia lagen. Viele der mehr als zehn Inseln waren nur dünn besiedelt, manche sicher gar nicht – ein Paradies für jemanden, der manchmal seine Gestalt änderte und nicht wollte, dass neugierige Nachbarn etwas mitbekamen.

Ich bin morgen Abend oder Sonntag früh zurück und gänzlich aufgabenfrei. Hast du Sonntag Zeit? Mrs MacGowan macht ihren berühmten Süßkartoffelauflauf. Es wäre fast schon kriminell, den zu verpassen.

Ich verzog das Gesicht – halb Grimasse, halb Lächeln. Natürlich freute ich mich darauf, ihn zu sehen, aber ich hatte gehofft, nicht bis Sonntag warten zu müssen. Anfang nächster Woche würde Nathan ohnehin nach Winter Harbour fahren müssen, um an der Jahrfeier teilzunehmen, die laut ihm zwar nur einen Tag dauerte, aber mit Vor- und Nachgesprächen verbunden war. Wenn er davon erzählte, klang es eher wie eine Themenveranstaltung oder eine Convention, wo sich alle Wandler trafen, über die Belange der Tribes redeten und einfach nur eine gute Zeit zusammen hatten.

Ich überlegte und antwortete, dass ich niemals riskieren würde, besagten Auflauf zu verpassen, und mich auf Sonntag freute. Anschließend schrieb ich Tohmah, ob er Lust hätte, rumzuhängen und Pizza zu bestellen. Ich hätte auch eine meiner Kommilitoninnen fragen können, mit denen ich bereits etwas mehr Kontakt hatte, aber ich brauchte jemanden, mit dem ich reden konnte. Richtig reden.

Als ich die Haustür aufschloss und feststellte, dass Belle nicht da war, hatte ich noch keine Antwort. Ich schleppte mein Zeug nach oben und überlegte, ob ich zeichnen oder laufen gehen sollte, hatte aber auf beides wenig Lust. Meine Gedanken würden sich wieder im Kreis drehen, sobald ich den Stift in der Hand hielt oder draußen im Wald unterwegs war. Also inspizierte ich die Schränke in der Küche und entschied, Cupcakes zu backen. Ich war nicht sehr geübt darin, aber genau deshalb war es eine gute Idee. Solange ich mich auf das Rezept konzentrierte, würde ich nicht so sehr an andere Dinge denken.

Leider ging mein Plan nicht auf. Erst, als mein Handy mich mit einer neuen Nachricht aus meinen Gedanken riss, bemerkte ich den seltsamen Geruch in der Luft. Hastig angelte ich nach den Topfhandschuhen, riss die Herdklappe auf und holte das Cupcake-Blech heraus. Die Oberfläche der Törtchen war schwarz, und das durchdringend kohlenartige Aroma verriet, dass es auch nichts bringen würde, die verbrannte Schicht abzuschneiden.

»Na wunderbar«, seufzte ich, zog die Handschuhe wieder aus und öffnete das Fenster, ehe ich einen Blick auf mein Handy warf. Tohmah hatte endlich geschrieben.

Bin gerade erst rein, habe morgen Parkaufsicht und bin gegen fünf zurück. Dann wäre Pizza eine großartige Idee.

Ich war so erleichtert, dass ich sofort antwortete.

Gut, dann bin ich um sechs bei dir. Peperoni und Pilze?

Passt perfekt. Bis morgen.

Erleichtert lehnte ich mich an den Kühlschrank. Damit war das Wochenende halbwegs gerettet. Ich dachte an Tohmahs Hütte und die Ruhe dort, und auf einmal wünschte ich mir mehr als alles andere, mich noch einmal zu verwandeln. Nur kurz, ohne lange Streifzüge oder andere Risiken. Noch einmal den Waldboden unter mir spüren. Tohmah würde es ganz sicher verstehen.

Als ich am nächsten Tag die Hütte erreichte, trat Tohmah gerade nach draußen. Ich ging so abrupt auf die Bremse, dass ich spürte, wie sich die Reifen der Klapperkiste in die Erde fraßen.

Tohmah quittierte es mit einem knappen Blick und öffnete mir die Tür. »Jetzt sag mir nicht, du fährst wie eine Irre, damit die Pizza heiß hier ankommt?«

Ich ignorierte die Stichelei, denn ich wusste, warum ich so gerast war. Normalerweise hielt ich mich an sämtliche Regeln, vor allem, da ich befürchtete, die Klapperkiste könnte jeden Moment auseinanderfallen. Aber kurz nachdem ich vorhin losgefahren war, hatte ich mir eingebildet, verfolgt zu werden. Zumindest war ein roter Chrysler eine ganze Weile hinter mir geblieben. Es war so weit, ich wurde paranoid, aber das wollte ich Tohmah nicht unbedingt auf die Nase binden. Also nahm ich mir die Zeit, um sein Shirt zu betrachten, auf dem die wundervolle Zeichnung eines Diademhähers aufgedruckt war. Ich mochte die Vögel mit dem lustigen Schopf, der sie irgendwie rebellisch wirken ließ, und den hübschen blauen Federn. Manchmal bildete ich mir ein, die Farbe erkennen zu können, da das Gefieder so wundervoll glänzte.

Mit möglichst majestätischer Miene nahm ich die Kartons vom Beifahrersitz. »Ganz schön weite Strecke für einen Pizzalieferdienst. Aber ich will mal nicht so sein.«

Tohmah schnaubte, wir lachten beide, und ich stellte mich auf die Zehenspitzen, um ihn zu umarmen.

Er drückte mich kurz, dann schob er mich ein ganzes Stück von sich weg. »Wie geht es dir?«

Er klang plötzlich ernst. In seinen dunklen Augen lag so viel Aufmerksamkeit, dass ich einfach ehrlich sei musste und ihn nicht mit einer blöden Floskel abspeisen wollte.

»Es geht. Ich weiß nur nicht, ob ich demnächst durchdrehe, wenn ich zu lange über alles nachdenke, was mit magischen Tattoos zu tun hat. Und je länger meine letzte Verwandlung her ist, desto lieber möchte ich es noch einmal tun.« Ich nickte in Richtung Waldrand.

Tohmah strich mir über die Schulter. »Das glaube ich dir. Beides. Es ist zudem nicht leicht, dass du dich von den anderen Wandlern fernhalten musst. Hat Nathan dir wenigstens Gesellschaft geleistet?«

»Nein«, seufzte ich. »Außer am Telefon. Er ist völlig eingebunden, was die neuen Schutzmaßnahmen angeht. Er besucht jedes Mitglied seines Tribes. Du weißt schon, wegen der Vermissten und um sicherzustellen, dass jeder Wandler Kontakt zu seinem Sänger hält.«

Er legte einen Arm um mich, wie ein großer Bruder es tun würde. »Dann halte mal Kontakt zu deinem Sänger, bevor die Pizza kalt wird.«

Ich lachte, auch wenn ich mir noch immer Gedanken machte, folgte ihm zum Haus und blieb an der Schwelle stehen. Alles sah aus wie vorher – die alten Möbel, die Tierfotos, das durchgesessene Sofa. Hier fühlte ich mich wohl, als wäre ich schon unzählige Male zu Besuch gewesen. Vielleicht lag das auch an der Verbindung mit Tohmah. Ich stellte die Kartons ab und ließ mich in die Polster sinken, während Tohmah zwei Flaschen Canada Dry auf den Tisch stellte. Kurz darauf kribbelten meine Lippen angenehm, da die Peperoni auf der Pizza ziemlich scharf waren. Tohmah erzählte von seiner Arbeit in den Parks und wo es die besten Stellen zum Kanufahren gab, während im Hintergrund Kristian Anttila über Dinge sang, die ich nicht verstand. Aber ich mochte den Klang der schwedischen Sprache und liebte seine Songs einfach. In diesem Augenblick passte alles zusammen.

»Manchmal wundere ich mich, dass du nicht doch viel früher ein Sänger geworden bist«, sagte ich. »All diese Wandler, die so sehr mit der Natur verbunden sind, auf eine Weise, die heutzutage nicht mehr jeder kennt … ihr habt so viel gemeinsam.«

Tohmah fuhr mit dem Daumennagel eine Kerbe im Tisch entlang. »Zum Teil stimmt das. Andererseits ist diese andere Welt so fragil. Es wundert mich, dass die Tribes bis heute überlebt haben, bei all den Problemen miteinander. Und vor allem unter dem Gesichtspunkt, dass sie ihre wahren Identitäten verbergen müssen. Das alles führt dazu, dass es ganz schön politisch werden kann, wenn man mit ihnen zu tun hat. Und das ist nicht meine Welt.« Er sah zum Fenster. »Ich bin gern allein. Tagelang durch die Gegend zu wandern und in einer Schutzhütte oder einem Zelt zu schlafen, ist genau meins.«

»Weil du dich dann frei fühlst«, sagte ich leise.

»Genau. Außerdem wollte ich meine Vergangenheit nicht aufwühlen, indem ich mich der Gemeinschaft der Sänger anschließe. Du weißt schon, die Herumschieberei als Kind. Erst meine Eltern, dann Monique. Ich dachte, dass es schwer wird, wenn ich immer daran denken muss.«

Mein Herz sackte ein Stück nach unten, als mir wieder einmal bewusst wurde, welches Opfer Tohmah meinetwegen eingegangen war. »Es tut mir leid. Ich wollte nicht, dass du dich an Dinge erinnerst, die dich herunterziehen.«

Er schüttelte den Kopf. »Das haben sie nicht. Ich hatte damit gerechnet, aber es ist nicht passiert. Im Gegenteil, ich erkenne jetzt noch deutlicher, was ich heute habe, und begreife, dass meine Vergangenheit mir keine Steine in den Weg legen kann. Ich will genau hier sein.« Er deutete Richtung Boden. »Dieses Leben passt zu mir, und ich möchte es nicht ändern. Und daher sollte ich mich bei dir bedanken.«

»Was? Wieso?«

»Weil du Nathan und Sam dazu gebracht hast, in Moniques alten Unterlagen zu wühlen. Ich habe den Gedanken daran lange verdrängt. Wie einen Mitbewohner, den man nicht besonders mag, der aber nun einmal da ist. Mir war die ganze Zeit klar, dass ich eines Tages entscheiden muss, was ich mit den Aufzeichnungen tun will, doch dazu hätte ich mich mit ihnen befassen müssen. Ich habe befürchtet, dass es schwer werden würde. Aber ich habe mich geirrt. Es war gut, mehr über die Geschichte und die Regeln der Wandler zu erfahren. Jetzt weiß ich, dass ich die Bücher dort oben nicht länger ignorieren muss.«

Die Schlingen um mein Herz verschwanden wieder, so abrupt, dass es leicht hüpfte. »Du glaubst nicht, wie froh ich bin. Ich wollte dir keine Probleme machen, Tohmah.«

»Ich weiß. Und das hast du nicht. Ich halte mich ja weiterhin von der Gemeinschaft fern, schließlich bin ich mit jemandem verbunden, von dem niemand etwas wissen darf.«

»Ja, mit jemandem, der sich vor denen verstecken muss, die sich selbst versteckt halten«, sagte ich und starrte auf das Etikett der Flasche in meiner Hand. »Es ist schon seltsam, oder? Dass ausgerechnet du mein Sänger bist? Falls die Frau in meinen Visionen wirklich deine Tante war, meine ich.«

»Oder es ist gerade deshalb eben nicht seltsam. Ich hätte das nicht für jeden gemacht, Quinn. Erst recht nicht, wenn mir derjenige erst vor Kurzem begegnet ist. Aber bei dir kommt es mir vor, als würden wir uns schon länger kennen. Gut möglich, dass das irgendwie mit Monique zusammenhängt.«

Er war wirklich fest davon überzeugt, dass sie es war, die ich in meinen Visionen gesehen hatte. »Wie?«

Tohmah zuckte die Schultern. »Spielt das eine Rolle?«

Ich schüttelte den Kopf, trank einen Schluck, lehnte mich nach hinten und starrte an den schweren, krummen Balken unter der Zimmerdecke.

»Ich muss immer wieder daran denken, wie ich mich als Rotluchs gefühlt habe«, sagte ich dann stockend. Als wollten die Wörter nicht heraus, weil mein Wunsch sonst noch größer werden könnte.

»Ich habe schon darauf gewartet, dass du es ansprichst.«

Abrupt setzte ich mich auf.

»Was? Ist doch naheliegend«, sagte er mit schräg gelegtem Kopf.

Ich knibbelte am Etikett. »Ich dachte, ich kann warten, bis Nathan Zeit hat, damit wir gemeinsam laufen können. Aber hier draußen kommt es mir vor, als wäre der Wunsch stärker. Vielleicht weil der Wald in der Nähe ist.«

»Wenn du magst, fahren wir in die Stadt und suchen uns irgendeine Betonwüste, damit du nicht mehr daran denkst.«

Ich schnappte mir ein Kissen und warf es nach ihm, wurde aber sofort wieder ernst. »Wäre es für dich in Ordnung? Ich meine, würdest du mir helfen?«

Er stellte seine Flasche ab und sah mich so eindringlich an, dass es einem Versprechen gleichkam. »Quinn. Ich kann und werde dir da nicht reinreden. Sondern dich nur bitten, vorsichtig zu sein. Und vielleicht abzuwarten, bis es ein wenig später geworden ist.«

Ich sah zum Fenster. Die Sonne verabschiedete sich soeben, aber es würde noch eine Weile dauern, bis es dunkel genug war, um sicher zu sein. Also stellte ich meine Flasche ab und rieb mit beiden Händen über meine Oberschenkel.

»Wie sieht's aus, hast du Lust, mit mir spazieren zu gehen, solange ich noch meine Menschengestalt habe?«

Es war fast dreiundzwanzig Uhr, und ich kam mir vor, als befände ich mich auf einem anderen Planeten. Der Geruch nach nachtfeuchtem Wald war beinahe überwältigend. Ich legte den Kopf in den Nacken, betrachtete den von Sternenfeldern überzogenen Himmel und staunte einmal mehr darüber, wie hell es ohne Wolken blieb. Das diffuse Licht verzerrte die Umrisse der Bäume, als würde es jeden einzelnen in ein Schattenkostüm hüllen, das mich davon abhalten sollte, um diese Zeit hier draußen zu sein.

Ich war schon nervös, seitdem sich die Sonne am Horizont verabschiedet hatte. Gleichzeitig fühlte ich mich verbunden mit der Nacht und dem Leben darin, mit den Bewegungen und Atemzügen, mit Wurzeln, die Wasser und Nährstoffe aus dem Boden holten, und mit allen Geheimnissen, die in der Dämmerung geboren wurden, um sich in den darauffolgenden Stunden vollends zu entfalten.

Ich sah mich noch einmal um. Das Licht schimmerte aus Tohmahs Wohnzimmer zu mir herüber, ein sanftes Versprechen, dass ich nicht allein war. In mir kribbelte es. Ein Gefühl wie nach dem Aufstehen, kurz bevor man seinen Körper streckte, um den letzten Rest Schlaf zu vertreiben. Es trieb mich an, und auf einmal konnte ich nicht mehr länger warten. Hastig schlüpfte ich erst aus meinen Sneakern, dann aus meinen restlichen Klamotten. Mit geschlossenen Augen streckte ich eine Hand aus und ertastete die kühle Borke eines Baumes. Ich konzentrierte mich auf die Natur, spürte die Unebenheiten unter meinen Fingern und roch die feuchte Erde, die Farne, das Laub und irgendwo Beeren. Ich schmeckte die Frische der Luft, die ganz anders war als in Nanaimo. Hierher gehörte ein Teil von mir. Ich war mit diesem Land verbunden, genau wie Nathan und die anderen.

Der Sog in meinen Muskeln und Knochen setzte ein, und nach wenigen Atemzügen fühlte ich mich leichter. Kein Schweben, sondern eine Brücke zu einem anderen Teil dieser Welt. Der Luftzug wurde stärker, und mein Körper veränderte sich. Augenblicklich schwoll die Geräuschkulisse an, wurde feiner, vielfältiger. Es war so weit. Ich öffnete die Augen und betrachtete die Bäume, die plötzlich größer wirkten als zuvor. Dann sah ich nach unten, auf meine Tatzen, hob eine an und lief los. Erst langsam, dann immer schneller, und schließlich rannte ich, um herauszufinden, wozu dieser Körper in der Lage war. Es war berauschend, wie die Umgebung an mir vorbeiflog, wie sie roch, wie sie sich anfühlte, schmeckte, aussah. Nur zu gern ließ ich mich in diesen Rausch fallen. Ich war glücklich, einfach nur zu laufen, meine Muskeln zu spüren, die Energie. Dies war mein zweites Zuhause. Wer hatte schon das Glück, so etwas sagen zu können?

Ein winziger Teil von mir meldete sich irgendwo in meinem Hinterkopf und hielt mich zurück. Ich wollte nicht langsamer werden, aber dann tat ich es. Es war nicht gut, wenn ich mich so weit von Tohmah entfernte. Also trottete ich über den weichen Boden und beobachtete, wie ich Erd- und Moosbröckchen hochschleuderte. Der warnende Teil von mir wurde lauter, aber ich wollte noch nicht zurück. Nicht so schnell.

Die Bäume zogen sich auseinander und führten mich auf eine Lichtung zu, bis ich mit einer ganz neuen Art von Schrecken begriff, dass die Warnung nicht der Länge meines Ausflugs gegolten hatte. Oder wie weit ich mich von der Hütte entfernte. Sondern der Tatsache, dass ich nicht mehr allein war.

Der Berglöwe stand mitten auf der Freifläche, mit gespanntem Körper und stolz erhobenem Kopf, und sah mir entgegen, als ich zwischen den Bäumen hervortrat. Fast, als hätte er mich erwartet. Seine Bernsteinaugen schimmerten sogar auf die Entfernung, und meine Instinkte spielten verrückt. Da waren keine Worte mehr, keine Gedanken, ich fuhr einfach herum und rannte schneller als jemals zuvor. Die Schönheit der Umgebung war mir nun egal, ich nahm Bäume und andere Hindernisse nur wahr, um ihnen auszuweichen. Was mich zuvor fasziniert hatte, war zu einem Parcours geworden, dessen Beschaffenheit mich entweder in Gefahr brachte – oder mir bei meiner Flucht nützlich sein konnte. Denn als Rotluchs war ich nicht nur schnell, sondern auch wendig.

Hinter mir krachte es, dann tappten Pfoten in regelmäßigen Abständen auf den Boden. Der Berglöwe jagte mich.

Eine andere Art von Kribbeln lief über meinen Rücken. Ich streckte mich weiter und rannte, änderte mehrmals abrupt die Richtung und wusste trotzdem, wo die Hütte war. Dorthin musste ich zurück. Tohmah bedeutete Sicherheit.

Ich wählte mehrere Umwege und hielt auf Stellen zu, an denen das Unterholz dichter wuchs, mit Lücken, durch die ich mich zwängen konnte. Mögliche Fluchtwege waren das Einzige, was ich außer den Pfoten hinter mir wahrnahm. Abgesehen davon gab es nur die Frage, ob ich noch mehr aus meinem Körper herausholen konnte, um zu überleben. Ich rannte, duckte mich unter niedrig hängendem Gehölz hindurch, sprang über Büsche. Kletten verfingen sich in meinem Fell. Ich schlug einen Bogen und näherte mich meinem Ziel im Zickzackkurs. Kurz davor zwang ich mich, langsamer zu laufen, und lauschte. Nichts. Da war kein Verfolger mehr, sondern nur Totenstille. Nicht einmal die Vögel sangen. Ich hob den Kopf und witterte, nahm aber keine fremden Gerüche wahr. Die Gefahr war verschwunden. Hatte ich den Berglöwen wirklich abgehängt? Es sah ganz danach aus, vor allem, als um mich herum die ersten Nachtgeräusche einsetzten. Gut. Weiter. Der nächste Schritt.

Ich musste mich zurückverwandeln. Etwas in mir sträubte sich dagegen, in dieser Gestalt Tohmahs Zuhause zu betreten, obwohl er mein Sänger war. Im Haus eines Menschen hatte ich nichts zu suchen.

So leise wie möglich lief ich vorwärts, fand den ausgehöhlten Baum und konzentrierte mich. Dieses Mal ging alles sehr schnell: der Sog, die Windwirbel, das Gefühl, aus einer Welt herausgerissen und direkt in die nächste geschleudert zu werden. Ich wagte es, die Augen zu schließen, und als ich sie wieder öffnete, hatte sich alles verändert – und war wieder wie zuvor.

Mein Atem ging schnell und stoßweise. Mit zitternden Händen

holte ich meine Sachen aus dem Versteck und zog mich an, noch ein wenig unsicher auf den Füßen. Mein Körper brauchte eine Weile, um sich wieder an die andere Schwerpunktverteilung zu gewöhnen. Ich schüttelte mich und drehte mich noch einmal um. Nichts, der Wald hinter mir war still, als hätte ich mir alles nur eingebildet.

Schnell schlüpfte ich in meine Sneaker, richtete mich auf – und erstarrte. Ein Teil des Gefühls von vorhin kehrte zurück, tiefer und urtümlicher als Angst, als hätte ich die Instinkte des Rotluchses noch nicht ganz abschütteln können.

Die Hoffnung, dass ich mich nur irrte und das diffuse Licht hier draußen mir einen Streich spielte, schwand schnell, als sich etwas auf mich zubewegte. Ich erkannte blondes Haar und roch Parfüm. Joanna Blaise blieb stehen, trat dann einen Schritt vor und gab sich zu erkennen.

»Quinn Shields«, sagte sie trocken und mit dieser Zickenstimme, die mir verriet, wie weit unter ihr ich rangierte. »Wie interessant.«

Mir fiel keine passende Antwort ein. Genauer gesagt fiel mir überhaupt keine Antwort ein. Was tat sie ausgerechnet hier? In ihrem weit schwingenden weißen Kleid erinnerte sie an eine Märchenfigur, die sich in den bösen Horrorwald verlaufen hatte. Nur waren die Rollen vertauscht, und der Horror ging von ihr aus. Das Glitzern in ihren Augen war berechnend und kalt, und es gefiel mir überhaupt nicht.

Ich schluckte, suchte nach Worten, aber beides ging irgendwie schief, und ich hustete.

Joanna strich sich ihr langes Haar zurück. »Hat es dir die Sprache verschlagen? Oder bist du noch zu erschöpft von deinem Ausflug?«

Bei jedem Wort zog sich mein Magen ein Stück weiter zusammen. Sie konnte mich unmöglich beobachtet haben. Es war niemand in der Nähe gewesen, als ich mich verwandelt hatte, da war ich mir sicher. Als Luchs hätte ich einen Menschen definitiv gehört.

»Ja, ich hatte einen schönen Waldspaziergang«, sagte ich, zupfte ein Blatt von meinem Oberteil, ließ die Hände dann aber wieder sinken. Sie zitterten zu stark. »Und du? Stalkst du mich schon wieder? Hey, jetzt wäre eine wunderbare Gelegenheit, um noch einmal in mein Zimmer einzubrechen. Du weißt schon, ein wenig herumschnüffeln und so.«

Sie sah mich eindringlich an. »Das ist nicht mehr nötig.« Ihr Blick wanderte weiter über meine Schulter, und der Druck auf meinen Magen wuchs. Hinter mir raschelte es. Joanna und ich waren nicht allein. Ich drehte mich um, hoffte, Tohmah zu sehen, und stöhnte leise auf, als ich in das Gesicht von Gabriel Blaise blickte.

»Die Geschwister Fürchterlich vereint«, murmelte ich gerade noch so laut, dass Joanna es hören konnte. »Ich wünsche euch viel Spaß bei was auch immer. Ich muss los.«

Ich schaffte es an Joanna vorbei, aber Gabriel war schneller. Er tauchte vor mir auf, verschränkte die Arme und musterte mich auf eine Weise, die ich nicht deuten konnte. Seine Lippen waren zu einem Strich zusammengepresst, aber trotzdem waren seine Augen riesig, als wüsste er nicht, ob er sauer oder erstaunt sein sollte. Er war der Berglöwe, der mich vorhin gejagt hatte. Ich war mir sicher.

»Ein Rotluchs also. Ich habe mich gefragt, was es mit dir auf sich hat, seitdem Joanna mir von dir erzählt hat und ich dein Tattoo gesehen habe.«

Jede Silbe brannte sich tief in mein Inneres, und mir wurde übel.

»Mehr als ein Rotluchs«, sagte Joanna und trat neben ihren Bruder. »Nicht wahr? Schließlich hat das Tattoo in deinem Nacken auch mehr als eine Komponente. Wir haben erst überlegt, ob Gabe dich angreifen soll, nachdem du dich verwandelt hattest. Um zu sehen, wie du reagierst. Ob du ihn irgendwie beeinflussen kannst.«

Mir war eiskalt. »Bist du betrunken? Du redest ziemlichen Schwachsinn.« Ich spürte nicht mal, dass sich meine Zunge oder meine Lippen bewegten. Aber es war meine Stimme, also musste ich die Worte hervorgebracht haben.

Doch das alles war plötzlich so weit entfernt. Stattdessen brüllte etwas in mir, dass die Blaises Bescheid wussten. Sie wussten, was ich war. Die Kinder des Oberhauptes der Berglöwen wussten, dass ich eine Sdáng war! Aber wie konnte das sein? Wir hatten zu viert in Moniques Unterlagen gesucht, um es herauszufinden. Nathans Warnungen kamen mir in den Sinn und schwirrten in Dauerschleife durch meinen Kopf. Ich musste hier weg. Ich musste es ungeschehen machen. Alles!

Joanna lachte. Sie schien Spaß an der Sache zu haben. »Weißt du, wir dachten, dass du ewig mit dem seltsamen Kerl zusammenhockst.« Sie deutete in Richtung der Hütte. »Es war ziemlich langweilig, hier draußen zu warten. Aber am Ende hat es sich doch gelohnt.«

Sie hatten mich gestellt und in eine Ecke gedrängt, aus der ich nicht mehr herauskam. Mir blieb nur noch die Flucht nach vorn. »Ihr seid verrückt. Alle beide.« Ich trat an Gabriel vorbei, aber er hielt mich fest.

»Warte.« Er klang ruhig. Im Gegensatz zu seiner Schwester sah er nicht so aus, als würde er sich amüsieren. »Quinn, sie hat recht, und du weißt es. Joanna hat dich im Auge behalten. Wir wussten, dass sich etwas geändert hat. Daher sind wir dir gefolgt. Gestern. Heute.«

Ich dachte an den roten Chrysler, der heute eine ganze Weile hinter mir hergefahren war. »Das ist Unsinn, Gabriel. Lass mich los.«

Zu meinem Erstaunen tat er das wirklich. »Wir haben schon lange geahnt, dass etwas an dir anders ist. Das Tattoo. Deine Gegenwart.«

»Meine was?«

»Es fühlte sich anfangs komisch an, wenn du in der Nähe warst«, mischte sich Joanna wieder ein. »Mit der Zeit gewöhnt man sich dran, vor allem, weil man irgendwann merkt, wie sehr du langweilst. Aber anfangs hast du mich wirklich interessiert. Erinnerst du dich an unsere Begegnung in der Gasse in Nanaimo? Und ich warne dich, wenn du noch einmal mit Müll nach mir wirfst, wirst du es bereuen.«

Ich riss die Augen auf, als ich begriff, wovon sie redete. Das konnte nicht wahr sein! Joanna lachte, und augenblicklich verfluchte ich meine Reaktion.

»Ah, du erinnerst dich also doch, kleine Quinn. Das ist fast schon rührend.« Sie legte eine Hand auf ihr Herz.

Ich schluckte hart. Aus der Sache kam ich nicht mehr heraus, also brauchte ich eine neue Strategie. Aber welche? Was konnte ich noch tun? Zumindest brachte es nichts, alles länger zu leugnen.

»Warum zur Hölle sollte jemand, der noch bei Verstand ist, sich mitten in der Stadt verwandeln?«

Joannas Lächeln gefror. »Ich bin eine Berglöwin. Keine verdammte Zweite-Klasse-Katze wie du. Ich tue, was und wo ich es will.«

Ja, sie war wirklich verrückt. Ich dachte an den Abend in der Gasse, an das Gefühl, zu Hause beobachtet worden zu sein, und an den toten Nachbarshund. Hinter alldem steckte Joanna.

»Mir war nicht gleich klar, dass du anders bist«, sagte Gabriel. »Aber Joanna war schon immer recht sensibel, was solche Dinge betrifft.«

Seine Schwester lachte. »Du bist mir aufgefallen, so einfach ist das. Andere Wandler würden vermutlich nicht auf die Idee kommen, dass das etwas Ungewöhnliches ist, aber jemand wie du spielt normalerweise keine Rolle in meiner Welt. Mit anderen Worten: Ich hätte über dich hinwegsehen müssen wie über so viele andere langweilige Existenzen auch. Aber das habe ich nicht. Und sieh dich doch an. Warum sollte ich mich mit jemandem wie dir abgeben?«

»Dann hast du mich nur deshalb zu eurer Party eingeladen. Es sollte ein Test sein.«

»Ja«, sagte Gabriel ruhig. »Aber damals war alles noch anders, nicht wahr? Du wusstest von nichts. Das hat sich geändert. Wegen Copeland? Oder hat es mit dem Neffen der Sängerin zu tun, die vor vielen Jahren verschwunden ist?« Er deutete in Richtung Hütte.

Ich schwieg.

Dafür lachte Joanna ihr halbechtes Lachen. »Wie gut, dass unser Dad im Besitz sehr interessanter Unterlagen ist. Seit Jahren hat sich niemand mehr die älteren Dokumente unseres Tribes angesehen. Dabei sind dort sehr spannende Dinge verzeichnet. Zum Beispiel alles über einen Krieg, den die Jaguare und Panther vor zweihundert

Jahren angezettelt haben. Unsere Leute haben sich sehr genau mit den Ursachen und der Frage beschäftigt, warum diese Zugezogenen uns überhaupt gefährlich werden konnten.« Sie brach ab und warf ihrem Bruder einen Blick zu. »Und was soll ich sagen? In den Unterlagen gibt es Hinweise auf Doppelsymbole und was es damit auf sich hat. Als ich dann in deinem Zimmer auch noch die wirklich rührende Zeichnung eines Panthers gefunden habe …«

»Joanna«, sagte Gabriel scharf. »Es reicht.«

Sie gehorchte, sah ihn aber an, als wollte sie ihn umbringen. Offenbar war die Prinzessin der Berglöwen es nicht gewohnt, dass man ihr den Mund verbot.

Mir war noch immer übel, aber zumindest setzte mein Verstand wieder ein. Eine Weile hatte in meinem Kopf nur Leere geherrscht, jetzt überschlugen sich die Gedanken, als gäbe es kein reguläres Tempo mehr. Mir blieb nur noch eine Möglichkeit. Ich musste Gabriel davon überzeugen, dass ich ungefährlich war. Während Joanna ihre Spielchen mit mir trieb, schien er gesprächsbereit zu sein. Es war nicht einfach, aber es hatte auch noch nie so viel auf der Kippe gestanden wie jetzt.

»Es stimmt, ich habe es erst vor Kurzem erfahren«, sagte ich leise. »Alles. Dass es Wandler und Sänger gibt. Dass mein Tattoo kein reines Dekomotiv ist.«

Gabriels Augen funkelten aufmerksam.

»Seitdem frage ich mich, wer meine Eltern waren. Meine leiblichen Eltern. Nicht die zwei wundervollen Menschen, die mich aufgezogen haben.«

»Das lässt sich sicher herausfinden.«

Ich hob die Augenbrauen. »Ich kann dich schlecht bitten, die

Familienstammbücher einzusehen.« Täuschte ich mich oder entdeckte ich den Hauch eines Lächelns auf seinem Gesicht?

»Nein«, sagte er nachdenklich. »Das kannst du nicht.«

Ein Lichtschimmer schnitt durch die Gegend, streifte Joannas Kleid und verschwand wieder. Kurz darauf wurden Motorengeräusche laut. Gabriel und ich wechselten einen Blick. Ein Wagen bretterte in so halsbrecherischem Tempo den Weg zur Hütte entlang, dass ich schon glaubte, der Fahrer würde sich nicht darum scheren, gegen einen Baum zu donnern. Der Motor verstummte, dann schlug eine Tür.

»Quinn!« Nathans Stimme.

Ich schloss die Augen, obwohl mein Herz schneller schlug. Nathan war hier. Er durfte nicht hier sein. Nein, er *sollte* es nicht. Er brauchte nicht noch ein Problem, mit dem er sich befassen musste. Andererseits kam ich allein aus der Sache nicht mehr heraus. Oder würde seine Feindschaft mit den Blaises alles nur noch schlimmer machen?

»Na wunderbar«, sagte Joanna lakonisch. »Der Retter in nicht ganz so weißer Rüstung hat uns gerade noch gefehlt.«

Schritte wurden laut, schnell und hastig. Nathan rannte nicht, aber er hatte auch keine Zeit zu verlieren. Gabriel richtete sich weiter auf, Joanna stemmte die Hände in die Hüfte.

Als Nathan uns endlich erreichte, war er vor allem eines: wütend. »Alles okay, Quinn?« Er ignorierte die beiden völlig.

Darauf hatte ich nun wirklich keine Antwort. »Was tust du hier?«

Er verzog das Gesicht. »Tohmah hat mich angerufen. Es scheint, als gäbe es ein kleines Problem?« Erst jetzt wandte er sich an Gabriel.

Trotz allem fiel mir ein Stein vom Herzen. Tohmah, natürlich. Er musste gespürt haben, dass etwas nicht stimmte, vielleicht sogar, dass ich verfolgt worden war. Vermutlich hatte er uns sogar gehört oder beobachtet.

Gabriel sah von mir zu Nathan. Er wirkte seltsam unentschlossen, im Gegensatz zu Joanna.

»Es gibt mehr als ein Problem«, zischte sie.

Nathan sah sie nicht einmal an. Offenbar hatte er schnell gemerkt, dass Gabriel trotz allem der Vernünftigere von beiden war. »Also?«

Gabriel schnaubte. »Sie hat recht, Copeland. Uns interessiert nämlich sehr, warum du eine Verbotene versteckt hältst.«

Nathan zögerte und blinzelte in meine Richtung.

Ich senkte den Kopf. »Sie wissen es, Nathan.«

Er presste die Lippen aufeinander, seine Zähne knirschten. »Quinn hat mit alldem nichts zu tun. Sie gehört zu keinem Tribe.«

Gabriel schüttelte den Kopf. »Sie ist ein Rotluchs. Und mehr als das. Du weißt genau wie ich, was das bedeutet.«

»Sie wusste bis vor wenigen Tagen nicht einmal, was sie ist. Sie wird sich nicht in unsere Leben einmischen und wir uns auch nicht in ihres.«

Joanna lachte auf. »Nett. Aber nein, das ist zu gefährlich.«

Ich starrte sie an. »Habe ich dir bisher irgendwas getan? Abgesehen davon, Maya abzuhalten, sich von dir herumscheuchen zu lassen? Ich bin hier nicht diejenige, die nachts kleine Hunde tötet!«

Es war ein Schuss ins Blaue, aber ihr Blinzeln, gefolgt von dem bereits bekannten falschen Lächeln, verriet genug. O mein Gott! Sie war tatsächlich vor unserem Haus gewesen. Sie hatte Benji auf dem Gewissen.

Nathan schob sich ein wenig zur Seite und berührte mich kurz. Sofort beruhigte sich ein Teil des Chaos in meinem Kopf.

»Die Tribes haben gerade Wichtigeres zu tun, Blaise.«

»Trotzdem müssen wir dem Rat melden, dass es eine Verbotene auf Vancouver Island gibt.« Gabriel klang nicht mehr so überzeugt wie zuvor.

Nathan versteifte sich, und meine Gedanken liefen heiß. Ich hatte gehofft, dass Gabriel anders reagierte. Aber warum sollte er? Weil wir alle ungefähr in einem Alter waren? Weil wir dieselbe Uni besuchten? Weil er mich auf einer Party in den Pool geworfen hatte? Wohl kaum.

Zu meinem Erstaunen nickte Nathan. »Nach der Feier. Es bringt niemandem etwas, das Problem jetzt anzusprechen. Es könnte Stimmungen kippen lassen. Die Gemeinschaft gefährden.«

Gabriel verengte die Augen. »Also gut. Wenn du nach der Feier nicht mit dieser Sache zum Rat gehst, werde ich es tun.« Er mied meinen Blick.

Nathan nickte. »Einverstanden.«

Die beiden lieferten sich ein kurzes Blickduell, dann wandte sich Gabriel an Joanna. »Gehen wir.«

Sie machte Riesenaugen. »Das ist doch nicht dein Ernst?«

»Ich sagte, wir gehen!« Gabriels Stimme duldete keinen Widerspruch. Joanna warf mir noch einen giftigen Blick zu, dann wandten die zwei sich ab.

Ich überlegte kurz und lief ihnen hinterher. »Wartet!«

Sie blieben wirklich stehen und drehten sich um. Joanna giftig, Gabriel erstaunt.

Ich räusperte mich. »Wenn ihr mich beobachtet habt, wart ihr dann zufällig auch vor ein paar Tagen im Jack Point and Biggs Park?«

Die beiden sahen sich an, dann tippte sich Joanna gegen die Schläfe. »Du spinnst, Verbotene.«

»Wart ihr?«

»Nein«, sagte Gabriel ruhig. »Wir waren seit Jahren nicht dort.«

Ich glaubte ihm, also nickte ich. Wenig später waren sie zwischen den Bäumen verschwunden.

Erst nach einer Weile fiel mir auf, wie schnell mein Atem ging. »Das hätte schlimmer laufen können«, brachte ich schließlich hervor.

»Nein, das hätte es nicht«, kam die kaum hörbare Antwort von Nathan. Er trat näher, dann zog er mich in seine Arme. Ich genoss seine Nähe, und am liebsten hätte ich sämtliche Sorgen verdrängt. Aber es funktionierte nicht.

»Was tun wir jetzt?«

Nathan vergrub das Gesicht in meinem Haar. »Ich weiß es noch nicht. Aber ich lasse dich heute nicht mehr allein. Am besten, du kommst mit zu mir.

Ich musste nicht lange überlegen. »Einverstanden.«

# Die Polarfüchse

Als einzige Wandler auf Vancouver Island sind die Polarfüchse keine Raubkatzen. Ihr Tribe ist vor über fünfzig Jahren aus der Polarregion zugewandert und besteht heute aus zwölf Mitgliedern. Zart und von fragilem Körperbau wirken Polarfüchse oft still und introvertiert. Sie sind empathisch und sozial, gehen Konflikten aus dem Weg, wehren sich jedoch, wenn sie in die Enge getrieben werden.

Ratsmitglied: Dorothy Brossard

# Kapitel 24

## QUINN

Unschlüssig stand ich in der Diele und wartete darauf, dass Nathan etwas sagte, mich ins Wohnzimmer führte oder fragte, ob er mir das Haus zeigen sollte. Irgendetwas, was mir verriet, dass er es nicht bereute, auf meiner Seite zu stehen.

Ich hatte richtiggelegen: Tohmah hatte wirklich gespürt, dass etwas nicht stimmte, und mit einem Fernglas Ausschau nach mir gehalten. Nachdem er mich mit den Blaises gesehen und bemerkt hatte, wie ernst das Gespräch war, hatte er Nathan angerufen, der seit knapp einer Stunde zurück in Nanaimo gewesen war.

Ich hatte Tohmah zum Abschied lange umarmt, weil ich keine Worte fand, um ihm zu sagen, wie dankbar ich war, dass es ihn gab. Er hatte Nathan eingeschärft, mich gut zu behandeln.

Bei dem Gedanken an das, was zuvor passiert war, zitterten meine Beine. Schon ironisch. Jetzt stand ich in einem Haus mit festen Mauern und massiven Türen, und mein Körper wählte diesen Zeitpunkt für einen Schwächeanfall. Ich trat einen Schritt zur Seite und hielt mich an der Wand fest.

Im nächsten Moment war Nathan bei mir und berührte mich an der Hüfte. »Quinn?«

Ich schüttelte einfach nur den Kopf. Hätte ich versucht, etwas zu sagen, wäre ich wohl in Tränen ausgebrochen.

»Quinn«, wiederholte er leise, trat näher und zog mich an sich.

Ich wehrte mich einen Moment lang, aber dann gab ich der Wärme und seinen Händen nach, die sanft über meinen Rücken strichen.

»Ich würde dir so gern sagen, dass es vorbei ist. Aber wir wissen beide, dass das eine Lüge wäre.«

Ich biss die Zähne zusammen, weil meine Augen nun doch brannten.

»Würdest du mich ansehen? Bitte?«

Ich zögerte, aber dann tat ich es. Er sah gequält aus. Ich kannte diesen Ausdruck, und jedes Mal verspürte ich den Wunsch, etwas zu tun, damit er verschwand. Wir standen so nah beieinander, als würden wir die Kontrolle über die Situation verlieren, wenn wir uns losließen. Dabei war genau das Gegenteil der Fall.

Als sich unsere Blicke trafen, spürte ich, wie sich Nathans Herzschlag beschleunigte. Es war nicht mehr als ein sanftes Pochen, aber es fachte meinen eigenen Puls an. Dann strich Nathan über meinen Rücken, ehe seine Hand über meine Schulter nach unten fuhr. Seine Finger schlangen sich um meine und hielten sie fest. Ich fror ungefähr eine Sekunde lang, ehe mein Körper warm und immer wärmer wurde. Zögerlich erwiderte ich den Druck, bis mein Puls und sein Herzschlag zu einem Rhythmus verschmolzen.

»Ich habe dir viel über die Tribes und ihre Gesetze erzählt«, sagte Nathan leise. »Und dir gesagt, dass ich nicht immer so handeln kann, wie ich es gern würde.«

»Du willst darauf hinaus, dass ich mich verwandelt habe, obwohl du mich gebeten hast, es nicht zu tun.«

Er nickte kaum merklich. »Ich habe davon geredet, dass ich stets die Kontrolle behalten muss. Aber ich habe dir nie gesagt, warum das so ist.« Er leckte sich über die Lippen, und das Flackern in seinen Augen verstärkte sich. »Dad gehört dem Rat an, seit ich klein war, und ich musste immer darauf achten, was ich sage und tue. Ich habe früh gelernt, wie wichtig Kontrolle ist und dass sie Teil meines Lebens sein muss. Als Zach hier eingezogen ist, war das nicht mehr so leicht.« Er dachte nach, suchte ganz eindeutig nach den passenden Worten. »Unsere Mütter sind zusammen bei diesem Verkehrsunfall gestorben, aber er ist damit völlig anders umgegangen als ich. Er hat getrunken, gefeiert und Mädchen abgeschleppt. Ich musste der Vernünftige sein.«

Dass seine Stimme an dieser Stelle brach, traf mich fast noch mehr als seine Erzählung.

»Wie auch immer. Zach war nur eine Baustelle von vielen, für die ich mich verantwortlich gefühlt habe. Dann kam meine erste Verwandlung. Und …« Er drückte meine Hand. »Und ich habe einfach nur daran denken können, dass ich als Panther endlich all das rauslassen kann, was ich zurückhalten musste. Anfangs hättest du mich nicht wiedererkannt. Ich habe es übertrieben, Quinn. Sam hatte verdammt viel zu tun und musste eingreifen, um mich zurückzuholen. Ich habe mich gewehrt, und einmal bin ich außer Kontrolle geraten.«

Da war es wieder, dieses Wort, das eine so große Rolle in seinem Leben spielte. »Du wolltest dich nicht zurückverwandeln?«

»Schlimmer. Ich habe jemanden angegriffen. Ein kleines Mädchen, das nachts von zu Hause weggelaufen war, weil es nicht schlafen konnte und die Haustür nicht abgesperrt war. Ich habe es im

Gesicht erwischt. Bis heute hat es hässliche Narben auf der Wange. Dad lässt seinen Eltern anonym regelmäßig Geld zukommen. Aber ich weiß nicht einmal, ob die Verletzung das Schlimmste ist. Der Rat hat dafür gesorgt, dass die offizielle Version lautet, ein Puma hätte die Kleine angegriffen. Sie hat beteuert, dass es eine schwarze Raubkatze war, aber niemand hat ihr geglaubt.«

Die Wärme war schlagartig aus meinem Körper gewichen, als hätte jemand die Temperatur im Raum gesenkt. Natürlich, ein schwarzer Panther würde für viel mehr Aufmerksamkeit sorgen, da er nicht nach Vancouver Island gehörte und niemand die Auswirkungen hätte abschätzen können. Entsetzt starrte ich Nathan an, und das nicht nur, weil die Kleine mir so leidtat. Sondern auch, weil ich verstand, wie es zu dem schrecklichen Unfall gekommen war. Er hatte nur ein einziges Mal die Kontrolle verloren, und das mit schrecklichen Folgen. Daher war er so darauf bedacht, es niemals wieder so weit kommen zu lassen, und riss sich stets so sehr zusammen, egal, was es ihn kostete.

Ich hätte nun sagen können, dass es nicht seine Schuld gewesen war, aber das wäre eine Lüge. Es war nicht *ausschließlich* seine Schuld gewesen. Er hatte das Mädchen verletzt, aber die Umstände, der Rat, der Rang als Sohn eines Ratsmitglieds, all das hatte ihn beeinflusst. Außerdem glaubte ich nicht, dass Nathan getröstet werden wollte. So war er nicht.

»Bisher habe ich gedacht, die ganze Sache sei für mich komplizierter als für dich«, sagte ich. »Damit lag ich falsch.«

*Ich verstehe dich.*

Er wirkte regelrecht perplex. Ich nutzte den Moment, fasste Nathans Shirt mit beiden Händen und küsste ihn, weil ich nicht länger an das denken wollte, was so wahnsinnig schiefgelaufen war. Ich sehnte mich nach einer Auszeit. Seine Lippen waren erst weich, aber dann erwiderte er die Berührung so fieberhaft, dass mir der Atem stockte. Für wenige Momente trat alles andere in den Hintergrund. Ich zog Nathan enger an mich, genoss das Gefühl, beinahe zu schweben, wie immer, wenn er mir so nahe war. Es gab so viel, über das wir nachdenken und reden mussten. Wir beide hatten Entscheidungen getroffen, die der andere nicht befürwortete, hatten Geheimnisse, Fragen, waren unsicher und glaubten, dass es manchmal nur einen Weg gab. Das alles war so kompliziert, so mächtig, dass es mir den Atem raubte. Aber jetzt wollte ich eine Auszeit, in der ich an nichts denken musste.

Außer an Nathan, der meinen Kuss in der ersten Sekunde nur zögernd und dann so intensiv erwiderte, dass es mich fast von den Füßen riss. Aber er hielt mich fest, also konnte ich die Augen schließen. In diesen Minuten war die Welt eine andere, und ich wollte nicht, dass sich das jemals wieder änderte.

»Vielleicht sollte ich dir das Wohnzimmer zeigen«, flüsterte Nathan, als er den Kuss damit beendete, dass er an meiner Lippe knabberte.

Ich schauderte. »Ich dachte schon, du bietest mir das nie an.«

»Oder mein Zimmer.« Es klang heiser, und die eigentliche Frage lag hinter seinen Worten.

Ich betrachtete ihn. Die Qual war verschwunden, jetzt wirkte er aufgeregt und ein wenig unsicher. So wie ich.

»Dein Zimmer ist eine noch bessere Idee.«

Er nickte und betätigte einen Wandschalter, woraufhin das obere

Stockwerk in Licht getaucht wurde. Langsam zog er mich zur Treppe und Stufe um Stufe nach oben. Die gesamte Zeit über ließ er mich nicht aus den Augen, und am Treppenabsatz deutete er einen Flur entlang.

»Nach dir. Damit es nicht heißt, ich hätte dich in mein Zimmer geschleppt. Es ist die blaue Tür.«

Ich zögerte, und er runzelte die Stirn.

»Quinn, wenn du es dir anders überlegt hast, verstehe ich das.«

»Nein. Das ist es nicht.« Es gab vier Türen in diesem Gang, von denen zwei eindeutig weiß und die anderen beiden ein Problem waren. »Ich bin nur nicht sicher, welche Tür wirklich blau ist. Ich habe Tritanomalie. Blausehschwäche«, fügte ich auf seinen verwunderten Blick hinzu. Ich wusste selbst nicht, warum ich es ihm nicht schon längst erzählt hatte, aber bisher waren stets andere Dinge wichtiger gewesen. »Ob die Tür da türkis, blau oder grau ist, kann ich dir nicht sagen. Bei Gelbtönen muss ich mich manchmal auch anstrengen, aber meist geht es.«

Er nickte lediglich, als wäre das keine große Sache. Was es im Grunde auch nicht war, aber trotzdem reagierten die meisten anders, wollten mehr wissen oder machten lustige Mini-Tests mit mir, indem sie mich Farben raten ließen. Langsam schob er sich an mir vorbei, öffnete die Tür zu unserer Linken und hielt mir eine Hand entgegen. Ich nahm sie und betrat Nathans Zimmer. Es war nicht groß und mit wenigen, dunklen Möbeln eingerichtet, die allesamt klare, gerade Formen besaßen. Es passte zur Einrichtung des Hauses, die ich bisher gesehen hatte, wirkte einerseits moderner, andererseits aber auch verspielter durch die zahlreichen Grünpflanzen auf den breiten Fensterbänken. Auf schmalen, schräg übereinander versetzten Regalen an den Wänden rankten sich weitere Pflanzen und bildeten einen Miniaturdschungel.

Unter dem Fenster an der Seite stand das Bett, zudem gab es einen Schreibtisch, weitere Regale, einen Sessel und einen Wandschrank. Ich entdeckte ein paar Schulpokale – Basketball –, zwei Reihen Bücher über Architektur, Sport, Legenden aus der Region und, zu meinem Erstaunen, über Schach. Neben dem Laptop auf dem Schreibtisch lagen zwei von Moniques Notizbüchern. Riesige Fotodrucke an den Wänden zeigten moderne Gebäude in Wald- und Wiesenumgebungen. Das Einzige, was nicht in das Gesamtbild passte, war ein alter Plattenspieler. Ich kannte niemanden, der so ein Ding heutzutage noch besaß.

»Es ist gemütlich. Und ziemlich individuell.« Ich deutete auf die Hängepflanzen.

»Da siehst du die Resultate meines Studiums. Moderne, grüne Architektur. Klare Linien, viele Kontraste.«

»Es gefällt mir. Wirklich.« Ich drehte mich zu ihm um und legte meine Hand an seine Hüfte. Nur schob ich dieses Mal meine Finger unter den Saum seines Shirts. Nathan biss sich auf die Lippe, dann beugte er sich vor und küsste meine Stirn, meine Schläfe, die weiche Haut unter meinem Ohr. Als seine Zähne erst vorsichtig, dann fester über die Stelle zwischen Hals und Schulter streiften, unterdrückte ich ein Stöhnen. Ich bog den Kopf zur Seite, um ihm zu sagen, dass er bloß nicht aufhören sollte, und strich über seinen Bauch. Er zuckte zusammen, dann spürte ich seinen heißen Atem stoßweise auf meiner Haut. Ich fasste sein Shirt, zog es über seinen Kopf und ließ es achtlos fallen. Mein Blick wurde wie magisch von seinem Tattoo knapp über der Hüfte angezogen. Ich berührte es und lächelte, als er eine Gänsehaut bekam.

Er fing meine Hand ein und küsste die Fingerspitzen. »Du machst es mir nicht leicht, Quinn.«

Ich legte beide Hände auf seinen Rücken, spürte die Muskeln dort und ließ sie dann an den Seiten nach unten wandern. »Es sind nur du und ich.« Kein Rat. Keine Konsequenzen.

Nathan streichelte meine Schultern, meine Arme, und als er mich erneut küsste und dabei sanft zum Bett zog, verschwand auch der letzte Schatten zwischen uns. Jetzt war es egal, was wir waren, ob Wandler oder Sdáng, und welche Probleme damit einhergingen.

Wir lagen auf der Seite und sahen uns eine ganze Weile einfach nur an. Nathans Atem ging schnell. Meiner vermutlich auch, ich wusste es nicht, es spielte keine Rolle. Ich streckte eine Hand aus und fuhr mit den Fingern so leicht über seine Brust, dass ich es kaum merkte. Aber er tat es. Ein wenig bedauerte ich, dass er seine Augen schloss, da ich es liebte, wenn die Bernsteinsplitter darin aufblitzten. Aber es war noch faszinierender, wie er auf diese kleine Berührung reagierte.

Seine Haut war weich, aber ich spürte die Härte der Muskeln darunter. Langsam tastete ich mich bis zu seinem Bauch, dann beugte ich mich vor und küsste jede einzelne Stelle, die ich zuvor berührt hatte. Nathan sog scharf die Luft ein und zog mich sanft wieder hoch. Da war es, das Flackern unter den schwarzen Wimpern, und noch etwas anderes. Die Sorge war verschwunden, die Anspannung, das Grübeln, die Schwere, und das fühlte sich fast ebenso berauschend an, wie Seite an Seite mit dem Panther durch die Wälder zu laufen. Jetzt und hier war ich frei und fühlte mich, als würde ich schweben. Jetzt waren es wirklich nur noch wir beide. Und daher brauchte es auch keine weiteren Worte mehr.

Nathan ließ seine Hand langsam auf meinen Rücken wandern und zog mich so nah zu sich heran, dass sich unsere Körper aneinanderpressten. Der Stoff meines Oberteils zwischen uns erschien mir einfach nur falsch, aber der Gedanke verschwand schnell. Nathan küsste mich auf eine Weise, die mir verriet, dass ich nicht mehr zurückkonnte, weil ich fast schon süchtig nach seinen Berührungen war. Ich schlang einen Arm um ihn, den anderen vergrub ich in seinen Haaren, und als er mir irgendwann endlich mein Shirt auszog, atmete ich auf und schloss die Augen.

Damals bei Stan hatte ich mich nackt gefühlt, als wir das erste Mal so auf meinem Bett gelegen hatten. Jetzt war es anders. Ich hätte Nathan jederzeit stoppen können, aber ich wollte das Gegenteil. Ich wollte mehr von ihm. Ich vertraute ihm, und ich hatte nie zuvor etwas Aufregenderes gespürt als seine Haut auf meiner. Oder die sanfte Berührung, mit der er über den Stoff meines BHs strich und nach einer kleinen Unendlichkeit den Verschluss öffnete.

Ich lächelte, als er meine Mundwinkel küsste. Dann blendete ich alles andere aus.

Einige Stunden später saß ich im Vorlesungssaal und hatte Mühe, mich zu konzentrieren, da meine Gedanken immer wieder zu vergangener Nacht schweiften.

»Also zusammengefasst: Mit einem Fluchtpunkt – oder auch mehreren – vergrößert ihr die perspektivische Wirkung und somit die Dreidimensionalität des Artworks. Nächste Woche sehen wir uns das Ganze dann in der Praxis an. Schönen Nachmittag!« Die letzten Worte von Carl Moorlither – mein Dozent im Einführungskurs Gestaltung – gingen im Aufbruchslärm unter. Die meisten Studenten hatten ihre Tablets bereits eingepackt, standen auf und redeten miteinander.

Ich war eine der Letzten, die den Raum verließ, aber ich hatte ohnehin seit Tagen das Gefühl, mit der Welt nicht mehr mithalten zu können, die stets etwas Neues ans Tageslicht brachte, das vor allem düster und unüberwindbar zu sein schien – wie die Tatsache, dass ich in den Augen der Wandler von Vancouver Island eine Gefahr darstellte, sollten sie von mir erfahren. Was nach der großen Feier der Fall sein würde. Nathan und ich hatten bisher noch keine Lösung gefunden, und daher mieden wir das Thema. Er hatte mir zwar versichert, dass mir nichts geschehen würde, aber jetzt lag es nicht mehr allein in unseren Händen.

Zur Sicherheit wollte ich mich über andere Universitäten informieren, auch wenn ich mir nicht mehr vorstellen konnte, an einem anderen Ort zu leben. Oder Nathan nicht mehr sehen zu können. Schon allein die Erinnerung an die Nacht mit ihm ließ meinen Körper kribbeln, als würde er zu neuem Leben erwachen.

Ich war in seinen Armen eingeschlafen, aber leider hatte der Frieden nicht lange angedauert. Ein Albtraum hatte mich nach nur wenigen Stunden geweckt, und Nathan hatte ohnehin wach gelegen. Wir hatten beide gewusst, dass diese Nacht die allgemeine Situation nicht ändern würde. Eine Auszeit, die leider viel zu schnell vorbei gewesen war.

Ich wich einer Gruppe von Leuten aus, ohne wirklich hinzusehen. Auf diese Weise hatte ich den gesamten Tag hinter mich gebracht – halb Zombie, halb Tagträumerin. In Gedanken war ich überall und nirgendwo sehr lange, und das machte die ganze Sache nicht besser. Ich wusste einfach nicht mehr weiter und hatte das Gefühl, in die nächste Sackgasse zu geraten, kaum dass ich aus der entwischt war, in der ich zu lange festgesessen hatte.

»Hey!« Ein hübsches Mädchen mit neongrünen Strähnen in den schwarzen Haaren winkte mir zu. Wir hatten einige Kurse zusammen, aber uns bisher lediglich gegrüßt. »Quinn, oder?«

Ich nickte und versuchte, mich an ihren Namen zu erinnern. Irgendwas, das nicht zu ihren Haaren passte. Rose? Violet?

»Ich bin Scarlett«, sagte sie grinsend.

»Und ich etwas neben der Spur, sorry.«

Scarlett lachte. »Dagegen weiß ich etwas. Heute Abend steigt die große Erstsemesterparty im Frontsaal. Um sieben. Kommst du auch?«

Es fühlte sich an, als würde sie mich in eine Welt einladen, die ich derzeit nur durch eine Glasscheibe beobachtete. Dabei hatte ich mir bei meinem Umzug genau das hier vorgestellt: neue Leute kennenlernen, auf Partys gehen, Spaß haben. Beides meisterte ich eher kläglich. Und so gern ich es auch ändern würde – ich konnte nicht. Nicht, so lange meine Gedanken bei den Problemen waren, von denen ich weder Scarlett noch anderen Studenten erzählen konnte.

»Tut mir leid, aber ich habe schon etwas vor«, sagte ich. »Aber beim nächsten Mal supergern.«

Scarlett zuckte die Schultern, zog einen Kaugummi aus der Tasche und stopfte ihn sich in den Mund. »Du musst es wissen, Baby. Dann bis nächste Woche.« Sie winkte und war verschwunden, bevor ich etwas erwidern konnte. Ihre Antwort hatte skeptisch geklungen. Hatte ich meine Sympathien bereits verspielt?

»Quinn.«

Ich blieb abrupt stehen und blickte auf. Nathan trug ein schwarzes Hemd zu Jeans und Turnschuhen und sah nachdenklich aus. Sein Haar fiel ihm in die Stirn. Es war länger geworden, seitdem ich ihn kannte. Augenblicklich dachte ich wieder daran, wie sich die Nacht mit ihm angefühlt hatte, aber dann schob ich den Gedanken schnell beiseite, ehe ich noch rot anlief.

»Hey.« Normalerweise liefen wir uns nie in diesem Bereich des Campus über den Weg, da seine Kurse in anderen Gebäuden stattfanden.

Eine ganze Weile standen wir einfach nur da und sahen uns an, während sich um uns herum Leute vorbeidrängelten oder uns anrempelten. Es störte mich nicht. Ich war zu sehr damit beschäftigt, mein Herz unter Kontrolle zu halten, das auf einmal losdonnerte.

Er strich sich die Haare zurück. Vergeblich. Fast hätte ich eine Hand ausgestreckt und es selbst versucht.

»Ich habe an dich gedacht, seitdem du gestern gegangen bist.«

Mein Körper fühlte sich auf einmal anders an. Tanzend und biegsam. »Ich habe dich auch vermisst.«

Er berührte mich flüchtig an der Hand. »Ich fahre heute schon nach Winter Harbour«, sagte er schließlich mit einer Stimme, die rau und dunkel zugleich klang. »Einen Tag früher als geplant. Aber die Ratsmitglieder wollen ihre Familien schon dort haben. Einige andere von uns sind auch bereits da.«

»Wegen der … besonderen Umstände.«

Er nickte und sah nicht besonders glücklich aus.

Es gab so viel, das ich ihn fragen wollte, aber es war der falsche Moment. Unsere Zeit lief ab, und wir beide wussten es.

»Das bedeutet, dass Gabriel bald mit dem Rat reden wird. Über mich.«

Er ließ die Arme nicht sinken, sondern riss sie regelrecht nach unten. Offenbar war da eine Menge Energie, die er dringend loswerden musste. Als er mich wieder anblickte, funkelte eine Art Entschuldigung in seinen Augen. »Mir fällt etwas ein. Vertrau mir.«

Zwei schlichte Worte, und ich nickte, ohne an ihnen zu zweifeln. »Das tue ich.«

Nathan nahm meine Hand und hielt sie beinahe zu fest. »Ich wünsche mir so sehr, ich würde einen anderen Weg finden.« Auf seiner Wange zuckte ein Muskel.

Ich berührte die Stelle. »Ich auch.«

Er hielt ganz still und lächelte. Es war eine winzige Bewegung, die vor allem traurig wirkte.

Ich starrte auf seine Hände, die plötzlich nicht mehr mit meinen verschlungen waren. Stattdessen berührte Nathan mich am Kinn, beugte sich vor und hauchte mir hier, mitten auf dem Campus, einen Kuss auf die Lippen. Ich hörte Gemurmel neben uns, ein Mädchen kicherte. Sollte sie! Fast trotzig stellte ich mich auf die Zehenspitzen, schlang beide Arme um seinen Hals und erwiderte den Kuss so heftig, dass er mich auffangen musste. Dann aber küsste er mich ebenso intensiv. Hungrig. Verzweifelt. Ich klammerte mich an ihn und sagte ihm mit jeder Faser meines Körpers, dass er nicht gehen durfte. Dass er hierbleiben sollte, bei mir, um keine Antworten zu finden, die uns letztlich für immer voneinander trennen würden.

Er hob leicht den Kopf. Seine Wimpern streiften meine Haut, ein kaum merkliches Flattern in dem Rausch, der von mir Besitz ergriffen hatte. »Ich möchte dich nicht allein lassen.«

»Keine Sorge. Ich komme schon klar.«

Nathans Bauch vibrierte. »Das habe ich mittlerweile begriffen.« Er berührte meine Schläfe. »Lass uns gehen, bevor wir noch im Internet landen.«

Ich blinzelte einen Teil der Realität zurück und ließ mich von ihm mitziehen, als wäre es das Natürlichste der Welt, Hand in Hand mit Nathan über den Campus zu laufen. Ich wünschte mir, dass alles so einfach wäre. Wir hielten auf den Haupteingang zu und erreichten schließlich den Parkplatz.

Hier blieb Nathan noch einmal stehen und legte beide Hände an meine Wangen. Wir standen so nah beieinander, dass ich mir nicht vorstellen konnte, ihn je wieder loszulassen.

Das dröhnende Geräusch einer Hupe riss mich zurück in die Gegenwart. Ich blinzelte und sah einen dunklen Dodge Charger. Die Fahrertür öffnete sich, und ein Mann stieg aus, ganz in Schwarz und mit einer verchromten Sonnenbrille auf der Nase. Er hatte etwas Förmliches, wirkte distanziert und nicht so, als wäre Small Talk Teil seiner Welt. Sein helles Haar war absurd kurz geschnitten. Ich schätzte ihn auf um die dreißig.

Er hatte nicht einmal den Anstand, so zu tun, als würde er nicht bemerken, wie sehr er störte, sondern zog die Sonnenbrille von der Nase. Wer bitte trug denn bei diesem Wetter Lederhandschuhe?

»Nathan, wir müssen los, wenn wir noch bei dir zu Hause vorbeiwollen, um deine Sachen zu holen.«

»Ich bin gleich da«, sagte Nathan und wandte Mr Black den Rücken zu. »Das ist dann wohl mein Taxi.«

Ich lugte über seine Schulter. »Für einen Taxifahrer sieht der sehr grimmig aus.«

Er bemühte sich, ernst zu bleiben. »Er arbeitet für meinen Dad. Aber bitte häng das nicht an die große Glocke.«

Ich war empört. »Wenn ich alles an diese Glocke hängen würde, was ich über dich weiß und niemandem sagen darf, würde sie unter der Last zusammenbrechen.«

»Stimmt«, sagte er und küsste mich auf die Nase. »Bleib ruhig. Solange die Wandler in Winter sind, bist du sicher. Ich rede noch mal mit Blaise und nach der Feier mit Dad. Sobald es Neuigkeiten gibt, melde ich mich.«

»Verstehe«, flüsterte ich. »Viel Glück.«

Unendlich langsam ließ er mich los, drehte sich um und ging zur Beifahrertür, ohne mit dem Fahrer ein Wort zu wechseln. Ehe er einstieg, sah er noch einmal zu mir. Ich rang mir ein Lächeln ab, schulterte meine Tasche und machte mich auf den Weg, da ich nicht diejenige sein wollte, die zurückblieb.

Ich wünschte, wir hätten noch über alles reden können. Es war so vieles ungesagt geblieben, und das ließ meinen Magen rumoren. Ich musste versuchen, runterzukommen und das Ganze positiver zu sehen. Mir blieb noch ein wenig Zeit, bis möglicherweise ein Kopfgeld auf mich ausgesetzt wurde und ich die Insel oder sogar British Columbia verlassen musste. Wundervolle Aussichten!

Ich warf einen Blick auf die Uhr. Tohmah arbeitete noch, und Belle war heute mit der Klapperkiste unterwegs. Gestern hatte sie vorsichtig angemerkt, dass ich mir mit einem Nebenjob vielleicht einen eigenen Wagen leisten könnte. Das stimmte, ich konnte ihr nur schlecht sagen, dass ich jetzt keine Zeit für einen Job hatte, weil ich damit beschäftigt war, als Luchs durch die Gegend zu rennen oder um mein Leben zu fürchten. Oder in etwas hineinzuschlittern, das sich vage nach einer Beziehung anfühlte und mein Herz regelmäßig dazu brachte durchzudrehen.

Wenn alles hart auf hart kam, wäre das eine Lösung: Ich erzählte Belle alles, sie erzählte es einem Arzt, und ich würde in der geschlossenen Abteilung einer Klinik landen, wo mich die Wandler nur schwer in die Finger bekommen könnten.

Bis dahin … ich zog mein Handy aus der Tasche und wählte Sams Nummer.

»Hast du Hunger?« Sam sah so locker aus, als hätten wir den Nachmittag auf dem Sofa verbracht, lediglich seine Haare waren ein wenig verschwitzt.

Ich hasste ihn einige Sekunden lang dafür, denn mein Atem ging schnell, und ich versuchte, ihn flach zu halten, um mir keine Blöße zu geben. Als er mich fragte, ob ich Lust hätte, laufen zu gehen, hatte ich sofort zugesagt. Meine Runden hatte ich in den vergangenen Wochen schmählich vernachlässigt. Es hatte ganz gut angefangen, doch das Gelände war nach einer Weile stark angestiegen und kurz darauf wieder abgefallen, was ich auf meinen Strecken nicht gewohnt war. Aber ich hatte mir vorgenommen, mit Sam mitzuhalten, und das auch geschafft.

»Ein wenig«, sagte ich so ruhig wie möglich, auch wenn mein Herz in meiner Brust donnerte, als hätte es kaum Platz. »Was zu trinken wäre auch nicht schlecht.«

Ein feines Lächeln zog über sein Gesicht. »Nicht übel, Quinn. Ich habe eine ganz gute Kondition, und ich bin ziemlich am Ende.« Er lief etwas schneller und schloss die Tür auf.

Sein Handy begrüßte uns mit einem Summton, als wir in die

Diele traten. Sam zählte zu den wenigen Menschen, die es nicht immer mit sich herumschleppten, da er keine Lust hatte, sich davon kontrollieren zu lassen. Auch jetzt zog er erst die Schuhe aus, ehe er einen Blick darauf warf.

»Unbekannte Nummer.« Er zuckte die Schultern und nahm den Anruf entgegen. »Sam Tafoya.« Er erstarrte. »Wo bist du?«

Bestürzung schlich sich auf sein Gesicht, vielleicht auch Sorge. So alarmiert hatte ich ihn noch nie gesehen. Verschiedene Szenarien zogen durch meinen Kopf, einige hatten mit Nathan zu tun, andere mit Maya, wieder andere mit mir.

»Was ist los?«, flüsterte ich.

Er runzelte die Stirn, während er weiter zuhörte. »Beruhige dich. Und bleib, wo du bist, ich fahre sofort los und hole dich ab. Halt dich versteckt. Du kennst mein Auto?« Er hörte wieder zu und fuhr mit den Fingernägeln über eine Rille neben dem Türrahmen. »Alles wird gut. Ich bin so schnell wie möglich da.«

Er legte auf und drängte sich an mir vorbei ins Wohnzimmer. Noch im Gehen warf er das Handy auf den Tisch und zog sein feuchtes Shirt aus.

»Tut mir leid, Quinn, ich muss kurz weg. Ich zieh mich nur schnell um.« Schon war er im Schlafzimmer.

Ich dachte nicht daran, jetzt seine Privatsphäre zu respektieren, und folgte ihm. »Was ist passiert? Wer war das? Ist etwas mit Nathan?«

Er zog ein frisches T-Shirt über, stieg aus der Hose und schnappte sich eine Jeans. »Ich erzähl es dir später.«

Es hatte eindeutig etwas mit den Tribes oder den Sängern zu tun, und ich würde mich nicht abwimmeln lassen. »Ich komme mit.

Gib mir nur ein paar Sekunden.« Damit ging ich ins Wohnzimmer, wo meine Klamotten lagen, und schlüpfte in Windeseile aus meinen Sportsachen und in Jeans und Bluse.

Sam erschien im Türrahmen, als ich gerade in die Diele ging, um meine Schuhe anzuziehen, und musterte mich. »Also gut. Du bleibst in meiner Nähe. Keine Alleingänge und erst recht keine Verwandlung. Ich weiß nicht genau, was uns erwartet.«

Schon war er aus der Tür, und ich folgte ihm. Er schloss ab, stieg in den Wagen und ließ den Motor an. Wir rollten bereits los, als ich noch nach dem Anschnallgurt griff.

»Sag schon. Was ist los?«

»Das war Isra Thrush.«

Ich fuhr herum. »Die Sängerin von Nathans Cousin?«

Sam nickte, sein Kiefer mahlte – er war an dem Punkt angelangt, Aufregung zu zeigen.

In meinem Kopf wirbelten die Gedanken durcheinander, und ich ließ mich tiefer in den Sitz sinken. Wenn diese Isra wiederauftauchte, würden wir vielleicht auch Maya finden! Hoffnung strömte durch meinen Körper und brachte eine Energie mit, die mich unruhig hin und her zappeln ließ.

»Was hat sie gesagt? Wo ist sie?«

»In der Nähe einer Bar außerhalb der Stadt. Sie war zu verängstigt, um viel zu reden. Wir holen sie ab und sehen dann weiter.«

Also wussten wir nichts. Ich knetete meine Finger, starrte aus dem Fenster und betrachtete die Häuserreihen mit den winzigen Vorgärten. In einem spielten zwei Kinder miteinander, direkt an der Straße und doch sicher hinter dem Holzzaun. So viele Menschen lebten Seite an Seite mit Gefahren, die für sie unsichtbar oder nicht einschätzbar waren, und ihnen blieb nichts anderes übrig, als dort für Sicherheit zu sorgen, wo sie Einfluss hatten. Wir alle hatten uns so daran gewöhnt, nur auf unsere unmittelbare Umgebung und unsere eigene kleine Welt zu achten, da uns der Blick über den Tellerrand heillos überfordern würde.

Nach einer Weile bog Sam auf den Highway ab und hielt sich Richtung Flughafen. Ich entdeckte zwei silbrig glänzende Maschinen in der Luft und dann die lang gezogenen Grasflächen mit den flachen Gebäuden. Wir passierten die Abfahrt und fuhren weiter nach Süden. Erst als das Wasser des Stuart Channels eine Weile links von uns schimmerte, fuhren wir ab. Vor uns tauchte ein mit Baumstämmen beladener Truck auf, und Sam ging vom Gas.

»Das ist die Comox Logging Truck Road«, sagte er. »Wenn wir noch ein Stück fahren, kommen wir zu einer Bar. Isra wartet im Wald in der Nähe und beobachtet den Parkplatz.« Er scherte kurz aus, um eine bessere Sicht zu haben, ging dann aufs Gas und zog scharf vorbei. Uns kam ein Wagen entgegen, der natürlich nicht daran dachte, langsamer zu werden. Es war zwar knapp, aber Sam lenkte rechtzeitig wieder auf die rechte Spur zurück. Der Truck hinter uns hupte.

Hin und wieder taten sich im Wald zu beiden Seiten tiefe Schneisen auf, wo die Räder der Holztransporter Rillen in den Boden gefräst hatten. Einzelne Baumstämme oder umgeknickte Bäume rahmten sie ein. Der Anblick erinnerte mich jedes Mal an eine Wunde, die mit wenig Feingefühl in den Wald geschlagen worden war. Was würden die Wandler tun, wenn die Gebiete, in denen sie sich unerkannt aufhielten, zunehmend schrumpften? Würden sie es hinnehmen und sich immer weiter zusammenrotten? Oder würden sie es wagen, an die Öffentlichkeit zu treten? Das wäre ein größeres Risiko, eine Art Roulette, denn es konnte sowohl ihre Rettung als auch ihre vollständige Auslöschung bedeuten.

»Da vorn ist es.« Sam deutete auf ein schäbiges Gebäude. Es sah aus, als hätte jemand in aller Eile vier Wände hochgezogen und mit einem Wellblechdach versehen. Über der Tür blätterte der Schriftzug *Logging Inn* vor sich hin, auf Reklame oder eine Infotafel hatte man vollkommen verzichtet. Der Parkplatz neben dem Inn war allerdings riesig, sein Untergrund aufgewühlt. Ich zählte drei riesige Trucks und mehrere Geländefahrzeuge.

Sam fuhr langsamer und bog hinter dem Parkplatz in einen schmalen Weg ein, der nach kurzer Fahrt abrupt aufhörte. Er stellte den Motor ab, wir stiegen aus und sahen uns um. Hinter uns rauschte ein Lastwagen vorbei, der Luftzug war deutlich zu spüren.

Ich starrte in den Wald. »Und nun? Sollen wir sie rufen?«

»Nein.« Sam schob die Hände in die Taschen und drehte sich einmal um sich selbst. »Ich weiß nicht, was los ist. Vielleicht ist jemand hinter ihr her. Wir warten besser, bis sie uns findet.« Er lehnte sich an die Wagentür, und ich folgte seinem Beispiel.

Es dauerte nicht lange, bis ich jemanden zwischen den Bäumen entdeckte – oder vielmehr etwas, einen Schimmer, der dort nicht hingehörte.

»Sam«, flüsterte ich.

»Ich hab es gesehen.« Er blieb, wo er war.

Ich behielt den hellen Fleck im Auge. Er bewegte sich, dann trat eine Frau näher, schmal und mit kinnlangen, braunen Haaren. »Sam.«

Er sah nur kurz auf und öffnete dann die Hintertür. »Isra, ich bin so froh, dich zu sehen. Das ist Quinn, sie ist auf unserer Seite, keine Sorge. Los, steig ein.«

Sie huschte an mir vorbei und war im Inneren des Wagens verschwunden, ehe ich Hallo sagen konnte.

Sam schlug die Tür zu, wir stiegen ebenfalls ein, und er fuhr los – nicht zurück nach Nanaimo, sondern in die entgegengesetzte Richtung. »Wir fahren einen kleinen Umweg.«

Ich nickte, wandte mich um und hielt Isra eine Hand hin. »Ich bin Quinn. Hast du Durst oder Hunger?« Als sie nicht reagierte, ließ ich die Hand wieder sinken.

Isra sah mitgenommen aus. Ich schätzte sie auf ein paar Jahre älter als ich. Ihr schmales Gesicht war mit Kratzern übersät, von denen manche frischer und tiefer wirkten als andere. Unter ihren Augen lagen dunkle Ringe, Haut und Kleidung waren verdreckt. Am linken Bein ihrer Stoffhose war ein Riss, der sich bis zum Knie zog. Isra hatte beide Arme eng an den Körper gepresst. Ihr Blick huschte von mir zu Sam und wieder zurück. Ich roch getrockneten Schweiß, Erde und Schmutz.

»Ich bin eine Freundin von Nathan. Und ein Rotluchs«, versuchte ich es noch einmal. Es war besser, ihr zu sagen, dass ich als Wandler auf ihrer Seite stand, als ihr alles oder gar nichts zu verraten. Und schließlich war es nur eine halbe Lüge.

Das schien Isra allerdings noch misstrauischer zu machen. »Warum kenne ich dich dann nicht?«

»Weil ich es bis vor Kurzem selbst nicht wusste. Ich wohne noch nicht lange hier auf Vancouver. Man hat mich in einem Waisenhaus abgeliefert, als ich ein kleines Kind war.« Ich erkannte nicht, ob sie mir glaubte, aber immerhin entspannte sie sich ein wenig. Ihre Schultern sackten nach unten.

»Danke, dass du gekommen bist, Sam. Ich habe versucht, Nathan zu erreichen, aber er geht nicht ran.«

»Er ist bereits auf dem Weg nach Winter Harbour und hat vermutlich keinen Empfang. Aber was ist genau passiert?« Sam mussten tausend Fragen auf der Zunge brennen. Ich bewunderte ihn einmal mehr für seine Selbstkontrolle.

Isra sank ein Stück weiter in sich zusammen. »Ich weiß es nicht. Da waren Männer und … ich … sie haben mich mitgenommen. Ich kannte sie nicht.«

»Was ist mit …«

»Zach? Er lebt noch, und er nimmt immer wieder seine Tiergestalt an. So wie jetzt. Ich spüre die Verbindung, aber sie ist … verschwommen. Als läge etwas darüber, das ich nicht durchdringen kann. Vielleicht haben sie ihn betäubt.« Sie wischte sich über das Gesicht, und ich sah, dass sie weinte.

In Zeitlupe nahm ich die Papiertaschentücher aus der Ablage vor mir. Etwas sagte mir, dass Isra zu schnelle Bewegungen im Moment nicht ertrug. »Hier.«

Sie starrte mich an, griff dann aber nach der Packung. »Sie haben mich im Wald geschnappt. Ich war auf der Suche nach Zach, weil ich gespürt habe, dass etwas nicht stimmte. Auf einmal war da jemand hinter mir, mir wurde etwas über den Kopf gezogen und …« Sie fuhr sich mit einer Hand durch die Haare. Etwas Dunkles rieselte nach unten. Vielleicht Dreck, vielleicht aber auch getrocknetes Blut. »Sie haben mich weggebracht und in eine Art Zelt gesteckt. Später wollten sie mich in eine Hütte umsiedeln. Es waren … mehrere Männer.«

»Wie viele?«

»Ich weiß es nicht. Vielleicht fünf. Ziemlich kräftig. Und zwei Frauen. Zumindest habe ich sie gehört, gesehen habe ich nur eine mit langen blonden Haaren. Es klang so, als hätte sie das Sagen.«

»Eine blonde Frau?« Ich horchte auf und dachte an den Tag mit Nathan an den Klippen. Dort hatte ich auch zwei Frauen gesehen, da war ich mir mittlerweile sicher. Eine war blond gewesen, die andere dunkelhaarig.

»Kannst du sie näher beschreiben?«

Isra schüttelte den Kopf.

»Schon gut«, sagte Sam sanft. »Erzähl weiter.«

»Eines Morgens haben mich mehrere Kerle in ein Auto verfrachtet und sind mit mir losgefahren. Als wir anhielten ...« Sie schluckte hart. »Ich habe ihnen vorgespielt, pinkeln zu müssen und vor lauter Angst halb ohnmächtig zu sein. Vielleicht haben sie es geglaubt, sie waren nicht sehr aufmerksam. In der Nähe war ein Hang, ziemlich steil, aber ich bin einfach gesprungen und dann nur noch gerannt.«

Das erklärte vermutlich zum Teil ihre Blessuren.

»Ich bin eine ganze Nacht und fast einen Tag lang durchgelaufen, bis ich endlich diese Straße erreicht habe. Dann habe ich die Telefonzelle entdeckt und beobachtet, aber ich ... ich brauchte eine Weile, bis ich mich getraut habe, jemanden nach Geld zu fragen.«

»Hast du andere Sänger oder Wandler gesehen, die ebenfalls entführt wurden?«, fragte ich sie.

Isras Blick wurde abweisend. Sie traute mir noch immer nicht. »Warum?«

»Weil mehr Leute verschwunden sind. Zum Beispiel Maya Westcott. Oder ihre Sängerin.«

Isra starrte in den Rückspiegel, wo ihr Blick sich mit Sams traf. »Elenia auch?«

»Unter anderem, ja.« Er streckte eine Hand nach hinten. Isra ergriff sie und klammerte sich regelrecht daran fest. Ihre Finger waren weiß.

»Mach dir keine Sorgen, Isra. Du kannst vorläufig bei mir bleiben. Jetzt duschst du erst einmal und isst etwas, dann erzählst du uns, was dir noch einfällt. Ich gebe Nathan Bescheid.«

»Ja«, sagte sie und richtete sich wieder auf. »Das solltest du tun.«

Ich starrte auf die Straße. Sam hatte das Gaspedal durchgedrückt, aber er fuhr mir trotzdem nicht schnell genug.

# Kapitel 25

## QUINN

Ich lief vom Fenster zum Sofa, machte nach wenigen Schritten kehrt und lief zurück, während ich Sam beobachtete, der sein Handy ans Ohr presste und lauschte. Mittlerweile war es Nachmittag, und jede einzelne Sekunde des Wartens fiel mir schwer. Warum hatte ich ihn nicht einfach gebeten, das Gespräch auf Lautsprecher zu stellen?

Isra saß auf dem Sofa, nicht mehr so zusammengekauert wie zuvor, obwohl sie uns wachsam beobachtete und auch immer wieder einen Blick auf den Laptop warf, der die Bilder der Kameras rund um den Schrottplatz zeigte. Sie hatte geduscht und trug ein Shirt von Sam, das sie noch schmächtiger wirken ließ. Zuvor hatte sie Patricia angerufen, die Stellvertreterin des Obersten der Sänger.

Endlich legte Sam auf, ging zum Fenster und starrte hinaus, als könnte er die Lösung für alles dort draußen finden.

»Sam?«

Er wandte sich um. »Entschuldigt. Nathan hat mit seinem Vater gesprochen und ihm erzählt, dass Isra hier ist. Sie soll nach Winter

Harbour kommen, und zwar so schnell wie möglich. Zudem ist er davon überzeugt, dass wir sie begleiten sollten. Wir beide.«

Ich riss die Augen auf. Damit hatte ich nicht gerechnet. Ergab das Sinn?

Sam seufzte nur und wandte sich dann an Isra. »Wir wissen nicht, wer diese Männer und die beiden Frauen sind, die dich entführt haben, Isra. Und vor allem wissen wir nicht, ob sie wieder in Nanaimo auftauchen, weil sie es zum einen auf weitere Wandler abgesehen haben ...«

»Und zum anderen«, ergänzte ich düster, »weil sie nun wissen, dass du sie identifizieren könntest, und sie das um jeden Preis verhindern wollen.«

Isra wurde blass, aber sie schwieg.

Sam nickte. »Sämtliche Wandler werden morgen in Winter Harbour sein. Wenn diese Männer dich suchen, Isra, dann ist das der sicherste Ort für dich.«

Unter normalen Umständen könnte sie zur Polizei gehen. Aber die Umstände waren eben nicht normal.

Sie nickte zögernd. »Ich sollte mit dem Rat reden. Wenn du willst, können wir sofort los.«

An ihrer Stelle hätte ich auch keine Minute länger in Nanaimo bleiben wollen. Die Arme musste sich wie bei einer Jagd fühlen, und sie war das Ziel.

Ich sah von ihr zu Sam. »Und Nathan ist sicher, dass ich ebenfalls mitkommen soll?«

»Er glaubt zumindest, dass du vorläufig dort sicherer bist als hier. Zumindest bis zur Feier.«

Mein Mut sank. »Sam ...«

Er drehte sich um, trat auf mich zu und nahm meine Hand. »Ja, es ist eine kurzfristige Entscheidung. Und vielleicht sieht die ganze Sache heute Abend oder morgen früh schon wieder anders aus. Aber nach Isras Flucht ist es hier einfach zu gefährlich. Für jede Art von Wandler. Wir wissen nicht, wo sich die Entführer aufhalten. Ob sie eine Spur haben, weil sie Isra gefolgt sind. Du könntest bei mir bleiben, wenn wir Isra abgeliefert haben, aber ich weiß nicht, ob ich dich beschützen kann. Nathan weiß, was er tut. Vertrau ihm.«

Ich nickte. »Also gut.«

»Wovon redet ihr eigentlich?« Isra sah verwirrt aus, und ich konnte es nachvollziehen.

Sam winkte ab. »Zerbrich dir darüber nicht den Kopf. Quinn ist ein Sonderfall, den wir noch klären müssen.«

Womöglich lag es an der Überzeugung in seiner Stimme oder daran, dass sie den Sonderfall damit begründete, dass ich erst vor Kurzem von meinen Fähigkeiten erfahren hatte. Vielleicht hatte sie aber auch genügend andere Probleme, sodass sie nicht weiter nachhakte. Sie nickte nur und schien mit den Gedanken schon wieder ganz woanders zu sein.

Damit war es wohl beschlossen. Ich würde mich in die Höhle der Löwen begeben, da Winter Harbour der sicherste Ort für mich war – zumindest bis die Blaise-Geschwister mich nach der Feier verrieten. Manchmal war das Leben nicht nur ironisch, sondern drehte völlig durch.

»Eines noch«, sagte ich. »Nathan hatte den Verdacht, dass die Berglöwen vielleicht hinter den Entführungen stecken.«

Isra starrte zu Boden. »Das waren ganz sicher keine Berglöwen.«

»Aber könnten sie die Männer engagiert haben?«

»Quinn.« Sams Blick verriet, dass ich diesen Gedanken lieber nicht laut weiterspinnen sollte, um Isra nicht zu Tode zu ängstigen, bevor sie sich von allem erholt hatte, was sie durchmachen musste. Er gab mir einen Wink, und ich folgte ihm wie beiläufig zur Tür.

»Wenn wir in Winter ankommen, lautet die offizielle Version weiterhin, dass du ein Rotluchs bist und erst jetzt davon erfahren hast, weil du adoptiert wurdest«, sagte er leise. »So gibt es keinen Aufschrei unter den Wandlern, weil ich einen ganz normalen Menschen mitschleppe – abgesehen davon würden sie dich in dem Fall sofort wieder wegschicken.«

»Verstanden.« Meine Stimme krächzte leicht. »Hat Nathan auch schon einen Plan, wie er mich wegschaffen will, wenn die Wahrheit herauskommt?«

Sam zögerte, und das verriet alles, was ich wissen musste und doch nicht hören wollte. »Er hofft, dass er seinen Vater umstimmen und so den Rat beeinflussen kann. Edmund Blaise wird sicher der größte Gegner sein, aber Nathan will auch noch einmal mit Gabriel reden. Unter vier Augen. Er meinte, Gabriel wäre zugänglicher als Joanna oder sein Vater.«

Ich dachte daran, wie wir uns im Wald gegenübergestanden hatten. Gabriel hatte Nathan und mir immerhin eine Schonfrist zugesagt. Vielleicht konnte Nathan ihn wirklich überzeugen. Ihn und die anderen.

»Also gut. Fahren wir. Ich schicke Belle eine Nachricht, dass ich bei einer Freundin bin. Aber wir sollten Tohmah mitnehmen.« Ich würde mich an seiner Seite sicherer fühlen und hoffte, dass Sam einverstanden war.

»Gute Idee.«

»Moment mal«, mischte sich Isra ein. »Tohmah? Tohmah Arcand? Was hat er damit zu tun?«

Es brachte nichts, um den heißen Brei herumzureden. »Er ist mein Sänger.«

»Wie das? Ich dachte, du stammst nicht von hier.«

»Das ist wie gesagt eine längere Geschichte. Vielleicht erzähle ich sie dir später. Einverstanden?«

Sie blinzelte. »Einverstanden.«

Zum ersten Mal in meinem Leben machten mich die Bäume aggressiv. Die Reihen schienen kein Ende zu nehmen, und ich riss mich zusammen, um halbwegs ruhig sitzen zu bleiben. Die Tachonadel zitterte, und obwohl ich wusste, dass Sam wirklich das Äußerste aus dem Wagen herausholte, hätte ich ihn am liebsten aufgefordert, schneller zu fahren. Immer wieder schloss ich die Augen, dachte an Nathan und erinnerte mich an seine Küsse, die mich innerlich wärmten.

Tohmah berührte mich an der Schulter. »Versuch dich zu entspannen. Und das meine ich nicht als Floskel. Ich glaube wirklich, dass es kontraproduktiv wäre, wenn wir in Winter Harbour ankommen und du den ersten Wandler anbrüllst, den du triffst.«

»Haha«, sagte ich und drehte mich zu ihm um. Er war im Halbdunkel kaum zu erkennen, aber ein Teil seiner Ruhe ging trotzdem auf mich über. Dankbar tastete ich nach seiner Hand und drückte sie. Isra neben ihm war eingeschlafen, ihr Kopf rollte bei jeder Unebenheit von einer Seite auf die andere. Sie musste vollkommen erschöpft sein. Auf dem Weg zu Tohmah hatten wir an einer Imbissbude gehalten, und ich hatte zugesehen, wie diese schmächtige Person eine riesige Portion Fish and Chips verdrückte und mit drei Dosen Canada Dry nachspülte.

»Denkst du, wir kommen rechtzeitig?«, fragte ich Tohmah mit trockener Kehle. »Was ist, wenn Isra mit ihrer Befürchtung recht hat? Wenn diese Entführer durchdrehen, weil eine ihrer Geiseln abgehauen ist, und den anderen etwas antun?«

»Sie haben weder Isra noch Zachary getötet. Es gibt keinen Grund, warum sie den anderen etwas antun sollten. Wir finden Maya.«

Ich drückte seinen Arm, ein stummer Dank, dann sah ich wieder nach vorn. Laut meiner Berechnung würden wir bis zu unserem Zwischenhalt in Port Hardy noch mindestens eine Stunde unterwegs sein und gegen Mitternacht ankommen. Also versuchte ich, mir ein Beispiel an Isra zu nehmen, und schloss die Augen. Ich musste wirklich eingeschlafen sein, denn als ich sie wieder aufschlug, standen wir an einer Tankstelle.

Sam und Tohmah traten aus dem Verkaufshäuschen, beladen mit Getränken und Snacks. Ich beugte mich vor und stieß die Fahrertür für Sam auf.

»Nervennahrung«, sagte er und ließ alles auf den Sitz fallen.

Ich hatte keinen Hunger, schnappte mir aber eine Tüte Chips und reichte eine zweite nach hinten. Kurz darauf waren wir wieder unterwegs. Ich starrte in die Schwärze und war so angespannt, als stünde ich einem Rudel Berglöwen gegenüber.

»Wie ist es so in Winter Harbour?«, fragte ich Sam, als ich es nicht mehr aushielt. Sein Gesicht wurde vom Schimmer der Anzeigen am Armaturenbrett schwach beleuchtet.

»Zunächst einmal werden wir abgefangen, bevor wir überhaupt einen Schritt hineinsetzen können. Und das ist auch gut so. Der Ort wird rund um die Uhr bewacht.«

Ich erinnerte mich, dass Nathan so etwas erwähnt hatte. »Denkst du, sie lassen uns ohne Weiteres durch?«

»Unter normalen Umständen? Mich und Isra, ja. Tohmah vielleicht. Um dich mache ich mir Sorgen.«

Ich schenkte ihm das künstlichste Grinsen in ganz Kanada. »Lass das, Sorgen mache ich mir schon genug.«

»So wie ich«, kam es von hinten.

Ich legte eine Hand auf die Mittellehne. Augenblicklich spürte ich die Wärme von Tohmahs Haut, der sich nach vorn gebeugt und eine Hand nach mir ausgestreckt hatte, dann legte Sam seine Finger auf unsere. Nach kurzem Zögern spürte ich ein weiteres Gewicht, federleicht, aber es brachte unsere Hände dennoch zum Schwingen. Isra.

»Wir kriegen das hin«, sagte Tohmah. »Zur Not warten Quinn und ich am Ortsrand.«

Stille antwortete, aber ich wusste, dass ich mich auf jeden Einzelnen in diesem Wagen verlassen konnte, selbst auf Isra. Und das war die größte Waffe, die wir besaßen.

Ich lockerte meine Gliedmaßen, die von der langen Fahrt schmerzten, und streckte die Schultern durch. Fast konnte ich das Tattoo in meinem Nacken spüren.

»Da sind sie«, sagte Sam plötzlich und ging vom Gas.

Ich verengte die Augen, konnte aber nichts erkennen. »Wo?«

»Links von uns. Sie werden sich zeigen, wenn wir weiterfahren.« Er ließ den Wagen ausrollen, und tatsächlich lösten sich zwei Schatten aus dem Dickicht und stellten sich auf den Weg, der von schwachem Licht aus der Ferne, vermutlich aus dem Ort, erhellt wurde. Ich konnte nicht erkennen, ob sie bewaffnet waren.

»Nur zwei?«

»Nur zwei, die sich zu erkennen geben und zur äußeren Kontrolllinie gehören. Ich denke, im Zuge der Feier wird die gesamte Grenze bewacht sein.« Er stellte den Motor aus, schnallte sich ab und stieg aus. »Tohmah kommt mit. Ihr bleibt im Wagen.«

Ich beobachtete, wie sie sich den Wachen näherten. Eine Frau und ein Mann, beide unauffällig.

»Kennst du die zwei?«, fragte ich Isra.

»Nein, aber das muss nichts heißen. Ich habe nicht so viel mit den anderen Tribes zu tun.« Ihr Tonfall war angespannt.

Sam redete eine Weile auf die beiden ein, dann wandte er sich um und winkte uns zu. Ich öffnete die Tür und stieg aus, Isra rührte sich nicht. Ich dachte an die geschärften Sinne der Wandler – keine Chance, dass ihnen die Person auf der Rückbank entgangen war. Aber vielleicht genügte es, wenn sie mich zu Gesicht bekamen.

»Hi«, sagte ich und hob eine Hand.

Die Frau reagierte nicht und behielt weiter den Wagen im Auge, der Mann dagegen bedeutete mir, stehen zu bleiben.

»Heb deine Jacke an und dreh dich um.«

Ich war erstaunt. Glaubte er wirklich, dass wir hier bewaffnet auftauchten? Trotzdem tat ich, was er sagte, und ließ zu, dass die Frau mich abtastete. Sie blieb anschließend dicht vor mir stehen. Wir waren ungefähr gleich groß, und ihre Nasenspitze war nur wenige Fingerbreit von meiner entfernt.

»Wer bist du? Und was?«

»Mein Name ist Quinn, ich bin ein Rotluchs. Ich habe es erst vor Kurzem erfahren, weil ich als Kind adoptiert worden bin. Möchtest du, dass ich mich zum Beweis verwandle?«

»Rotluchs, und nichts davon gewusst? Interessant.« Sie trat einen Schritt zurück und bedachte mich mit einem Blick, der verriet, dass ich mir keine neue Freundin geschaffen hatte. Zu welchem Tribe sie wohl gehörte? »Wer ist der Vierte im Wagen?«

»Eine Sängerin«, sagte Sam.

»Ich will sie sehen.« Der Typ stapfte los, und ich konnte mir vorstellen, wie das auf Isra wirken musste. Erst wurde sie von irgendwelchen Typen entführt, und nun kam dieser ein Meter achtzig große Wachmann in Cargohosen und mit fingerlosen Lederhandschuhen auf sie zu.

Ich verstellte ihm den Weg. »Sie hat Angst.«

Er blieb stehen und drehte sich zu der Frau um. Ihr Lächeln gefiel mir ganz und gar nicht.

»Du tauchst hier auf, gehörst angeblich zu einem der Tribes, ohne etwas davon gewusst zu haben, und stellst Forderungen? Ist dir eigentlich klar, dass du in der Hierarchie damit recht weit unten rangierst?«

»Das klingt nach Berglöwin«, sagte ich und sah Tohmah flüchtig grinsen.

Die Frau warf den Kopf in den Nacken und lachte. Dieses Mal klang es echt. »Falsch, ich bin ebenfalls ein Rotluchs. Möchtest *du*, dass ich mich zum Beweis verwandle?«

Ich musterte sie eingehend. »Nein, ich glaube dir auch so.« Sam nickte mir zu, also redete ich schnell weiter. »Das im Wagen ist Isra Thrush, die Sängerin von Zachary …« Mist, ich kannte nur seinen

Vornamen. Aber es genügte, denn die Frau starrte zum Wagen, als hätte sie einen Geist gesehen.

»Eine verschwundene Sängerin ist wieder aufgetaucht? Wo steckt Zach?«

»Wir wissen es nicht«, sagte Sam und trat zu uns. »Isra ist entkommen, kann aber nicht sagen, wer sie entführt hat. Es waren Unbekannte. Daher wollen wir ja mit dem Rat reden.«

Die Frau überlegte, dann zog sie ein Handy aus der Tasche. »Ich gebe Nathan Bescheid, dass ihr hier seid. Du achtest auf sie«, sagte sie zu dem Mann, wandte sich ab und telefonierte.

Sosehr ich mich auch anstrengte, ich konnte nichts verstehen. Nachdem sie aufgelegt hatte, blieb sie, wo sie war. Nach einer Weile rief sie etwas und winkte in die Richtung, in der Winter Harbour liegen musste.

Mein Herz setzte aus, nur um augenblicklich zu hüpfen. »Nathan!«

Wenn er sich Sorgen machte, dann verbarg er das gut. Er grüßte die beiden Wachen und kam mit energischen Schritten auf uns zu. »Quinn, Sam, Tohmah! Gut, dass ihr hier seid.«

Statt einer Antwort fiel ich ihm um den Hals. Es war mir egal, wie das aussehen musste, ich war einfach nur froh, ihn zu sehen. Nathan stand zunächst still, dann aber lachte er leise und erwiderte die Umarmung.

»Alles okay?«, flüsterte er in mein Ohr. »Sorry, dass ich euren Besuch noch nicht offiziell gemacht habe. Aber der Rat hätte verbieten können, eine Fremde reinzulassen. Jetzt, da ihr schon hier seid, kann ich die Ratsmitglieder besser überreden.« Er zuckte die Schultern. »Wo ist Isra?«

Ich nickte, dann deutete ich zur Seite. »Im Wagen.«

Er ließ mich zögernd los und ging darauf zu. Zunächst geschah nichts, dann öffnete sich die Tür, und Isra stieg aus – noch immer bleich, aber deutlich gefasster als zuvor.

»Hey, Nate.«

# Die Jahresfeier

Einmal jährlich kommen die Wandler aller auf Vancouver Island lebenden Tribes in Winter Harbour zu einer großen Feier zusammen. Sie unterstreicht den Frieden, der heute zwischen ihnen herrscht, und soll an vergangene Zeiten erinnern, in denen sich die Tribes untereinander bekämpften. Dabei dient die Jahresfeier als Mahnung, dass das Überleben jedes Einzelnen nur durch ein friedliches Miteinander gewährleistet werden kann.

# Kapitel 26

## NATHAN

Nachdem Isra ihren Bericht beendet hatte, nahm ich sie in den Arm und war einfach nur froh, sie unversehrt zu wissen. Und Zach lebte! Auch wenn wir ihn nicht erreichen konnten oder wussten, wo er war. Aber weder Sänger noch Wandler brauchten einen anderen Beweis, solange das Band zwischen ihnen existierte. Mein Cousin würde zurückkehren, die Verantwortlichen finden und ihnen den Hintern aufreißen. Die Vorstellung hob meine Laune.

Quinn beobachtete uns, und ich zwinkerte ihr über Isras Kopf hinweg zu. Verdammt, ich wünschte, sie hätte nicht herkommen müssen, aber momentan konnte ich einfach nicht einschätzen, wie groß die Gefahr in Nanaimo war. Größer als hier? Ja, wenn ich es schaffte, ihre wahre Identität noch eine Weile geheim zu halten. Nein, wenn ich daran scheiterte. Zumindest Blaise hatte sein Wort gegeben. Er war zwar ein Idiot, aber in diesem Fall glaubte ich ihm. Immerhin bemühte er sich um Ehre. Vermutlich, weil er sonst nicht viel aufzuweisen hatte.

»Mein Vater möchte mit dir reden«, sagte ich zu Isra. »Und zwar jetzt gleich. Du solltest aber besser hier warten, damit dich sonst niemand sieht. Mittlerweile wissen alle Wandler über dich und die anderen Vermissten Bescheid, und einige Tribe-Mitglieder sind bereits eingetroffen. Wenn du jetzt im Ort auftauchst, würde das zu viel Aufmerksamkeit erregen, weil bestimmt jeder tausend Fragen an dich hätte.«

Isra stöhnte leise. »O ja, erspar mir das, bitte.«

»Das habe ich mir gedacht.« Ich zog mein Handy hervor, wählte Dads Nummer und wartete. Er nahm nicht ab, und ich fluchte leise. Sicher war er wieder in eine hitzige Diskussion mit Edmund Blaise vertieft und hatte sein Smartphone in der Jackentasche gelassen. »Okay, ich gehe und hole ihn.«

Ich pfiff leise. Mia und Jus reagierten sofort. »Ich muss mit dem Rat reden«, sagte ich. »Und nehme Sam und Tohmah mit. Ihr zwei passt auf Quinn und Isra auf.«

Je weniger von uns hier draußen am Wachposten warteten, umso unauffälliger war es, wenn weitere Tribe-Mitglieder eintrafen. Sam würde den Ort ohne Probleme betreten können, und auch bei Tohmah rechnete ich mir gute Chancen aus. Schließlich wusste nicht jeder, dass der Arcand-Neffe sich einst entschieden hatte, kein Sänger zu werden.

Quinn wollte protestieren, doch Tohmah hielt sie zurück. Guter Mann.

Dafür schüttelte Mia den Kopf. »Ich bin als Wache eingeteilt, nicht als Babysitter.«

»Darum geht es hier nicht, sondern um unsere Sicherheit!« Es genügte, lauter und energischer zu reden. Ich gab zwar nicht gern Befehle, aber wir hatten keine Zeit für Spielchen. »Hör zu, diese Sache ist ernst«, sagte ich mit Nachdruck. »Sonst würde ich euch nicht um Hilfe bitten. Vor allem Isra braucht Schutz.«

Endlich nickte Mia. »Also gut. Aber beeil dich.«

Ich gab Sam und Tohmah ein Zeichen, dann wandte ich mich Quinn zu. Wir alle hatten mit Spannungen und Ungewissheit zu kämpfen, aber sie balancierte über ein Minenfeld. Wenn Jus und Mia wüssten, dass sie eine Verbotene war, würden sie Quinn sofort zum Rat zerren. Sie wäre verloren. Nicht nur für mich. Am liebsten hätte ich sie noch einmal umarmt, aber das hätte die ganze Sache für uns beide nur noch schwerer gemacht. Also griff ich lediglich nach ihrer Hand, als ich an ihr vorbeilief. Ihre Augen waren riesig und schimmerten im sanften Licht silbrig.

»Bis später«, flüsterte ich und ging mit den anderen los.

»Mach dir keine Sorgen«, sagte Sam und schlug mir gegen den Oberarm.

»Ich tue seit Tagen nichts anderes, als mir Sorgen zu machen.«

Tohmah nickte mir nur kurz zu, konzentrierte sich aber ansonsten auf die Gegend. War er überhaupt schon einmal hier gewesen? Sicher, als er jünger gewesen war, so wie alle, die als Sänger infrage kamen. Aber vielleicht erinnerte er sich nicht mehr.

Vor uns, ganz in der Nähe des Wachhauses, bewegte sich jemand zwischen den Bäumen entlang der Außenbeleuchtung. Hier war die zweite Wachlinie, und ich signalisierte Sam und Tohmah, dass alles in Ordnung war.

»Ich bin es, Nathan Copeland«, rief ich, und einer der Skeet-Brüder trat auf den Weg. Ich konnte die zwei beim besten Willen nicht auseinanderhalten. Einer war noch größer und schlaksiger als der andere. Aber das war auch nicht wichtig.

»Skeet. Du kennst vielleicht meinen Sänger Sam. Und das ist Tohmah Arcand. Sie müssen mit meinem Vater reden, es ist wichtig.«

»Darüber hat man uns nicht informiert.«

Ich stöhnte innerlich. Die Skeets waren nicht die Hellsten, und es zeugte vom guten Willen des Rates, dass man sie trotzdem als Helfer eingeteilt hatte. Ich wusste, dass sie hier nicht allein waren, denn sie sollten von den erfahrenen Wachleuten lernen, aber jetzt wollte ich mich nicht damit herumschlagen, lange mit ihnen zu diskutieren.

»Ich sagte, es ist wichtig.«

Kopfschütteln. »Das müssen wir erst klären.«

Ich setzte mich trotzdem in Bewegung.

Skeet Nummer eins nestelte an seinem Hosenbund herum, und dieses Mal stöhnte ich laut auf. Der Idiot schaffte es nicht einmal, seine Waffe zu ziehen. Wenn wir Glück hatten, schoss er sich in den Fuß und ließ uns in Ruhe.

Sam trat vor, streckte ganz ruhig eine Hand aus, zog die Waffe mit einer kurzen Drehung aus Skeets Hosenbund und reichte sie ihm.

»Hier, bitte.« Absolut höflich und unendlich komisch. Beim Anblick von Skeets Gesicht musste ich mich zusammenreißen.

Um mich abzulenken, betrachtete ich den Revolver. Ein Colt King Cobra, so glänzend poliert, als hätte er das Ding erst gestern gekauft – oder wohl eher von seiner Mutter geschenkt bekommen. Mit Maude Skeet legte man sich besser nicht an, aber ihre Söhne schlugen zu ihrem Leidwesen eher nach ihrem Mann.

»Schönes Teil.«

»Danke«, murmelte Skeet. Er schwitzte und war rot angelaufen.

»Also, lässt du uns nun durch? Oder … ist die überhaupt geladen?«

Er nickte, und dann fiel ihm wohl auf, dass die Antwort auch für die erste Frage gelten konnte.

»Guter Mann, danke!«, sagte ich und ging weiter.

Sam und Tohmah folgten mir. Skeet rief irgendetwas, aber nicht sehr laut oder energisch. Vor allem rannte er uns nicht hinterher. Ich vermutete, dass er es nicht wagte, auf uns zu schießen.

»Der arme Kerl«, sagte Tohmah.

Da konnte ich ihm nur zustimmen. Wer auch immer im Wachhaus saß und die Monitore beobachtete, hatte bestimmt ebenfalls einen Heidenspaß. Zumindest würde das erklären, warum niemand herausgestürmt war, um Skeet junior zur Seite zu stehen.

Allmählich hörte ich Stimmen und Geräusche, irgendwo spielte leise Musik – das mussten die Jungs sein, die die Bühne für die Ansprache des Rates aufbauten. Der Pfad vor uns gabelte sich. Ich ignorierte den linken, der gemütlich begehbar schien, und wählte stattdessen den halb von Gestrüpp zugewucherten zur Rechten. Diese kleinen Irrwege gehörten zu unseren Maßnahmen, um zufällige Wanderer irrezuleiten. Heute würde zwar niemand bis hierher durchkommen, dafür war das Gelände trotz Schnapsnasen wie Skeet zu gut bewacht, aber das war nicht das ganze Jahr über der Fall.

Ich wollte Dad aus seinen Gesprächen mit den anderen Ratsmitgliedern lotsen und ihn zu Isra bringen. Dummerweise würde er dann auch auf Quinn treffen, aber ich kannte ihn gut genug, um zu wissen, dass er sich erst mit den entführten Wandlern und dann mit einer Fremden befassen würde, die scheinbar keine Gefahr darstellte.

Vielleicht war das die Lösung. Er musste sie nur als Waisen-

Wandlerin der Rotluchse abspeichern, dann würde er vorläufig nicht weiter über sie nachdenken. Damit versteckte ich sie quasi in Sichtweite.

Die ersten Häuser tauchten auf. Sam dirigierte Tohmah zwischen ihnen hindurch und lief langsamer. Schlau von ihm, so konnte ich als Erster auf den kleinen Vorplatz treten, der halb von Bäumen umringt war und als Abstellplatz für Kisten und Paletten mit Lebensmitteln diente, die am Vortag angekarrt worden waren. Gegenüber standen vereinzelte Häuser. Mir gefiel, dass keines höher war als die Baumkronen. Daneben lagen Kanus, Fischerequipment und weiterer Krempel. Reifenspuren hatten den Boden aufgeweicht.

»Schleppst du jetzt jeden nach Winter?«, erklang es hinter mir.

Ich blieb stehen und wünschte mir, dass ich mich irrte und jemand Gabriel Blaise einfach nur wahnsinnig gut imitieren konnte. Als ich mich umdrehte, stellte ich fest, dass sich Wünsche nicht immer erfüllten.

Es brauchte nur einen Blick in sein Gesicht mit der affektierten Frisur, und mein Blut kochte hoch. »Manchmal denke ich, du hast einfach ein so armseliges Leben, dass du meines permanent beobachten musst.«

Er hatte wirklich den Nerv, mich anzugrinsen, als wäre alles in bester Ordnung, und ich war nicht sicher, was er mir damit sagen wollte. In Blaises Gegenwart musste ich momentan vorsichtig sein. Zwar hatten wir eine Abmachung bezüglich Quinn, aber ich war trotzdem misstrauisch. Nicht weil er sein Wort brechen könnte, sondern wegen möglicher Bedingungen, die er an sein Schweigen knüpfte. Er hatte mich in der Hand, und das wussten wir beide.

Hinter ihm standen drei seiner Gefolgsleute, die nur dazu da waren, seine Worte und Meinungen nachzuplappern.

»Jesus«, murmelte ich und sah zu Sam. »Braucht eigentlich jeder Idiot auf dieser Welt solche Pfeifen, die an ihm kleben, über seine schlechten Scherze lachen und ansonsten den Schlägertrupp geben?«

Blaise machte ein Gesicht, als hätte man ihm genau diesen Schlägertrupp weggenommen. »Ich muss mit dir reden, Copeland. Und zwar unter vier Augen.« Sein Blick wanderte zu Sam und Tohmah. »Was machen die hier?«

»Jetzt ist echt keine Zeit für dein Gequatsche, Blaise. Ich muss zum Rat.«

»Es geht um den Rotluchs-Tribe«, sagte er höhnisch.

Ich verstand und versuchte, mir nichts anmerken zu lassen. Das war leicht, ich konzentrierte mich einfach weiterhin darauf, wie wenig ich ihn mochte.

»Okay, lass uns reden«, sagte ich etwas lauter und winkte in Richtung der anderen Berglöwen. Die verschränkten die Arme vor der Brust und sahen vor allem angepisst aus, während Sam bewies, dass er wie immer mitdachte. Ohne ein Wort zog er sich mit Tohmah zurück.

Blaise deutete nach vorn, zum Ortsrand, wo sich die Getränkekisten stapelten und wir vor möglichen Zuhörern sicher waren. Wir setzten uns in Bewegung. Eigentlich durfte ich keine Zeit verschwenden und sollte Dad so schnell wie möglich berichten, dass Isra in Winter Harbour war. Aber das hier hatte etwas mit Quinn zu tun. Mein Nacken schmerzte, und ich versuchte, die Muskeln zu lockern, indem ich den Kopf zur Seite bewegte.

»Also, sag, was du zu sagen hast.«

»Wir hatten neulich im Wald nicht wirklich Zeit, uns auszutauschen«, sagte er mit einem völlig neutralen Gesichtsausdruck, als ging es um das Wetter. Er war ein guter Schauspieler, das musste man ihm lassen.

»Was gibt es da noch zu sagen?«

»Ich will wissen, was du vorhast, Copeland. Mit der Verbotenen.«

Es dauerte eine Weile, bis seine Worte in mein Hirn sickerten. Dann blieb ich so abrupt stehen, dass Blaise mit der Schulter gegen meine prallte. »Moment mal. Denkst du etwa, dass ich ihre Kräfte gegen irgendwen einsetzen will? Hölle, Blaise, bist du wahnsinnig geworden? Mein Tribe hat fünfundzwanzig Mitglieder, und eins davon ist noch immer verschwunden. Hältst du mich wirklich für fähig, auch nur ein weiteres Leben aufs Spiel zu setzen? Und wofür? Um euch auszurotten? Deinen Vater aus dem Rat zu vertreiben und damit die Vormachtstellung der Berglöwen zu beenden? Die Mühe muss ich mir nicht machen, die anderen Tribes werden schon noch merken, dass es bessere Anführer gibt als ihn.«

Er ging nicht auf diese Spitze ein, also meinte er es wirklich ernst. »Du musst zugeben, dass es auffällig ist, wenn nach so langer Zeit kurz vor der Feier eine Verbotene auftaucht und sich ausgerechnet auf dich einlässt.«

Ich blieb erneut stehen, drehte mich um und brachte mein Gesicht dicht an seines. »Noch einmal: Quinn ist ohne ihr Wissen da hineingerutscht. Sie will einfach nur in Ruhe gelassen werden. Studieren, Spaß haben und ja, ab und zu nachts durch den Wald laufen. Sie hat wenig Lust, sich irgendwo einzumischen.« Ich musterte ihn. Er schien nicht wirklich von dem Schwachsinn überzeugt zu sein, den er angedeutet hatte. »Du hast sie doch kennengelernt. Glaubst *du* etwa, dass sie sich benutzen lassen würde, um einen Krieg anzuzetteln? Oder woher kommt das alles?«

Okay, jetzt hatte ich ihn. Zumindest sah er mich nicht mehr an, sondern starrte über meine Schulter in die Ferne. Feigling. Obwohl ich keine Zeit hatte, wartete ich. Die wenigen Sekunden schenkte ich nicht Blaise, sondern Quinn.

Schließlich hob er den Kopf. »Joanna sorgt sich, und das macht sie rastlos. Ich habe ihr Wort, dass sie bis zum Ende der Feier schweigen wird, aber dann gehen wir damit zu meinem Vater.«

Mir war neu, dass Joanna Blaise sich um etwas anderes Sorgen machte als um ihr Äußeres.

»So war die Absprache. Das haben wir bereits geklärt. Also, was willst du wirklich?« Ich musste einen Nerv getroffen haben, denn er zögerte. Das gefiel mir immer weniger. »Hör zu, wenn du nichts zu sagen hast – ich habe wirklich Besseres zu tun.«

»Warte.« Er schüttelte den Kopf. »Du täuschst dich in meiner Schwester. Joanna ist feinfühlig.«

Beinahe hätte ich aufgelacht. »Sorry, aber das ist fast schon witzig.« *Feinfühligkeit* gehörte garantiert nicht zu den Eigenschaften, mit denen ich Gabriels Schwester beschreiben würde.

»Denk, was du willst, Copeland. Aber sie nimmt mehr wahr als ich, und meistens sind das keine Hirngespinste. Joanna ist sich sicher, dass wir seit einiger Zeit beobachtet werden.«

»Wovon verdammt noch mal redest du da?«

»Ich weiß es nicht genau. Aber wenn sie sagt, dass wir in den vergangenen Tagen nicht immer allein im Wald hinter unserem Grundstück waren, nehme ich das ernst. Und wie es der Zufall will, taucht kurz vorher eine Verbotene in Nanaimo auf.« Er hob das Kinn. »Oder ist das etwa kein Zufall?«

Das war so absurd, dass ich nicht einmal wusste, ob ich ihm ins Gesicht lachen oder einfach gehen sollte. »Ich verrate dir ein Geheimnis: Quinn kann euch auch nicht besonders gut leiden. Sie hat andere Sorgen, als sich in eurer Nähe herumzutreiben.«

Er hielt meinen Blick so lange, bis ich wütend wurde.

»Das hoffe ich. Aber wie gut kennst du sie, Copeland? Woher willst du wissen, was sie wirklich hier macht?«

Ich nahm mir die Zeit, ihn von oben bis unten zu mustern, um kurz nachzudenken. »Lenkst du etwa gerade ab?«

Er blinzelte. »Wovon sollte ich ablenken?«

»Nun, ich bin sicher, du weißt bereits, dass ich vor dem Rat angedeutet habe, die Berglöwen könnten hinter dem Verschwinden unserer Leute stecken.« Ich zuckte die Schultern. »Da kommt dir das Auftauchen einer Verbotenen natürlich sehr gelegen. Du nutzt diese wirre Geschichte einfach, um sämtliche Aufmerksamkeit auf Quinn zu lenken. Und damit von euch weg.«

»Du solltest dir wirklich überlegen, was du sagst, Copeland.«

»Hör zu, falls du …«

»Nathan!«

Wir beide fuhren herum. Dad stand in einiger Entfernung und winkte mich zu sich. Ich hob eine Hand und machte mich auf den Weg.

»Ihr wartet bis nach der Feier«, rief ich Blaise zu, ohne ihn noch einmal anzusehen.

Während ich zu Dad ging, kreiste die Unterhaltung durch meinen Kopf. Dass Joanna Blaise paranoid war, wusste ich schon lange, aber dass sie sich nun derart auf Quinn stürzte, war lächerlich. Und leider auch gefährlich.

Erst jetzt fiel mir wieder der Tag an den Klippen ein, als Quinn geglaubt hatte, dass uns zwei Frauen beobachtet hätten – eine davon mit blonden Haaren. Joanna? Nein. Abrupt blieb ich stehen. Warum war mir das nicht vorher aufgefallen? Auch Isra hatte von einer blonden Frau berichtet.

»Nathan!« In Dads Stimme hatte sich dieses Grollen geschlichen, ein sicheres Zeichen dafür, dass er ungeduldig wurde. Ich lief schneller.

»Sorry, Dad.«

»Was war das gerade mit Gabriel Blaise?«

Andere verengten die Augen oder rissen sie auf, wenn sie schlechte Neuigkeiten erwarteten. Bei Dad zuckten die Pupillen.

»Nichts Wichtiges. Ich war gerade auf dem Weg zu dir, um dir zu sagen, dass Isra eingetroffen ist.«

Er nickte, und sein Blick verdüsterte sich. »Ja, Sam hat mich bereits informiert. Warum sind er und Arcand hier? Der ist nicht einmal ein Sänger.«

»Ich erklär es dir später. Lass uns erst zu Isra.«

Er schenkte mir einen seiner Röntgenblicke, nickte dann aber. »Wo ist sie?«

»Sie wartet an der äußeren Wachlinie. Ich dachte, es ist vielleicht nicht gut, sie den Leuten hier im Ort zu präsentieren. Dann würden wir nervige Fragen beantworten müssen, statt uns um das Wichtige kümmern zu können.«

Er nickte knapp. »Gut gemacht. Wir benachrichtigen zuerst die anderen Ratsmitglieder, dann reden wir geschlossen mit dem Mädchen.« Er sah sich um und gab Tohmah einen Wink. »Arcand, du kommst mit uns. Sam, du gehst zurück zu Isra und gibst ihr Bescheid, dass der gesamte Rat mit ihr reden wird. Besser, sie ist darauf vorbereitet.«

Typisch Dad. Er vertraute Sam, weil er ihn kannte. Tohmah war ihm noch ein Rätsel, also wollte er ihn im Auge behalten. *Sei deinen Freunden nah, doch deinen Feinden noch näher.* Seitdem Dad unseren Tribe im Rat repräsentierte, war für ihn niemand ein Freund, bis er das Gegenteil bewiesen hatte.

Sam berührte mich kurz an der Schulter. »Wir sehen uns nachher.«

Ich nickte.

Tohmah und ich folgten Dad zur großen Halle. Dabei dachte ich an das Gespräch mit Blaise zurück. An Joannas Verdacht bezüglich Quinn. Nachdenklich musterte ich Dads Profil. Er war angespannt. Es würde nicht leicht werden, ihn nach der Feier davon zu überzeugen, dass Quinn absolut harmlos war.

# Der Rat

Der Rat der Wandler besteht aus den Oberhäuptern eines jeden Tribes. Er kümmert sich um sämtliche Belange der Wandler, sorgt dafür, dass Regeln eingehalten werden, fällt Entscheidungen, behält den Überblick über Neuzugänge und setzt alles daran, dass der Frieden zwischen den Tribes gewahrt bleibt. Der Rat kooperiert mit den Ältesten der Sänger.

# Kapitel 27

## QUINN

Seitdem Nathan, Sam und Tohmah aufgebrochen waren, ertrug ich die Stille nur schwer. Die beiden Wandler, Mia und Jus, beobachteten mich, und ich konnte es ihnen nicht verübeln. Trotzdem wäre es mir lieber gewesen, wenn sich die Atmosphäre ein wenig entspannt hätte. Es gab ohnehin genügend Dinge, die mir Bauchschmerzen bereiteten.

Isra hatte sich in den Wagen zurückgezogen, aber ich wollte mich nicht hinter einer Barriere verschanzen. Besser, ich hörte und sah rechtzeitig, wenn etwas passierte, auf das wir reagieren mussten. Mia hatte mich anfangs aufgefordert, ebenfalls einzusteigen. Aber ich dachte gar nicht daran, und sie machte auch keine Anstalten, mich zu zwingen.

Wie lange konnte es dauern, bis Nathan seinen Vater gefunden hatte? Allmählich wurde ich unruhig und warf einen Blick in den Wagen. Isra saß auf dem Beifahrersitz und hatte den Kopf zurückgelegt, ihre Augen waren jedoch geöffnet.

Aus der Ferne drangen Geräusche herüber. Ich drehte mich um und lauschte. War das ein Automotor? Scheinwerfer waren nicht zu sehen. Mia kletterte auf einen umgestürzten Baumstamm und blickte in die Ferne. Sie wirkte angespannt. Ich versuchte ebenfalls, etwas zu erkennen, als sie zu Boden sprang und auf mich zukam.

»Steig jetzt endlich ein.« Sie ließ den Blick unablässig durch die Gegend schweifen und hatte ihre Waffe gezogen.

Ich stellte mich neben sie. »Vergiss es«, flüsterte ich. »Drei sehen und hören mehr als zwei.«

»Das ist nicht dein Job.«

Sie musterte mich und lief los. Langsam und vorsichtig, ihre Schritte waren nicht zu hören.

Auch Jus hatte seine Waffe gezogen, rührte sich aber nicht von der Stelle. Plötzlich blieb Mia stehen. Es war still. Zu still. Die Haut auf meinen Unterarmen und im Nacken kribbelte. Ich schlich zur Beifahrertür und öffnete sie so leise wie möglich. Isra setzte sich auf.

»Etwas stimmt nicht«, wisperte ich und bedeutete ihr auszusteigen.

Sie gehorchte und schlang beide Arme um ihren Körper, während sie sich eng an die Karosserie drückte.

Mia gab Jus ein Zeichen, der sich trotz seiner Körperfülle ebenso lautlos bewegte wie sie. Schulter an Schulter starrten die zwei ins Dickicht. Noch immer war nichts zu hören, sogar das Motorengeräusch war verstummt. Es fühlte sich an, als hätte jemand die Luft elektrisch aufgeladen, als stünde uns etwas bevor, dem wir uns nicht entziehen konnten.

Ich entdeckte eine Bewegung ein gutes Stück rechts von uns, am Rand des schwach beleuchteten Bereichs. Die beiden Wandler schienen nichts bemerkt zu haben. Hatte ich mir das etwa nur eingebildet? Nein, ich vertraute meinen geschärften Sinnen und schlich zu Mia und Jus.

»Da«, wisperte ich. »Da war etwas.«

Mia verengte die Augen und suchte die Umgebung ab. »Unsinn.«

»Nein, ich bin sicher.« Auf einmal wünschte ich mir, ich hätte auch eine Waffe. Der Wald hatte seinen Schutz verloren, und ich fühlte mich ausgeliefert, als würden uns unzählige Augen aus der Dunkelheit heraus beobachten.

»Dort!«, zischte Jus und deutete nach vorn.

Nach einer Weile zuckte Mia die Schultern, und auch ich erkannte dieses Mal nichts. Trotzdem … da war etwas. Ich konnte es nicht beschreiben, aber ich wusste, dass wir jetzt aufmerksam bleiben sollten.

Ein Geräusch hinter uns ließ mein Herz schneller schlagen. Ich fuhr herum und dachte für eine aberwitzige Sekunde, dass es von Isra stammte, doch dann begriff ich, dass sie mir den Rücken zuwandte und jemanden anstarrte. Neben dem Weg, ungefähr dort, wo es dunkler wurde, stand ein Mann. Dürr und hoch aufgeschossen.

»Skeet«, sagte Jus, dann rannte er los.

Der Mann wedelte mit den Armen, und ich glaubte zuerst, dass er uns zuwinkte. Doch dann begriff ich, dass er versuchte, das Gleichgewicht zu halten. Er machte einen Schritt auf uns zu und taumelte.

Fast im selben Augenblick roch ich das Blut. Isra schrie leise auf. Jus war inzwischen bei ihm und hielt ihn an der Schulter fest, dann hob er eine Hand. Trotz der Entfernung erkannte ich, dass sie glänzte. Jus gestikulierte, und ich begriff, dass dieser Skeet schwer verletzt war und das Bewusstsein verloren hatte.

Ein Teil von mir wollte losrennen und ihm helfen, doch etwas hielt mich zurück. Es wäre zu leichtsinnig gewesen. Schließlich war jemand für das Blut verantwortlich. Allein dieser Gedanke war so sachlich, so abgeklärt, dass mir leicht übel wurde. Das dort war ein junger Mann, und er brauchte Hilfe. Es war so einfach, und doch auch wieder nicht.

»Wir müssen etwas tun«, stammelte ich.

»Ja, und zwar hierbleiben«, sagte Mia, während Jus den Verletzten in Richtung Dorf schleppte. Er kam nur unwahrscheinlich langsam voran.

»Behalt die Umgebung im Auge.« Mias Stimme klang hart und normal laut. Sie hatte recht, wir mussten nicht mehr leise sein. Wer oder was auch immer hier herumschlich, wusste schon längst, wo und wie viele wir waren.

Mein Puls donnerte schneller und durchbrach die Starre, die sich soeben über mich legen wollte. Ich fühlte mich so unglaublich hilflos und damit auch nutzlos. Das war alles andere als gut. Ich drehte mich um und rannte zu Sams Wagen zurück. Isra hockte zusammengesunken daneben, ihre Augen waren groß vor Angst.

Ich war sicher, dass ich zuvor im Kofferraum einen Wagenheber gesehen hatte. Eine bessere Möglichkeit zur Verteidigung würde ich wohl nicht bekommen. Ich schob ein paar Gegenstände zur Seite und fand schließlich, was ich suchte.

Ein Schrei zog durch den Wald. Ich erstarrte. »Das hat nicht wie ein Mensch geklungen«, rief ich Mia zu, die sich langsam auf uns zubewegte. »Einer von euch?«

»Ich wüsste nicht, wer von uns sich jetzt als Tier in den Wäldern herumtreiben sollte.«

Ich packte den Wagenheber fester, versuchte, gleichmäßig zu

atmen, und drehte mich einmal um mich selbst. Ein zweiter Ruf dröhnte durch die Nacht.

Mehr ein Brüllen.

»War das … ein Bär?«

Sie schüttelte den Kopf. »Unmöglich. Bären kommen nie hierher. Fuck!« Sie spuckte auf den Boden. »Ruf Nathan an.«

»Okay.« Ich zog mein Handy aus der Tasche, entsperrte es … und schrie. Eine nachtdunkle Gestalt stürzte aus dem Gebüsch direkt auf mich zu. Mein verbessertes Sehvermögen reagierte sofort. Es war ein Panther, so elegant und schön wie Nathan in seiner Tierform, nur wirkte er nicht ansatzweise freundlich. Im Gegenteil, er hatte die Ohren angelegt und das Maul aufgerissen. Die langen Fänge glänzten.

»Was …?« Mia hob die Waffe und ließ sie wieder sinken.

Der Panther hatte uns beinahe erreicht.

»Mia! Deine Waffe!«

Doch sie reagierte nicht. Sie schien völlig fassungslos zu sein, dass uns ein Panther angreifen wollte.

»Mia!« Hinter uns hörte ich etwas Großes durch den Wald brechen, dann brüllte Jus. Mir blieb keine Zeit mehr, um herauszufinden, was es war, denn der Panther sprang. Ich schrie erneut, und obwohl mein Körper schlagartig eiskalt wurde, schaffte ich es auszuweichen. Das Tier kam zielsicher neben uns auf.

»Mia! Schieß endlich!«

»Ich kann nicht! Ich habe keine Ahnung, wer das ist!«

»Jemand, der uns umbringen will!«

Der Panther schnellte vor. Ich packte den Wagenheber mit beiden Händen und schwang ihn so fest, wie ich nur konnte. Der Aufprall legte kurzzeitig meine Arme lahm, aber immerhin traf ich das Tier an der Schulter. Mit einem Fauchen wich es zur Seite. Rasch sprang ich zurück, doch der Panther folgte mir.

Hinter mir schrie Isra. Ein Schuss zerriss die Luft, und ich zuckte zusammen.

Endlich reagierte Mia und hob ihre Waffe. »Verschwinde von da, Quinn!«

Ich tat nichts lieber als das. Augenblicklich fuhr der Panther herum, ganz Eleganz und Schnelligkeit, fauchte und machte sich aus dem Staub.

Mia hielt die Waffe mit beiden Händen und zielte, doch sie drückte nicht ab.

»Nun mach schon!«, brüllte ich.

»Ich kann nicht! Verdammt noch mal, ich kann nicht!«

Ich sah von ihr zu dem Panther ... und entdeckte eine zweite Raubkatze, die deutlich kleiner war.

Ein Rotluchs! Er beobachtete uns lediglich, doch als unsere Blicke sich trafen, senkte er den Kopf und rannte los. Hinter ihm waberte etwas Großes, Mächtiges. In meinem Kopf setzte ein Summen ein, und alles in mir schrie nach Flucht. Der Rotluchs hatte die Hälfte der Strecke zurückgelegt, als ich den Bären erkannte.

»O mein Gott.«

Es war ein Schwarzbär, ein riesiges Tier, und er folgte dem Rotluchs, als würden sie gemeinsam jagen – und wir waren die Beute.

»Das kann nicht sein«, murmelte Mia neben mir. »Bullshit, das kann einfach nicht sein.«

Jus rief aus der Ferne etwas von Bären, Deckung und Angriff, und ich zog den Kopf zwischen die Schultern, als ein zweiter Schuss fiel. Immerhin einer der beiden Wächter hatte begriffen, was zu tun war.

Der Rotluchs schwenkte zur Seite aus, aber der Bär hielt weiter auf uns zu. Er war so unglaublich groß! Meine Beine fühlten sich an, als besäßen sie keine Knochen mehr, mein Atem rasselte in der Kehle.

Wir hatten keine Zeit!

Ich warf den Wagenheber zur Seite und riss Mia die Pistole aus den Händen. Dann ließ ich mich auf die Knie fallen, um den Boden wieder zu spüren. Steine bohrten sich durch meine Hose, aber es tat nicht weh. Die Waffe schwankte viel zu stark, und ich hielt den Atem an, um besser zielen zu können. Der Bär reagierte nicht und rannte weiter, das Maul weit aufgerissen. Sein Brüllen schien den Waldboden zu erschüttern.

Ich schrie ebenfalls und drückte ab.

Es gab kaum einen Rückstoß, zumindest nicht so sehr, wie ich es befürchtet hatte oder aus Filmen kannte. Dafür riss es den Bären nach hinten. Er stieß einen Laut aus, der fast menschlich klang. Äste knackten, als er mit voller Wucht auf der Seite aufkam. Die Antwort erfolgte augenblicklich: Im Wald rund um uns herum erwachten die Schatten zum Leben. Ich erkannte den Umriss eines weiteren Bären.

»Was ist hier los?«, rief ich Mia zu. »Sind das Wandler?«

Konnte das überhaupt sein? Aber warum sonst sollten Bären und Raubkatzen gemeinsam auf uns losgehen?

Mia schnappte sich den Wagenheber und suchte einen festen Stand. »Ich habe keinen Schimmer. Das ist nicht normal!«

Isra kreischte, und jemand fiel mit ein. Ich wirbelte herum und sah, wie Skeet in Richtung Winter Harbour taumelte, eine Hand in die Seite gepresst. Jus hatte die Richtung gewechselt und wollte uns offenbar helfen, als ein Bär ihn angriff. Skeet wandte sich um, hob die freie Hand, feuerte zweimal, und im nächsten Augenblick brach das Tier über Jus zusammen.

»Isra …« Ich brach ab, da ein weiterer Bär auf uns zuhielt. Der erste rappelte sich soeben wieder auf, hob die Schnauze und brüllte. Ich erinnerte mich daran, dass ein verletztes Tier noch gefährlicher sein konnte, und fluchte leise vor mich hin. Dabei zielte ich auf den zweiten Koloss und drückte ab, doch dieses Mal traf ich nicht.

Mia packte mich am Arm und zerrte mich vorwärts. »Zum Ort! Wir müssen zum Ort!«

Isra, schoss es mir durch den Kopf, aber sie hatte recht, der Weg zum Wagen war versperrt. Ich rannte und fürchtete bei jedem Schritt, dass wir nicht schnell genug waren. Plötzlich war es, als wäre ich zurück in der Gasse und würde jeden Moment den Atem meines Verfolgers im Nacken spüren. Jeden Moment zu Boden gedrückt werden. Jeden Moment sterben.

Ich biss die Zähne zusammen und rannte weiter. Von der Seite kam der Panther auf uns zu. Er war zu schnell, wir würden es niemals schaffen. Wir konnten keinem Raubtier entkommen. Vielleicht hätte ich als Rotluchs eine Chance gehabt, aber jetzt blieb mir keine Zeit für eine Verwandlung. Ich wollte stehen bleiben, um noch einmal zu zielen, aber Mia schubste mich nach vorn.

»Hau ab! Hol Nathan!«

»Bist du irre?«

Der Panther sprang. Ich drückte ab. Er änderte augenblicklich seine Richtung und verschwand zwischen den Bäumen.

Ich wusste nicht, ob ich ihn erwischt hatte. Die Welt drehte sich, dann war Mias Gesicht dicht vor meinem.

»Hör mir gut zu. Du warnst die anderen in Winter Harbour, während ich hier meinen Job mache. Los, verschwinde!«

Das letzte Wort zischte sie so energisch, dass ich zusammenzuckte. Vielleicht auch, weil ich wusste, dass ich gegen diesen Dickkopf nicht ankommen würde. Ich hätte mich um Isra kümmern sollen, aber Mia hatte recht. Wir hatten nur eine Chance. Ich drückte ihr die Waffe in die Hand und betete, dass noch Munition darin war. Wie oft hatte ich geschossen? Ich wusste es nicht mehr.

Neben uns kam der Rotluchs langsam näher, hinter uns rollte ein Bär wie eine Lawine aus Wut und roher Gewalt heran. Ich wollte Mia etwas sagen oder ihre Hand nehmen. Dies war ein Abschied, das wussten wir beide. Aber dann tat ich, was sie von mir verlangte, und rannte. Ich lief, so schnell ich konnte, bis mein Atem in der Kehle rasselte und meine Brust nur noch aus Schlägen zu bestehen schien. Hinter mir knallten zwei Schüsse, dann kreischte Mia auf. Es klang nach Wut und Schmerz, aber nicht nach Angst, und trotzdem schossen mir Tränen in die Augen.

Von links stürzte ein Schatten auf mich zu. Ich wich aus, aber nicht schnell genug. Etwas erwischte mich am Oberschenkel und schickte mich zu Boden. Es brannte höllisch, aber mir blieb keine Zeit, um nachzusehen. Schon war der Rotluchs über mir. Eindrucksvolle Zähne schnappten nach meinem Gesicht. Ich riss einen Arm nach oben. Krallen gruben sich durch meine Jacke und in meinen Arm.

»Quinn!«

Etwas traf den Luchs. Er gab eine Mischung aus Fauchen und Jaulen von sich und wich zurück.

»Weg von ihr!«

Ein Teil von mir erkannte Sams Stimme, während der Rest vollkommen taub war. Immerhin schaffte ich es, mich aufzurappeln. Ich schwankte und versuchte, mich zu orientieren. Ein weiteres Geschoss flog durch die Luft: ein Stein. Sam wollte das Tier von mir weglocken. Wo kam er so plötzlich her?

Ich drehte mich um und sah den Bären. Er lag halb auf der Seite und hatte Mia unter sich begraben. Die dunklen Augen in ihrem bleichen Gesicht starrten mich an. Beide bewegten sich nicht mehr, und obwohl ich hinrennen und nachsehen wollte, wusste ich, dass es nichts bringen würde. Das war nicht der Blick einer Lebenden.

Ein Stück von mir entfernt lag Jus auf dem Bauch. Sein Oberteil hing in Fetzen, er hatte furchtbare Wunden auf dem Rücken. Der zweite Bär stand über ihm, beäugte Sam und richtete sich soeben auf die Hinterbeine auf. Doch er blieb stumm, was seine Größe noch gespenstischer wirken ließ. Die beiden Raubkatzen streiften unruhig an der Baumreihe entlang. Von Isra war nichts zu sehen.

»Quinn, hier rüber.« Sam sprach langsam und ruhig.

Wie in Zeitlupe wandte ich mich ihm zu, wagte aber nicht, die Tiere aus den Augen zu lassen. Sam hielt ebenfalls eine Waffe in der Hand. Ich wollte gar nicht wissen, woher er sie hatte. Er nickte mir zu.

Der Blutgeruch traf mich mit voller Wucht, als ich mich endlich aus der Starre löste. Energisch schluckte ich die Übelkeit hinunter.

Der Rotluchs fauchte, hatte aber wohl zu großen Respekt vor dem Metall in Sams Händen. Der Bär machte mir mehr Sorgen. Ich hatte gesehen, wie schnell diese Biester beschleunigen konnten, und er war uns viel zu nah. Noch immer fand ich keine Erklärung für das alles. Warum sollten uns Wandler angreifen? Das ergab überhaupt keinen Sinn. Und wo kamen Bären in dieser Gleichung vor? Gab es überhaupt Bärenwandler? Darüber hatte ich nichts gelesen.

Ich hatte Sam fast erreicht, doch mit jedem Schritt konnten die Tierwandler es sich anders überlegen. Der Bär brüllte, mir wurde heiß und kalt zugleich, aber ich sah einfach nicht hin. Ich starrte nur Sam an, da ich sonst vor Angst durchgedreht wäre. Er würde mich rechtzeitig warnen.

Etwas bewegte sich hinter ihm, und mir fiel ein Stein vom Herzen, als ich Isra erkannte.

Nur noch wenige Meter.

Das Rascheln hinter mir setzte schlagartig ein, und Sam riss die Waffe in die Höhe. »Quinn, los! Hol Hilfe!«

Jetzt war kein Platz mehr für Gedanken. In der nächsten Sekunde hatte ich Isra gepackt und rannte. Hoffentlich kannte sie den Weg! Hinter uns fielen Schüsse. Ein Schlag, das Fauchen einer Katze.

Ich schluchzte und rannte schneller. Isra löste sich aus meinem Griff, und entsetzt sah ich, dass sie auf die Knie sank.

»Steh auf!« Meine Stimme überschlug sich.

Sie schüttelte den Kopf. »Das schaffen wir nie.«

Ich las die Worte von ihren Lippen ab, hörte sie aber nicht. Verzweifelt versuchte ich, sie auf die Füße zu ziehen, aber sie war zu schwer. Ich schrie sie an, riss und zerrte, schließlich holte ich aus und schlug ihr ins Gesicht. Endlich kam wieder Leben in sie, und im nächsten Moment war sie wieder auf den Beinen. Meine Brust brannte, ich schmeckte Metall. Die Bäume kamen mir fremd vor, der Wald hatte sich in eine unbekannte Gefahr verwandelt, in der ich mich verlieren und nie wieder zurückkehren würde.

»Hier!« Isra deutete nach rechts, und ich folgte ihr. Zusammen brachen wir durch Zweige und Hecken, den Lichtern des Ortes entgegen. Etwas schrammte über meine Wange. Als ich die Umrisse eines Hauses entdeckte, keuchte ich vor Erleichterung auf. Isra hatte eine bessere Idee: Sie kreischte. Es waren keine Worte, sondern nur Laute der Panik, so schrill, dass sie in ganz Winter Harbour zu hören sein mussten.

Ich sackte beinahe zusammen, so froh war ich, als vor uns eine Tür aufsprang und eine ältere Frau mit einem Schlagstock aus dem Haus trat. Endlich wagte ich es, mich umzudrehen. Niemand verfolgte uns.

»Was ist hier los? Wer seid ihr?«

»Wir müssen alle warnen. Kommen Sie«, stotterte ich und taumelte weiter, weg vom Rand des Dorfes. Ich entdeckte erste Anzeichen für die große Feier – Sams Schnitzereien sowie Lichterketten, die für zusätzliche Helligkeit sorgten. Im Hintergrund flackerten mehrere Lagerfeuer.

Weitere Wandler kamen uns entgegen. Sie versuchten, uns aufzuhalten, aber ich schob sie alle mit einem Kopfschütteln beiseite. Isra war mittlerweile in haltloses Schluchzen ausgebrochen.

»Nathan Copeland?«, rief ich. »Wir müssen mit Nathan reden!«

Zwei Jugendliche tauchten auf, allerhöchstens sechzehn. Einer hielt mich am Arm fest, und ich schlug auf sein Handgelenk, so fest ich konnte.

»Ihr werdet angegriffen!«, rief ich und warf einen Blick über die Schulter. Hinter uns schien alles ruhig.

Weitere Frauen und Männer kamen aus verschiedenen Richtungen auf uns zu. Verwundert, alarmiert, aufgebracht.

»Ich muss mit Nathan reden oder mit seinem Vater!«

Die Traube aus Körpern verdichtete sich zu einer Wand. Hüften, Hände, Schultern rammten gegen uns, hielten uns auf, drängten uns zurück in Richtung Gefahr. Die Leute redeten durcheinander.

»Hört mir doch mal zu!«, versuchte ich, gegen das immer lauter werdende Stimmengewirr anzukommen. »Dort draußen sind Bären! Sie haben zwei von euch getötet, Mia und …«

Jemand packte mich an der Schulter und riss mich herum. Ich sog erstaunt die Luft ein und starrte in das Gesicht von Gabriel Blaise.

»Was tust du hier?« In seinem Hemd wirkte er lächerlich elegant gekleidet für diesen Ort mitten in der Wildnis.

Eine Stimme erhob sich über die anderen. Ein Mann pflügte sich durch die Menge und brachte sie damit zum Verstummen. Er war groß, hatte dunkles Haar und eine Nase, die aussah, als wäre sie mehrmals gebrochen.

»Zurück, alle! Und seid still!« Der natürlichen Autorität in seiner Stimme widersetzten sich nur wenige.

Und dann, endlich, kam Nathan auf mich zu. »Quinn!«

Ich achtete nicht mehr auf den Mann oder Gabriel und warf mich in seine Arme. »Sam … er und die anderen …«

Abrupt schob er mich weg. Es war nicht einmal sein ins Nichts gerichteter Blick, der mich schweigen ließ, sondern die Art, wie seine Augen sich vor Schreck weiteten, als hätte er etwas gehört, das nur für ihn bestimmt war. Ein Zittern lief durch seinen Körper.

Ich begriff sofort. Mir wurde übel, so übel, dass ich glaubte, mich auf der Stelle übergeben zu müssen. Ich wollte ihm sagen, dass er sich irrte, aber ich fand keine Worte, als hätten sich sämtliche Silben verflüchtigt. Alle bis auf jene, die ich soeben ausgesprochen hatte.

»Sam?« Der Name kratzte durch meinen Hals, über meine Zunge, und ich fühlte mich, als hätte ich etwas Schreckliches getan und nicht nur eine Frage gestellt.

Nathan blinzelte. »Ich spüre ihn nicht mehr«, sagte er tonlos.

Die Umgebung mit all ihren Geräuschen trat zurück. Ich sah die Menschen, aber ihre Stimmen verschmolzen miteinander. Ein Mann kam auf uns zu – Nathans Vater, die Ähnlichkeit war nicht zu übersehen – und redete auf mich ein, aber ich hatte nur Nathans Worte im Kopf, wie in einer endlosen Dauerschleife.

*Ich spüre ihn nicht mehr.*

*Nicht mehr.*

*Sam.*

Ich dachte daran, wie er mir zugebrüllt hatte, dass ich zum Dorf laufen sollte. Wie er sich mit der Waffe positioniert hatte, zwischen Isra, mich und die Angreifer. Warum hatte ich ihn nur allein gelassen?

Nathan schwankte. Nein, ich taumelte, und dann war Tohmah neben mir und zog mich in seine Arme. Ich klammerte mich an ihm fest, und als Nathan neben mir Sams Namen murmelte, schluchzte ich auf. Es tat weh. Sam hatte das nicht verdient. Er hatte so viel gewagt. Und er hatte uns gerettet.

Mit fahrigen Bewegungen wischte ich mir die Tränen aus dem Gesicht und erzählte stockend in den wenigen Momenten, in denen ich nicht krampfhaft Atem holte, was passiert war. Ich wusste nicht, ob Tohmah und Nathan es verstanden. Oder irgendwer. Aber ich verstand auch nicht, wieso die Bären, der Panther und der Rotluchs nicht längst hier aufgetaucht waren. Oder hatten sie uns gar nicht verfolgt? Hatte Sam sie alle aufgehalten?

Nathan starrte zum Wald, wollte loslaufen, aber sein Vater hielt ihn zurück. Gabriel Blaise redete ein Stück entfernt mit einem Typen und ließ mich nicht aus den Augen.

Auf einmal kam in die Menschentraube Bewegung. Nathans Vater schien die Leute zu organisieren, schickte ein paar von ihnen in verschiedene Richtungen. Alles ging unter in einem Summton, den mein Herz nicht übertönen konnte. Als hätte mich jemand auf Sendepause gestellt, bevor etwas zusammenbrach, das nur mühselig wiederaufgebaut werden konnte.

# Kapitel 28

## NATHAN

Zuerst hatte ich nicht begriffen, was ich fühlte. So etwas kannte ich nicht – es war wie ein Virus, der alles in mir lahmzulegen drohte, auch wenn das total beknackt klang.

Die Verbindung zu meinem Sänger existierte nicht mehr. Sam war tot. Irgendetwas war ihm da draußen zugestoßen. Bisher hatte ich stets gedacht, dass man das Band nur bemerkte, wenn sich der Wandler in seiner Tiergestalt befand. Aber dem war nicht so. Der Tod und damit die endgültige Auflösung der Verbindung, die vor vielen Jahren in einer Zeremonie entstanden war, musste eine so große Wirkung besitzen, dass sie mich selbst jetzt erreichte.

Nach dem ersten Schock hatte ich losrennen wollen, um Sam zu finden, aber Dad hatte mich aufgehalten und mir Anweisungen erteilt, so wie allen anderen. Mir war klar, dass er mich beschützen wollte, dass ich nicht blind in den Wald laufen und mich in Gefahr begeben durfte. Trotzdem kam er mir in diesem Moment mit seiner kühlen Stimme und dem klaren, ungerührten Blick fast schon grausam vor. Genauso gut hätte man mir mit einer Spitzhacke ein Loch in den Bauch schlagen können. Dort sickerte die Wärme heraus, und mir wurde eiskalt.

Seit der Zeremonie war Sam immer da gewesen. Er hatte auf mich aufgepasst und zurückgehalten, wenn nötig. Als ich mich damals als Panther nicht hatte kontrollieren können, war Sam an die Grenzen seiner Kräfte gegangen. Ich wusste, was es ihn gekostet hatte, mich zurückzuholen und dieses kleine Mädchen zu retten. An jenem Abend hatte er mir gesagt, dass er niemals von einem Wandler gehört hatte, der sich so weit von seiner menschlichen Natur entfernt hatte.

Besser hätte ich es nicht ausdrücken können. All die Jahre hatte ich alles geschluckt: Mums Tod und Dads Abwesenheit durch seine Position im Rat. Ich hatte gelernt, eine Fassade aufzubauen, und geschauspielert, bis diese Maske mit mir selbst verschmolzen war. Doch darunter hatte alles gelauert, was ich weggesperrt hatte, all die Selbstkontrolle, und die Verwandlung hatte die nach außen hin intakte Fassade zerstört.

Sam und ich waren davon überrascht worden, und wo ich diesen Gefühlen nachgegeben hatte in meiner Tiergestalt, hatte er gekämpft. Er hätte sich nach dem Vorfall weigern können, weiterhin mein Sänger zu sein, und der Rat wäre seinem Wunsch nachgekommen. Ich hätte es verstanden. Aber das hatte er nicht getan. Stattdessen hatte er lange Abende mit mir verbracht, bis ich ihm alles erzählte, und danach planten wir die nächste Verwandlung akribisch durch. Er war mit mir nachts rausgefahren, zum Pacific Rim, und dort war alles ohne Zwischenfälle verlaufen.

Hätte Sam nicht so sehr an mich geglaubt, wären manche Dinge ganz anders gekommen. Aber nun war er fort, hatte diese höllische Leere zurückgelassen, und ich wusste nicht, was ich ohne ihn tun sollte. Oder was mich noch immer auf den Beinen hielt, wo ich doch im Inneren bereits am Boden war.

Wie lange war es her, dass Sam sich auf den Weg zu den anderen gemacht hatte, während Tohmah und ich zum Versammlungshaus aufgebrochen waren? Dass ich zum allerletzten Mal mit ihm geredet hatte? Minuten? Ich sah zu Quinn, die sich an Tohmah lehnte und mich beobachtete. Ihrem Blick fehlte die Entschlossenheit. Als sie meinen bemerkte, richtete sie sich auf und streckte eine Hand aus. Ich griff danach, und ihre Berührung brachte einen Teil dessen zurück, was ich glaubte, verloren zu haben. Meinen Willen vielleicht, oder aber meine Stärke. Vielmehr das, was davon übrig war. Blieb ein Wandler für immer geschwächt zurück, wenn sein Sänger starb? Ich wusste es nicht, weil ich mich noch nie mit dieser verdammten Frage hatte befassen müssen.

Ich räusperte mich, einmal, mehrmals, und endlich fand ich meine Stimme wieder. Meine Beine fühlten sich noch immer taub an, aber ich lief vorwärts, schob mich durch die anderen hindurch und auf meinen Vater zu.

»Dad.« Er redete soeben auf die Leute ein, die sich um ihn drängten, aber ich konnte nicht warten, also packte ich seinen Arm und zog ihn zu mir. »Ich muss nachsehen.«

Er wandte sich um und runzelte die Stirn. »Du bleibst gefälligst hier! Wir wissen nicht, was genau passiert ist, Nathan. Diese Mädchen sind in Panik, und Sam …«

»Sam ist tot.« Ich atmete tief ein. Es tat so verdammt weh. »Meine Verbindung mit ihm. Sie ist weg.«

Zunächst tat sich nichts in seinem Gesicht aus Stein, dann bekam die Fassade Risse. »Was meinst du damit?«

Er wusste genau, was ich meinte. Aber Fragen zögerten das Unumkehrbare hinaus.

»Ich spüre es einfach.«

»Er ist tot«, wiederholte Quinn und machte sich von Tohmah los. Ihre Augen waren rot und glänzten. »Er hat mich und Isra verteidigt, als die beiden Wachen am Boden waren. Er hat uns gesagt, dass wir rennen und Nathan Bescheid geben sollen. Er hatte eine Waffe, und wir sind gerannt, und …«

Ihre Stimme brach, und dieses Mal zog ich sie in meine Arme. Quinn klammerte sich an mir fest, aber jetzt weinte sie nicht. Im Gegenteil, ich sah Wut in ihren Augen funkeln.

»Verdammt«, rief sie dann so laut, dass alle sie hören mussten. »Dort im Wald sind eure Leute gestorben! Sie wurden von Wandlern attackiert. Begreift ihr das denn nicht?«

Sie hatte recht. Allerdings griff niemand das Dorf an. Das war mehr als seltsam. Hatten sie sich zurückgezogen?

»Wer bitte ist das?« Dad warf mir einen Blick zu.

Quinn dachte gar nicht daran, sich von ihm ignorieren zu lassen. »Mein Name ist Quinn. Aber spielt das jetzt wirklich eine Rolle? Dort draußen sind Bären! Bären und ein Rotluchs und ein schwarzer Panther.«

Ich fuhr zusammen. »Bist du sicher?«

Ein Panther und ein Rotluchs. Es würde passen. Mein Cousin und Nolan Morrison. Aber das ergab absolut keinen Sinn.

Um uns herum brandeten die Stimmen wieder auf, ein Wall aus Unglauben, Verwirrung und Ablehnung gegen eine junge Frau, die in den Augen der Anwesenden hier nichts zu suchen hatte und seltsame Behauptungen aufstellte. Unter ihnen waren Gabriel und auch Joanna Blaise, und trotz des Versprechens, das die zwei mir gegeben hatten, hatte ich plötzlich Angst um Quinn.

Eine Frauenstimme brachte uns alle zum Verstummen. Sie war nicht besonders laut, aber dafür schrill. »Es stimmt!« Isra trat neben uns.

Ich hatte sie fast vergessen, da sie sich bisher im Hintergrund gehalten hatte. Aber jetzt hatte sie mit zwei Worten sämtliche Aufmerksamkeit auf sich gelenkt. Es war fast schon bizarr, wie diese schlanke Gestalt mit den zitternden Fäusten und dem verängstigten Gesicht für Ruhe sorgte. Viele Wandler kannten sie. Zumindest wusste jeder, dass Zach und seine Sängerin verschwunden gewesen waren.

»Ich bin Isra Thrush, die Sängerin von Zachary Carson. Man hat mich entführt, wie vermutlich die anderen auch, aber ich konnte entkommen. Und jetzt wird Winter Harbour angegriffen.«

Das Gemurmel schwoll wieder an, und Blaises Blick traf meinen.

*Bären und ein Rotluchs und ein schwarzer Panther.*

Ich hätte nicht gedacht, dass mir noch kälter werden konnte, aber das tat es. Etwas stimmte an der ganzen Sache einfach nicht. Quinn lag mit ihrer Vermutung garantiert richtig. Bei dem Rotluchs und dem Panther konnte es sich nicht um normale Tiere handeln. Es sei denn, der Panther war aus der Gefangenschaft ausgebrochen, vielleicht aus einem Zoo. Aber selbst wenn, griffen Bären und Raubkatzen nicht gemeinsam an. Es mussten Wandler sein.

»Zachary Carson.« Blaise sprach meinen nächsten Gedanken aus, aber so abfällig, dass es unangenehm zwischen meinen Schulterblättern kribbelte. »Da draußen ist ein schwarzer Panther, der unsere Leute angreift. Carson zählt zu den Vermissten, oder? Und jetzt taucht er wieder auf, rechtzeitig zur Feier, und greift Angehörige anderer Tribes an?«

Nach seinen Worten herrschte einen Atemzug lang Stille, dann brandeten Rufe, Kommentare und Beleidigungen auf. Im Hintergrund trat ein kleines Mädchen zu einer Frau und rieb sich die Augen – es musste geschlafen haben, wie vermutlich alle Kinder, die bereits hier waren. Quinn war kreidebleich geworden, und Isra schüttelte heftig den Kopf. Sie hob beide Hände und sagte etwas, aber niemand hörte ihr mehr zu.

Ich trat auf Blaise zu. »Ist das jetzt die Rache?«

»Keine Rache!« Er schrie, um die anderen zu übertönen. »Aber hast du eine andere Erklärung dafür, dass der Tribe der Jaguare und Panther uns offenbar bedroht?«

Der eine oder andere verstummte, manche Leute starrten mich an. Mich und Dad. Andere riefen weiter wild durcheinander. Die ganze Situation kam mir völlig absurd vor. Wir sollten nicht hier stehen und diskutieren. Wir sollten nachsehen, was im Wald vor sich ging. Aber wenn ich das vorschlug, würde es aussehen, als wollte ich von Blaises Anschuldigung ablenken.

»Gabriel.« Dad trat zu uns. »Überleg dir gut, was du sagst.«

»Nathan hat auch nicht überlegt, als er meinen Tribe beschuldigt hat«, sagte der und presste die Lippen zusammen. »Und nun haben wir sogar Augenzeugen.« Er zeigte auf Quinn und Isra, die beide zusammenzuckten.

Ich schüttelte den Kopf. »Wir wissen nicht, warum der Rotluchs und der Panther aufgetaucht sind. Ob sie sich gegen die Bären gestellt haben. Abgesehen davon – wäre es Zachary, würde Isra es spüren. Nicht wahr?« Ich sah sie an.

Sie wirkte verwirrt, ihre Lider flatterten, und dann senkte sie den Kopf. Das war seltsam.

Mir kam ein weiterer Gedanke. »Dad.« Ich trat nah an ihn heran. »Bären.« Ich deutete auf den Wald. »Erinnerst du dich an die Bärenspuren, von denen ich dir erzählt habe? Die neben denen eines Menschen?«

Er starrte mich an. Hinter seiner Stirn arbeitete es, aber er wurde von den zunehmend wütenden Rufen der Menge abgelenkt.

»Die Jaguare und Panther haben das inszeniert!«

»Glaubt nicht alles, was die Berglöwen sagen!«

»Der Rat verheimlicht uns etwas!«

Rund um mich herum brüllten immer mehr Wandler, aber ich konnte nicht darauf reagieren. Mein Blick fiel auf Isra, die noch immer vor sich hin starrte, so entsetzt, dass sich mein Magen plötzlich anfühlte, als würde er sich jeden Moment auflösen. Spürte sie etwas? Spürte sie Zach?

»Isra?« Sie hörte mich nicht.

In die Menge kam Bewegung. Jemand schob sich mitten hindurch, ohne darauf zu achten, ob er irgendwem auf die Füße trat. Ich stöhnte leise auf. Einer der Berglöwen aus Blaises Dunstkreis trat auf mich zu, offenbar wollte auch er seine Meinung loswerden. Er stolperte, und ich sah sein erschrockenes Gesicht, als er gegen Dad knallte. Der taumelte und fing den Typen auf, aber für viele, die weiter hinten standen, musste es so ausgesehen haben, als würde er einen Schlag abwehren.

Eine Sekunde hielten alle den Atem an – dann eskalierte die Situation. Rufe setzten ein, hier und dort stießen Wandler andere zur Seite. Ich hob die Arme und versuchte, die Leute zu beruhigen, aber zu spät. Der Kreis verwandelte sich in ein Schlachtfeld.

Ich nahm Quinns Hand, fasste Isra mit der anderen an der Schulter und zog sie aus dem Chaos. Dad blieb, wo er war, um die Leute zu beruhigen.

»Wir müssen in den Wald!«, brüllte ich ihm zu, warf einen Blick über meine Schulter und blieb stehen.

Quinn gab einen fragenden Laut von sich. »Nathan?«

Ich schüttelte den Kopf, ohne sie anzusehen. Am Rand des Dorfes stand ein Tier, das ich nur zu gut kannte. Der Panther beobachtete uns.

»Zachary!« Isra hatte ihn ebenfalls entdeckt, und wie schon zuvor hatte ihre Stimme eine durchschlagende Wirkung. Die Kampfgeräusche wurden nach und nach leiser, dann verstummten sie.

Es war wirklich Zach! Ich konnte es kaum glauben, aber gleichzeitig war ich megaerleichtert. Er lebte!

»Zachary!« Isra lächelte zaghaft und ging langsam auf ihn zu, eine Hand vorgestreckt.

»Das ist wirklich Zachary?« Quinn klang angespannt.

Ich ließ den Panther nicht aus den Augen. »Ja, das ist er.«

Sie griff nach meinem Arm. »Nathan, ich glaube, das ist eines der Tiere, die uns angegriffen haben.«

Ich sah von ihr zu Zach und wieder zurück. Das durfte einfach nicht sein!

»Isra!« Quinn rannte los.

Ich folgte ihr. Was auch immer hier vor sich ging, ob Zach vorhin im Wald wirklich angegriffen hatte oder nicht, er würde ruhig bleiben, wenn Isra in seiner Nähe war. Trotzdem war es nicht gut, wenn eine Fremde hier in Winter Harbour auf ihn zustürzte.

Isra hatte ihn beinahe erreicht und ging in die Hocke.

Zach blieb stehen. Seine Augen schimmerten im Schwarz seines

Fells, so sehr, dass ich die Intelligenz darin sah. Er erkannte Isra, ganz eindeutig. Ich atmete auf. Das Band zwischen ihnen war intakt, und der Gedanke machte mich gleichzeitig so traurig, dass ich zusammenzuckte. Zach hatte seine Sängerin noch. Er wusste nicht, wie glücklich er sich schätzen konnte.

Zum Glück war auch Quinn stehen geblieben. Vermutlich ahnte sie, dass sie sich besser zurückhalten sollte.

Langsam streckte Isra eine Hand aus. Jetzt strahlte sie. Da war keine Spur mehr von der verängstigten Frau von zuvor. Ein Zittern lief durch Zachs Körper. Er machte einen Schritt auf sie zu, dann noch einen, und senkte den Kopf. Isra murmelte seinen Namen, so beruhigend, dass selbst ich die Wirkung spürte. Inmitten des ganzen Chaos schuf sie eine winzige Oase der Ruhe, in der alles in Ordnung war.

Zach schüttelte sich und hob den Kopf. Er legte die Ohren an, spannte die Muskeln und sprang. Ohne einen Laut riss er Isra zu Boden und durchtrennte ihr mit einem einzigen Prankenhieb die Kehle.

Quinn erstarrte. Noch ehe Isras Körper aufschlug, war ich bei ihr, packte sie und schob sie hinter mich, während ich versuchte, zu begreifen und nicht auf die Wunden zu sehen, aus denen all das Blut sickerte, dessen Geruch an meine Nase drang. Das konnte einfach nicht sein.

»Zach«, zischte ich und ignorierte den Lärm hinter uns. Er wich zurück, den Blick auf mich gerichtet. Dad rief nach mir, aber ich durfte jetzt nicht unaufmerksam werden. »Zach, ich bin es, verdammt noch mal.« Säure kroch meine Speiseröhre hinauf, und ich spuckte aus.

Quinn ließ sich neben Isra fallen, aber mir war klar, dass sie tot war. Ich wusste, welche Kraft ein Panther besaß.

»Was … passiert hier?«

Ich wandte mich halb um: Gabriel war kalkweiß und ebenso fassungslos wie ich. Langsam kniete er sich neben Isra und legte zwei Finger an ihren Hals. »Copeland?«

Der Panther leckte sich das Maul und wich weiter zurück. Um ihn herum stoben Blätter in die Luft, bildeten einen Wirbel um den Tierkörper. Die Konturen verschwammen, wuchsen in die Höhe, nahmen wieder Form an, und dann stand Zach vor mir. Er starrte auf seine Hände und spreizte die Finger, als wüsste er nicht, was er damit anfangen sollte.

Endlich hob er den Kopf. »Nate«, stammelte er. »Nate …« Er war kreidebleich. Sein Blick wanderte zu Isra, er sank auf die Knie und verbarg das Gesicht in den Händen.

Ich taumelte von einem Entsetzen ins nächste. Erst Sam, nun das. Zach hatte seine Sängerin getötet. Zach, der immer eine große Klappe hatte, aber niemals jemandem ernsthaft etwas antun würde. Erst recht nicht Isra. Sie war die einzige Person, von der er sich etwas hatte sagen lassen. Und neben mir vermutlich der einzige Mensch, der ihm wichtig gewesen war.

Jetzt lag sie vor ihm und ihr Blut versickerte langsam im Boden.

Zach hob den Kopf, und in seinen Augen lag eine so große Qual, dass ich zu ihm ging.

»Nathan, nein!«, rief Quinn, dann zischte sie jemandem zu, sie loszulassen. Vermutlich bewies Blaise ausnahmsweise Hirn und hielt sie fest.

Mein Herz schlug hart, aber nicht vor Angst. Zach steckte in größeren Schwierigkeiten als jemals zuvor, und dieses Mal konnte ich ihm nicht helfen. Was war nur passiert? Ich bekam es einfach nicht zusammen. Vielleicht, weil meine Gedanken zwischendurch noch immer zu Sam wanderten. Ich musste mich zusammenreißen!

»Zach.«

Er sah zu mir auf. »Hilf mir, Mann. Ich weiß nicht, was gerade passiert ist.« Zum ersten Mal in meinem Leben sah ich ihn weinen. Er krümmte sich, presste beide Arme gegen den Bauch und schrie.

Ich hatte noch niemals einen Menschen so schreien hören. Wie ein Tier, das tödlich verwundet worden war. Ich wusste nicht, was ich tun sollte, also zog ich meine Jacke aus und legte sie um seine Schultern. Er reagierte nicht. Ich wandte mich um.

Quinn kniete noch immer neben Isra, Blaise neben ihr. Dad stand mit Dorothy Brossard, Ratsmitglied der Polarfüchse, und Francis Marlatt von den Rotluchsen zusammen. Jemand schob Francis beiseite und trat vor.

Ich fluchte und stand auf, um Zach vor Edmund Blaises Blicken zu schützen.

Der blieb mit finsterer Miene direkt vor mir stehen. »Geh zur Seite, Nathan.«

Ich rührte mich nicht, und zu meiner Erleichterung folgten ihm die anderen Ratsmitglieder. Ich würde Zach jetzt nicht im Stich lassen.

»Edmund?« Dad sah scharf von ihm zu mir.

Blaise deutete auf Zach. »Sieh ihn dir an, James. Der Junge war nicht er selbst, als er sie umgebracht hat. Ich weiß nicht, was hier passiert ist, aber er kann eine Gefahr für uns alle sein.«

Schlagartig wurde meine Kehle trocken, und ich zwang mich,

nicht in Quinns Richtung zu blicken. Ich wusste, was er soeben andeutete.

Edmund Blaise räusperte sich. »Niemand hier in Winter Harbour kann einen Wandler auf diese Weise beeinflussen. Dafür hat der Rat gesorgt!«

Den letzten Satz rief er laut. Was erwartete er, Beifall und Jubelrufe?

Allmählich flammte die Unruhe wieder auf, auch wenn die meisten ratlos wirkten. Einige standen nur da, andere liefen hin und her. Dad und Edmund Blaise tauschten einen Blick.

»Wir müssen reden«, sagte Dad.

Edmund zögerte. »Wir haben es hier mit einem Mord zu tun, James. Wir müssen die Leiche wegbringen lassen.«

»Nein, wir haben es mit weit mehr als einem Mord zu tun. Nathan, du kommst mit mir. Ebenso deine Freunde. «

Quinn stand langsam auf. Zuerst dachte ich, dass sie der Aufforderung Folge leistete, doch dann huschte ihr Blick über meine Schulter.

Ihre Augen weiteten sich. »Nathan!«

Ich drehte mich langsam um.

# Kapitel 29

## QUINN

Ich glaubte, ich würde den Geruch von Isras Blut niemals aus der Nase bekommen, und aus Gründen, die ich mir nicht erklären konnte, passte er zum Bild der fremden Frau, die soeben hinter den Häusern hervorgetreten war. Vielleicht lag es an ihrem spöttischen Lächeln, vielleicht auch an den beiden Männern, die sich rechts und links hinter ihr positioniert hatten, als wären sie ihre Bodyguards. Sie stand einfach nur da und starrte uns an, und doch ging von ihr eine Bedrohung aus.

Eine Frau mit langen, weißblonden Haaren.

»Wer bist du?«, flüsterte ich, und sie hob das Kinn, als hätte sie mich gehört. Das Lächeln ging von ihren Mundwinkeln auf die Lippen über, und je breiter es wurde, desto abstoßender fand ich es.

Die Frau war ungefähr so groß wie ich und höchstens ein paar Jahre älter. An einer Schläfe trug sie ein Tattoo, ebenso am Kinn, und ihr langer Mantel mit Fellbesatz klaffte vorn auf. Im normalen Leben hätte ich sie für einen Menschen mit einem seltsamen Geschmack gehalten, der vielleicht gern extravagant feierte und sich dafür entsprechend kleidete. Aber nein, das passte nicht ganz. Dafür wirkte sie zu aufmerksam, fast schon überheblich. Und extrem präsent. Ich wäre ihr aus dem Weg gegangen. Zumindest würde ich jemandem wie ihr nicht den Rücken zuwenden. Die beiden Typen hinter ihr waren deutlich älter als sie und hätten hervorragend in einen Bikerklub gepasst.

»Sieh einer an«, rief die Frau in einem Singsang, der in mir den Wunsch weckte, ihr den Mund zuzuhalten, und mir gleichzeitig eine Gänsehaut verursachte. »Eine wirklich spannende Versammlung. Und es sind sogar ein paar bekannte Gesichter darunter. Nicht wahr, Zachary?«

Sämtliche Blicke richteten sich auf Nathans Cousin. Er kauerte noch immer am Boden, die Jacke um den Körper geschlungen, und stand eindeutig unter Schock. Er sah die Frau nicht an.

Die zwei Biker waren näher gekommen und blieben einen Schritt hinter der Fremden stehen, als wäre sie die Anführerin dieses seltsamen Trios.

*Kein Trio.*

Ich berührte Gabriel, der direkt neben mir stand, am Arm. »Es sind noch mehr.«

»Ich sehe sie«, flüsterte er. »Dahinten stehen mindestens fünf.«

Sein und Nathans Vater gingen an uns vorbei, gefolgt von den Vertretern der anderen Tribes.

»Wir verlangen eine Erklärung«, rief Nathans Dad und ließ es wie eine Drohung klingen.

Die Frau lachte gekünstelt und warf ihre langen Haare über die Schulter zurück. Mich nervte ihre Art. Sie wirkte wie eine selbstverliebte Wahnsinnige, die bei Missachtung ihres Egos ein Blutbad veranstalten würde – und wenn ich mir ihre Begleiter ansah, war das durchaus im Bereich des Möglichen.

»Eine Erklärung wofür genau, James Copeland, großer Anführer der Jaguare und Panther?«, antwortete sie spöttisch. »Für die schlimmen Taten des guten Zachary? Oder für meinen Besuch? Machen wir es kurz: Ich wollte die Tribes von Vancouver Island mit eigenen Augen sehen. Ihre Stärken und Schwächen.« Sie zog eine abfällige Grimasse. »Richtig beeindruckt bin ich nicht.«

Nathan warf mir einen raschen Blick zu und sah dann wieder zu der Frau. Selbst von hier aus bemerkte ich, wie sich seine Augen verengten. »Du hast uns in den vergangenen Tagen beobachtet.«

Gabriel neben mir fluchte leise, und ich warf ihm einen verwunderten Blick zu.

Die Frau lachte wie ein kleines Mädchen, als hätte sie den Bezug zur Realität verloren. »Erwischt. Ich bin schon eine Weile auf eurer Insel. Bei den Wandlern mit ihren ach so ehernen Gesetzen, mit ihrer Moral und all ihren Ängsten. Die Zeit habe ich genutzt. Um zu sehen, wer zu euch gehört. Wie die Tribes aufgestellt sind. Wer wichtig ist. Kronprinzen und so, ihr versteht.« Sie zeigte auf Nathan, dann auf Gabriel.

Ich atmete tief ein. Die Frauen im Park, als Nathan und ich auf dem Felsen gesessen hatten … ich hatte es mir nicht eingebildet. Sie hatten uns beobachtet. Isra hatte erzählt, dass sie von Männern und zwei Frauen entführt worden war. Es passte alles zusammen.

»Wer bist du?«, sagte Nathan. Sein Tonfall stand ihrem in Sachen Abfälligkeit in nichts nach.

Ihr Lächeln flammte auf, als sie sich ihm zuwandte. »Du zuerst.« Sie legte einen Finger an die Schläfe. »Nathan, nicht wahr?« Es fehlte nicht viel, und sie hätte vor lauter Begeisterung in die

Hände geklatscht. »Von dir habe ich einiges gehört. Und gesehen.« Sie zwirbelte an einer Haarsträhne. »Dich würde ich zu gern näher kennenlernen. So wie schon deinen Cousin.«

Zachary hob den Kopf, sein Gesicht nun starr und abweisend. Ich kannte ihn zu wenig, um darin lesen zu können. Er schwieg, aber ich sah ihm an, wie sehr er sich zusammenriss. Ich fühlte mich so ausgeliefert, so unendlich hilflos, und das machte mich vor allem wütend.

»Ein Name wäre nett«, sagte ich halblaut.

Der Kopf der Frau ruckte wie der eines Vogels herum. »Ach, sieh an, Nathans Begleiterin.« Auf einmal war das Süßliche aus ihren Worten verschwunden.

Ich hielt ihren Blick. Wenn sie für mich ein Rätsel blieb, sah ich nicht ein, warum ich ihr etwas über mich verraten sollte. »Genau die. Und jemand, der Isra gekannt hat.«

Die Frau schnalzte mit der Zunge. »Ich wüsste wirklich gern deinen Namen und deine Zugehörigkeit.«

»Und *ich* würde gern wissen, wo Maya ist.«

»Ah, Maya.« Sie verschränkte die Arme vor der Brust. »Noch geht es ihr gut. Wenn ich allerdings deinen Namen nicht erfahre ...«

»Ich heiße Quinn«, rief ich. »Ich bin ein Rotluchs. Bist du nun zufrieden?«

Hinter mir setzte Gemurmel ein. Natürlich, für die meisten Anwesenden war ich einfach nur eine Fremde, die genauso wenig zu ihnen gehörte wie die blonde Frau.

Zum ersten Mal sah ihr Lächeln echt aus. »Ja, doch. Es läuft alles hervorragend. Ich weiß jetzt, wer hier das Sagen hat«, ihr Finger schwenkte durch die Luft, als sie auf die Ratsmitglieder deutete,

»und wer diesen Anführern nahesteht. Familie. So wichtig.« Ihre Stimme war wieder zu einem süßlichen Säuseln geworden.

Edmund Blaise hob eine Hand, und das Gemurmel im Hintergrund verstummte. »Wir kennen dich nicht, aber glaub mir, wir werden herausfinden, wer du bist und was du vorhast. Und wir werden nicht hinnehmen, was hier heute geschehen ist. Das wird Konsequenzen haben.«

Sie sah ihn an, als hätte er etwas wahnsinnig Komisches gesagt. »Ihr kennt mich noch nicht. Das stimmt. Mein Name ist Oona.« Sie breitete die Arme aus. »Und unter anderen Umständen wäre ich vielleicht in eurer Mitte aufgewachsen. Hier draußen, in dieser Idylle.« Das letzte Wort spuckte sie aus, als hätte sie etwas Faules gegessen. »Aber das wusstet ihr zu verhindern, nicht wahr? Die großen Ratsmitglieder.«

»Jetzt reicht es!« Blaise trat einen Schritt vor – und blieb stehen, als die Biker hinter Oona ihre Arme hoben. In ihren Händen funkelte es silbrig.

Ich schluckte hart. Natürlich waren sie bewaffnet. Schließlich griffen sie ein Dorf voller Wandler an.

Oona schnalzte erneut mit der Zunge. »All dieser Stolz. Lass mich dir sagen, Edmund Blaise, dass er zu brechen ist. Ziemlich leicht sogar. Ich kann euch viel schneller in die Knie zwingen, als du ahnst. Zachary war ein harter Brocken, aber letztlich habe ich sogar ihn geknackt.«

Die wenigen Sekunden, in denen ich das Gehörte noch nicht begriff, waren fast schon beruhigend, denn ich hielt sie einfach nur für das Gerede einer Wahnsinnigen. Dann aber sickerten Oonas Worte langsam in meinen Kopf und ließen Alarmglocken schrillen, so viele auf einmal, dass ich beinahe an meine Schläfe gefasst hätte.

*Ich kann euch viel schneller in die Knie zwingen, als du ahnst. Letztlich habe ich sogar ihn geknackt.*

Ich dachte an Zach, an die Verwirrung, nachdem er sich in einen Menschen zurückverwandelt hatte. Mr Blaise hatte es selbst gesagt: Zach war nicht er selbst gewesen – und ebenso entsetzt über Isras Tod wie alle anderen. Als hätte ihn jemand gezwungen, seine Sängerin zu töten, trotz dieser wundervollen, magischen Verbindung zwischen ihnen. Kein Wandler würde das freiwillig tun. Die einzelnen Puzzlestücke wirbelten durch meinen Kopf, und dann setzten sie sich nach und nach zusammen, obwohl ich das Bild nicht sehen wollte. Am liebsten hätte ich die Augen geschlossen und alles ausgeblendet. Vorsichtig ging ich zur Seite und ignorierte Gabriels erstaunten Laut.

»Nathan.« Ich streckte blind eine Hand aus. Er nahm sie, und ich zog ihn näher.

*Sie ist eine Sdáng. Wie ich.*

Nathan nickte kaum merklich und brachte seine Lippen nah an mein Ohr. »Was auch immer geschieht, lass niemanden dein Tattoo sehen«, wisperte er. Es lag Angst in seiner Stimme, und zum ersten Mal begriff ich in vollem Umfang, wie sehr mein Leben in Gefahr war. Die Wandler hatten die Macht einer Sdáng gerade hautnah miterlebt.

Ich vermied es, Isras Leiche anzusehen. War ich auch in der Lage, einen Wandler so sehr zu kontrollieren, dass er sämtliche Grenzen überschritt?

»Wie süß«, höhnte Oona und brachte etwas in mir zum Brodeln.

Sie war mit daran schuld, dass jemand wie ich niemals von den Tribes akzeptiert werden würde. Ich wollte sie dafür hassen, aber momentan spürte ich vor allem Hoffnungslosigkeit. Selbst wenn die Situation nicht völlig eskalierte, gab es für mich keine Zukunft mehr auf Vancouver Island. Dabei hatte ein winziger Teil von mir das trotz allem gehofft. Ich hatte ihnen beweisen wollen, wie harmlos ich für sie war. In mir tobte ein Meer aus Gefühlen: Enttäuschung, weil ich jemanden gefunden hatte, der so war wie ich und doch so anders; Wut, weil Oona mit ihren Worten bestätigte, was die Wandler fürchteten; Verzweiflung, weil ich nicht wusste, was geschehen würde. Und Trauer. Um Isra und Sam und all die anderen.

Oona wandte sich um und gab den Männern, die weiter hinten zwischen den Bäumen standen, einen Wink. Bewegung kam in die Reihen. Jemand näherte sich uns. Ich glaubte, dass es sich um einen weiteren Biker handelte, aber es war eine Frau. Sie war deutlich älter als Oona, ihr dunkles, schulterlanges Haar war von grauen Strähnen durchzogen. Ich starrte auf die Locken, dann auf die rundliche Narbe an ihrer Stirn, und dieses Mal hielt ich mich an Nathan fest, um nicht zu stürzen. Aber ich hatte keine Attacke. Dies war keine Vision, ich befand mich noch immer in der Gegenwart.

»Das … das ist …« Ich warf Tohmah einen Blick zu. Er stand wenige Schritte von mir entfernt, aber ich sah seine Fassungslosigkeit ganz genau.

»Monique?« Sogar Nathans Dad klang unsicher. »Monique Arcand?«

Hatte ich wirklich geglaubt, dass mich nach allem, was geschehen war, nichts mehr erstaunen konnte? Das war also Tohmahs

Tante. Die Frau, deren Unterlagen wir studiert hatten, bis ich die Wahrheit über mich herausgefunden hatte. Die Frau, die ihren Wandler geliebt hatte und vor so vielen Jahren verschwunden war. Die Frau, die für das Tattoo in meinem Nacken verantwortlich war – Tohmah war sich die ganze Zeit schon sicher gewesen, und jetzt, da ich sie vor mir sah, war ich es auch. Sie war älter geworden, in ihren Haaren war mehr Grau, aber sie war es eindeutig. Ich nahm nur am Rande wahr, dass auch sie eine Waffe in der Hand hielt, und versuchte, etwas in ihr zu finden. Eine weitere Erinnerung, etwas, das mir bekannt vorkam. Aber da war nichts.

»Deine Tante, Arcand?«, zischte Gabriel rechts von mir. »Was hat deine Tante mit alldem zu tun?«

»Das wüsste ich selbst gern«, antwortete Tohmah stockend. »Ich dachte, sie wäre tot.«

»Monique?« Auf Mr Blaises Gesicht kämpften Erstaunen, Wut und der Versuch, die Kontrolle zurückzuerlangen. »Großer Gott, ich hätte nicht gedacht …«

Sie verzog den Mund. »Ich auch nicht, Edmund. Ich auch nicht.« Sie lächelte liebenswürdig, ging zu Oona und reichte ihr die Waffe. »Darf ich vorstellen?«, rief sie. »Meine Tochter. Das Kind eines Wandlers und einer Sängerin und daher weit weg von hier aufgewachsen. Ihr müsst verzeihen, wenn sie die Gepflogenheiten von Winter Harbour nicht kennt. Aber wie sollte sie auch?« Ihre Stimme war stechend geworden, von der freundlichen Frau war nichts geblieben. »Hätte ich sie nicht weggebracht, wäre sie getötet worden. Von euch!«

»Was zum Teufel redest du da, Monique?« Dies war der Punkt, an dem Gabriels Vater die Beherrschung verlor.

Mr Copeland trat näher an ihn heran. Jaguare und Panther Schulter an Schulter mit den Berglöwen.

»Genug mit den kryptischen Andeutungen!« Im Gegensatz zu Mr Blaise klang Nathans Dad noch immer ruhig. Zu ruhig. Ein Knurren schwang in seinen Worten mit. »Monique, meine Geduld hält nicht mehr lange. Die Leute, mit denen du hier aufgetaucht bist, haben uns angegriffen, Tote zurückgelassen und Mitglieder der Tribes und der Sänger verschleppt. Dies ist deine Chance, die Dinge zu erklären, ehe es unschön für euch wird.«

»Du willst eine Erklärung?« Monique hob das Kinn. »Also gut. Meine Tochter musste ohne mich aufwachsen. Ich bin damals nach ihrer Geburt zurück nach Nanaimo gekommen, ohne sie, weil ich so dumm war zu hoffen, dass ich Dinge ändern und sie nach Hause bringen kann. Eine ganze Weile habe ich es versucht. Ich habe mit den Sängern geredet. Ich habe mit einigen von euch geredet. Unter anderem mit dir, Edmund. Erinnerst du dich? Über die Verbotenen. Und ich habe andere getroffen, die das gleiche Problem hatten wie ich. Doch sie haben ihre eigene Lösung gefunden. Weil ihr nicht hingehört habt!«

*Scheiße.* Meine Knie wollten nachgeben, aber ich riss mich zusammen. Hatte Tohmah nicht gesagt, dass Monique ihn als Kind zwischenzeitlich weggegeben hatte, ehe sie ganz verschwand? Damals musste sie ihre Tochter zur Welt gebracht haben. Und diese anderen, von denen sie redete … konnten das meine Eltern gewesen sein? *Sie haben ihre eigene Lösung gefunden.* Die Haut in meinem Nacken brannte.

»Das ist Schwachsinn!« Gabriels Dad hatte eindeutig die Nase voll.

Monique wollte etwas sagen, aber Oona gebot ihr mit einer Geste zu schweigen. »Die Chance, Dinge zu klären, ist schon seit Jahren vorbei.« Sie legte den Kopf schräg und musterte die beiden Männer. »Aber ihr versteht es noch immer nicht, oder? Ihr habt das alles selbst verursacht. Meine Mutter musste diesen Ort verlassen. Ihr Zuhause. Und meinen Vater habe ich nicht einmal kennengelernt.«

Schweigen antwortete ihr.

Sie lachte und betrachtete ihre Haarspitzen. »Wisst ihr, es gibt da draußen weitere Tribes. Nicht alle sind eurer Meinung. Manche sehen meine Fähigkeiten als das an, was sie sind. Stärke. Macht. Überlegenheit. Daher haben sie mich bei sich aufwachsen lassen.« Sie deutete nach hinten, und auf ihr Kommando traten weitere Männer aus dem Wald. Ich zählte zehn, allesamt groß und kräftig gebaut, allesamt entschlossen. »Und ich habe mir gedacht, dass ich euch zeige, wie es ist, wenn man etwas Wichtiges verliert. Söhne und Töchter beispielsweise.« Sie betrachtete ihre Fingernägel, aber ihr Lächeln war jetzt kalt.

Das Spiel war vorbei.

»O mein Gott«, murmelte ich, weil ich verstand, worum es ihr und Monique ging. Ihre Motive, ihr Handeln, ihre Wut, die sie kontrollierte. Richtige Motive, falsche Handlungen. Ein Punkt, dem man so oft begegnete. Sie wollte Rache. Dafür, dass man ihr das Zuhause und ihre Familie genommen hatte. Ihr Recht, mit ihrem Tribe aufzuwachsen.

*So wie bei mir.*

Kurz fragte ich mich, in welches Tier sie sich verwandeln konnte, aber erneute Rufe lenkten mich ab. Sie klangen ärgerlich und waren viel zu laut, um normale Fragen zu sein. Oder Kommentare. Oona hatte eine Schwelle übertreten, und die Wandler reagierten.

»Nathan?« Ich tastete erneut nach seiner Hand und beobachtete voller Entsetzen, wie sich Mr Blaise umdrehte, eine Faust in die Luft reckte und etwas brüllte. Nathans Dad versuchte noch, ihn zurückzuhalten, aber es war zu spät. Der Lärm und die Rufe verwandelten sich in puren Hass.

Gabriel und Tohmah rannten auf uns zu.

»Fuck«, zischte Gabriel. »Fuck. Was machen wir jetzt? Was können wir überhaupt tun?«

»Wir kämpfen«, sagte Nathan so ruhig, als wäre nichts von alldem geschehen. Die zwei starrten sich an, dann nickte Gabriel, und wie auf ein Kommando stoben die ersten Blätter hinter uns in die Höhe. Die Luft flirrte, verwirbelte, bildete durchlässige, zarte Trichter aus Silber und Grün. Oona lachte. Sie, die Biker und Monique verschwammen hinter einer Wand aus Magie.

Ich drehte mich um und starrte die Leute an. Manche entledigten sich ihrer Kleidung, andere hielten sich gar nicht erst damit auf, sondern rissen während der Verwandlung daran. Nun weinte niemand mehr, und niemand schrie. Jetzt gab es keine Kompromisse mehr. Die Zeit für Gespräche war vorbei.

Ich holte erschrocken Luft, als Nathan mich beiseitezerrte. »Quinn, du kannst uns helfen.« Sein Blick war eindringlich. Aber das konnte er doch nicht ernst meinen?

Das Panikkribbeln kehrte in meine Brust zurück. »Jetzt? Hier? Ich habe das noch nicht unter Kontrolle, Nathan, das bei dir war vielleicht Zufall.«

»Ich weiß, dass du es kannst.«

In unserer Nähe brüllte ein Tier, und das Geräusch schickte einen Schauer der Erinnerung durch meinen Körper. Hastig griff ich nach Nathans Händen.

Er zog mich näher. »Geh mit Tohmah in Richtung Versammlungshaus und bleib in Deckung. Wenn es zu gefährlich wird, zieht ihr euch nach drinnen zurück. Du musst nicht in der Nähe sein, um deine Kräfte einzusetzen. Und es ist wichtig, dass Tohmah bei dir bleibt. Vielleicht hilft dir das. Ich weiß nicht, ob wir das ohne dich schaffen. Diese Jungs scheinen stark zu sein.«

»Du meinst, diese Bären«, sagte ich, und wie auf Kommando ertönte das Brüllen erneut.

Neben uns stoben Sand und Laub auf, dann stand ein riesiger Berglöwe neben uns. Er grollte Nathan an, als wollte er ihn fragen, warum er noch immer als Mensch Zeit vergeudete. Ich sah mich um. Ungefähr die Hälfte der Anwesenden hatte sich bereits verwandelt. Von den Ratsmitgliedern war nichts mehr zu sehen, dafür strebten Raubkatzen Schulter an Schulter nach vorn – auf Oona, Monique und die Bären zu. Es war ein imposanter Anblick, wie sich die Tribes mischten, um eine Front zu bilden. Ich sah viele Berglöwen und Jaguare, aber auch Rotluchse, was mich mit Stolz erfüllte, und sogar zwei Polarfüchse, wunderschön mit ihrem schneeweißen Fell. Die Tiere waren unruhig. Manche sprangen vor, andere rissen das Maul auf, und zwei Jaguare streunten hin und her, als könnten sie es nicht erwarten. Noch griff niemand an. Vielleicht brauchten die Bären länger, um sich zu verwandeln?

»Quinn?«

Ich sah Nathan an, spürte seinen Atem auf meiner Wange. »Okay. Ich versuche es.«

Ich wollte nicht gehen, da ich zu große Angst hatte, er könnte das hier nicht überleben. Ich wollte nicht noch jemanden verlieren. Mein Herz sprintete los, drängte mich, ihm all das zu sagen, aber er wusste es bereits.

»Sei vorsichtig«, wisperte ich.

»Hey, das ist mein Spruch.« Er lächelte. Dann zog er mich an sich und küsste mich. Es war ein hektischer Kuss, viel zu flüchtig. Nathan umarmte mich, als würde er mich nie wieder loslassen wollen, und obwohl der Augenblick viel zu kurz war, zögerten wir schon zu lange.

»Geh schon.«

Es fiel mir unendlich schwer, aber schon bahnten Tohmah und ich uns einen Weg durch die Wandler, von denen nur noch wenige ihre menschliche Gestalt besaßen. Manche rannten in Richtung Ortskern, nicht gewillt, sich dem Kampf zu stellen. Unter ihnen Joanna. Andere riefen durcheinander, jemand hustete. Ich streifte einen Mann mit der Schulter, der mich nur mit leeren Augen ansah. Überall flirrte die Luft, war von Staub, Erde und Blättern durchzogen. Das Brüllen und Fauchen der Tiere erfüllte Winter Harbour, und es kam mir vor, als würde die Atmosphäre sich verdichten oder zusammenziehen. Als wäre nicht mehr genug Sauerstoff für alle da. Ich rieb mir über die Augen und drehte mich um. Nathans Konturen verschwammen bereits. Atemlos sah ich zu, wie sich kurz darauf der Panther erhob – und ein Bär durch den Schleier auf ihn zuhielt.

»Nathan!« Ich wusste nicht, ob er mich hörte, aber ich spürte die Verbindung zwischen uns und hatte plötzlich wahnsinnige Angst, sie wieder zu verlieren. Wie musste es nur für ihn gewesen sein, als Sam gestorben war?

»Quinn, wir müssen weiter. Wir sind zu nah dran, und du bist zu wichtig!« Tohmah fasste mich am Arm, aber ich blieb stehen. Nathan hatte vermutlich recht, und ich brauchte keinen Sichtkontakt, um einzugreifen, aber ich konnte einfach nicht gehen. Nicht, wenn Nathan sich in einen Kampf stürzte, aus dem er vielleicht nicht zurückkommen würde. Entsetzt sah ich einen Rotluchs zu Boden gehen. Über ihm wuchs ein massiger Berg aus Schwärze und Muskelkraft in die Höhe. Der Bär hob eine Tatze und fegte den Luchs mit einer fast spielerischen Bewegung beiseite. Der Körper flog durch die Luft, überschlug sich mehrmals am Boden und blieb dann reglos liegen.

»Nein«, flüsterte ich. »Das darf nicht sein.«

Zwei Berglöwen drängten den Bären zurück. Ich zählte fünf weitere – dann zerfetzte ein Schuss den Kampfeslärm. Wir hatten keine Zeit mehr.

Ich fuhr zu Tohmah herum. »Ich kann nicht gehen und mich irgendwo verstecken.«

Er wirkte nicht überrascht. »Dann bleiben wir hier.«

Im nächsten Moment hob er eine Waffe. Ich wusste nicht, wie er darangekommen war, aber das spielte jetzt auch keine Rolle. Gut möglich, dass die meisten Leute hier draußen im Besitz von Schusswaffen waren. Wir sahen uns an, er nickte, und ich schloss die Augen.

Zuerst wusste ich nicht genau, worauf ich mich konzentrieren sollte. Jedes Geräusch, jeder Schrei, ob Mensch oder Tier, selbst der Geruch nach nassem Fell und Blut, lenkte mich ab, und ich wartete permanent darauf, noch einen Schuss zu hören. Wenn ich es nicht hinbekam, standen die Chancen schlecht. Ich hatte gesehen, was ein

Bärenhieb anrichten konnte. Mein Mut verließ mich, und ich zitterte, weil ich mich so sehr verkrampfte.

»Es geht nicht«, flüsterte ich. »Ich krieg's nicht hin. Ich weiß nicht, was ich tun muss.«

Ein Fauchen ertönte und verstummte abrupt. Ich riss die Augen wieder auf. War das Nathan gewesen? Hatte es ihn erwischt?

Tohmahs Hand lag fest auf meiner Schulter. »Nicht ablenken lassen.«

»Aber wie?« Ich wollte mich wieder umdrehen, doch er ließ es nicht zu.

»Vertraust du mir?«

»Darum geht es jetzt nicht! Wir haben keine Zeit!«

»Genau. Die haben wir nicht. Daher vertrau mir. Sieh mich an. Nur mich. Und dann such nach unserer Verbindung.«

Ich nahm seine freie Hand und atmete tief ein. Beim Ausatmen schloss ich die Augen. Tohmah war hier, er würde mich warnen, wenn sich Gefahr näherte, und bis dahin … brauchte ich Zeit. Ich musste mir genügend Zeit nehmen, auch wenn das hektische Stimmchen in meinem Kopf mir zuschrie, schon viel zu viel vertrödelt zu haben.

Die Verbindung zu Tohmah fand ich schnell, und sie drängte die Umgebung mit all ihrem Chaos aus meinem Kopf. Lediglich die Wärme seiner Haut war noch da. Ich konzentrierte mich auf das Gefühl, auf diese samtige Festigkeit in einem Meer aus wild durcheinanderpurzelnden Gedanken. Zu abstrakt. Ich brauchte etwas Greifbares. Zum ersten Mal stellte ich mir das Band zwischen uns als Lichtlinie vor, an der ich mich festhalten konnte. Es funktionierte! Ich malte mir die Linie weiter aus, ein Flimmern, gold und silbrig zugleich, und wartete, bis sie nicht mehr verschwand. Anschließend tastete ich weiter und atmete auf, als ich Nathans Präsenz spürte. Er lebte! Das Band zu ihm war zunächst schwach und entzog sich mir wieder, aber ich fand es erneut, und dieses Mal hielt ich es fest – eine weitere Linie aus Licht, die sich streckte und zusammenzog, aber niemals abriss.

Allmählich kristallisierten sich weitere Lichtschimmer in der Dunkelheit heraus. Okay, nun musste ich noch ausmachen, welche zu den Bären gehörten. Aber wie?

Ich fokussierte mich auf die hellen Bereiche. Ein Summen setzte in meinen Ohren ein, und ich spürte den Sog zwischen den Wandlern und mir. Es waren so viele! Die Erde unter meinen Füßen schwankte, oder war ich das? Die Bewegung nahm zu, wurde zu einem Strudel, der drohte, mich in seine Mitte zu ziehen. Wie sollte ich die Individuen voneinander unterscheiden?

»Tohmah«, flüsterte ich. »Ich weiß nicht weiter.«

Er schwieg. »Versuch es mit Gefühlen«, sagte er dann. »Du empfindest etwas anderes für die Angreifer als für die Wandler aus Winter Harbour.«

Erzeugten die Lichtschimmer Gefühle in mir? Ich hielt nach Nathan Ausschau und spürte Wärme in mir aufsteigen. Ich wählte einen anderen Wandler. Eine andere Lichtquelle. Sie erzeugte ein verhaltenes Gefühl in mir, keinen Widerstand, aber auch keine Zuneigung, so wie bei den nächsten Wandlern. Aber dann … ich drückte Tohmahs Hand. Dieses Leuchten wollte ich am liebsten weit von mir schieben, möglichst viel Abstand zwischen uns bringen. Da war keine Angst, auch kein Hass, aber das Ziehen in meinem Körper lag irgendwo dazwischen.

*Das ist es.*

Ich hatte einen Bären gefunden. Jetzt konzentrierte ich mich auf dieses Gefühl. In meinem Kopf fasste ich die Lichter zu einem riesigen Leuchtball zusammen und hielt sie mit meinen Händen in Schach, nur um sie langsam in Richtung Boden zu drücken.

Ein scharfer Schmerz zog durch meine Arme und drohte, sie zu lähmen. Er sammelte sich in meinen Schultern. Allmählich wurde mein Körper taub.

»Quinn?«

Das Licht wurde nicht schwächer, und verdammt, es war so schwer, es an einem Fleck zu halten. So … unnatürlich. Mein Atem klang überlaut in meinen Ohren wie mein Herzschlag, und nur Tohmahs Stimme setzte sich über das alles hinweg.

»Quinn …«

»Gleich«, keuchte ich. »Nur noch ein wenig.«

Endlich wurde es leichter. Ich sammelte noch einmal all meine Kraft, dann drückte ich meine Hände weiter nach unten, bis sich der Schimmer wie mystisch glitzernder Bodennebel ausbreitete.

Abrupt riss ich die Augen auf. Tohmah hielt den Blick auf etwas hinter mir gerichtet, spannte den Hahn der Pistole und zog mich mit der freien Hand hinter sich. Ich drehte mich um. Der Bär war allerhöchstens fünf Meter von uns entfernt – und bremste aus vollem Lauf ab, als ich ihm entgegentrat. Er trottete ein paar Schritte zur Seite und schüttelte sich dann, als wollte er eine Fliege vertreiben.

»Es hat funktioniert«, presste ich hervor und versuchte, meine Beine zu ignorieren, die so sehr zitterten, dass meine Knie aneinanderschlugen. »Aber ich glaube nicht, dass ich die Kontrolle lange halten kann.« Vor allem, da mir mittlerweile übel war.

Tohmahs Hand auf meiner Schulter drückte leicht zu. Ich beobachtete, wie der Bär sich aus dem Staub machte, und sah Dinge, die ich nicht sehen wollte.

Der Boden war mit reglosen Körpern gepflastert. Manche menschlich, andere noch in Tierform. Ich entdeckte zwei Bären, einen Polarfuchs, einen Berglöwen. Dahinter weitere Bündel, die ich nicht erkennen konnte.

»O Gott.« Der Geruch nach Blut war stärker geworden, und ich verlor die Kontrolle über die Bärenwandler – und über meinen Körper. Ich sackte einfach zusammen, als wären sämtliche Knochen verschwunden.

»Quinn?« Tohmah war augenblicklich bei mir und zog mich wieder auf die Füße. Da waren keine Kampfgeräusche mehr. Die Schlacht war vorbei.

»Kannst du stehen?«

Ich nickte.

Er ließ mich vorsichtig los, ging neben einer Frau in die Knie und drehte sie auf den Rücken. Sie war nackt und musste sich schwer verletzt zurückverwandelt haben. Er hielt zwei Finger an ihren Hals, schloss ihre Augen, nahm ein Kleidungsstück vom Boden und bedeckte sie damit. Als er aufstand, gellte ein Schrei durch die Luft. Er war schrill, wie ein Kreischen. Ich taumelte vorwärts, drängte mich durch wenige Menschen und erreichte die Wandler, die diese Schlacht überstanden hatten. Manche waren verletzt, ein Polarfuchs hockte am Boden und blutete aus tiefen Wunden an der Flanke.

In einiger Entfernung stand Oona. Sie war unversehrt und hatte zwei Bären an ihrer Seite. Im Hintergrund hielten zwei Männer je einen Gefangenen fest.

*Nein!*

Erneut verlor ich den Boden unter den Füßen. Ich kam hart auf, doch jemand zog mich wieder in die Höhe. Zu meiner Verwunderung sah ich in das Gesicht von Gabriel.

»Nathan ...«, sagte ich. Dann mobilisierte ich meine letzten Kräfte. »Nathan!«

Gabriel bekam mich gerade noch zu fassen. Er schlang einen Arm um meine Taille und hielt mich fest.

Wütend schlug ich auf ihn ein und versuchte, mich loszureißen. »Wir müssen ihm helfen!«

»Es ist zu spät«, sagte er leise. »Sieh doch.«

Er deutete auf die Biker, und jetzt erkannte ich die Waffenläufe, die sie Nathan und dem anderen Typen gegen den Hals drückten.

Oona hielt ebenfalls eine Waffe in der Hand und schwenkte damit wild von links nach rechts und wieder zurück. Sie konnte jederzeit abdrücken, und ich zweifelte nicht daran, dass sie keine Skrupel hätte, jemanden zu erschießen. Die Frau war wahnsinnig. Von Monique war keine Spur zu sehen.

»Ihr hättet mir ruhig verraten können, dass ihr jemanden mit besonderen Fähigkeiten versteckt«, rief Oona. Sie hielt mit geöffnetem Mund inne und starrte einen nach dem anderen an, als könnte sie so herausfinden, wer der oder die zweite Sdáng war. Mir wurde heiß und kalt, und Gabriels Griff verstärkte sich.

*Nicht.*

»Jemand, der mir ebenbürtig ist und sich in das Hirn meiner Bären geschlichen hat. Es wundert mich, dass ihr so eine Person in eurer Mitte duldet! Ihr, die ihr Mischlinge doch ansonsten tötet!« Sie zielte und tat so, als würde sie abdrücken.

»Sie ist krank«, murmelte ich.

Schlagartig erlosch das Lächeln auf Oonas Gesicht. »Ihr habt drei meiner Jungs getötet. Das ist sehr unhöflich, und daher nehme ich zwei von euch mit. Oh, ich meinte natürlich drei!« Sie hielt einen Finger in die Luft. »Zachary!«

Vom Rand der Siedlung löste sich ein Schatten und wuchs zu einem Panther heran. Zachary lief unruhig zu Oona und wieder zurück.

»Sagt Auf Wiedersehen zu euren Söhnen. Sie werden ab sofort woanders leben. Ohne ihre Familien. Es war schön mit euch.«

Die Bären drehten sich um und folgten dem Panther.

Nathan sah mich an, ehe ihn die zwei Kerle, die ihn festhielten, brutal mitschleppten. Ich dachte an Zachary, an das, was Oona ihm angetan hatte, wozu sie ihn gebracht hatte – und die Verzweiflung schlug mir so hart in den Magen, dass ich mich krümmte.

»Wir holen dich da raus«, flüsterte ich und wünschte mir, er würde mich hören.

Oona gab ihren Jungs einen Befehl, hob ihre Waffe und drückte ab. Die Kugel schlug nur einen Schritt von uns entfernt in den Boden. Viele wichen zurück, aber Gabriel, Tohmah und ich rührten uns nicht. Die Wandler von Winter Harbour starrten den Bären hinterher, bis sie zwischen den Bäumen verschwunden waren.

Wir hatten sie vertrieben, aber trotzdem verloren.

# Epilog

## QUINN

Die Versammlungshalle der Wandler erinnerte mich an eine traditionelle Stätte. Die großen Türen waren zwar mit hochmodernen Schlössern gesichert – und einem Wachmann, der uns mit stoischem Gesichtsausdruck entgegensah –, aber die aufwendigen Holzschnitzereien zeugten von Geschichten aus längst vergangenen Zeiten. Ich war sicher, sie stammten aus Sams Werkstatt.

Tohmah neben mir hatte den Kopf zurückgelehnt und starrte ins Nichts. Ich wusste nicht, wie lange wir hier bereits warteten. Aber eines wusste ich: Es kostete mich all meine Kraft, sitzen zu bleiben. Ich hatte so wahnsinnige Angst, dass ich glaubte, die Warterei keine Minute länger durchstehen zu können. Angst um mich, um Nathan, um Maya. Aber ich musste sie verdrängen.

Ich zwang meine Gedanken zurück zum Angriff. Nicht zu den Toten, sondern zu Oona. Sie war eine Sdáng wie ich und Monique Arcands Tochter. Ich rief mir noch einmal den Moment ins Gedächtnis, in dem Monique aufgetaucht war – Tohmahs Tante, die mich tätowiert hatte. Mein Vater musste sie darum gebeten haben, um meine Kräfte zu unterdrücken. Schließlich kannte sie die alten Symbole und hatte sich jahrelang damit beschäftigt.

*Die alte Magie.*

Ich dachte an Sam und tastete, ohne nachzudenken, nach Tohmahs Hand. Bei dem Gedanken an Sams ruhige Art und seine freundliche Stimme schossen mir die Tränen in die Augen.

»Oona«, raunte ich. »Sie ist eine Sdáng.«

Allein der Name weckte den Wunsch in mir, ihr den Hals umzudrehen. *Sie ist wie ich,* hatte ich zuerst sagen wollen, aber das stimmte nicht. Es hätte keinen größeren Unterschied zwischen ihr und mir geben können.

»Und sie ist verrückt«, fuhr ich fort. »Sie tut das alles aus Rache, aber ihr Auftreten … und all diese Tattoos. Waren das zeremonielle Symbole?«

»Ich weiß es nicht.« Tohmah legte einen Arm um mich und zog mich an sich.

»Und Monique?«, flüsterte ich. »Denkst du, sie hat dich nicht erkannt?«

»Ich denke, sie wollte mich nicht erkennen. Vielleicht hat ein Teil von ihr Zweifel an dem, was sie getan hat.«

Ich richtete mich wieder auf. »Es tut mir so leid, Tohmah.« Es musste ein Schock für ihn gewesen sein, Monique nach all den Jahren wiederzusehen und herauszufinden, dass sie zu einer Feindin geworden war.

»Das muss es nicht. Du weißt doch, mein Platz ist hier.«

Mit einem Mal begriff ich, welche Stärke Sänger und Wandler aus ihrer Verbindung zogen. Tohmah würde immer für mich da sein – und ich für ihn. Wir würden zusammen trauern, ob es uns beide anging oder nicht.

»Was denkst du, was sie mit mir vorhaben?« Ich starrte zur Tür.

Nathans Dad hatte die Bestandaufnahme nach dem Kampf anderen übertragen und sich mit den Ratsmitgliedern in die Versammlungshalle zurückgezogen. Mir hatte er befohlen zu warten. Es wäre utopisch gewesen, eine Flucht zu versuchen. Sie hätten mich niemals gehen lassen.

»Nach allem, was passiert ist, sehen deine Chancen ganz anders aus, Quinn. Du hast auf der Seite der Tribes gekämpft.«

»Wie anders? Gut?«

Ehe er antworten konnte, öffnete sich die Tür. Der Wachmann gab uns einen Wink, und ich stand mit zitternden Knien auf. Seite an Seite mit Tohmah betrat ich die Versammlungshalle. Auch der Vorraum war über und über mit Schnitzereien verziert. Die verschlungenen Motive erinnerten mich an die Tattoos der Wandler, und an manchen Stellen schienen mir Raubtierköpfe aus dem dunklen Holz entgegenzuspringen. In regelmäßigen Abständen schimmerte Perlmutt dazwischen hervor.

Wir traten durch eine zweite Tür, etwas schmaler, aber ebenso massiv wie die am Eingang und ebenfalls bewacht.

Der Hauptraum war so riesig wie die Vorlesungssäle an der Uni, nur dass ein Teil der Wände ebenfalls mit Schnitzereien versehen war und das Dach hoch über uns spitz zulief. Darunter spannten sich dicke Balken, in die verschiedene Tribe-Zeichen geschnitzt waren.

Die Ratsmitglieder saßen an einem länglichen Tisch, auf der anderen Seite erstreckten sich Sitzreihen bis zur Wand.

Als wir eintraten, drehten sich alle zu uns um. Neben Edmund Blaise und James Copeland waren zwei Frauen und zwei weitere Männer anwesend. Die Spannung in der Luft legte sich schwer auf meine Schultern. Vor allem Gabriels Vater musterte mich, als wäre ich für alles verantwortlich.

»Quinn«, sagte eine Frau und winkte mich mit einem Lächeln heran. »Und Tohmah. Setzt euch zu uns.« Sie klang freundlich.

»Das ist Patricia Naganash«, flüsterte Tohmah mir zu. »Sie ist die zweithöchste Sängerin.«

Die Haut in meinem Nacken kribbelte. Wenn ich noch länger herumstand, würde das vielleicht irgendwie schuldig wirken, also setzte ich mich in Bewegung. Patricia nickte, und ich ließ mich auf einen Stuhl fallen.

»Leider gibt es noch keine Neuigkeiten über die entführten Wandler. Oder ihre Sänger.« Patricia schien meine Gedanken zu lesen.

Nathans Vater dagegen starrte mich an, als wäre ich für ihr Verschwinden verantwortlich. »Wir wissen nicht einmal, ob sie noch am Leben sind«, sagte er düster. Er hatte die gleichen Augen wie sein Sohn, und es fiel mir schwer hineinzublicken. Sie erinnerten mich so sehr an Nathan.

Ich verkrampfte mich bei dem Gedanken an ihn. Allein die Vorstellung, dass er sich in der Hand derjenigen befand, die seinen Sänger getötet hatten, verursachte mir Übelkeit. Nur zu gern hätte ich nach der Verbindung zwischen uns gesucht in der Hoffnung, dass er sich verwandelt hatte. Aber es ging nicht. Nicht vor all diesen Ratsleuten, die mir eindeutig misstrauten. Ihre Blicke ruhten auf mir, und auf einmal wurde mir klar, welchen Trumpf ich in der Hinterhand hatte. Jetzt, da Sam tot war, gab es keine offiziell bekannte Verbindung zu Nathan. Auch Zach war durch Isras Tod unerreichbar. Es gab nicht einmal die Chance, die anderen Entführten zu erreichen, weil ihre Sänger mit ihnen verschwunden waren. Oonas Leute hatten ganze Arbeit geleistet.

»Wir wissen allerdings, dass unsere Verluste auf das Konto einer Verbotenen gehen«, fügte Gabriels Vater hinzu. »Auf das von Monique Arcands Tochter. Sie ist der Beweis, wie gefährlich es ist, wenn Wandler und Sänger ein Kind in die Welt setzen. Etwas, von dem wir nun deutlich gesehen haben, dass wir es verhindern müssen. Um jeden Preis. Damals haben wir nicht rechtzeitig gehandelt.«

Ich erschauerte unter seinem Blick. In meinem Hirn setzten sich Rädchen in Bewegung und spuckten das passende Bild aus.

»Sie haben ihn getötet«, sagte ich. Meine Stimme stolperte, und obwohl ich saß, fühlte es sich an, als würde ich fallen. »Sie haben den Wandler umgebracht, in den sich Monique Arcand verliebt hat.«

»Wir wussten, dass Monique sich nicht an die Regeln hielt, damit hatte sie schon immer Probleme. Und Dwayne Hanak war so vernarrt in sie, dass er alles für sie getan hätte. Zuerst haben wir ihn verbannt, aber er hat diese Warnung missachtet. Uns blieb keine andere Wahl. Nur waren wir leider zu spät, wie wir heute schmerzhaft erfahren mussten.«

Er schüchterte mich ein, aber ich war so wütend auf ihn, dass ich trotzdem Worte fand. »Haben Sie auch meine Eltern umgebracht?« Ich fror, nachdem ich es ausgesprochen hatte.

Er lehnte sich vor, und ich war nicht sicher, ob ich zurückweichen oder ihm das Gesicht zerkratzen sollte. »Wir wissen momentan nicht einmal, wer deine Eltern sind, und das hat auch keine Priorität. Ich erzähle dir das, damit du uns verstehst. Wir tun alles, um unser Volk zu schützen. Und wir haben gesehen, wozu eine Verbotene fähig ist. Wie sie in die Köpfe der Wandler eindringen und sie negativ beeinflussen kann. So wie bei Zachary.«

»Ihr habt aber auch das Gegenteil gesehen, wie ich gehört habe«, warf ein Mann ein, der deutlich älter war als alle anderen am Tisch. Er sprach ein wenig schleppend und strahlte eine sanfte Autorität aus. Seine Haare reichten ihm bis weit über den Rücken, ihre Ebenholzfarbe bildete einen interessanten Kontrast zu den hellen Augenbrauen. »Denn sind die Bären nicht gestoppt worden?«

Bis auf Gabriels und Nathans Dad sahen mich alle an. Ich hielt den Kopf aufrecht und gab vor, keine Angst vor ihnen zu haben, während ich meine Finger unter dem Tisch schmerzhaft verknotete.

Eine der Frauen beugte sich vor und verzog die Lippen. Sie wirkte dabei nicht unfreundlich, und ich glaubte nicht, dass sie etwas gegen mich persönlich hatte.

»Wir haben gesehen, was ein Doppelsymbol auf der Haut anrichten kann. Es ist nicht leicht, die Magie beider Seiten in sich zu tragen. Früher sagte man, dass sich die Geister streiten, wenn sie zu nah beieinander wohnen, und das zieht den Träger des Tattoos in Mitleidenschaft. Es wird schlimmer, wenn der Verbotene seine Kräfte öfter anwendet, weil die Magie dann mehr Raum bekommt. Und man dadurch wahnsinnig wird.«

So fühlte es sich für mich nicht an. Im Gegenteil, seit der Verbindung mit Tohmah waren meine Attacken verschwunden, und ich hatte etwas gefunden, nach dem ich viel zu lange gesucht hatte und das schwer zu beschreiben war. Eine Gewissheit, die mir sagte, dass dies mein Platz im Leben war – zumindest vorläufig.

Ich räusperte mich. »Und was bedeutet das nun für mich?«

Auf meine Worte folgte Totenstille, dann kam Unruhe auf. Manche der Anwesenden steckten die Köpfe zusammen.

Gabriels Vater hob eine Hand, und das Murmeln verstummte. »Ich kann dir sagen, was das für *uns* bedeutet: Du bist achtzehn Jahre alt und scheinst bei gesundem Verstand zu sein. Was mich erstaunt angesichts dessen, was heute geschehen ist. Trotzdem bist du ein ebenso unsicherer Faktor wie jeder andere Verbotene auch.«

Ich zwang mich, normal weiterzuatmen. Mich an meiner Wut festzuhalten und nicht an der Angst. »Ich habe euch geholfen! Ohne mich wären die Verluste größer gewesen.«

»Das stimmt«, sagte Nathans Dad und verengte die Augen. Er wirkte nachdenklich. »Aber für uns steht die Sicherheit der Tribes an erster Stelle.«

Allmählich drängte sich die Angst hartnäckig in den Vordergrund – um Nathan, aber auch um mich selbst. Was wollte Mr Copeland mir damit sagen? Am liebsten hätte ich Tohmah angesehen, aber ich traute mich nicht. Mittlerweile fragte ich mich, ob ich nicht doch wahnsinnig geworden war, weil ich nicht einfach losrannte, einen Wagen stahl und mich in Belles Wohnung verschanzte. Eine Berührung an meiner Hand riss mich aus meinen Gedanken. Tohmah.

»Sollten wir uns nicht zuerst fragen, wie wir unsere Leute zurückbekommen, bevor wir ein Urteil über Quinn fällen?«

»Ein guter Einwand«, erwiderte der alte Mann. »Wir haben die Sänger der Schwarzbären kontaktiert. Sie leben drüben in Alberta. Aber sie sagen, sie kennen niemanden, auf den die Beschreibungen von Monique und Oona passen.«

»Ich kann Nathan finden«, platzte ich heraus und sicherte mir die uneingeschränkte Aufmerksamkeit.

Nathans Dad musterte mich. »Woher willst du das wissen?«

»Ich … spüre ihn. Da ist eine Verbindung zwischen uns. Ich kann ihn erreichen, wenn er sich verwandelt.«

»Unsinn«, sagte sein Vater scharf. »Sam Tafoya war Nathans Sänger, und er ist tot.«

Einen Augenblick lang herrschte erneut Totenstille.

»Ja, Sam war sein Sänger«, sagte ich leise. »Und sein bester Freund. Aber die Verbindung zu mir ist trotzdem da. Ich weiß auch nicht, warum das so ist.« Es war raus, und ich fühlte mich, als wäre ich in vollem Lauf gegen eine Wand geprallt.

In den folgenden Sekunden ähnelte die Runde einem Gemälde. Niemand bewegte sich. Vielleicht hielten auch alle den Atem an – bis auf Tohmah, der unter dem Tisch einen Daumen hob, was sonst niemand sehen konnte.

Nach und nach kehrten die Geräusche zurück. Zunächst ein Scharren von Füßen, dann rückte ein Stuhl, jemand flüsterte etwas. Patricia atmete laut aus und beugte sich dann zu ihrem Tischnachbarn. Nathans Dad und Gabriels starrten mich an, als hätte ich ihnen soeben den Krieg erklärt.

Ich konnte die Zwickmühle nachvollziehen, in der sie steckten. Eine Verbotene, die ihnen am gefährlichsten werden konnte, war ihre einzige Option. Wenn sie mir glaubten.

Allmählich ließen die Diskussionen nach, dann beugte sich der alte Mann vor. »Es ist eine Möglichkeit.« Blaise wollte widersprechen, doch der Sänger hob eine Hand. »Wir haben mehr als ein Problem. Zum einen wissen wir nicht, wo sich die Gruppe aufhält, die uns angegriffen hat. Die Bären haben keine Verbindungen zu den Sängern in Alberta.«

Ich spürte die Aufregung in meinen Armen und Beinen, meinem Bauch, meinem Nacken – sie wanderte durch meinen ganzen Körper und machte mir klar, dass ich die Karten in der Hand hielt und sie nur richtig ausspielen musste, um heute zu gewinnen. Leider war ich keine Spielerin.

Langsam stand ich auf. »Ich kann Nathans Spur folgen. Es sind nur kurze Bilder und ein Gefühl, aber wir können diese Hinweise nutzen. Und wo immer er ist, wird Oona nicht weit sein. Sie ist diejenige, die euch gefährlich werden kann. Nicht ich.« Ich sah von Mr Blaise zu Nathans Dad, zu Tohmah, zu den anderen Wandlern und den Sängern.

Dieses Mal gab es kein Gemurmel, keine Blicke wurden getauscht.

Mr Blaise schob seinen Stuhl zurück, sodass Holz über Stein schabte, und stand langsam auf. Er überragte mich um mehr als einen Kopf. »Da liegst du falsch«, sagte er leise und so drohend, dass mir eiskalt wurde. »Du kannst uns sehr gefährlich werden. Du hast es bereits gehört. Uns geht es vor allem um die Sicherheit der Tribes.« Er zog ein Handy aus der Hosentasche und tippte etwas ein.

Verwirrt wechselte ich einen Blick mit Tohmah, dann erklang ein Dröhnen. Jemand hatte die große Eingangstür der Halle geöffnet.

»Was …«

Der Wachmann, der vor der Halle gewartet hatte, trat ein und nickte knapp.

Gabriels Dad deutete auf mich. »Sperr *die Verbotene* weg. Wir werden uns nach der Feier um dieses Problem kümmern.«

»Was?« Ich stand auf und wich zurück. »Nein! Habt ihr denn nicht zugehört? Ich … Lass mich!«

Der Kerl hatte mich gepackt, und sein Griff war stahlhart. Ich versuchte, mich loszureißen. Tohmah war aufgesprungen, rief etwas und lief auf mich zu, aber Mr Copeland vertrat ihm den Weg. Unsere Blicke trafen sich, und dieses Mal fand ich nichts darin, das mich an Nathan erinnerte. Da war nur Entschlossenheit und erschreckende Härte.

Ich wollte noch etwas sagen, aber der Wachmann schob sich in mein Sichtfeld, schüttelte fast schon entschuldigend den Kopf und hob eine Hand. Einen Sekundenbruchteil später explodierte etwas an meiner Schläfe. Ich spürte noch, wie sich eine seltsame Taubheit durch meinen gesamten Körper fraß, ehe die Schwärze über mir zusammenschlug.

# Danksagung

Das war er, der erste Teil der Geschichte um Quinn und Nathan.

In Gedanken bin ich bereits bei Band 2, aber auch bei denjenigen, die mir geholfen haben, meine Gestaltwandler ins Leben zu rufen.

Der Kontakt zum Verlag kam über meine Agentur (danke an Kristina und Gesa!), und nachdem ich mir Gedanken darüber gemacht habe, welche Gestaltwandler mich im Laufe meines Lebens begeisterten (Odin, Dracula, Odo aus Deep Space Nine, der Froschkönig), habe ich Ideen skizziert und sie mit meiner Lektorin (Nadja, danke für kontinuierliches Ideen-Ping-Pong, Telefonate und stets offene Ohren!) ausgearbeitet.

Aber natürlich waren noch andere beteiligt:

– All die Elche, Bären, Karibus, Robben, Orcas, Kolibris und weitere Tiere, denen ich in Kanada begegnet bin (und die wahnsinnig netten Menschen dort, die ihr Land so sehr lieben, dass es ansteckend ist).

– Simone, Kirsten, Kathrin, Anke, Anna, Jaki und Katja, die mit mir auch mal nachts über Texte und Ideen diskutieren oder rasch

500 Seiten in einer Woche dazwischenschieben, weil jemand gern ein schnelles Feedback hätte.

– Marc, der versucht hat, die Unterschiede zwischen Raubtieren für mich schauspielerisch nachzustellen. Es war zwar wenig förderlich für das Buch, aber ich habe seitdem mehr Bauchmuskeln.

– Sarah, Sabine, Vinny und Giuli, die selbst nach rudimentären Beschreibungen großartige Zeichnungen auf das Papier bringen.

– Josie, die mit mir durch British Columbia gefahren ist und nicht vor Schreck gebremst hat, als ich mitten auf dem Highway »Ein Grizzly, ein Grizzly!« brüllte.

– Franziska sowie sämtliche Mitarbeiter im Verlag, die einen unheimlich scharfen Blick besitzen und so viele tolle Ideen einbringen.

– All die Leute, die ich nun vergessen habe.

Letztlich: Danke an alle Leser dort draußen. Ich bin immer begeistert, wenn ich jemanden mit einem Buch in der Hand sehe. Wenn es dann noch meines ist, umso besser.

Macht weiter so! Ihr seid toll.

# LESEPROBE

»Night of Crowns«
Band 1: Spiel um dein Schicksal
von Stella Tack
ISBN 978-3-473-58567-0

»Bist du sicher, dass wir hier richtig sind?« Mit gerunzelter Stirn sah ich aus dem Autofenster, hinter dem die dicht stehenden Bäume so nah an uns vorbeischossen, dass immer wieder Zweige gegen die Scheibe schlugen.

»Natürlich bin ich mir sicher. Sei nicht so ein Schisser, Alice«, gab Cordy zurück und schaffte es dabei, jede Wurzel und jedes Schlagloch mitzunehmen, die sich vor uns auftaten. Dass sie dabei nicht vom Gas ging, machte die ganze Sache nicht gerade weniger holprig.

Die altersschwachen Scheinwerfer des Trucks schnitten einen schwachen Lichtkegel durch den dunklen Wald und beleuchteten die zerfurchten Baumstämme, die wie gigantische Riesen mit runzligen Gesichtern an uns vorbeizogen.

Die Wälder in Maine waren irgendwie gruslig. Vor allem um Mitternacht mitten im Nirgendwo. Cordy – eigentlich Cordelia, meine beste Freundin und Cheerleader-Captain der Highschool von Foxcroft – schnalzte genervt mit der Zunge, als ihr Truck ein röhrendes Geräusch von sich gab, während sie ihn wie einen sturen Gaul um die nächste Kurve jagte. Es rumpelte, und für eine Sekunde verlor der gesamte Wageninhalt die Bodenhaftung. Mein Magen inklusive.

»Cordy!«, beschwerte ich mich, während ich mich Hilfe suchend am Armaturenbrett festkrallte. »Jetzt fahr doch mal langsamer! Laut Navi sind wir hier im absoluten Nirgendwo. Wir haben uns verfahren, hier oben feiert doch nie im Leben jemand eine Party.«

Cordy schenkte mir einen Blick, der deutlich machte, was sie von Spaßbremsen auf ihrem Beifahrersitz hielt. »Entspann dich, Alice. Das blöde Ding ist totaler Schrott. Neulich wollte es, dass ich als Abkürzung zur Schule durch ein Maisfeld fahr.« Mit einem sorgfältig manikürten Fingernagel tippte sie gegen den Bildschirm des Navis.

»Wir haben Ende November, da gibt es gar keinen Mais«, erinnerte ich sie.

»Aber Felder«, hielt sie dagegen, während sich das Navi blechern dazwischenschaltete.

*»Bei der nächsten Möglichkeit bitte wenden«*, sagte die Stimme zum gefühlt hundertsten Mal.

»Da, schau! Schon wieder nur so ein blödes Feld«, murrte Cordy. Als ich auf den Bildschirm lugte, sah ich tatsächlich nur eine schier endlos große grüne Fläche, die sich angeblich vor uns ausbreitete. Als würden wir direkt ins Nichts hineinfahren.

»Wer kauft auch schon ein Navi bei Walmart?«, stichelte ich grinsend.

Cordy warf mir einen pseudogiftigen Blick zu, während wir über die nächste Wurzel rumpelten. Der pinke Plüschwürfel an ihrem Rückspiegel pendelte wild hin und her – genauso wie mein Kopf.

»Wir sind eben nicht alle so reich, dass wir uns eine Villa leisten können«, gab sie zurück und ging im nächsten Moment abrupt vom Gas, als die Augen eines Rehs im Scheinwerferlicht aufleuchteten.

Der Truck hustete, und es knallte laut. Mir stieg ein verschmorter Geruch in die Nase, von dem ich schwer hoffte, dass er nicht aus dem Motor kam. Das Reh schreckte zusammen und floh ins Unterholz.

»Ich bin nicht reich, Cordy, und das weißt du auch genau.«

»Äh, und warum wohnt ihr dann in einer gigantischen alten Villa?«

Ich schnitt ihr eine Grimasse und vergaß dabei zum ersten Mal, seit sie aufs Gaspedal getreten war, Angst um mein Leben zu haben. »Das Haus ist uralt, es tropft durch die Decke, die Heizung existiert praktisch nicht, und ich glaub, wir haben Fledermäuse. Und wenn Granny Emerald keinen Schlaganfall gehabt hätte, würde ich immer noch in der Zweizimmerwohnung in Louisiana leben«, erinnerte ich meine Freundin an die Umstände, die meine Mom und mich vor zwei Jahren nach Foxcroft gebracht hatten und die ihr eigentlich durchaus bekannt waren. Cordy hatte allerdings das unschlagbare Talent, sich die Realität so zurechtzubiegen, wie es ihr gerade passte.

»Villa bleibt Villa«, behauptete sie und trat im nächsten Augenblick wieder so abrupt auf die Bremse, dass ich hart gegen meinen Gurt geschleudert wurde. Der Motor des Trucks stotterte und starb hustend ab.

»Verdammt, Cordy, was soll das?«, krächzte ich, während ich noch versuchte, mich von dem jüngsten Schleudertrauma zu erholen.

»Wie, *was soll das?* Wir sind da!« Cordy grinste mich triumphierend an und warf ihr langes dunkles Haar über die Schulter. Sie trug immer noch die Uniform des Diners, in dem sie nach der Schule jobbte. Sie sah darin aus, als käme sie direkt aus einem Schwarz-Weiß-Film aus den Sechzigern.

»Hier soll die Party sein?«

Skeptisch sah ich aus dem Fenster. Die Bäume draußen standen so dicht, dass ich ernst zu nehmende Zweifel hegte, dass hier überhaupt eine heimliche Party stattfinden konnte. Meine Abneigung dagegen, die warme Fahrerkabine zu verlassen, ließ mich noch unruhiger auf dem plüschigen rosa Sitz hin und her rutschen.

Stirnrunzelnd tippte Cordy gegen das Navi, das anzeigte, dass wir gerade mitten im Nirgendwo von Maine parkten. »Jupp! Keine Ahnung, Lust auf eine kleine Expedition?«, fragte sie mit diesem für sie typischen Funkeln in den Augen.

Ich kniff mir in die Nasenwurzel.

»Könntest du mich bitte noch mal dran erinnern, warum wir eigentlich befreundet sind?«

»Vielleicht, weil ich Thomas Buffort die Nase gebrochen hab, als er dir an deinem ersten Schultag an den Hintern gegrapscht hat?«

»Stimmt …« Ich grinste. »Das war hammer.«

»*Ich* bin hammer«, hielt Cordy lachend dagegen und kramte im Fußraum nach ihrer Handtasche, aus der sie ein Kleid zog, das so kurz war, dass es diesen Namen eigentlich gar nicht verdiente. »Außerdem füttere ich dich mit Pommes und Sandwiches, wenn deine Mom wieder mal eine 36-Stunden-Schicht schiebt. Ohne mich würdest du verhungern, komplett vereinsamen und wahrscheinlich den Feldmäusen in deiner Villa Namen geben.«

»Schon gut, schon gut, hast mich ja überzeugt. Du bist eine tolle Freundin«, sagte ich und tat dabei so, als würde ich ihr einen Orden anstecken.

»Und du bist lustig und hilfst mir in Mathe, darum füttre ich dich gern«, erwiderte Cordy großzügig, ehe sie aus ihrer altbackenen Diner-Uniform schlüpfte, die nach Würstchen und Waffeln roch, und sich das winzige Taschentuchkleid über den Kopf zog. Zumindest war Cordy praktisch genug veranlagt, bei einer heimlichen Party mitten im Wald ihre dicke Strumpfhose und die schwarzen Docs anzulassen. Wobei man in Foxcroft gezwungenermaßen pragmatisch wurde. Vor allem, wenn es nachts schon Frost gab und man sich auf dem unebenen Waldboden nicht die Beine brechen wollte.

Während Cordy ihr Make-up auffrischte, öffnete ich die Autotür und zwang mich, in die Kälte hinauszuspringen.

Der feuchte, kalte Boden roch nach Gras, Erde und Tannennadeln, und die Herbstluft schmeckte bereits nach Schnee und Winter. Trotzdem war ich froh, die schwarze Jeans mit Riss am Knie sowie das uralte, dick gefütterte Karohemd meines Dads angezogen zu haben. Ich ging um das Auto herum zur Fahrerseite.

»Bist du bald fertig?«, erkundigte ich mich bei Cordy, die vor dem Spiegel in der Sonnenblende ein Duckface zog, während sie den Lippenstift zuschraubte.

»Jetzt schon«, sagte sie sichtlich zufrieden, klappte die Sonnenblende wieder hoch und sprang zu mir nach draußen.

Betont skeptisch sah ich mich um und rückte näher an sie heran. »Du weißt schon, dass wir hier gerade mitten in ein Splatterfilmszenario reinstiefeln, oder? Zwei Mädchen, die sich in einem dunklen Wald auf eine Party schleichen. Fehlt eigentlich nur noch, dass jemand unsere Reifen zerschneidet.«

Mit gespieltem Entsetzen starrte ich sie an.

»Keine Sorge …«, Cordy tätschelte mir die Schulter, »… die

Streber sterben als Letztes. Die Mörder vergreifen sich immer zuerst an den Hübschen. Vorläufig bist du also sicher.«

»Ha, ha, ha, danke, Cordy.«

Sie grinste breit. »Was denn? Wer hat heute beim College-Vorbereitungstest neunundneunzig Prozent der SIT-Punkte abgeräumt? Ich jedenfalls nicht.«

»Dafür bist du Ballkönigin geworden«, erinnerte ich sie an den Herbstball vor zwei Monaten.

Ein verzücktes Lächeln erhellte ihr Gesicht. »Ja. Mann, war das schön! Ich werde nie vergessen, wie Angie vor allen Leuten angefangen hat zu heulen.« Sie kicherte, und ich sah sie streng an. Cordy konnte manchmal ein totales Miststück sein, und ab und zu war es echt anstrengend, ihre Freundin zu sein. Doch da Angie ein noch viel größeres Miststück war, konnte ich Cordy den fiesen Spruch in diesem Fall nicht wirklich verübeln.

»Sag mal, wo genau …«, setzte ich an, als Cordy ruckartig stehen blieb.

»Da!«, rief sie aufgeregt, und ich riss meinen Kopf herum.

»Was *da?* Ein Axtmörder? Oder Angie? Wobei das fast aufs Gleiche rauskommt«, zischte ich beunruhigt.

Cordy prustete los. »Nein, hörst du das nicht? Ich glaub, da vorn ist die Party!«

Aufgeregt zog Cordy mich weiter – und tatsächlich: Nach einer Weile hallte dumpf der typische Partylärm zu uns herüber. Schwere Bässe mischten sich mit dem unverkennbaren Geruch von Bier. Lichter, die wahrscheinlich von Autoscheinwerfern stammten, zerschnitten die Dunkelheit.

»Wer genau schmeißt diese Party noch mal?«, erkundigte ich

mich bei Cordy, die gerade vor lauter Aufregung über eine Wurzel stolperte. Schnell reichte ich ihr die Hand, bevor sie sich auf die Nase legen konnte.

»Scheißding, wachs gefälligst woanders! Sorry, was hast du gesagt, Alice?«

»Wer auf die geniale Idee gekommen ist, hier eine Party zu schmeißen, für die ich mitten in der Nacht aus dem Fenster klettern musste.«

»Ach, diese reichen Kids aus der Privatschule.«

»Aus welcher von beiden?«, hakte ich nach. »Chesterfield oder St. Burrington? Die sind ja beide hier auf dem Gelände.«

Cordy zuckte mit den Schultern. »Ist das wichtig? Hauptsache, es gibt Freibier.«

Skeptisch zog ich die Augenbrauen zusammen. »Wurde die letzte Party von Chesterfield nicht von der Polizei gesprengt?« Das Thema hatte in Foxcroft wochenlang für Gesprächsstoff gesorgt. »Du weißt ja, wenn mich meine Mom hier erwischt, bin ich so gut wie tot.«

»Papperlapapp, deine Mom ist Sheriff, da kommst du mit allem durch«, winkte Cordy ab. Im Halbdunkel konnte ich gerade so erkennen, dass ihre Augen vor Begeisterung aufblitzten. »Die letzte Party war angeblich legendär. Und du hast mich an dem Tag zu einem lausigen Kinoabend überredet. Der Abend heute sorgt also nur für längst überfällige Gerechtigkeit.«

Ich verdrehte schnaubend die Augen und bekam dafür prompt einen Schubs, der mich fast in den nächsten Busch beförderte. »Hey!«, fuhr ich sie empört an.

Sie lachte auf und stapfte weiter. »Komm schon. Heut feiern wir mit den reichen Kids. Oh, da sind ja Peter und Matthew! Hey, Peeeeter! Wir sind hier!«

Aufgeregt winkte sie quer über die Lichtung, die sich direkt vor uns auftat. Ein wenig geblendet von der plötzlichen Helligkeit blieb ich stehen und ließ die Szene ein paar Augenblicke auf mich wirken.

Die Lichtung vor mir war erstaunlich groß und wirkte fast schon wie ein Parkplatz. Zumindest war das Gras platt gefahren, und tiefe Fahrrillen gruben sich in den feuchten Boden. Ein halbes Dutzend teurer Autos stand in einem lockeren Halbkreis. Wie bereits vermutet, stammte das Licht von den Scheinwerfern. Aus einem schnittigen Lamborghini dröhnte so laute Musik, dass der dumpfe, hypnotische Beat den Boden unter meinen Füßen vibrieren ließ. Auf der Ladefläche eines schwarzen Monstertrucks wurde Bier aus großen silbernen Fässern gezapft. Zwei Jungs teilten fleißig rote Pappbecher aus, während in der Luft der Geruch von Zigaretten und dem ein oder anderen Joint hing. Geschätzt halb Foxcroft war hier hochgekommen, um bei einer der legendären Partys unserer beiden Privatschulen dabei zu sein.

»Alice, da bist du ja! Versteckst du dich vor uns?« Ein großer starker Arm schlang sich um meine Schulter, bevor sich eine warme Brust an meinen Rücken drückte. Der Geruch von Seife und süßem Energydrink stieg mir in die Nase.

»Hey, Peter.« Lächelnd sah ich zum Quarterback der Foxcroft High hoch, der mich grinsend an sich drückte.

»Du siehst toll aus«, raunte er mir ins Ohr, bevor er mir einen flüchtigen Kuss auf die Wange gab.

»Danke, du auch.« Verlegen blickte ich weg.

Peter lachte und manövrierte mich dann mit seinen breiten Schultern wie einen Football durch die Partymenge. Dabei behielt er die ganze Zeit den Arm um meine Schulter. Wie immer, wenn er mir so nah war, bekam ich Herzklopfen. Peter war toll, und ich hatte mir fest vorgenommen, ihm das heute auch genau so zu sagen. Vielleicht nach ein oder zwei Bier.

Wir lächelten uns an, als hätten wir gerade einen ähnlichen Gedanken geteilt. Peters blaue Augen blitzten auf, und mein Herz jagte los.

»Trägst du das Shirt noch, um ein Statement zu setzen?«, zog ich ihn auf, während ich wieder an seinem Trikot herumzupfte, das vom heutigen Training noch ein paar Grasflecken hatte.

»Pfft. Burrington soll ruhig wissen, wer sie diese Saison fertigmacht«, behauptete Peter ein wenig zu laut, was ihm sofort einige feindselige Blicke einbrachte.

»Wenn du eine Schlägerei anzettelst, bild dir bloß nicht ein, dass Alice oder ich danach deine Wehwehchen pflegen!«, rief uns Cordy über den Lärm hinweg zu.

Sie und Peters bester Freund Matthew lehnten neben uns an dem schwarzen Monstertruck und ließen sich gerade von einem Typ mit türkis gefärbten Haaren zwei Bier zapfen. Der weiße Schaum lief träge über den Becherrand und tropfte auf den harten Boden, als Cordy breit grinsend die Becher entgegennahm. »Danke, was bekommst du dafür?« Mit einem filmreifen Augenaufschlag sah sie zu ihm hoch.

»Geht für schöne Frauen aufs Haus«, erwiderte Türkishaar mit einem tiefen Lachen. Seine Schultern waren so breit, dass selbst Peter dagegen schmal wirkte. Der checkte sein Gegenüber aus, als versuchte er herauszufinden, wie er ihn beim nächsten Footballspiel am besten tackeln konnte.

»Coole Party«, flirtete Cordy weiter. »Ihr seid von Burrington, oder?«

»Jupp, willkommen auf der schwarzen Seite der Macht!« Der Typ lachte erneut und stieß dem Kerl neben sich den Ellbogen in die Rippen. »Ey, Hawkins, hast du den gehört? Schwarze Seite der Macht, nicht dunkle! Klassiker!« Er hob seine Hand zu einem High-Five.

Der Junge am Zapfhahn drehte sich mit einem genervten Gesichtsausdruck weg und ließ die Hand des Typs einfach in der Luft hängen. »Du bist nicht witzig, Bastion. Warst du nie und wirst du nie sein.« Während er redete, füllte er den nächsten Becher ab, den er mir hinhielt, ohne dass ich darum gebeten hatte.

Das Scheinwerferlicht eines Autos beleuchtete ihn von hinten, sodass es beinahe aussah, als wäre er von einer Korona umgeben. Unter der schwarzen Beanie auf seinem Kopf lugten ein paar ebenso schwarze Ponyfransen hervor, die ihm in das fein geschnittene Gesicht mit asiatisch geschwungenen Augen fielen.

»Du hast doch noch nichts zu trinken, oder?«, fragte er mich freundlich.

»Ich? Nein, danke, das ist sehr nett«, antwortete ich überrascht und nahm ihm den Becher aus der Hand. »Gibt es einen Grund für die Party? Hat jemand Geburtstag?«, fragte ich neugierig, während Peter sich ebenfalls ein Bier geben ließ.

Türkishaar alias Bastion grinste und verschränkte die muskulösen Arme vor der Brust. »Kein Grund. Wir feiern nur unser beschissen kurzes Leben.«